敵中の人

評伝・小島政二郎

山田幸伯

白水社

小島政二郎 ©樋口進／文藝春秋／amanaimages

敵中の人　評伝・小島政二郎

装幀＝菊地信義

序　なぜ余技なのか

小説家小島政二郎（まさじろう）（明治二十七〈一八九四〉年～平成六〈一九九四〉年）を嫌った同業者に、次のような人たちがいる。生年順に並べてみる。

永井荷風（明治十二〈一八七九〉年～昭和三十四〈一九五九〉年）
今東光（明治三十一〈一八九八〉年～昭和五十二〈一九七七〉年）
永井龍男（明治三十七〈一九〇四〉年～平成二〈一九九〇〉年）
松本清張（明治四十二〈一九〇九〉年～平成四〈一九九二〉年）
立原正秋（大正十五〈一九二六〉年～昭和五十五〈一九八〇〉年）

個性が売り物の文藝界の中でも、とりわけ輪郭の鮮明な面々である。うち同姓の二人は文化勲章受章者、ほかに国会議員にして天台宗大僧正、あるいは昭和戦後最大のベストセラーメーカー、さらにその名を冠した食通事典まで刊行されているグルメ文士――と絢爛である。面白いのはこの人たち、いずれも酒豪か下戸（あるいは少量嗜む）かのどちらかであるのだが、それはさておき、その没後も多くの愛読者、信奉者に支えられ、今なお文藝界にくっきりと存在感を示す作家たちであることは間違いない。

彼らは小島政二郎への嫌悪、軽侮の情を隠さなかった。ある者はそれをやがて発表する日記に再三にわたって記し、ある者は雑誌の談話記事で語り、新聞紙上に書いた。また、メディアで公言せずとも親しい仲間や編集者を相手にそれを露（あらわ）にした。まずは、その一端をご覧に入れよう。

「小島政二郎朝日新聞紙上に余が慶應義塾文科に教鞭を取りしころの事を記して掲載しつゝありと云ふ。小島は当時予科の生徒にて余が辞職せし後文科に入りし者なれば、思ふに其の記するところは皆虚偽なるべし」（永井荷風）

「あの野郎は。生前はまるで米つきバッタみてえにゴマすってた作家たちが死ぬと、まるで友人か親友だったかのような顔して書きやがるんだ、あん畜生。だからオレは大ウソつきだと言うんだ」（今東光）

「彼奴の面皮、彼奴の貪食、生来下賤なる性情は、醜鮟鱇といへどもおもてを避けむか」（永井龍男）

「小島政二郎に『佐々木茂索（ママ）』と題した回想風な読物がある。（略）茂索は他から『佐々木』と書かれるのを極端に嫌っていた。これは菊池寛が『菊地』、芥川が『龍之助』と書かれるのを忌んだのと同様である」（松本清張）

「酒ものまずに肴を語るのは、これはもうはっきりインチキで、あの老人が食い物について書いたのを読んだことがあるが、どうもこれは味覚の発達していない人だな、という気がしてならない」

（立原正秋）

さらに言えば、この五人ばかりではない。小島作品への評価までを含めると問題は混乱するのでそれを省いても、以下のような作家たちが小島への雑言、非難、皮肉を発している。江口渙、山本周五郎、村上元三、青山光二、藤浦敦、大江健三郎。そしてこれは別枠で論じるべきであるが、小島の同棲相手であった美川きよ――。

私は縁あって生前――晩年の小島政二郎の人と文学に触れた。父（筆名・津田信）が小島門下の末席にいたからである。師事したのは私が物心つく以前のこと。ゆえに小島政二郎は私にとって、初めから「先生」としか呼びようのない存在であった。

三十歳も年少であるにもかかわらず、その不肖の弟子は小説家として芽の出ぬまま師より十年早く逝った。その子である私は、物書きの端くれにすらなれずに五十を遥かに超えた。だが、十代の半ばに接した小島の作品『眼中の人（その一・二）』は、その後の私の生活をみごとに変えた。文学が人生を左右するということは、確かにある。

平成六（一九九四）年の春、新聞各紙に掲載された小島政二郎の訃報は意外に大きかった。僅かであるが知己による追悼記事も出た。すでに執筆不能となって十年余、文壇からも世間からも忘却された存在であったのにそんな扱いを受けたのは、満百歳という長寿、その話題性のためだろうと私は思った。しかし理由はともあれ嬉しかった。わが先生はまだ皆の記憶に残っている――と。

だが同時に、その訃報に付してある識者たちのコメントには、いささか引っかかる部分があった。

「私生活ではどちらかといえば快楽主義者、人生を楽しむことを第一にしておられたようです」（小松伸六）

「東京・下町の都会人らしさを隠せない人で、煙たがられていた」（江藤淳）

「随分と可愛がってもらいました。明治から大正、昭和にかけて活躍された〝最後の文士〟という呼び方がぴったりの方で、百歳とはいえ残念で仕方ありません」（巌谷大四）

どれも故人に好意的な文脈の中で語られている言葉であって、今あらためて読み直してみると、何が引っかかったのか首を傾げたくなる。ひとつだけ思い当たるのは、この中の一人巌谷大四が、その数年前に次のように書いたことが、この訃報に接した私の頭に響きわたっていたことだ。

巌谷は小島の生い立ち、文業を年代を追って紹介し、昭和戦後についてこう書く。

（略）その後は、鈴木三重吉のことを衝いた「颱風の目のような」とか「久保田万太郎」とか、「円朝」とか、伝記ものを多く書くようになり、それがいろいろと物議をかもした。それはかなりしんらつなもので、鎌倉在住の作家たちが、次第に敬遠するようになっていったのである。（略）やがて新しい妻視英子（みえこ）（本名嘉壽子（かずこ）＝筆者注）を迎え、第二の人生へと踏み出したが、次第にアウトサイダー的になり、あまり人と交際せず、隠（ママ）にこもっていった。『かまくら文壇史』

小島とは旧知の巌谷が言うのだから、これが「鎌倉文壇」における事実なのだろうが、小島信奉者の私の胸中は索漠たるものだった。これが書かれた時すでに小島政二郎は筆を執ること能わず、病院のベッドに身を横たえていた。

そして没後十余年――。

平成十九年から二十年にかけて、小島政二郎の小説が三作上梓された。刊行順に並べると、

『小説永井荷風』(十九年鳥影社→二十五年ちくま文庫)

『円朝(上・下)』(二十年河出文庫)

『長篇小説　芥川龍之介』(二十年講談社文芸文庫)

このうち『円朝』と『芥川龍之介』は復刊だが、『小説永井荷風』は生前未刊行の長編である。これらの出版は私にとって、死の翌年『眼中の人(その二)』が岩波文庫に入って以来の慶事であった。とくに『円朝』は、その三十年前の旺文社文庫版で拙い解説を書いた縁もあってことさらに懐かしい作品だ。昨今、巷は落語ブームとかで、正岡容(いるる)や安藤鶴夫らの著作が次々に再刊されるのを見るにつけ、『円朝』を忘れていやしませんかと苦々しく思っていただけに、なおさらであった。また『芥川龍之介』には武藤康史による周到な年譜・書誌が付され、出久根達郎の解説もゆきとどいていて、初めて小島政二郎という存在が文学史の中で位置づけられた観があった。

それればかりではない。

黙殺されても仕方がないと思っていたにもかかわらず、新聞、週刊誌に書評が立て続けに現われた。評者は、『小説永井荷風』が川本三郎(週刊朝日)、丸谷才一(毎日新聞)、鹿島茂(週刊文春)。『円朝』が立川談四楼(週刊新潮)。『芥川龍之介』が坪内祐三(週刊文春)。さらに毎日新聞では、再び丸谷才一が『円朝』と『芥川龍之介』の二作を一度に俎上に載せ、かなりの行数を割いて論じた。

人気作家とて、死ねばたちまち潮が引くように読者が去るのが世の常だが、没後十余年、こうして現在望み得る最高の書評家たちに採り上げられた。小島ファンとしてはもはや言うことはない。以て瞑すべし――となるのが当然なのだが、またしても私はこの書評に過敏に反応してしまった。

たとえば坪内祐三（第二章「今東光」でも登場してもらうつもりだが）は、「かなりの名作である」「芥川龍之介の人となり、それから作家的弱点を、これほどヴィヴィッドに描いた作品は他にない」としながらも、最後に「小島政二郎は大衆作家だった。だからこそ彼の芥川文学批判には独特の味わい深さがある」と書く。

最後の「だからこそ」が分からない。

確かに小島は昭和の前半、大衆・通俗作家として一世を風靡し、その名を馳せた。その事実を否定することは出来ない。だが、自分は本質的にいわゆる大衆作家ではないと終生感じ、苦しんだ。私も、そうだったと思う。だからこそ、この『芥川龍之介』が書けたのではないのか――。

続いて丸谷才一の『円朝』評。

自分が高みに立って文学史、文明史を俯瞰し見下ろすような書き方はこの作家の癖なのかもしれないので、気に障るがそれについては措く。さらに円朝が「小島の父の幼な友達だったため、小島はその口演を二三度聞いているし、私生活にも詳しい」と、この小説の一ページ目から誤読しているのも、三遊亭円朝の生没年や活躍期を知らないがゆえのケアレスミスとして赦そう。しかし、「これは通俗作家の余技というようなものではなく、かなり程度の高い知識人も楽しめる好読物である」とは何か。

この小説の初出が「週刊朝日」誌上の連載であることを知っている必要はないが、「通俗作家の余技というようなもの」とはいったいどういう意味か。

こう解釈するのが自然ではないか。つまり、「小島政二郎は通俗作家である」→「婦女子相手の程度の低い読物を書くのが本業である」→「この『円朝』はそれとは毛色が違う。すなわち余技である」→「それにしては程度が高い」と。

小島が遺した作品群の全貌を知らないことは別に罪ではない。そして、こういった筆法がこの評者一流の褒め方でもあるのだろう。しかし、これほど侮蔑的な表現もあるまい。

世に通俗小説というものが存在し、それを書いた作家を通俗作家と呼ぶのは当然ではある。だが、初めて読んだ作品を、その予備知識——先入観のみを拠りどころに「余技」と分類し、それでもかなり良く出来ていると断ずるのは、知性のある文学者のすることではないだろう。

人はかくも文学や作者を、「純(芸術)」か「大衆(通俗)」かに分けたがる。分類など意味がないと言う一方で、そうしなければ気がすまない。標識を付ける。刻印を圧す。

誤解を避けるために言えば、右に挙げた書評はどれも、全体としては小島作品を高評価している。にもかかわらずこのように枝葉にこだわるのは、小島信奉者ゆえの被害妄想か。そう思われてもかまわない。ただいくら褒められても、こんな書き方をされては、わが師小島政二郎は浮かばれない。なぜならここにこそ、生涯をかけて小島が葛藤し、身悶えした問題があると信ずるからだ。

やはり、以て瞑してはいられない。私は自分なりの方法で、小島政二郎がいまなお軽んじられている、その遠因から探っていこうと思う。敵は丸谷才一ではない。

そして、冒頭に戻る——。

誰にでも毀誉褒貶はある。まして好悪の情の激しいエゴイストたちの世界では、それがいっそう色濃い。私はこれから、最初に挙げた五人を中心にして、小島政二郎への「毀」と「貶」を眺めてゆきたい。言わば「悪口で綴る小島政二郎」である。

「誉」と「褒」については、小島信奉者の私が書くものであるから、いくら抑えたところでその悪口への反論という形で自ずとにじみ出てこよう。うまくいけば、文壇および世間の「小島観」がどのように作られていったかが窺えるだろう。できれば、「純文学から出発し、後に通俗小説に転じた」と一行で片づけてほしくないその作家像に迫り、いまなお色褪せない魅力を紹介したい。

もとより知識も調査力も乏しい私には、いわゆる評伝を書く力量など端(はな)からない。百歳まで生き、うち七十年間執筆し続けた人物の全貌など、若輩にはとても捉えきれない。また、どうしても避けて通れない「文学論」にしても、三十数年前の学生時代にめぐらした思考から一歩も出ていないことを、まずことわっておきたい。その後、零細出版社に勤め、うち十五、六年ほど娯楽小説の編集に携わっていた体験が、いくらか見聞を広め、ものの見方を補強したかもしれないが。

小島の若い時代はともかく、その後半生を知る生き証人はまだいくらも健在だが、あえて面談してエピソードを探ろうとは思わなかった。僅かに嘉壽子夫人——残念なことにこの稿をお見せすること叶わず、平成二十一年春に亡くなられた——の代理人であった、小島の甥の稲積光夫氏、そして元講談社編集者の大村彦次郎氏にはかつて手紙でいくつかご教示を受けた。それ以外は、みな書かれたものの引用と要約と私の咀嚼である。書いた人々は九割九分故人で、面識はない。したがってほとんど敬称は付さなかった。

目次

第一章　永井荷風　愛憎無惨

「仕合せな本」と「不幸な本」

恋に「片恋」があるように、人と人の間にも、それに似た悲しい思い出があるものだ。私と永井荷風の関係の如きも、そう言えるだろう。もし荷風という作家が丁度あの時私の前にあらわれなかったら、私は小説家にはならなかったろうと思う。

こんな書き出しで始まる長編『小説永井荷風』が鳥影社から刊行されたのは平成十九（二〇〇七）年の九月、小島政二郎が逝って十三年余の時が経っていた。もし題材が荷風でなかったら、黙殺されていた可能性は大きいが、何はともあれ荷風をよく識る人たちの目に留まった。主だった書評を二つ挙げてみる。

「師と慕う荷風に忌避される。その無念の思いが込められている。（略）荷風への愛憎が交錯し実に面白い。（略）批評と評価、嫌悪と愛情が右に揺れ、左に揺れる。そこに本書の複雑な面白さがある」

（川本三郎「週刊朝日」）

「（略）果たせるかな、大傑作であった。いや驚いた。これだけ適確に荷風の本質をついた評伝も珍しい。小島政二郎おそるべし」（鹿島茂「週刊文春」）

この小説の初出は「月刊ペン」誌上で、昭和四十四（一九六九）年十一月号から四十六年九月号まで、計二十回にわたって掲載された。その後のいきさつは詳らかではないが、小島は手入れのうえ最終章の末尾に数枚を書き足し、さらに翌四十七年十月三十一日付で「あとがき」を付して、単行本化のための校正刷を完成させた。おそらく十一〜十二月中には刊行という段取りだったのだろう。ところが事は予定通りには進まなかった。というより、出版の計画は頓挫してしまった。

昭和四十八年八月に刊行された随筆集『百叩き』のあとがき（六月十日付）の冒頭で、小島は書いている。

世の中というものは不思議なもので、この本のように仕合せな本もあれば、私の「小説永井荷風」のように、校正も終わって製本も出来ようという時になって、永井家の許可が得られずに、今初めから書き直しているような不幸な本もある。

『百叩き』刊行時にこれを読んだ十代後半の私が抱いたのは、ただ「そんなことがあるんだ」という、情けないほど素っ気ない感想であった。そもそも小島がこの小説をいつ書いたのか、連載なのか、書き下ろしなのかすらも、その時は分からなかった。実は、『百叩き』の本文を注意深く読めばちゃんと書いてあったのだが。

実名とはいえ、小説でもいちいち遺族の許可が要るのか、という疑問は湧いたものの、永井家とは誰を指すのか、どこが忌避に触れたのか、刊行しようとした出版社はどこなのか――など、委細を本人に確かめようという発想も、当時は畏れ多くて浮かばなかった。

それからおよそ二十年後、小島政二郎死去直後の平成六年四月、大河内昭爾（おおこうちしょうじ）（一九二八～二〇一三）は「産経新聞」紙上の追悼文の中で、この『永井荷風』の校正刷――仮綴じの見本刷を生前小島から貰ったと書いている。それは三部しか存在しないうちの一冊で、刊行準備をしたのはさる老舗の文藝出版社、手渡されたのは昭和四十九年十月二十九日だったという。

小島の心中を察するに、もはやこの小説の上梓は叶わぬと諦めてはいただろう。だが、自分とは因縁の深い荷風の作品と人物に正面から取り組んだ力作である。どうにかして世に出したい、遺しておきたい。自分の若き理解者である大河内に託せば、他日、他所で――たとえ死後であっても出版が実現するかもしれない、そう考えたのではないか。

果たしてそれは、大河内の尽力で日の目を見た。没して十三年後と、少々時間を要したが――。

永井家の許可とは

『小説永井荷風』刊行の翌（平成二十）年、大河内昭爾は主宰する「季刊文科」誌上でこの出版の経緯について触れ、再度、この見本刷を受け取った時のことを回想している。そしてここでも、出版を断念したのは「日本を代表する文藝出版社」と、あえてその名を明かしていない。

こだわるほどのことではないが、以前からこの出版社の名は、事情に疎い私にも見当はついていた。

そして、この稿を書くにあたって初出の「月刊ペン」を調べていたところ、それはいとも簡単に判明した。なにしろ連載の最終回の末尾に、小島自身がこう書いているのだから。

「編集部の都合で、私の『永井荷風』が中断されることになりました。十分に書き足してこの秋あたりに新潮社から単行本として出版します。長い間御愛読有難う存じます。(小島)」

付け加えておけば、ここにあるように、この時点でこの作品は完結していない。何回の約束で始まった連載かは分からないが、それに満たない回数で打ち切られたことは明白だ。奥付を見ると、連載中幾度か編集人が替わっているから、社内事情に拠るものだろうか。前述したように、「十分に書き足し」たというより、所々に手を入れ、末尾に数枚を加えただけだが、これがこの作品が、面白いながら「尻切れ感」があるのを否定できないことの原因であろう、と私は感じた。事実、小島は連載が続けば、後半で『断腸亭日乗』と自分との関わりに筆を割く心構えでいた。それは、時と所を移し、随筆『百叩き』の中で実行されるが、それについては後に詳述しよう。

翻って新潮社だが、四十数年を経たとはいえ、この刊行(準備)に関わった編集関係者はまだ健在ではなかろうか。もし可能なら、この出版断念のいきさつを、後学のためにご教示いただけたらとは思う。「永井家」とは、著作権継承者であった養子の永井永光に違いない(まさか義絶した荷風の実弟威三郎〈昭和四十六年九月死去。校正刷完成は没後〉ではあるまい)が、いったいこの小説のどこに反応したのだろうか。

平成二十五年、この作品が「ちくま文庫」から刊行されると、坪内祐三は「週刊文春」(十一月二十八日号)の書評コラム(『文庫本を狙え!』)で取り上げ、この本が出版差し止めになったのは、「荷風と新橋芸者富松の秘話(今までの荷風伝とは逆の話)が載っているからだ」と断定的に書いている。だが、荷風のこのエピソードは、この作品の原型とも言える短編『小説永井荷風』（初出は「小説新潮」昭和三十四年八月号）にもすでに書かれているし、後に小島の単行本『鷗外荷風万太郎』や全集にも収録されているので、得心はいかない。

没後五十年の存在感

少し横道に逸れた。大事なのはこの『小説永井荷風』の受難の経過ではない。これはあくまで、小島政二郎と永井荷風の不幸な因縁の一挿話――後日談にすぎない。小島政二郎は十五歳年長の永井荷風に憧れ、心酔し、小説家を志した。荷風の出現がなければ、単なる文学青年のまま、小島は別の生涯を歩んだはずである。

それが、どこで歯車が狂ったか、後述するように、荷風はその日記に小島の悪口を再三にわたって記した。それは、人嫌い、同業者憎悪の荷風が放った悪罵の中でも特筆ものである。小島も、荷風の死後ではあるが、痛烈なる荷風論を展開した。その集大成が、この『小説永井荷風』である。

没後五十年を超えて、荷風の存在感は薄れるどころか、その信奉者たちによって、売り物の「孤高」のイメージにますます磨きがかかってきた。だから「両者の確執」と私が書いたところで、大いに違和感があるだろう。「ライバルでもあるまいし。文学者としての大きさが違う」と。

うまい譬えが見つからないが、仮に「虎」と「山猫」ほどの差があるとして、山猫にも僅かながら私のごとき信奉者がいる。そして、山猫の存在を言い伝えてゆくには、虎を利用させてもらうしかないのである。

そこで、「両者の確執」である。その経過をたどるには、少し遠回りであるが、小島政二郎の生い立ちを語らねばならない。

ご先祖さまの土地を土足に掛けられない

小島政二郎が生まれたのは明治二十七（一八九四）年の一月三十一日である。生家（呉服商「柳河屋」）の所番地は東京市下谷区下谷町一丁目五番地、現在の台東区上野六丁目に当たり、ちょうどJR山手線の上野・御徒町間の高架下、もっと分かりやすく言えば「アメ横」である。

すでに明治二十三年に柳河屋の裏手（東側）には上野・秋葉原間の貨物線（地上線）が開通していたが、まだこの区間――神田から上野までの山手線は影も形もなかった。この高架が完成し山手線の「環状」が出来上がったのは大正十四（一九二五）年で、その際の一家の立退きをめぐるいきさつが、小島の初期の諸短編における枢要なテーマにもなっている。

山手線完成後も、小島の両親は「ご先祖さまの土地を土足に掛けては申訳ない」と言って、けっしてこの間（上野↔御徒町）だけは電車に乗らず、地上を歩いたという。

その父の名は古賀鈔太郎（慶應元〈一八六五〉年生まれ）、母は志満（明治四〈一八七一〉年生まれ）。二人の間に生まれた三人の兄弟の真ん中、次男が政二郎である。それがなぜ「小島」かといえば、鈔太郎の父――祖父の金治郎が「小島家」の跡取り娘に惚れて強引に嫁にもらった。それで途絶えてしまった「小島」を孫の政二郎に継がせたのだ。同様の理由で、政二郎の兄利太郎も「稲積」という家を継いだという。かつては、家名を絶やさぬために、こんなケースがいたるところにあったはずである。事情は少し違うが里見弴も、有島兄弟の中で一人だけ母方の姓を継ぎ、本名は山内英夫だ。

政二郎はだから姓が小島であるだけで、兄や弟（賢三郎）と同じく全き古賀家の一員として育った。

古賀家は代々、上野寛永寺出入りの宮大工であったが、この祖父の代に呉服商へと商売替えをした。金治郎の生年は天保九（一八三八）年、近代落語の鼻祖・三遊亭円朝（天保十年生まれ）とは幼馴染みで、同じ寺子屋で机をならべていたという。柳河屋創業は維新前後と推測される。

　これから、なるべくかいつまんで政二郎の成長過程を辿ろうと思うが、家系図や戸籍を覗いたわけではないので、その核（もと）となるのはあくまで彼が書き残した文である。政二郎は随筆、小説を問わず、くどいほど身上、身辺を語っているが、困るのは、思い違いか、はたまた脚色か、その都度、記述に食い違いがけっこうある。ただ基本的に強記の人物であったことは、直かに接して私は知っている。

　三十数年前、勝手に「小島年譜」を作り上げた時に、ひと通りご本人の校閲を経ているから、大きな事象の誤りはないだろう。いずれにせよ、数多（あまた）各種の文から最も事実に近いと思えるものを選抜し、それを小島自身の手法を真似て随所に引用しながら描いてみたい。

薬を浴びるように飲んだ

> 柳河屋というくらいだから、私の十何代か前の先祖は、九州から江戸へ出て来たという話だ。その証拠には、家のお墓は、大地震までは土富店（どぶだな）にあった立花さまのお寺の中にあった。（中略）先祖のことは何も分らない。いつの頃下谷に住み着いたのか、それも分らない。（『下谷生れ』）

　別の文では、正徳（一七一〇年代）の時代から下谷に住み、政二郎の父は十七代目であるとも書いている。柳河（川）はいわずと知れた筑後の国、小島より九歳年長の北原白秋の生地である。古賀という名字は現在でも福岡県で三番目に多い姓だそうで、そういえば洋画の古賀春江も久留米出身だし、作曲の古賀政男も柳川に近い大川の生まれである。県内には古賀（市）という土地もある。

ルーツはさておき、徳川中期から続く旧家に生まれた小島は、生粋正真の江戸っ子であることは間違いない。では、柳河屋の身代はどのくらいだったのか。

初期の私小説『ちちははの紋』（初出時の題は『家』）によれば、父釙太郎が家督を継いだ時点で、あわせて五百坪ほどの土地と、その上に建つ家作十軒ばかりを所有していたが、まもなくそのうち三百坪が父の失策によって人手に渡ってしまった。残ったのは先にふれた山手線工事で立退きを余儀なくされた土地――およそ二百坪と店（家屋）、家作である。家には家族の他に女中が二人、店には使用人が六、七人いた。

私の家の財産――と言ったところで、十万円かそこらだったのだろうが、とにかく中産階級としては相当の財産だったろうと思う、それを作ったのはこの祖父だったのである。

私の父は、公平にいって商人としては失格者だったが、一生好きなことをして暮らせたのも、祖父の遺産の賜物だったろう。私の兄なども、祖父の余慶で一生何とか安楽に暮らせたのだ。

（『下谷生れ』）

明治中頃の十万円、現在の価値になおせば「数億」あるいはもっとだろうか。いわゆる大店（おおだな）とまではいかぬが、立派な中流階層である。一人息子だった父釙太郎は、お坊っちゃんの典型といおうか、商売にはあまり熱心ではなく、区会議員を務めたり、市会議員選挙に立候補したりの政治好き。また、月に一度、遊び友達と集っては旨い物屋を食べ歩くという道楽をもっていた。そこに生まれた政二郎は、当然何不自由なく育つわけだが、残念なことに、生来の病弱であった。

> 私は二つの歳に肋膜をわずらって、お葬いのお饅頭の相談までされた。重態の私を動かしてはいけないと医者に言われるままに、母は右下に私をかかえたなり、二週間というもの、じっと動かずにいた。半身が痺れて馬鹿になってしまった。私は医者に見離された。その時、人の勧めで祖父が天理教のある会長を呼んで来た。その会長のお祈りで、一夜のうちに私はケロリといい方に向かった。医者も驚いたそうだ。（中略）この大煩い以後、私が羸弱な子供だったことは言うまでもない。一ト月に一度は必ず風邪を引いた。二度は必ず頭痛を訴えた。その度に私は夢に襲われて母をてこずらせた。ある時は、往来で酒樽に乗って玉乗りの真似をしていて落ちて、右の腕の骨を折ッぴしょったこともあった。挙句の果てに、八つの歳にまた肋膜炎で死の瀬戸際まで引きずって行かれた。それからはたちの歳に中学を出る頃まで、やれ瘰癧だ、やれ肺尖カタルだと金のかかる病気ばかりし続けた。医者の手を離れた月とてはなかった。薬を浴びるように飲んだ。毎年海岸へ転地に行かねばならなかった。私の病気だけでも、どの位家の金を使いへらしているか分らなかった。（『ちちははの紋』）

この蒲柳が百歳まで長寿を保ったのだから人生は分からない。ともあれ、こういう少年が勢い神経質で、臆病で、孤独好きになるのは必定だろう。右よりずっと後年になって書かれた文だが、俺は自分の肉体に自信がなく、引いては肉体的な勇気に欠けていた。このことは自分の弱点として一生付いてまわった。
子供のころ、俺は同じ年ごろの子供がこわく、ことにその群集しているところを見ると、オゾ毛をふるった。だから、幼稚園も一日行ったきり、小学校も、行くのがイヤでイヤで仕方がなかった。今でも、大きな声を出されると、すくんでしまう。（中略）俺が人当りがよく、お世辞がいいのも、人に荒らく当られたくないからなのだ。人付合いのいいのも、同じ理由からだ。
本当は人ぎらいの孤独好きなのだ。そうでない面ばかり見せてほとんど一生送ってきたが――

（『俺傳』）

また、続けて「俺の半生は、対人関係においていかに相手の機嫌（きげん）をそこなうまいとする努力に終始したと言ってもいい。／男として、なんという情けない人間だろう」とも言っている。

確かにこの性格、体質は一生を貫いていた。先走れば、この性質ゆえに小島は多くの人に慕われたと同時に、ある不気味さをも感じさせたのではないか――だが、これは後でじっくり考えよう。今はもう少し政二郎少年の成長を追ってみたい。

いくら体が弱くても東京下町の子どもである。家の中にじっと籠もってばかりいられるものではない。外へ出れば町内の子どもたちが駆けずり回り、そこにはさまざまな遊びがあった。ただ、群れて遊ぶのはやはり苦手だ。

たとえば、ボートのように大勢で気をそろえなければできない遊びよりも、一人で楽しめる和船乗りの方を好んだ。

またそういう一人で楽しむことだと、すぐ覚えもしたし、すぐ上達もした。たとえば、タコ揚げ、コマまわし、竹馬乗り、舟乗り、鉛メンコ、そんなもののコツはすぐ会得して、すぐうまくなった。（『同』）

また、喧嘩ではすぐ泣かされるが、相撲は小さい頃から好きで、いろいろな手を知っていたために、級中の誰にも負けなかったともいう。そして、夏休みには隅田川で水泳——向井流の泳法も習得した。

「善助」という奇跡

こうした戸外遊戯で、彼の体は少しずつ丈夫になっていったが、そんな政二郎に文藝の手ほどきをしてくれた人物がいた。当時、柳河屋の通い番頭をしていた善助である。姓は小板橋(こいたばし)といった。まだ満足に箸も使えぬ年頃から奉公に来ていたというから、善助は政二郎がここで生まれ、育ってゆく一部始終を、働きながら見つめていたはずである。二人の歳の差がどれくらいあったかは分からない。政二郎が小学校に上がった頃には、すでに独立して妻帯していたようだから、十五やそれ以上は離れていたろう。とにかく善助は、主家の三兄弟の中でも、泣き虫で神経質な次男坊を、なぜかとりわけ可愛がった。

私の家は呉服屋だが、その頃は何年か勤め上げると、暖簾(のれん)を分けてもらうと言って、一軒小さな店を持たせてもらうシキタリがあった。

ところが、善助は一風変っていて、暖簾を分けてもらうとき、

「まことに申し兼ねますが、本屋を開かせて下さい」

そう言って、御徒士町（おかちまち）に貸本屋を開いた。

その頃のベストセラー、例えば尾崎紅葉、川上眉山（び）、小栗風葉、泉鏡花、村井弦斎、村上浪六、幸田露伴、廣津柳浪、江見水蔭の小説類をはじめ、講談本、落語集、文芸倶楽部、新小説のような雑誌の類まで、呉服屋で使う文庫という厚い紙で綴じた本が、畳から天井に届くように書棚に何百冊となくギッシリ詰まっていた。

それを一日一銭程度の見料（けんりょう）を取って貸すのだ。この貸本屋を女房にさせて、善助自身は私の家へ番頭として通ってきてはお得意廻りをしていた。（『隣の椅子』）

幼い頃から奉公していたのだから、善助に満足な学歴などなかったろう。ましてや勤めたのは呉服屋である。いつのまに、どうしてこんな本好き、文学好きの番頭が出来上がったのか不思議ではあるが、何であれ、政二郎少年にとってこの出会い、この環境は無上の喜びをもたらした。

小学生の彼は、この善助の店に入り浸って、振り仮名を頼りに小説本、講談本を読み漁った。「私の明治文学の知識は、彼の貸本屋での乱読に負うところが少なくない。明治文壇のゴシップなども、私はあらかた善助から聞いた」（『同』）。また、「私の文学に対する好尚は、全部と言ってもいいくらい善助から吸収したもののように思われる」（『下谷生れ』）とも言っている。ちなみに善助が心酔する無二の小説家は尾崎紅葉であった。また彼は、杉雪（さんせつ）という号を持ち、俳句も作った。

柳河屋の上得意に川村という上級裁判官がおり、黒板塀をめぐらした広い屋敷に住んでいた。彼は

雨谷、烏黒と号して画や俳句を嗜み、尾崎紅葉の紫吟社に属していた。柳河屋の客間の欄間にもこの人の立派な画が掲げられていた——と小島は書いているが、これは南画家としても著名だった司法官・川村雨谷（一八三八～一九〇六）のことに違いない。記録には、明治三十一（一八九八）年に大審院判事を辞してのち下谷に住み晩年を過ごしたとあるので、ちょうどその頃だと思うが、

善助の杉雪は、川村家で紫吟社の運座が催された時、彼の方からせびったのか、それとも向うから迎えを受けたのか、とにかく俳席に伺候して、名だたる大家にまじって俳句を作った。それも一回や二回のことではなく、幾度か末席を穢した口吻だった。

紅葉、小波などという先生方に見えたということを、彼は一代の誇りにしていた。（『隣の椅子』）

当然、政二郎少年もこの善助に俳句の指導を受けることになる。先にも引用したが、右腕を骨折し、半年近く学校を休んで治療していた時だった。

「こういう時には俳句を作るのが何よりです」

そう言って、俳句の作り方と言ったようなものを手解きしてくれた。その時、善助が、こういう風に作ればいいのだと言って、見本に教えてくれたのが、

銭湯で裸同志の御慶かな

という内藤鳴雪翁の句だった。（中略）外に何もすることがない半病人にとっては、「裸同志の御慶かな」と言ったような句なら幾らでも出来た。（中略）寝ながら左の手で書いた句を、毎日来

ては善助が批評してくれたり、添削してくれたりした。(『下谷生れ』)

そこで、俳句にはその要(かなめ)として「季」というものが必要であることを政二郎は教わる。

そう言われて、なるほどと納得するのだが、さて作る段になると、季のない句をその後(ご)も幾つも作った。その度に、善助は

「無季――」

と鋭い語気で窘(たしな)めるように言って、情容赦もなく消して行った。お陰で、だんだん無季の句を作らないようになって行った。(『同』)

のどかで愉しげな師弟の光景が浮かんでくる。神経質で病がちな少年にとって、句作は格好の退屈しのぎであり、好奇の対象であったに違いない。善助はまたとない遊び相手であり、先生であったが、その導きは文藝方面にとどまらなかった。

江戸生き残りの名人上手

善助はまた歌舞伎通、講釈通、落語通だった。どこかへ用達しに行く時、よく私を手招きして一緒に連れ出してくれた。そんな時は、歌舞伎座だの、新富座だの、浅草の宮戸座などの立ち見へ連れて行ってくれるのだった。初めて芝翫の「女暫(おんなしばらく)」を見た時の感激なんというものは、い

まだにハッキリ覚えている。

寿司の立ち食いなんかも、善助に仕込まれた。（中略）屋台の天麩羅屋へもよく連れて行ってもらった。寿司や天麩羅で腹ごしらえをしてから、寄席（よせ）へ連れて行ってくれるのだ。寄席の帰りに、小腹の減っている時に食べる蕎麦のうまさ。

寒い晩などに、フウフウ言って食べるカメチャブという一杯一銭五厘の牛ドンブリなども、善助に連れて行かれて味わった。

思えば、芝居、寄席、相撲、チャリネという曲馬団、どれもこれもみんな、もし善助がいなかったら、私は知る機会なしで終ったろう。あのころ寄席へ連れて行ってもらわなかったら、私は名人上手を聞きそこなった悔いを今日まで残さなければならなかったに違いない。実際、あの頃にはまだ江戸生き残りの名人上手が大勢いた。

雲右衛門の浪花節だって、二円の木戸銭を払って善助が連れて行ってくれなかったら、恐らく聞かずじまいだったろう。

こうした名人上手の芸を聞くことの出来た楽しさ、喜びは、私の一生の仕合せだと思っている。ああいう名人上手は、もう一度聞きたいと思っても、もう聞くことは出来ないのだ。こういう名人上手の話術が、私のおしゃべりの上に何等かの影響を与えなかったとは考えられない。（『隣の椅子』）

この「おしゃべり」とは、いわゆる座談のことではない。後（のち）に文壇随一と評判をとった小島の講演、自分でもよく承知していたその喋りの妙のことだ。玄人はだしのこの「芸」に接した人は今もまだ多く健在だろう。私はたった一度だけ、演者はもう八十二歳だったが聞くことが出来た。そして唸った。この印象、感動はどこかで詳述するつもりだが、ここでは、明治の名人上手から彼が得たのはこの話芸のみにあらず、小説家の要たる文章のリズムにあり、とだけ言って先へ進もう。

母校・京華をバカにした?

明治四十(一九〇七)年、小島政二郎は下谷小学校から、本郷区東竹町(現文京区本郷二丁目)にあった京華中学校に入学した。現在は知らず、当時の同校は旧制一高への合格率を誇った進学校で、中流家庭の子弟が多く通った。卒業生からは前田青邨、黒澤明ら文化勲章受章者が四人、他にも各界で名を成した人物を夥しく輩出しており、文藝方面に限ると、小島より年長者はあまり見当たらないが、小島門下でもあった正岡容、小島が銓衡委員をしていた時に芥川賞を受賞した石川淳(小島の慶應予科時代の同級生斯波武綱の弟)、探偵小説の鬼才小栗虫太郎、研究分野で島田謹二、瀬沼茂樹らがいる。

また、一歳下だった新内の異才岡本文弥(本名・井上猛一。この人も長命で百一歳まで生きた)は小島の翌年に入学したが、後述のように小島が一年落第して下りてきたため同級になったと後年回想している。

岡本は、森まゆみによる聞き書き『長生きも芸のうち』(一九九三)で小島に悪態をついている。少々脇道に入るが、そもそも本稿の大テーマは小島政二郎への悪口雑言であるから、避けて通るのもおかしい。抜き出しておこう。

岡本によれば、小島は中学の頃から花街に出入りしているような老成の男で、学校の勉強など放ったらかしで顧みなかったという。俄には信じられないが、おそらく落第して一緒になった年下の同級生にバカにされまいと、虚勢を張っていたのだろう。まあこのあたりは愛敬の部類だ。さらに、小説家になって、はじめはまじめなものを書いていたが、売れるようになって質が落ちたと岡本は言うが、これも通俗ものを書きまくったために周囲の誰もが思っていたことだ。問題は次である。

……小島はいけないんですよ。慶応に入って、「三田文学」の利益になる人とばかりつきあって、エラがっていけません。同級生で集まると評判は悪かったですね。小島のやつ、手紙を出しても返事をよこさない、なんてね。

あたしにも、京華を出たあと会ったとき、「モーさん何か書いてるの、作文が好きだっていうじゃないか」とさも軽蔑したようにいいましたよ。

後にお家芸の新内で名を馳せたとはいえ、当時の岡本もまた文学青年で、卒業後は「秀才文壇」「おとぎの世界」などの雑誌の編集に携わっていたから、この小島の言い方には、腹が立っただろう。そればかりか、小島の馴染みの芸者の取り持ちで小説の資料が欲しいと言ってきたので送ってやったが、それを材料に一篇書いたあとも小島はなしのつぶてだったし、資料も返してよこさなかったという。止（とど）めの一言（いちごん）はこれだ。

京華中学に対してもバカにしたような態度で、母校につくすなんて気はハナからありませんし、人間は華やかな時代にいばるというのはいけませんね。

痛烈である。わずかに、流行作家へと駆け上っていった同級生への岡本の妬みも垣間見えないでもないが、だからといってあえて小島を弁護する気はない。ただ、義理をかくほど、それにかまっていられないほど、さぞ忙しかったのだろうとだけ言い添えて、本筋の中学時代に戻ろう。

「自然主義」に襟を正すが

質実を旨とする京華は校則で乗物での通学は禁止で、病弱だった政二郎少年もやむなく下谷から徒歩で通ったが、おかげで目に見えて体が丈夫になっていったという。

真面目で勤勉であった彼は成績もよく、いわゆる優等生だったが、同時に以前にも増して文学に熱中していった。そして神田や本郷の古本屋街で本を漁る楽しみを知り、読書の範囲も拡がると、徐々に善助仕込みの文学観から脱皮してゆく。

まず俳句では、正岡子規に傾倒して「ホトトギス」の愛読者となり、善助流、紅葉風の俳句に満足できなくなった。さらに、級友との交流によって辞書を片手に外国文学を読むことを覚え、また江戸文学にも親しんだ。

同級生に、江崎武雄という優等生がいた。これが、俺以上の文学愛好者で、親が許してくれれば、文科へ行きたい志望を持っていた。

江崎は本所の番場まで帰る、上野広小路まで一緒に帰れる訳だ。毎日、その月読んだ小説のよしあしなどをしゃべりながら歩いて帰る、この三十分がむしょうに楽しかった。花袋が主宰していた「文章世界」という雑誌が、俺たちの指導的な役目を勤めてくれていた。

この雑誌で教わってモーパッサンやツルゲーネフの翻訳、キーランド、チェーホフの翻訳などを読んだ。こわごわ丸善へ行って、五十銭でドーデーやゴンクールの長編なんかを買ってきて、字引と首ッ引きで読んだりもした。

江崎は江戸文学通で、「帝国文庫」を片端から読んでいた。その影響で、俺も、三馬、春水、一九、京傳、馬琴、近松などを知った。俺は三馬が一番好きだった。（『俺傳』）

この時期の文藝界でめざましかったのは、なんといっても「自然主義文学」の台頭であろう。明治三十年代前半のゾライズムの流行に端を発したその潮流は、三十六年の尾崎紅葉の死と硯友社一派の衰退、三十七〜八年の日露戦争を経て、一気に文壇を呑み込んでいった。三十九年に島崎藤村が『破戒』、政二郎中学入学の四十年に田山花袋が『蒲団』を発表すると、その勢いは決定的になった。また、硯友社では小栗風葉、泉鏡花の下風に立っていた徳田秋聲が頭角を現わし、俄然第一線に躍り出る。正宗白鳥、真山青果といった新進作家にも注目が集まった。

文学少年政二郎がこの大波をかぶったのは、当然である。真摯な彼は、諸家の作品を押し戴き、小説の規範のように崇めていた。


花袋の「インキ壺」の諸説は、動かすべからざる真理としてくり返しくり返し繙読（はんどく）した。この諸説に違背（いはい）する者は、小説家になれぬものとまで恐れ畏（かしこ）んでいた。「一兵卒」の中の、「背嚢が重い。靴が重い」というくり返し、何かというとわたしは声に出していった。藤村の

「新片町より」の中の、「額に汗する者」という一文の如きは、どんなに労働によって衣食することの尊さを痛感させられたことであろう。

「ライフをして赴（おもむ）くままに赴かしめよ」という有名な一句を、訳も分らずにいくたび口ずさんだことであろう。ことに「破戒」にまつわる逸話は、その悲壮な点において、我ら文学青年をして、襟を正さしめずにはおかなかった。（『永井荷風先生』）

「しかし」と政二郎は言う。「自然主義文学は、当時のわたしに『自分も一つ書いてみよう』という気を起こさせなかった。鑑賞の域を飛び出させるほど夢中にはさせなかった」（『同』）。なぜなら、

なんと言っても、彼らは生活苦をおもに主題にしていた。若い追従者たちは、全部と言っていいくらい地方出の青年で、あら方下宿生活の私小説を書いていた。（中略）そういう地味な、どっちかと言うと、ジメジメした暗い生活を主題にした小説ばかりだった。小説が好きで読んではいたが、そういう小説を読んでいる限り、小説家になろうという野心は起こらなかった。（『小説永井荷風』［短編］）

後年、小島は徳田秋聲を日本一の小説家であると称揚し、その文章を世界に冠たる散文であると絶賛するにいたるが、十代半ばの中学生だった彼には、まだまだそれを感得する能力は備わっていなかった。当時の政二郎にとっての名文とは、紅葉の、一葉の、鷗外のそれであった。その感受性の前では、自然主義は、人生に立ち向かう厳粛さは分かるが、決して胸躍るものではなかった。言い換えれ

ば、まだ小説の娯楽性を楽しんでいる少年だったからだ。

おそらくこの状況のままであったら、彼はただの文学好きの読者に終始し、小説家小島政二郎は生まれなかっただろう。中学三年までは成績も上位で、一高、帝大へ進み、ゆくゆくは外交官になるという希望を抱いてもいた。

ところがそんな政二郎の前に、突如一人の小説家が出現し、たちどころに彼の魂を奪い去ってしまった。新帰朝者・永井荷風である。本章のもう一人の主役、ようやくの登場だ。

これこそ一生をゆだねるに値する仕事だ

今まで貧乏ッくたい生活苦の小説にばかり触れていたわたしたちは、荷風先生の「あめりか物語」によって、豊かな感情の波を浴び、芳烈な官能的刺戟に酔い、新鮮な感覚描写に瞠目した。ロマンティックな詩情と、美化と、調子の高い、色彩の豊富な、洗練された明るい文体も、わたしたちを魅し去った。自然主義が完全に文壇を征服していた当時にあっては、わたしたちにそうした文学の、情熱的方面には全く盲目であった。当時の青年は、先生の芸術によって、初めて現実釈放の喜びを知った。ああ、いかに先生の芸術が、美酒の如くに当時の青年の群を酔わせ、疾風の如く彼らを引ッさらって行ったことであろう。わたしは初めて魂の翺翔を知り、生活の豊富を覚えた。快い興奮に呼吸を切逼させながら先生の著作を貪り読んだ。全く新しい世界が目の前に花野を開いた観があった。(『永井荷風先生』)

前にも引いたこの文は大正十三（一九二四）年、満三十歳の時に「新潮」に書いたものだが、小島には珍しく、文中の表現を借りれば、調子が高い。荷風本人が読むことを多分に意識していたのは間違いなかろうが、まるで十数年前の興奮の余韻が未だ冷めぬかのごとく、である。ともかく「わたしたち」「青年の群」とあるように、荷風に魅了されたのは、ひとり政二郎のみではない。当時の文学を志す若者は、皆等しく荷風の華々しい出現に目を見張った。

永井荷風は明治四十一（一九〇八＝政二郎中学二年）年七月に、五年にわたる欧米遊学から帰国、翌八月の『あめりか物語』を皮切りに、その年『ＡＤＩＥＵ』、『黄昏の地中海』、『蛇つかひ』などを発表。翌四十二年には、『狐』、『深川の唄』、『監獄署の裏』、『春のおとづれ』、『祝盃』、『歓楽』、『花より雨に』、『牡丹の客』、『帰朝者の日記』、『すみだ川』、『冷笑』と、矢継ぎ早に話題作を放つと、その間に『ふらんす物語』と『歓楽』の二冊が発売禁止処分を受け、いやが上にも人々の関心を集めた。まさに明治四十二年は荷風のための年、といった観がある。

荷風以外の作品を眺めてみても、この年は決して文学的に不作の年とは言えない。例えば鷗外は「スバル」を創刊して文壇に二度目のデビューをし、『半日』、『ヰタ・セクスアリス』を書く。その他『煤煙』（森田草平）、『耽溺』（岩野泡鳴）、『田舎教師』（花袋）、『芽生』（藤村）、『南小泉村』（青果）、詩では『邪宗門』（北原白秋）、『廃園』（三木露風）など、無視できない傑作が目白押しである。だが、これらの諸作も、この時の荷風の鮮烈、華麗さの前では影無きに等しかった。荷風の大胆、奔放な作品に文壇はこぞって拍手を送り、賛辞を惜しまなかった。

有名な文章だが、当時の熱い雰囲気を味わうために、内田魯庵の言葉を聴いてほしい。

今年の文壇で目鮮しかつたのは永井荷風君であつたろう。緋縅の若武者が花々しく戦場に乗出したやうで敵も味方も我を忘れてヤンヤと喝采したといふ有様であつた。（中略）私は欧羅巴で云ふ意味の真の芸術家を永井君に於て初めて見た。（中略）例へば『監獄署の裏』の如き、永井君の呼吸する純潔なる空気が実際のライフから発散する悪瓦斯に圧迫されたる軋轢の響である。私は真の芸術家の叫びとして今年の作品中最も興味あるものと思ふ。（中略）『監獄署の裏』ばかりでなく永井君の作は尽く読んだ、尽く面白く読んだ。そして永井君の態度及び技倆を感服している。

（『四十二年文壇の回顧』「文章世界」明治四十二年十二月号）

手放しの褒めようというのはこういうのを言うのだろう。この活躍で荷風は翌四十三年、敵とも言うべき「早稲田文学」——自然主義派の牙城から『推讃の辞』を贈られる（前年度は正宗白鳥が栄に浴した）。そして同年二月、彼は森鷗外、上田敏らの推挙によって、文学科の刷新を企てる慶應義塾大学部の教授に就任、五月には編集主幹として「三田文学」を創刊した。この時、荷風は満三十歳、帰朝から二年も経たぬうちに文壇で確かな地歩を築いたのだから、文学青年たちが憧れたのも無理はない。

小島よりやや年長の者たちは、この頃吸い寄せられるように続々と「三田」へ集まった。久保田万太郎、水上瀧太郎、佐藤春夫、堀口大學、南部修太郎……。

中学生だった政二郎の生活も一変した。

「これこそ文学だ」

「これこそ自分が一生をゆだねるに値する仕事だ」
俺はそう思った。自然主義の小説を読んでいるうちは一度もそんなことを考えたこともない文学で身を立てようという情熱が、俺の身内に沸いてきた。(『俺傳』)

寝ても醒めても、頭にあることと云へば、小説家になることだった。暇さえあれば、小説を讀み、小説を書いてゐた。(『初対面―永井荷風先生』)

まずはお定まりの模倣から。『狐』『春のおとづれ』『花より雨に』などお気に入りの作を一字一字原稿用紙に写し取って文章の練習をし、漢字や仮名使いまで荷風を真似た。ある時、雑誌の写真で荷風が和紙へ毛筆で書いている様を見て、即座に自分もペンを捨てた。また、ひと目でも実物の先生を見たくて、荷風の住む牛込区大久保余丁町(よちょうまち)の来青閣まで出かけていくこともしばしばだった。「三田文学会講演会」の広告で荷風の名を見つけると、期待に胸を躍らせて三田の山まで聴きに行ったりもした。「先生の魔力(ファッシネーション)にかかった」と小島は表現している。

そういう夢遊状態にはいっている人間が、どうして中学の数学に興味を引かれよう。Agが銀で、H_2Oが水などということが暗記できよう。「点は位置ありて大きさなきものなり」などということは、公理だから覚えろといわれても、わたしには位置と大きさとについてそういう考え方はできなかった。(中略)化学の階段教室では、上の方に座を占めて、「向う通るねえちゃんは、島田くずしか銀杏(いちょ)くずし、頬の赤いが福相な。惚れるか惚れぬか聞いてみな。聞いたら惚れぬと申します……」なんという寄席じこみの俗謡を唄って、退屈をしのいでいた。（『永井荷風先生』）

中学四年で見事に落第

こうなると必然、成績は急転直下である。それまで席次五番と下らなかった優等生は瞬く間に四十二番へと転落し、とうとう四年の三学期（明治四十四年）に落第通知を手にする。一年生の時には副級長を務め、級友に号令をかける政二郎の姿を目を細めて見ていた両親は、その子が落第するなど夢想だにしなかった。父・釥太郎は激昂した。

「こんなものがあるから怠けるのだ」

と二階へ上がって来て、わたしの見ている前で、本箱の中の文学書という文学書をことごとく二束三文に売り飛ばしてしまった。瞬間、わたしは、父の激しい気性にひしがれて、からだがふるえるほど恐ろしかった。しかし、父がおりて行ってしまうと、悲しさとくやしさとが突き上げて来て、わたしはそこへ泣き伏した。おお、失われた西鶴全集よ。脚本傑作集よ。（『同』）

これより三十年以上後に書いた別の回想（『小説永井荷風』［短編］と『俺傳』）では、父は政二郎の本を庭へ放り出して火を付けた、舞い上がる灰に気づいた巡査が様子を見に来たと綴っているが、どちらが本当か詮索するほどの問題ではあるまい。どっちにしても、政二郎の蔵書は消え、以後父にとって文学は「目の仇」に近い存在になったのだ。

政二郎の小遣いは減らされ、そのうえ数学の補習のため、中学よりもっと遠い神田区三崎町の研数学館まで歩いて通わされることになった。行き帰りに水道橋を渡る。

> 橋の欄干につかまっては学校へ通うことのいとわしさ、落第の身の不甲斐なさ、といって、数学を勉強し直す気もない。行く手には、第二、第三の落第の雲が重なっていた。とても自分には永久に中学が卒業できそうに思われなかった。——わたしはまるで自分の心の反映のように澱(よど)み濁った水の上を、毎日毎日じっと見おろしていた。（『同』）

これで失恋が加われば、荷風『すみだ川』の主人公長吉そのままである。

余談だが、数学が出来ずに苦労をなめた作家・文学者は、本編に関係するだけでも大勢いる。そもそも荷風も高等師範付属学校尋常中学科を病気で一回、数学で一回落第しているようだ。先に紹介した三田派の久保田万太郎も、府立三中を代数が出来ずに三年で落第したために慶應普通部に転学しているし、佐藤春夫だって郷里の新宮中学を、結局は卒業出来たが数学の成績不振と素行不良で三年から四年へ上がれなかった。時代はずっと下るが、三田関係で言えば、江藤淳が、秀才でありながら数学が出来ずに日比谷高校から東大へ進めなかったのはよく知られた話だ。付け加えておけば、彼らは皆、政二郎も含めて、国語と英語はよく出来た。絵に描いたような文科系人間、その典型たちである。

さて、苦悩する政二郎少年は、いっそ中学を辞め、荷風の『冷笑』の中谷丁蔵のように、歌舞伎座の作者部屋にでも入って、拍子木を打って暮らそうかとも思った。しかし、それはあくまでも夢想で、現実生活ではそんな大胆なことが出来るような性格ではなかった。かといって、悔い改め、父の命にしたがって学業に励む気は毛頭もなかった。彼は鬱屈した心情を書き綴ると、花袋主筆の雑誌「文章世界」（博文館）に次々に投稿した。

実生活において反抗のハの字もできないわたしは、せめて書く物の上でだけでもあばれ廻った。そうしたわたしの文章の一つが、選者の藤村によって、「美しき反抗児」という評言を下されたのを名誉と思ったことを覚えている。（『同』）

そこで「文章世界」を眺めると、確かに読者応募入選作や選外佳作欄に小島政二郎（または政次郎、政治郎）の名が幾つも見える。ただ、恥ずかしながら私の調べが不充分なので、ここからは小山文雄（一九二六〜二〇一五）著『大正文士颯爽』（平成七年）の力を借りて政二郎の投稿を辿ってみたい。

この本は、共に芥川龍之介門下として良きライバルであった小島と佐佐木茂索が、切磋琢磨しながら新進作家として成長してゆく様を活写した快著である。おそらく若き日の小島政二郎を丹念に描いた唯一の評伝で、年代記述にわずかに錯誤はあるが、文章も小気味よく、私のような小島フリークならずとも大正文壇の快活な雰囲気に浸れるはずだ。ちなみに著者は長らく神奈川の教育界で活躍した人物で、前出の江藤淳は湘南中学時代に教えを受けて以来、終生小山と師弟の交わりを続けた。

明治末の「文章世界」に戻ろう。掲載されている政二郎の作品を、古い順に並べてみる。

『出血』（四十三年十二月号）

◎『深川』（四十四年一月黄鳥号）

『天理教』（二月号）
『披露目前』（四月号）
『向島の姉さま』◎『宮戸座のかへりに』（詩　六月号）
『評判娘繪姿』（七月号）
『落第』（九月号、十月号に再講評）
◎『海郷日の暮方』（十二月号）
◎『父と子』（論文　四十五年二月号）

◎印が本文掲載、その他は標題と作者名のみが載っている。想像するに、これ以外に没作品もあったに違いないから、ほとんど毎月投稿していたのではないか。落第直前から一年以上、つまり二度目の四年生をやっている間じゅう書きまくったわけだ。これでは、岡本文弥が言う花街通いはウソとしても、「学校の方は放ったらかし」というのは、充分頷ける。

「其の筋」を畏れて掲載自粛

小島の言う藤村の評言は、このうち『落第』という作についてで、四十四年九月号にまず「飽くまで自己の特色を出して行かうといふ意氣込は見える。美しい反抗兒とでも言ひたい」（藤村）とあり、次の十月鴻雁号でも、おそらく同作のことだろう、次のような長めの選後評が書かれている。（この選者は不明）

以上の外に、幾度か取らうとして遂に捨てたものに、小島政二郎君の『落第』といふのがあった。私は其の思想をも面白いとも思つたし、其の表現の仕方にも感心したが、併し、かういふ思想を公けにすることは、或は其の筋で喜ばぬではなからうかと疑つた。親子の関係を書いた文章では、(諸君はもとより知らぬことであるが)本誌はかつて其の筋の注意を受けたこともある。よしんば吾々が不健全とは夢にも思はぬことでも、もし吾々を支配する権力者が不健全と認める場合には、吾々は長いものには巻かれねばならぬ。『落第』を掲げなかつた所以である。

つまり、「其の筋」を畏れて雑誌の方で自主規制してしまったというわけだ。いったいどんな「思想」だったのか興味をそそられるが、もはやそれを知るすべはない。

一方、作者本人としては、荷風ばりに当局の忌避に触れるようなものを書き上げて、内心満更でもなかったのではあるまいか。あるいは、自分を抑えつける社会にますます反抗心を滾らせたか……。とにかく生まれて初めて湧き上がってきた強い創作衝動に、政二郎は衝き動かされたのである。

◎印の掲載作品を、小山の前掲書によってざっと紹介すると、『海郷日の暮方』は筆が練れていて秀逸の評を得ているが、花袋は「文章から来る面白味といふやうなものに捉へられて、十分な感じを味ふことができないのが憾みだ」と選評しているとのこと。文章にこだわり、後年「描写と説明」に囚われて格闘することになる小島の、その芽がすでに見えると小山は言う。

論文『父と子』は、中学卒業後の進路をめぐる父子の対立で、文学志望の息子に対し、父は「高等商業へ行け」「三文文士になるなら勘当だ」「祖先に申し訳が立たない」と繰り返すのみ。子は「頑冥な個人的性癖を以て、おもちゃならぬ生きた人間を検束しようとするから我慢が出来ない」と反発するという、時代を超えて遍在する図式だが、政二郎にとっては切実な真情の吐露だったのだろう。実際にこの父との葛藤は解決を見ず、約一年後、政二郎はやむなく奇策でそれを突破しようとするのだが。

もうひとつの『深川』は落第直前の作だが、冒頭部分をここに抜粋してみよう。満十七歳直前、投稿とは言え初めて市販雑誌上で活字になった、小島政二郎の文章である。

彼はこの頃になつてつく〴〵明治の生活と云ふものは誠につまらぬものだ、何故かう刺戟に乏しいのだらう、何故かう癪に觸る物ばかりなのだらうと感出した。鳥渡街頭を歩いても目に付くものは洒々としない田舎者ばかりで、役者と力士とを兼帶したやうな當世紳士、光つたものばかり着たがるでこゞこの貴婦人、浴衣に足袋の奥様、汚れた足袋の指の股へぐつと鼻緒を深く突込んで歩く女、髪を廂に結つて我れに肉ありと乙ゥすまして歩く女學生の衣服の袖の振が揃はずに、お出お出になつてゐるのなぞを見るのは彼にとつて少なからぬ苦痛である。彼はしば〴〵「江戸ッ子はゐないか江戸ッ子はゐないか」と叫んだ。……

全部で四百字詰めにして七、八枚の短文で、さしたる筋はない。内容は終始「彼」の古き江戸深川への思慕、『梅暦』（春水）の主人公丹次郎への憧れといったものである。小山文雄は、ここには荷風の『深川の唄』が透けて見えて面白いと言っているが、同感である。そして、これぞ荷風の魔力にかかっていた証だと、ほほえましく思う。

ただ、ついでにもうひとつ感じるのは、模倣ではあっても、この文には、荷風の文章とは違うリズムが打っている。同じ東京弁でも、下町言葉と山手言葉の違いというか。きっと、彼の生得のリズム感覚なのだと思うが、これは後に検討したい。

ちなみに、小島は後年、江戸の名残をとどめる下町への愛惜を繰り返し筆にしたが、これは荷風のいわゆる江戸趣味や文明批評に感化されたからばかりではなかろう。代々続いてきた江戸っ子の血と感性が、それを書かせずにはおかなかったのだ。ただこの少年期に、西洋を体験した荷風の目によって、気づかなかった足下の美を発見させられたことも事実だろう。こんなことも書いている。

……先生の作中情景を、暇にまかせては訪（おとず）れた。「すみだ川」の中に、橋場、今戸が舞台として取り扱われていれば、そこへ行く。芳町の芸者屋新道（じんみち）が小説に現れれば、夜になるのを待って、竜宮の細道みたいにきれいに灯のつづく路地を、みッともない、絣（かすり）の書生さんがウロウロしたこともあった。（中略）代地（だいち）、築地あたりの河岸にも、詩を求めては夕方から散歩に行った。「深川の夢」を読んでは、知らぬ夜路を、人に聞き聞き遠く、なぜか低い感じのする洲崎（すざき）まで漫歩の足を伸ばしたこともあった。（『永井荷風先生』）

大正改元、進路は決まった

暇さえあれば執筆、市内散歩、それに相変わらずの寄席通い、芝居見物……学校の勉強は半ば放擲していたにもかかわらず、うまいぐあいに互いの不得意科目を補い助け合うような親友を得たことも幸いして、政二郎は落第を繰り返すことなく最終学年——五年生に上がることができた。

彼の文学一途はさらに拍車がかかり、学校など、もはや退屈以外の何ものでもなかった。第一高等学校進学を最大目標とする京華中学は、自分のような脱落者は、学校のほうで突っ放して相手にしなかったと彼は書いている。それなら、ここまで来れば、もう学校は鍛え甲斐のない自分のごとき生徒は見限って、温情か、厄介払いかは分からぬが、このまま卒業させてくれるのではないか——そんな予感もあったはずである。政二郎は前年にもまして、学校を顧みなくなった。

その年の夏、天皇が崩御、明治は終わった。

もう自分の進む道は決まっている。

小説家になるのだ。それ以外は考えていない。

しかし、中学生が今すぐ小説家になれるわけではない。では、どうするか。

まず、三田——慶應義塾の文科に入る。そこには、荷風先生がいる。教えを受ける。小説を書く。読んでもらう。眼鏡に適う。作品が「三田文学」に載る。注目を集める。作家への道が拓ける……無論、空想である。理想である。しかし、妄想ではないだろう。それが証拠に、習作とはいえ、「文章世界」では、あの藤村が、花袋が「秀逸」と評してくれた。もし、自分に一片の才能もないならば、そんなことはあり得ないではないか——。

だが、その望みを叶えるためには、ひとつ身近な障壁を突破しなければならない。

それは、父である。西鶴全集を二束三文に売り飛ばした、あの頑冥な父である……。

卒業が眼前に見えてきた頃の政二郎の心中は、大方こんなところではなかろうか。

「文科」VS.「理財科」の対立を強行突破

では、その父や母は政二郎の将来を、実際、どう想い描いていたのだろうか。

当時の下町の商家で、子弟を大学に上げるなど極めて稀で、一大事でもあった。事実、町内で大学校まで行ったのは「柳河屋の政ちゃんだけ」だったと小島は述懐しているし、五つ年長で浅草田原町の袋物商の息子久保田万太郎の場合も、同様だったようだ。そのうえ、万太郎は長男で家業を継ぐ立場であったので父は猛反対し、万太郎思いの祖母の説得と学資工面で、やっと父が折れたという。

その点、政二郎には跡継ぎたる兄がいた。そして幼い頃から脆弱である。人並みの労働に耐えられるか心配ではある。見たところ本好き、勉強好きで、理数系を除けば成績も良い。大学生なら兵役の猶予もあるし、卒業すれば中学教師の免許くらいは得られる。幸いわが家は学費を出すくらいの余裕はある。ならば、本人が望むなら学問でもさせて、何か別の生活の道を与えてやるのもいいかもしれない——あくまで推測だが、父母はそんなふうに考えていたのではないか。

一高や、一ツ橋の高等商業なら文句はないが、数学の出来からいって難しそうだ。それなら私学、本人が希望する慶應でもよかろう、とここまでは、親子の目論見はうまく合致した。ところが、この先に越え難い溝が横たわっていた。

政二郎にとって三田が即ち「文(学)科」であるのと同様に、父鈔太郎にとっては三田ならあくまで「理財科」であり、それ以外の選択、とくに文科など認められなかったのだ。

理財科が慶應義塾の看板学科であり、卒業すれば銀行など会社勤めが可能だということも勿論だが、文科を出ても将来はない。それも、政二郎の志望は、学者でも教師でもなく、文士だという。それは職業ではない。資産や他に定職をもつ者が、閑暇にたしなむ余技であり、副職である。実際、筆一本で生計を立てている小説家がどこにいるのだ……。

これは、明治大正の世間常識からいえば、まったく父が正しい。

いや、昭和敗戦後まであったような貧困が地を払った現在でも、この「文士」を、テレビ芸人やミュージシャンに置き換えれば、頷く親も多いだろう。釙太郎にとって政二郎を文科に入れて学費を払うことは、将来の穀潰しを育てるための投資に他ならなかった。

結局、この父子の対立は、中学卒業の時が来ても解決しなかった。

政二郎は煩悶の末、非常手段に訴えた。

父の書いた理財科への入学願書を途中で破いて、文科への願書に書き換えて、判を盗んで押して塾監局へ提出したのだ。(『俺傳』)

この時、母はすべてを承知して判を押すのを手伝ってくれたという別の回想もあるが、ともかくこうして彼は、望みどおり文科——慶應義塾大学部文学科予科への入学を果たした。数学のない入学試験をパスするのは苦もなかった。大正二(一九一三)年の四月であった。

念願叶った政二郎は、勇躍三田の学舎へ通い勉学に励むのだが、その頃の慶應では学期末に成績表が父兄に送付されることになっていた。

……一学期の成績通知が来れば、すぐにばれることだから、来る日も来る日も不安で不安でたまらなかった。あらかじめ学校で通知を出す日を聞き出して置いて、その日は朝から店にいて、ハガキを横取りすることにした。

それもうまく行き、病後の兄に付きそって野尻湖へ避暑に行った先から、父に長い長い手紙を書いた。（『同』）

横取りしたハガキには「席次一番」とあった。そのハガキを、長い長い手紙と一緒に封筒に入れた。

これには、父も我を折ったらしい。無口の父がうなずくのを見た時には、「うれしい」と思う前に、どんなに父を悲しませていることかと思うと、心は重かった。わたしは生まれて初めて責任を感じたように思った。（『永井荷風先生』）

ようやく政二郎の心に平穏が戻った。この時芽生えた責任感は消えることなく、卒業までの五年間、彼は「席次一番」を保持した。もっとも、入学時の予科の同級生は全部で十三人、それが漸減してゆき、本科の三年間は後の劇評家三宅周太郎と二人きりだったというが。

満十九歳、父への手紙

さて、いよいよ待ちに待った荷風との接近へ、と行きたいところだが、回り道ついでにもうひとつだけ、この父への長い長い手紙にふれておきたい。というのは、故(ゆえ)あってこの手紙の実物が、ほとんど当時のままの状態で、今私の手元にある。

自分の来し方を執拗なまでに書き綴った小島だが、小学校の頃の作文まで公表する昨今の作家とは違い、さすがに少年時代の習作や私信などを活字にする神経は持ち合わせていなかった。だから、ここにそれを書き写す末弟の所業に、泉下の先生は苦笑いだろうが、私はその誘惑に克てない。

満十九歳の青年が書いたこの書簡は、小島政二郎の性格・精神を語っているだけでなく、明治東京の親子関係、文士や文学の世間における位置などが読み取れて、実に興味深い。およそ百年の間に、変貌したもの、変わらぬもの、読めばさまざまな感慨が湧いてくる。

まずは概要から。封筒は白で、縦二十センチ、横八センチほどの通常のもの。表の宛名は毛筆で「東京市下谷区下谷町壱の五　古賀釥太郎様　平信」、裏には「房州富浦豊岡　小澤方　政二郎」とある。ということは、本人が書いている避暑先の「野尻湖」（長野）は、思い違いで、実は内房の「富浦」（現千葉県南房総市）だったわけだ。

中の手紙は天地十八センチの巻紙で、広げてゆくと延々六メートルに及ぶ。本文も毛筆で、一行十五～二十字、数えるとそれが四百九十五行続く。全部でおそらく八千五百から九千字ぐらいだから、四百字詰で換算すると二十二～三枚になるだろう。冒頭の十行ばかりを写してみる。なお文末の句点も「。」ではなく、読点と同じ「、」あるいは「・」に近いが、便宜上「。」にしておく。

> 謹啓／遠(トホ)く離(ハナ)れた所(トコロ)から御両親(ゴリヤウシン)に申上(マヲシア)げます。唯此事(タヾコノコト)を申上(マヲシア)げるに就(ツ)きましては、御両親(ゴリヤウシン)をお驚(オドロ)かせ申(マヲ)さねば、事(コト)の次第(シダイ)を具(ツブサ)に申上(マヲシア)げる事(コト)が出来(デキ)ないのが、如何(イカ)にも心苦(ココログル)しい次第(シダイ)では御座(ゴザ)いますが、然(シカ)し早(ハヤ)かれ遅(オソ)かれ、どうせ一度(ド)はお聞(キ)きに入(イ)れなくては叶(カナ)はぬ事(コト)で有(ア)つて見(ミ)れば、何時(イツ)云(イ)ふのも同(オナ)じ事(コト)だらうと存(ゾン)じまして、只今(タヾイマ)、手紙(テガミ)に書(カ)きまする様(ヤウ)な譯(ワケ)で御座(ゴザ)います。

ご覧のように、ここまでは漢字すべてにカタカナで読みが振ってあり、その後も全部ではないが、かなりの頻度で振っている。政二郎の両親はこれが読めないほど無教養ではないから、念のための、内容を正確に伝えるための配慮だろうか。それとも礼儀としてか。居住まいを正し、心して筆を執っている様が、このフリガナから私にはうかがえる。

これからいよいよ本題に入る。（以下、フリガナは略）

文科に入った五つの原因

自分が慶應の理財科に入学したと信じておられるでしょうが、実は「文科に這入って仕舞ったので御座います」。そして、いずれ打ち明けねばならぬことゆえ、その「折を見計って居りました。丁度、乃木大将が死に場所を探して居た様に――」「何うか、仕舞迄、波打つ御胸をお静めに成つて、私の申す所をお聞き下さいまし」と続く。

この後、入学前に相談出来なかった諸事情や、決して父を粗略にしたわけでないこと、充分な思慮のもとに決断したのだということなどを縷々述べてから、それでは「何故、私は文科へ這入ったか、それには五つの原因があります」と言って、次のようにそれを箇条書きにしている。

第一、私は最も生き甲斐ある生涯を送りたい為めに文科へ這入りました。

第二、理財科と文科とでは、卒業後、月給の多寡でも違ふと云ふのなら、何で私が理財科へ這入らずに置くものぢやありませんが、理財科を出ても、文科を出ても、月給の多寡は変りがないのですから私は文科へ這入りました。

第三、銀行会社員と成つて、イヤ〳〵務めるよりも、文科を出て、勇んで自分の職務に従事した方が、却て月給の昇進が早いと思つて、文科へ這入りました。

第四、私の様に体の弱いものは、此都会に住もうより、近くの海岸にでも住居を構へる方が都合がいゝと思ひます。就ては朝の早い銀行会社勤よりも、新聞社か博文館あたりへ勤めるに如(シ)くはないと思つて文科へ這入りました。

第五、慶応義塾文科出身者は、新聞界ならば、東京大坂（ママ）の時事、朝日の両新聞者（ママ）へ、雑誌界ならば、博文館へ世話をして貰へます。随つて早稲田大学のやうに二六や中央の如き駄新聞へ世話をされる心配がありません。

ここからがこの手紙の真骨頂で、青年はそれぞれの項目について、もっている知識、情報、情熱を動員して解説を加えてゆく。

「第一、」では、ただ文学が好きで後先も考えず、金銭問題も考えずに文科に入ったのとは訳が違う、「私は文学を離れては、私の生命がないと信じたからで御座います」と大宣言。自分の才能や性格と合わぬ仕事に就いて酔生夢死に終わりたくないと主張し、巌谷小波や、今飛ぶ鳥をも落とす勢いの永井荷風らの父との確執を紹介して、「嗚呼、それにしても、何故、文学を志望する子の家庭には、いつも此種の争ひが絶えないのでせうか」と嘆いてもいる。

「第二、」については、まず世間の親たちがもつ、文学では食ってゆけないという考えがそもそも甚だしき謬見だと説く。親たちは「山田美妙を見ろ、川上眉山を見ろ」と言うが、あれは主人を失った家族が窮状に陥ったのであって、彼らだって生きていた時は、会社員などより上等な暮らしをしていたのだ。稼ぎ手が死んで窮乏するのは、会社員の家でも同じだろうと力説する。

月給の外に原稿料が取れる

次に慶應卒業生の就職状況を説明。

曰く、確かに慶應の理財科か、理財科の慶應かと世間では言われているが、実は「毎年二百から三百位の卒業生のハケ口がない始末です」。なぜなら、銀行会社の数に限りがあるところへ、帝大、早稲田、慶應、高等商業といった各校がそれぞれ二百以上の卒業生を出す。それ故、「大学出身者という資格が下落して、今年抔(ナド)の慶応義塾出身者最高月給で、三十円と云ふ有様です。(それも二三人しかない始末です。跡は二十五円、二十四円、甚だしいのは十八円、十四円抔と云ふのさへあります。それでも職のないものよりかどんなに増(マシ)だか知れませんけれど)」と入学早々よく調べている。

それに引き換え、文科はというと、予科の一年から本科の三年まで全部併せても五十人にも満たないので、理財科とは逆に時事、朝日の両新聞や博文館あたりの需要を満たすことが出来ないのが現状で、「学校でも、困って、今年から新しく新聞科と云ふ科を設け、其不足を補はうとして居ます」。

では新聞社の初任給はどうかといえば、やはり最高で三十円、たいていは二十四、五円だから銀行と変わりはないし、上層部の収入もほぼ同じだと説明する。さらに、新聞社で理事あるいは寄書という存在になると、出社もせず原稿を書くだけで高給を得られるのだと言って、熊田葦城、夏目漱石、杉村楚人冠といった人物を紹介し、それぞれの収入や住んでいる土地、邸宅の様子まで書き加えている。

このように新聞記者も銀行会社員も変わらないうえ、「私みた様に、記者を遣り乍ら小説でも書かうと云ふ男には、記者としての収入の外に、原稿料がカナリ取れます」と、父を安心させるための張ったりであろうが、だんだん筆致も得意げになってくる。原稿料は二十字掛ける二十行の一枚で最低八十銭、「森鷗外氏の如きは、原稿紙一枚が、七円と云ふのが通り相場に成って居ります」「普通の文才さへあれば、原稿紙一枚二円位までには漕ぎ付ける事はさほど苦しい業でもありません」

ただ、概して文学者は感情家が多く、どこかに勤めるということが出来ない、原稿料だけで暮らそうとするから勢い窮乏してしまう。私はそんな輩とは違って「日々通勤するのをいやだとも思はない当前（アタリマエ）の人間味を多分に具えて居る」から、父上の心配はご無用と訴える。

「私も最早二十歳に成ります。少しは世の中の事も解って来た積りであります。決して馬鹿な考へから、文学に志したのではありません。食ふに困らないと云ふ確たる目算を立てた上でのお願ひなので御座います」

この後もまだ繰り返し懇願が続くがこのへんにしておこう。あとは、前記の第三、四、五の原因についてはもう説明の要はないだろうから省くと書いてから、同封の葉書（成績表）の解説をし、再度赦しを乞うて筆を擱（お）いている。最後の一文はこうだ。

「ああそれにしても、如何に成り行く私の運命でせうか。思へば心もとない思ひもします。大正二年八月　遠き南の海邊にて　政二郎　御両親様」

せっかくだから、この成績表も写しておこう。（図版1）

国語と英語訳解が「良」で、あとはすべて「可」、これで席次一番である。本人の説明によれば、予科一年生合計十三人のうち病気その他の理由で欠席者があり、試験を受けたのが六人だったのだという。いずれにせよ十三人中一番で、両親には「私如きものが一番に……文科なりやこそです」と謙遜している。

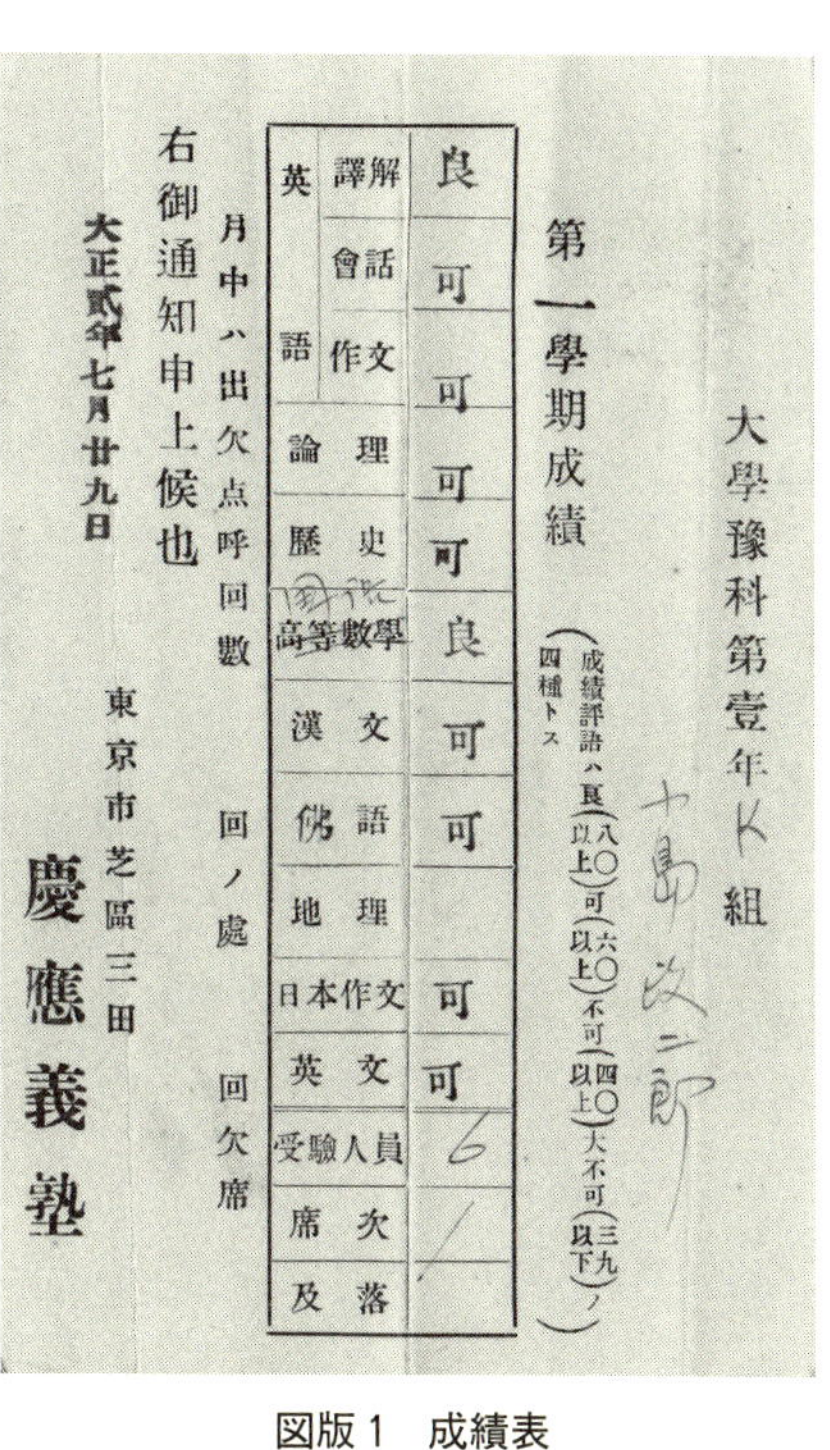

大學豫科第壹年K組

第一學期成績（成績評語ハ良（八〇以上）可（六〇以上）不可（四〇以上）大不可（三九以下）ノ四種トス）

科目	成績
英語 譯解	良
英語 會話	可
英語 作文	可
論理	可
歴史	可
高等數學	良
漢文	可
佛語	可
地理	
日本作文	可
英文	可
受驗人員	6
席次	1
及落	

右御通知申上候也

月中ハ出欠点呼回數　回ノ處　回欠席

大正貳年七月廿九日

東京市芝區三田　慶應義塾

図版1　成績表

速断はできないが、一学期ですでに七人も脱落してしまったということなのか。無論、二学期以降で挽回も可能だったろうが、本科に上がるまでの二年間で残ったのが二人だけだという事実を考えると、これは充分あり得る。十三人でも少なくて、理財科の組に放り込まれて一緒に授業を受けたというから、まさに隔世を感じる。これでは慶應義塾もさぞ悩ましかったことだろう。

武藤康史『「三田文学」の歴史』（「三田文学」連載中）によれば、これより三年前――「三田文学」創刊直前の明治四十三（一九一〇）年三月の卒業生は、理財科百四十八名に対し、文学科は四名。荷風先生の起用で何としても「刷新」したかった気持ちはよく分かる。

「荷風追っかけ」の日々

当時の慶應義塾大学部文学科は予科二年、本科三年の五年制。そして、永井荷風教授の講義を受けられるのは本科二年になってからであった。

すなわち、荷風に恋い焦がれて入学した政二郎だが、実際にその謦咳に接するのを三年間は我慢しなければならない。仕方なしに勉学に励み、来るべき日のためにフランス語にも熱心に取り組んだものの、予科の授業は文学と関わりが薄く刺戟に乏しい。本科の教授陣――荷風や小山内薫、馬場孤蝶、ヨネ・ノグチ、小宮豊隆、阿部次郎、安倍能成らの姿を遠くから仰ぎ見るぐらいが、せめてもの楽しみだった。あとは級友たちとの駄弁(だべ)り。同級の三宅や水木京太、一年上の南部修太郎、井汲清治らと三田界隈、銀座あたりをブラつきながら、バカ話に興じて時を過ごした。

それにつけても本科の上級生が羨ましい。授業を終えた荷風が久保田万太郎たちと連れ立って学校を出て行くのを見ると、自分たちも後を追って三田の洋食屋「木村屋」へ入った。すぐ近くのテーブルに陣取ると、荷風の発する言葉、注文した食べ物、とにかく荷風の一挙一動に耳をそばだて、目を瞠った。

期待していた文学談などが語られることはなく、荷風が食べるのは、いつもロールキャベツかメンチボールとトースト、食後はアップルパイに紅茶と決まっていた。支払いも自分の分だけで、同席の学生に奢ることはないと知った。

しかし、憧れの先生を間近で見たところで、血気盛んな青年がそれで満足するはずもない。むしろ、お預けを食わされている身になおさら不満が募る。

政二郎は思い余って行動に出た。

「永井邸へ原稿持参」の真相

講談社文芸文庫版『長編小説　芥川龍之介』の巻末の年譜（武藤康史編）では、大正二（一九一三）

年の項にこうある。

「予科一年のとき、五〇枚ほどの小説の原稿を持って荷風の家を訪問した。荷風には会えたが、原稿は二日後に返送され、荷風が目を通した形跡はなかったという」

おそらくこの記述の元になったのは、短編『小説永井荷風』（『鷗外荷風万太郎』ほかに所収）ではなかろうか。確かにこの作品には、一人で来青閣を訪ねた折、荷風の取り付く島もないような応対に遭い、その膝の前へ恐る恐る原稿を差し出して帰って来たことが書かれている。そして、

私の原稿は、中一日置いて、三田文学会と印刷した封筒に入れられて、二銭切手を貼った開き封で、なんの添え手紙もなしに送り返されて来た。荷風は目も通してくれなかったのだ。

正直、私は自分の原稿がいとおしくって涙がこぼれた。（『同』）

他にも、これまで何度か引用した『俺傳』でもこのエピソードは語られている。ところが、三十数年前、旺文社文庫版『円朝』に解説と年譜を付けるとき、私はなぜかこの逸話をどちらにも載せなかった。打ち明けるとこの年譜は、私の学校の卒業論文の付録だったものを圧縮して作ったのだが、その元の年譜でも論文でも、この荷風との一件にはふれていない。というのも、実は何の根拠もないのだが、小島の回想の中でも、この話はどこか取って付けたようであり、荷風の冷酷な人柄を伝えるいかにもな挿話で、出来すぎだと思ったからだ。そのうえ、これは荷風没後の執筆だから誰も確かめようもないし、またこれを事実とすると、少々矛盾が生じると、まだ学生だった私は感じた。そう覚えている。

まだ健在だったのだから、何で当人に直に尋ねなかったのかと悔いてはいるが、今では作り話だなどとは、まったく考えていない。ただ、荷風との物語をたどる以上、これは外せない問題なので、あらためて少し探ってみた。

まず、考えるよすがとして、永井荷風について小島政二郎が書き残した主だった文を、年代順に並べてみる。

①『永井荷風氏作「おかめ笹」』(「三田文学」大正九年六月号)
②『永井荷風先生』(「新潮」大正十三年九月号)
③『永井荷風論』(改造社「日本文学講座⑫」所載。昭和九年四月刊。「三田文学」同年九月号に転載)
④『初対面—永井荷風先生』(「文藝春秋・冬の増刊」昭和二十五年十二月)
⑤『永井荷風先生—初対面』(「文藝春秋」昭和二十六年三月号)
⑥『小説永井荷風』(「小説新潮」昭和三十四年八月号。『鷗外荷風万太郎』ほかに所収)
⑦『俺傳』(「日本経済新聞「私の履歴書」昭和三十五年一月を改稿。『俺傳』同四十一年六月、南窓社刊に所収)
⑧「小説永井荷風」(「月刊ペン」昭和四十四年十一月号〜四十六年九月号連載。平成十九年九月、鳥影社刊。二十五年十一月ちくま文庫)
⑨『百叩き』(「うえの」昭和四十六年十二月号〜四十七年六月号連載。『百叩き』四十八年八月、北洋社刊に所収)

このうち①は、わずか八百字程度の作品評であり、③は後に小島が荷風の逆鱗に触れたと推測する重大な一文だが、共に純粋な文学論だから、後段でじっくり分け入るとして今は無視する。残った七つのうち「荷風訪問と原稿返送」を記しているのは、⑤と⑥と⑦なのだが、実は⑤（と④）は本稿を書くために探して、初めて読んだ。そこでようやく種々得心したわけだが、⑥と⑦しか知らない時に感じた疑問を、いちおう書いておく。

崇拝していた人間と初めて相対した時の記憶を、人はおいそれと忘れはしないだろう。だとしたら、荷風の日記に徹底的に反論した⑨において、数々の思い出を振り返りながら、なぜそれに言及しなかったのか。そこでは、他の作家が荷風に自作の序文を頼みに行って、卑劣な方法で断わられたエピソードまで紹介している。当然、自分の過去にも思い至ったろうに、それが解せない。

また②では、荷風に弟子入りしようと決意し、通い番頭の善助に付き添われて、空也の上等の菓子を手に来青閣を訪ねるくだりが出てくる。結局、荷風は留守で面会は叶わなかったのだが、このあたりの描写はリアリティがあり、これが「荷風訪問」の真相ではないかと私は思ったのだ。

さらに、没後だいぶ経ってやっと日の目を見た⑧長編『小説永井荷風』でも、「荷風訪問と原稿返送」は出てこない。もっとも、この作は章頭でもふれたが、小島の意思に反して連載が途中で打ち切られたので、とことん書き続けられたら出てきたかもしれない。現に後半で、「日が立つにつれて、荷風がそんな人柄でないことが私にも分って来た。そのことについては、追々書いて行く」と言ったまま、書かずに終わった。

以上のような流れのあとで、今回、初めて④と⑤を読んだ。タイトルを見れば分かるだろうが、これは雑誌誌面での活字の大きさをその順に表記したまでで、この二編は続き物の同作品と見なしていい。④が約四十枚、⑤が九十枚だから足して百三十枚、⑧に次ぐ長さである。

まず④だが、再三引用した②と同様に荷風とのいきさつを順を追って叙述してゆく。中学時代の荷風の活躍、傾倒、落第、父の怒り、ますます燃え上がる文学への情熱まで語って終わり。最後の二行はこうだ。

「この上は、どうしても親しく荷風の謦咳に接するより外に、私の崇拝心を満足させる道はなかつた。／私は一生懸命にその機會を狙つてゐた」

続く⑤は、右に呼応するように、こう始まる。

「その頃は、今と違ってまだ師弟と云ふ關係が残つてゐた。／そこで、私は荷風先生の弟子にならうと思ひ立つた」

そして、②と同じく善助と二人で来青閣の玄関に立つ。②と同表現が頻出するので、作者は三十年近く前の自分の文を手元に置いて書いているのは明白だが、ディテイルはこちらのほうが精しい。やはり、荷風は不在で二人の緊張はほどけ、帰路に着く。その後は、「どうも『押し掛け弟子』には行きにくかつた」とこれも②と同じである。

今まで一度も人に語ったことはなかった

ところが、すぐ次の行で意外な展開が待っていた。

「が、正直に云ふと、私は或人の紹介状を持つて、もう一度この内玄關のベルを押したのだ」

つまり、「荷風訪問」は二回だったのだ。②ではその一回目のみ、⑥や⑦では二回目のみが語られたから、私が勝手に混乱したというわけだ。二回目に初めて言及した⑤の描写は他と違って細かく、小島が悪罵を思い切り放っている。この時、まだ荷風は存命中だが、すでに崇拝も尊敬も消え失せ、むしろ憎しみに転じていたのだろう、なに憚ることなく辛辣に描いている。ちょっと引用してみよう。
(以下、新字、新仮名に変換)

梅雨時(つゆどき)の、ドンヨリ曇った日だった。その時は、首尾よく庭の見える八畳の間(ま)に通されて、先生と面晤(めんご)する機会に恵まれた。先生は縞(しま)の浴衣を着て、横ッ坐りに坐って、手でその足の甲(こう)を絶えずこすっていられた。大きな足だった。

渋茶が一杯出たきりで、お菓子の饗応もなく、私の生涯でこんな冷遇を受けたことは記憶にない。話の間じゅう、うるさい位目をパチクリ〱瞬(また)いて、いくらこっちが真心を込めて話し掛けても返事は「ええ」と「いゝえ」の一点張りで、心の暖かさと云うものは微塵感じられなかった。弟子にしてくれなどとは、どんな馬鹿でも口に出して云えないような応対だった。それでも、その時は私は三十枚程の小説を書いて持って行った。

「恐れ入りますが、お暇の折に目を通して戴きたいのですが――」

帰り際に、思い切ってそうお願いして、五分といたたまれずに匆匆にして引き上げて来た。が、二三日すると、三田文学の封筒で、先生の筆蹟でない字で、開き封に二銭切手を貼ってこの原稿は送り返された――と云うよりも、突ッ返されて来た。無論、添え手紙も、ハガキ一枚来なかった。

渋茶一杯が冷遇かどうかはともかく、こんな体験は容易に忘れられるものではない。同時に、わざわざ他人に吹聴する類いのものでもなかろう。ここで小島政二郎は、はっきりと言っている。

この訪問の話は、不愉快至極だったので、今まで一度も人に語ったことはなかった。が、この時子どもながらも冷々(れいれい)とした空気を感じたその実感が、人間荷風の性格を如実に語っていると思い、書いてみた。

さらに、こうも言っている。

大人(おとな)なら、この第一回の幻滅で、荷風崇拝の夢が醒めるところだろうが、そこは子供の一心で、直接に弟子にして貰うことが出来なければ、学校で教え子として認めて貰おうと思い立った。

このあと中学卒業、慶應入学と文は続くが、この順序を信じると、二度の荷風訪問は中学時代のことになってしまうが、はたしてどうだろう。確たる根拠はないが、私は、一回目は中学の五年頃、二回目は⑥にあるように大学予科一年の頃だったと推定する。

なぜなら、一回目の、原稿も持たずに押し掛けていく思いつめ方は若さの証拠で、もし、僅かとはいえ同じ学校の教師と生徒という接点が生じた後なら、もっと利口な方法を考えたのではないか。逆に二回目は、然るべき人の紹介状を持っていた——これが誰かははっきりと明かされていないが、だとすれば、そういうものを得るのは中学生には難しいだろうし、おそらくそれは三田関係の人だったのではないかと思うからだ。現に、この面会の手引きをしてくれたのは「慶應卒業前の大学生」だったという回想もある（『下谷生れ』）。そして、もしこの通り梅雨時だったとしたら、前記の父への長い長い手紙を書く直前ということになるが。

つけ加えておけば、⑦『俺傳』では、大学一年の時に紹介状を持って善助と一緒に行ったように書いてあるが、これは記憶の混同だろう。もうひとつ、⑦では、この時持参したのが、後に「三田文学」に載った処女小説『睨み合』なのだとも言っているが、申し訳ないが、これは真に受けるわけにはいかない。『睨み合』の発表は四年後の大正六年の半ばで、その前年から小島は「三田文学」にいくつか評論やエッセイを載せているから、もし四年前から原稿があったなら、それを先に出したろう。それに『睨み合』は、三十枚や五十枚ではない。六十枚は優にある。一歩譲っても、それは『睨み合』の原型だったのではないか。

話は逸れたが、とにかくこれが、小島政二郎と永井荷風の、苦い初対面であった。

鈴木三重吉との運命の出会い

やはり予科一年の二学期、政二郎のその後の運命に大きく左右する出会いがあった。

相手は荷風より三歳年少で、夏目漱石門下の作家、鈴木三重吉（一八八二〜一九三六）である。きっかけは「国民新聞」の小説欄だった。

ある日、ふと見ると、作者付記として「桑の実」の第二十二回目を紛失したまま手にはいらないで困っているから、御所持の方は譲ってくれないかという記事が出ていた。幸い私は毎日切り抜いて保存していたので、その由を一報した上、来たる幾日の日曜日に持参する旨の手紙を出した。その頃私は三田の学生だったので、日曜でなければ人を訪問する暇がなかった。(『鈴木三重吉』)

発行元の新聞社にも余分の保存がなかったのかとも言いたくなるが、とにかくコピー、ファクス、ネット送信の現在では、こんなきっかけで作家と読者の交流が始まることはないだろう。それにしても、政二郎は実にマメな文学青年である。

三重吉の『桑の実』連載は大正二年七月二十五日から十一月十五日までで、実物を見てはいないが、岩波文庫『桑の実』の解説(中島国彦)によれば、掲載は全部で六十八回。四か月弱の期間でなぜ六十八回かというと、途中休載の日が合わせて四十六回もあったからだ。平均して三日に一度以上は休みで、それも不規則だから、読者にとってこんなに読みにくい新聞小説はなかったろう。第二十二回は八月二十日過ぎで、夏休み中の政二郎は、房州富浦での避暑から帰ってきていたかどうか。これを、彼は根気よく毎回切り抜いていたわけである。

この記事がいつ出たのかは未調査だが、連載中(「作者付記」が事実なら)とすれば右の通り八月下旬から十一月までの間、連載後だったとしても直後だと思う。というのも、『桑の実』が単行本として出版されるのがすぐ後の翌三年の一月だからで、この切り抜きはそのための準備に違いないからだ。

少々細かい日にちにこだわりすぎたかもしれない。やっと荷風に遭遇したのに、なぜここで鈴木三重吉に筆を費やすのかと訝しく感じるかもしれないが、すべてはあとで絡んでくるので、いま暫く我慢してこの物語にお付き合いいただきたい。

小島政二郎は、このようにさまざまな先輩作家の知遇を得るが、その出会い、邂逅の順序を押さえておかないと、荷風との確執の原因にも迫れないのである。

こうして始まった鈴木三重吉との「師弟」関係は、政二郎にとって、文学的な裨益こそなきに等しかったが、その交渉の中で味わった実生活上の体験や、そこから生まれた人間関係を考えると、実に貴重だった。その後の運命を大きく左右する、と書いた所以である。

この時鈴木三重吉は満三十一歳、小島政二郎は十九歳、その濃密な付き合いはそれから八年ほど続いた。

「赤い鳥」創刊、三重吉の離婚、自分の結婚……

ここから少しの間は、鈴木三重吉を軸にして、政二郎が関わった人間たちをかいつまんで見ていこう。

明治三十九(一九〇六)年、処女作『千鳥』を師の漱石に激賞された三重吉は、一躍文壇の寵児になり、以後、『山彦』『小鳥の巣』『櫛』などを発表。

四十四年に京都生まれの女性ふぢ(藤)と結婚するが、子は生まれなかった。(その前年に三重吉の子を産んだ女性がいたという研究があるが詳細は省く)

三重吉の売れっ子時代は長くは続かなかった。『桑の実』の連載難渋からも分かるように、徐々に創作力は衰え始めた。政二郎が出会ったのはちょうどその頃だったが、初めて生の小説家の私生活にふれた彼は、その強烈な個性と奔放さに驚き、これぞ「天才」だと思った。

大正三、四年頃の鈴木家には、政二郎同様に文学志望の若者たちが出入りし、毎日曜には大勢が集まった。列挙しておくと、木内高音(たかね)、藤本勇、丹野てい子、大村群次郎、小林哲五郎、丸尾彰三郎といった面々で、三重吉はそれなりの指導や後押しをしたようだが、結果的に作家として大成した者はいない。政二郎は何度か自分の書いた小説を見せたが、三重吉はどれも酷評した。

大正四（一九一五）年四月発表の『八の馬鹿』を最後に、三重吉は小説の筆を絶った。以後、自らの全集や他作家の作品出版を試みた後、児童文学の執筆に転ずる。同年、小宮豊隆の紹介で三重吉の助手的作業をしていた青年河上房太郎の妹らく子（楽子）が、住み込みで鈴木家の家事を手伝うようになる。らく子は日本的美貌の持主で、満十七歳だった。

ある日、遊びに来た北原白秋は、らく子をひと目見て気に入り、三重吉とともに大酔すると、「おい、三重吉、俺にらく子をくれ」「よし、やろう」。それを傍らで聞いていたらく子は、ひそかに白秋にもらわれることを期待した。その後も、白秋から催促状が来たが、三重吉は黙殺した。

ちょうど白秋は、姦通事件後に結婚した俊子と離縁（大正三年夏）し、次の妻になる章子と出会う（大正五年春）までの、狭間だったようだ。情熱家に休養はない。

同じ大正四年の秋頃、妻ふぢが母親の病気で京都に帰郷していた留守中、三重吉はらく子を千葉の稲毛海岸に連れ出し、関係を結んだ。

大正五年六月、らく子は三重吉の長女すずを産む。

翌七月、ふぢが腸チフスで死去。政二郎が葬儀の受付をしていると、夏目漱石夫妻が弔問に訪れた。それが、政二郎が漱石を間近に見た最初で、最後だった。（同年十二月に漱石他界）

十一月、三重吉はらく子とすずを入籍する。その前後、政二郎は、その頃十二、三歳だったらく子の妹のみつ子（光子）と遭遇し、一目惚れした。それを友人の三宅周太郎に知らせると、三宅は「お前もよッぽど変態だよ」。三田の他の連中も皆「よう、十三歳子」と言ってからかった。だが、童貞だった政二郎は、やがてみつ子を妻にしようと真剣に考えるようになった。

大正七年一月、らく子は長男の珊吉を産んだ。三月、大学卒業を報告に行った政二郎は、三重吉から児童雑誌「赤い鳥」の発刊計画を聞かされ、「僕を助けてくれ」と懇請された。政二郎は卒業後、恩師澤木四方吉（よもきち）の推輓で慶應予科の講師就任が内定していたが、今すぐには席が空かないので一年ほど待っていてくれと告げられた矢先だった。政二郎は三重吉と一緒に働くことを応諾した。

直後、政二郎は三重吉にみつ子に対する気持ちを打ち明け、結婚の「予約」を願い出た。三重吉は、みつ子はまだ満十四歳だ、年ごろになって彼女が君を気に入ったのなら、もちろん私に否はない、外の虫がつかぬように気をつけよう、と応えた。政二郎は拒絶でなかったことを喜んだ。

「赤い鳥」の編集が始まると、政二郎は三重吉が人選した作家たちを歴訪し、寄稿を依頼した。それは徳田秋聲、泉鏡花、島崎藤村、高浜虚子、小川未明、小山内薫、森田草平、芥川龍之介、菊池寛、久米正雄、江口渙、豊島與志雄、佐藤春夫、三木露風などで、なかでもこの時期に芥川、菊池、久米らと知己になったことは特筆に値する。芥川は七月創刊号に『蜘蛛の糸』を書いてくれた。

これら著名作家たちは、執筆を承諾したものの締切りまでに脱稿しない例が多く、政二郎はやむなく徳田秋聲、高浜虚子、森田草平ら八、九人の代作をし、かつ自身の名前でも創作童話類を書いた。（「赤い鳥社」の社員でもあった丹野てい子によると、三重吉もまた数多くの代作をし、同時に作家たちの原稿のほとんどすべてに朱を入れ、大幅に改稿したという。ゆえに、「赤い鳥」初期に掲載された諸作は、実際に誰が書いたのか、あるいは原文がどうだったのかを知ることは、草稿が残っていない限り不可能である）

「赤い鳥」は大成功をおさめるが、翌八年四月には政二郎は慶應予科の講師に就任し、徐々に三重吉の補佐から離れていった。ところが翌九年頃から、三重吉夫妻の関係が不穏になってきた。

三重吉はもともと酒乱でサディスティックな性格であったが、らく子に暴力をふるい、文字通り足蹴にするようになった。肉体的恐怖に耐えかねてらく子は家を飛び出し、政二郎を頼ってきた。政二郎は困惑し、らく子をなだめて家に戻した。しかし、三重吉の虐待はいっこうに止まず、らく子は家出を繰り返し、とうとう「このままいじめ殺されたら、幼い子どもたちがかわいそうだ。別れて暮らしても母親は生きていてやったほうがいい」と強く離婚を決意した。

政二郎は伝手を頼りに弁護士を探し、交渉を依頼した。らく子の望みはただひとつで、どちらか一人でいいから子どもが欲しいというものだった。だが、三重吉は最後まで肯んじず、らく子は泣く泣く諦めた。三重吉が提示した慰謝料——生活費は、むこう三か月は月々三十円、その先三か月が十五円ずつで終わりというものだった。大正十年一月、離婚が成立。政二郎は、鈴木三重吉という人間の奥底を覗いた気がした。

図らずもらく子一家——母や妹たちとの絆を深めた政二郎は、意中のみつ子の学費を払って女学校を卒業させ、十一年九月に念願どおり結婚、仲人は芥川龍之介と澤木四方吉教授が引き受けてくれた(戸籍上の婚姻届は翌十二年十二月)。

ちょうど時を同じくして生家「柳河屋」は高架鉄道建設のために立ち退き、父母たちは二百年近く暮らした下谷を離れた。

貴重な、やりきれない体験

以上、鈴木三重吉と「公私」ともに交わった小島政二郎の八年間を、かなり駆け足で辿ってみた。

小島は、八十代半ばに書いた最後の長編私小説『砂金』（昭和五十四年刊）の中で往時を回想し、あの時三重吉のところに「行かなければよかった。行くのではなかった」と悔いている。この作は、女に対する老境の繰言が至芸に達した傑作だと思うが、冒頭のこのボヤキは、三重吉体験がいかに自分の前半生に影響を及ぼしたか、それを痛感している証でもある。

新聞の切り抜きを持って三重吉のところへ行ったばかりに要らぬ苦労をした、夫婦の修羅場に巻き込まれ、さらにみつ子を見せられてしまったために欲しくなり、娶ったはいいが、後で苦労した……確かに因果関係はそうだろうが、小説家小島政二郎にとって、この経験がマイナスだったはずはない。

先に文学的裨益はなきに等しかったと書いたが、それはあくまで、三重吉から実作上の指導はほとんど受けなかったという意味である。この時期の数々の見聞と体験なしに、彼は初めての新聞小説『緑の騎士』（昭和二十九年発表。初出時の題は『颱風の目のやうな』）をはじめとする実名小説群も生み出せなかっただろう。ということは、作家としてはたして名を成すことが出来たかどうか。

『緑の騎士』は千枚に及ぶ大作で、小島の名が文壇を超えて一般に認知されるきっかけにもなった。戯曲家の卵である主人公壬生龍一が、婚約者を師の類家陽一郎に力ずくで奪われるなどの苦難の末、一人前の作家に成長してゆくという客観虚構小説ではあるが、壬生は作者小島の明らかなる分身であり、類家のモデルは三重吉に他ならない。

入魂の実名私小説『眼中の人（その一）』は、いずれじっくりふれたいが、小島に関心をもたぬ者でも、登場する芥川、菊池ら諸作家の躍動する姿には感動するだろう。今も大正文壇の一面を窺う格好の資料として読まれているはずだ。

そして、そのものズバリの『鈴木三重吉』だが、評論家平野謙はこれを、小島の一連の実名作家小説の中で「最も小説的」（『小島政二郎全集』第三巻解説）と評している。「単なる師弟関係というより、もっとなまぐさい愛憎つねなき人間関係を追及」（『同』）しているからであるが、確かにここで描かれる三重吉像は強烈である。酔って妻らく子を執拗にいたぶる場面など、鬼気迫るものがある。この原型がすでに『緑の騎士』の中にあるが、おそらく仔細をらく子から何度も聞かされたのだろう、小島の筆力の凄みを見ることができる。

女に惚れられたことは一度もない

先走りついでに、政二郎の女性観、というより女性への姿勢や好みについて考えてみる。

「私の生涯でついに分らなかったのは女と禅」「女にもてたことも惚れられたことも一度もない」というのが小島晩年の口癖で、小説にも随筆にも繰り返し書いて飽きなかった。

結婚のいきさつで見たように、彼は惚れっぽいが、臆病であり、そして執念深い。

好みはといえば、まず見目麗しいこと、それも西洋的な彫りの深い顔立ちに弱い。肉体的には、成熟した色気のある丸みをおびた体つきには惹かれず、すっきり直線的なほうにそそられる。十二、三歳のみつ子に一瞬にして心を奪われたのだから、学友たちが言ったように、変態というかロリコンに近いだろう。

少年時代から小説や演芸に親しんでいたから、もちろん男女の事柄、その官能的世界には人一倍敏感だったものの、実際行動に関しては晩熟——耳年増だった。

私は女に迷うことを恐れて来た。私と同じ年頃の文学青年が、女の魅力や酒の魅力に溺れて自己の生活を失って行ったのを見て、用心していた。（中略）「白樺」派の小説を読むと、小間使いと間違いを犯す例が書かれているが、私の家には、そんなものもいなかった。

青年が女に接する機会は、遊郭か、私娼窟以外にはなかった。そんなところへ行った友達は、みんな病気を貰って来た。私はその種の病気を最も恐れた。（中略）一ト口に——自嘲的な意味も込めて云えば、私はいい家庭の、模範的な青年だったのだ。牛屋の姐さん達と友達になっても、関係する勇気はなかった。女と外ならぬ仲になると云うことは、大変なことだと思っていた。（中略）そうなると、結婚する以外女を知ることは出来なかった。文学の次ぎに、私が情熱を燃やしたのは、光子だった。（『砂金』）

ということは、結婚まで童貞だったということか。みつ子（光子）を娶った時の政二郎は、満二十八歳である。

この謹厳な模範青年が、結婚するや、あれほど惚れて貰った美人妻の悪口を諸処に書き、やがては人妻と恋愛するといった、身勝手な「一人前」の作家へと脱皮してゆくのだが、それについては、場所をあらためよう。

荷風のために落第、落第のために荷風とすれ違い

時間を戻さなければいけない。

大正二（一九一三）年の慶應入学以来、勤勉な政二郎は着実に進級を重ねた。二年間の予科を終えて本科に上がった時、同期生は三宅周太郎ただ一人になってしまったことは前述した。そして、本科二年生まであと一ト月余りとなった大正五年の二月のこと——。

ある日、登校して見ると、永井壮吉教授が辞任したというのだ。

そのころ、塾監局に林なにがしという、頑固(がんこ)だが、人情のある、一種の風格を持った局員がいた。俺は心の中でベソをかきながら

「林さん、永井先生がやめたというの、本当ですか」

と、念を押しに行かずにいられなかった。

「塾監局がウソの発表をするものか」

「どうしてやめられたのですか」

「そいつは僕には分らない」

そうに違いないだろうが、俺としては、なんとか納得がいかせてもらいたかった。

俺はこの日を限り、全く勉強する気がなくなってしまった。ことに、フランス語なんか、思い切りよく捨ててしまった。(『俺傳』)

誰がこんな筋書きを予想しただろう。政二郎の落胆は、想像に余りある。いったい、何のために大学に入ったのだ。ひたすら待ち続けたこの三年間は、何だったのか。そして、この先、何を楽しみに、学生生活を続けてゆけばよいのか。

それにしても、政二郎にとって、これほど皮肉な話はない。彼は、荷風のために中学を落第した。

そして、その落第のために、彼は荷風の授業が受けられなかったのだ。落第さえしなかったら、少なくとも一年弱は荷風の講義に出られたわけである。

そんな一学生の心中など知る由もない永井荷風は、慶應の教授職からも、「三田文学」の編集からも身を退き（すでに前年に編集兼発行人の座を降り、石田新太郎が引き継いでいたが）、直後の四月には個人雑誌「文明」を創刊した。

失意から立ち直るのに、政二郎がどれくらい時を要したのかは分からない。しかし、まだ二十二歳の意気盛んな青年が、そう長い間塞ぎ込んでいたとは思えない。確かに荷風は恋しいが、第一の願いは小説家になることである。その希望へ向かって、まだ自分は一歩も歩み出していないではないか。

政二郎は、あらためて周囲を見回した。荷風以外に文学の分かる教師などいるものか、皆どこかの本に書いてあることを口移しに喋っているだけじゃないか――そう思い込んでいた政二郎を、やがて再び文学の面白さへと引き込んでくれる先生が現われた。

大陸文学を講じていた馬場孤蝶（勝弥）教授（一八六九〜一九四〇）、当時四十七歳である。英語に堪能で、明治文壇を知悉していた孤蝶教授の講義は、誰の借り物でもない独自の批評が語られ、話が生きていた。

例えば、二時間続きの授業のうち、最初の一時間は英語でベヤリングの『ロシア文学史』などを読み、残りの一時間はさまざまな文学的雑談（リテラリーチャッツ）に費やされた。孤蝶の話は十九世紀の大陸文学から、自分と交流のあった一葉、鷗外、漱石、藤村、花袋、緑雨、さらには大杉栄にまで及び、決して政二郎たちを飽きさせることはなかった。

教室だけでは話が尽きず、下の木村屋という洋食屋の二階まで伸び、それでもまだ足りずにブラブラと芝の山内を抜けて、日蔭町の通りを銀座まで歩きながら上はトルストイより下はセクストン・ブレークに至るまで、あんなおもしろい講義は、おそらくどこの大学でも、外の誰からも聞き得ないであろう。

最後は、先生に夜食の御馳走になって、惜しい袂を分かつか、なお興尽きぬままに、古本屋を冷やかしたり、十五銭の木戸を払って講釈場へ繰り込んで、典山の「稲葉小僧新助」を聞いたり、文慶の「髪結新三」を聞いたりした宵もあった。(『三田の思い出』)

だから、先生の講義のある日は一日楽しい遊びだった。(『俺傳』)

また、孤蝶からは次のような指導を受けた。

「英語で物を読もうと思ったら、分らない言葉に出逢うたびに、一々字引を引かないことですよ。字引を引かずに、なんでもしまいまで読むことですよ」(『俺傳』)。つまり英語にも、日本語と同じ態度で臨めということだ。政二郎は言う。

「今日私がどうやらこうやら跛(びっこ)引き引きでも英文が読めるようになったのも、先生のこの一言故だ」(『同』)

些細なことかもしれないが、真面目な性格の政二郎にとってこの指導はありがたかった。彼の英語の原書を読む習慣は、八十九歳で病床に伏すまで一生涯続いた。

引き立ててくれた恩師・澤木四方吉

こうして、荷風を失った絶望から脱け出した政二郎だが、その彼の前にもう一人、忘れてはならぬ恩人が出現した。

あらたに文科の教授に就任した澤木四方吉（筆名・沢木梢、若樹末郎）である。

澤木は明治十九（一八八六　政二郎より八歳上）年に秋田に生まれたが、少年時代に上京、慶應普通部を経て四十二年に大学文学科を卒業した。ほぼ同時期を普通部で過ごした水上瀧太郎や小泉信三は、終生の友であった。専攻は西洋美術史であったが、文学を愛し、荷風時代の「三田文学」四十四年四月号には『夏より秋へ』という小説も発表している。

大学卒業後は、当時の文科主任川合貞一の推挙で普通部の教員となったが、三年後の四十五（大正元）年夏にヨーロッパ留学に旅立つ。ドイツで学ぶうち第一次世界大戦が勃発し、イギリスに渡った。ロンドンでは、同じく留学中だった水上や小泉と合流し、暫く三人で同宿生活を送ったこともある。その後イタリアを経て、大正五年三月、ちょうど荷風が慶應から去るのと入れ替わるように帰国した。そして六月、母校文科の教壇に立つと同時に、澤木は荷風の去った「三田文学」の主幹となり、その編集に力を注いだ。

やがて澤木は、美学や美術史の試験で一風変わった答案を書いた一人の学生に目を留める。それが本科二年の小島政二郎であった。

俺の方から言えば、ただ先生の講義された通りの答案を書かなかっただけのことだ。講義を暗記して、その通りを書く興味が俺にはなかったのだ。先生の講義の要旨を自分で咀嚼（そしやく）

して、その結果を全部自分の言葉で書いたまでのことだったが、それが大層先生のお気に入った。（『俺傳』）

澤木は、政二郎が小説家志望であると同時に、古今の文学をよく読み、学問にも芸術にも真摯に臨んでいることを知って、さらに好感をもった。

こうして澤木に目をかけられ、政二郎の前に道は拓けた。

大正五（一九一六）年八月号の『霧の聲』という短文を皮切りに、彼は「三田文学」誌上に次々と作品を発表してゆく。同年十一月号には文壇諸家の誤字、誤用を指摘した随筆『オオソグラフィイ』を書いて森鷗外の知遇を得る。これは荷風とも絡んでくるので、後で詳述しよう。翌六年一～三月号には、自然主義陣営の批評家たちの鑑賞眼のなさを嘆き、長塚節、青木健作、木下杢太郎らの作品を讃える『日本自然主義横暴史』を連載。四月号の『田山花袋氏の近業』を荷風が「文明」誌上で揶揄するが、これも後述。五～六月号には処女小説『睨み合』が掲載された。

これは、下町の町内で起こったある小さな事件を落ち着いた筆で写生した、地味ではあるが東京生まれの作者ならでは書けぬ好短編で、三年後に芥川龍之介が初めて読み、「あれなら今の日本の文壇では何処へ出しても立派なものです」（大正九年四月二十六日付書簡）と賛辞を送ったものだが、発表当時いちはやく注目した澤木教授は「大家の塁を摩す」と評して政二郎を喜ばせた。

処女随筆が文壇の神・鷗外の目に留まり、処女小説も内輪とはいえ絶賛された――いくら慎重で臆病な政二郎でも、有頂天だったのではないだろうか。おそらく密かに自分の才能を信じたことだろう。すでに書いたように、政二郎を大学予科の講師に抜擢したのは澤木であり、後に本科の教授も兼務して昭和六（一九三一）年まで国語、国文学を講じたが、その名教師ぶりは教え子たちの数々の証言からも窺える。つまり彼にとって、教職は作家業と並ぶ天職だったとも言えるわけで、この定職を得たために安心して創作に打ち込むこともできた。

そういう意味で、澤木四方吉は慧眼であり、名伯楽であり、まさに政二郎の恩師としか呼びようのない存在である。

荷風の誤用、二十四例を指摘

『オオソグラフィイ』（「三田文学」大正五年十一月号）について書く段になった。

このエッセイにまつわる逸話を、小島政二郎はどれくらい繰り返し書いたことか。もし私のような小島ファンがもしまだいるなら、同じ感慨をおもちのはずだ。だが、よく考えてみると、彼が繰り返し書いた——引用したのは、これを読んだ森鷗外が小島宛てにくれた手紙の文面であり、その因（もと）となった自分の文の中身には詳しくふれていない。

これまで『オオソグラフィイ』を、原典にあたってその内容に言及したのは、前に掲げた『大正文士颯爽』（小山文雄）だけである。小山の紹介は、実に見事で手際よく、ここはその四、五ページをまるごと引用するのが最良の方法だが、それではあまりに情けない。学生時代に書いた文をもとに、私流にやってみる。

標題の『オオソグラフィイ』（orthography）は、正字法あるいは正書法と言うようだが、正しい文字使い、表記法と解釈していいと思う。表音の記号のようなアルファベットだけで成り立っている西欧諸国と違って、漢字（音・訓あり）と平仮名、片仮名が入り混じった日本語は、そう簡単に「正統」

表記を作れはしないのだが、それはまた別の議論で、ここで政二郎が論(あげつら)っているのは文壇諸家の誤字、誤用で、とくに仮名遣いの指摘が多い。

書き出しはこうだ。

「近頃の新聞、雑誌、單行本の類を讀むと、無闇に誤字、當字、假名遣の誤が目につく。少し注意深い人は誰しも氣付いて居る事と思ふ」

まずは、いつのまにか世間に流布、通用するようになった誤りを幾例か挙げたあと、荷風主宰の「文明」誌上の一文を数行引用し、「洒脱な文章とでも言ふのであらう、滑らかに快く讀まれた」と褒め上げたかと思うと、こう続ける。

> この雑誌は、右の一文が示すやうに自ら高踏的態度を矜とし、refine(リファイン)せられた趣味を尊んで居るにも拘らず、その次の號だかには老弱男女といふ見つともない間違をして居る。ちよつと吹き出したくなる。殘念な事にその筆者が誰であつたかつい見落したが、老若男女を老弱男女と書き誤る所から察すると、どうやらこの四文字をば、ラウニャク、ナンニョと讀まないで、ラウジャク、ダンジョと讀んで居るらしい日頃の嗜みも仄見えて、奥床しい限りに思つた。

この皮肉たっぷりな書きようを、覚えておいていただきたい。

次に、枝葉部分ではあるが、こういう一節が続く。

> 英語を片假名で縦(たて)に入れる事は近い頃からの流行と思ふが、日本の文字にはない棒(ぼう)を時々用ひ

られるのはどうしたものだらう。例へばテーブル、ステーションと書く類である。自分のやうな慌(あわ)て者は、よくテ棒(ぼう)ブル、ステ棒(ぼう)ションと讀んで困る。

確かに「ー」（音引き）は元来日本語にはないだろうが、この『オオソグラフィイ』も、戦後の小島の本では、すべて『オーソグラフィー』とされてしまったから、時代には抗えない。

さて、ここまでがマクラで、本題——文士の誤用に入る。といっても、あとの大半は次のような正誤表だ。

	（正）
○夏目漱石氏	
ゐらつしやる	いらつしやる
ふわ〱	ふは〱
横着物	横着者
ぢれつたい	じれつたい（以下略）
○島崎藤村氏	
はいる	はひる
あはてる	あわてる
じつと	ぢつと
装はふた	装はうた（以下略）

全部で十九ページの本文だが、こんな表が十二〜三ページを占める。小山が言うように、これは生意気な学生による「アラ探し」といった趣だが、新仮名遣いの現在では「正」と「誤」が逆になってしまった例も多く、この努力に一種の物悲しささえおぼえる。また、なかには書き手の責ではない単純な誤植もあるだろう、と作家たちを弁護したくもなる。

ともあれ、この調子で槍玉にあげられた作家を数えてみると、右の二人に加えて田山花袋、正宗白鳥、中村星湖、徳田秋聲、田村とし（俊）子、森田草平、高浜虚子、木下杢太郎、谷崎潤一郎、永井荷風、森林太郎（鷗外）、片上伸、武者小路実篤、有島壬（生）馬、里見弴といったところで、シメて十七人である。

このうち、殊に最後の白樺派の三人については、「何の事はない。小學生徒の作文を讀んで居るやうな氣がする」と痛烈である。逆に「ミステエク」が全くないのが上田敏で、誤例は挙げたが、虚子、星湖、伸の三人は「比較的正しく書かれる」と評している。

では崇拝する荷風はどうかというと、とくにコメントは付されていないが、何と誤用が二十四例も挙げられ、これは里見弴と同数で、最多である。政二郎にすれば、荷風を徹底的に読み込んでいる証でもあろうが、二十四例となると、約二ページも占める。書かれた当人の印象はどうだろうか。前の「文明」の件と併せて記憶しておきたい。

また、これらの作家とは別格の扱いで、五例の誤用を指摘しつつも、大いなる敬意を表しているのが、鷗外である。

森先生のものを讀んで行くと、一切振假名の助けを藉りずに讀み下し得るようにと心懸けて居られるさまが目に見える。それから先生特有の文字を使用せられる事がある。例へば普通「匂」と書く處を、嚴密に「匀」と書かれ、「電燈」と書く處を、「電灯」と書かれる。これ等はほんの一例に過ぎないけれど、先生の文字に對する用意の疎（おろそ）かでない事を、言葉短に語るものではあるまいか。行く、往く、之（ゆ）く等の文字を使ひ分け得る人は先生を外（よそ）にしてこれを今日の文人の内に求める事は難い。奎運（けいうん）日に盛ならんとして、却つて文章道の亂れ勝ちな現在にあつて、先生のやうな orthographer（オーソグラファア） の居られるといふ事は、どんなに心強い事であらう。私は心から感謝の念に打たれて居る。

ちなみに鷗外と上田敏（この号が出る四か月ほど前に逝去）だけが「先生」で、あとの人はすべて「氏」である。（全く別の文脈で幸田露伴先生が出てくるが）この二人はやはり文科の顧問であったから峻別は当然だろうが、ただし、鷗外に対する政二郎の尊敬は、本物である。この引用でも鷗外作品を熟く読んでいることが分かる。

後年、政二郎はこの一文を、荷風目当てに書いた、荷風に褒めてもらいたくて書いたと言っているが、鷗外の目を意識していたこともまた事実だろう。無論、反応など毫も期待していなかったろうが。その鷗外の誤用例は、次の五つだ。

○森林太郎氏　（正）
つひ……する　つい……する
はいる　はひる

震△えてゐる　　震へてゐる
剜(え△ぐ)った　ゑぐつた
……のせい△　……のせゐ

文壇の神からの手紙

『オオソグラフィイ』掲載の「三田文学」が発売されて三日後の十一月四日、ちょうど阿部次郎教授の講義が始まる直前の教室で、政二郎は塾僕から一通の封書を受け取った。見ると、表には「三田慶応義塾内　三田文学会　小嶌政二郎様」、裏を返すと「団子坂　森林太郎」と墨書されていた。政二郎は胴震いした。これは『オオソグラフィイ』への反駁に違いない。先生の逆鱗に触れてしまったのだ……。

授業後、事情を知った阿部先生は「そりゃ悪い手紙じゃない。開けて見たまえ」と言い、級友たちも、寄ってたかって「早く開けろ」と迫ったが、政二郎はとても皆の前で開封する気にはなれなかった。そのまま家へ持って帰り、書斎に端座すると、恭しく鋏で封を切った。(以下の鷗外の書簡は神奈川近代文学館所蔵の実物の筆写で句点だけを付した。岩波版『鷗外全集』所載のものとは表記、内容に異同あり。小島が何度も引用したうちでは、『森鷗外』のものが最も正確。なお、鷗外研究家・須田喜代次『位相　鷗外森林太郎』でも小島の引用と『鷗外全集』との違いを指摘しているが、実物には言及していないので、その存在を知らないのかもしれない。鷗外の自筆は、ご覧のように仮名部分は全部カタカナである)

拜呈小生假名遣ノ誤謬御指摘被下奉謝候
一、今言ツイ云々スルト云フツイヲツヒニ作ルハ大槻文彦君ノ説ニ従ヒシ積ニ候。但シ小生大槻君ノ説ヲ誤解シ居ルモノナラムモ知レズ候。
二、ハヒルハハヒイルノ略ニテ我國ニハ子韻ヲ省ク例ナク母韻ヲ省ク例多キ原則ヨリハヒルトスルト云フガ國語家ノ説ト被存候。小生ハ hahir ヲ ha'ir トスル「アポストロフ」ノ例ヲ應用スル積ニテ十餘年前マデハイルト書キシ次第ニ候。然ルニ名詞ノハヒリハ先例動シ難キニヨリ近年ハ動詞ヲモハヒルト書ク(コト)ニ改メ候。
三、フルエルハ古言フルフナル(コト)勿論ニ可有之候。古言ノフルヘリ、フルヘルハ全ク別ノ意ニ候。小生ハコレモ旧来(ママ)「アポストロフ」ノ例ヲ取リ furu'er トシタル積ニ候。此ノ如クシテ古言ノフルヘリ、フルヘルト区別(ママ)セント試ミシ次第ニ候。此仮名(ママ)ノミハ右區別ノ目的ヲ以テ夙ク竹柏園主人其他ノ忠告アリシニ拘ラズ今モ猶襲用シ居候。
四、今言ノ何ノセイハ人皆「所爲(セイ)」ト書スレド小生ハ右セイノ語原(ママ)不明ニテ所爲(ショヰ)トハ別ナルモノト考ヘ故意ニ記音法(フオネチツク)ヲ用居候。
右ノ如ク小生ハ今ニ至ルマデ定見ナク小生ノ今言ノ假名遣ハ動揺シ居候。將來ノ爲メ何卒詳細御教示被下度願上候。就中今言ツイノ來歷、今言ノフルエルハ古言ノフルヘルト同一ニ書セザルベカラザル理由(意義ハ全ク別ナルニ)セイノ何故ニセヰナルカノ説明等ハ特ニ御教示ヲ煩シ度奉存候。

森林太郎

十一月三日

小嶌政二郎様

つまり、鷗外は自分の用法の根拠を示し、しかしながら今もって定見はないのでぜひ御教示下されと言ってきたわけである。些細な仮名遣いひとつにも裏付けの論理をもっている鷗外には驚くが、ここには小生意気な小僧をからかってやろうなどという了見は微塵も感じられない。むしろ、鷗外の学問への謙虚な姿勢がはっきりと現われている。その態度に政二郎は感動すると同時に、もう一度体中が震えた。

> と言うのは、私のエッセーの拠りどころは、世間普通の文法書と、大槻文彦の「言海」、落合直文の「ことばの泉」とだけだったからである。鷗外先生の説は、それ等の上に出た説ゆえ、私は唯かしこまって聴聞（ちょうもん）する外なかった。
>
> 正直の話、私は学問の広大なことを、この手紙で初めて知らされた。グウとも言えない思いだった。
>
> 私は正直に自分の楽屋を明けッ拡（ぴろ）げて先生にお詫（わび）の手紙を書いた。
>
> そうしたら、折り返しまた返事を下さった。（『森鷗外』）

そして、その末尾には、今度は「小島學兄」（書簡原文は「学兄」。これも神奈川近代文学館にあり）と書かれてあった。

これに対し、さらに政二郎は返信するが、この辺のやりとりについては、『オオソグラフィイ』の翌月の「三田文学」十二月号に発表した『森先生の手紙』という一文に、その手紙の文面とともに詳しく書かれている。念のため、そこから両者の手紙の日付だけを列記しておくと、最初の鷗外の手紙が前記のように十一月三日付、それに対する政二郎の返事は十一月七日付、鷗外の第二信が十一月八日付、最後の政二郎の手紙が十一月九日付となっている。政二郎は同文で、興奮の余韻を漂わせながら次のように言っている。七日付の鷗外宛の手紙に書いた一節の要約だという。

……森先生の胸中に深い思召のあるとも知らず、文法家の説に一度も疑念を挾(さしはさ)んだ事すらない私如き徒が、只それのみを金科玉條の如く心得て、身の淺學寡聞をも辨へず、傍に人なきが如き振舞を敢へてした事を今更ながら羞しく思ふ。幸ひ先生の寛大によつて、井戸の蛙も初めて大海のある事を知つた。今後は及ばずながら此道の業績に身を委ねたいと思つて居る。

こうして文豪鷗外の脳内に、小島政二郎の名が刻まれた。二人が対面して言葉を交わすのはまだ先だが、その後信頼を得た政二郎は、『森林太郎訳文集』『森林太郎創作集』の校正を委嘱されたり、鷗外没後には、全集の編纂委員に名を連ねることにもなる。いったい文壇の巨人は、この学殖も才能も不明の青年のどこに、信を置くようになったのだろう。歳の差は実に三十二。やはり、この手紙のやりとりにもその一端が窺われるように、政二郎の実直さ、学問の深遠広大さに襟を正して臨むその態度に、鷗外は親近性を感じたのではないだろうか。

蛇足だが、『オオソグラフィイ』が載った「三田文学」大正五年十一月号は、同時掲載の山崎俊夫の男色小説『雛僧』が風俗壊乱の廉(かど)で発売禁止処分を受けたと記録にある。当時の発禁は発売日からかなりのタイムラグがある例も多いので、実際は市場に出回っていただろう。もちろん、鷗外などの関係者には発売即日に届けられただろうから、このようにすぐ読んで反応したわけだ。しかし、事と次第によっては鷗外と政二郎は出会わなかった可能性もある「号」だった。運命とは、とかく紙一重である。

荷風憤激「向軍治先生の亞流なるべし」

さて一方、政二郎が褒めてもらいたかった永井荷風は、この『オオソグラフィイ』にどう反応しただろうか。

後に政二郎は、荷風に揶揄されて心を痛めた、としきりに書いている。

翌月の「文明」（先生経営の雑誌）をなんの気なしにあけて行くと、わたしの名前が目についた。先生の雑誌に自分の名が——。わたしはとっさに褒められたものと早合点した。しかし、読んで行くと、わたしはからかわれているのだ。あまりの意外に、わたしは茫然自失した。のちにその一文が先生によって書かれたのだと聞いた時にも、わたしには信じられなかった。信じられないながらも、悲しかった。あれほどまでに、崇拝している人の胸に最初に映った自分自身がこれか、そう思うと、わたしは情けなかった。（『永井荷風先生』）

これは何度も引いた大正十三（一九二四）年のもので、まだいくらか崇拝が残存していたのか遠慮がちだが、時代が下るにつれ、同じ件を書いても、その筆致はどんどん辛辣になっていく。鷗外先生の態度と比較して「それにしても、学問に対する信実と情熱の点に於て何と云う相違であろう」（『永井荷風先生―初対面』)。さらに、荷風が幕末の漢詩人菊池五山を菊地と書いて、その末裔の菊池寛に嗤われた実例を紹介し、「私は『ざま見ろ』と思い、何年振りかで溜飲が下がった」(『同』)と書く。ちなみに、菊池寛は、政二郎とならんで荷風が最も嫌った文士の一人だが、この逸話など、充分にその一要因となる資格があるだろう。

ところで、政二郎の心理の流れはこの通りに違いないが、ここにひとつだけ記憶の誤りがある。当該の雑誌「文明」(十二月号)に、荷風の揶揄の一文は載っていない。あるのは、毎月見聞録の欄の「十一月一日　小島政二郎三田文學誌上に文士の假名遣ひに盲せる事を指摘す」という記述だけだ。政二郎は翌大正六年の「三田文学」四月号に『田山花袋氏の近業』という批評を書いた。一言で言えば花袋の『一兵卒の銃殺』という作品を酷評したもので、末尾には『オオソグラフィイ』と同様の正誤表(誤用二十九例)が付いている。荷風はこれに噛み付き、嘲弄したのだ。「文明」五月号の毎月見聞録を引用する。

四月二日　小島政次郎(ママ)三田文學四月號に田山花袋の文學を評論し終りに用語の誤謬を指摘して匂は匀ならざるべからざる唇は脣と書くべしなぞ心得がたき事夥多掲げ連ねたり。小説は原より俗語を以て體となすものなれば古來使用し來れる文字は其儘になし置くも差しつかへ更に無し。匂唇、時宜と辭儀、着物と著物の如きを論ずるは聊か枝葉に走りたるの思あり。若し嚴格に唇と脣の別を論ぜざるべからずとせば論者の文章先大に訂正せざる可らざるもの多かるべし。「始まつた」のまは無用の送假名なり。云字は言又謂に改むべきもの無からざるか。「讀み終つた跡」の跡は後なるべし。小島子は三田文科の出身なりと云へば思ふに向軍治先生の亞流なるべし。

これが、荷風が小島政二郎の悪口を活字にした、記念すべき第一号の文である。『オオソグラフィイ』をもし「アラ探し」と呼ぶなら、これは「揚げ足取り」の類だろう。「政次郎」は、書き間違いか、誤植か、故意かは不明だが、わざとだとすれば悪意ともとれる。なにせテーマは誤謬なので、人名には必要以上に気を使うはずだからだ。もっとも、後述のように、荷風は日記（『断腸亭日乗』）の中でも同様の誤記をしているから、ただの無頓着かもしれないが。

向軍治（むこうぐんじ）（一八六五〜一九四三）は、当時慶應の教壇に立っていたドイツ語学者で、かつて鷗外訳『ファウスト』などの誤訳を指摘した人物のようだが、鷗外崇拝の政二郎の解説によると、「向軍治と云ふのは、三田のドイツ語の先生で、盛んに森鷗外先生の翻譯の揚げ足取りをして、文壇の笑ひものになつてゐた。私はその人に比せられたのだ」（「永井荷風先生—初対面」）

ここは見落とせないポイントである。鷗外を尊敬するという一点においては、荷風とて政二郎に決して劣るものではない。学歴のない彼を大学教授に推薦してくれた大恩人であることは勿論だが、その文業にも生涯心酔していた。そんな荷風にとって、向軍治は噴飯もののヘボ学者だったろうし、それは政二郎にとっても同じだ。それを承知で、その亜流呼ばわりしたのだから、これ以上の悪罵はあるまい。荷風が逆に同じ言葉を投げつけられたら、間違いなく逆上したことだろう。

荷風は『森先生の手紙』を読んでいたはず

思うに、荷風はすでに『オオソグラフィイ』を読んだ時点で、政二郎に面白からざる感情を抱いていたに違いない。前に見たように、政二郎はまず「文明」を俎上に載せて、老弱男女を皮肉っている。

むろんこれを書いたのは荷風であるはずがないが、自分が主宰し、目を行き渡らせている雑誌である。誹謗されたと受け取っても不思議はない。

次に、荷風自身の誤用の指摘である。二ページ弱にわたって二十四例が挙げられた。これとて、充分に荷風の神経を逆立たせたはずである。もう少し踏み込んで想像をたくましくすれば、もし荷風が、数年前に自分を訪ねてきた少年の名と、その持参してきた原稿を読まずに送り返した事実を記憶していたとすれば、この『オオソグラフィイ』は、その意趣返しと受け取ってもおかしくはない。強引な推論だが、可能性はゼロではない。

一方、客観的に見てこれほど刺激的な行ないをしながら、政二郎が荷風に褒めてもらえるのではないかと期待していたのは、なぜだろう。

> 荷風の随筆に「文士の文字を知らざる」と言って嘆いているのを読んで、一流の文士が、どんなに間違った文字を書き、誤った仮名遣いをしているかという実例を幾つか挙げて、自分では竊かに荷風の嘆息に呼応したくらいのつもりでいた。(『小説永井荷風』[長編])

きっと荷風先生は自分を同志と認めて、その挙を賞賛まではしないまでも、諒とはしてくれるだろう、そう信じていたのだ。そして、「文明」に言及したのも、誤用例を多数示したのも、自分がいかに先生の作を読み込み、先生の活動に注意を払っているかを暗に伝えたかったからではないだろうか。しかし、それは全くの裏目に出た。

永井荷風という人間の性格を知らなかったからとはいえ、政二郎のこの純真さは、おめでたいとさえ言える。荷風でなくとも、誤用を指摘されて愉快な作家はまずいないだろうし、それを坦懐に受け入れる度量と謙虚さを備えていたのは、はたして鷗外だけだったというわけだ。

ともあれ、いかに荷風が『オオソグラフィイ』に不快を感じていたとしても、これ一編だけであれば、黙殺して終わりだったろう。ただの跳ねっかえりの学生の駄文であるし、第一、俎上に載せられたのは、自分以外に十六人もいる。誰もが静観しているのに、反論などすれば、器量を問われるからだ。ところが、翌月号の「三田文学」を覗くと、予想もしない展開が見られた。政二郎の『森先生の手紙』だ。

『森先生の手紙』を荷風が読んだという証拠はない。「三田文学」編集部が雑誌を前編集長に郵送していたかどうかも不明だが、おそらく毎号読んでいたに違いない。嫌気がさして放り出したとはいえ、自分が創刊し、六年間も深く関わっていた雑誌である。その後、三田の連中が編集にどのような手腕を見せるか、その動向が気にならないはずはない。

そして、目次を開くと「森先生」という文字が目に飛び込んできた。筆者は、先月号で生意気なエッセイを書いた小島という学生だ。いったい何だろうと、荷風は迷わずそのページを開いたような気がする。

はたして荷風は、これをどう読んだか。

鷗外に認められる幸福を身を以て知っていた荷風

文中には、森先生が小島に宛てた二通の手紙がまるごと引用されていた。小島が指摘した先生の仮名遣いの誤用についての質疑応答、手紙での両者のやりとりが綴られていたのだ。先生の礼をつくした質問に、小島はひたすら恐縮して返答すると、先生はさらに小島へ返事を出す。その二通目の手紙の末尾には「小島學兄」と認めてあった……。

荷風は不愉快だったのではないか。森先生は、なんだってこんな若造を相手にするのか。それも自分のほうから接触し、その挙句に「學兄」とは――。先生ともあろう方が、謙遜が過ぎる。こんなことを書けば、この小島という男は増長するだけだろう。

もし、私のこんな推測が当たっているとすれば、荷風はこの時、学生小島政二郎に、ほのかな、嫉妬に近い感情を抱いたと思う。初めて書いたと思しき文章が、どんなかたちであれ文壇の神の目にとまり、その知遇を得たこの学生の幸運にである。

馬鹿げた想像だ、という反論もあろう。荷風こそ、その正真正銘の文学的才能を鷗外に買われて、大学教授に抜擢された人物である。それが、こんな一学生の些細の出来事にそういう感情をもつわけがないと。だが、鷗外を尊敬し、鷗外に認められる幸福を身を以て味わった荷風であるからこそ、政二郎の感激を想像出来たのではないかと私は思う。

嫉妬が言い過ぎなら、ただ「面白くない」感情、としてもいい。とにかく、わが「文明」を嗤い、自分の誤用を並べ立てた人間が、森先生に學兄などと呼ばれるのは、断じて面白くない……。

ちなみに、鷗外全集所載の書簡を見る限りでは、鷗外はかなり大勢の人に対し「學兄」と認めているが、さすがに年長者に対しては「先生」を使い、「學兄」は賀古鶴所などの古い知己を除けば、自分より若年で著作上、学問上のやりとりがあった、つまり学恩を受けた相手に限られるようだ。政二郎の周囲の人物で鷗外が「學兄」を用いたのは、芥川龍之介、澤木四方吉、小山内薫、上田敏といった面々で、荷風には使っていない。

既述のように、政二郎は続けて「三田文学」に『日本自然主義横暴史』を連載（大正六年一〜三月号）するが、荷風は無反応だ。おそらく、さしたる関心はなかったろう。ところが、四月号の『田山花袋氏の近業』の末尾に、ふたたび例の正誤表が付いているのを見た荷風は、俄かに心が騒いだ。案の定、小島は図に乗ってまたもアラ探しをやっているではないか――。ひとつ、ここで叩いておくに如くはない。今回は、前と違って標的は田山花袋ひとりだ。客観的第三者として、花袋を擁護するという装いで筆誅を加えられる好機ではないか。荷風は筆を執った。そして成ったのが、先の「文明」五月号の毎月見聞録の一文である。

「この時限り荷風が嫌いになった」（『鷗外先生の思い出』）とも政二郎は書いているが、これは三十年以上後（昭和二十四年）の文なので、強がりだろう。やはり、「茫然自失した」「悲しかった」「情けなかった」（「永井荷風先生」）あたりが、事実に近いのではないか。

とにかくこれが、小島政二郎と永井荷風の確執、その第一ラウンドの次第である。

鷗外の誤りを言い立てたから荷風が怒った？

ここまで書いたあとで、時代は一気に現在に飛ぶが、「三田文学」平成二十二（二〇一〇）年二月一日付発行の冬季号を読んだ。この号の特集は「21世紀の荷風論」で、中に古屋健三、加藤宗哉による『慶應義塾大学教授・永井荷風―初代編集長を語る』と題した対談がある。さすがに本家本元だけあって、ここで語られる荷風像は、豊富なエピソードに彩られ、すこぶる面白く、頷くことが多かった。小島政二郎も、荷風との関係で数瞬だが登場する。

古屋　鷗外は荷風にとって真砂町の先生でしょう。絶対視されている唯一の日本人と言ってもいいくらいの存在ですね。さっき出てきた小島政二郎は荷風に疎まれましたが、鷗外の誤りを言い立てたんですね。荷風としては許せなかったんでしょう。

加藤　小島政二郎のものを読むと、荷風と合わなかったのが何となくわかります。小島政二郎は自意識の強い目立ちたがり屋のところが文章にもあらわれるような人ですから、荷風はそれを嫌ったんじゃないか。本質的に合わない。

古屋　荷風は都会人だから、おりおり詠嘆的だけれども、自分は決して見失わない。われを忘れて燥ぐ小島政二郎とはウマが合わなかったでしょうね。

なるほど、そういう見方もあったのか、と一瞬目を啓かれた思いがしたが、再度経緯をたどってみると、やはり得心がいかない。確かに向軍治を引き合いに出したのは、「鷗外先生を貶める点において同類だ」と政二郎を断罪したとも解釈できないこともない。だが、『オオソグラフィイ』のどこを読んでも「鷗外の誤りを言い立てた」という印象はない。むしろ、誤用ばかりの文士の中にあって、先生のようなオオソグラファアがいることは心強いとまで称揚しているのだ。政二郎の思惑はともかく、客観的に見て貶められているのは、「文明」であり、誤用例最多の荷風である。尊敬する鷗外先生になり代わって筆誅を加えるような傍観者的なゆとりは、荷風の心になかったはずである。そういう、自分には無関係だというポーズをとりたかったのは、暫く時を経た上で、『田山花袋氏の近業』に反応したことからも窺えるが。とにかく、後述するが、中村武羅夫(むらお)が鷗外を罵倒したことへの憤慨とは、次元が違うだろう。

荷風が気に食わなかったのは、森先生がご丁寧にも小島に接触し、二人の間に学問的な匂いのするやりとりが生じたことだ。無論、才能でも学識でもこんな若造が自分の足元にも及ばないのは承知だが、真摯に用字用法を論じ合う二人の学問的態度、その交感にほのかな嫉妬を覚えたのだと私は思う。聡明な荷風だからこそ、アカデミックな姿勢が欠けていることが、自分の弱点だと自覚していたに違いない。政二郎は小癪な奴だったのだ。

翻って考えれば、この弱点など作家にとっては何ら瑕疵ではない。逆に、多分に学問好きの資質を備えた政二郎は、それこそが作家として花開くのが後れた要因とさえ言えるのである。

もうひとつ、「自意識の強い目立ちたがり屋」で「われを忘れ」る政二郎が、「都会人」荷風とウマが合わない云々は、異論があるが、ここでは保留にしておく。

時間をもとに戻そう。

辞職後も荷風と三田の関係は続いていた

こうして文芸雑誌へデビューした政二郎だが、鷗外による感激と、荷風による失望とが踵を接していたことは、実に印象深い。

政二郎が実際に鷗外と面晤し、交流が始まるのは、慶應を卒業した大正七（一九一八）年以降のようで、それから鷗外が没する（十一年）までの交渉の様子は『森鷗外』で窺われるが、一方の荷風とのその後の関係は、いっこうに摑めない。

『永井荷風先生―初対面』や『小説永井荷風』（短編）などでは、学生仲間たちと断腸亭を訪れ、荷風の妻八重次（ヤエ）の三味線で同級生が踊ったのを見た、と書いているが、荷風がヤエと余丁町の邸内で暮らしていたのは大正三年から四年にかけてだから、政二郎は予科二年生の頃だ。また、断腸亭が新築されたのは、ヤエと別れたあとの大正五年だから、これは来青閣の別の一室でのことだろう。

そのほか、学生が幹事を務めた月例の宴席にも荷風はたびたび出席し、ある時など、学生と近くにいた船の船頭連中とが大乱闘を演じたこともあったというが、これとて荷風が三田に在籍中のことに違いないから、政二郎が本科一年までの間だ。いずれも、他の学生たちと同席の場であるから、挨拶や自己紹介ぐらいはしただろうが、荷風が小島政二郎個人をどれだけ認識していたかは定かではない。

では、辞職以後、すなわち右の『オオソグラフィイ』や『田山花袋氏の近業』の頃の荷風と三田との関係はどうだったのかといえば、すっかり縁が切れたわけではなかったらしい。その後も「三田文学」には、『松の内』（大正七年二月号）、『書かでもの記』（同三月号）などを寄稿しているし、教え子や学校関係者との交流はあった。政二郎の回想によれば、澤木時代になって、先生や先輩後輩との親睦をはかるための「紅茶会」が、毎月のように催されたという。

> その頃、有楽橋の近くに笹屋（ささや）という立派なコーヒー店があった。（中略）この紅茶会に荷風はよく来てくれた。私とも喋ってくれたし、私達の先輩――つまり、荷風に直接教えて貰った万太郎以下の人達とは殊によくまじめな話もしたしバカ話もしていた。（『百叩き』）

荷風日記にも、この笹屋での「三田文学会」に出席したという記述は散見されるから、これは間違いない。荷風はこの時点で小島政二郎という存在を、記憶に刻んだはずである。荷風日記は大正六年九月から始まるので、それ以前の、『オオソグラフィイ』（大正五年十一月）前後のこの会合への出欠は不明だが、おそらく出ていただろう。仮に、かつて政二郎が原稿を自分のもとに持参したことや、教授時代の宴席で挨拶を交わしたことを一切憶えていなかったとしても、この時期、この会に於いてはっきりと面識が生じたはずである。そして、荷風にとってその印象は、すこぶるよくなかったらしい、としか言いようがない。

名文・名描写至上主義

大正七（一九一八）年、大学卒業の年の政二郎については前にもふれた。雑誌「赤い鳥」の編集助手として鈴木三重吉の下で働きながら、芥川や菊池や久米といった先輩作家たちとの交遊が拓け、やがて彼の荷風崇拝の小説観に転機が訪れる。

かねてからその典雅な文章に惹かれていた芥川に、ひと目会うなり魅了された政二郎は、面会日の日曜毎に芥川の書斎「我鬼窟」へ通うようになる。そこで同年の佐佐木茂索や瀧井孝作とも知り合い、この二人と政二郎、慶應で一年上の南部修太郎を合わせた四人は、後年「龍門の四天王」などと呼ばれた。（南部の代わりに岡栄一郎がそう呼ばれたことも）

実際、私は、慶応義塾の文科で学んだことよりももっといろんな知識や、鑑賞の態度や、文学の本質についてなど——少くとも、文学の微妙な神髄を、ここの書斎での談話から学んだ。（『眼中の人（その一）』）

ところが、彼がたちどころに傾倒し尊敬を深めていったその芥川は、荷風をまったく買っていなかった。『西遊日誌抄』以外に読むに堪える作品はなし、と断じていたのだ。その評価の一端を上げれば

荷風の場合は、江戸時代のいゝところばかり賛美したって、意味がないと云うのだ。悪いところを見逃していて、江戸を賛美したって何になるのか。賛美の意味をなさないと云うのだ。（『長編小説　芥川龍之介』）

尤も、芥川が長生きをして、昭和の荷風を読んだら何と言ったか分からないが、結局は、評価できるのは日記――『断腸亭日乗』だけだ、と言ったような気もする。いずれにせよ、鑑賞力の図抜けた、懐の深い芥川のまさかの荷風評に、政二郎は面食らったことだろう。

逆に、しばしば芥川の口の端にのぼる志賀直哉や武者小路実篤など、いくらその面白さ、偉さを説かれても、彼は得心がいかなかった。

あらためて当時の政二郎の文学観、小説への好みをひとことで言うなら、名文・名描写主義である。当人は「描写万能論」とも言っている。

彼が美しさを感じていた名文とは、鷗外、漱石、荷風、三重吉、谷崎、長塚節、木下杢太郎らのそれであり、そういった文章を書くためにも、正しい格調ある日本語を使うことが肝要であった。先の『オオソグラフィイ』でも、「文學上の製作にあって、文章ほど重要な要素は他にあるまい」「如何ほど立派な内容を持つて居やうとも、辭句と語格との整つて居ない作品は、藝術として價値がない」と

大見得を切っている。

そして、そんな洗練された文章で、事物や人間を活写する。説明や解説は排除して、情景なら情景を目の前に浮かび上がらせ、読む者をその場面に引き入れる。人物にしても、その仕草や表情や行動を説明を加えずに描出し、その性格や心理を自ずと感得させる。これが描写であり、この出来不出来こそが、即ち小説の出来不出来であると彼は信じていた。この信念は、彼が幼い頃から親しんだ話芸――落語や講談からもたらされたと言ってもいい。名人たちの語りには、快いリズムとともに必ずすぐれた描写があったからだ。その時、演者の素の姿はいつのまにか消え、もはや高座にいるのは噺の登場人物そのものだった。この醍醐味を文章を以てして読者に味わわせる、それが政二郎の理想だったのだ。

ところが、そんな小説観を土台から粉砕したのが菊池寛である。

面従腹非の自分が矮小に見える

私にとって、菊池はいろんな意味で恩人だった。この世で会い難い人に会ったと思っていた。菊池のいうことは、何でも聞かずにいられないほど魅せられていた。私の生涯で、菊池ほど偉い人間に会ったことはなかった。(『眼中の人（その二）』)

と言っているぐらいだから、政二郎は、小説観はおろか、人間観、人生観に至るまで、菊池によって揺さぶられた。このいきさつは『眼中の人（その一・二）』に詳らかで、同時にそこがこの小説の肝（きも）

でもあるので、ぜひ直かに読んでいただきたいところではある。私が言うのもおかしいが、そもそも小島政二郎の作品は、この『眼中の人』に限らず、なまじの解説は不要である。なにしろ、どんな解説を付したところで、テキストそのもののほうが分かりやすいからだ。しかし、それでは身もふたもないから、あえてかいつまんで紹介しよう。

菊池は政二郎の「描写万能論」を論破する。描写一点張りでいい小説が書けるはずがない、と。政二郎は反発するが、あらためて菊池の小説を読み進むうち、かつては馬鹿にしていた、文章にもレトリックにも無頓着な菊池の小説が、なぜか胸を打つ。同時に、菊池の、正直で、無遠慮で、勝手放題で、傍若無人で、それでいて潔く、微塵もいやしさを感じさせない性格に惹かれていく。周囲を気遣って言いたいことも言えず、その場の雰囲気を壊さないために面従腹非、時として姑息な嘘さえつく都会人の自分が、矮小に思えてくる。菊池の力強い生き方が羨ましい。あれこそが芸術家の生き方なのではないか。菊池の小説が、拙くても胸を打つのは、あの「人間」のせいなのではないか。

政二郎は揺れた。苦悶した。確かに、名文と名描写を駆使すれば、読む者を情景に引きずり込んで陶然とさせることは出来るだろう。だが、もう一歩先の、心を揺り動かすことは可能だろうか。感動を与えられるだろうか。それは、つまるところ、書き手の「人間」如何に懸かってくるのではないだろうか。

政二郎は、ある悟りに達する。「小説は芸ではない」——少なくとも文章上の技巧だけでは、決してすぐれた、本物の小説は書けないのだ、と。

『眼中の人（その一）』に見られるこの小島政二郎の転換を、平野謙は「大正時代の文学修業の実相を伝える貴重な資料」（「文芸時評」昭和三十五年十一月）と評し、当時のいわゆる芸術派から人生派への修業の一典型だと解釈しているが、そういう図式に当てはめることも可能ではあろう。ただ、政二郎自身は、そんな区分を芥川や菊池に感じてはもちろんいなかったに違いない。生真面目な彼が、強烈な先輩作家たちに正面からぶつかり、煩悶の末に達したひとつの答えだったのだ。

荷風への疑問が頭を擡げる

「小説は芸ではない」と悟って、政二郎の文章の好みが変わった。今までその価値が分からなかった作家の文章のよさを味わえるようになった。菊池寛の論文『志賀直哉氏の作品』(「文章世界」大正七年十一月号)を読み、初めて志賀流の名文が分かり、志賀文学の神髄にふれた気がした。また、武者小路の無手勝流、勝手気儘な文の魅力を教えてくれたのは、佐藤春夫だった。小説を見る目が格段に高くなったと政二郎は実感した。

折りしも、大正七(一九一八)年、永井荷風は『おかめ笹』(「中央公論」と「花月」に分載)を発表、これを読んだ政二郎は、荷風の文体が変容したのを感じた。そして、その戯作者的口吻に幻滅を感じた。

その辺から、私の荷風熱はさめた。私の文学観も変り――と云うよりも、自分の個性に則して、ようやく自分の文学観が確立して、ハッキリ荷風の文学と自分の文学の相違が分って来たのだ。
(『永井荷風先生―初対面』)

『おかめ笹』が単行本として出版されたのは、二年後の大正九年だが、その時政二郎は「三田文学」

（六月号）に、『永井荷風氏作「おかめ笹」』という四百字二枚ほどの作品評を載せている。これが、小島政二郎が永井荷風について論じた、最も早い、最も短い文章である。全文を引いてもいいような長さだが、中核部分だけを抜いてみる。

此作を書いた作者の意圖は、或社會に對する一種のカリカチュアを描き上げることにあつたと思ふ。（中略）然るに荷風氏は、あらゆる作中の人物及びプロットに向つて、カリカチュアへの朝宗を命じてゐる。其結果、誇張を人物の上へ、作爲をプロットの上へ、加へてゐる。

これが例證を求めれば、殆んど悉くの人物が非人間的奇矯性を與へられ、プロットの上には都合のいゝアクシデントが踵を接して湧出して来る。（中略）然らば何故にかゝる結果を将来したかといふに、作者の作中に於る生活が偏に常識の域内を出でざるが故である。（中略）荷風氏はカリカチュアの上に人生を拗曲せんとしてゐるが、予等が望むカリカチュア文學は人生の現實描寫のうちに自とカリカチュアの波紋を窺はんとするにある。（中略）若し荷風氏にして人間性の深奥に徹し剔抉に自己が藝術的使命を見出したならば、かの不自然なる構想を去つて、より自然なる人生の流れに即したる構圖の下に、此長篇小説をして終りを完うせしめ得たであらう。

まわりくどい言い方だが、要は失敗作で、我々が望む小説ではないと断じているのだ。誇張された人物、ご都合主義のプロット、それでいて常識の域を出ない構想では、作者が意図したカリカチュアも底の浅い印象をまぬがれないといったところだろうか。ここで使われている「人生の現實描寫」や「人間性の深奥に徹し」「剔抉に自己が藝術的使命を見出し」といった言葉に、すでに筆者小島政二郎の文学観の一端が濃厚に現われているが、これについてはこれから追々ふれていくつもりだ。

いま留意しておきたいのは、政二郎は、自分が荷風を崇拝していた事実を繰り返し語ってはいるが、そのうち最も早い『永井荷風先生』ですら、発表は大正十三(一九二四)年であることだ。すでに鷗外が世を去り、その全集の編纂委員として二人が名を連ねた後である。そして、その崇拝もすでに「過去形」となってしまった後である。

それ以前に書かれたのは、『オオソグラフィイ』にしても、右の文にしても、皮肉なことに、荷風にとって不愉快な内容のものばかりである。仮に荷風が、政二郎の書いたものをすべて読んでいたとしても、あるいは面晤する間柄になった後に、その崇拝の事実を直接政二郎の口から聞いたと仮定しても、この流れを考えれば、荷風にとって政二郎の初期の印象がすこぶる悪かったのは、必然ではなかろうか。三田の仲間や芥川たちに、いくら自分の荷風好きを吹聴していたとしても、当の荷風にとっては知ったことではない。

五年間の雌伏時代

「小説は芸ではない」と悟ったところで、すぐに優れた作品がかけるほど、文学は政二郎にとって甘いものではなかった。『眼中の人(その一・二)』によれば、同じ頃、トルストイの『アンナ・カレニナ』(相馬御風訳)を読み、その迫力に打ちのめされ、全く何も書けなくなったという。自分の才能に大きな疑いが生じ、無力感に苛まれ、七転八倒する様が、そこには生々しく描かれている。

芥川や菊池に出会ってからの数年は、まさに文学的雌伏の時代と言っていいだろう。だが、何も書けなくなったとはいっても、そこは勤勉な政二郎である、全く創作の筆を執らなかったわけではない。

前述したように、鈴木三重吉の下で数々の童話を執筆し、やがてこれが久米正雄との共著のかたち（実質的には政二郎がほとんど一人で書いた）で、計十一冊ものシリーズ本となるが、あくまで「童話」である。この他、「三田文学」だけに絞っても、大正六（一九一七）年の処女作『睨み合』以来、大正十年までの五年間に、十三作の短編を書いているが、どれも三田の仲間うちですらあまり話題にならなかった。当然、文壇的には黙殺である。

すべて迷いの中から無理やり創ったものだからだろうが、確かに今読んでも秀作はほとんどない。唯一、水準以上と思えるのは、大正十年七月号の『喉の筋肉』ぐらいだろう。発表当時、水上瀧太郎が高く評価したというこの作は、平成十二（二〇〇〇）年に三田文学会が発行した創刊九十周年記念の『三田文学名作選』（平成二十二年発行の百周年記念新版にも）に掲載されているが、「三田文学」誌上に載った小島の小説にはいいものがなく、選ぶのに苦労したと選者たちは語っている。ならば、いっそ『睨み合』にしておけばよかったのではとも思うが、五十枚以内という選抜基準に抵触したのだろう。不運と言うしかない。

結局、先の『アンナ・カレニナ』の呪縛から政二郎を解き放ってくれたのは、芸術家の生涯を描いたロマン・ロランの『ジャンクリストフ』（豊島與志雄訳）と、ロランの言った「魂こそは作風である」というフレーズであった。ここで小島政二郎は、自信を取り戻し、新境地へと飛躍する。同時にこれが、荷風崇拝との真の決別であったとも私は思うが、文学観として捉えるなら、それは中学時代に洗礼を受けた「自然主義」への回帰、あるいはその再認識であった。そして、この境地が作品として実を結ぶのは、講釈師神田伯龍をモデルにした出世作『一枚看板』である。その発表は、大正十一年二月のことであった。（『眼中の人（その一・二）』その他では、『ジャンクリストフ』を読んだのは大地震〈大正十二年九月〉の前後と書いているが、小島自身がかつて「『ジャンクリストフ』なくしては、『一枚看板』は生まれなかった」と私にはっきりと語ったことがあるので、それを尊重したい。この時期、座右の書として繰り返し読んでいたのかもしれない）

転機の年・大正十一年が始まる

大正十一（一九二二）年は、小島政二郎の生活と文学、さらに荷風との関係の上でもトピックの多い一年であった。できるだけ時間を追って、記述してみる。

一月二十七日、政二郎は芥川龍之介、菊池寛とともに名古屋へ赴き、翌二十八日に椙山女学校で講演。この晩、菊池が旅館でジアール（催眠薬）を飲みすぎて錯乱し、芥川と二人で看護にあたる。この体験は二十年後に『眼中の人（その一）』に描かれるが、同作の中でも最も精彩を放つ、印象的な場面である。菊池を現地に置いて二人は帰京、途中鎌倉で一泊して一月末日に東京へ戻った。

（かつて私は旺文社文庫に載せた小島年譜でこの名古屋講演行きの月日を一月二十一日としたが、それは、第一稿では二十七日にしてあったものの、小島本人から「当時の〈講演依頼の？〉手紙が見つかり、そこには二十一日となっている」と聞かされたためだ。だが、芥川の書簡類や詳細な年譜を見ると、やはり二十七日が正しいと思われる。学校〈現女子大〉にも記録が残っているのではなかろうか。ちなみに、この名古屋行きを『眼中の人〈その一〉』では「野に薫風の吹きわたる五月」、『長編小説　芥川龍之介』では「秋だったように思う」と書いているのだから、記憶というものは当てにならない）

二月一日、『一枚看板』が載った雑誌「表現」が発売される。その雑誌を手にした政二郎は、佐佐木茂索と連れ立って横浜へ向かった。政二郎の目的は、横浜の寄席に出演中の伯龍にそれを見せるため、佐佐木は横浜に住む恋人の大橋房子に会うためであった。往きの車中で『一枚看板』を読んだ佐佐木は感心した様子だったが、何を思ったか雑誌を政二郎から取り上げ、先に会った房子に渡してしまった。政二郎は手ぶらで伯龍に会わざるをえなくなったが、それでも伯龍は喜んでくれ、その夜ともに帰京する。

翌日、芥川から手紙が届いた。いち早く『一枚看板』を読んでくれたのだ。はたして絶賛であった。曰く「啓。『一枚看板』拝見。『睨み合ひ』以後第一の作品です。あれを読むと江口の小説（注＝江口渙が同誌同号に短編を発表していた）などは読めません。書き方も中々堂々としています。あの儘どんどん押して御出でなさい。君の踏んでいる道は人天に恥じない道です。感心しました。（中略）あの作品はよろしい。誰が何と云っても好いと御思いなさい。（後略）」

すぐに続けて、水上瀧太郎、小泉信三からも読後感が届いた。二人とも傑作だと褒めてくれた。水上などは「（実は）はじめて貴兄を小説家と思ひ候。甚だ愉快に候」と、なんとも率直だった。内輪ばかりではない。新聞、雑誌の月評でも悉く高評価で、幾つもの雑誌が寄稿を依頼してきた。「私は、俄かに世間が一斉に私に顔を向けてくれたような晴れがましさを覚えた」（『眼中の人（その一）』）。文壇の片隅で燻ぶっていた小島政二郎は、この一作で漸く新進作家の列に加わった。

後年、奈良で志賀直哉と初めて親しく口を利いた時、志賀が「伯龍の事を書いたの、読んだよ。面白かった」と政二郎に語ったというエピソードから、当時の狭い文壇でのこととはいえ、かなりの評判だったことが想像できる。

神田伯龍との清々しい関係

この小説のモデルとなった講釈師・五代目神田伯龍（一八八九〜一九四九）と政二郎の親交が、いつ、どんなきっかけで始まったかは詳しく分からない。初めは芸人と客という関係だったが、政二郎が雑誌に芸評などを書いたことを契機に付き合いが生まれた、それは『一枚看板』の四、五年前だったと本人は書いている（『眼中の人（その一・二）』）。雑誌「人間」（里見弴主宰）の大正九（一九二〇）年六月号に政二郎は『神田伯龍』という一文を発表しているが、そこにはすでに交流がある様が書かれているばかりか、『一枚看板』の白眉である伯龍の修業中のエピソードも紹介されている。付き合いが生じたのは、だからそれ以前、大正七、八年だったろう。いずれにせよ、この十一年頃、二人はもう友達と言っていい間柄だった。

余談だが、文士と寄席芸人の交流なら、外にもいくらも例がある。その中でも政二郎と伯龍との関係は、「芸」を愛する者同士の、文字通りの友達付き合いだったのではないか。幼い頃から寄席、釈場通いしていた政二郎は、純粋に伯龍の話芸に魅せられた。もとより芸人には親しみと敬意を抱いていただろうから、自分がインテリ層だからといって見下すような心性は持っていなかったろう。勿論、自分の小説の材料を得ようとして伯龍に近づいたわけではない（結果としてそうなったが）。伯龍にしても、若手とはいえ当時すでに「名人」の評判を取っていた。無名の作家兼大学講師に雑誌で芸を褒められたところで、それでことさら箔が付くわけでもない。雑誌といっても、現在のような大衆メディアとは程遠い。名声が一躍全国に轟くような効果などない。つまりは、たがいに「利用価値」など、端（はな）から考えていなかったということだ。それだけに、この関係は清々しい。少なくとも、後年の安藤鶴夫（この人も芸人の子だが）と、桂三木助や桂文楽などとの関係とは趣が違う。現代にあえて求めれば、福田和也と立川談春の交遊にやや近いかもしれない。

とにかく、『一枚看板』が出世作となったことを、政二郎本人は当然だが、伯龍もわがことのように喜んだことは、想像に難くない。そしてこの作品が、小島文学のひとつの核とも言える「芸道小説」「芸術家小説」の原型となり、やがて『円朝』や『葛飾北斎』などへと発展してゆくのである。作家は処女作を繰り返しなぞる、とよく言われるが、その伝から言えば、小島政二郎にとっての実質的処女作は『睨み合』でなく、この『一枚看板』だと言えるだろう。

ところで、この伯龍の弟子だった六代目神田伯龍（一九二六〜二〇〇六）が、小沢昭一（一九二九〜二〇一二）を相手にこんなことを言っている。（『小沢昭一がめぐる寄席の世界』平成十六年）

小沢　話は飛びますが、小島政二郎先生みたいな、ああいう講談に詳しい作家先生ももういなくなりましたね。

神田　うるさい方でございましたね。百歳まで生きましてね。なにしろ世話物しか認めないんだから。私だって世話物以外の硬いものをやりたいじゃないですか。すると「ああいうものはよしなさい。あれはどうも人畜無害じゃない。害があるからよしなさい」と、ひでえことを言う（笑）。

小沢　世話物は自分の商売に近いからなんですかね。

神田　でもうちの師匠に言わせるとね、小島君は女が書けないんだ、俺のを追っかけて女を取っているんだと。女のせりふが書けないんですね。江戸時代の女の言葉を知らない。

小沢　ああそうですか。なるほどね。

伯龍は政二郎より五歳年長だが、面と向かっても小島君と呼んでいたのだろうか。そうは思えないが、もはや確かめるすべはない。ただ、『眼中の人（その一）』では「先生」と呼ぶ場面がある。まあ、それはともかく、女のせりふが書けず、俺の芸の中からそれを学んだ、とは辛辣だ。伯龍だって直かに江戸時代を知っているわけではないから、先輩たちから習い覚えた部分も多かろう。政二郎だって伯龍だけを聴いていたわけではなかろうから、諸芸、書物からも「女」を吸収しただろう。

しかしながら、伯龍にとって最も記憶に残る小島作品、すなわち『一枚看板』について言うなら、女の描写が上手くないというのは事実である。これは、芥川も水上瀧太郎も指摘している。だが、振り返ってみてほしい。この時、政二郎は結婚前、つまり童貞、もしくは限りなく童貞に近い状態だったのだ。女をうまく描けというのは酷だろう。それにしては世間を唸らせるものをよく書いた、と私は称えたい。そして、その後の精進によって、官能描写に熟達してその名を馳せたことも付け加えておきたい。

荷風、危篤の鷗外と対面

話を大正十一（一九二二）年に戻さなければいけない。

日記によると、永井荷風は二月十三日、銀座の郵船会社出張所に行き、渡欧にかかる費用を尋ねている。帰朝以来十数年が経ち、再びパリへ行きたくなったようだ。かつての外遊では、アメリカ滞在が約四年だったのに対し、フランスには一年も居なかった。しかし、「終生かの地に居住するわけにも行くまじ。帰り来りし後の寂寞不平を思ふ」と、やはり今のままの暮らしのほうがいいのではと考え、「遂に決意すること能はず」。荷風はこの時、満四十二歳。思い切ってヨーロッパを再訪していたら、その後の人生はどう変わっただろうか。

三月八日、荷風は新富座で観劇した折に、教え子の久保田万太郎によって初めて芥川龍之介を紹介された。これは、本筋とは関係ないが、荷風と芥川、これが初対面とは意外である。同十三日、荷風は丸の内中央亭で催された三田文学会に出席、政二郎の出欠は不明だが、二人が顔を合わせた可能性はある。

続けて、同じ月の荷風日記にこういう一行がある。


　三月二十一日。晴。風寒し。晩間風月堂(ママ)にて偶然鈴木三重吉氏に逢ふ。


何でもない記述であるが、後で紹介する政二郎への悪罵と呼応する箇所であると私は信じているので、記憶に留めておいていただきたい。

四月十六日、荷風は与謝野寛宅で開かれた「明星」編集会へ。「森先生御出席と聞き、赴きしが来給はず」。もし、会えれば、前年十月の同会以来なので半年ぶりであったが、叶わなかった。

五月二十八日の荷風日記。「溽暑甚し。ロマンロランの大作ジャンクリストフを讀む」。政二郎にとっての天啓の書だったこの作品を、荷風はどう読んだのか。感想は記載なし。

六月三日頃、政二郎は芥川から手紙を貰った。「さて近日森鷗外先生におめにかかり度き事情有之候へども一人参るは少々閉口する事情も有之かたがた御同行願ひ度存候へども御都合如何に候や」。芥川とて鷗外とは相識る間柄であったが、わざわざ仲介同道を頼んだのは、ここ一、二年政二郎が鷗外の許へ頻々と出入りし、親しくなっていたからだろう。これ以前にも、二人は連れ立って団子坂の鷗外を訪ねたことがあったようで、それは政二郎の『森鷗外』(昭和二十六年初出)に描かれている。前述した、政二郎が校正補佐をした『森林太郎訳文集』(春陽堂)の第一巻『独逸新劇篇』は、すでに前年の十月に刊行され、二巻目の『墺太利劇篇』(十一年八月刊)も、この時点で作業は終了していたと思われる。

勿論、律儀な政二郎であるから、訪問の意向を鷗外に打診したが、鷗外の病気のため面会は実現しなかった。病気とは、結局この文豪の命を奪った萎縮腎および肺結核で、この時すでに、手の施しようがないほど進行していた。記録によると、それでも鷗外は六月十四日まで——死の二十五日前まで勤め先の帝室博物館と図書寮へ出勤していた。医者である彼が自らの病を冷静に認識していた様子は、右の『森鷗外』の終盤で描出されている。政二郎の筆は、鷗外という人物の透徹した精神を見事に浮かび上がらせている。

その日、突然先生が、総長室のいつものデスクに向かわれたまま、

「僕の余命は幾干もない」

と、静かな口調で言い出された。

私は息を呑んだ。五体が縛られたようになり、口が利けなかった。

「萎縮腎だ。これは死病で、治療の方法がない」

そう言われてから、自分の指先でコメカミの血管をさされて、

「こうなったら、人間もおしまいだ」

そう言って、先生は例の目尻に皺を寄せて笑われた。

「医者には掛かっていない。掛かっても無駄なのだ」

そうも言われた。前にもいつか病気の話が出た時、先生は薬には病気を直す力はない、病気を直すものは人間のヴァイタル・フォースだと言われたことがあった。薬は多少その補助をする程度に過ぎない。しかも、薬には副作用がある。だから、先生は曾(か)つて薬を服用したことがないと言われた。(中略)

「先生の説に従うと、今度の場合も、出勤なんかなさらずに、お宅で安静にしていらっしゃらなければならない筈(はず)じゃありませんか」

「死病だから、それも無駄だ」

七月七日の夜半、荷風は与謝野寛からの電話で、鷗外の危篤を知る。

翌八日早朝、荷風が鷗外邸に駆けつけると、玄関にはすでに受付が設けられ、見舞客が陸続と訪れていた。生垣の間から窺き見ると、庭に面した座敷の縁先に与謝野をはじめ、澤木四方吉や小島政二郎らの姿があったので、荷風は靴を脱ぎ、家内に入った。やがて、鷗外の親友賀古鶴所が奥から現れ、客たちに病状をつぶさに伝えてくれた。すると賀古は荷風ひとりを差し招き、廊下を先導し病室へ案内した。暗い室内で目を凝らすと、袴を穿いて仰臥する鷗外は昏睡状態で、雷のような鼾を漏らしていた。こうして荷風は、家族と近親者以外は入室を許されなかった病室で、死の直前の鷗外と対面することが出来た。

この「特別扱い」は、鷗外と荷風の師弟関係の絆を周囲がよく認識していた証左でもあろうが、荷風の感激は一入だったろう。

一方の政二郎だが、この日のことは、荷風に会ったことも、何も書き残していない。やはり与謝野からの知らせで急行したのかは不明だが、とにかくこの時は澤木とともに慶應関係者の代表でもあり、ここ数年は荷風より頻繁に鷗外と交わっていたことも間違いない。おそらく、文壇関係では鷗外の最年少の知己だったのではなかろうか。

七月九日、この日も早朝に荷風は鷗外邸へ赴くが、すでに到着前の午前七時、鷗外は息を引きとっていた。時刻は分からないが、政二郎も駆けつけ、今度は病室で亡骸と向かい合った。やはり、『森鷗外』から引いておく。

その時、先生は袴を穿いていられた。死ぬ時、袴を穿いていた人は、この年になるまで私は先生以外見たことがない。右の手で、帯で一段高くなっているところを袴毎グッと握って、先生のそれが癖の、ちょいと首をかしげたままの見馴れた姿勢で、本当に眠っているように息が絶えていられた。

「鷗外」が嫌いだった鷗外

その夜から十二日の葬儀まで、鷗外の通夜は三晩続いた。初日、二日目は遺族、近親者や職場関係者が中心。三日目は、賀古、荷風、与謝野が連名で出した通知によって、多数の知己が来弔し、夜を徹して棺を守った。荷風日記によれば「此夜来るもの凡数十名。その中文壇操觚の士は僅十四五人のみ」。ちなみに、主な文学関係者は政二郎以下、佐佐木信綱、内田魯庵、澤木四方吉、芥川龍之介、鈴木三重吉、小山内薫、吉井勇、高村光太郎、北原白秋、佐佐木茂策といった面々である。政二郎と三重吉は、久々ではなかったか。

この通夜で、政二郎らは同席した大阪の斎藤勝寿という医師から、意外な話を聞かされた。斎藤は、

「実は鷗外というのは私の号で、先生が初めて何か短いものを発表なさる時、君、君の号を借りたよと仰しゃってお使いになったのが抑々（そもそも）です」

そういう思い掛けない話をされた。これは初耳だったし、みんな愕然とした。私の事をいうと、長い間鷗外という号の意味がよく分らないでいたので、号のいわれを質問しずにいられなかった。私ばかりでない、恐らく席にいた人全部がそれを聞きたがったに違いない。殊に内田魯庵などは、膝を乗り出すようにして再三打ち明けてくれることを迫った。しかし、斎藤さんは、憚りがあって打ち明けることは出来ないと言ったまま、急に表情を堅くして最後まで口を鎖（とざ）してしまわれた。

（『「鷗外」という号のいわれ』昭和四十六年）

政二郎の印象では、どうやらそれは女、それも吉原に関連がありそうないわれのようだったという。このエピソードは、先の『森鷗外』でも綴られている。生前、鷗外自身もこの号がそもそも友人のものだったことを政二郎に明かし、「スバル」創刊（明治四十二年）以降はそれを廃し、「林太郎」と署名してきたのに、世間は鷗外と呼ぶことを止めないので「困ったものだ」と語ったという。本人は「鷗外」に愛着などなく、むしろ面白く思っていなかったのだ。この号のいわれについては、他にも二、三異説があるようだが、いずれにせよ、当人が気に入っていなかったのは事実である。

それゆえ、政二郎が補佐をした訳文集、著作集も、版元の春陽堂は「鷗外」を使いたかったにもか

かわらず、あくまで本人の意向で『森林太郎訳文集』『森林太郎創作集』と題されて世に出た。そして、鷗外が「鷗外」を嫌っていた——へんな文だが——という事実は、政二郎のみならず、荷風もよく承知していたのである。

七月十二日、谷中斎場で葬儀後、棺は日暮里火葬場で荼毘に付され、翌十三日、鷗外の遺骨は向島弘福寺に埋葬された。

『鷗外全集』編纂スタート

七月下旬、春陽堂、新潮社、国民図書の三社共同参画（鷗外全集刊行会と命名）による森鷗外全集の企画が立案された。書肆と森家の間に入ってこの計画を主導した与謝野寛によれば、話がもたらされたのは鷗外没後二週間も経たない時期であったというから、今も昔も出版社の商魂は逞しい。三社のうち、鷗外と関係の深かった春陽堂は、すでに数年前に全集企画を打診したが、鷗外の「生きているうちに『全集』はおかしい」という正論によって一蹴され、それが政二郎が手伝った『訳文集』『創作集』と形を変えたわけだが、その『訳文集』の第二巻『墺太利劇篇』は前述のように、死の翌月の八月に世に出た。その後『創作集』第一巻『伊澤蘭軒傳』が翌十二年八月に刊行されたが、全集の進行もあって、結局、このシリーズはそこで沙汰止みとなった。

与謝野が鷗外の末弟潤三郎と共にこの全集刊行で苦労した様子は、『「鷗外全集」の誕生』（鷗出版）に詳しい。与謝野がまず相談を持ちかけたのは、「明星」同人の平野万里（農商務省技師）であり、荷風であり、政二郎であった。

九月六日、荷風は与謝野から「森先生の全集の事でご足労願いたし」との電話を受けた。与謝野邸に赴くと、すでに平野と小島がおり、与謝野は皆にこの計画の発端からこれまでの経過――出版三社からの申し入れや、遺族とのやりとりを説明し、さらに編纂委員の候補や刊行形態などの腹案を開陳した。与謝野はここに会した四人が中核となって全集の準備をすすめる心積もりになっていた。

これを聞いた荷風は、内心すこぶる不満であったが、当日の日記には、全集のことで与謝野邸に行ったことのみしか書かれていない。この憤懣は、十一月になって日記と「時事新報」に寄せた一文に顕れるので、後述しよう。

一方、この頃の小島政二郎は、結婚を控え、公私ともに多忙であった。自身の家族に材を取り、ほぼ事実と同時進行で書かれたと思われる『ちちははの紋』（「新潮」十一月号。発表時の題は『家』）によると、「二十九年間住み慣れた家を出た」のは九月十五日である。はっきり書いてはいないが、すなわち、この前後に鈴木三重吉の前妻らく子の妹みつ子との結婚が成ったのだろう。媒酌は芥川と澤木が務めてくれたという。新所帯は芝区車町二十番地（『甘肌』では二十三番地。現港区高輪二丁目）であった。

ところが、前にもふれたが、彼の実家は神田・上野間の高架鉄道敷設のために、鉄道省から立退きを迫られていた。その刻限が十月いっぱい。しかし、なかなかいい移転先が見つからず、ようやく近所の新築予定の貸家を予約したものの、ここへきてとても期限までには完成しないことが判明、父母と兄は途方にくれていた。ついに十月に入って、見るに見兼ねた政二郎は、引っ越してきたばかりの高輪の新居を両親たちに譲ることを決め、急遽、再び自分たち夫婦の行く先を探し始めた。どうなることかと気を揉んだが、幸い神田伯龍が、格好の貸家を見つけてきて世話してくれた。それは下谷区上根岸の、伯龍宅の隣家であった。

こうして、小島・古賀一家の立退き、転居の一件は落着した。政二郎は、この慌しさの中で、大学の講義の他に、十月四日、「三田文学」主催の講演会で、里見弴、水上瀧太郎、久保田万太郎とともに講演をし、また前述の『ちちははの紋』（『家』）を執筆した。この作品は、運命に翻弄される商家の家族の哀感が切々と迫る佳作だと思うが、これを青野季吉が「読売新聞」の創作月評（十一月十日）で酷評した。ここでは深入りしないが、要は、当時勢力拡大中のプロレタリア陣営の論法で、バッサリ斬り捨てたのだ。「この一家の哀しみなど、毎晩泣いている幾万人かの労働者階級の苦しみから考えれば、かわいそうでもなんでもない。「あまりなことに、あきれた。（中略）笑ふに堪えたことだ。芸術に階級がないとは言わせぬ」という、今読めば、こっちこそ、あまりなことにあきれる筆法であるが、この言いがかりに近い批評は、以後長く政二郎の記憶に残ることになる。

荷風、憤懣を新聞に発表

十一月二日、与謝野邸に荷風、政二郎、平野、宮内省図書寮編修官の吉田増蔵（漢学者）、国民図書取締役の中塚栄次郎が集まった。ここで、鷗外全集刊行に関しての協議がさらに進展を見た。前述のように、すでに九月から与謝野はこれらの出席者たちと相談し、また森家側――鷗外未亡人のしげ、ドイツ留学中の長男於菟の意向も聞き入れて計画を練り上げ、さらに実作業における森潤三郎の協力もとりつけていた。この席では編纂委員の選定、全集の名称、判型、巻数、各巻内容、刊行順序、予告・宣伝、装丁、本文の体裁など、さまざまな検討と決定がなされたもようである。刊行の主意書は吉田が草することに決まった。当日の荷風の日記には、こうある。

（前略）富士見町与謝野君の邸を訪ふ。森先生全集刊行の事につき、編纂委員を定むべき由。同君より電話ありたればなり。会するもの与謝野寛、小島政次郎（ママ）、平野万里、吉田増蔵、及書肆中塚某なり。今回先生の全集出版の事につきては余甚（はなはだ）意に満たざる所あれども、与謝野氏主として力を尽さるゝのみならず、先生の未亡人も亦頻に出版の速ならむことを望まるゝ由なれば、余は唯沈黙して諸家の為すがまゝに任ずるのみなり。

また、政次郎が出てきたが、それは措く。問題は「甚意に満たざる所」だが、それを詳述する前に、もう少し先まで編纂委員会の行動を記しておく。

十一月九日、全集刊行会は築地精養軒に新聞の文藝記者たちを招き、晩餐を供して、吉田が起草した主意書を配布。すなわち記者発表である。出席した委員は、与謝野、荷風、平野、政二郎、吉田の他に、小山内薫、鈴木春浦、賀古鶴所、入沢達吉。（荷風は『鷗外全集刊行私記』で、これらの人名を並べ計「八名ありき」と書いているが、すべて足せば九名になる。また、記述はないが、出版社も当然出席していただろう）

十一月十五日、京橋鴻ノ巣で編纂委員会。ここでは、全集内の、各部門別に編纂・印刷校正担当者を振り分けた。鷗外の文業は哲学、科学、文藝、医学と非常に浩瀚なので、どれか一分野の専門家がすべての編纂校正をこなすことは不可能である。それで医学は医博である賀古と入沢、国漢分野は吉田や山田孝雄などと、それぞれの役割分担を決めたのである。政二郎は、現代の口語体を使った小説戯曲などの創作の校正を担当することになった。荷風には、特に割り当ての分野はなかった。荷風日記によると、出席者は森潤三郎、与謝野、平野、鈴木、小山内、吉田、山田孝雄、浜野知三郎、中塚で「余を加へて十人なり」となっているが、政二郎がこの重要な会に出席しないはずがない。なにか含みがある、と私は思う。

十一月十八日、荷風は、国民図書中塚の依頼で全集刊行の次第を書き記し、与謝野に託した。これが同月二十一〜二十三日に「時事新報」に連載された『鷗外全集刊行私記』である。ここに、先の日記にあった「甚意に満たざる所」の理由の一端が公表されている。

荷風は、七月九日の鷗外逝去の時点から書き起こし、全集刊行計画がどのように進められてきたかを説明するが、それはあくまで自分の関わった立場から見えた事実の報告である。それが私記たる所以だろうが、巧妙な書き方ではある。すなわち、そもそも発端はよく分からぬが、とにかく与謝野寛が書肆と森家の意向を汲んで主導してきたこと。自分が初めて呼び出された九月六日には、すでに「編纂に参与すべき人員も大略定められてありき」。そして、自分の名がその中にあったことには「衷心より感謝の念を禁ずること能はざりき」と述べたあと、

唯こゝに一瑣事の少しくわが心に問はざる可からざる所ありしは、刊行書肆に春陽堂、国民図書会社と共に新潮社の名の加へられたる事なり。この事につきてわが思ふ所は即座に与謝野君に向つて包む所なく語りたれば、ここには記さず。

新潮社は言行の相一致せぬ破廉恥の書肆

なぜ「新潮社」が問題なのか、これだけでは当時の読者も分からなかっただろうが、荷風が心穏やかでなかったのには、充分な理由があった。いや、荷風だけではない。政二郎をはじめとする編纂委

員たちも皆異様に感じていた。まず、生前の鷗外と新潮社は、ほとんど縁がなかった。唯一、『涓滴』という短編集が出版されているだけで、それも何か鷗外の意に満たなかったのか、その後『還魂録』と改題されて春陽堂から再発行されたといういきさつがある。だが、それよりはるかに重大だったのは、鷗外死去の翌月、「新潮」誌上で編集長の中村武羅夫（誌面では無署名だが後に本人が認めている）が、鷗外に悪罵を放ったことだ。

中村曰く、人が死ぬと報道ではたいていその人物を褒める。その逸話などを読むと、イヤな奴だと思っていたその人に親しみが湧き、好きになって来ることが間々ある。山県有朋や出羽の海がそうだった。

ところが生前もイヤな奴で死後も尚イヤな奴がある。大隈だの森鷗外だのがそれだ。彼等の死後業業しく報道される彼等の人となりを知れば知るほど、一層親しみが持てない。鷗外博士は飜訳こそしたが彼の仕事が文壇に取ってどれだけ意義あるものかは疑はしい。（中略）結局鷗外はお上の月給取りといふだけのもので、彼が死んだことの為に文壇は少しも騒ぐに当らないと思ふ。

荷風ならずとも、鷗外信奉者なら腸が煮えたことだろう。中村イコール新潮社でないことは事実だとしても、雑誌の責任者がこのような文を載せれば、それは新潮社公認の意見であると受け取られても仕方がない。荷風は怒りに燃えた。その怒りは当然であると、政二郎も後に書いている。

全集刊行が完結した五年後の昭和二年秋になって、「中央公論」に発表した『にくまれぐち』の中で、荷風は執拗に新潮社を攻撃している。「然るに斯くの如き暴言を吐いた其舌の根も乾きやらぬ中、新潮社は（中略）全集出版書肆の中に加つた。森先生は新潮社に取つては死んでも猶イヤな奴ではないか。（中略）新潮社は言行の相一致せぬ破廉恥の書肆である」と。これには、中村や、やはり新潮社の中根駒十郎らの反駁、荷風のさらなる論駁などが続くが、煩瑣になるだけなので省く。とにかく、荷風は新潮社の参加が気に入らなかった。新潮社にしても、こういった反発を招くのは必至の行為になぜ出たのか全く解せないが、真意は誰も書き残していない。

荷風は前述のように、この憤懣を「与謝野君に向つて包む所なく語」ったと書いているが、同席していた政二郎の回想では、委員会の席上で荷風はこの件を口にしたことはなく、散会後、政二郎をつかまえて、新潮社をあくまで参加させるなら自分は委員を辞任する、辞表はいつもここに持っていると、上着のポケットを叩いたという。ならば、荷風は与謝野だけに、どこか別の場面で言ったのか。どちらが本当かは、もはやどうでもいいことだろう。荷風が、新聞紙上で新潮社参加への不満を天下に公表したのは、事実であるからだ。

ついに「日記」で与謝野を断罪

新潮社ばかりでない。荷風のこの全集に対する不満は、まだまだあった。それは全集のネーミング——『鷗外全集』というタイトルにあった。

鷗外が「鷗外」を好いていなかったことは、前に書いた。この事実は、政二郎同様、荷風も熟く知っていた。必然的に二人は、あるいは他の委員もいたかもしれないが、『森林太郎全集』という名を主張した。ところが、その意見は聞き入れられず、十一月二日の委員会で、『鷗外全集』に決定してしまう。荷風は記す。

然れども既に全集表装の題書を担当せられたる中村不折翁の鷗外全集と書せられたるもの与謝野君の机上にあり。同君の談話に依れば、この度の題書につきては不折翁の苦心尋常ならず、今遽に改題して再び翁を煩すに忍びずと。又傍より図書会社の中塚君、書名は書の普及を計るため人口に膾炙せられしものに如くは無しと云ふ。かくて鷗外の二字を全集に冠らしむる事とはなれるなり。(『鷗外全集刊行私記』)

無念の思いが行間から読み取れる。出版社は結局商売を離れられない。『森林太郎』では売れませんよ」とでも言ったに違いない。すでに手回しよく中村不折に書かしてあったとは、これでは編纂委員会というより事後承諾・追認の会である。政二郎も『森鷗外』で「世の中というものは、その当人の意志など蹂躙して顧みない点、残酷と言ってもいいくらいだ」と書いている。ただ、この全集の別丁扉には、不折の題字「鷗外全集」の右脇に「森林太郎著」と活字で組んである。せめてもの折衷案なのかもしれないが、考えてみればおかしな表記である。鷗外は、墓石には中村不折に「森林太郎」と書いてもらえ、という遺書をのこしたが、さすがに全集の題字にまでは思い至らなかったのか。

以上の二点だけでも、荷風にとって、この全集への参加の出鼻を挫かれた感が強かっただろう。というより、早くも嫌気がさしていたに違いない。事実、委員辞任こそしなかったが、やがて編纂委員会には出席しなくなり、名前だけの存在になっていった。それにしても与謝野は、なぜかくも出版社側の意向に唯々諾々と従ってしまったのか。全集十八巻が完結を見た昭和二年十月三十一日の日記で、荷風はこう結論する。「兎に角与謝野氏が此全集の編輯をなせしは森先生のためにも又文壇の為めにも不幸なる事なりしなり」云々。

鷗外が買っていたのは「寛」でなく「晶子」

鷗外全集に対する荷風の不満は、右以外にもまだ四つほどあったと言っているのは、経済学者にして鷗外研究家の吉野俊彦である。『鷗外・啄木・荷風　隠された闘い』（平成六年刊）でそれを列挙しているので、かいつまんで紹介しよう。

一つ目は、刊行計画が性急すぎたこと。鷗外のように広汎多岐にわたる活動を収録するには、もっと準備に時間をかけて分類作業を行なうべきで、結果的に日記や書簡を収めることができなかった。与謝野の進め方はいかにも軽率であった、というもの。

二つ目は、与謝野と鷗外未亡人しげとの間に感情の行き違いが生じ、所在が分かっているにもかかわらず全集に入れられなかった作品がいくつもあった、というもの。例えば、しげが嫌っていた短編『半日』は、与謝野が編纂委員たちに無断で、収録しない旨を、未亡人に一札入れてしまったと政二郎も証言している。

これら二点については、右に引いた荷風の昭和二（一九二七）年十月の日記内に同様のことが書かれているから、その通り受け止めてもいいと思う。ただし、前掲『「鷗外全集」の誕生』から察するに、森家内の人間関係に軋轢があるところへもってきて、未亡人しげの全集への口出し、横槍はかなり理不尽ではあった。与謝野は全集完成のため体を張って奮闘している。もし、荷風がその立場にあったら、とても対応は叶わず、中途で放擲してしまったのではないかと想像するが。

吉野が挙げる三つ目の不満も、やはり与謝野に向けられたものだ。確かに与謝野は鷗外と親しかったが、鷗外がその才能を高く買っていたのは、妻の晶子のほうである。荷風はそれを承知していたので、与謝野がこの全集刊行の中心的存在であるのは面白くないと思っていた、というもの。

荷風が慶應を去った後、文科の梃入れを企図した澤木四方吉は、芥川龍之介を英文学の教授に招聘しようと考えて鷗外に伺いを立てた。鷗外は快く賛成し、政二郎が仲立ちとなって話は着々と進んだが、芥川の大阪毎日新聞入社が急遽決まって、実現を見なかった。大正七（一九一八）年から八年にかけての事である。澤木はさらに、「国文学の教授にふさわしい人物はいませんか」と鷗外に尋ねたところ、鷗外は言下に与謝野晶子を推薦した。澤木は思わず「寛さんではないのですか」と聞き返すと、鷗外は「いや、奥さんの方だ」。澤木は晶子を訪問、教授就任を打診したが晶子は固辞し、夫寛を招聘してくれと懇願した。かくして大正八年、与謝野寛が慶應の教授となった……以上は、政二郎『森鷗外』に描かれているエピソードだが、当然この周辺にいた荷風も漏れ聞いていただろう。したがって吉野に反論する気は毛頭ないが、わざわざ全集への不満の一つに挙げるほどのことだろうか、とは思う。

ありえないことだが、もし晶子が寛に代わって全集の纏め役をやっていたら、荷風は文句を言わなかったとでも言うのか。誰が中心になったところで、荷風の不満は募ったことだろう。

「多年」に込めた皮肉

吉野が掲げる荷風のもう一つの不満は、本稿の主題と正面から絡んでくるので、要約せず引用しよう。

第四に編集委員の人選についても、与謝野と並んで、小島政二郎が鷗外に親しかったように見せびらかしているのが、荷風の気持ちを害したらしいことも指摘しておかねばならない。

小島が晩年の鷗外に近づき鷗外の用語の特色を調べていたことは事実なので、小島の作成した用語例を全集刊行の際使用させることに荷風は反対しなかった。しかし、小島が鷗外に近づいたのは、鈴木三重吉を通してであって、しかもそれは鷗外の晩年に限られていた。それに対し、荷風は、中年時代から鷗外に接している。

それだけに、荷風としては、鷗外をよく知っている点において、小島よりはるかに上であるという自負が、強く存在していたように私には思われる。

これは、はっきり言って事実誤認を因にした推論であるが、結論としては間違っていない。というのも、これまで見てきたように荷風は、そもそも政二郎が生意気で気に入らなかったのだから、「親しかったように見せびらかし」たかどうかは別として、編纂委員に加わったこと自体、面白くなかったはずである。全集の件で最初に与謝野宅を訪れた時、すでに平野万里と一緒に政二郎が居るのを見て、ムッとしたことだろう。

また、ここで鈴木三重吉が出てくるのは藪から棒の観は否めないが、なぜ吉野がこんなことを言うのかは、重大なことなのであとで詳述する。その前に、「小島の作成した用語例」というくだりだが、前掲の荷風の『鷗外全集刊行私記』にこういう記述がある。

森先生の使用せらるゝ漢字の意義は大抵説文解字に基くものにして、俗語体の小説戯曲の文中にも猶古来慣用の誤字を避け、審にこれを改め用ひられたり。これを以て現代人の用語と先生の用語とは同一ならず。（中略）小嶋政二郎君は先生がこの般の用語に通暁す。多年先生について親しく質疑したるの結果による。小嶋君はこの度全集の校正に際し、先生が用語の大略を列挙してその便覧を作り、之を編纂同人並印刷所の校正係に送り、以て全集校正の完璧を期すべしと云ふ。

つまり、「小島君が先生の文字使いの特徴を熟知しているので、その一覧表を作ってくれるそうだ」ということだ。これを大野茂男は『荷風日記研究』（昭和五十一年）の中で「鷗外研究家としての小島に対する信頼感が窺われ」と書き、この頃（大正十一年）には、まだ荷風に小島への悪感情が芽生えていない証拠のひとつとしているが、はたしてどうだろうか。荷風の残した文だけを検討していけば、こんな感想を抱くのも無理はなかろうが、信頼感は言いすぎだと思う。表向きは世間への全集広告文だが、内実はむしろ、「若いくせに、小島君は先生のことをよく知っているんだとさ。俺は直接関わらないから、お手並み拝見といこうか」といった皮肉めいたものを私は感じる。「多年」という誇張表現は読者だけへ向けたものではあるまい。このへんが作家の書く文を味わう楽しみでもあるとも思う。

名前も書きたくなかった

最初の『鷗外全集』（鷗外全集刊行会版）における荷風と政二郎の交わりの様子は、ほぼこれで見渡せたと思う。以後、政二郎は実際の編纂校正に取り掛かるが、荷風は実務には携わらず、委員会にもほとんど顔を見せなくなる。政二郎は、自分は毎回出席したと書いている。ただ翌大正十二（一九二三）年の荷風の日記に、興味を引かれる記述が一箇所あるので、紹介しておく。

三月七日。帝国ホテルにて鷗外全集編纂会開かる。世話人はいつも与謝野氏なり。出席者桑木文学博士、入沢小金井の両医学博士、吉田増蔵、浜野知三郎、山田孝雄、森潤三郎、小山内薫、江南文三、平野万里、与謝野寛、鈴木春浦、其他なり。（後略）

最後の「其他なり」が、何人いたのか不明だが、政二郎が含まれるのは確実だろう。前の十一月十五日の書きようといい、この「其他」といい、とにかく荷風は小島政二郎という名前を書きたくなかった——嫌いだったのだ。

日記に対して、こんな読み方をするのは邪道かもしれない。無論、実証的でもないだろう。だが、荷風の日記では、人名索引からは探れないページに、しっかり政二郎が存在しているように私には見える。

荷風より先に死んだ者は災難

さて、これからいよいよ本稿の本題である、永井荷風が日記——『断腸亭日乗』に書き連ねた小島政二郎への悪口雑言の「鑑賞」に入ろう。長い長い前置きだったが、現在となっては、荷風と比べあまりに小さな存在になってしまった政二郎の人となりを知ってもらうための趣向だと思って、お赦し願いたい。

本章冒頭の繰り返しになるが、荷風は同業者のほとんどを嫌っていたようで、その筆で悪し様に書かれなかった作家を探すほうが骨が折れる。その中でも小島政二郎に対しては、先に挙げた大野茂男（『荷風日記研究』）の表現を借りれば、「現存の著名人しかも同業者に対して、かくもあらわに嫌厭の情を示した例は珍しい」。一方、政二郎が荷風逝去直後に発表した短編『小説永井荷風』（昭和三十四年）の記述から「これほど悪意に満ちた荷風観を、私は知らない。断腸亭日乗で叩きのめされた小島の、これは報復的文章と言えよう」と述べている。

これだけ読むと、どれだけ凄まじい応酬かと思うだろうが、大野は一つだけ勘違いをしている。この短編を書いた時点で、政二郎は『日乗』を読んでいないのだ。まったく覗いたこともなかったかどうかは分からないが、少なくとも自分の悪口の部分は、まだ目にしていなかったのだ。だから、本当の「報復的文章」は、これから紹介するものである。

この章の初めに示した長編『小説永井荷風』（平成十九年刊。執筆昭和四十四年〜四十六年）の一ページ目には、こう書かれている。「私はまだ実物を読んでいないが、河盛好蔵の書いたものによると、『断腸亭日乗』の中で私への悪声を放っているそうだ」。（同じような文が、その数年前の『第6食いしん坊』にもある。ちなみに、河盛の文は岩波版の完本『日乗』が出た昭和三十八（一九六三）年、「文學界」七月号に書いた『荷風の生活と読書―文学空談その二』）

これは、そのまま信じていいと思う。短編から十年を経て取り掛かったこの長編でも、書き出しの時点ではまだ『日乗』の悪口を見ていないのだ。他の多くの小島作品と同様に、この小説でも作者の回想、連想は自在に時間を往ったり来たりするが、基本的には荷風の生涯と作品の流れに沿って、話は進んでいく。荷風の行動に関しては、前半は『西遊日誌抄』を丹念に読み込み、秋庭太郎の『考証 永井荷風』を援用して辿ってゆく。そして後半、特に昭和に入ると頻々と『日乗』が顔を出してくる。もっとも、『日乗』の起筆は大正六（一九一七）年の九月（荷風三十八歳）だからそれは当然なのだが、推測するに、政二郎は書き進めながらこの日記を熟読し、どう料理しようかと考えをまとめつつあったのではなかろうか。

前に書いたように、「月刊ペン」誌上のこの連載は二十回で、雑誌の都合で打ち切られた。何か月前にそれを告げられたかは分からないが、終幕近くになって駆け足で『濹東綺譚』を鑑賞して一応の形をつけると、最終回の末尾でこう嘆息している。

最も厖大な私小説「断腸亭日乗」が四十三巻私の前に堆い。とうとう手も触れ得なかったことを残念に思う。（おわり）

この二行は、単行本にはなく、別の、次のような文が加筆されている。

佐藤春夫と言い、小島政二郎と言い、彼を崇拝している人間の真心が通じない不思議な人間がいたものだ。私は近付かなかったからまだいゝ。佐藤は何年間か親炙して、その間ずっと彼の笑顔に騙されて、――実際は彼の崇拝の真心なんか少しも通じていないばかりか、最後に残酷な悪口を「日記」に書かれて佐藤が激怒したのも無理はない。私も、言われもないのに、無実の悪声を六回も書かれた。世の中に、人の真心がありのまゝに心の鏡に写らない人くらい哀れな人間はいまい。殊に、芸術家の場合、この欠陥は致命的だ。（中略）彼の「日記」の中で、最大の被害を受けているのは、小山内薫であろう。彼よりも先きに死んだ者は災難だ。死人に口なしで、得たりとばかり面を向けん様もないくらい罵詈讒謗の限りを尽くしている。プライヴェートの日記だから何を書こうと遠慮はいらない。但し、「断腸亭日乗」はいつか公刊されることを意識して編輯され且つ書かれているのだから、結局、巧みな二面作戦を実行している訳である。（後略）

この後ろに、単行本のための「あとがき」をつけたのが、前述したように昭和四十七年の十月末、すなわち連載が終了して一年余りが経っていた。もちろん、その間に右の文も含めた加筆、訂正等をしていたわけだが、それだけではない。その期間に小島政二郎は、荷風の放った悪声への反論を筆にしていたのだ。舞台は、『百叩き』と題して随筆を連載していた生まれ故郷のタウン誌「うえの」、四十六年末から四十七年にかけて（号でいうと四十七年一月号から九月号まで）、七回分をそれに費やした。（以下、とくに出典を付さない小島文はすべて『百叩き』より。荷風日記の部分は、岩波書店版『荷風全集』を基に、新字に換え、適宜句読点、ルビを付した）

松崎天民が掻き回す

それは、こう始まる。

永井荷風の「断腸亭日乗」を読むと、私の悪口が六ヵ所に出ている。

悪口を言うのはその人の勝手だが、私の場合は、間違った事を土台にして兎や角言われているので、被害者として訂正をして置きたいと思う。リテラ・スクリプタ・マネット（書かれた文字は残る）からである。

そして、すぐに大正十五（一九二六）年十月十一日の『日乗』を引用する。

晩間銀座太訝楼に餔す。中央新聞記者松崎天民来りて予に語つて曰く、過日慶應義塾出身の文士小島政次（ママ）に面会せしに、足下曾て小山内氏に向ひ甚しく小島を誹謗せし事ありとて、小島は今以て憤怒し居れりと。是いかなる事なりしや推察し難し。小島は曾て時事新報に其文を掲げ、明治年間には白縮緬の御高祖頭巾の流行せしを目撃したりなどと、笑ふべき事を筆にせしことあり。予之を岡鬼太郎氏より聞きつたへ覚えず噴飯したる事あり。思ふに小島は此等の事を間接に聞伝へ、おのれの誤は悟らず、却て人を縮緬を用ひたる者はなし。是小人の常にて是非もなき次第なり。

また「政次」で、今度は「郎」も付いていないが、もうこれはいい。それより、少々分かりにくいかもしれないので、初めの部分を整理しよう。荷風が銀座で食事をしているところへ松崎天民がやって来てこう言った。「このあいだ小島に会ったんですがね。荷風さん、あなた以前に小山内さんに向かって小島のことをボロクソに言ったでしょう。それを小島は小山内さんから聞いたようで、いまだにひどく怒っていましたよ」。これを聞いた荷風は「いったい何の事だろう？」と首を傾げた、というわけだ。

これに対し政二郎は、荷風同様に、何をもとに天民がそんなことを語ったのか、私にも推察し難いと言った後で、こう続ける。

第一、小山内さんから荷風が私の悪口を言っていると言うことを聞いた覚えがない。小山内さんと私とは、先生と生徒との間柄だし、小山内さんという人は、教室でそんなはしたない事を口にする人ではなかった。

荷風と私とは何の関係もなかったから、荷風が私の悪口をいう言われはない。それにその頃はまだ荷風を尊敬していたから、どういう意味でも私が天民にそんな話をする筈はなかった。だから、若し天民がそんなことを言ったとすれば、天民の出鱈目（でたらめ）、天民の捏造（ねつぞう）としか考えられない。

この辺をちょっと検討してみる。なにしろ政二郎にとっては、五十年も前のことであるから、時間が錯綜するのはやむを得ない。

まず、荷風が天民に会ったのは日記の日付であることは動かない。すなわち、大正十五年十月十一日。その時点で、天民と政二郎の面会が「過日」と言うなら、やはり同じ年だろう。問題は「曾て」だが、政二郎が言うように、彼がまだ三田の学生であった頃（大正七年まで）は、「文明」で政二郎を揶揄したとはいえ、荷風との関係はほとんどないのだから、荷風が誹謗するはずはないし、当然教室で小山内がそれを伝えることもあり得ない。可能性がもしあるとすれば、それ以降で、前述の『鷗外全集』などで交わりが生じ、荷風が政二郎を何かと意識し始めた頃、政二郎からしても荷風への尊敬が薄れてきた時期であろう。

この日記の二年前、大正十三年の九月号の「新潮」に、政二郎は、この章の前半で何度も引用した『永井荷風先生』を発表した。荷風崇拝を告白したこの文を、「新潮」嫌いの荷風が読んだかどうか。

ただ、読んだとしても、荷風の性格からして、ますます政二郎への嫌悪を募らせたに違いないが。

もう一つの「曾て」である「時事新報」の記事は、大正十四年一月に『美すたる』と題して六回にわたって連載したコラムのことだ。その二回目に「白縮緬のお高祖頭巾」の話が出てくる。いずれにせよ、この「誹謗問題」は水掛け論で、天民と小山内に質してみなければ真相は分からないし、解明する価値もない。これも、荷風が初めから政二郎を快く思っていなかったことの、一つの証拠ではある。

後段の「御高祖頭巾問題」については、

白縮緬のお高祖頭巾のことは、まさに荷風の言う通り「時事新報」の夕刊に書いたことは間違いない。当時、鬼太郎が私の無知を笑ったことも聞いている。

しかし、鬼太郎も、荷風も、白縮緬のお高祖頭巾をかぶった女のいたことを知らないだけのことで、落語のセリフではないが、笑う手前(てめえ)がおかしいぞ。

「これ小人の常にて是非もなき次第なり」自分のことを棚に上げて、小人呼ばわりは片腹痛い。

明治東京の風俗記録として、誰かお高祖頭巾について書き残していないものか。根拠はないが、これに関しては小島政二郎を、私は信じる。

初めから「顧問」を頼みに行った

続いて第二の悪口は、昭和十一（一九三六）年一月十六日。

晴。寒気最甚し。午後森博士（鷗外先生嗣君（しくん））佐藤春夫、小島政二郎の三子来り訪はる。鷗外先生全集岩波書店より出版のことにつき卑見を諮（と）はる。余は小島がこの事に参与することを欲せざれど、こは森博士の面前にて言ふべきことにあらねば不快を忍びて口をつぐみたり。博士は日ならずして台北帝国大学の教授に転任せられ其地に赴かるゝと云。

岩波版『鷗外全集』の刊行が始まったのは、この年の六月からである。政二郎は、「卑見を諮はる」は嘘で、三人は岩波の希望（他の文では森於菟の要望とも）を汲んで荷風に顧問を頼みに行ったのだ、と書いている。そして、注目すべき「小島がこの事に参与することを欲せざれど」については、一言「これも嘘だ」と言い放っている。

荷風本人が「欲せざれど」と言っているにもかかわらず、「嘘だ」とは何事だと思うだろうが、つまりはこういうことだ。以前の旧版（刊行会版）の全集では共に委員として名を連ね、政二郎の存在に異議など唱えなかったくせに、ここで唐突にそんなことを言い出すのは解せないといった意味である。

ちなみに岩波版の編纂委員は、木下杢太郎、斎藤茂吉、佐藤春夫、森於菟、平野万里、小島政二郎で、旧版の全集でも関わったのは小島、平野の二名のみ。すでに与謝野寛や小山内薫らは世を去っていた。

政二郎は記憶を辿る。旧版の時、荷風は新潮社の参加を憎んで委員辞任も辞さないと自分（政二郎）に向かって宣言しながら、会の席上ではそれをおくびにも出さず、結局辞任もしなかった。自分に対しても、面と向かっては穏やかに接していたが、あの頃から何か胸に含んでいたのではないか。「大正十一年十一月十五日の日記に、『（中略）余を加へて十人なり』とあって、私の名前をわざと書いていないところを見ると、当時からすでに私の参与することを欲していなかったのかも知れない」

ところで、先述の『鷗外・啄木・荷風　隠された闘い』で吉野俊彦は、この時の荷風の心境をこう忖度している。

本来からいえば永井荷風が編纂委員となるのは当然であったが、これまでにも述べたように、与謝野寛とも小島政二郎ともうまくいかなかった荷風としては、恩師の全集が旧版全集の欠陥を補正して刊行されることに協力するにやぶさかでなかったにせよ、木下、斎藤はともかく、小島、佐藤と同列で編纂委員となる気持ちはもち得なかっただろう。

荷風全集第二十九巻に収められた年譜には、昭和十一年一月、鷗外全集が岩波書店より刊行されるにあたり編集顧問を引き受けたとある。佐藤、小島と同列では荷風のプライドが許さなかったにちがいない。

一読すると、荷風は編纂委員を拒否し、顧問ならいいと承諾したように解釈できるが、政二郎は初めから顧問就任を頼みに行ったと書いているのだから、プライド云々はともかく、誤解を招きやすい文だ。政二郎は『百叩き』で、同行の森や佐藤がなかなか用件を切り出さないので思い切って自分が荷風に顧問就任を頼んだことを、その時の荷風の表情や仕草を含めて回想している。その時、荷風が自分を避けている様子が、ありありと伝わってきたという。

思うに、荷風の心境は吉野の推測どおりだろうが、その性格からして、もし編纂委員を依頼したとしても、荷風はその場では承諾したのではないか。そして、その分、日記にはさらに痛烈な悪罵を放ったのではないかと思うが、如何。

問題の『永井荷風論』を検討

『百叩き』に戻れば、旧版全集の頃から自分を嫌っていたとしても、どうしてこの岩波版の折に突然のようにそれを言い出したのか、政二郎はやはり得心がいかない。そして、必死に記憶を掘り起こし、導き出したその理由は、かねてから政二郎自身が充分承知していた、それまでに何度も書いたことのある一件だった。

あれはいつの頃であったろうか、新潮社で「日本文学講座」二十巻を刊行したことがあった。その何巻目かに、求められて私は「永井荷風」を執筆した。その頃は、まだ私の文学観が幼稚で荷風を尊敬していたから、全篇荷風礼讃（らいさん）の辞を列（つら）ねた。が、ただ一点、彼の女性観だけが私には納得出来なかった。私は若かったし、女性にまだ夢を抱いていたので、彼の女性観が一面の真理かも知れないが、女性全体の真理だとは思えなかった。荷風ほど教養のある作家の女性観とはどうしても思えず、無頼漢が口にしている女性観のような気がしてならなかった。

無頼漢と同じ女性観でも一向差支えないが、ただ小説家である以上、生きた女性の生活を描いて見せて貫いたかった。（中略）そういう、小説家ならば当然払わなければならない義務を果たさずに、ただ女を罵っているのに私は不服だった。私は正直にそのことを書いた。褒め称えた文章が九分で、悪口を言ったのがホンの一分だし、それに全篇真心を込めて書いたのだから、恐らく荷風も頷いてくれるだろうと思っていた。

ところが、それが荷風の逆鱗に触れたというのだ。

この論文については、『永井荷風先生―初対面』（「文藝春秋」昭和二十六年三月号）でも、短編『小説永井荷風』（「小説新潮」昭和三十四年八月号）でも、『百叩き』の直前の長編『小説永井荷風』でも言及し、これが決定的に荷風を怒らせたと述懐している。

荷風が読んで逆上した証拠も確かにあるが、その前に正確を期すために右の文を訂正しておくと、『日本文学講座』を企画したのは新潮社ではなく、改造社である（『永井荷風先生―初対面』ではちゃんと改造社としてある）。小島政二郎『永井荷風論』（四百字詰で三十枚）が載っているのはその十二巻目で、刊行は昭和九（一九三四）年四月。同文は同年九月号の「三田文学」にも再録されている。

はたして政二郎の言うとおり、九分礼讃で一分悪口なのか、執筆当時まだ本当に荷風を尊敬していたのか、覗いてみたい。私としても三十数年ぶりの再読で、学生の頃とは印象が違うかもしれない。ちなみに、この時小島政二郎は満四十歳、永井荷風は同五十四歳であった。

書き出しは、こうなっている。

なぜか、私は一語で永井荷風のアウトラインを描きたい欲望を感じる。で、書いてみる。私は永井荷風は風俗小説家だと云ひたい。このことから、その他の彼の属性に言及したい。

続けて筆者の定義する風俗小説、風俗小説家とは、の説明に入る。

風俗小説とは、小説の筋の発展や主人公の心理描写・説明と同じくらいの比重で、その時代の風俗を詳細に描写している小説のこと。

風俗小説家とは、時代の風俗を書かずには小説が書けない、人生の意義などよりも時代風俗の中に人物を活写することに強い魅力を感じる小説家のこと。

この意味で、永井荷風は日本で唯一独歩の風俗小説家だと、政二郎は断ずる。

続けて曰く、この特徴は、徳田秋聲の作品などと比べてみればよく分かる。秋聲『たゞれ』は、風俗も描かれてはいるが、作者の主眼は人間の官能生活の複雑な面白味にあって、これは秋聲一代の傑作で、明治年間屈指の傑作でもある。この作で、フランスならアカデミー会員に、イギリスならsirの称号をえるだろう。一方、荷風『新橋夜話』『すみだ川』の、「人生への迫り方は、たいして深いものではない」――ここまで読んで戸惑う人も多いだろう。いきなりの徳田秋聲礼讃である。これを読む荷風の心境を思うと、もうここでハラハラしてくるが、これから一転、政二郎の筆は風俗描写を絶賛する。

『冷笑』の洲崎の朝の一節を引用し、「ここに描かれた情景は、さながら美しい一幅の風俗画ではないか。兎も角も、その前にもその後にもない風俗小説と云ふ一つのジャンル（Genre, 様式）を生んだ点を、私は永井荷風の芸術の第一の特質としたい」

さらに荷風の自然風物の描写も、絵画におけるモネと同様に革命的だったと言って、『春のおとづれ』や『花より雨に』を例に挙げる。自然の移り変わりの美しさを、こんな色彩感を以て書いた文章はかつて日本になく「これこそ文字通り、文字を以て描いた絵と云ふ外はあるまい。自然に色彩を与へ、女の體に匂を与へ、空気を地球の感情として、いや、万象を光線が生むあらゆる色彩のうちに、油絵に描いた小説家は荷風の外にあるまい」。

まちがいなく礼讃である。だが、ここから筆者の視点は意外な方向に向かう。

> 多くの人は、永井荷風を江戸ッ兒として見てゐるが、こんな短い小説にこれ程のしつッこさを見せてゐるのは江戸ッ兒のよくなし得るところではない。

と、言ったかと思うと、永井家の出自来歴を語り、荷風は父方、母方ともに名古屋種(だね)だと紹介する。「さすれば、荷風の先祖は三河武士である。荷風のしつッこさは、三河武士乃至(ないし)名古屋人の血が血管に流れてゐるところから生じたものに違ひない。このことは、荷風の文章の息の長さにも隠すところなく現はれてゐる」

これは、江戸趣味がひとつの売り物である荷風にとって、かなり刺激的ではなかったろうか。勿論、筆者は、都会人である荷風の「洗煉された技巧」とこの「しつッこさ」が融合して、文壇随一の描写力が生まれたとしっかりフォローはしているが。

女は肉体的に男を楽しませてくれればそれで万全

この後、まだいろいろな角度からの分析と賛辞が続くが、駆け足で大意をまとめよう。

○荷風は、「荒廃の美」「流竄の楽土」などと敗頽の美しさを歌うが、それはあくまで趣味の域で、その精神は存外健康的である。
○ゾラの影響から出発した荷風だが、本質的にゾラとは相容れない。ゾラはエピック〈Epic, 叙事詩〉の作家であり、荷風は抒情詩人である。「秋聲の如く、日常生活を通じて人間性の真に徹しようとする努力は抒情詩人の野心の埒外にある」と、また秋聲を引き合いに出している。
○荷風にとっては、美以上の権威はない。徹底した享楽者であって、社会への反抗者ではけっしてない。「要するに、荷風は、道徳をも宗教をも社会をも、悉く美の対象として――享楽の対象として見た。いや、歌つた。論じつつ歌つた。歌ひつつ論じた」
そして、問題の箇所がやって来る。

享楽兒の赴く温柔郷は、例外なしに先づ異性であらう。荷風は一たび女に向ふと、文明批評家の高さから一躍市井の無頼漢の低さにまで轉身する不思議さを敢へて掩はうともしてゐない。女に対するヴァリュエーション（valuation, 値打付け）に於て荷風位低いものは世界に類例があるまい。彼は女性に、精神的なものなど何一つ求めてゐない。正直の徳も、貞操の美しさも、教養の喜ばしさも、まして思想など、樹によつて魚を求めるが如く思つてゐる。情の清さ、精神の高さの如き、荷風の與り知らぬ魅力であろう。唯女は肉體的に美しく、肉體的に男を楽しませてくれればそれで萬全だと思つてゐる。就中、だらしのない女に対する好尚――この種の女を、彼の如く喉を鳴らして描いた作家は外にあるまい。（「夏姿」その他を見よ。）

かなり激越だが、このトーンはまだ続く。ただ、ボードレールの『悪の華』を身を以て味到したわが国第一の人であるとか、倦怠の世界の美しさを荷風が初めて創造したとか、ところどころに「殺し文句」を配してはいる。だが、『おかめ笹』『腕くらべ』など、荷風が歌わなくなってからの小説は、シチュエーションに硯友社的な古さが目立つとかなりクサしている。そして終盤近くになって、再度こう繰り返す。

読者よ、荷風の文明批評を顧みよ、随筆を顧みよ、評論を顧みよ、譯詩を顧みよ、彼の好学の精神を顧みよ、さうしてあなた方の心に形づくられる荷風の肖像は如何。高き教養と、洗煉された趣味と、鋭敏なる感覺と、濃厚なる官能と、高尚なる情操と……要するに、多少氣障ではあるかも知れないが、第一流の紳士的文學者の肖像であらう。なぜこの紳士的文學者が、談一たび女性にわたると、前にも云へる如く市井の無頼漢と相去る遠からざる底の墮落振を見せるのであらう。

さらに、ここでやめておけばいいものを、勢いあまったか政二郎はまたも他の作家——今度は志賀直哉を引き合いに出し、志賀は嫌いな相手でもそのすべて微細に観察するが、荷風は頭から罵倒して観察しようともしない。それが歳をとるにつれて甚だしくなり、マンネリズムに陥り、随筆が面白くなくなった。すっかり文人気質になり、趣味に逃げ、これではいい小説は書けない——とまで書いてしまっている。

そして末節になって、「最後に、日本語を美化洗練し、日本の文章を豊かにした功績によつて、私はわが永井荷風をアカデミーの会員に推薦したい」。フランスならそうするだろうと言って、その後に荷風自身のエッセイを引用し締めくくっている。それは、文学者が一番苦心しなければならないのは文章だというもので、政二郎がかつて『オオソグラフィイ』を書く契機の一つにもなった一文のようだ。荷風は言う。

佛蘭西の言語が今日ある點まで音楽も同様の美と力を持つて来たのは誰の功績です。文學者でせう。(中略)私は此れまで何か云ふと新聞記者から非愛國の思想を歌ふと攻撃されて居ますが、日本語を綴る文章家たる以上は近來の極めて亂雜な、格調の整はない文章を、あの練磨された歐州語に比較して、いかにすべきかを思はない時はないです。

あなたはこんなことを書きながら、なぜかつて「文明」で私の文を揶揄したのか教えてほしい。これは、そんな思いぶつけたくて、荷風一人に向けた引用ではないかと、今読み返して私は思う。

すでに自然主義文学観へ回帰

元に戻って、この『永井荷風論』が、政二郎の言うとおりのものか判定してみよう。

まず、「褒め称えた文章が九分で、悪口を言ったのがホンの一分」という点だが、確かに無頼漢と表現した部分は、全部で十四ページの論文中一ページに満たないから、分量的に言えば正しい。「真心を込めて書いた」という言い分も頷ける。しかし、指摘したように、随所に他の作家と比較して劣っているような表現をし、あまつさえマンネリに陥り、いい小説が書けないとまで言ってしまった。

第三者としての印象では、礼讃と悪口は七対三ぐらいといったところではないか。だが、ここで客観的な分量を言っても始まらない。書かれた本人——荷風にとっては、七対三であろうと九対一であろうと、心に刻まれるのは悪口だけである。もともと批判がましいことを言われるのを好まない人であるし、自分に悪意を抱いていると感じた相手を逆恨みするような性格でもある。そもそも気に入らなかった小島政二郎だが、これを機に徹底的に嫌悪することになっても不思議はない。事実、根に持っていた証拠もあるが、その前にもうひとつ、執筆当時の政二郎が「まだ私の文学観が幼稚で荷風を尊敬していた」のは本当かどうかを検証してみたい。

これは、端的に嘘と言っては言いすぎだが、政二郎の記憶違い、思い違いである。当時すでに、彼の文学観は荷風の影響を離れていた。その傍証として『徳田秋聲の文章』を挙げる。この短文が収められた『木曜座談』(小峰書店。昭和十七年七月刊)の初出表記には、「昭和九年四月——日本文章講座」とある。正しくは『日本現代文章講座』(昭和九年五月十九日発行。厚生閣)であるが、いずれにせよ、まさに『永井荷風論』と同じ時期に書かれたのは間違いないだろう。

僅々十五枚程度の文だが、これぞ全編徳田秋聲礼讃である。とくに『たゞれ』の冒頭(新聞連載第一回分)を引用して、こう評する。

僅か四枚に足らぬ枚数のうちに、お増(ます)(注・登場人物)の過去を語り、男の過去を語り、二人の生活を描き、男の生活を描き、僅か三枚と何行かを費やしただけで、二人の男女の生活のうちに我々を知らぬ間に引き入れる技巧の冴えなどと云ふものは、唯驚嘆の外はない。世界独歩である。

さらに、

秋聲の文章は、優れた古典と共に、永遠に古くならないであらう。油が水を弾くやうに、常に時の垢を弾いて、今日只今書かれたやうに新鮮であらう。嗚呼、偉なる哉。

そして、締めくくりは、

最後に、私は我国に、フランスに於けるやうに、翰林院の設けなきを悲しむ。翰林院の最も高貴なる椅子の一つをわが秋聲先生に献げて、国民が、国家が、この偉大なる天才に向つて永遠の感謝を表すべき機会なきを私は文化の為めに悲しむ。永劫なれ、秋聲の名。

絶賛、礼讃のお手本のような文章である。これに比べたら、先の『永井荷風論』など「讃」に値しないかもしれない。これで、「荷風論」の中に秋聲が何度も顔を出した理由も、自ずと分かるだろう。蛇足かもしれないが、政二郎は秋聲の文章のみを称えたのではない。というより、彼にとって文章と文学観は不可分なものである。小説は、雑然とした、とりとめのない人生——その真実を描くものであり、そのためには秋聲のような文章が最もふさわしい。これは晩年に至るまで、小島政二郎の生涯を貫いた文学観、文章観である。前にも一度ふれたが、荷風の影響から脱した政二郎は、中学時代に洗礼を受けた自然主義文学観へと回帰し、さらに思考を深めた。私小説の信奉者でもあった。それは、大正期の、廣津和郎の散文精神論や久米正雄の私小説論からの大きな刺激もあった。そして、この『徳田秋聲の文章』は、そんな文学観が、昭和九年の時点ですでに確立していたという証でもある。したがって、『百叩き』で言う「まだ私の文学観が幼稚で荷風を尊敬していた」は、完全な思い違いである。そんなふうに『永井荷風論』を眺めると、これは、昔ぞっこんだったが自分を顧みてくれなかった女への、時期遅れの恋文である。かつて自分を虜にした魅力は忘れようにも忘れられないが、今では別の女の素晴らしさも知ってしまった。だから、以前の恋情を切々と説いても、今の女の影が処々に透けて見えてしまう。そんな恋文を貰ってみても、女——荷風は嬉しかろうはずがない。

わたくしは趣味俗悪、人品低劣なる一介の無頼漢に過ぎない

それでは、荷風が「永井荷風論」を読み、激怒した証拠を見てみよう。

繰り返しになるが、この論文のことを政二郎は再三書いていて、そのうち前記の『永井荷風先生—初対面』(「文藝春秋」昭和二十六年三月号)では、こう述べている。

　この私の疑問(注・なぜ女に対して無頼漢なのか)の提出は、先生の逆鱗に触れた。先生作の或小説を読んで行くと、私の文章を引用して筆誅が加へられていた。私はその小説を「濹東綺譚」だとばかり信じてゐ、それをここに抜萃しようと思つて、三度読み返したが、遂にその章句に邂逅することが出来なかつた。「濹東綺譚」でないとすると、私は俄かに方角を失つた。

仕方がないので私が代わって探してみた。『濹東綺譚』の発表は昭和十二(一九三七)年だから、そのあたりかと探ったが、はたしてそれは前年十一年の「中央公論」六月号に掲載された『残春雑記』

の中にある『玉の井』（後に『寺じまの記』と改題）という随筆であった。『濹東綺譚』を書く前に荷風は頻繁に玉の井へ出遊していたが、その観察記録の一端であり、問題の部分は中ほどで登場する。

わたくしはこゝに一言して置く。わたくしは医者でもなく、教育家でもなく、又現代の文学者を以て自ら任じてゐるものでもない。三田派の或評論家が言つた如く、其趣味は俗悪、其人品は低劣なる一介の無頼漢に過ぎない。それ故、知識階級の夫人や娘の顔よりも、この窓の女の顔の方が、両者を比較したなら、わたくしには寧ろ厭ふべき感情を起させないと云ふ事ができるであらう。

執筆は十一年四月のことらしいが、こんなところでひょっこり二年前の評論が出てくるのだから、やはり印象が強く、記憶から去らなかったのだろう。根に持ったのである。ただ、付け加えれば、この執筆のわずか三か月前に、政二郎が佐藤春夫、森於菟とともに偏奇館を訪れているので、直接的にはそれがこの記述を誘発したのかもしれない。

「三田派の或評論家」という表現は、その存在をボカすためなのか、あるいは小島など小説家として認めぬぞという意思の表われかと、私などあれこれ考えてしまうが、どちらにせよこの開き直った文に接し、政二郎が筆誅と感じたのも無理はない。

ここでひとつだけ、不思議なことがある。前掲の『永井荷風先生—初対面』は、まだ荷風が存命中に、こちらも開き直って書き上げた回想だが、岩波版『鷗外全集』近辺の記述は、時間的にも近い事柄なので、記憶も正確だと思われる。ところが、そこには荷風に顧問を引き受けてもらうにあたって、逆鱗に触れた自分が行っても面会を拒否されるだろうから、その頃永井邸に出入りしていた佐藤春夫に助力を乞い、政二郎自身は、佐藤と森の二人が訪問する旨を荷風に電話で告げ、許しを得たと書いている。

実際は三人で行ったのだが、だから荷風は政二郎を見て不愉快な表情になり、ずっと彼から目を逸らしたままだったという。これは、『百叩き』にも似たようなくだりがある。荷風はこの政二郎登場を、騙されたと感じたのか、後日「佐藤君も信用なり難い」と人に洩らしたらしい。

ここからも、荷風があえて日記に「小島がこの事に参与することを欲せざれど」と特筆した動機が察しられる。また、その理由が極めて個人的な感情に発するものだから、とても「森博士の面前で言ふべきことにあらねば」と記さざるを得なかったのだ。

でも、この流れは不思議である。時間的順序が混乱している。荷風が筆誅の文『玉の井』を発表したのは、この偏奇館訪問の約五か月後なのである。すなわち、荷風がそんなものを書く前から、政二郎は逆鱗に触れたことを知っていたことになる。だとすれば、人伝てか、風聞か、どんな方法かは分からないが、論文発表から二年の間に、荷風が怒っていることを聞き知ったに違いない。そして、荷風の憤怒は、その間ずっと持続していたのだ。

以上が、『断腸亭日乗』昭和十一年一月十六日にまつわる事実である。

問題の多い、罪の重い記述

次に小島政二郎が『百叩き』で反撃を加えているのは、同じ昭和十一（一九三六）年の六月二十八日の『日乗』だ。これは、「小島」が登場する記述の中では最も長い。

　六月二十八日。日曜日。夜来の雨歇まず。溽暑却て忍び易し。

小説家鈴木三重吉歿す。享年五十五歳の由新聞の報ずる所なり。大正改元の頃鈴木氏出版業を始め鷗外先生の堺事件などを出版せし頃なり。余があめりか物語中の短篇を出版したしとて大久保の家に来り訪はれしことあり。彼ノ書は博文館より必版権問題を提出すべければ姑く見合はす方宜しからむと、余は答へて拙著出版の事は其儘中止したり。鈴木氏はそのころ代々木原宿字山谷といふ処に僑居せり。瓦斯タンクの近所なり。狭き西洋室ある貸家にて、後に黒田湖山移り来りて病死するまで住みし家なり。大正の初鈴木氏を訪ひし時其家には老母と若き細君とあり。京都の女なり。幾もなくして離縁の話起り、鈴木氏は其頃門人同様氏の許に出入せし小島政二郎にたのみ、先方より請求する生活費とか慰藉料とか云ふものゝ相談に与らしめたり。然る処小島は鈴木氏前妻の妹に通じゐたりしかば、談判の結果鈴木氏は頗不利の立場となり案外に多額の慰藉料を取られたり。小島は程なく鈴木氏前妻の妹と公然結婚したりしかば、鈴木氏こゝに始て小島の不親切なる事を知り、大に其不徳を責めたりと云ふ。又小島が森先生の家に出入するやうになりしは、鈴木氏が児童文学の事に関し折々団子坂へ赴き、おのづから其門人なる小島をも先生に引合せしによるなり。然れども今日これ等の関係を知るもの少き故、小島は直接森先生の知遇を得たるが如く言ひなし、鈴木の門人たりし事は秘して語らざる由なり。余大正八九年頃時々風月堂にて鈴木氏と偶然行き合せ、小島の事をきゝしなり。小島は余が三田に勤務中には一度も面識なき人なり。

これは問題の多い、罪の重い記述である。もしこの通りを荷風に語ったとすれば、鈴木三重吉が最も悪いが、荷風とて三重吉の話を自分の都合のいいように改変した節もある。まず、政二郎はこう言う。

ゴシップ好きの二人が、ある事ない事を喋（しゃべ）り合っている姿が彷彿として来て面白い。右の記事のうち、間違っていないのは「大正の初鈴木氏を訪ひし時其家には老母と若き細君とあり。京都の女なり」までである。

そして、これ以降の記述がいかに出鱈目かを詳述してゆくのだが、それは本稿で以前に書いたことと重なるので、時間を追って要約しつつ、事実を再確認していきたい。

「多額の慰藉料」の真相

大正の初め、荷風が代々木の鈴木家で会ったのは、京都出身の最初の妻ふぢ（藤）である。このふぢとの間に離婚話など起らなかった。そして、ふぢに妹はいなかった。

大正二（一九一三）年秋、新聞小説『桑の実』がきっかけで政二郎は鈴木家に通うようになる。

大正四年、ふぢの帰郷中、三重吉は家事手伝いに来ていた河上らく子（楽子）と関係し、らく子は妊娠する。

大正五年六月、らく子は長女すずを出産。翌七月、ふぢが腸チフスで急逝。十一月、三重吉はらく子を入籍。この前後に、政二郎はらく子の妹みつ子（光子）と遭遇、心惹かれる。

大正七年一月、らく子は長男珊吉を出産。七月、三重吉は「赤い鳥」を創刊、政二郎は編集を補佐する。この年、政二郎はみつ子（当時十四歳）との結婚の「予約」を三重吉に願い出る。

大正九年頃、三重吉とらく子の関係が悪化。三重吉の暴力に耐えかね、らく子は家を出る。政二郎が間に入り、離婚交渉にあたる。

大正十年一月、離婚成立。十月、三重吉、小泉はまと結婚。

大正十一年九月、政二郎、みつ子と結婚。

以上が、政二郎と三重吉の関係のおさらいである。

これで分かる通り、荷風は「ふぢ」と「らく子」を混同している。三重吉の説明がまずかったのか、荷風が曲解したのか。しかし、それは些細なことである。政二郎の怒りに耳を傾けてほしい。三重吉のらく子への虐待にふれたあと、

楽子は味方がいないので、いきなり私のところへ飛び込んで来た。その前から、私が楽子の妹に惚れて、私が将来一人前になれた暁にはお嫁に下さいと申し入れていたからであったろう。

これが、荷風の「然る処小島は鈴木氏前妻の妹に通じゐたりしかば」に当たるのだろう。「然る処」とは、こっちで言いたいところだ。当の相手はまだ十三になったばかりで、通じるにも通じないにも、年齢的にまだ恋を語る相手ではなかった。第一、私は彼女に向って直接意中を打ち明けることさえしていなかった。

このあたりの経緯は、『鈴木三重吉』にも、『眼中の人（その一）』にも、『砂金』にも書いているが、ここから続けての悪態は出色だ。

荷風も、三重吉も、すぐ通じるのが好きな男だった。一葉研究家の和田芳恵が、一葉と半井桃水との事を当時の文壇の人はどう見ていたのか知りたくって、荷風に質問したところ、

「二人は出来ていたんでしょう。桃水の妾だとみんな言っていましたよ」

事もなげにそう言ったそうだ。これに類した発言を三重吉もしば〳〵口にするのを私は幾度か耳にした。

この言や、一葉を誣いるも甚だしいものだ。私について一言を費せば、楽子の妹が成長する頃、丁度私も収入が一家を支えることが出来るようになったので、芥川龍之介と沢木四方吉教授とに仲人になって貰って正式に結婚したのだ。荷風と三重吉が言うように決して結婚前に通じてもいなければ、「落ッこち」でもない。

この実直さ。一方は無頼漢だから、小説家といっても実にさまざまである。

政二郎は次に、「談判の結果鈴木氏は頗不利の立場となり案外に多額の慰藉料を取られたり」の一節に言及する。

三重吉は私に負けるようなそんな男ではない。それどころか、大したしたたか者だし、無類のエゴイストだから、手を焼いたのは私の方だ。

二三の弁護士のところへ話を持って行ったが、こんな金にならない話に乗ってくれる弁護士なんか一人もいなかった。途方に暮れて、私は布施勝治さんのところへ泣き付いて行った。布施さんは社会主義の信奉者だけあって、初めて生きた人間らしい弁護士に巡り会えたことを私は喜んだ。布施さんは、楽子の身になって奔走してくれた。

この弁護士は、『鈴木三重吉』でも「勝治」となっているが、〝社会主義弁護士〟として名を馳せた布施辰治（一八八〇〜一九五三）のことだろう（この後に書かれた『砂金』では正しく「辰治」となっている）。布施を政二郎に紹介してくれたのは、恩師馬場孤蝶であった。

初め楽子は慰藉料などよりも、子供を一人欲しがった。が、同意を得られず、結局慰藉料の話になった。（中略）
結局、最初の三月間（みつき）三十円づつ、あと十五円づつ三月間、それでおしまい。これが三重吉の申し出た最後の決着だった。（中略）
「そんな目腐れ金、断わっておしまいなさい」
私は腹が煮え繰り返って来て、三重吉から一文の金も楽子に受け取らせたくなかった。（中略）
これが案外に多額の慰藉料だろうか。これが頗る不利の立ち場だろうか。

小学校教員の初任給が五十円程度の時代である。現在の価値——仮に四千倍と換算しても三十円なら十二万円である。事実なら政二郎が正しい。三重吉の粉飾表現だろう。

耄碌か、確信犯か

さらに重大なのは、その後の「小島が森先生の家に出入りするやうになりしは、鈴木氏が児童文学の事に関し折々団子坂へ赴き、おのづから其門人なる小島をも引合せしによるなり。然れども今日これ等の関係を知るもの少き故、小島は直接森先生の知遇を得たる如く言ひなし、鈴木の門人たりし事は秘して語らざる由なり。余大正八九年頃時々風月堂にて鈴木氏と偶然行き合せ小島のことをきゝしなり。小島は余が三田に勤務中には一度も面識なき人なり」のくだりである。

ここまで本稿をお読みになった方なら、これが事実無根の記事であることはお分かりだろう。森鷗外の知遇を得るにあたって、小島政二郎は誰の仲立ちも必要とはしなかった。「三田文学」に掲載された『オオソグラフィイ』を読んだ鷗外が政二郎に手紙を寄せたことによって、二人の関係は生じた。大正五(一九一六)年十一月のことである。

当然、政二郎もこの『百叩き』で、「一トロにある事ない事というが、鷗外先生に関する限り、ない事だらけだ」と言って、そのいきさつを詳述している。ただ一つ、誤謬があるのは、「私が先生の知遇を得たのは三重吉以前である」と言ってしまっていることだ。これは勇み足である。心理的にはそう思いたかったのだろうが、三重吉との出会いは大正二年秋で、鷗外より三年早い。

それはともかく、三重吉はなぜこんな嘘を荷風に喋ったのだろう。酔った勢いで、荷風が喜びそうな作り話をして聞かせたのか。荷風にしても、『オオソグラフィイ』以来の動向を傍らで眺めていたはずだ。でなければ、数か月後、「文明」で、向軍治になぞらえて政二郎をからかったりするはずがない。すべて忘却していたなら耄碌か、さもなくば確信犯的虚偽記載である。

繰り返すが、「赤い鳥」（ここで荷風が言う児童文学）創刊は大正七年七月で、三重吉が団子坂へ赴いたのもその年である。その時すでに、鷗外と政二郎は相識っていた。それに関する「オオソグラフィイ」以外の証拠を一つだけ挙げておこう。

鷗外に『細木香以』（「東京日日（大阪毎日）新聞」大正六年九月十九日〜十月十三日連載）という作品がある。芥川龍之介がこの細木香以の族人（親戚）だと知った鷗外が作中にそのことを書くと、芥川から手紙が届き、連載終了後の十一月五日に二人は面会した。その折の話を鷗外は『観潮楼閑話（二）』（「帝國文學」大正七年一月号）に書いているが、その中にこういうくだりがある。

（芥川が香以との関係にふれたものとして）龍之介さんの著した小説集「羅生門」の中に「孤独地獄」の一篇がある。其材料は龍之介さんが母に聞いたものださうである。此事は龍之介さんがわたくしを訪ふに先だつて小島政二郎さんがわたくしに報じてくれた。

これは大正六年十月頃、政二郎が鷗外に、何らかの方法で「芥川の『羅生門』の中に細木香以に関係するこういう一篇がありますよ」と報せたということである。おそらく手紙ではないかと思うが、いずれにせよ細々ながら「オオソグラフィイ」以来の交流は続いていたのだ。ちなみに、政二郎が初めて芥川と会うのは翌年の二月だから、これは政二郎が純粋に読書から得た知識であろう。

また、「鈴木の門人たりし事は秘して語らざる由なり」もまったくの捏造で、第一、「赤い鳥」の補佐時代、三重吉の代理で方々原稿依頼に歩いていた事実を、頼まれた作家たちが忘れるはずがないではないか。

別の反証を一つだけ挙げておこう。

「文藝俱楽部」の大正八年四月号に、小島政二郎の署名で『三重吉先生と私』と題した四ページの記事が載っている。（文壇の大家とその門下生、其四）となっているから、シリーズ物だろう。ここで、政二郎は三重吉との出会いから現在までをつぶさに語っている。拙い文章で、記述も錯綜しているから談話筆記だと思うが、そこにこの『断腸亭日乗』と関係するエピソードがあるので、ついでに紹介する。

三重吉が大久保の荷風邸に出版依頼に行ったのはいいが、なぜ荷風が三重吉の代々木の家までわざわざやって来たのか。それは、三重吉が訪ねた時、その名刺を見た荷風は、それをよく似た名前の新聞記者だと勘違いし、面会を拒否した。その後、それが実は三重吉だったと知った荷風は、翌日俥（くるま）に乗って詫びに来たのだという。なるほど、と頷ける話だ。

憎しみの原点に「鷗外先生」がいる

次に「余大正八九年頃時々風月堂にて鈴木氏と偶然行き合せ小島のことをきゝしなり」だが、これもはっきり言って荷風の記憶違いであろう。なぜなら、八年ならまだ三重吉夫妻の関係は悪化しておらず、九年だとしても離婚は成立していないので、「慰藉料を取られた」などと過去形で語れるはずがない。そこで思い出してほしいのは、大正十一（一九二二）年、鷗外逝去のおよそ四か月前の荷風日記である。

三月二十一日。晴。風寒し。晩間風月（ママ）堂にて偶然鈴木三重吉氏に逢ふ。

たった一行だが、おそらくこの夜のことだろうと私は考える。このタイミングで三重吉からあれこれ聞かされたればこそ、鷗外の死の前後、頻々と顔を合わさざるを得なくなった政二郎の印象は、いっそう悪くなったのではないか。「大正八九年頃時々」とあるが、その頃の日記には何の記載もない。『断腸亭日乗』に鈴木三重吉の名が出てくるのは、これらを含めて全部で三回。あと一回はというと、昭和三（一九二八）年三月三日で、この時も、「余曾て南鍋町風月堂の楼上にて偶然鈴木三重吉氏と卓をともにして食事せし時」と回想が書かれているから、もしかすると右と同じ大正十一年の晩のことかもしれない。

昭和三年の記事を要約すると、三重吉は突然上田敏のことを、あんなに不甲斐ない、仕末におえない男も珍しいと誹謗し始めた。だが、三重吉は関西（広島）生まれだから、上田博士の磊落で淡白な江戸風の美点が理解出来ないのだと荷風は思った。そして、「田舎者の跋扈する今の世には博士の人物を評してかくの如き言をなすもの独(ひとり)鈴木氏のみには非ざるべし、笑止の至りなれば思出せしままこゝに記す」とクソミソである。

嫌いな小島に関しては三重吉の言い草を鵜呑みにして非難し、恩のあった上田のこととなると一転三重吉を田舎者と罵倒するのだから、荷風という人物はたいしたものである。当事者でさえなければ、これほど面白い読み物――日記はないと言われるのも無理はない。

本筋に戻せば、この日の最後の一節、「小島は余が三田に勤務中には一度も面識なき人なり」も、虚言に近い。確かに荷風の勤務中――授業に出たことはなかった政二郎であるが、予科の学生時代から先輩たちともに来青閣に上がったり、同じ宴会に出たりしていたことは前述の通りだ。政二郎は溜息を吐く。

その外、三田の紅茶会で二十度ぐらいは談笑している。そんな事はどうでもいゝことだが、そうまで嘘をついて面識のない事にしたがっているところを見ると、よく〳〵私が嫌いだったのだろう。

まさにそうなのだろうが、この日の記述に、私はあらためて荷風の政二郎に対する憎しみの原点を見る。そこにはやはり「鷗外先生」がいる。この野暮な若造が、寵を受けたほどではないにしろ、先生の信を得た事実が気に食わないのである。どうしても、小島政二郎は人の力を使って先生に近づき、取り入ったというストーリーにしないと、心理的に安楽ではないのである。三重吉の作り話は、渡りに船だったのである。

「リテラ・スクリプタ・マネット(書かれた文字は残る)」とはこのこと

今あらためて自分に問うてみる。こうやって、『百叩き』とタッグを組んで荷風の日記の虚を暴かねばならないのは、なぜか。すでに政二郎本人が徹底的に反論しているのに、お前がもう一度それを繰り返す意義があるのか。

ある。それは、『百叩き』がいっこうに顧みられず、今やその虚偽が独り歩きしているという見過ごせない事実があるからだ。先に紹介した吉野俊彦の『鷗外・啄木・荷風　隠された闘い』を、ここで思い起こしていただきたい。

「……しかし、小島が鷗外に近づいたのは、鈴木三重吉を通してであって、しかもそれは鷗外の晩年に限られていた。……」

この文での三重吉の登場を「藪から棒」と私は言ったが、今となっては、これが荷風日記を基にしていることは容易に分かるだろう。この本の発行は、奥付では平成六（一九九四）年の三月で、奇しくも小島政二郎逝去と同月だ。吉野は鷗外のみならず、晩年はエコノミストならではの視点から荷風についても論究した優れた研究家だとは思うが、その吉野にしてからが、『百叩き』までは目に入らなかった。

また、『断腸亭日乗』を徹底的に読み込み、荷風の性格を熟知しているはずの大野茂男も、前掲の『荷風日記研究』（昭和五十一年）では、荷風の同日の日記に一切疑いを挟まず、そこからさまざまな推論を展開している。やはり、その三年前に出ていた『百叩き』に目を通した形跡はない。現在の文筆家で確かに『百叩き』を読んでいるのは、荷風に精通している川本三郎ぐらいだが、今後、政二郎の視点から再度『日乗』を解析してくれることを期待は出来ない。

もう一つ、これは荷風日記ではないが、苦木（にがき）虎雄という人が著した『鷗外研究年表』（鷗出版、平成十八年刊）という本がある。これはその名の通り、鷗外の誕生から死去まで、各年別、月日単位でその生活、行動を追った労作ではあるが、『オオソグラフィイ』の発表と重なる時期に、次のような記事がある。

［大正五年］

十一月三日（金）（前略）小島政次郎（ママ）より仮名遣の誤謬指摘の書状を受け取り、返書を出す。

（後略）

いったい、どこをどう調べればこういう事実が出て来るのか不思議でならないが、穏やかな誤りではない。

思うに、これらの文献は、今後の鷗外や荷風の研究家によっても、信頼できるものとして参照されることがあるだろう。だが、これを記した三者はすでに世を去っている。したがって記述が訂正されることはない。一方、小島研究家が出現する可能性は低い。『百叩き』の存在は消え行く。そして、虚偽が事実として定着する。

まさにこれではないか、小島政二郎が怖れた「リテラ・スクリプタ・マネット（書かれた文字は残る）」とは。だから、ここで改めて、声を大にして事実を「書いて」おかねばならない。小島政二郎の名誉のために。それが私の使命だ、と言ったら大袈裟だろうか。

菊池一派の小島は、当時通俗小説の花形

『断腸亭日乗』には、政二郎の悪口があと三回出てくるが、どれも虚実を云々すべき性質のものではなく、単なる悪感情の表出に近い。

まずは昭和十二（一九三七）年十月八日の記述。前半を要約すると、昨年ゴンクール賞を受賞した仏作家の小説を読んだが、純客観の作風で三十歳ながら老成の趣があり、フローベルを思わせる。今の日本の青年作家と比べるとまったく市気（商売っ気）がないことが著しく目立つと評価した後で、荷風はこう締めくくる。

「菊池小島の如き俗気芬々たるものは日本の文壇に於いてのみ見るを得べきものならんか」

これに対し、『百叩き』の政二郎は、「この評には一言の返す言葉もない」、しかし「論としては不公平だ」と言って、こう続ける。

荷風のことだから、菊池のものも、私のものも、読んではいないのだと思う。たゞ二人とも、この時代には大衆小説を書いていたから、俗気芬々だと言ったのだと思う。

これは卑怯だと思う。例えば、荷風の「夏姿」や「四畳半襖の下張り」だけを読んで、淫気芬々と評するようなものだ。（中略）

要するに、菊池の本当の価値を知らず、小島にも俗気芬々でない作品のあることを知らない読者は、殊に荷風の愛読者は、荷風の言うがまゝの菊池観、小島観を信ずる恐れがある。迷惑千万である。

あえて付け加えることはないが、荷風の菊池嫌い、文藝春秋嫌いも凄まじいものだった。菊池とは口を利いたことも、その作品を読んだこともないのに、その言行を伝聞して忌み嫌った。『断腸亭日乗』でも、菊池を「性質野卑奸猾」「下等」「売文専業の徒」「田舎者」と罵っている。菊池が春陽堂主人和田を介して面会を求めてきた時（大正十四年）も「交を訂すべき人物にあらず」と拒否し、文藝春秋社から年賀状が届いた時（昭和五年）も、貰う謂れはないとその旨を書き添えて送り返した。当然、寄稿の依頼などすべて拒んだ。

一方、「文藝春秋」もさるもので、昭和四（一九二九）年四月号では荷風の遊蕩と隠者的生活を口汚く非難する記事を載せた。偶然それを読んだ荷風は激昂し、すぐさま反駁文を認めた。結局それが世間に発表されたのは二十年後、菊池没後の昭和二十四年だが、その『文藝春秋記者に与るの書』を読めば、荷風がいかに菊池とその一派を憎んでいたかがよく分かる。

もちろん、小島政二郎はその菊池一派の一人である。では、この『日乗』当時の政二郎はどんな様子だったかというと、「俗気芬々」と言われても仕方ない、まさに通俗小説の花形だった。

すでに昭和三、四年から、「講談雑誌」「富士」「講談倶楽部」等を舞台に大衆時代小説を書いていたが、新聞小説『海燕』(昭和七年)、『花咲く樹』(昭和九年)で一気に読者を拡げると、十年から十二年まで「主婦之友」に『人妻椿』を連載、この雑誌の部数を飛躍的に伸ばし、ついに「通俗作家・小島政二郎」の名声を決定的にした。作品は書くそばから次々に映画化され、「主婦之友」第二弾『人肌観音』(十二〜十三年)、第三弾『新妻鏡』(十三〜十五年)も大ヒット、全国的にその名が知れ渡り、もはや後戻りの出来ない状況となっていった。

荷風はそんな政二郎を横目で見ながら、『玉の井』(『寺じまの記』)で「三田派の或評論家」と書き、『濹東綺譚』を書いていたのだ。そして、この「俗気芬々」もである。

実は政二郎はこの間に、『眼中の人』〈(その一)の最初の部分〉を「改造」昭和十年二月号に、それに加筆した『菊池寛』を同誌十三年八月号に発表してもいるのだが、通俗の人気にかき消され、注目したのは文壇内のごく少数だった。

あいつの書くことは全部嘘

五つ目の悪口に移ろう。次は昭和十四(一九三九)年である。

十月二十日。晴。谷中氏より電話あり。夜芝口に飯して浅草に往く。谷中氏の話に小島政二郎は当時予科の生徒にて余が辞職せし後文科に入りし者なれば、思ふに其の記するところは皆虚偽なるべし。

これに対して『百叩き』は、

荷風と私の関係はこの通りで、私が本科の一年になった時、荷風は慶応を止めて去って行った。本科の二年にならなければ、荷風に教わることは出来なかったのだ。

と、まずことわっているが、この記述、両者とも間違っているので一応正しておく。政二郎が慶應の文学科予科に入学したのは、大正二（一九一三）年の春。当時は予科が二年、本科が三年という制度だったから、予科を経て本科の一年に上がったのは、大正四年である。そして、荷風が慶應を辞したのは大正五年の二月、すなわち政二郎が本科の二年になる寸前のことだった。だから、荷風の「余が辞職せし後文科（本科）に入りし者」というのは誤りで、当時すでに本科に在籍していた。一方、政二郎の「私が本科の一年になった時、荷風は慶応を止めて去って行った」も、厳密に言えば「本科の一年を終えようとしていた時」でないと、誤解を招く。

右は些細なことのようだが、かつての福島タマ編（講談社『大衆文学大系』二〇）、紅野敏郎編（筑摩書房『現代日本文学大系』四五）の小島年譜では、いずれも慶應予科入学を明治四十五（一九一二＝中学入学の年からすでに一年誤っている）年としていた。それを参照したためかどうかは分からないが、小山文雄『大正文士颯爽』でも、同じく入学を大正改元の年と記してあり、せっかくの好著の瑕疵になってしまっている。

最新の武藤康史編（講談社文芸文庫『長篇小説　芥川龍之介』巻末）の年譜はさすがに正確で、これさえ参考にしていれば以後間違える人はないだろうから安心だ。ただ、この年譜も、出世作『一枚看板』（大正十一年）の発表を大正十二年にしてあり、それに従ったのか、同書の出久根達郎の解説中でも十二年になっているのは残念だ。（尤も、この件は直接武藤氏に伝えたので、版を重ねれば訂正されるだろう。ただ、重版するとは限らないので一応書いておく）

話を『百叩き』に戻す。

政二郎は、遥か学生時代を振り返り、たとえ荷風の授業に出られなかったにせよ、学内でその姿を見かけると、「飛耳長目（ひじちょうもく）、彼の一挙手一投足をも見逃すまいとしていた」と強調する。荷風がどこの本屋で雑誌の立ち読みをしていたか、三田の洋食屋「木村屋」ではいつも何を食べ、支払いがいくらだったかも覚えている。それに、辞職後もコーヒー店「笹屋」で催された紅茶会に荷風はよく現われ、我々と談笑した。だから、『朝日新聞』に何を書いたか忘れたが、『其の記するところは皆虚偽』である筈がない。教室に於ける荷風を書いた訳ではないし、恐らく私の見聞（けんもん）した荷風の事を書いたのだと思うから、虚偽である筈はない」と言う。

肝心の「朝日新聞」の文を、片や読まずに、此方は忘れて、「嘘だ」「嘘じゃない」と遣り合っていても、埒が明かない。その文は政二郎の随筆集『場末風流』（青蛙房刊、旺文社文庫版の両方）で読める。

題は『三田の思い出』、文庫で六ページの短文である。

読んでみれば何のことはない。どんな級友、先輩、教授がいたか、どんな学風であったかという、文字通りの思い出で、いちばん紙幅を割いているのは馬場孤蝶の授業だ。荷風の名は三度出てくるが、分かりやすいように補足しながら引用してみる。

（中学時代から文学青年だった私は）永井荷風の華やかな出現も知っている。

（慶應に入ると）そこには、「あめりか物語」「ふらんす物語」「歓楽」「監獄署の裏」「狐」などの作品で私の魂を捉えてしまった永井荷風が、フランス文科の主任教授をしていた。

（ヴィッカースホールの説明をして）我々より一時代前に、理財科の学生だった水上瀧太郎や、政治科の小泉信三などが、エスをして永井荷風や小山内薫の講義を聞きに来たという伝説のあるのもこのヴィッカースホールだ。

以上だが、一目瞭然、議論するような記述ではない。政二郎は「見聞した」荷風すら書いてない。これは完全な肩すかしだった。荷風は、政二郎が三田時代の事を書いていると聞いて、きっと自分が登場しているはずだと早合点した。過剰な自意識のなせるわざ、と言うべきか。いや、それ以上に、小島の筆が自分の名を書くこと自体を嫌い、警戒していたのだろう。「皆虚偽なるべし」は、単なる自分の推量というより、第三者が読むことを意識して「あいつの書くことは嘘だよ」と語りかけているように私は感じるのだが。

「面従腹非」同士の応酬

いよいよ最後の六つ目だ。昭和十五（一九四〇）年である。

八月初四。日曜日。曇りてむしあつし。花村に夕飯を喫して浅草に至るに日未暮れやらず、日曜日の群集雑沓す。観音堂の扉も未だ閉されざれば御籤を引くに第二十六の吉を得たり。其語にいふ。

将軍有異声
進兵万里程
争知臨敵處
道勝却虚名

本屋にすゝめらるゝとも全集などは出さぬがよしと云ふ占ひなるべし。勝を道って却て虚名の語頗妙なり。岩波書店は来月あたりより俄に水上瀧太郎の全集十二巻を出す由。この事につきて同店には追々小島正次郎（ママ）初め三田文士の出入多くなるべければ余は体よく同店とは関係を絶つつもりにて、過日主人にあづけたる草稿のたぐひも、折を窺ひ取戻す事は既に平井氏に言含め置きたり。この後の成行いかゞにや。

これに対し、政二郎は開口一番、「辻褄の合わない面白い文章である」と言い放った後、あれほど

荷風を尊敬していた水上（この年の三月に死去）に対しても、荷風は好意をもっていなかったようだと嘆き、

水上さんの全集が出るにつけて、小島政二郎を初め三田の文士が岩波書店に出入することと、荷風の全集出版契約と何の関係があるのだろう。

荷風の「日記」を読んでいると、何か強迫観念に襲われている人のような物言いを感じる。この記事なども、そういう不思議な――我々のような常識人には、ちょいと理解に苦しむような、おかしな神経を感じずにいられない。

そして、これまでの『日乗』との格闘で溜まりに溜まった思いを吐き出すように、

正直の話、そんなに私が嫌いなら、逢った時も相手にしなければいゝのに、私に限らず誰に逢っても、逢っている間は絶えず笑顔を見せて実に愛想がいゝのだ。私も何度か風月堂の二階で行き合わせた事があるが、こっちはそんなに嫌われているとは知らないから、彼のテーブルへ挨拶に行くと、笑顔で実に愛想がよかった。

この彼の面従腹非には、誰も騙されるのだろう。

実際、にこやかに談笑を交わした相手の悪口を、暮夜独り密かに書き付けている荷風を想像するだけでも、気味のいいものではない。まして、その槍玉に挙げられた当人なら、荷風という人間をさぞ

おぞましく思うだろう。ただ、ここで一つだけ気になる言葉がある。

「面従腹非」だ。

若き日、菊池寛に出会った頃の政二郎は、自分の性格を「唾棄すべき面従腹非」と自己分析していた。病弱な体質と都会という環境が培ったこの性格は、芸術家にふさわしからぬものだと苦悶し、自己改造を試みた。その精神の弱さは絶えざる努力によって克服されたとは思うが、人への接し方や物腰、立ち居振る舞いが根本的に変わるはずもない。私が知る晩年でも、当たりは柔らかく、人の気を逸らさず、愛想のいい下町気質そのものであった。私は荷風を知らないが、もしこの二人が面談している場面に先入観なしに遭遇したら、仲良き間柄にも見えたのではないか。

何が言いたいかといえば、訊けば両者ともに否定しただろうが、二人にはこの部分に共通点があるということだ。もちろん、政二郎は、荷風のように陰で捏造に近い悪罵を綴ったりはしていない。表裏があるという印象はない。だが、作家の評伝小説などに於ける人物観察眼、その鋭さ、辛辣さは並ではない。小島政二郎という人物に実際に接し、その穏やかな表情を知っている人間なら、なおさらその作品に凄みを、悪く言えば意地悪さ、不気味さを感じたのではないか。

『眼中の人（その一）』の中に、政二郎が川端康成、片岡鐵兵らと京都へ旅した折、現地の人に「川端先生や片岡先生は、ちょっと見たら芸術家と分りますけど、小島先生だけはなんの御商売しておいでやす方や分りまへんな」と言われたというエピソードがある。

写真で見る限り、中年以前の政二郎は、美男とは言い難いばかりではなく、本人は「商人的人相」と言っているが、少なくとも知的な雰囲気は微塵もない。女にもてる、もてないも重要だが、それ以前に物を書くような人間に見えないというのも、作家にとっては辛いだろう。見方を変えれば、そんな何の警戒心も抱かせないような、愛想のいい商人(あきんど)のような風貌の男が、ペンを持つと人に鋭く斬り込んでくるのだから、油断が出来ない。

荷風はそもそも面識が生ずる以前から嫌っていたから、事情は少し異なるが、面晤してみて決して奇矯ではなく、むしろ如才ない印象を政二郎にもっただろう。そんな奴が、突如として「風俗小説家」だの「無頼漢」だのと自分を論断したのだから、憎悪は一気に増幅されたはずである。

終戦後の約二年間、自宅に荷風を住まわせていた小西茂也によると、荷風は「死後三十年経てば日記を全文公刊してもいい」と言ったという(『同居人荷風』「新潮」昭和二十七年十二月号)。荷風存命中にもかかわらず、小西はいろいろ暴露していて興味が尽きないが、荷風は自分の日記の記述が各方面に差し障りがあることは、さすがに充分承知していた。まず、自分の関係した女たちに迷惑がかかる。親しかった市川佐団次(二代目)を初めとする俳優やその細君たちも、噂話が多々書いてあるから困るだろう。そして「文壇人(生田葵山、菊池寛、小山内薫、Y・Y、M・K、M・K等)の悪口もあるから気の毒」だ、と荷風は語ったらしい。小西があえてイニシャルにしたのは、その時点で健在だったからだろうが、Y・Yは山本有三、あとの二つのM・Kは久保田万太郎と小島政二郎に違いない。

結局のところ、死後三十年はおろか、まだ荷風存命中から日記は順次公開されていったから、当然関係者に波紋は巻き起こった。だが、小島政二郎にとっては、迷惑千万とは言いながら、この早い日記公開は幸いだったと言えるのではないか。荷風という人間の奥底を覗くことも出来たし、何より自分の筆で反駁が出来たからだ。

もし、荷風没後三十年――昭和六十四(平成元年)になって日記の全貌が明かされたとしたら……どっこい小島政二郎は生きていたのだが、すでに九十五歳で病臥中、とうてい『百叩き』など書けるはずもなかった。そして『百叩き』が存在しなかったら、私もこんな文を書く気になったかどうか。分からない。

日本のボードレールになれたものを……

『断腸亭日乗』に対する『百叩き』での反撃は、ほぼ右で尽きている。この後、政二郎は締めくくりとして、長編『小説永井荷風』の最後尾の加筆部分、先に一部を引用した「佐藤春夫と言い、小島政二郎と言い、彼を崇拝している人間の真心が通じない不思議な人間がいたものだ」に始まる文と全くの同文(計二十三行)を載せている。それが雑誌「うえの」昭和四十七年九月号であり、『小説永井荷風』への加筆も、「あとがき」(同年十月付)から察するに、ほぼ同時期であったろう。どちらが先で、どちらがその再録(流用)であるかは、もはやどうでもいいことだろうが、この部分だけは「わが永井荷風観」の結語として強調しておきたかったのだと思う。ひょっとすると、すでに小説の刊行は、永井家の反応が芳しくなく、暗雲が垂れ込めていたのかもしれない。だから、確実に読者の目に触れる「うえの」にまず発表しておいたのではないか。

今となっては真相は全く分からないが、とりあえずその大団円のラストフレーズと、小説の「あとがき」を抄録しておく。

そういう人の真心を感じ取ることの出来なかった荷風は、日本には珍しいエゴイストであった。だから、彼には本当の親友がなく、本当の恋人もなかったのは当然であったろう。

このエゴイストが、物語作家にならず、本当の小説家となって、彼の好きなボードレールのように生活上の真と美、善と悪とに直面したら、曽って日本になかったような悪徳と罪悪の深刻な作家が初めて生まれたのではなかったかと思う。

（中略）アナトール・フランスの「ボードレール論」を読んだところによると、荷風はボードレールの最も大切な部分を読み取っていないようだ。

（中略）［その］最後の一句を引用すれば、

「なるほど、人としてのボードレールは嫌悪すべき人間であるという説に私も同意する。しかし、彼は詩人であった。それ故神で――神に比すべきものであった」

荷風が、ボードレールのように、自己の個性に忠実に人生と取ッ組み合って、血みどろになって、――そうすれば、物語作家になんかなっていられず、いやでも真の小説家になって一生を貫かずにいられなかったろう。そういう意味では、荷風は大事な一生を誤った。


続く「あとがき」でも、また同様の見解を述べている。だが、今引き写すにあたって右との重複部分を省略しようと思案したが、間然とする所がない文に圧されて、（中略）が入れられない。長くなるが、十一行目から最後まで、およそ一ページ半を全部引用する。


私は、この「小説　永井荷風」の中で、荷風がアメリカでモーパッサンの洗礼を受けたことを仕合せだと書いた。同時に、日本の自然主義の文学運動の波を直接身に浴びなかったことの不幸も書いた。前者については詳しく書いたが、後者に関しては少ししか書かなかった。

鷗外も、漱石も、日本の自然主義の運動を間違いだとして反対した。が、「虞美人草」や「坑夫」を書いていた漱石が、なぜ「道草」のような現実小説を書くようになったのか。鷗外がなぜ「カズイスチカ」や「ヴィタ・セクスアリス」のような現実小説を書くようになったのか。

日本自然主義の影響以外に理由はないと私は信じている。荷風も、日本にいてこの自然主義の揺すぶりに逢っていたら、帰朝以後のような現実離れのした自然主義以前のような古臭いプロットのある小説は書かなかったであろうと思うと、残念でならない。

彼の「日記」が語っているように、荷風は日本には珍しい血の冷たいエゴイストである。荷風に親譲りの財産がなく、彼の好きなボードレールのように、原稿料で生活して行かなければならない作家であり、いやでも応でも、あのエゴイズムを剝き出しにして現実を生活しなかったことを私はかえすがえすも、彼のためにも、日本の文壇のためにも、大きな損失だったと思う。いや、それが本当の小説家の生き方なのだ。

漱石に「道草」を書かせ、鷗外に「渋江抽斎」を書かせたように、荷風に彼自身のエゴイズムがいかに現実生活と悪戦苦闘したかを書かせたら、日本にたった一人の特異な小説家が生まれ出たと思うのだ。財産があったばかりに、彼独特のエゴイズムを直接現実生活に接触する機会をなからしめ、逃避の、一人よがりの、隠居のような、趣味の生活に一生を終わらせたことは、一生を誤ったとしか思えず、あたら才能を完全に発揮させずに一生を終わらせたことは、幾ら考えても残念で仕方がない。

荷風は一種の名文家に違いない。しかし、鷗外が「渋江抽斎」で自分の文体を完成したように、また徳田秋声が「のらもの」で彼の文体を完成したように、荷風は彼自身の文体を完成しずに終った。若し彼が私の言うように、彼の性格で現実の人生を生活したら、恐らく彼の好きなボードレールのように、彼自身の本当の名文を生んだであろう。

そういう意味でも、私は彼が性格そのもので生活と取り組まなかったことを取り返しの付かぬ大きな失敗だったと思わずにいられない。

昭和四十七年十月三十一日　　小島政二郎

荷風没後五十年の平成二十一（二〇〇九）年を中心に、研究者や愛好家による荷風関連本が陸続と出版され、ちょっとした荷風ブームの様相を呈したことは記憶に新しい。以前では考えられなかった女性研究家が荷風の魅力を語ったり、「荷風」というタイトルのレトロ趣味の雑誌まで創刊された。それらは概ね、世間に背を向けて気ままな独り暮らしを楽しむ老人、そんな晩年の荷風のイメージへの憧れを基調としているように見える。そこに何かしらの「美」を感じるのだろうか。

それに引きかえ、この小島政二郎の文を見よ。この隔たり。「隠居のような、趣味の生活」の価値など、一顧だにしていない。それより、血みどろになって、人生と取っ組み合ってもらいたかった、という叫び。奇異に感じるかもしれない。そんなものを荷風に求めるのは、お門違いだと。今の荷風ファンなら言うだろう。そんなことをしたら、「荷風」ではなくなっちゃうだろう、と。

だが、小島政二郎は、荷風の「エゴイズム」の深奥を覗いた。真の凄まじい小説が書ける性格の持ち主であると確信した。だから、男女の修羅場も、親子の葛藤も、情景描写や通り一遍の心理の書き込みで「逃げて」ほしくなかったのだ。もし荷風が日本のボードレールに成り得たなら、人間としてはどんなにイヤな奴でも、あらためて芸術家として尊敬しただろう――そう言っているのだ。だから、かえすがえすも残念なのだ。

これは、とりもなおさず、文学観——昨今の作家や文学者が絶えて語らなくなった自らの文学観の表明である。これまでも繰り返してきたが、この一文でも瞭(あきら)かなように、小島政二郎が信奉しているのは、日本の自然主義が培ったリアリズム小説である。それが、現在から見て古くさいとか、流行らないとか、そういう問題はここではどうでもいい。彼が長い文学生活のなかで支柱としてきたのは、その生涯を貫いて信じてきたのは、この小説観なのである。

この基準に照らせば、永井荷風は小説家ではなかった。その本質は叙情詩人であり、ここで言う「物語作家」であったのだ。

またこれは、同時に文章の基準とも重なる。小説が人生の真を表現するものなら、それは廣津和郎の言う「人生のすぐ隣り」にある散文によらねばならない。それも、美文では不可能である。人生は定形のない雑然としたものだ。それを写すためには、文章もまた形に捉われていては目的を達することは出来ない。小説に於ける「名文」とはそういうものであり、それゆえ、徳田秋聲の文体が一つの理想でもある。

私小説こそが小説

『小説永井荷風』が世に出て四か月後の平成二十（二〇〇八）一月、丸谷才一（一九二五〜二〇一二）は「毎日新聞」の読書欄でこの作品を取り上げた。不思議なことに丸谷は、作者小島が「荷風はついにボードレール——神に比すべきものになれなかった」と言っているにもかかわらず、それを正反対に誤読しているが、その後で口を極めて褒めているから、これは目をつぶろう。曰く、「文学の鑑賞者としての小島は感覚が鋭い」「荷風の作風がどんなに際立っていたかを語る話術はすごい」「文学史家には絶えて見られぬ芸だろう」……。それから、こう言う。

そして、『腕くらべ』『おかめ笹』を軽んずる態度は、小島の芸術小説なるものが実は私小説であることを明らかにするはずだ。

こんなもって回った表現をしなくとも、作者自身が作中で久米正雄(『「私」小説と「心境」小説』)などを援用して、私小説こそが小説だと堂々と論陣を張っているのだから、素直に紹介すればいいのに、とも思う。小島は荷風の『矢はずぐさ』や『雨瀟瀟』が、なぜ私小説に似て非なるものであるかを、詳細に分析している。もしかしたら、これは丸谷にとって新たな発見であったのかもしれない。

昭和四十九年(一九八四=『小説永井荷風』完成の二年後)、丸谷才一は「朝日新聞」誌上で和田芳恵(一九〇六~一九七七)の『接木の台』や『厄落し』を激賞し、それが引き金となって和田の晩年に眩しいほどの光が射した。それから二年余り、和田の病身をおしての凄絶な執筆活動を、大学生だった私も、次々に発表される作品を読みながら眺めていた。

和田の小説の技法を、徳田秋聲からの流れに連なるものと絶賛した丸谷は、当然、和田が小島政二郎に師事していたという事実は知っていただろう。だが、小島の文学観はどうだろう。承知していただろうか。

小島政二郎と和田芳恵。この二人の絆の核は、一つは樋口一葉。もう一つは、まちがいなく秋聲および「自然主義」「私小説」である。

自分にとって永井荷風とは何だったのか

永井荷風との確執を語ってきた本章だが、そろそろこのへんで区切りをつけよう。冒頭に戻れば、小島政二郎は自分と荷風の関係を、「片恋」と言った。荷風日記研究家の大野茂男は、「悪縁」と呼んだ。

私は何と表現しようか。こんな言葉はないが、無理に造れば「酷縁」か。

永井荷風なかりせば、小説家小島政二郎は生まれなかった。荷風心酔のあまり、小島は文学に向けて、人生の舵を切った。弟子入りも志願した。至誠天に通じると信じ、直言も吐いた。だが、荷風にとって小島は、ただの目障りな若造だった。自分への尊敬を口にしながら、その書くものに敬意は感じられなかった。そればかりか、弱点を衝いてきた。不気味な奴だった。筆誅と思い、日記には嫌悪を書き連ねた。

唯一、この二人が共有し得たのは、森鷗外への崇敬の念であった。だが、逆にそのために、決定的な溝が出来た。荷風は小島をさらに憎悪した。……

なんとも無惨な関係である。荷風にとっての小島は単なる関係同業者だが、小島にとっての荷風は、そんな小さな存在ではない。初恋のように青春の思い出と片付けるわけにはいかない。若年の頃から、荷風については何度も書いてきたが、あらたにここで荷風の日記――自分への悪罵も知った。いったい、自分にとって永井荷風とは何だったのか。もう一度、全身全霊で荷風に立ち向かい、その存在を総括しておきたい。

そして、取り組んだのがこの長編『小説永井荷風』と『百叩き』なのである。だから、これは「荷風伝」でも「荷風論」でもない。自分にとっての荷風――いかに荷風と出会い、関わり、乗り越えたか。それは小説でしかありえない。あえて言えば「私小説」だ。

「あとがき」を書き終えて筆を擱いた小島政二郎は、満七十八歳。まさかこの作品が、三十五年の時を経てようやく出版されるとは、この時夢想もしなかっただろう。

第二章　今東光　不良と蒲柳

嘘っぱち野郎

ここはいきなり本題に入ろう。まずは、こんなやりとりから。

今　小島には会いましたの？
芥川　いえ、お目にかかったことないんです。
今　あいつは会わないほうがいいや。
芥川　どうしてですか。
今　あの野郎、嘘ばかしいうよ。
芥川　ハハハ、真面目な嘘つかれるんですか。

「今」は当然、主役の今東光だが、「芥川」が誰かというと、芥川麻実子（一九四八〜）。芥川龍之介の三男也寸志（作曲家）の娘である。これは、テレビ、ラジオでタレントとして活躍していた彼女の著書『芥川龍之介　あれこれ思う孫娘より』（サンケイ出版、昭和五十二〈一九七七〉年七月刊）の巻頭に収められた対談だ。収録は同年四月十二日との記載がある。実は、この五か月後に今東光は死去するのだが、そんな気配は微塵も感じられない、いわゆる「舌好調」で、縦横無尽に喋りまくっている。たとえば、このあと続けて、

今 うーん。大変な嘘つきよ。僕には非常にいいんですよ。龍之介先生のところでもよく会ったからね。だけど、おれらのほうが、芥川家では格が上だったんだ。あの野郎は慶応でね、慶応でもみんなに嫌われてね、南部修太郎とか、井汲清治だとか、いろいろ作家がいましたよ。みんなに嫌われて、遊んでもらえなかった。それで、しょうがなくて芥川さんのとこへ佐々木茂策(ママ)に連れてってもらったんじゃないかな。それなのに、〝おい〟〝おめえ〟のつき合いみたいなこと書いてるんだよ。嘘っぱち野郎。

といった具合に、徹底的に小島政二郎をコキおろすのだが、これなどまだ序の口で、次から次へと悪態が飛び出し、止まることを知らない。内容を吟味すれば、人のことを「嘘っぱち野郎」と言っておきながら、かなり出鱈目が詰まっているが、その舌鋒は鋭く、リズミカルで小気味いい。今東光という人物が陽性で、座に笑いが横溢しているからだろう。

この章では、今東光にたっぷりと語ってもらう。とことん、小島政二郎を罵倒してもらうことにする。というのは、東光は永井荷風とは違って、政二郎の悪口を文章としてはほとんど書き残していないということが一つ。つまり、すべてが談話――文字通りの語りなのだ。もう一つは、これも荷風の場合と異なり、政二郎はこの悪口を読んでいなかったので、東光没後十七年も生きてはいたが、何の

反応、反論もしていないのである。したがって、ここでは今東光の喋りを拝聴し、鑑賞することを本旨としたい。

尤も、ことわっておけば、むしろ荷風のケースこそ特殊で、次章以降でも政二郎が反論など残していないので、一方通行という基本構造は同じである。この作家たちが、なぜ小島政二郎を嫌ったのか、あるいは小島の何が彼らを刺戟したのか、その考察が眼目である。

そうは言っても、その悪口の中の、明らかな事実上の誤りだけは正しておかなければならない。とりあえず、右の引用で言えば、「芥川さんのとこへ佐々木茂策に連れてってもらった」は、嘘っぱちである。

小島政二郎が、鈴木三重吉の紹介状を手に田端の芥川宅を訪ねたのは、大正七（一九一八）年二月三日、芥川が塚本文と結婚した翌日だった。一方、佐佐木茂策が初めて芥川に会ったのは、同年十二月十五日、本郷のカフェ燕楽軒でのこと。久米正雄の取り持ちで田端へ行くようになったのは翌年春である。つまり、「我鬼窟」への出入りは政二郎のほうが約一年早い。また、今東光の芥川との初対面は大正八年の初夏、場所は本郷区曙町の谷崎潤一郎邸だったようだ。

次に「おれらのほうが、芥川家では格が上」、および「みんなに嫌われて、遊んでもらえなかった」については、多分に主観的な問題なので判定不能。「おれら」とは、東光以外に誰がいたのかも分からない。ここでははっきり言っていないが、東光は、政二郎とはうって変わって佐佐木茂策を高く買っていたから、ひょっとすると茂策もこの「ら」のうちに入れていたのかもしれない。また東光は、芥川と相識る以前にすでに久米正雄、佐藤春夫、谷崎潤一郎らとも知己であったから、「商人面」の政二郎など初めから見下していたのではないか。

「みんなに嫌われて」云々は、確かに三田の連中のなかには政二郎を嫌悪、敬遠していた者もあったろう。南部や井汲もそんなことを東光に洩らしていたのかもしれない。だが、いちいち名は挙げないが、政二郎と親しく交わり、好意を寄せていた慶應の友人、先輩らが大勢いたのもまた事実だ。

しかし、考えてみれば、こういった今東光の感情に任せた放言は、ゆとりをもって愉しむのがいちばんで、逐一検討を加えるなど野暮の骨頂かもしれない。少し肩の力を抜いて先へ進もう。

どこに接点があったのか

今東光という型破りの人物の後半生は、文学や文壇に関心のない人々にも知れ渡っていたから、あえてここで詳説はしない。現在五十代以上の人間なら、何かしらの記憶はあるだろう。直木賞作家で川端康成の盟友。天台宗大僧正で瀬戸内寂聴の師。昭和四十年代には参議院議員を一期六年務めた。その毒舌説法は痛快で、迸り出る該博な知識は驚嘆の的でもあった。殊に私の年代の男性であれば、最晩年に「週刊プレイボーイ」(集英社)に連載していた『極道辻説法』を愛読していた者も多いのではないか。

大学生だった私も毎週漫然と目を通していたが、ある時、この和尚の口から突如、小島政二郎への罵声が飛び出して来た。これは本章の中心素材なので、後で存分に引用するが、とにかく私は面食らった。東光と政二郎のどこに接点があったのか、何も知らなかった。そういえば『眼中の人(その一)』の中で、川端康成と今東光が一緒に登場するシーンがあったな——それが思い当たるすべてであったから、あわてて今東光の前半生に関する知識を詰め込んだのである。

十七歳で「学校」と絶縁

今東光は明治三十一（一八九八）年三月二十六日に横浜で生まれたというから、政二郎より四歳下である。四人兄弟の長男で、五歳離れた三弟が、やはり作家で文化庁長官を務めた今日出海であることは有名だ。父母ともに津軽弘前の武家の出で、父の武平（ぶへい）は日本郵船外国航路の船長、当時のエリートサラリーマンである。この武平が一風変わった人物で、神秘学に傾倒して日本で唯一の神智学協会の会員になった。日本郵船会退社後の大正十四（一九二五）年には、「星の教団」を主宰するインドの聖者クリシュナムルティの著書"At the Feet of the Master"を訳し、『阿羅漢道』というタイトルで当時息子東光がやっていた文黨社から出版している。おそらくこんな事績は、長い間閑却されてきたに違いないが、現在のいわゆるスピリチュアル系のウェブサイトを覗くと、その方面での孤絶した先駆者として顕彰されている。

武平の仕事柄、今一家は青森、函館、小樽、横浜など各地を転々とし、東光九歳の頃から暫くは神戸に住んだ。東光少年は関西学院普通（中学）部に進学するが、大正四年、四年生の一学期終了前に、学校の風紀を乱したという理由で諭旨退学させられる。二学期からは県立豊岡中学に転校（三年に編入）したが、年末には不純な「異性交遊」と「教師への暴力」の廉（かど）で放校処分を受け、以後、学校での勉学は断念した。精神も肉体も早熟だった彼は、この時期に文学と美術に目ざめ、父の同僚の息子だった白樺派の劇作家郡虎彦（一八九〇〜一九二四）と知己になる。

大正四年暮れ（あるいは翌五年春）、単身上京し画塾「太平洋画会」などに通いながら画家を目ざした東光は、同志として東郷青児、関根正二らと交わった。また文学方面では、久米正雄、生田長江を知り、生田により佐藤春夫を紹介された。（これは佐藤が『田園の憂鬱』を書いていた大正七年頃になってからのことらしい)。この頃、森鷗外の学友であった母方の伯父伊東重(しげる)(一八五七〜一九二六。医師・政治家。弘前在住)の使いで、団子坂観潮楼に渋江抽斎に関する資料(手紙)を届け、玄関先で鷗外と言葉を交わしたと東光は言っている。これが『渋江抽斎』執筆中のことなら大正五年前半であろうから、政二郎の『オオソグラフィイ』(同十一月)より少々早い。

大正六年末、父武平の陸上勤務への転属に伴い今一家——父母や弟たちも東京市本郷区駒込西片町に転居してくるが、その頃には東光はほとんど絵筆を折り、喧嘩と放埓な生活のせいで「不良少年」としてその名を轟かせていた。再び家族と同居したものの、その素行のため父からの勘当と放浪を繰り返していたと本人は語っているが、決して義絶状態にはいたっていない。親兄弟の絆は殊のほか固く、情愛に富んだ一家だったようだ。

大正八年は、東光にとって、その後の運命を変える大きな出会いが連続した年だった。まず、佐藤春夫に連れられて谷崎潤一郎宅を訪れ、初めて親しく言葉を交わしたばかりか、すぐに自作の短編小説を見てもらうことが出来た。正確な月日は不明だが一月〜四月頃だと推定される。というのは、東光は何度も当時を回想しているが、この博覧強記の人にしても、それらは微妙に食い違うからだ。どれも数十年を経てからの回顧なので、致し方ないことだろうが、詳細に研究されている谷崎の年譜などを参照しても、その矛盾は解消しない。

脱線を承知で書いておけば、谷崎はこの年の三月下旬に、隣の小石川区原町から本郷区曙町へと転居している。東光は絶筆となった『十二階崩壊』の冒頭(執筆昭和四十九年末)では「谷崎潤一郎が小石川原町から曙町に移転したので手伝いに行った」「僕は原町の家から大体、谷崎家を知っている」と書いている。一方、その十五年ほど前に刊行された『東光金蘭帖』では、「佐藤さんは(中略)本郷の曙町まで歩いて『これから谷崎のところへ行こう』と言う。僕は初めて佐藤さんに連れられて谷崎先生のお家へうかがった」とある。

極めて些細なことだが、前者を信じれば原町時代から出入りしていた（佐藤と訪れたのも原町と想定）ことになり、初めて行ったのは一月〜三月頃（谷崎は前年の十月〜十二月は中国旅行で不在。それ以前もほとんど原町には居なかった）。後者を信じれば四月頃ではないかと思われる。それ以降の東光と谷崎の交流は傍証があるからだ。

以上、細かなことにこだわったが、本筋に戻そう。

「非常勤無給私設秘書」兼「用心棒」

今東光は、こうして生涯師と慕うことになる谷崎潤一郎（一八八六〜一九六五）の知遇を得た。中学時代から谷崎作品に心酔してはいたが、会うなりその人間的迫力と学識に圧倒され、いよいよ尊敬を深めた。その後の二人の交流は、濃淡はあれど谷崎の死まで四十五年あまり続く。特に大正から昭和にかけての時期は、東光自身の表現によれば、谷崎の「非常勤無給私設秘書」兼「用心棒」といった存在であったようだ。

初めて見せた短編を谷崎は気に入り、長谷川如是閑主宰の雑誌「我観」に推薦したが、七十枚と長かったので掲載されず、次に谷崎は原稿を「中央公論」の瀧田樗陰に託したが樗陰はそれをどこかで紛失し、谷崎は激怒、原稿料を払えと大騒ぎになった――と東光は述懐しているが、真偽は分からない。とにかく、好き嫌いの激しい天才の懐に、東光が瞬く間に入り込んでしまったのは間違いなさそうだ。そして、谷崎の義妹小林せい子（当時十七歳）ともすぐに親しくなった。

芥川龍之介との初対面も、前述したようにこの直後、五月か六月のことだったと思われる。芥川の日記（『我鬼窟日録』）で、六月九日に谷崎邸で両者が顔を合わせていることが確認できるが、これが初対面でないとしても、その近辺だろう。なぜなら、芥川が横須賀の海軍機関学校の教官を辞めて鎌倉から田端の自宅に戻ってきたのが、その年の四月二十八日。芥川が毎週日曜を面会日として書斎「我鬼窟」を開放したのはこれ以降だからだ。東光の回想でも、佐藤や谷崎以前に芥川と知り合っていたという形跡はない。

ともあれ、こうして今東光は傑出した二つの才能と一気に出会い、彼らをとりまく文壇人との交遊を広げていったのである。芥川のサロンには佐佐木茂策がいた、南部修太郎がいた、瀧井孝作がいた、そして勿論、小島政二郎がいた。

忘れないうちにふれておけば、政二郎は前年春から携わっていた「赤い鳥」の編集を退き、四月から慶應文科予科の講師となって、下谷の家から三田へ通っていた。作家としてはまだまだ芽の出ない雌伏の時代、というより芥川や菊池の迫力の前ですっかり自信を失っていた時期であった。

東光がたとえドロボウをしても手伝う

この大正八（一九一九）年、今東光にはもう一つの重大な出来事があった。

終生の親友となった川端康成（一八九九～一九七二）との邂逅である。

諸説あって正確な月日は分からないが、この時期に出会ったことはほぼ間違いない。七月以前ならば、川端は第一高等学校の二年、それ以降なら三年生であった。東光の次弟文武の中学時代の同級生池田虎雄が、川端と同じ一高の学寮にいたことが、二人の縁を結んだ。天涯孤独で無口な秀才と、饒舌で喧嘩っ早い不良――対極的な存在だったからこそ惹かれ合ったのかもしれない。そして、性格こそ違うがその才能と頭脳は、互いに信頼するに足ると直感したのではなかろうか。

東光は一高の学寮に入り込み、川端の同級生――石浜金作、鈴木彦次郎、酒井真人らと語らい、読書し、出席を取る授業にこそ出られなかったが、同じ教科書で学んだ。やがて彼らがそろって東大に進学すると、今度はテンプラ（もぐり）学生となって堂々講義に出席し、さらに学んだ。卒業時には、石浜の論文を東光が代わりに書いたという。

一方、今家に出入りするようになった川端は、東光の家族に歓待された。特に東光の母は、肉親に縁の薄い川端をわが子同様に可愛がり、世話を焼いた。

後年（昭和四十三年）、東光が参議院選挙に立候補した時、川端は選挙事務長を務め、街頭での応援演説にも立った。その時「（東光を）やだ、やだと思いつつ五十年きました」と語ったというが、二人の友情を知らぬ世間は、この文豪の献身ぶりを不思議に思った。

その頃、川端に会う機会があった司馬遼太郎は、その理由を尋ねた。

「私は、東光の母上に恩があります」

と、川端さんは目をすえていわれた。学芸会の口調のような言葉づかいだった。（中略）今家のこどもは、男ばかり三人だった。

母堂は、毎年、ご自分の習慣として、年末になると絣の着物を縫いあげて、三人に着せた。川端さんを迎えたとしから、絣の着物は、三人分が、四人分になった。

「ですから、私は、東光がたとえドロボウをしても手伝わねばなりません」

なぜドロボウなのか――川端さんが笑わずにいっただけに――おかしかった。(『街道をゆく十四』)

大喧嘩の果てに出家得度

これでほぼ役者は出揃ったが、今東光のその後を駆け足で見てゆくと、大正十(一九二一)年、川端やその一高・東大仲間とともに第六次「新思潮」の創刊に参加する。東光によれば、この時、先輩菊池寛(第四次同人)は、東光の参加に対し、「一高・東大に関わりがなく、学歴もない不良」という理由で反対したが、川端は「東光を外すぐらいなら雑誌はとりやめだ」と突っぱね、押し切ったという。鈴木彦次郎の回想では少々事情は異なるが、いずれにせよ、東光と川端の間にすでに絶ち難い友情が育っていたことは間違いあるまい。

大正十二年一月、菊池が創刊した「文藝春秋」に、東光は「新思潮」の仲間と共に編集同人に加えられる。他の同人には、横光利一、佐々木味津三らがいた。菊池はもう東光の文筆の才能を認めていた。「文藝春秋」には小島政二郎も参画し、創刊号より随筆を執筆。同年九月の大震災直後、東光は元女優の人妻ふみ子と逃避行を敢行し、のちに結婚する。

大正十三年十月、東光は「文藝春秋」の同人たちと創作誌「文藝時代」を創刊、これによって菊池との間に亀裂が入る。「文藝春秋」十一月号掲載の「文壇諸家価値調査表」(直木三十五執筆)で揶揄された東光は激昂し、「新潮」十二月号に「文藝春秋の無礼」を発表、ここから東光対菊池の論戦、否罵倒合戦が開始された。後に、これで「文壇から干された」と称された菊池との大喧嘩は興味深いが、ここでは深入りしない。この経緯を客観的に検証した読み物として、高見順の『昭和文学盛衰史』を挙げておく。

大正十四年、東光は「文藝時代」とも決別、続いて「文黨」「不同調」などを興して活動を続ける。同年、ふみ子とのいきさつを書いた連作集『瘦せた花嫁』を刊行して高評を得るが、以後曲折あって昭和五（一九三〇）年、満三十二歳で出家得度、創作の筆を折った。その後、四半世紀の空白を置いて、昭和三十二年、東光は直木賞受賞によって文壇に帰還するが、これは後でふれるつもりだ。

話を大正時代に戻そう。『川端康成全集三十五巻』（新潮社）所載の年譜の、大正十二年の項に、こう書かれている。（原文旧字、旧かな）

九月一日、関東大震災を千駄木町の下宿の二階にいて受けたが無事、今東光とともに芥川龍之介を見舞い、三人連れだって災害の跡を見て歩いた。

もう一つ、『芥川龍之介全集総索引付年譜』（宮坂覺編・岩波書店）の年譜の記述を見てみる。

9月1日（前略）小島政二郎夫妻が根岸から避難してきて滞在する。

5日、川端康成と今東光が見舞いに来訪する。自宅に戻る小島政二郎夫妻を送りながら、川端・今を伴って吉原の焼け跡を見にでかける。

「へへへ、もう丸焼けで」

細かいことは抜きにして、この三人が地震の被害を見に東京を歩き回ったことは事実だし、よく知られている。これを、今東光は次のように語っている。冒頭で紹介した芥川麻実子との対談――「嘘っぱち野郎」の続きの部分である。

今 （前略）関東の大震災がありましたね、九月の一日（大正十二年）。だから二日の日、翌日だ、僕は川端康成とさ、被服廠跡の黒こげの死体を見にいくべぇといったらね……。

芥川 うわぁ……。

今 そしたら、川端は表情も変えずに、「うーん」っって、すぐに仕度しましてね……まだ僕ら、大学の時分だから、川端は白いかすりに、小倉のはかまはきまして、角帽はかぶらなかったんじゃないかな、ハンチング……。僕はカンカン帽で、浴衣の着流しで、尻っぱしょりして、どうも二人っきりじゃ面白くないから、芥川さんを誘おうやっていうんで、（中略）「龍ちゃん、行こう」って、田端へ行ったんですよ。

芥川は二人の誘いに、最初は気味悪がったが、やがて了解したと東光は言う。

今 （前略）芥川さんはパナマ（帽子）で、白い上布だったかな、へこ帯締めて、細身のステッキをお持ちになりましてね、三人、出かけようと思ったの。そしたらね、奥さんが「あなた方も、今、一緒に帰るの？」なんて声かけるの。なんだろうと思ったら、それが小島政二郎夫妻なんだ。その奥さんで、「どしたの？」って声かけたら「へへへ、もう丸焼けで」っていうんだ。

芥川　ええ（と熱心に聞き入る）。

今　それで、芥川家へ、茶碗、お椀……とにかく傷になってるものでもいいからって、もらいに来たわけだ。龍ちゃんはそんなの、いいようにしろって任して、奥さんが選んで、台所で、これはお皿だ、これは茶碗だってどんどん出してやって、（中略）そしたらあれ、どっから持ってきた乳母車かね……。小島んとこに、子供、まだできてないのに……あれ、かっぱらってきたのかよくわからねえけれども……。とにかく、なんかぶっこわれたような昔の籐で編んだような乳母車を持ってやがんの。その中に奥さんが一生懸命入れてる。僕ら、（のぞき込むように）こうやって見てたの。そしたら「どこへ行くの？」っていうから、「おれら、これから被服廠へ行くんだ」「すごいとこ行くんだねえ。僕はあんな、くさい汚ねえとこへよう行かねえ」「誰もおまえ、誘ってやしねえよ、なにいってやんだい」（笑い）。それを山ほど積んで、「じゃ、出よう出よう」って五人で芥川家を出て、どういう道たどったのか……田端へ出たのかなんか知りませんけど、てくてく行ってる間、奥さんが初め、ちょっと押してたけども、しまいに政公がね……。

芥川　政公っていうんですか。

今　うん。尻っぱしょりして……あれもカンカン帽かなんかかぶってな。すそをまくるっていうと、夏だから、ゴムの緩んだようなさるまたが膝の上のとこまでザーッと下がってきて、バフバフして。

芥川　いゃあ……（コロコロ笑う）。

今　実に、写実的だろう？

芥川　姿、想像すると、どうしていいかわからないわ。

今　それでへっぴり腰で押すんだもん。瀬戸物だの、ガラスだから重いんだからさ、それをガラ押しながら、われわれのあとからついてきて、それからいい加減なとこで「じゃあ、さよなら」つって別れて、「なんだい、あの格好」っていったら、芥川さんが「丸焼けなんだよ」「焼けたって、惜しいもんありゃしないよ」（笑い）っていったら、「悪いことというなあ」なんつって笑うんですよ。

と、ご覧のように、対談とはいっても全編今東光の独り舞台である。人物の身なりから交わした言葉まで、ディテイルを次々に重ねて、五十年以上前の光景をつい昨日の出来事のように語る話術はまったく見事である。このあと、被服廠や吉原での見聞を面白おかしく描写してゆくのだが、それは割愛しよう。

この日のことは、当時高校生だった東光の弟日出海も、『青春日々』（昭和四十六年、雷鳥社刊。初出「小説新潮」三十九年四月号）という回想にこう書いている。

大震災の数日後芥川龍之介が兄の東光を誘いに来て、吉原の焼け跡を見に行こうと言っているのを、私は玄関わきで聞いていた。遊女が折り重なって死んでいるのが、まだ片付けられずにあるという。着物は焼け、裸身はひぶくれ、池に溢れるように浮いているのをわざわざ見に行く好奇心の強さに、驚きながら、私も内心行ってみたいなと思った。

きっと兄たちの姿を直接見ていなかったせいか、あるいは後で兄からいろいろ聞いて記憶が混乱したのか、ここでは川端と芥川を取り違えている。優れた頭脳の持ち主でも、とかく記憶は当てにならないという例かもしれないが、それはともかく、このシチュエーションを信じれば、吉原見物の首謀者は川端ということになる。私はそこに、川端らしい静かな凄みを見るのだが、その川端は、「多分芥川氏が云ひ出された」(『芥川龍之介氏と吉原』昭和四年記)と書いているから、全く真相はわからない。三人が会ってから雑談中に誰かが言い出し、衆議一決したと見るのが妥当だろうか。

「丸焼け」になったのは初めての著書

さて、このシーンのもう一人の主要登場人物小島政二郎は、この一件をどう書き残しているか。まずは地震後まもなく執筆した小説『子にかえる頃』(初出「新小説」大正十三年一月号)の、書き出し第一行目から引用してみよう。

私の家は地震では壁一つ落ちなかった。しかし、火事ではいい心配をした。火の粉を一杯にかぶった。もうとても駄目だと思い、妻や妻の姉を田端の芥川家へ避難させた。それは二日目の夜だった。

しかし、幸い火にも焼けずに済んだ。妻や姉を呼び返す日が間もなく来た。そういう風に、やっと少しずつ神経が落ち着きかけた頃だった。これも無事だった高輪の家から、突然父が刺子姿で尋ねて来た。さすがに嬉しかった。我れ知らず涙が突き上げてきた。その涙に濡れた顔を背向けようともしずに、私は父の日に焼けた顔に笑いかけた。

この作品は、震災直後、預金していた銀行が閉鎖されて不安な日々を送る父の姿を中心に、自分の家族をありのままに描いた実名私小説で、事実関係に虚構はない。すでにこれだけでも、東光の話とは大いに食い違うが、それはまだ序の口なので後でまとめて整理しよう。

一章で書いたように、政二郎はこの前年（大正十一年）九月、鈴木三重吉の二番目の妻の妹みつ子を娶り、上野広小路に近い下谷町一丁目（現上野六丁目、アメ横付近）の家を出て、高輪（芝区車町）に新所帯をもった。ところが山手線敷設のため立退きを迫られていた下谷の実家の移転先が刻限を過ぎても決まらず、政二郎は十一月にやむなく高輪の新居を父母や兄に明け渡すと、自分たちは神田伯龍の世話してくれた上根岸の伯龍の隣家に移った。これは現在の台東区根岸二丁目、JR日暮里駅から線路沿いを鶯谷方面へしばらく行った、荒川区と隣接した地域で、引用の冒頭の「私の家」とは、ここのことである。

震災の記録を見ると、東京の下町をあらかた焼き払った火災、その最北端がこの付近にまで及んだのは事実だが、とにかく「焼けずに済んだ」のだ。そして、父母たちのいた高輪の家も難を免れたというわけだ。

付け加えておけば、反対に「丸焼け」になったのは、立ち退いた後の下谷の家だった。蔵もろともに焼けて何もなくなったという。一年前に泣く泣く父祖の地を離れた一家だったが、

若し無事でそこにいられたとすれば、今度のこの大災害で裸一貫にされているところだった。

私一家の者は、泣いたところを今幸福に思わねばならぬ妙な立場に立たされていた。実際「あッ」とも言えない運命の不思議だった。(「同」)

そして、もう一つ「丸焼け」になったものがあった。九月一日に発売を予定していた政二郎初めての著書——短編集『含羞』の初版二千部が地震で灰燼に帰したのだ。これは胸にこたえた。当てにしていた印税百五十円もさることながら、作家にとって最初の本である、どんなに楽しみにしていたことか——。だが、嘆いていても返らぬこと、この不運を新たな発奮材料として前へ進もうという決意の様子が『子にかえる頃』には書かれている。

「まあ、髯でも剃りたまえ」芥川は落ち着いていた

次はいよいよ田端の芥川宅の場面だが、これを含め大地震の模様を詳述しているのは政二郎の代表作の一つ『眼中の人(その二)』(昭和十七年、三田文学出版部刊)である。小説の終盤に差しかかる頃、その大きな揺れはやって来る。

蒸し暑い日だった。私は丁度鏡に向かって、顔じゅうをシャボンの泡だらけにして西洋剃刀の一当てを将さにゾリッと喉に当てようとした時だった。地鳴りがしたと思うと、ドスンと下から突き上げられた。

長い上下動の後、とてつもない横揺れ——このあと地震のありさまが迫真の描写で綴られているが、略して先を急ごう。その時、家には妻みつ子とその姉信子が同居していた。信子は病み上がり、みつ子は身重だった。彼女は翌年三月十九日に女児——夫妻の一人娘美籠（みこ）を産んだので、地震当時は妊娠中期だったろう。悪阻（つわり）はおさまり、体型に変化が出てきた頃だった。三人は初め揺れる家内に留まっていたが、隣家の伯龍の教えで外へ出、近所の空地に避難すると、余震が続く中、その日はそこで夜を明かした。

火事が迫ってきたのは翌日だった（この小説の記述に従うと三日目になるが、震災の記録によると、九月三日の午前には火は消えたとあるので二日目だろう。『子にかえる頃』が正しいと思う）。

次の日は、南は上野の山下まで火が燃えて来た。山を一つ越えれば、すぐ根岸だった。東は近くの坂本の大通りまで火が迫ってきた。（中略）私は伯龍と二人で坂本の方へ歩いて行った。近くなるにつれて、どこの家でも火をともしていないのに、行き来の人の顔がハッキリと見えた。

「……」

火を一ト目見るなり、私も伯龍も息を呑んで棒立ちになってしまった。電車通りの向側が燃えているのだ。向側といっても、二十間とは離れていず、火の熱さに一つ所に五分とは立っていられなかった。

こんなすさまじい火勢というものを、私はまだ見たことがなかった。目にはいる限り火の海だった。（『同』）

政二郎は最悪の事態を想定する。あの火勢でこちら側へ燃え移ったら、根岸一帯は全滅だろう。

そうなった暁の混乱のさまを想像すると、身重な妻と、病気上がりの姉を連れて、無事にどこかへ避難出来るだろうか。——私は少からず不安になって来た。避難するなら今のうちだ。私は帰る道々そう心を極めた。

「ちょいと危険だと思うから、手まわりのものだけ持って、一ト足先きに芥川さんのところへ行っていてくれ」

みつ子の顔を見ると、私はそう言った。小さな風呂敷包みを二つ、それを私が持って二人を連れて送って行った。

芥川は心よく女二人を預かってくれた。私は手を合わせて拝みたいくらいに思った。

「まあ、鬚でも剃りたまえ」

芥川はそう言って安全剃刀を縁側に出してくれた。私は咄嗟に、自分の姿が慌てふためいているように芥川の目に映ったかと我身が顧みられて急に羞しくなった。(中略)芥川はいつもとちっとも変らず、落ち着いた、澄んだ空気を身のまわりに持っていた。(『同』)

角帯の腰に小田原提灯

これが、妻たちを芥川家に預けたいきさつである。政二郎は鬚を剃り、芥川と暫く話した後、独り家へ帰った。その後は、数日経って彼女たちを呼び戻すまで、自分は自宅を守ったのである。すなわち、前掲の『芥川年譜』は、日付(九月一日)もそうだが、「小島政二郎夫妻が根岸から避難してきて滞在する」は、厳密に言えば誤りである。

さて、幸い火事はおさまり、家は焼けずに済んだ。やがて家の周囲も落ち着きが戻り、妻たちを引き取りに行くことになった。『眼中の人（その一）』では、それは預けたすぐ翌日の事であるように書かれているが、それはどうも正しくない。後述するが、芥川夫人の回想でも滞在は何日かに及んだらしいことが窺われる。これは、右と逆に『芥川年譜』の「九月五日」のほうが妥当だろう（震災直後に芥川が執筆した『大震雑記』でも吉原行きの日にちははっきりしないし、前出の川端の回想でも「地震の数日後」としか書かれていない）。

以下、『眼中の人（その一）』のその日の記述である。少々長くなるが、先の今東光の話と照合するためにも、一連の文を略さず引用してみる。

私は留守を伯龍に頼んで、早速妻と姉とを迎えに芥川家へ行った。鉄道線路の上に、避難の人々が荷物と一緒にどこまでも続いていた。足の踏み所もないその中を、番地と名前を書いた旗を持った人達が、はぐれた家族を探して右往左往していた。

家も焼けず、家族も無事で、屋根のある家で寝ていられる我身が申訳なくて、私はそれ等の人々の間を、顔を背向けずには通れなかった。

芥川のところには、川端康成と今東光が遊びに来ていた。川端は白絣に小倉の袴を穿いていた。まだ大学の最高学級の学生だったが、既に第六次の「新思潮」に「招魂祭一景」を発表していた。

「まあまあ、強情を張らずに、殿方が背負荷は見ッともない。この乳母車に載せていらっしゃい。これは、御覧の通りのオンボロで、家でももう使っていませんのですから、お返し下さるには及びません。そのまま引き捨てになすって下さって結構ですから――」

芥川の母がたってそう言って勧めてくれるままに、私達は行きに持って行った荷物をみんな乳母車に載せて、それを代りばンこに押して帰ってきた。

「僕達も送りがてら、焼け跡を少し見物して来ようじゃないか」

芥川に誘われるままに、川端も今も、私達と一緒に田端の高台を下りて来た。道々、川端や今が、私達の乳母車を押してくれたりした。芥川は、夜になるのを覚悟して、角帯の腰に小田原提灯を挟んでいた。こうした芥川の姿は、下町生まれの私の目には、明治的な親しみのある出で立ちだった。

伯龍の家には、浅草の博奕打ちで小桜の兄いというのが避難して来ていた。これを摑まえて、芥川達は中庭の縁側に腰をおろして、博奕打ちの仲間のいろんな話を一時間余りも聞いた後、

「じゃ、また――」

そう言って、三人揃って浅草方面の見物に出て行った。

どうだろう。これが小島政二郎が、地震後十九年経ってからではあるが、大正十二（一九二三）年の九月上旬（五日頃）の情景を描いた部分だ。先に挙げた今東光の語りと比べてみてほしい。

焼け出された友人夫婦を尻目に「焼け跡見物」に行くか

極端な言い方をすれば、符合しているのは川端の身なり――白絣に小倉の袴と、乳母車がオンボロだったことの二点のみ、あとは悉く食い違っている。

どちらを信じるかはご自由だが、私は、芥川の角帯の腰に挟んだ小田原提灯や、博奕打ちの小桜の

兄いの存在にはリアリティを感じる。少なくとも、根岸の小島家が焼けなかったのは、厳然たる事実だから、「焼け出された夫妻が乳母車を持って食器類をもらいに芥川家にやって来た」というストーリーは面白いが、あり得ない。もし、「丸焼け」だったら、小島夫妻は乳母車を押してどこに帰るというのか。そんな境遇の友人夫婦の前で、「焼け跡見物に行こう」と芥川が言い出すはずがないではないか。勿論、川端や東光だって。

残念ながら、東光の話は脚色の域を超えている。作り話と呼ぶのが言いすぎならば、強い思い込みが生み出した記憶違いだろう。きっと真実は、みんなで乳母車を押すのを手伝って根岸まで仲良くやって来たのだ。なにしろ、浅草方面へ行く道すがらなのだから。そして、芥川らは小桜の兄いばかりでなく、小島夫妻の帰りを待っていた伯龍にも会って言葉を交わしたに違いない。

ちなみに、川端は『芥川龍之介氏と吉原』で、その時「芥川氏は細かい棒縞の浴衣を着て、ヘルメット帽を冠つてゐられた」が、「少しも似合はず、毒きのこのやうに大きく見え」たと書いている。

また、東光は、見物の後、芥川を田端に送ってから千駄木の川端の家へ行ったと語っているが、政二郎はずっと後年（昭和五十三年刊）の随筆で次のように回想している。

程経て三人とも（根岸に）帰って来た。方々に、人や、牛や、馬が死んでいたらしい。殊に、吉原に池があって、その池の中に華魁が打重なって死んでいたらしい。死臭が未だに鼻に付いて離れないらしい。話好きの芥川さんも、今君も、余り見て来た吉原の話をしたがらなかった。

（『ぺケさらんぱん』）

さらに、その晩だったかどうか定かでないがと断わりながら言うには、地震後の流言蜚語で朝鮮人が自警団に狙われていた。誰何されてもすぐに答えられない無口な川端を一人で帰すのは、とても心配だった。「そこで、私は〈三田文学記者、川端康成〉と書いたさらしの切れを、家内に彼の紺絣の胸に縫い付けさせた」（『同』）

こんなエピソードは決して嘘とは思えないのだが。

朝おきてお化粧するのが仕事

余談だが、芥川宅に滞在していた政二郎の妻みつ子とその姉の様子を、芥川夫人の文が語っている。

この震災の時、小島政二郎さんの家は根岸にあって焼けなかったのですが、奥さんの美子さん（注・誤り。おそらく娘の美籠と混同）がお腹が大きかったので、小島さんは心配で、奥さんとその姉さんを家へ頼みに来られました。

奥さんは、姉さんのお世話で、上げ膳据え膳の毎日でした。

朝おきてお化粧するのが仕事のようでした。そんな状態のなかで、小島さんは『生理的現象』（注・正しくは「現象」でなく「腫物」。翌十三年の作品）という小説を書かれたように憶えております。

地震がおさまってから、皆さんで根岸の自宅へ引揚げて行かれました。（『追想　芥川龍之介』）

この本は文夫人死去の七年後（昭和五十年）になって刊行された。政二郎の妻みつ子は文より六年早く昭和三十七（一九六二）年に他界している。政二郎は、最後の長編自伝小説というべき『砂金』（昭和五十四年刊）の中で、こう嘆いている。

　これを読んで、私は顔が赤くなった。芥川さんは私達の仲人だ。そこへ世話になっていて、芥川さんの奥さんは一日中襷をはずしたことがないくらいの働き者だった。それを見ていながら、何と云うことをしてくれたのだと羞かしくって羞かしくって顔が上げられなかった。この本が出たのは、芥川さんも死に、奥さんも死に、——みつ子も死んだあとだけに、それまで私が知らずにいたことが、胸を掻き毟りたくなるくらい羞かしかった。

　絶えず人への気遣い、気配りを忘れなかった小島政二郎が、半世紀の時を経て初めて知った、痛恨の事実だった。

（蛇足ながら、大地震関連で書き足しておけば、東光の師谷崎潤一郎は、九月一日箱根山中で被災すると、三島、沼津を経て関西へ行き、神戸から上海丸に乗船して十日に東京へ戻ってきた。小谷野敦の『谷崎潤一郎伝』や『詳細年譜』、および矢野隆司の東光研究では、谷崎はそのまま本郷の今家に行き、横浜からそこへ避難して来ていた自分の家族に再会したという記述がある。これは谷崎の末弟終平の回想に拠っているのだろうが、『東光金蘭帖』には、東光は上京してきた谷崎とともに三日ほど家族を探し回り、ついに目黒の山本実彦宅で邂逅したと書いてある。とくに根拠はないがこれが事実に近いのではないか。もし谷崎の妻や娘が自分の家にいたなら忘れるはずがないし、あえてこのような虚構を書き残す理由もない。東光の性格を考えれば、吉原見物の折にも、芥川や川端に谷崎一家のことを告げるのが自然だろう。弟日出海の回想でも谷崎一家は出てこない。）

あんなボケに、バルザック読めなんていうはずない

今東光に存分に語ってもらおうと言っておきながら、つい細部にこだわってしまった。芥川麻実子との対談には、まだいくつも紹介したい発言——小島の悪口がある。この対談は芥川の孫が相手であるから、当然話題は東光若き日の芥川の思い出が中心である。芥川龍之介という作家がいかに和漢洋の諸学に通じ、多彩な趣味をもった燦然たる才人であったか、それを実例を挙げて説いてゆくのだが、その芥川の上をゆく文人として、東光の師である谷崎潤一郎も登場する。

ある日、東光が谷崎邸に遊びに行くと、芥川がやって来た。その時、谷崎が芥川に問うた。「君はバルザックを読んでいるかね」。芥川は「短編を少し読んだだけだが、何かお勧めは？」。谷崎答えて曰く「『ロスト・イリュージョン（幻滅）』は傑作だ。ぜひ読みたまえ」。これをきっかけに芥川は、英訳のバルザック全集を買い込み読破した。ただ、読むには読んだが、体質的には合わなかったようだ……これが東光が語る逸話の一つだ。つまり、バルザックのよさを芥川に教えたのは、谷崎だったというのだ。これは『東光金蘭帖』や『十二階崩壊』にも書いてある。そしてこの対談だが——、

今　（略）だけど、それはのちに小島政二郎が書いていますけど、芥川龍之介がある時小島政二郎に、「おい、バルザック、何日で読むか、読みっくらしよう」というんで競争をいどまれて、自分は一生懸命読んだと。あんちきしょう、読んでやしねえんですよ（笑い）。だけども芥川さんは読んでたと。だけど、僕に読ませた、励ますために挑戦して、全集を何日間で読むかといって、僕は鍛えられたってなことを、ずっと前に書いてたことありました。

芥川　そういうこと、読んだことあります。
今　だけど、あんなボケに、バルザック読めなんていうはずないですよ。だけど、谷崎は芥川さんにそれをいって……（中略）谷崎にそういわれて、すぐにパーッと全集を何日間かで読み終わって、三人で会った時に、バルザックで何がいいかっていう話をしてましてね。あんなの録音しといたら、大変なもんですよ。今頃のバカ文士の講演なんか聞いちゃいられないけどね。底が浅くって（笑い）。

ここで引き合いに出された政二郎の書いたものとは、おそらく短編『芥川龍之介』（「小説新潮」昭和三十五年十二月号）のことだろう。同じバルザックのエピソードは『眼中の人（その二）』にも出てくるが、大震災のところでふれたように、東光はこの小説を読んではいまい。『芥川龍之介』から引用してみる。

私がバルザックを読もうという志を起こした時――そのころは日本訳がなく、私はフランス語が読めないから、英訳で読むより外に仕方がなかった。どの版がいいのか芥川さんに聞いたところ、
「エヴェリマンス・ライブラリーに十三冊ある。あれがいいだろう」
さっそく丸善に買いに行くと、「従妹ベット」があった。

この後、政二郎は次々にバルザック作品を買っては読んでゆく。

芥川さんに会うたびに、私は感激してバルザックの話をする。芥川さんは何年か前に読んだのだろうが、記憶がいいから、きのう読んだばかりの私と、話の辻褄が合うばかりか、「ありゃ君、通俗小説だよ」

そういう思い掛けない批評をピシャリと浴びせ掛けられて、目がさめる思いもした。

「しかし、随分昔読んだものだから、あら方忘れてしまった。バルザックはもう一度読んでもいい作家だから、この際君と一緒に読み直そうか」

そう言って、

「君はもう十三冊全部手に入れたの？」

「ええ」

「じゃ、こうしないか。君が七冊目の第一ページを読み始めたら、ちょいと僕に声を掛けてくれないか」

「……」

「そうしたら、僕はその日から第一冊目を読み始めるから――。そうして君が十三冊目を読み終る日に、僕も十三冊目を読み終って見せる」

これが、東光の言った「読みっくら」だ。それも、随分なハンデをつけた、政二郎にとっては屈辱的な「読みっくら」である。

私は芥川さんから挑戦されて、一寸の虫にも五分の魂はある。バルザックの七冊目を読み出しても、芥川さんにはプッツリとも言わずに、骨を折って十三冊読み上げてしまった。実際、退屈で読み通すのに骨を折らされた長編が幾つかあった。短編はみんな面白かったが——。

そして十三冊目を読み終えた時、政二郎は初めて芥川の真意を悟って涙ぐむ。芥川自身は、最初からバルザックを読み返そうなんていう気はなかったのだ。これくらい侮辱的な言葉で挑発しなければ、時として退屈なバルザックの作品群を、小島は読み通さずに放擲してしまうだろう、と考えたのだ——。

ただ私にバルザックを読み通させようという親切心があっただけなのだ。成長途上にある若い作家にとって、一人の偉大な作家の作品を全部読み通すことが、どんなにいい影響を与えるかということを彼は十分に知っていたから、私にそういういい機会を作ってやろうとしてくれたのに違いない。

ありもしない話を書くはずがない

これが、「バルザック作品読破競争」の一幕である。

東光は、「(芥川が)あんなボケに、バルザック読めなんていうはずないですよ」と言っているわけだが、私は、政二郎がわざわざありもしない話を書いたとは到底思えない。もちろん、東光が語る、谷崎と芥川のバルザック逸話も嘘だとは考えない。この二つのバルザックをめぐる話は、別に矛盾するわけではないし、両者とも事実だと認めてもいっこうに構わないではないか。

時間的には当然「谷崎→芥川」のほうが先で、「芥川→小島」はその後だろう。その間隔がどのくらいかは分からないが、大正八（一九一九）年から十年あたりのことではないだろうか。政二郎が書いた通りなら、芥川はかつて自分が谷崎に勧められてバルザックを読んだことなどおくびにも出さなかったわけで、これは後輩への見栄でもあったろうし、微笑ましい。また、これが本当に芥川が政二郎を鍛えるための行為であったかどうかは分からないが、こう解釈するところに政二郎の善良さと、芥川への尊敬の念が滲み出ている。そして、芥川が目をかけてくれたという喜びと、自分がそれに値する存在であったという少々の自負心も。

実は、結論的に言えば、今東光が文句をつけたいのもこんな部分なのである。つまり、芥川はあんなボケの政公の才能なんぞ認めてやいなかった。だから、こんな親切心などあいつに起こすはずがねえ――ということなのだ。だから、「あの野郎、嘘ばかしいう」「おれらのほうが、芥川家では格が上だった」というわけである。

ところで、東光自身は、バルザックに対してどうだったのか。谷崎が芥川に勧めた時の事としてこう書いてある。


この日、谷崎は英訳本を貸してくれた。僕の語学力では無理だと思ったが、折角の叢書の中から一冊抜き出して貸してくれたので喜んで持って帰った。この本は永い間、僕の書架にあったが、戦災で焼失して仕舞ったのは今でも惜しいと残念に思っている。（『十二階崩壊』）

同作の後半では、この本が『ロスト・イリュージョン（幻滅）』だったとも書いているが、実際に読んだかどうかにはふれていない。「僕の語学力では無理」と謙遜しているが、東光が並以上の英語力をもっていたことは、ラフカディオ・ハーンの『文藝の解説』や『人生と文学』を訳出して『文學入門』として刊行（金星堂、大正十四年）していることからも分かる。

今東光といえば、専門家をも凌ぐ漢文・仏教方面の学殖で知られたが、もともと知識人の血筋であり、彼自身がよく使った形容で言えばブリリアントな頭脳の持ち主であったことは疑いない。そのうえ、鼻っ柱の強い性格でもあるから、芥川家でよく顔を合わせる政二郎など、人当たりがいいだけの、ただの愚鈍な男に見えたのだろう。少しも利口そうな顔はしてないし、聞くところによると、いい歳をしてまだ女も知らないらしい。こんな野暮天が、私学とはいえ大学で教師をしていること自体が信じられない……そんな印象と刷り込みが、生涯東光の感覚から抜けなかったに違いない。

つまり、繰り返しになるが、東光の中では、まず芥川さんがあのボケにバルザックを読めと勧めるはずがない。もし、仮にそれが本当だったとしても、俺にも難しかったことがあいつに出来るわけがない。だからどっちにしても「嘘っぱち野郎」――という論理なのだ。

何がバレてしまったのか

芥川麻実子との対談に戻れば、東光はこんなことも言っている。

今　それでね、小島の政公が、何かっていうと芭蕉をいうんですよ。それで今のかかあと知り合いになったのは、お嬢さん、お読みになったかどうか知らんけど、大津のそばの膳所の義仲寺の芭蕉堂のとこから始まるんだ。政公が芭蕉堂のとこへ行くと、四、五人の女性がギャッギャッと騒いでる。それを見てびっくりして、今時、京都でも、大阪でももっとにぎやかなところがあったりするのに、大津へ来ても三井寺へ行くとか、石山寺へ行くというのがふつうだけど、義仲寺の芭蕉堂へ行くのは珍しいことだと思って声をかけた。

その中に今の女房がいたというのが、あいつの小説の発端なんだよ。

ところが、へへん、でたらめいうなっていうんだ。義仲寺っていうのはおれの弟子石鼎の寺なんだから、まずいやねえ（笑い）。

芥川　やっぱりバレてしまった。

今　バレたよ。あいつはでたらめなんだよ。……

このあと、まだ東光は別の話題に移って延々と喋るのだが、ここで注釈を入れておこう。東光が言っている政公の小説というのは、長編「眼中の人（その二）」（「新潮」昭和四十二年六月号一挙掲載）のことだ。題名が示す通り、この作品は『眼中の人（その一）』に連なる自伝的実名私小説で、確かに主人公（私）がやがて恋人となる若い――三十も年下の女性と出会うのは義仲寺（滋賀県）の芭蕉堂（翁堂）である。しかし、この「バレた」「でたらめ」の、意味がよく分からない。

「実際の小島政二郎が後の夫人を見初めたのは、この義仲寺ではない」ということなのか。「弟子の寺を舞台に嘘を書いても、こっちはお見通しだ」というふうに受け取れるが、真相は判然としない。おそらく、活字化にあたって、もっと詳しく喋ったものをカットしたのではないか。

私見を述べれば、現実の二人の出会いはこの地ではなかったと思う。指摘の通り、この場面は虚構だろう。だが、その程度の小説内の脚色を、「バレた」「でたらめ」だなどと鬼の首を取ったように言うのも大人気ない、というより作家らしくない。

話が脇道に逸れるが、政二郎がこの義仲寺を訪れたのがいつだったかは、彼の別の文によってはっきりしている。それは昭和三十（一九五五）年八月上旬、同月発売の「別冊文藝春秋」に紀行文（『「花屋日記」を懐にして』）を書くためだった。四十年ぶりの再訪だったと文中にある。文章とともに文春の写真部員・樋口進（後年東光とも親しかった）撮影の写真も掲載されているから、同社からも数人が同行していたろう。こんな時は、私の経験でも事前に取材撮影の旨を伝え、寺の了解を得る。当日、都合が合えば住職が一行と面談した可能性もある。ひょっとするとご婦人同伴だったかもしれないが、その時の様子が後日、師である今東光に伝わった……大方、そんなところではなかろうか。

ちなみに、政二郎と嘉壽子（視英子）夫人との交際は、すでに昭和二十年代末に始まっていたことを、私は夫人から聞いている。それゆえ、この出会いのシーンは虚構だと断ずるわけだが、それより「眼中の人（その二）」では、作者の履歴を詳しく知らぬ一般読者には、「最初の妻に死に別れた主人公が、その後旅に出て第二の妻に出会う」と読めるようにも書かれている。みつ子夫人が他界したのは昭和三十七年だから、こちらほうがはるかに大きな虚構だと思うのだが、今は詮索せず本筋に戻ろう。

こいつは小説家として見込みねえ

問題は「芭蕉」なのである。東光は先の引用に続けて、次のように言う。

今　……小島政二郎が俳句だとか、芭蕉の句集なんかいったり書いたりというのは、芥川さんの

とこへ行きまして、芥川さんが芭蕉を詳しく勉強している、よく知っておられる、その教えですよ。（中略）おれは俳句なんていうのはさっぱり駄目だからね。でも、芥川家では、月に一度か二度、句会と歌の会と二つやっていまして、僕も来いっていうから、しょうがなくて、俳句でなくて短歌会に行ったんだ。（中略）うまい野郎がいてね、いい点ばかしとるのがいるんですよ、歌題を出すと。誰だと思ったら、最高点とってるのが……芥川さん自身出して、おれよりこっちの歌のほうがいい、今日はまいったっていうぐらい褒めた歌をつくる人がいた。それが佐々木茂索(ママ)ですよ。

芥川　ああ、そうですか。

今　あれはうまかったよ。のちの文芸春秋の社長になった佐々木茂索。まあ、小説も書いていたんだけど、これも非常に芥川さんと似てて、遅筆で、遅くって、十枚書くのに二十日も三十日もかかるほうだから、今時分に合わない作家で、結局、計数に明るいから文芸春秋の社長になられたんですけどね。僕とはその以前の若い時からの仲良しだったんです。だから芥川さん、まあ、小島政二郎を、こいつは小説家として見込みねえと思ったから、俳句でも勉強せいといったんじゃないかね、親切に。そういうふうにいろんなやつを指導していましたよ。

ここに、東光の、小島政二郎と佐佐木茂索に対する評価、その対比がくっきり出ている。佐佐木への賞賛は、政二郎への悪口と好対照で、東光は同じようなことをいろいろなところで語っている。芥川に似てブリリアントな才能の持ち主だったと。

当時の佐佐木の俳句や短歌の力量がどうだったかは、私には判断できない。少年時代から句作に親しみ、芥川の前に久米正雄の知遇を得たのも、もともとは俳句がきっかけだったと佐佐木は語っているので、それ相応の腕前であったとは思う。ここは、芥川が褒めたという東光の回想を信じよう。それに引きかえ、ここであえて実例は挙げないが、根っからの散文家の政二郎の俳句は、決して上手いとは言えない。だが、政二郎の芭蕉や日本の古典への造詣を、それと同列に論じていいものでもなかろう。

「こいつは小説家として見込みねえと思ったから」云々は、東光らしくてむしろ清々しささえ感じるので笑殺。また、本人も語っているように、東光は師の谷崎同様に俳句方面には関心がなかったから（但し、中学時代、「文章世界」に俳句を投稿し掲載された事実あり。矢野隆司の調査による）、芥川や政二郎の芭蕉論などまともに読んではいまい。例によって、若き日の澄江堂での座談や句会での印象から、「ボケの政公が芥川さんから芭蕉についていろいろ教わっていやがるな」と判断しただけだろうから、これも黙殺してもかまわないのだが、念のため少しだけ説明を加えておこう。

「君自身書いて見ろよ」が生んだ『わが古典鑑賞』

東光の言う通り、政二郎は芭蕉に関して、長短合わせていくつもの文章を書き残している。単行本となった長いものだけでも『芭蕉』（昭和十八年）、『芭蕉』（同四十五年）、『私の好きな古典　樋口一葉・芭蕉』（同四十六年）、『詩人芭蕉』（同五十五年）の四冊で、いずれも内容的には重なる部分があり、リライト――焼き直しといった観なきにしもあらずだが、逆に重ならない部分に、作者の新たな発見や解釈の深化が見える。また、芭蕉以外にも、いわゆる古典についての著作は多く、その代表的なものが、今昔物語ほか平安朝期の文学を味わった『わが古典鑑賞』（昭和十六年、中央公論社。三十九年再刊

「筑摩叢書」）である。

この筑摩叢書版の「あとがき」にこんなことが書かれている。

この本が出来たのは、芥川さんのお蔭だ。私は芥川さんのような西洋文学の洗礼を受けた文学者に、日本の古典を鑑賞してもらわなければ、いつまで立っても、日本の古典の文学的価値がハッキリしないと思っていた。

これは日本の古典にとって、最も大切なことだと思っていた。で、芥川さんに、やって下さいよと幾度かお願いした。

「冗談じゃないよ」そう言って、いつも逃げられた。逃げながら、気が向くと、日本の古典について私に議論を吹っ掛けて来た。それが一々斬新で、目を剝くような思いをさせられる批評だった。

「そんな面白い意見を吐き捨てにしてしまうのは勿体ないじゃありませんか。書いて下さいよ」

そのつど、私は本当に惜しくってたまらず、随分食い下ったものだ。その一端が、芥川さんの「今昔物語」（注『今昔物語鑑賞』）であり「芭蕉」（注『芭蕉雑記』ほか）である。

そのどっちを読んでも、今までの人の全然観賞出来なかったところへ分け入っている芥川さんの鑑賞眼の深さと、批評の新鮮さに打たれずにはいられないだろう。僅か十枚か二十枚のエッセイで、あの厖大な「今昔物語」の命脈を捉えた人は芥川さんの外にいないだろうと思っている。

「人にばかり書け書けと嗾けないで、君自身書いて見ろよ」

しまいに、芥川さんは私にそう言って逆襲してきた。何年か立って、芥川さんが死んでしまった。一番書いてもらいたかった人にいなくなられると、「君自身書いて見ろよ」と言われた故人の言葉が時々蘇って来た。

もう書いてくれる人——芥川がいなくなってしまったのだから、しょうがない、自分で書いて見ようと思い立った。だが、芥川は古今東西の文学に通じ、その理解力、鑑賞力の柔軟性たるやおそるべきものだった。

残念ながら、私にはそんな能力はない。だから、私の鑑賞は狭くって片寄っている。それでもないよりはましだろう。近頃ではそう思うことにしている。

こういったいきさつで成ったのがこの『わが古典鑑賞』であり、一連の『芭蕉』論である。謙遜しているが『わが古典鑑賞』は、一般読者はもとより、専門の国文学者の間でも評価は高く、折口信夫（折口を国学院から慶應に招聘した主唱者は小島政二郎）は博士論文として大学へ提出したらどうかと勧めたというし、もっと若年だが私もその講義を受けたことのある長野嘗一（じょういち）（国文学者）は、次のように賞賛している。

小島政二郎氏は、「わが古典鑑賞」の中で、今昔物語に最大級の讃辞をさゝげた。（中略）この「わが古典鑑賞」は、時に直感的な独断はあっても、さすがは紙背を貫く作家の鋭い眼光がきらめき、新感覚派風に豊饒な措辞と相まって、私の愛読三読する好著だが、近代短編小説界の大豪、

アルフォンス・ドオデー、ギー・ド・モウパッサン、プロスペル・メリメにも匹儔する名編であると賞めちぎっている。芥川は埋もれた宝玉を芥箱から取り出して磨きをかけ、一般の観覧に供えたが、小島氏に至って、始めて世界の文学視圏に立ってこの物語の座標を定めた。もと婦人公論に連載され、本にまとまったのが昭和十六年、もし今昔物語が云うように世界の一流をゆく名編巨作であるならば、この年は氏の名前と共に、永遠に文学評論史上を飾るだろう。（『今昔物語評論―驚きの文学』）

つまり、芥川は端緒であり、政二郎はそこから奥に分け入って独自の文学鑑賞の境地を築きあげた、と言っていいのではないか。政二郎の才能、存在など歯牙にもかけなかった東光も、さすがにこの『わが古典鑑賞』だけは意識していたという証拠が一つある。

「小島君」の文章、表現をそのまま借用

今東光著『今昔物語入門』（昭和四十三年四月、光文社〈カッパ・ビブリア〉刊）という一書。これは新書判カッパ・ブックス内の日本の古典入門シリーズの一冊で、他に三島由紀夫『葉隠入門』、野末陳平『荘子入門』などがあるが、東光はこの本の「前口上――世界に誇る『今昔物語』」で、かつて芥川や谷崎から『今昔』をぜひ読めと薦められたことを語り、さらに「小島政二郎君なんかも、『今昔物語』をたいへん高く評価している」と言って、『わが古典鑑賞』を五〜六行引用している。

それだけなら別に問題はないが、その前後を注意すると、引用文でない、つまり「」で括られていない地の文でも、『わが古典鑑賞』の文章、表現をそのまま借用しているところが随所にある。「小島

君なんかも」と上手（うわて）に出ていながら、これはどういうことか。
嘘だと思われるかもしれないので、二、三実例を示しておこう。

①「日本人は、『アラビアン・ナイト』とか、ボッカチオの『デカメロン』などをずいぶん持ち上げておる。しかし、質においても、量においても、あるいは種類（ジャンル）の豊富な点においても、それらは、わが『今昔物語』の足もとにもおよびません。『今昔物語』は、全三十一巻、千二百もの説話がおさめられている膨大な物語集です」（『今昔物語入門』）

❶「『今昔物語』三十一巻、収むる短編小説の数およそ千二百。数において『アラビアン・ナイト』、『デカメロン』、『ヘプタメロン』を凌駕していることはいうまでもなく、質――文学的価値においても、彼等の肩随を許さないのである」（『わが古典鑑賞』）

②「なかでも『世俗』『悪行』の部分は、芥川さんのことばをかりれば、『今昔物語』の中で、もっとも三面記事に近い部分で、いわば『今昔物語』のもっとも本質的で、もっとも文学的にすぐれた部分です」（『今昔物語入門』）

❷「しかし、芥川龍之介の言葉を借りれば、『今昔物語』のうち最も三面記事に近い部――つまり『世俗』ならびに『悪行』の部――もう一度言い直せば、『今昔物語』の最も本質的な部分と言って悪ければ、文学的に最も優れた部分は……」（『わが古典鑑賞』）

③「短編小説といっても、いろんな種類(ジャンル)があります。こんにちすでに、人間の考えうるあらゆる短編小説が出つくしたと言えるかもしれません。『今昔物語』には、そうしたあらゆる種類の短編小説の型(パターン)が全部つまっていると言えるでしょう」(『今昔物語入門』)

❸「……一トロに短篇小説と言っても、時代により、作者により、いろんな種類(ジャンル)がある。今日では、殆んど人間の考え得るあらゆる短篇小説のジャンルが出尽くした観さえある。そうした短篇小説のジャンルが、すべて『今昔物語』の中に集大成されていると言っても過言ではないだろう」(『わが古典鑑賞』)

谷崎も認めた古典鑑賞の力量

剽窃あるいは盗用と言うほどのものではないにしても、ここまで「小島政二郎君」の言い回しや発想を借用しては、今東光ともあろうものが無様すぎるではないか。

ここであえて弁護ではないが、東光の事情を忖度すれば、わが編集体験から察するに、この本の執筆は東光ではない。ゴーストライターによる代筆である。全編が「です」「ます」の話体——語りであることからもわかるが、おそらくライターは、東光の録音速記と共に『わが古典鑑賞』を座右に置き、参照しつつ書き進めたのだろう。ちょうどこの本が出た数か月後、東光は参議院選挙に立候補するわけだが、いわば人気絶頂の頃だから、こういう本の作り方も止むを得まい。

それにしても、『わが古典鑑賞』が「筑摩叢書」から出たのは、この本の四年前で、平成の昨今とは違ってすぐに絶版になどならず立派に「生きて」いたはずだ。「カッパ・ブックス」と「筑摩叢書」の読者層が違うとはいっても、代筆者の行ないはかなり大胆である。

そして、多忙を極めていた東光に、出来上がった本を仔細に点検する暇はなかったのだろう。もし「政公」の文をなぞったことなど知れば、この「前口上」だけでも全面書き直しを命じたはずである。

私がここで言いたいのは、東光の軽率ではない。翻って、東光も意識せざるを得なかったほど、『わが古典鑑賞』は名著だということだ。

そもそも、古典をよく読んでいたからこそ、政二郎は母校の教師に迎えられた（卒業論文は『奈良平安時代の藝術と支那文化の影響を論ず』だったという）わけだし、東光の尊敬おくあたわざる谷崎潤一郎すら、政二郎の古典鑑賞の力量は認め、「小島はバカのような顔をしているが、古典（平安朝）を語らせるとまっとうなことを言う」と佐藤春夫に告げたという逸話もある。これなど、東光なら断じて認めたくない話だろうが、現実に谷崎の『潤一郎訳源氏物語』の刊行記念講演会（昭和十四年、東京と大阪で開催）に政二郎は講師の一人として呼ばれ、『源氏物語鑑賞』と題する講演を行なっている。

ところで、『わが古典鑑賞』が刊行されたのと同じ昭和十六（一九四一）年、東光は中国易学を研究した『今氏易学史』を出版している。私は未読だが、これは日本での易学史書の嚆矢であり、中国文化史の専門家をも啓発した快著だという。ならば、この『わが古典鑑賞』と『今氏易学史』は、どちらも小説家にとっては余技に分類されるものでありながら、すぐれた学問的達成であるという点でよく似ている。

芥川、谷崎、そして鷗外という、いずれも学問に崇敬の念を抱く作家たちの薫陶を受けた二人——小島政二郎と今東光は、やはり共に学問に対して真摯で謙虚な態度を貫いた。

表面上の性格は大いに異なるとはいえ、もし違った状況の下で出会っていたら、互いに認め合う友となった可能性もあった、と私は思う。

百五十円あれば生身を何人も買える

再び東光と芥川麻実子の対談に戻ろう。

東光が繰り返す主張を要約すれば、当時、芥川を取り巻いていた後輩たちは佐佐木を除いてバカばかりで、あの多彩でかつ奥行きの深い芥川という人物の全貌を理解出来る奴など、一人もいなかった。まさに群盲像を撫でるがごとしで、

今　そう。あんな人はないだろうと思う。だけど文壇あたりは、才人・芥川龍之介なんて、才気煥発だとしか受け取ってないんですよ。才気なんていうものは、小島政二郎だって才気はあるんだから。そんなもんと一緒にしちゃ……おい、あんまり小島政二郎のこと、書くなよ。あの野郎、気が違っちゃうからな（笑い）。おれはいけないいんだよ。すぐ本音を出して、ボロくそいうから。

芥川　だから面白いんですよ。

今　いやいや、いけませんよお。

対談に立ち会っていたのは編集者か、構成ライターか、いずれにせよ小島政二郎のことなどほとんど知らなかっただろうから、ただただ面白かったに違いない。とにかく、この東光の放言をカットせず載せてくれたことに、感謝したい。

ついでに書いておけば、東光が芥川門下生の中で政二郎と同様に、ある意味ではそれ以上に酷評しているのは瀧井孝作である。芥川のあと志賀直哉に取り入り、小説など『無限抱擁』一作きりで、何

の業績もないのに、志賀の力で芸術院会員にまでなった腰巾着野郎と、唾棄している。そんな奴らと違って、自分は不良だったが、雑学的知識もあり、くだらない話も平気でするから、谷崎先生にも芥川さんにも可愛がられたと言って、東光はこんなエピソードを披露する。

今 龍ちゃんのとこへ行くと、龍ちゃんの前ではみんなこれでしょう（と両手をヒザにのせてかしこまる）。バカッ話するやつ、いないんですよ、緊張しちゃって。おれだけだよ、馬鹿な話をするのは。やっぱり芥川さんも、そういう話を嫌いじゃなかったんだね（笑い）。（中略）とにかく相当好きで、僕と二人っきりになると、いろんな話をする。

ある時行ったら、おまえにいいのを見せるよなっていって見せたのが、奥村政信っていう浮世絵の初期の人の春画を出してきた。これはおかあさんに内緒なんじゃないかな（笑い）。こりゃできがいいとかなんとか馬鹿な話やってたの。「高かったでしょう?」「うん。これ一枚百五十円だったよ」。

芥川 当時の百五十円っていったら……。

今 大変ですよ。何十万円でしょう。

その一日か二日後、東光は菊池寛に会った。菊池は、

今 ……「君、芥川は馬鹿だね」っていうんだよ。あれは同志で仲がいいからね。「何が馬鹿なんですか」（中略）「枕絵を買った。百五十円。ええっ!?」「そら、そのぐらいしますよ。あれ、値

打ちがあるんだから」「馬鹿だよ、君。そんな絵一枚買うよりは、生身、何人も買えるじゃねえか」（笑い）。あきれかえっちゃってね。そう、当時、生身は何人も買えますよ。それをもったいないっていうんだ。百五十円がもったいなくて憤慨してるの。それくらい菊池寛っていう人は無趣味で、現実派でね。（中略）

芥川 でも、本気でそういうふうに思っていらっしゃるんでしょうね。

今 本気。菊池っていうのもまた、冗談通じねえ男なんだよ。あれは出は四国ザルだからね、田舎っぺなんだから。それだから本気で、百五十円、もったいねえなあ。絵一枚、だまされたんじゃねえかなって、僕に心配していってるから、何いってるんだよっていったんですけどね。（後略）

共同便所で私を撒いた

菊池の性格はともかく、芥川がこの不良少年の前では、気取りも忘れて下世話な話に打ち興じた、その気持ちは大いに分かる。年は六つ下、ぞんざいで無遠慮だが、時に鋭い知性も覗かせるこの青年との駄弁は、とにかく愉快で気安かったのだ。それに引きかえ結婚前の実直そのものの小島政二郎には、同じ下町生まれの親しみは感じても、共に春画を観て愉しもうという雰囲気はなかったに違いない。東光だったら「あんなのに見せちゃ、目の毒だ。鼻血出すぞ」ぐらいのことは言ったろう。

これは東光でなく、佐佐木茂索と芥川のことだが、政二郎は「そのころ、二人はよく私を撒いてどこかへ遊びにいっていた」（短編「芥川龍之介」）と書いている。これがどういうことかというと、芥川と知り合ったのは、佐佐木より政二郎のほうが若干早い。だが、……めつたに己れを出さぬ私などより、彼はグングン芥川と親しくなつて行つた。しまひには、私と三人で夕方散歩してゐる時、二人で女のゐるところへ遊びに行く相談が出来て、急に私が邪魔になつたのだらう、急に足早になつてツカツカ共同便所へはひつて行つたまま、いつまで経つても出て来なかつた。出て来ない筈だつた。共同便所へはひつたまま二人は向う側へ出て行つてしまつたのだ。（「佐々(ママ)木茂索」「文藝」昭和五十三年十一月号）

つまり、こと「女」の話となると、潔癖で臆病な政二郎は、仲間から敬遠されていたわけだ。こう除け者にされては気の毒だが、本人はそんなこと屈辱とも感じていなかった節がある。どんなところへ遊びに行くのか分からないが、仮に吉原のような場所なら、前の章で書いたように、病気が怖い政二郎は初めから従いて行くつもりはない。芥川たちも、そんな彼の頑なな性質は承知だから、煩わしいことはしたくない。あるいは、馴染みの娘のいるカフェのような所だったとしても、真面目な彼が一緒では気詰まりだ。いずれにせよ、落語の「明烏」のように初心(うぶ)な若旦那の面倒を見る義理は無し、ここはすんなり撒いてしまいたかったのだろう。

そして、「女」に対するスタンスを互いに理解していたから、こんないたずらは一夕の笑い話で終わり、彼らの交遊に溝を作るようなことはなかったようだ。尤も、佐佐木と親しかった東光がこんな話を漏れ聞いたとしたら、いよいよ「政公」を見下しただろうが。

東光の話を信じ、こんなエピソードを知れば、政二郎と佐佐木では、その才能と人物に雲泥の差があるように思ってても無理はない。では、その中心にいた芥川は、そのあたりをどう見ていたのか。

その答えは、第一章で紹介した『大正文士颯爽』（小山文雄著）に詳述——というより、芥川の下で切磋琢磨する小島と佐佐木の有様だけで一巻の本になる、という事実そのものが答えであろう。気の弱い政二郎を尻目に、いきなり芥川に原稿を見てもらう、一緒に女のいる所へ遊びに行く、金銭の貸し借りをするという関係になった佐佐木は、一足先に文壇の注目を浴びた。身辺に材を取ったいわゆる私小説が多かったが、その作品は都会的、現代的センスに溢れた洒落た筆致で、地味で無骨で説明の多い政二郎の小説とは、大いに作風が異なっていた。

芥川は当然、佐佐木の才能を買ったが、一方で政二郎を見捨てるようなことはなかった。大人しく自己を主張しない性格に歯がゆさも感じたが、その愚直さ、ひたむきさを愛し、飽くなき向学心には好感をもった。芥川が二人に宛てた数多くの書簡を眺めれば、彼がいかに気配りに富んだ、心優しい指導者——兄貴分だったかがよく分かる。

二人がすでに新進作家として認められた後だが、芥川は「佐佐木君は剛才人、小島君は柔才人、兎も角どちらも才人です」と評した短文を発表している（大正十五年）。だが、これよりまだ二人がモノになる前、大正九年六月の佐佐木宛書簡に、芥川の偽りない実感が垣間見える。


……君に今最も必要なものは専念に仕事をすべき心もちの修業ではないか。菊池などは小島が一枚絵（注・小島大正七年発表の短編）を何時までも突ついているのを自信の足りないやうに云ふがあれは軽蔑するよりも寧ろ買つてやつて好い事のやうに思ふ。さうしてあゝいふ根気の好さが尤も君には欠けてゐやうに思ふ。小島はすべての点で君より弱いかもしれない。しかし仕事の上にかけると僕自身も意外だつた位底強い辛抱気を持つてゐる。あの辛抱気がある限り僕は芸術家としての小島政二郎は救はれると信ぜずにはゐられないのだ。……

あくまで佐佐木を励ますために、小島を引き合いに出しているのを忘れてはならないが、それを割り引いても、芥川の、人の資質を見抜く直感力は並みではない。ちなみに、今東光は佐佐木を、芥川に似て遅筆で彫心鏤骨の人だったと語っているが、それは勘違いで、むしろ短編など一日で一気に書き上げないと気が済まない性格だったようだ。芥川には「書き飛ばす稽古なんぞする事勿れ」と手紙で窘められてもいる（大正八年十二月）。

やがて芥川は二人の行く末を見ずに自殺したが、その後佐佐木は筆を絶って編集・経営者へと転じ、政二郎は曲折はあったが、小説家として人生を全うした。それぞれが最良の選択だったかは措くとして、芥川の眼力畏るべしである。

問題の『文壇諸家価値調査表』

それにしても、大正期の文壇、それもまだプロレタリア陣営が台頭せず、円本で作家長者が出現しなかった頃のいわゆる芸術小説文壇は、どんな空気が流れていたのだろう。少なくとも現在から見ればすこぶる小ぢんまりした集団で、作家同士は互いの作品や人物に強い関心をもち、敵対心も抱けば、対社会的には仲間意識も濃厚だったようだ。

前述したように、今東光は親友川端康成らと共に、まず第六次「新思潮」に参加（大正十〈一九二一〉

年）、続いて「文藝春秋」（同十二年）、「文藝時代」（同十三年）の創刊同人となって執筆に励んだが、結局は文春の頭目菊池寛に喧嘩を売る行動を起こして、すべてと決別した。その直接の引き金になったのは、「文藝春秋」同十三年十一月号の『文壇諸家価値調査表』なる記事（発表時は無署名。後に直木三十五の執筆と明かされた）で、これを読んで揶揄されたと激怒した東光が「新潮」に反駁文を送り、これによって東光・菊池戦争が起こったことも前に書いたとおりだ。

この時、東光と共に横光利一も激憤して抗議文を書いて「読売新聞」に送ったが、直後にこれを知った川端は、横光と読売へ駆けつけ原稿を取り返したので掲載は免れ、結局、東光一人が菊池寛に反旗を翻す形になった。川端がなぜ横光だけを救い、親友東光を見捨てたのかは、永遠の謎だ。東光は『東光金蘭帖』で、横光は東光と違って菊池寛から物心両面の手厚い世話を受けている身だからこれはまずい、と川端が判断したのだろうと推測しているが、それだけでは東光を救けなかった理由は説明できない。肝心の川端もこの件については一切語らなかったというから、真相は不明だ。川端の、窺い知れぬ心の闇のような気がする。小谷野敦は、諸状況から推して川端が「東光を止めたが止まらなかったと見るべきであろう」と書いているが（『川端康成伝』）、はたしてどうだろうか。

余談だが、晩年の川端や谷崎の担当だった中央公論社の伊吹和子は、中公の全集『日本の文学』編纂委員会の席上で、川端が同席の谷崎の面前、今東光には名作がないから全集に入れる必要はない、彼のためにならないと語るのを目の当たりにした。後に東光が参院選に立候補した時、川端が献身的に応援活動をしたのは、若き日に今家に世話になったからだけではなく、この全集で締め出したことへの償いの意識がはたらいたからではないか、と伊吹は推測している（『川端康成　瞳の伝説』）。しかし、東光の人生に及ぼした影響、つまり罪の重さから言えば、大正十三年のこの一件のほうがはるか

図版 2　文壇諸家価値調査表

人名/種類	学殖	天分	修養	度胸	風采	人気	資産	腕力	性欲	好きな女	未来
芥川龍之介	96	96	98	62	90	80	骨董	0	20	何んでも	97
菊池寛	89	87	98	69	36	100	28 万円	72	68	（空白）	96
久米正雄	89	89	86	60	79	95	艶子	88	98	お酌	90
谷崎潤一郎	72	95	87	71	76	96	糖尿病	76	96	洋装	91
佐藤春夫	66	90	89	71	87	82	ネクタイ	50	49	芸者	90
志賀直哉	71	89	97	60	90	90	不発表	89	90	吉原の	90
里見弴	82	95	99	70	99	90	子供	67	75	玄人	98
川端康成	78	67	85	70	60	39	文学士	61	88	何んでも	72
横光利一	75	60	89	90	52	73	菊池寛	62	69	娘	66
佐佐木茂策	69	78	78	86	95	79	美貌	72	89	妾（人の）	87
南部修太郎	0	49	58	87	97	6	女学生	56	88	女学生	26
今東光	81	60	52	87	92	48	不良性	100	92	女優	77
小島政二郎	92	21	79	72	78	10	講師と愛妻	70	96	妻	43

文壇諸家価値調査表（総数 68 名）より抄録「文藝春秋」大正 13 年 11 月号
（注記）　大正 13 年 10 月末現在/例により誤植多かるべし
　　　　60 点以上及第/60 点以下 50 点までを仮及第/80 点以上優等

に重大ではなかったろうか。昭和三（一九二八）年二月、菊池寛が衆議院選挙に立って落選した時、横光は政二郎らと共に応援演説に駆り出された。その時、川端がどこで何をし、何を感じていたかは知らないが、それからまる四十年後の今の選挙では、すべての因縁を振り払うためにも、何としても当選させたかったのではないか、そんな気がする。

話がすっかり逸れてしまった。元へ戻って、ここでは東光が逆上した例の『文壇諸家価値調査表』の一端を覗いてみたい。東光の怒りの原因を探るというよりも（それは高見順『昭和文学盛衰史』に詳しい）、当時の文壇の雰囲気が感じられるかもしれないからだ。とはいっても、もとより直木三十五が無責任にふざけて作ったゴシップ・ジョークのようなものだから、あくまで参考または座興として眺めたい。題名が示すように、記事というよりただの一覧表であり、俎上に載った文士は計六十八名。そこから十三名を勝手に選んで並べてみたのが右の表である。

小島、南部など、揶揄どころか愚弄

いかがだろう。六十八人全員を並べればもっと楽しめるだろうが、あえて本稿によく顔を出す面々を抽出してみた。直木の独断とはいえ、おおかた笑って頷けるような評定になっていたのではなかろうか。ボスの菊池が持ち上げられているのは当然としても、芥川など、やはり仲間内から見ても煌びやかな存在だったのがよく窺える。それより、さすがに文士の表らしく、「資産」や「好きな女」の欄は、皮肉や諧謔に満ちている。こんな遊びがとりあえず許容されたとすれば、羨むべき成熟社会である。

若き日の今東光は、自ら恃むところ厚く、人一倍鋭敏な神経の持ち主だったのだろう。でなければ、この程度の、むしろ好意的ともいえる「評点」に自尊心が傷つくはずはない。「資産（不良性）」や「腕力」は、充分自覚していたというより売りであったし、「度胸」「風采」も高得点、「学殖」はなんと師の谷崎を凌ぎ、「未来」だって川端より上である。強いて言えば、「好きな女」の「女優」が刺戟したのだろうか。前述したが、東光は元女優の人妻と逃避行の末に結婚したのだが、それを青年の過敏な自意識が「揶揄された」と受け止めたのかもしれない。

しかし、そんなことを言えば小島政二郎、南部修太郎など、揶揄どころか愚弄されているのに近い。「天分」「人気」「未来」と、どれを取っても絶望的ではないか。そして、わが政二郎を見る限り、唯一の取柄は「学殖」である。実はこの「学殖」、90点以上の者は六十八人中、僅かに三人しかいない。この表には入れなかったが、もう一人は小山内薫で、政二郎と同じ92点である。

はっきり言えば、この大正十三（一九二四）年の時点で、小島政二郎の才能を認め、作家としての将来に期待をかける者など、文壇にはほとんどいなかった。むしろ学者的体質であると認知され――否、今東光ならそれすら断じて認めなかっただろう。だが、この後、政二郎は七十年間命を保ち、うち六十年は物を書き続けた。ただの長生きだったと、私は思っていない。

なぜ読んでもいない『芥川龍之介』を批判したのか

今東光の「罵倒」はまだたっぷりあるが、いよいよこの章の冒頭でもふれた本命を登場させよう。「週刊プレイボーイ」連載（昭和五十年九月〜五十二年八月）の『極道辻説法』である。

平成二十年八月、『長篇小説　芥川龍之介』（講談社文芸文庫）が刊行された時、坪内祐三が「週刊文春」の書評コラム（『文庫本を狙え！』）で採り上げたことは、本稿の「序」で述べた。坪内は、この作品を今回初めて読んだと書いた後、こんなふうに続けている。

私は小島政二郎のそれなりの愛読者だ。『眼中の人』や『場末風流』をはじめとして彼の本を二十冊ぐらいは読んでいる。

なのに何故この『芥川龍之介』は？

青年期のすりこみというものは恐しいものだ。

この『芥川龍之介』の元版は一九七七年の秋に出た。

その頃まだ私は文学青年ではなく例えば『週刊プレイボーイ』の今東光の人生相談「極道辻説法」を愛読していた。

その連載で今東光はこの作品に言及し、小島の野郎は嘘ばっかり書きやがる、生前の芥川さんの前では米つきバッタのようにふるまっていたくせに、死人に口なしをいいことにまるで友達面して語りやがる、と強く批判していた。

その言葉を素直に信じた私は、以来ずっと『芥川龍之介』を読まずにいたのだ（実は今東光もこの作品を読まずに批判していたわけだが）。

そして今回の文庫化を機に初めて読み、かなりの名作であることを知った。

私は坪内祐三のそれなりの愛読者だから、彼がこれ以前にも同じ挿話――『極道辻説法』での小島批判を紹介している文を何度か読んでいる。だが、坪内自身も『芥川龍之介』を未読だったことはここで初めて知った。そう言われてみれば、それまでは東光の罵倒の事実を伝えるだけで、彼自身の作品への感想などは一行も書かれていなかった。その疑問がこれで氷解した。そして、読んだうえで東光に同調していたわけではないことが分かり、私は救われた気がした。坪内を誤解せずにすんだ。ただし、その後文学青年になって『眼中の人』や『場末風流』など二十冊も小島本を読んだのに、これだけ避けたというのはちょっと不思議ではある。東光による「すりこみ」というより、単に手に取る機会がなかったのではなかろうか。なぜなら、東光が読んでいなかったことは知っていたのだから、彼の言葉に呪縛される謂われはないだろうに。

まあそれはさておき、私のような者を除けば、この坪内の文を読む限り、なぜ今東光が読んでもいない『芥川龍之介』をわざわざ批判したのか不可解に思うだろうから、少し説明を加えておこう。問題の『極道辻説法』の発言が載ったのは、昭和五十一（一九七六）年の十月十二日号である。坪内の書いた通り、『芥川龍之介』の刊行は翌年の十一月だから、この時点では影も形もない。では、どういうことなのか。

この長編は書き下ろしではなく、初出は雑誌掲載である。今は無き鎌倉書房が発行していた婦人誌「マダム」の、同五十一年九月号から翌年九月号まで連載されたものだ。そして、その執筆に先立って、「この度、小島政二郎が長編『芥川龍之介』に取り組む」という旨の消息記事が新聞——うろ覚えなのであるいは週刊誌だったかもしれない——に載った。それを見た東光が「あいつまたデタラメ書くつもりだな」と『極道辻説法』で反応した、というのがいきさつである。無論、東光も『芥川龍之介』完成の暁には読んだうえで改めてコキおろすつもりだったろう。だが、連載終了直後の五十二年九月十九日、彼は満七十九歳で永眠し、それは叶わなかった。

あん畜生が死んだら、洗いざらい書いてやろう

『極道辻説法』は人生相談とは言っても、採り上げるのは読者の悩み事ばかりではない。政治社会問題から、芸術・文学論、様々な人物評、東光の青春の思い出まで、毎回バラエティに富んだ質問が寄せられ、それを毒舌和尚が見事に捌いてゆく。昭和五十一年十月十二日号の質問の一つはこんなものだった。

芥川龍之介はどんな人？

私は小説の中でも芥川龍之介先生が書かれた作品が大好きだ。優れた短編を残された尊敬すべき芥川先生は、どのような人物だったのか？　今和尚、お聞かせ願いたい。（東京都西多摩郡羽村町　都職訓生　22歳　加藤進）

これに対し東光は「芥川さんは『新思潮』の先輩に当るし、谷崎潤一郎、佐藤春夫とも親しかったので、そこに出入りするオレともよく知っていたんだ」と語り始め、以下芥川がいかに素晴らしい人物だったかを強調するのだが、長くなるのでかいつまんで紹介する。

○佐藤は芥川をライバル視していたが、学識は比較にならぬほど芥川のほうが上。
○芥川は学者級の知識と一流芸術家の才能を併せ持ち、さらに絵も俳諧も歌も作る。幅広く、奥が深い本物のディレッタント。
○芥川家にはオレのような若いもんがよく集まった。谷崎は芥川に「君は何だな、中学生を集めて

はいばっているそうだな」と言った。

○オヤジ（父の今武平）がtheosophist（見神論者）だと言うと、芥川は「じゃあブラヴァッキーのThe Secret Doctrine なんか読んでいるんだな」。ブラヴァッキーは十九世紀最大のオカルティストで、The Secret Doctrine は武平がセオソフィストになったきっかけの本。芥川がこんなものまで知っているその教養の深さに驚愕した。

○芥川は夏目漱石の弟子ではあったが、距離を置いていた。二人はテンペラメントが違い、相容れなかった。

ここまで語ったあと、東光はいよいよ政二郎に言及する。

芥川さんの人となりを小島政二郎（注・初出雑誌では「政次郎」）がよく書いているし、また今度書き始めるらしいが、奴は友達でもなんでもありゃしないんだ。芥川さんの前に出ると、もう米つきバッタでね。嘘っ八もいいとこで、奴は嘘ばかり書いてやがる。小島の政なんて、いまでもブラヴァッキーのブの字も知りゃあしねえ無学な野郎でな。あん畜生が死んだら、オレ、奴のことを洗いざらい書いてやろうと思ってるんだ。とにかく嘘つきでな。奴に芥川さんなんかを書けるわけがねえよ。

これが、若き日（おそらく高校三年）の坪内祐三の脳内に刷り込まれたフレーズだ。

すでに小島政二郎に心酔していた大学三年の私は、ひたすら驚いた。『極道辻説法』を読んでいたのも、読者への容赦のない一喝が痛快でクセになっていたからで、ここから文学上の何かを得ようなどとは思っていなかった。今考えれば、日本文学科で近代文学を学んでいた学生としては不見識極まりない。東光の背景についても、川端康成の旧友であるといった程度のお恥ずかしい知識しかなかったのだから、この「とにかく嘘つきでな。奴に芥川さんなんかを書けるわけがねえよ」は藪から棒で、ショックだった。

父に連れられてもう何度も小島邸に行っていた時期だから、本来なら「先生、今東光がこんなこと言っていますよ」とご注進に上がるのが弟子たるものの正しき姿だが、そんな度胸はなかった。当たり障りのない日常の会話でさえ緊張して体が縮むのに、こんな気分を害しそうな話題を切り出せるはずがなかった。

仕方なく、今東光とは一体何者なのかという方向に関心を向けたが、それ以後のことはよく憶えていない。ちょうど文芸誌「海」(中央公論社)に連載中だった『十二階崩壊』を気を入れて読んではみたが、基礎知識が足りない当時の私は、その価値を判断しかねた。

記憶から消し飛んでいたわが行為

それから三十余年、本稿を書くために『極道辻説法』を全編読んでみて、私は仰天の発見をした。妙な期待をされては困るのでことわっておくが、それは文学上、歴史上の新発見というような性質のものではない。それはきわめて個人的——私の行為に関するまさかの事実なのである。

先に引用した東光の発言(十月十二日号)から六週間後、十一月二十三日号の『極道辻説法』に、こんな質問が載っていた。

小島政二郎のどこがウソつきなのか、はっきり書いてほしい

10月12日号の芥川龍之介についての説法で気になることがあるので一言。「小島政二郎は大ウソつき」と和尚は言っているが、どこがウソなのか詳しく知りたいと思う。「奴が死んだら書く」というのは、和尚らしくないじゃないか。菊池寛の場合には「死んだ人のことは欠席裁判になるから絶対に書かない」と言っておきながら（注・十月十九日号で、「菊池寛とのケンカの真相は?」という質問に東光はこう答えた）、小島政二郎の場合だけ死んでから書くなんて卑怯じゃないか。生きているうちに書いてこそ、和尚の毒舌の価値があるはずだ。芥川を小島政二郎よりよく知っているなら、その証拠を見せてほしいと思う。（神奈川県　大学3年　Y・Y）

投稿者の住所、学年、イニシャル、そしてなにより内容から考えて、これを書いたのは、私である。間違いない。そして、こんな行ないをしておきながら、その後見事に記憶から消し飛んでいたのだ。まったく不可思議である。

改めてこの「確たる証拠」を目にしても、三十数年前の自分は茫漠としている。こんなものを書いて編集部「今東光人生問答係」に送ったような気もする。それがほどなくして掲載されたような気もする。その東光の回答を読んで不満だったような気もする……。

それまで新聞や雑誌に投書するような学生ではなかったから、これは初めて活字になった文と言える。だったら、切り抜きを保存するか、それが収録された単行本（『極道辻説法』は全三冊）を購入するのが普通の少年の心理だろう。ましてや、この後約一年で卒論として小島論と年譜を書いたことを考

えると、ますます不可解だ。では、これを機に今東光が視野から消えたのかというと、そうでもない。最初に引用した芥川麻実子の本などは、この翌年（昭和五十二年）リアルタイムで買っているのだから。

閑話休題。とにかく肝心の東光和尚の回答を見よう。長いものではないので全文を書き写す。読めば、前回同様これも坪内祐三に刷り込まれたことがよく分かるはずだ。


オレは言いたいことがあれば、必ず相手が生きているうちに書いている。芥川でも菊池寛でもオレはじゃんじゃん書いていたよ。そうすりゃあ、書かれた方じゃ反駁できる。だけど小島政二郎だけは、オレは奴が死んでから書くんだ。

なぜかというと、小島はかつて、生きている人を一度も書いたことがないんだ。鈴木三重吉のことも、久保田万太郎でも、菊池寛でも、みんな死んでから書いてやがる。それで今度は芥川ときた。みんな死んで、欠席裁判で、反駁できない人のことを書いているんだよ、あの野郎は。生前はまるで米つきバッタみてえにゴマすってた作家たちが死ぬと、まるで友人か親友だったかのような顔して書きやがるんだ、あん畜生。だからオレは大ウソつきだと言うんだ。それにオレが読んでみてもずいぶん違うんだ。いちいち数えきれねえくらいな。

だから、奴だけは、奴のきたねえやり方に見習ってだな、あの野郎がくたばってから書きまくってやるつもりだ。目には目を、でな。あの野郎、久保田万太郎なんかボロくそだし、鈴木三重吉もボロくそだし、菊池寛や芥川なんかと五分のつき合いをしたようなことを書いてやがる。でもオレが目撃していた時分は師弟だよ。アリンボみたいに這いつくばってた。大きなことぬかすなと言いたいよ。ウソばっかり書きやがって。

私に勇気がなかったからに過ぎない

以上が、『極道辻説法』における「和尚、小島の政を痛罵すの一席」である。このほか番外の章として、問答形式ではなく東光独り語りの「悪口」(『最後の極道辻説法』所載)があるが、それはあらためて後述する。

東光の言い分、その要点は右に尽きている。すなわち、相手が死んでるのをいいことに、嘘を並べてボロくそに書く、あるいは自分を大きく見せかける、これが小島のきたないやり方だと。この本音を引き出したという点で、私の投稿はまんざら意義がなかったわけではないと言えようか。同時に、「あの野郎がくたばってから書きまくってやる」と言われてしまえば、これ以上突っ込みようもない。

東光の言うように、小島政二郎が、すでに物故した作家たちを主人公にした数々の実名小説を書いたことは事実である。ここに挙がっている万太郎、三重吉もそうなら、前章で詳述した荷風もそうである。菊池寛については、生前にも死後にも書いているが、いずれにせよ、彼は何もボロくそに書くために、つまり単に憎悪の対象として彼らを描いたのではない。また芥川や菊池を親友扱いしたこともない。ただ、その人物観察が辛辣であからさまなために物議を醸し、不快に思ったのは東光だけでなかったことは「序」でもふれた(巌谷大四の文)。これについては、次章でもあらためて問題にするつもりだが、政二郎自身はあっさりと、拍子抜けするような述懐をしている。

私は万太郎のことを書いて、万太郎ファンの憾みを買った。高橋誠一郎からは、死者に鞭を加えるのは卑怯ではないかと非難された。

しかし、あれは鞭ではないのだ。万太郎の真相を書いたのに過ぎない。万太郎を知っている者なら、誰でも感じていたに違いない彼の真相を——

水上瀧太郎は、勇気があったから、生前、万太郎の真相をありのままに書いた。それを、私は勇気がなかったから、万太郎の死後に書いたに過ぎない。高橋誠一郎には「弱者」の心理が分らなかったのだ。

弱者は悲しいよ、相手が死んでからでないと、相手の真相が書けないのだから——。邪魔なのは紳士面と、勇気のないことだ。(『砂金』)

小島政二郎満八十四歳、最後となった長編小説の、終盤近くの慨嘆である。あまりに正直な告白ではないか。

卑怯と言われ、きたないと罵られても仕方ない、これが臆病な弱虫を自覚する男の、偽らざる心境だろう。開き直りでも、もちろん懺悔でもない。

想像を交えずして話はしない

『極道辻説法』に戻れば、「あの野郎がくたばってから」と息巻いていた東光が、それから一年も経たずに逝ってしまったのは、小島信奉者の私にとってもまったく残念だった。前述したようにその後の記憶は曖昧だが、これで東光の言う「小島のデタラメ」が永久に暴かれることがなくなったと、私の東光への関心も徐々に薄れていったのではないか。尤も、政二郎は百歳まで——東光没後十七年も生きたのだから、四つ下の東光は九十六歳過ぎまで健在でいなければ、望みは実現しなかった。遅かれ早かれ、結果は同じだったろう。

余談だが、政二郎に『聖体拝受』（昭和四十四年、新潮社刊）という長編がある。これは「人及び芸術家としての谷崎潤一郎」という副題が示すように、谷崎の人生と作品に分け入った異色の評伝小説である。刊行されたのはちょうど東光の参議院議員任期中で、多忙のせいかどうか分からないが、結局東光はこの本の存在を知らなかったようだ。

それが幸だったか、不幸だったかは何とも言えないが、もしこれを読んでいたら、あの東光が黙っていたとは到底思えない。さして関係の深くなかった万太郎、三重吉についてさえ憤り、芥川にいたっては「あの無学な野郎に書けるわけがねえ」と言い放つぐらいだから、心底畏敬する谷崎先生を「政公」が書く、あるいは書いたと聞いたら、驚倒したのではないか。端からバカにして読まないか、あるいは精読したうえで徹底的にコキおろしたか……。どちらにしても東光にしてみれば、政二郎の行ないは「僭越」以外のなにものでもなかったはずだ。

谷崎を書けるのは俺しかいない、そんな自負から起筆したのであろう傑作『十二階崩壊』も、東光の急死で未完に終わった。標題から察するに、大正十二（一九二三）年の大震災をクライマックスに、自分の最初の結婚あたりまでを描こうとしたのではないかと思うが、そのおよそ二年前、第六次「新思潮」の発刊にこぎつけたところで絶筆。これは惜しんでも余りある痛恨事で、もし完成していたら、間違いなく東光の後半生における代表作となっただろう。残された部分だけでも、谷崎や大正文壇に関する証言資料としての価値は高かろうが、やはり東光の青春放浪物語の集大成としてこの大作の完結を見届けたかった。

ただ、事のついでに、そんな渾身作の揚げ足を取るわけではないが、小島贔屓の私ならではの指摘を一つだけ赦していただきたい。

『十二階崩壊』単行本版の九二〜九三ページで、東光と鈴木彦次郎は永井荷風についての風聞を語り合うが、そこにこんなくだりがある。まず東光から、

「君は小島政二郎と仲好しだから、荷風の弟子の小島から噂を聞くだろう」

「ところが小島君は荷風先生から嫌われて今じゃ破門じゃないのかね。荷風先生の悪声を露わに言わないが、腹の中じゃたっぷり怨んでるみたいだよ」

「ほう。破門かよ」

「荷風は直ぐ誰でも破門するのが好きらしいな。頻りに近づけていたかと思うと、何かあると直ぐ破門とくるらしいよ。破門といえば御出入り禁止だからね。酷(むご)いね」

前後の記述によれば、この会話は小説のメインの時間の流れからは外れた、昭和になってから（十年代）のもののようだが、それはさておき、この小島認識が根本的に誤っていることはお分かりだろう。前章で詳しく書いたように、小島政二郎は永井荷風の弟子ではない。弟子になろうと試みたことはあるが、荷風にすげなく一蹴された。入門していない以上、破門はない。そもそも荷風は弟子を取るような人間ではない。

鈴木彦次郎が政二郎と比較的親しかったことは事実で、ならばなおのことこんな誤認はしないはずだが。これが東光の創作でないとすれば、鈴木は荷風とのいわゆる「確執」を政二郎から聞き、それを東光に伝えたということか。東光はそれを「破門」と受け取った。政二郎嫌いの東光には「破門」

のほうが愉快であろう。「ほう。破門かよ」に続けて「ざまみろ」とか「お気の毒に」というつぶやきが聞こえてきそうだ。

卓抜な頭脳の持ち主でありながら、先述の地震の際の「丸焼け」といい、この「破門」といい、東光という人は自分の願望で事実を脚色して思い込む癖があるようだ。また、それがえも言われぬ愛敬でもあるのだが。

その点、実弟の日出海はさすがによく分かっていて、愛情を込めた筆でこう書いている。


……東光の話は常に面白く、喋っていると際限なく喋るが、よく聞いていると殆んど事実無根の話で、(中略)彼が嘘話をする時ほど楽しげで、雄弁なことはない。(中略)嘘というから聞こえが悪いだけで、想像を交えずして話はしないと言えば何ごともなく済むだろう。(中略)ロマン派の詩人の血脈を引いていて、想像力は何にも増して豊富である。話題も豊かだし、話術もうまい。だが本当の部分は意外に少なく、殊に自分のこととなると本当のことは滅多に言わず、自分を悪人に仕立てたり、極道者を装ったり、色々と粉飾し、演技を交えて、別人をつくり上げる。まるで真実を語ることは恥ずかしいみたいだ。(『偽悪の人今東光』)

こんな種明かしをされると、ディテイルにこだわって真偽をあげつらっている自分が野暮の極みに思えてきて辛いが、なにはともあれ小島政二郎のためである。後世にもっと無粋な輩が出てきて事実を読み違えることだってあり得るから、ここは材料が尽きるまで、もう少し続けてみたい。

鷹揚な編集姿勢に感謝したい

『極道辻説法』には本編——読者との問答以外に「番外の章」がある。これは、本編に盛り込めなかったさまざまな余話を、速記録をもとに本編と同じ構成ライター（清水聰）がまとめたもので、東光の死後発表された（単行本『最後の極道辻説法』の後半に収録）。今東光研究の第一人者矢野隆司によれば、集英社が作成した速記録（矢野蔵）は全四十八巻あるというから、まだ活字化されていない興味深い逸話が眠っているかもしれないが、これは未公開なので仕方ない。「番外の章」だけでも読むことが出来るのは、とりあえずありがたい。

私も多少の経験があるので分かるが、週刊誌等の記事では、当然正確を期すために校閲を怠らないが、時として時間的制約などで事実関係を完璧に確かめられぬままに活字にしてしまうこともある。いささか疑問を感じても、当たり障りのない、どこからも文句が来そうもないような中身ならいいだろう、という現場の判断だ。

それに該当するかどうか、この「番外の章」でも、間違った前提——思い込みで話を進めて、結果的に人を嘘つきにしてしまう例があるのは残念だ。例えば、冒頭の吉原の話。

東光曰く、「古今亭志ん生（五代目）が、若い時張り店で女郎を冷やかした思い出を喋っていたが、あれは嘘」。なぜなら「志ん生はオレより三つ若い、明治三十四、五年の生まれで、張り店は四十年に廃止されている。五つぐらいのガキが行くはずない」。その点、「自分は従兄に連れられて九つか十で行ってるから知っている」。だから「オレはあいつらの言ってること、全部嘘だと思ってる」。

勿論、この通りなら「嘘つき噺家」だが、実は志ん生は明治二十三（一八九〇）年の生まれ、東光より八つ上だ。明治四十年なら満十七歳で、年齢に不足はない。

ことわっておくが、私は非難をしているのではない。むしろ、こういった鷹揚な姿勢というか、東光を信頼しきった編集現場のおかげで、小島政二郎の悪口が活字になり、私が読むことも出来たのだから、感謝をしていると言ってもいい。

そして、その政二郎だが、「番外の章」にも二か所ほど登場する。

まず一つ目は、はっきり言ってクダラナイもの。

大宅壮一は覗き魔だった。講演旅行に出かけても、仲間の作家たちの部屋を一晩中、何度も覗きにやって来る。

　小島政二郎なんかが、現場を覗かれたことがあるんだ。女が乗っかってたかなんかしてたんだよ。そうすると、それから一時間後には、文壇に全部知れてるんだ。もう鬼の首でも取ったみたいに喋りまくるから、（中略）まったく手におえねえ野郎だったよ。

これなど、政二郎というより大宅の性癖の暴露だが、別にそれだけの話である。

伯龍は八年前に鬼籍に

もう一つは少々長めで、「書きたくもない〝随筆〟を『週刊朝日』に書いたわけ」という小見出しがついている。全部で五ページあるので、要約・補筆しつつ引用してゆく。

『お吟さま』で直木賞（第三十六回、昭和三十一年下半期）を受賞した直後、東光への原稿依頼が殺到したが、その中に当時飛ぶ鳥を落とす勢い（発行百万部超）の「週刊朝日」もあった。名編集長と謳われた扇谷正造（一九一三〜九二）が自ら、東光の住む大阪・河内にやってきた。てっきり小説の依頼だと思った東光が「協力しますよ」と言うと、扇谷は、実は一回七、八枚の随筆をお願いしたいと切り出した。

オレはムッときちゃって、「お断わりしますね」

扇谷さんというのも短気だから

「わざわざ東京からこんな河内くんだりまで原稿を頼みにきて、ニべもなくお断わりとは何ですか？　ほんとに断わるんですか？」

「ああ、お断わり！」

「そうですか」

というわけで沈黙が流れ、ややあって四方山話になった。いま「週刊朝日」にはどんな連載をやっているのかと東光が訊くと、扇谷は菊田一夫と、小島政二郎を挙げた。

「ほう、政公が書いているのか。なに書いているの？」

「政さん、今度は一生懸命、いままでの通俗を脱して、イメージチェンジをするというんで、大変な張りきりようで、いまとりかかっています」

「で、何をやってるの？」

「円朝を書いています」

「ああ、あの野郎、伯龍に聞いて書いてるな。小学校時代から下谷で友だちで、オレらも紹介されて知ってるんだ。テンボウって片手の男でな。テンボウの伯龍というんだ。あいつからネタ拾って書いてるんだな。でも、円朝に一番詳しいのは、まずオレ。それから伯龍だ」

そうしたら、もうびっくりしてね。ムカッとはしたんだろうが、

「いや、その通りでね。伯龍さんという人なんですよ」


小島の名が出たとたん、思いもかけぬ展開となったわけだ。話はまだまだ続くが、少し注釈を入れておこう。『円朝』の連載開始は昭和三十二（一九五七）年三月（終了は翌年六月）だから、ちょうど時期は合っている。同誌ではその直前に長期連載だった吉川英治の『新・平家物語』が終わり、前年からスタートした獅子文六の『大番』が、『円朝』と共に連載中だった。

東光は得意になって喋っているが、前章でふれたように、政二郎と伯龍は小学生の頃からの友人なんかではない。片手が不自由だったのは事実だが、円朝に詳しかったとは聞いたことがない。東光が政二郎から紹介されたというのは、もしかしたら既述の大震災——吉原見物の時だったかもしれない。

この会話はすべて東光の独り語りだから扇谷に何の責任もないが、「いや、その通りでね。伯龍さんという人なんですよ」は、あり得ない。扇谷のことだから神田伯龍の名前ぐらい当然知っていただろうし、その伯龍は昭和二十四年——この八年前に鬼籍に入っている。


なんで小島に恨みがあるのかって？

東光はさらに続けて、

「伯龍はオレもずいぶん講釈を聞きにいったもんだ。うまい奴だけどね。小島よりはよっぽどましな男だよ」

「まあ作者を論じたらなんですけど、小島さんという人は、とかく噂のある人ですから」

「あんなものにろくな小説かけるか。円朝がでると、八丁四方の寄席がみんながらがらになるというような名人を、あんな野郎が書けるわけがねえ」

「今さんは、そういう方面もいろいろ明かるいんですね」

「オレは落語家だの講釈師だの、いろいろ知ってるよ。小島の政公なんて、講釈のことはてめえしか知らねえと思っているかもしれんが、（中略）」

「へえ、驚いたな。これは驚いた」


この「とかく噂のある人ですから」の意味が分からない。これも扇谷ではなく、東光の言葉と受け止めるべきだろうが、何を含んでいるのか。そして、しばらく講釈の話が続いた後、突如、東光は宣言する。


「おい、扇谷君、オレ書くよ。随筆」

オレはだしぬけに言ったんだ。

「えっ、書いてくれますか?!」

「オレ、書く。ただし、おめえだけに言っておくけれどもな。小島政二郎の小説を、オレの随筆で蹴っ飛ばすからな。見ていろ。オレはあいつに気に入らねえことがあるんだ。そのことはおめえには言わねえけど、オレにおまえが頼んだ限り、気の毒だけれど小島の小説は蹴っ飛ばしてみせる！　それだけの随筆を書いてやる」

「蹴っ飛ばす、蹴っ飛ばさないはともかく、書いてくださればぼくのきた甲斐があります。何という題にしたらよろしいでしょう？」

「見ろよ、あそこにいるだろう？」

カゴの中にみみずくがいた。だから、

「『みみずく説法』でいこう」

こうして随筆『みみずく説法』の執筆が始まった。

さあ、一回、二回、三回。ワッワッワッワその随筆が読まれて、十回か二十回の約束が、延々書けということになっちゃった（注・翌年末までで計四十回）。そうしたら小島の小説も小島もてんで話題にもならず、知らない間に円朝が消えちゃった。完全に叩きつぶしてやったよ。

叩きつぶしたかどうか、客観的に検証する術はないが、『みみずく説法』が好評を得たことは、連載中の昭和三十三（一九五八）年に東宝で映画化された（主演・森繁久彌）ことからも分かる。『円朝』は消えたわけではなく、評判のまま連載を全うしたが、直木賞で文壇に復帰以来一気に人気が上昇した東光の心理からすれば、それが「事実」だったのだろう。それより気になるのは、「オレはあいつに気に入らねえことがあるんだ」という発言で、これについては、忘れずに次のように解説している。

なんで小島に恨みがあるのかって？

それはオレが若い頃、大病して治ったら、死んだ鈴木彦次郎――川端なんかの同期の――が大森に住んでいて、奴も大森にいたんで、それで政公の野郎が、「彦さん、彦さん」って飛んでった。「今東光が助かったらしいぞ。あいつに戻られたら文壇を引っかき回されて、オレたちは飯の食い上げだよ」

と言ったというんだ。それで、オレは「よし、飯食い上げさせてやらぁ」と言ってるうちに、オレ坊主になって。だから、ちょうどまたチャンスがきたから。あの野郎もあれ（注・「みみずく説法」に負けた、の意）以来、だんだんいま飯の食い上げだろう。

そんな単純な事態ではなかった

東光には心臓弁膜症という持病があったという。矢野隆司作成の「略歴・業績一覧」によれば、この病気で彼が療養した記録があるのは、①大正十（一九二一）年三月～五月、②昭和七（一九三二）年六月～同八年七月、③昭和十六（一九四一）年八月頃――の三回だが、①はまだ東光が「新思潮」の同人になったばかりの頃なので除外。

一方、政二郎が大森区新井宿（現大田区山王二丁目）に住んだのは、昭和十二～十九年なので、符合するのは③だが、当時の東光はすっかり仏教界に身を投じ、易学研究の学徒となっていた頃なので考えにくい。それに、時代はもう日米開戦直前で、いかに東光といえど文壇を引っかき回せるような時勢ではなかったろう。

したがって、これだけの材料から推断するなら、矛盾はあるが②の時期である可能性が最も高い。矢野の調査によると、闘病については東光自身の手記もあり、昭和七年八月の「東京朝日新聞」には『今東光氏重態』という記事が見られるという。およそ一年にわたり東京で療養していたようだから、これこそ本人の言う「大病」にあてはまるのではないだろうか。

従来の今東光年譜などでは、昭和五年に出家得度し、以後三年間比叡山に籠もったとだけ書かれていたが、どうもそんな単純な事態ではなかったことがこれで分かる。無論、出家は事実であり、その動機として本人（弟の日出海も）は、エキセントリックな妻ふみ子からの逃亡を挙げている（『みみずく説法』その他）が、とりあえず逃げ出して仏門に入ってから、それまでの心身の疲労が一気に彼を襲ったのではないか。どれくらい重篤だったかは不明だが、「療養」は「出家」と同様に、妻から離れる格好の大義名分にもなったような気もする。さらに推測を重ねれば、この時まだ、東光は文壇復帰への気概を充分に蔵していた、それゆえ、漏れ聞いた政二郎の言葉に敏感に反応し、長く記憶に留めたのではなかろうか。

はたして政二郎が「彦さん」にこの通りのことを喋ったのか、とくに「飯の食い上げ」云々は東光のややヒロイックな思い込みのような気がするが、文壇側としても、出家したとはいえこのまま完全に東光が文学の筆を絶つとは思っていなかった様子が、ここに窺われる。そして、何かと話題を巻き起こすブリリアントな問題児だと認識していたことも。

鈴木彦次郎という人物は、人がいいのか、気が弱いのか、随分いろいろな文壇内の党派と付き合いがあったようだ。昭和初年の大森馬込付近には、尾崎士郎を中心に今井達夫、山本周五郎、榊山潤、添田知道らのグループがあり、尾崎は自作の小説の中で「空想部落」の面々と呼んだ。ひとことで言えば酒好き——呑ん兵衛の集団で、鈴木はここに属しながらも、下戸で「空想部落」とは一線を画していた小島政二郎の家にも出入りしていた。政二郎は後年、彼に相撲小説を書くように指導したと回顧しているが、確かにその分野で名を挙げたものの、戦争を機に郷里盛岡に帰り、以後は地元の文藝文化に貢献した。元来、作家として大成するほどのエゴイストではなかったのかもしれない。ただ、こういう人がいてくれたおかげで、政二郎や東光の一断面が垣間見られたことは忘れてはいけない。

どんなものを書こうが、直木賞候補になる資格なし

今東光が書き、語り残したものの中には、まだ政二郎への悪口がいくつか散見されるが、あとはほんの些細な呟きのようなものだから、これくらいにしておこう。

一方、この章の初めに記したように、荷風の場合と違って政二郎側の反論は皆無である。反論どころか、先に引用したものを除けば、今東光という人物について書いたものを見つけることすら難しい。ひょっとすると、東光が嫌っていた以上に、東光を嫌っていたのかもしれないが、それより、青年期以降ほとんど交わりがなかったからに他ならないと思う。そんな中で、唯一東光を論じているのは、直木賞授賞時の選評である。

それを紹介する前に、その時のあらましをおさえておこう。受賞したのは東光の『お吟さま』ともう一作、穂積驚(みはる)の『勝鳥(かちがらす)』。他に候補に上がったのは、村松喬、赤江行夫、木山捷平、熊王徳平、池波正太郎、小沼丹、石野径一郎ら七人の諸作。

銓衡委員は井伏鱒二、木々高太郎、永井龍男、村上元三、川口松太郎、吉川英治、大佛次郎、小島

政二郎の八名で、銓衡会は昭和三十二（一九五七）年一月二十一日に開かれ（井伏、永井が欠席で書面回答）、結果は「オール讀物」四月号に発表された。

選評をすべて並べるのは意味がないので、東光に関する委員たちの意見を整理し、要点だけを紹介しよう。まず、東光を推したのは、木々、川口、吉川、大佛の四名だ。

木々「今東光にいまさらやるのはおかしいという意見に私は首肯しない。この作品は大衆文学の一新生命を拓いた」

川口「今東光は私より先輩作家だが、いまは知るものは少なく新人同様。『お吟さま』は棄て難い。彼はかつて世間を甘く見て失敗したが、ここで再精進を望みたい」

吉川「三十年近く文壇外にいて再出発することにこそ意味がある。私は今東光を新人とみなす。『お吟さま』に充分満足したわけではないが」

大佛「精疎のむらがあるが老熟した作家のもの。近来、他の雑誌に発表された作品のほうが優れているが、これも群を抜いて肉が厚い」

川口は後に、『お吟さま』を文学振興会に候補作として推薦したのは自分だと書いている（『忘れ得ぬ人忘れ得ぬこと』）。

東光の受賞にはっきりと反対したのは村上、永井（欠席・書面回答）の二名である。

村上「今東光という古い経歴を持つ人にいまさら上げてもと思う。『お吟さま』は千利休が書けていないことなど、それほどすぐれた作品ではない」

永井「今東光氏は、直木賞候補としてはすでに不適格だと思います。（略）今氏の場合だけは、作品の価値如何にかかわらず、反対したいと思います」（これのみ原文ママ）

この永井の発言は凄い。どんなものを書こうが、今東光には直木賞候補になる資格がないと言明しているわけだ。戦前の文春社員だった時代、直木三十五の恩顧を受け、最期まで最も近くにいたのは永井である。また、東光が文春（菊池）に喧嘩を売ったきっかけが直木の記事だったことは、前に見た通りだ。もちろん、菊池も永井の大恩人である。同時に永井は東光の弟日出海とは仲のいい間柄だった……このあたりの機微は機会があればもう少し考えてみたい気もするが、永井自身が後に「私の主張したかったのは、直木賞を新鮮にするために、出来るだけ新進気鋭の作家を選びたいということであったが、言葉が単純に過ぎ、主張に走りすぎて悔いを残す結果になった」（『回想の芥川・直木賞』）と弁明しているので、変に勘繰っても仕方ないかもしれない。ただ、少々取って付けた観のある、歯切れの悪い述懐だ。また、授賞後、日出海の引き合わせで東光と親しくなったが、いつもにこやかに応対してくれたと永井は付け加えている。一年後、永井は「自分には受賞者を選ぶ練達力に欠ける」という理由で直木賞委員を辞任するが、この今東光の一件も蟠りとして心に残っていたかもしれない（余計なことだが、銓衡会欠席の理由を永井は「家兄の死期が迫ったためと思われる」〔前掲書の註〕としている。講談社版『永井龍男全集』の年譜では、長兄は前年の三十一年、次兄も二十九年に死去しているから、これが正しければ永井の勘違いだろう）。

話が逸れたが、東光の受賞に明確に反対ではないものの、推しもしなかったのが井伏と小島である。

井伏「村松と木山を推した。投票の結果を聞かせられたとき、今東光氏はいつだって囊中の錐ではないかと思った」

井伏は巧みな表現で東光の存在感を認め、作品評は避けた。最後に残った小島政二郎だが、感心した順に穂積、石野、池波を挙げ、最後の十六行を今東光に費やしている。その部分をすべて写してみる。

『お吟さま』には感心しなかった。どの人間も性格がちっとも書けていないからだ。こんなもので今東光がほめられては可哀相な気がした。私は委員会に出席する前に、「中央公論」の二月号にのっている『闘鶏』に感服していた。段違いにいゝ。この作品で、今東光もいよいよ吹っ切れたなと思い、はるかに敬意を表した。『闘鶏』は、今東光の傑作であるばかりでなく、最近での文壇第一の傑作だと思う。私は絶えて久しく会わない今さんの顔を思い浮べて、ニコニコした。

東光の過去や経歴に一切ふれずに作品そのものを論じたのは、政二郎と大佛だけで、大佛の言う「他の雑誌に発表された作品」というのも『闘鶏』のことだろう。『お吟さま』は裏千家の機関誌「淡交」に連載された千利休の娘を描いた時代小説、『闘鶏』は東光の寺のあった河内の人間・風物に材を取った現代もので、比較すべきような作品ではないが、後者は師の谷崎が感心して「中央公論」に推薦したものだけに、『お吟さま』より格段に人間に肉薄していて面白い。その点、この銓衡委員二人の鑑賞眼に狂いはなく、さらに候補作以外もしっかり読み込んで銓衡に臨む態度には、候補者への誠実さを私は感じる。おそらく東光自身も、『闘鶏』のほうにより手応えを感じていたに違いないから、この評価には反発は覚えなかったのではなかろうか。

文学っていうのはそんな簡単なもんじゃない

受賞者なら当然この「オール讀物」の選評を熟読したはずだが、東光はとくに目立った感想は残していない。ただ、『毒舌文壇史』（昭和四十八年、徳間書店刊。梶山季之主宰の雑誌「噂」での梶山との連載対談をまとめたもの）に、直木賞に関して次のような述懐がある。

しかし、あとで聞くと、直木賞の選考委員諸公の何人かは、「今東光」いうたら、やるのやめようというやつもいたし、「そう言うな、あれもこれで、後は書けない。だから死土産にくれてやれば喜ぶんじゃないか」というやつもいて、直木賞が決まったわけですよ。てめえらのほうが小説へたなくせに審査員づらをするなといいたいところだけど、そこまでいっちゃ身もふたもないからな（笑い）。いちばん強く推挙してくれたのが、吉川英治さんだそうです。吉川英治さんというのは、ぼくはそれまで会ったこともないんだよ。それでも一所懸命推してくれて、まあ、いろいろな経緯があったけれども、とにかくくれることになった。

直木賞で後半生が激変したのは事実だから、さすがの東光も遠慮した言い方で、とくに吉川英治に対しては、素直に感謝をしているように見える。ところが、その数年後の『極道辻説法』になると一転、吉川の『宮本武蔵』、『新・平家物語』、『三国志』などを引き合いにその無知、歴史的事実の誤りを指摘してクソミソに罵っている。これは、当時親しかった柴田錬三郎の受け売りも含まれているようだが、こんな具合だ。

　吉川英治の知識なんてその程度のもんでね、オレは馬鹿馬鹿しくてとても読む気しないよ。『三国志』が面白かったとしたら、それは原作が面白いからだ。彼のは単なる翻訳で、創作じゃないからね。（中略）これが大衆作家の舞台裏でね。だから柴錬が怒るんだよ。「吉川英治が国民文学だなんて、ふざけてるね、今さん」って。オレもまったく同感だね。

こうなると、直木賞の恩義も何もない、今東光の譲れない根本精神が表われてきて痛快である。吉川を弁護する読者が「無知は無知なりの努力をしているし、吉川は今東光より売れている。和尚も柴錬も大衆文学を書いているくせに、自分の首をしめるような言い方はよせ」と言ってくると、

　わからないなりに努力している、なんていうけれど、『宮本武蔵』にしろ『三国志』にしろ、あんな初歩的な誤りは、それこそちょっと勉強すりゃあわかることなんだ。文学っていうのはそんな簡単なもんじゃなくて、読者が喝采すればいいいんだろうというようなこと言ってたら、文学なんていうのはそのうち滅んじゃうよ。

これが、今東光の「核」であろう。若き日に谷崎や芥川から教え込まれた「学問」への畏敬は生涯

を貫いていた。単に「無学」を軽蔑しているのではない、作家の姿勢を問うている。まさに、「文学っていうのはそんな簡単なもんじゃ」ないのだと。

そして、東光が聞いたら気を悪くするに違いないが、この根本精神は、同じ時代に同じ空気を吸って育った小島政二郎も共有していたと私は思う。気質も、才能も大いに異なっていただろう。だが、共に曲折を経て昭和の後半まで生き延びた「政公」――無知無学と馬鹿にしていたその「政公」が、八十を過ぎて芥川を書くと言った時思わず過剰に反応したのは、近親憎悪とまでは言わないが、この文学への姿勢を知っていたからではないか。少なくとも「政公」が「吉川英治」でないことを、東光は肌で分かっていたはずである。

鏡花、荷風、潤一郎

書くべきことはおおよそ書いたので、この章もそろそろ締めくくりに入るが、これまで紹介しなかった今東光の文学観に簡単にふれておこう。

東光自身いろいろなところで語っているが、管見ではその趣味がよく分かるのが、梶山季之がうまく話を引き出している『毒舌文壇史』だと思う。

ま、ほんとうに感心したのは泉鏡花だな、ぼくは。あの絢爛無比な文章は、書けるもんじゃないですよ、日本文で。(中略)やっぱり戯曲でいえば近松(門左衛門)、小説は(井原)西鶴ですね。西鶴なんてのは俳人の文章だけども、プツン、プツンと短くて、じつに煮つめた文章ですね。文学をやるのに、文章がまずいということは、これは最大の欠陥だよな。思想だけだったら、むき出しにして思想家になっていればいい。文章をどういうふうにも駆使できる人でなかったら、おれは買わないね。だからその意味では泉鏡花、永井荷風、谷崎潤一郎だね。

このへんは、いわゆる名文好きだった二十代までの小島政二郎とも似通っている。芥川については前述したが、「日本文学史に残るディレッタント。実のところ作品には感心しないのだ」――これは『十二階崩壊』の中の谷崎の言葉だが、東光もほぼ同感と見ていいのではと思う。ちなみに、谷崎は小説家として芥川より久米正雄を評価している。

東光がはじめて作家に接したのは白樺派の郡虎彦で、武者小路実篤にも世話になっているが、白樺派の作品は里見弴のもの以外は買っていない。志賀直哉も「川端は感心しているがおれは認めない」と言い、とくに『暗夜行路』などつまらない小説で、女の乳を持って「豊年だ」と言うシーンなどアホらしくて読んでいられないとも言っている。

その他、自然主義私小説系統は、同郷の（と言っていいだろう）葛西善蔵などには関心は払っていたようだが、他にとくに言及したり褒めている作家はいない。もちろん、藤村、花袋など重鎮は読んでいただろうが、明治四十年前後の自然主義全盛期に、四つ上の政二郎は中学生だったが東光はまだ小学生。気質や環境の違いで受け入れなかったことが一番だろうが、僅かな年齢差でこのムーブメントの洗礼を受けなかったのも事実だろう。政二郎や親友川端が尊敬していた徳田秋聲など、どこまで読んでいたかは不明だ。「あの女好きが」というコメントはあるが。

最後に、東光晩年の若手作家たちとの交遊に少しだけふれておこう。

矢野隆司の「略歴・業績一覧」によれば昭和四十八（一九七三）年六月十七日、東光を会長に「文壇野良犬会」というものが結成された。

この会については『毒舌文壇史』の「まえがき」で梶山が予告をしている。


文壇というところは、表面上は清廉潔白の士みたいなことを云う癖に、裏面に廻ると女を泣かせたり、金に汚かったり、名誉欲のガリガリ亡者……と言ったインチキ文士が実に多いところです。

その点、今先生を総帥とする野良犬会は、言動一致の野武士ばかりで、私行においては聊か愧づる点はありますけれど、看板にカケ値なしの、いわば正直者の集まりだと私は思います。


他の資料によれば、「鎖に繋がれていない犬、首輪のない犬たちの会」だそうで、副会長は柴田錬三郎、事務長は梶山季之で、メンバーは黒岩重吾、野坂昭如、井上ひさし、藤本義一、田中小実昌、陳舜臣、山口瞳、吉行淳之介、瀬戸内晴美（寂聴）、田辺聖子、戸川昌子といった面々だったようだ。一筋縄ではいかない猛者ぞろいだから、今大僧正ならでは束ねられない迫力のある会だったとは思うが、まず事務長が逝き、会長、副会長も他界して自然消滅したのだろうか。

もう一人、この会には属していなかったようだが、東光が認めていた後輩作家がいる。同じ明治生まれ、といっても十一歳下の松本清張である。二人が知己となったのは、瀬戸内寂聴によれば、出版社主催の文藝講演会で、とかく他の作家たちが敬遠しがちな二人を彼女が取り持ち、東光・清張・寂聴のトリオで全国各地を回ったのだという。


あれは、やっぱりおもしろい男ですよ。それで努力家だし勉強家だしね。(中略)ただ、秘密主義みたいなところがあるんだよ、自分の生活だのなんだのをのぞかれるのが、もう大っきらいなんだよ。(中略)そこへいくと、ぼくはなんでもあけすけでしょう。(中略)あんまり違うから、かえってウマが合うんじゃないですか。

　清張の細君が言うそうだ。「あなたは文壇の人とだれともつきあわないで閉じこもっているのに、今さんだけは講演というと行ってくる。いったい、今さんとはどういう人か、いっぺん会わせてちょうだい」そう言ったというんだ。だから会わせたらいいじゃねえかと言ったんだが、いまだに会わせてくれませんがね(笑い)。(『毒舌文壇史』)

清張も、東光の魅力に惹き寄せられた一人だろう。この関係は後の章と絡んでくる問題なので、今はこれで留めておく。

いずれにせよ昭和四十年代後半の高度成長期、文壇も文学もまだ光芒を放っていた頃である。こうして年少者にボスと慕われ、輝いたまま死んだ今東光は幸せだったと思う。

没後三十数年を経た今も、元集英社の島地勝彦などは、間近に接した東光の懐かしい思い出を繰り返し書いている。こうして全く別の目的で東光の足跡を辿り、その声を聴いてみた私だが、もし小島政二郎という「利害」の存在がなく、島地のように担当編集者となっていたら、おそらくこの人物にコロッと心服していただろう、そんな想いを否定できないでいる。

第三章　永井龍男　東京人の懸隔

原稿の二重売りをして、出版社から敬遠された

大村彦次郎（一九三三〜）著『文壇うたかた物語』を読んで著者に手紙を出したのは、出版後間もない平成七（一九九五）年の初夏だったと思う。中身は御礼と質問だった。

御礼とは、その本の中ほどに一ページ余り、父（筆名・津田信）のことが書かれていたからだ。身内としては完全に肯えぬ部分もありはしたが、贅沢を言ってはいけない。死後十二年が経ちすっかり忘れられた――否、よほどの小説好きでない限り初めから記憶に留めていないようなその名前を、わざわざ活字にしてくれたのだ。何はともあれ、感謝すべし。

一方、質問とは何か。本の後半、第八章に次のようなくだりがあった。

暴論に近いが、娯楽小説の定法は、一ネタ、二スジ、三、四がなくて五に文章などといわれた。ネタ（材料）はともかく、スジ（構成）に弱い作家は、量産に耐えきれず、自滅する。その昔、純文学出身の久米正雄が代作に頼ったり、小島政二郎が原稿の二重売りをして、出版社から敬遠されたりしたのも、文章に凝るわりには、スジの組み立てに弱かったからである。

学生時代から、作家や編集者が書き残したいわゆる「文壇回想記」を殊のほか愛読していた私は、昭和十年代の久米正雄の「代作」エピソード――山岡荘八の書いた短編に自分の名を冠して発表したことは、和田芳恵『ひとつの文壇史』などで読んで承知していた。他にも、師弟関係にある作家同士では「代作」が頻繁に行なわれていたことも聞き知っていたし、「盗作」や「剽窃」とは違うから別に問題であるとも思わなかった。小島政二郎にしても、『眼中の人（その二）』の中で、自分や川端康成が菊池寛の「代作」をした経験を語り、彼の通俗作家としての名声を不動のものにしてしまった『人妻椿』や『新妻鏡』も、実質的には「代作」だったと告白している。だが、この「原稿二重売り」は初耳だった。そして、「代作」とは重みが違う。

そのまた昔（明治四十年代）、「二重売り」で一時文壇から身を引かざるを得なかった真山青果の話は有名だが、とにかく作家としては不名誉なことである。小島政二郎は、いつそんなことを仕出かしたのか。戦時中を除けば、執筆が途絶えた時期は見られないが、「敬遠された」ぐらいで済んだのだろうか。さらに、筆者が何の説明も加えていないのは、ひょっとするとこれは誰もが知る文壇史の常識なのではないかと私は蒼ざめた。

恥を覚悟で私は手紙に綴った。自分はこれまで一端（いっぱし）の小島政二郎研究家だと思ってきたし、小島については大河内昭爾の次に詳しいぐらいの自負はある。ところが、御本を読むまで「二重売り」については全く無知だった。こんな重大事実を知らずして、今後とても小島研究家などと名乗るわけにはいかない。ついては、この件の出典、いきさつ等、わずかでも結構ですからご教示ください――。

研究家と自称したことを反省

大村氏からは、すぐに丁寧な返信が届いた。いくつか父の思い出も書き添えてくださったが、右の私の質問については、こう書かれてあった。

お問い合わせの小島政二郎氏の件ですが、原稿の二重売りについては、私の風聞の範囲を出ません。戦前、「講談倶楽部」の編集者で、戦後、社の専務になった星野哲次という人から、その話を聞きました。鎌倉の永井龍男さんは雪ノ下の住居も近かったのに、小島さんをひどく嫌っておりました。その永井さんが文春の編集者からきいた噂としてよく云われておりました。そのことを弟子筋の和田芳恵さんに訊ねましたら、「昔の作家は、菊池さんも川端さんも代作の常連で、ルーズでしたよ」といわれ、「小島先生は、戦後は小説のほうの衰えが目立ったので、そういうことはあったでしょうね」と認めているような口吻でした。久米正雄の代作については、和田さん自身が、山岡荘八「折鶴」で実証していますね。小島さんについてはそのような実証はできませんが、おそらく編集者の間で内輪にことをおさめ、表沙汰にしなかったけれど、噂によって伝承されたと思います。研究家に対してのお答えにはなりませんが、私の知る限りのことは、こんなところです。

最後のセンテンスを読んで、偉そうに研究家などと自称したことを強く反省したが、ともかく「二重売り」が文壇史の常識ではなさそうなので、ホッとはした。無論、複数の証言がある以上、風聞とはいえ、何の根拠もない噂話ではないだろう。ただ、一番詳しいはずの和田の話は曖昧だし、はたしていつ頃のことなのか、本当に戦後なのかもはっきりしない。当時編集現場にいて経緯を知る人がまだ存命である可能性もあるが、大村氏すらこれ以上心当たりがないとすれば、探し出す術もない。私はお礼状を出し、近いうちにお目にかかりましょうと約したものの、結局雑事にかまけてタイミングを逸し、そのまま今日に至ってしまった。当時、私はまがりなりにも娯楽小説の編集者だったのだから、何を措いてもこの先輩の謦咳に接するべきだったと、今になって悔いている。

昭和末の文壇が小島をどう認識していたか

講談社（あるいは小説現代）・大村彦次郎の名は、父の関係で学生時代から知っていた。但し、純粋に名前だけである。その後、出版界に就職してその辣腕ぶりを聞き及び、さらに、十数年を経て『文壇うたかた物語』を読了した時に感得したのは、これぞ類い稀な文筆家、すなわち只の名編集者ではなかったという事実であった。

以後二十年、筑摩書房から次々に刊行された諸作品は漏らさず愛読しているが、なかでも最初の『文壇うたかた物語』は、大半が著者の実体験や見聞から成り立っているだけに、他の著作のような対象と距離を置いた冷静な筆遣いとは言い難いところがあって、そこが無類に面白い。そして、他の読者はいざ知らず、私個人にとって殊更興味深かったのは、この著者が、編集者から小説家への道を歩んだ二人の先達——永井龍男と和田芳恵の薫陶を受け、その経験が核となってこの『物語』が執筆されたという点である。

永井龍男は、いわゆる鎌倉文士の中で、最も小島政二郎を嫌った人物だ。生まれは明治三十七（一九〇四）年で、小島より十歳若い。

一方の和田芳恵は、最後まで「小島先生」と呼んで師弟の交わりを続けた門下生。年は永井の二歳下だから、ちょうど小島とは一回り違う。

先の手紙にもあるように、著者はこの性格も立場も異なる二人からさまざまな話を聞き、教えを受けた。では、その筆が小島政二郎に及ぶ時、どのような像が結ばれるのか。私の最大の関心はそこにあった。勿論、作者の目的はそんなものを描くことでは金輪際ない。だが、和田の作家人生を少しでも辿るなら、小島への言及を避けることは出来ないだろう。そこに浮かび上がる小島像は、当然著者独自のものだろうが、同時にそこからは、昭和末の文壇が小島をどう認識していたかが透けて見えるはずだ。そしてその私の邪(よこしま)な期待に、この本は冒頭から応えてくれた。

「不器用なひとでしたよ」

小島政二郎という作家は、さき頃百歳まで生きて、同時代の作家の誰よりも長生きをしたが、見方によれば、数奇な作家の一生を送ったともいえる。芥川門下の俊才であった小島さんは、菊池寛や久米正雄が通俗小説へ走ったあと、それを追うかのように、「花咲く樹」や「人妻椿」を書いて流行作家になった。しかし、通俗作家になった劣等感に悩まされたので、逆に芸術小説と大衆小説をことさら意識して、差別した。

小島さんはながい期間にわたって、直木賞の選考委員をしたが、その性格のせいか、晩年は文壇から孤立し、身近かの鎌倉文士の間でも交際は絶たれた。とくに永井さんは毛嫌いした。和田さんは最初に書いた「樋口一葉論」を「三田文学」に紹介してくれた縁で、早くから小島さんの弟子になっていた。師の才能の一面を評価し、敬慕していたから、時にはつれない仕打ちにあいながらも、師の許へ出入りするのをやめなかった。そういういち途な思いの和田さんを、永井さんは不愍に思い、

「不器用なひとでしたよ」

と、私に洩らされたことがある。(『同』)

第一章が始まってすぐのこのくだりは、いまだに私の心を波立たせる。ここに書かれていることに、寸毫の偽りもないだろう。客観的、歴史的事実と、著者が見聞きしたままを歪めずに記せばこうなるのである。ならば、それを百も承知でもなお心平らかに読めないのは、真実から目を背けたいという、私のほうの歪みに違いない。しかし、ここに出てくる三人の作家、殊に小島政二郎を全く知らぬ読者の胸に刻まれる印象を想像すると、暗澹たる気分になるのを禁じ得ない。

「劣等感」「差別」「その性格のせい」「孤立」「毛嫌い」「つれない仕打ち」……小島とはなんとイヤな奴だろう。和田はそんな人物を師と仰いだのか。永井の言うように、気の利いた人間ならもっとうまく立ち回っただろうに――こんなことを感ずるのが自然ではないか。それでいい、そういう印象を与えるためにこう書いたのだと著者が言うならそれまでだが、やはり私は遣りきれない。

とくに、「その性格のせい」という表現が説明なしに放り出されているのを見れば、誰もが認めるよほど奇矯な性格だったのだなと人は憶測するだろう。また、「つれない仕打ち」については、和田から聞いたであろう具体例をしっかり著者に尋ねてみるべきだったが、当時は先述の「二重売り」ばかりが気にかかっていたので、つい訊きそびれた。大村氏はますますご壮健だから今からでも晩くは

ないが、とりあえず私が持っている知識で書けるところまで書き進めることにする。

メモもとらずに聞き流した

永井龍男が小島政二郎を嫌っていることを知ったのは、いつ頃だったろう。それをどうやって知ったのだろう。どちらも茫漠としていて、定かな記憶がない。おそらく四十年近く前、まだ大学生だった昭和五十年代の初めだろう。何かの折に父から聞いたのか。父だってそれを熟知していたとは思えない。事情をよく承知していたのなら、すでに小島邸に共に出入りしていた私に詳しく教えてくれたはずである。唯一話していたのは、「久保田万太郎がからんでいるらしい」との情報だった。

いずれにせよ、それを知った時、私は少なからずショックであった。なぜなら、それ以前から永井の作品、特に短編小説や随筆を愛読していたからだ。無駄を削ぎ落とした端正な文章と、描かれる静謐な世界に惹かれていた。文学かぶれの若者のご多分に漏れず、その頃私も拙い小説を書いたが、最も参考にしたのは永井龍男と、和田芳恵だった。これは嘘ではない。永井からは、余情をただよわせる文章の省略を学んだつもりでいた。生意気な言い草だが。

そんな永井が「小島先生」を嫌悪していると聞いて、衝撃を受けないはずがない。やはりその頃だったと思うが、視英子夫人から、「永井さんが小島の人格を誹謗する文を書いている」という話を直かに聞いたことがある。夫人は物事の年月日や値段などをよく記憶していて、それを日常会話の中に頻繁に挿入するのが癖だった。その時も永井の文が、何という雑誌の何年何月号に出ていたかをはっきり語ったのだが、私は愚かにもそのうちに探して読んでみようと思いながら、メモもとらずに聞き流した。

あらためてそれを見つけて読もうと思い立ったのは小島政二郎没後で、夫人も鎌倉から転居してしまった後だったろう。おぼろげな記憶をもとに、可能な限り永井の書いた文章を漁ったが、結局該当しそうなものを探し出すことは出来なかった。

これがいわゆる犬猿の仲であったら、政二郎本人の口からも事の次第を聞くことも出来たかもしれないし、元来他人の悪口は言わない人ではあったが、何かしら書き残していた可能性もある。しかし、『食いしん坊』などの小島随筆に登場する永井は、酒豪、俳句の名手、(駄)酒落の名人といったイメージで、仲良しとは言わないが、同じ鎌倉に住む交遊のある文士の一人といった存在にすぎない。かなり深読みをしても嫌悪や敬遠は窺えない。つまり、このように一方的な感情の流れでは、永井が語らぬ限り真相はつかめない。

思うに、永井という人は激情家で癇癖が強かったようだが、文章を書く上では周到かつ冷静である。もし人を誹謗するとしても、すぐそれと分かるあからさまな表現をするはずがない。後述のように、政二郎に言及した文がまったくないわけではないが、むしろ、小島の名を筆にするのすらイヤだったのではないか。美意識と言ってもいいかもしれない。

「赤貝のヒモなんぞ喰うから」

このように、そのペンでは沈黙を通した永井だが、家族や親しい作家仲間、担当編集者などの前では、政二郎への悪感情を隠そうとはしなかった。子どものように露にした。先の大村氏の述懐に見たとおりである。

河出書房の元編集者で現在かまくら春秋社代表の伊藤玄二郎(一九四四〜)は、今は絶滅した「鎌倉文士たち」の面影を伝える文章をいくつも書いているが、その中にこんなものがある。

久米正雄の没後三十年の集いが計画されたときのことだ。私はその準備役として作家の間をまわった。

数人の発起人のなかに、永井龍男と小島政二郎が名前を連ねることになった。しかし、畏敬する久保田万太郎が世を去った後に、久保田を批判した小島によい感情を持っていなかった永井が、小島と一緒では発起人を下りると言いだした。

これを耳にした里見は、厳しい顔で私にこう言った。「今度のことは個人的にどうこういう問題ではないよ。永井君に、我儘はよすように伝えてくれ」(『鎌倉編集日記　末座の幸福』)

この一文は永井・小島の関係というより、個性がぶつかり合う鎌倉文士をうまく束ねていた長老・里見弴の存在感を伝えるものだが、久米没後三十年ということは昭和五十七(一九八二)年。里見、小島、永井の満年齢はそれぞれ九十四、八十八、七十八である。ここで伊藤は欄外に次のような「注」を付けている。

小島政二郎と永井龍男の確執

久保田万太郎は永井の仲人である。久保田が急死した後、小島が久保田について書いたものは、永井には悪口に映った。とりわけ「赤貝のヒモなんぞ喰うから」の台詞は永井の怒りを買った。

或る時、横山隆一と永井が同乗した車が走っていると、たまたま小島が前を歩いていた。永井は運転手に「おい、轢いちゃえよ」。

見事に分かりやすく、面白い注である。久保田万太郎が死んだのは昭和三十八年、政二郎が小説『久保田万太郎』を発表したのは四十年で、当時まだ伊藤は編集者になっていないからその後の伝聞だろうが、つまるところこの確執の発端となった逸話は、鎌倉文壇では有名だったのだろう。赤貝のヒモ云々については父からも聞いた憶えはある。

政二郎が書いた『久保田万太郎』については前章でも僅かにふれたが、後で詳しく検討するとして、右の注の原典とでもいうべき話が、伊藤自身が編集した「別冊かまくら春秋　最後の鎌倉文士　永井龍男　追悼号」（平成三年〈一九九一〉十一月、かまくら春秋社刊）に載っている。それは横山隆一と巌谷大四の対談で、題して『永井龍男の癇癪玉』。関連する部分を抜き出してみる。

横山　人間同士だから好ききらい、得手不得手があって当然だし、鎌倉の文士たちの間にもそれはあって当たり前だ。事実あったよね。たとえば小島政二郎さんを永井さんはあまり好きじゃなかったんだよ。車に一緒に乗ってる時、小島さんが前を歩いてた。そしたら、永井さん、「おい、ひいちゃえよ」なんて、冗談いってね。一緒に笑っちゃったよ。

巌谷　永井さんは小島さんみたいな江戸っ子は、本質的にきらいなんだね。あれは江戸っ子じゃないと。

横山　永井さん自身、江戸っ子だからね。自分が絶対だと思っているから、きらっていたのかも。

久保田万太郎が死んだとき、小島さんが悪口を書いたからきらいになったという話もあるようだけど。久保田万太郎は永井さんの仲人だし。

この対談は、共に鎌倉で五十年以上のつきあいのあった二人だけに、「癇癪持ち」永井の人柄が浮き彫りにされて面白い。いかに怒りっぽく、周囲と喧嘩、絶交を繰り返したか。ただ、永井と交遊のあった長老里見以下の鎌倉の面々は、小林秀雄も今日出海も林房雄も、漫画の横山隆一も那須良輔も、まだまだいるだろうが、悉く酒呑みである。呑ん兵衛たちの揉め事は大人気なく、たわいないものが多いが、同時にその潤滑油のせいであっけなく仲直りするケースも多々あったようだ。その点、下戸の小島政二郎との関係はそうはいかない。しこりはほぐれず、確執と相成ったわけだろう。

江戸っ子としての基準をどこに置くか

ところで、ここで新たな問題が出てきた。「江戸っ子」問題である。

永井の生まれは神田区猿楽町（駿河台下）、正真正銘の下町っ子だが、師と慕った万太郎（浅草）も、忌み嫌った政二郎（下谷）も、間違いなく下町生まれの江戸っ子である。江戸っ子が江戸っ子を評して「あれは江戸っ子じゃねえ」と言うのを、どう解釈したらよいものか。近親憎悪か、などと言ったら、それこそ「冗談じゃねえ、いいかげんしろい」と江戸っ子ならまくしたてそうだ。

やはり東京（日本橋）生まれの大村彦次郎には、『万太郎松太郎正太郎』『東京の文人たち』という東京出身者ばかりを並べた著作があるが、同じ下町生まれの江戸っ子といっても、それこそ千差万別だということがよく分かる。大村氏によれば、永井龍男が政二郎以外にも蛇蝎のごとく嫌ったという同い年の舟橋聖一も、下町本所の生まれである。舟橋の音に聞こえた殿様ぶり、ブルジョワ趣味などは、政二郎とも、同じ本所育ちの芥川ともかけ離れた気質だから、それを「あれは江戸っ子じゃねえ」というのなら私も理解できる。

結局は江戸っ子としての美質、その基準をそれぞれがどこに置くかではなかろうか。それは第三者には瑣末に見えることかもしれない。

永井にしてみれば、政二郎のちょっとした振る舞いが、文士でなく商人のように映ったのかもしれないし、左党の彼には、呑んでいる脇で飯や料理をひたすら貪る大喰らいぶり、あるいはどれがうまい、まずいと随筆に書いて喜んでいる様など、野暮の骨頂に見えたのかもしれない。何につけスマートを重んじた永井には、赦し難かったのではないか。

永井からすれば、はるかに裕福なお坊ちゃん

確執の因（もと）となったという小島作『久保田万太郎』に向かう前に、永井龍男の経歴を、政二郎との関わりを絡めて一通り眺めてみたい。

繰り返しになるが、政二郎より十歳年少の永井は明治三十七（一九〇四）年、東京神田猿楽町に生まれた。父は印刷所の校正係を勤めていたが、健康に恵まれず、永井が小学校三年の頃には退職して床につき、一家の生計は永井の二人の兄が支えた。二人とも小学校を出るか出ないうちから働いていた。永井も高等小学校を卒業した大正八（一九一九）年、十五歳で日本橋蠣殻町の米相場仲買店に奉公に出るが、四か月後、お盆の藪入りで家に帰った折に結核への罹患が発覚、そのまま勤めを辞し、自宅での療養生活に入った。その時本人には知らされなかったが、医者の見立ては「二十歳まで保つ

かどうか保証できない」というものだった。同年十一月には、長らく臥していた父が他界した。

大正八年といえば、政二郎が慶應予科の講師に就任した年だ。彼も幼少から病弱で、将来を危ぶまれたことは一章で書いた通りだが、環境は大いに違う。永井からすれば、遥かに裕福な商家のお坊ちゃんである。病弱だからせめて学問ぐらいはさせてやろうと、大学まで行かせてもらえたのだから、経済状況には雲泥の差がある。この差は、同じ東京人とはいえ、二人の精神形成に違った影響を及ぼさずにはおかなかったろう。

永井家は貧しかった。だが、生涯を通じて質屋の暖簾をくぐったことは一度もなかったというから、極貧とは言えまい。一家の紐帯は強く、皆つましく、勤勉で、堅実だったと想像できる。末っ子の甘えというものが仮にあったとしても、支え合って暮らす家族の中にあって、多感な少年が胸を患うことは辛く、やるせなかったはずである。その神経を慰めたのが、読書であり、文学だった。家にあった一冊本の『樋口一葉全集』は、とりわけ感心して読んだ。静養しながら英語学校に通いはじめた永井は、やがて読むだけでなく、自らペンを執って机に向かった。小学生の時から作文は好きであった。

大正九年、万年筆製造会社発行の文芸誌「サンエス」の懸賞に応募した短編小説『活版屋の話』が当選、賞金十円を手にした。選者は当時新聞小説『真珠夫人』が人気を博していた菊池寛。永井は満十六歳だった。二年後の十一年末、十八歳の彼は、今度は帝国劇場が募集していた懸賞脚本に挑戦、一幕物『出産』が見事に当選する。当選者は十人で、その中にまだ無名だった川口松太郎や北村小松、すでに劇作家であった高田保らがいた。今度の賞金は二百円という大金だった。

一方、政二郎に目を転ずれば、同じ十一年の二月に出世作となった『一枚看板』を発表、雌伏の時を経てようやく新進作家と認められた時期だ。政二郎も十六〜十八歳の頃は、荷風に熱を上げ「文章倶楽部」に盛んに投稿し、あげく中学を落第したわけだが、その後十年、精進の甲斐あって前途が拓けつつあった。

横光利一の取り持ちで文藝春秋社へ入社

大正十二(一九二三)年五月、永井は『出産』が収録された単行本と、新たに念を入れて書いた短編『黒い御飯』を携えて菊池寛を訪ね、それを手渡した。これが初対面である。『黒い御飯』は、その年の一月に創刊された「文藝春秋」の七月号に掲載された。

二回の懸賞当選と「文藝春秋」のいきなりの原稿採用は、永井に大いなる自信をもたらした。十九歳の青年は自分の才能を信じ、将来を「文学」に賭けようと思い始めたはずである。その後の大震災で家を失い、永井一家は変転を余儀なくされるが、家族は助け合い、すぐに落ち着きを取り戻す。

全集の年譜を見る限り、十六歳から二十三歳までの永井が職に就いた形跡はない。次兄が大正十四年に開いた喫茶店(後に中華料理店)を手伝ったぐらいである。徴兵検査は丙種合格で兵役免除(大正十三年)とあるが、結核はおさまったのだろうか。ともあれこの間、永井は小学校の同級生波多野完治(後の心理学者)を通じて一高生だった小林秀雄を知り、その友人だった石丸重治、河上徹太郎、富永太郎らと同人誌を創刊してますます文学に身を入れた。だが筆で身を立てることは無論容易ではない。兄や知人の家を転々とし、鬱勃たる心境で、とにかく早い自立を目ざしていた。

昭和二(一九二七)年二月、菊池寛を訪ねた永井は文藝春秋社への入社を懇願。「人は余っている」といったんは断わられたが、ちょうど社に居合わせた初対面の横光利一の取り持ちで入社を許された。菊池が、後輩の中でもとりわけ横光を庇護したことは前にもふれたが、可愛い横光の推しに屈したのだろう。永井は実に幸運だった。これで自立が見えてきた。芥川龍之介が自殺する五か月ほど前のことである。

この頃の小島政二郎といえば、相変わらず慶應（本科へ転じていた）の講師は続けていたが、大正十四〜十五年に都新聞に連載された初の長編『緑の騎士』がこの年に刊行され、評判を呼んでいた。『一枚看板』からのさらなる脱皮、飛躍ではあったが、この作がすでに通俗への堕落と映ったという当時の雑誌編集者の回想もある。

永井と政二郎の初顔合わせはいつだったのか。両者ともはっきり記していないが、遅くとも永井が文春に入社したこの昭和二年の内には面識が生じていただろう。永井入社の直後の三月に同人制で発刊された文芸誌「手帖」では、二人は同人として名を連ねているし（十一月には廃刊となったが）、芥川の葬儀、追悼号発刊、追悼講演会、年末の箱根での忘年会と、政二郎は文春関連の企画・行事とは悉く関わっているから、どこかで永井とは会っているだろうと推測される。会って紹介を受ければ、政二郎の記憶力からして数年前の『出産』や『黒い御飯』をすぐに思い出したに違いない。

永井の回想では、この年の暮れに芥川の香典返しとして刊行された『澄江堂句集』を読んで感銘し、俳句に興味を抱くようになったという。

永井の身柄はわれわれ純文学側が引き受ける

その後永井は、昭和二十一（一九四六）年の会社解散まで文藝春秋社に勤めた。その間、「オール讀物」「文藝春秋」の編集長を務め、戦争後期には満洲文藝春秋社創立に奔走し（専務に就任）、最後の役職は本社専務取締役だった。編集者、ジャーナリストとしても、永井の才能は周囲から一目置かれ、

「カミソリ」のような鋭い存在だったらしいが、当時の仕事として特筆しておかなければならないのは、芥川賞、直木賞に関するものである。

昭和十年に創設された両賞の事務一切——候補作(予選には芥川賞では川端康成や滝井孝作、直木賞では小島政二郎らが当たった)の収集、銓衡委員へのそれらの配布、銓衡会の設定、選評の依頼、賞品の手配などのいわゆる下働きを、文学振興会専務理事という肩書きの永井がすべてやったという。第一回から、昭和十八年上期の第十七回までである。戦後は戦後で、初めは直木賞、続いて芥川賞の銓衡委員となって同五十二年まで関わったのだから、まさに二つの賞の歴史、その裏表を知る生き証人であった。

一方、この点は小島政二郎も類似していて、同十七年までは両賞、その後は直木賞のみだが同二十四年から四十年まで銓衡委員を務めた。後でまた詳しくふれるが、その間六年ほど、二人は共に直木賞委員として銓衡会で同席していたのだ。そのうちの一回が、前章で紹介した三十二年の今東光への授賞である。

時間は前後するが、昭和九年一月、満三十歳になる四か月前に永井は結婚した。直木三十五が逝く前月だった。媒酌人は久保田万太郎夫妻、妻となった奥野悦子は、久米正雄夫人艶子の妹だった。この取り合わせは、句作に興じるようになった永井が、俳人としても名を成していたこの二人の先輩作家を敬愛していたことの、何よりの証であろう。これで久米は義兄となった。久保田は十五歳、久米は十三歳、それぞれ年上だった。

披露宴の席上、社長の菊池が「小説を書くなら出社しなくてよい。従来通り給料はやる」とスピーチ。これを受けて吉川英治が「早くわれわれと一緒に仕事をしよう」と言うと、久保田が立って「それは仲人として断わる。永井の身柄はわれわれ純文学側が引き受ける」と当意即妙に切り返して皆を笑わせた——と永井は書いている。気心知れた作家同士のユーモラスな一幕だが、同時に作家の「棲み分け」を伝えるエピソードでもある。ここに政二郎は同席していただろうか。全部で二十名ほどだったというが、出席者名簿までは調べられなかった。

その後、ともに俳句に熱心だった両者は、文壇関連の句会では頻々と顔を合わせた。久保田、久米同様に、句作をあくまで余技と称した永井だが、住んでいた鎌倉内の地名にちなんで「東門居」と号し、句集や句会回想記も出版しているから本格的である。自分には詩の才能がないと終始嘆いていた政二郎とは違い、短編の名手は、短詩にも自らのテンペラメントを見出していたのではないか。

昭和五年のスキャンダル記事

昭和戦前は、長い小島政二郎の文筆生活の中でも、最も起伏に富んだ時期だった。本人の表現を借りれば、華々しく「堕落」していったあげく、最後に戦争で痛めつけられた二十年だった。『緑の騎士』(昭和二年刊)以来、執筆舞台は飛躍的に拡がった。つまり、文芸雑誌以外のさまざまな媒体から原稿の注文が来たということだ。地方新聞、週刊誌(当時は「週刊朝日」と「サンデー毎日」)、婦人・家庭誌、大衆娯楽小説誌などだが、昭和三(一九二八)年頃から政二郎もこれらのメディアに進出してゆく。新聞、週刊誌はともかく、文壇からは「金に転んだ」「魂を売った」と見られがちな婦人・娯楽誌に、大衆(時代)小説や通俗(現代)小説を書き始めたのは、いくつかの理由があるだろう。

一つは、本人曰く、その分野ですでに大活躍をしていた尊敬する菊池寛に、「君なら書ける」と「仲間に引き摩り込まれた」「菊池のいうことは、何でも聞かずにいられな」かったというのだが

(『眼中の人(その二)』)、ちょっと言い訳がましい。後に和田芳恵は、当時文壇の本舞台——純文藝界はもうプロレタリアと、横光や川端らのモダニズムの新潮流が覆い、「大正作家」小島政二郎の出る幕はなかったという不幸な事実を指摘したが(角川文庫『眼中の人』解説)、それも確かだったと思う。だが、一番大きな動機は、切実な経済生活上の欲求、すなわち高い原稿料の誘惑に負けたのだと思う。

その頃政二郎は、三人の子を持つ人妻小林きよ(一九〇〇〜八七。後に画家・鳥海青児と再婚した美川きよ)と恋愛関係にあった。妻みつ子と別れ、真剣にきよと結婚しようと考えていた。

私は家庭を二つ持っていた。幾ら書いても、足りなかった。人妻が夫と別れる時、夫は手切れ金を請求してきた。人妻の両親はそれを払ってくれた。
人妻には妹がいた。手切れ金を両親に返す代りに、私達は妹が大学を卒業するまでの面倒を見なければならなかった。(『眼中の人(その二)』)

先回りすれば、やがてみつ子からも高額な慰謝料を要求され、身動きの取れなくなった政二郎に愛想を尽かしたきよが鳥海のもとに走る、というのがこの愛憎劇の結末だ。昭和十三年末のことだった。

昭和三年十一月から翌年六月まで「時事新報」に連載された『心の青空』は、この恋愛をその発端から綴った小説だ。翌五年の「婦人画報」九月号には『慶大教授・小説家　小島政二郎をめぐる破婚トピック』という六ページのスキャンダル記事が載っている。虚実入り混じった、全部を鵜呑みには出来ぬ内容だが、そこには、小島夫妻は離婚訴訟の末、妻みつ子は家を出てゆき、「小林キヨは、これもまた、小林のところへ姓と、子とを置き去りにして、この春から小島氏の腕に抱かれている」とある。

小島一家は昭和五年から八年まで、鎌倉の塔の辻（現鎌倉市笹目）に住んだ。きっかけは脆弱だった娘の美籠が百日咳を患い、医師が転地を勧めたからだが、これは事実上の半別居・半同棲で、政二郎はこの間、妻子のいる鎌倉と、東京の愛の巣とを往復していたようだ。六年三月に慶應の教授を辞したのも、執筆の多忙もさることながら、私生活での事情も絡んでいたと推測できる。

こんな状況で、昭和七年一〜五月、『心の青空』を発展させ、二人が結ばれるまでを描いた『海燕』を、政二郎は「（東京・大阪）朝日新聞」に連載した。評判は上々で、さらに二年後の九年三〜八月、今度は実体験が素材でない虚構小説『花咲く樹』を同じ「朝日新聞」に発表すると、人気は沸騰した。この作は、説明を一切省き、描写と人物の会話だけで物語を押し通した大胆なもので、文藝春秋の専務になっていた佐佐木茂索から「ああいう書き方で大丈夫か」と心配した葉書が来たが、はたして読者には受けに受けた。流行作家・小島政二郎はこれで誕生した。前述のように、この年に永井龍男は結婚し、新潮社の大衆誌「日の出」の編集者和田芳恵が、麻布区笄町（現港区南青山）の小島邸に足繁く通うようになったのも、この頃である。ちなみに、和田は政二郎のことなら裏も表も熟知しているはずだが、師への礼儀か、美川への配慮か、当時四谷区左門町（およびその後一度転居して麴町区六番町）にあった政二郎ときよの家については、言及していない。

ムーブメントのための新造語

こうして読者の喝采を浴びて時代の寵児になった政二郎だが、世間の思惑はともかく、本人はまだ自分は純文学グループに所属する作家であると、固く信じていた。現に、『海燕』や『花咲く樹』は芸術小説のつもりで書いたと何度も語っている。ここでその正否を吟味しても仕方ないが、少なくとも「堕落」した──大正末に大宅壮一が『文壇ギルドの解体期』で指摘したような「だらけた作品」ではないことは、事実だ。

また、第一章でも紹介したように、『永井荷風論』や『徳田秋聲の文章』をこの時期（共に昭和九年四月）に書いているし、翌十年には芥川・直木両賞の銓衡委員を兼任し、さらに同年一月号の「改造」に『眼中の人（その一）』の冒頭部分を発表している。まだ、歴とした文壇内の人である。

この頃までに政二郎が執筆した主な大衆・娯楽雑誌を挙げれば、「講談雑誌」「講談倶楽部」「富士」「雄弁」「現代」「キング」「日の出」、そして永井のいた「オール讀物」などで、その掲載作品はほとんどが時代小説である。奇妙な言い方だが、時代ものだけを書いているぶんには、さして堕落したという意識はもち得なかったのではないか。文壇もそういう見方はしなかったのではないか。

ここで「大衆文学」の何たるかを論ずる資格など私にはないが、小島政二郎を語るには避けて通れぬ問題なので、私の理解の仕方だけを簡単に書いておく。後で、永井龍男の見解も加えて再度考えるつもりなので、基本的なことだけに留めておく。

今日の時代・歴史小説の発展の基となったのが、講談社が明治末に始めた「速記講談」の雑誌化──「講談倶楽部」の創刊であることは常識であろう。講釈師の口演の活字掲載である。それが、委細あって、講釈師団体および速記者との間で揉め事が生じ、雑誌側はその掲載権を失った。ならば、実際の口演ではない、講談的創作読物を載せようと、新聞記者などジャーナリストたちを作者として養成して模様替えを行なった。この「書き講談」が時代もの、いわゆる髷物小説の始まりである。つまり、近代文学・文壇の流れとは別個の存在であった。

やがて大正後期になると、読者の増加と作家の鍛錬で成熟を遂げたこの分野から、続々と傑作が生まれてくる。代表的作者を挙げれば、白井喬二、長谷川伸、矢田挿雲、直木三十五、吉川英治、大佛次郎といった面々だ。白井は同志たちと二十一日会という親睦団体を結成、大正十五（一九二六）年一月には雑誌「大衆文藝」を発刊して、自分たちの社会的地位の確立、このジャンルの高揚発展を目指した。

「mass」の訳語としての「大衆」という語は、関東大震災後この国に急速に広まった新流行語で、元は多数の僧を意味する仏教語で「大衆（だいしゅ）」と言い、いわゆる一般民衆を指す言葉ではなかった。それが文藝と結びついた大衆文藝という表現は、すでに十三年春の「講談雑誌」（博文館）の広告キャッチに見出せると言われたが（笹本寅や木村毅（き）が広めた説）、これも証拠がないようでその発生起源は諸説紛々。とにかく十三年の頃には民衆文藝、大衆文藝、大衆文学という表現が混在使用されていた様子であるから、結局は雑誌「大衆文藝」を契機に世間にはっきり認識された、と言っていいだろう。この言葉に、中里介山は語源にこだわって文句をつけ、三田村鳶魚も「無学な人」の命名だと貶したが、いずれにせよ、白井らが起こしたムーブメントのための新造語に近いものであり、だから大衆文藝（小説）とは、本来、時代小説を指すのだ。（「大衆文藝」の同人には江戸川乱歩、小酒井不木といった探偵作家もいたので、「探偵小説」も含めるという考え方もあるが、主流はあくまで時代ものである）

とはいっても、この「大衆」という語の威力は凄まじく、その後「民衆」などに取って代わって社会に浸透したのは周知の通りで、文学に於いては、まもなく純文学以外のすべての娯楽ジャンルを包括して「大衆文学」と呼ぶに至った。錯誤であるが仕方ない。

大衆文学は文壇外の問題

話を戻せば、昭和初期に小島政二郎が多くの娯楽雑誌に書いた時代小説は、作品の出来ばえはともかく、右にしたがえば正しく大衆文藝である。もはや、読者の数では文壇文学（芸術小説）をはるかに凌いでいた一大勢力に属するものである。

これについて、大学時代、私もその教えを受けた国文学者前田愛（一九三一〜八七）は、こんなふうに書いている。

しかし、大衆文学が広範な読者を獲得したことはまぎれもない事実であったにせよ、それは文壇外の問題であって、文壇内の問題ではなかった。綜合雑誌や文芸雑誌には短編の心境小説を発表し、新聞や婦人雑誌には通俗長編を執筆する——これが文壇棲息者に一般的な生活方式であって、かれらが髷物の大衆小説にまで手をのばすことはきわめて稀なケエスであった。（『近代読者の成立』）

ということとは、政二郎は文壇作家としてはレアな存在に分類されるわけである。文壇外の問題というのは、要は大衆文学を芸術性の低い一段下の存在と見なすというより、全くの別種、別派と考えていたということだろう。いい比喩ではないが、クラシック音楽家が、演歌や民謡の世界を眺めているようなものかもしれない。無論、芸術性云々の意識はあるにせよ、それより、あれは別物であり、やれと言われても全然異なった技術を習得しなければ、おいそれと出来るものではない、といった認識であろう。

そんな異種競技に、政二郎が出場できたのはなぜか。おそらく、幼い頃から落語、講談、芝居などの芸に接し、古典をはじめ多くの物語を読み込んできたがための潜在能力、器用さがあったためだと私は思う。そして、大衆小説――時代ものを書いている限りは、尊敬はされないまでも、堕落したとわが身を苛むこともなかっただろう。問題は、文壇棲息者が生活のために新聞や婦人雑誌に執筆していたと前田が言う「通俗長編（小説）」である。これぞ文壇内の問題らしいからだ。

小林秀雄『私小説論』でも錯綜

「通俗小説」とは、現代に材を取った小説である。主人公は悲劇的境遇の女性で、読者も大半は女性である。たいていは長編で、新聞や婦人雑誌に連載された。これに近い系統の小説を、以前は家庭小説と呼んだ。明治三十年代に人気を博した『不如帰』（徳冨蘆花）、『己が罪』（菊池幽芳）や、大正初めの『生さぬ仲』（柳川春葉）などがそれにあたる。大正になって通俗小説という呼び名が定着し、文壇作家が生活の資を稼ぐ手立てにもなったが、中間階層の拡大、女子教育の浸透に伴って読者は増え続けた。

なかでも、菊池寛の『真珠夫人』（「大阪毎日」「東京日日」大正九〈一九二〇〉年）は、画期的だった。最先端の社会風俗を背景に、それまでの封建家庭で耐え忍ぶタイプとは全く違うダイナミックな女主人公を造形し、大喝采を浴びた。菊池の友久米正雄も、その頃すでに通俗小説界の雄であった。自らの失恋体験を題材にした『破船』（「主婦之友」大正十一年）の読者は、実話を読む心地でこれを愉しみ、悲劇の男性主人公に深く同情した。これも通俗文学に於いては新機軸であった。

以上が大正期までの通俗小説の概略だが、大衆小説とは題材も発生も異なるものであることは、理解できるだろう。現代小説ゆえに、同じ現代の人間生活を描くことを主眼とした文壇作家にもこなせるジャンルだった、という言い方も出来るかもしれない。いずれにせよ、作者が共通している点で「文壇内」の問題ということなのだ。

一方、独自の経路で勃興、成熟してきた大衆文学は、この既成文壇に挑戦状を叩きつけ、その牙城を崩さないまでも、対等な、新たな文壇を築かんとする勢力と言ってもいいだろう。彼らから見れば、芸術小説も通俗小説も、同じ人間が客層に応じて演じ分けている役柄であり、通俗のほうは、金のために婦女子に迎合し、調子を落として書いた文字通り程度の低い読物と映った。いくら同じように沢山の読者がいるといっても、われわれは通俗小説と一緒に括られ、同列に論じられたくはない——そんな矜持を大衆小説作家は抱いていたはずである。

少し先走るが、昭和十(一九三五)年、小林秀雄は『私小説論』で「通俗作家たちには、髷ものという表現形式が絶対必要」「通俗小説の時代物髷ものが依然として大きな人気」などと書いている。つまり「通俗小説」というカテゴリーの中に「時代もの」が含まれるという発想だ。小林にしてこの錯綜ぶりだから、もうこの時点で、通俗小説も、時代(大衆)小説も、文壇人すら峻別することはなくなったということか。後でふれるが、その両方を書いていた小島政二郎にしても、混乱したまま微妙に使い分けている。

話を戻せば、では、その通俗小説の読者だが、当時どれくらいいたのか。

前田愛の研究(前掲書)によると、「大正十四年度における婦人雑誌新年号の総発行部数は百二十万部であったともいう」「大正の末年には婦人雑誌の大手五、六誌(「主婦之友」「婦女界」「婦人世界」「婦人公論」「婦人倶楽部」)がすくなくとも十万の桁の発行部数を擁していたことが推測される」

その後、昭和になっていっそう部数は伸びた。なかでも群を抜いたのは「主婦之友」と「婦人倶楽部」の二誌で、別冊付録合戦などで鎬を削り、昭和九年頃には両誌ともに百万部を超えたという。十年代に入ると部数競争はますます過熱し、同十六年にはついに両誌の間で自粛協定が結ばれるに至った。トップの座を守り抜いた「主婦之友」は、さらに日米開戦後の出版統制下で部数を伸ばし、最大発行部数は百六十三万八千八百部（十八年七月号）に達した。また、婦人雑誌ではないが、「婦人倶楽部」と同じ講談社の家庭娯楽誌「キング」（大正十三年創刊）は、昭和初年で百万部、三年には百五十万部に達したと記録にある。この間、円本ブームあり、ラジオ、映画の発展ありと、大不況を潜り抜けながらマスメディアは大衆とともに急成長を続けた。

菊池寛の活躍は桁違い

小説の原稿料も急騰した。これも前田愛の調査や他の資料を総合して、その変動ぶりを瞥見しておきたい。ちなみに、原稿料計算の基準となる四百字詰（二十字×二十行）の原稿用紙が定着したのは、大正前半のことだそうだ。以下の金額は、その一枚相当の値段だが、周知の通り同じ雑誌でも大家や人気作家と新人では格差がある。証言や記録からその媒体のおよその標準額を推定したが、執筆者が分かるものは作家名を付した。

「新潮」大正前半＝七十銭、十一年＝一円五十銭（今東光）、十二年＝二円五十銭（藤沢清造）、十四年＝七円（菊池寛）。

「新小説」大正前半＝五十銭（江口渙）、八十五銭（長田幹彦）、一円（田山花袋）、一円五十銭（島崎藤村）。

「改造」大正前半＝一〜二円、九年＝四〜五円、大正末＝七〜八円。

「中央公論」大正前半＝一〜一円五十銭、十一年＝五円、十四年＝八円（菊池寛）、昭和四年＝六〜十円、昭和十年代＝十五円（島崎藤村、徳富蘇峰）、十二円（志賀直哉）、十円（菊池寛、里見弴ほか）。

「キング」「講談倶楽部」昭和二〜三年＝七〜八円（吉川英治）、五〜六年＝十五円（牧逸馬）、五十円（一編約二十枚千円・菊池寛）。

「婦女界」大正八年＝二円、十二年＝三十五円（菊池寛）。

「主婦之友」大正七年＝一〜二円（佐々木邦）、十一年＝十四円弱（長編約七百二十枚＝一万円・久米正雄）、昭和七〜十年＝十五〜二十五円（牧逸馬、小島政二郎）。

この他、「新聞連載」は明治末〜大正初め頃は一回（三枚半）三〜四円が標準だったが、昭和になると十倍ぐらいまで上がり、菊池寛は一回百円貰ったという。

以上が概観だが、大正半ば過ぎからのこの原稿料の急増が、多くの作家が筆一本で暮らしてゆける状況を作り出したというわけだ。それにしても、菊池寛の活躍は桁違いである。

昭和の初めに比して、平成の現在は、物価にして約二千倍、収入で四、五千倍といわれるが、仮に三千倍で換算すれば、当時の一円は三千円。菊池寛が婦人・娯楽誌で得た原稿料は一枚九万から十五万円であり、短編一編で三百万円を手にしたことになる。

そして、これだけ払っても人気作家の連載小説が獲れれば惜しくない、読者は喜び、充分にペイすると判断した婦人雑誌の雄——「主婦之友」が、小島政二郎に目をつけたのである。

あまりの荒唐無稽さに肚が立つ

ちょうど政二郎が「朝日新聞」に『海燕』、『花咲く樹』を書いていた昭和七〜九年、百万雑誌「主婦之友」でも、その部数を十万部押し上げたとされる大人気小説が連載されていた。当時、三つの筆名を使い分けて多彩な娯楽小説を書きまくっていた牧逸馬（林不忘、谷譲次）の『地上の星座』だった。連載小説が雑誌の部数を左右するとは、今では信じられないが、昭和の中頃までは確実にあったことだ。そして、牧逸馬の連載が終わると、事実十万部売れ行きが落ちたという。実際は『地上の星座』終了後も、牧はすぐに次作『虹の故郷』をスタートさせているが（昭和十年、牧の急死で中絶）、やはり前作にはおよばなかったのか。いずれにせよ、なんとか元の部数に戻すべく、新たな連載を模索した「主婦之友」編集部が白羽の矢を立てたのが、小島政二郎だった。

「大衆小説」はいくつも書いていたが、純然たる女性相手の婦人雑誌にはほとんど縁のなかった政二郎は逡巡した。では、ご参考にと編集長の本郷保雄から渡された『地上の星座』を読んだ彼は、あまりの荒唐無稽さに肚が立った。「こんなバカバカしいものが書けるか」ときっぱり断わったが、本郷は退かず、懸命に口説き続けた。再三のやりとりの末、ついに政二郎は根負けした。

しかし、私はどうしてこう欲深（よくぶか）なのだろう。（中略）月々それだけ収入があれば、その上欲を乾（かわ）かさなくともいいだろうに、ちょいと匂（にお）わされた原稿料のよさに、私はコロリと誘惑された。「朝日」よりもいいのだ。菊池が「婦女界」から取っている原稿料に匹敵する額だった。恐らく当時としては最高の原稿料だったろう。（『眼中の人（その二）』）

そうはいっても、元々ストーリーテリングの才のない政二郎は、第一回の締切りが近づいても、何の構想も浮かばなかった。通俗界の先達・菊池寛の教えに従い、西洋の通俗小説を読み漁ったが、参考になるものは見つからなかった。いよいよ切羽詰った時、かつて一度政二郎の代作をしたことのある雑誌記者――『眼中の人（その二）』では石母田、『佐々木茂索』では志摩という名前で出てくるが実名ではなさそうだ。別の回想では講談社の中村という記者だったとも言っている――が「筋立てぐらいなら、お役に立ちますよ」と手伝いを申し出た。政二郎は、石母田の作り上げた顔も赤らむような筋の原案を、泣く泣く自分の文章にリライトして「主婦之友」の本郷に差し出した。「私は恥ずかしくって相手の顔が見られなかった」（同）。こうして空前のヒット作『人妻椿』が誕生した。

昭和十（一九三五）年三月号から始まった連載は、十二年四月号まで続くが、瞬く間に「主婦之友」は十万部盛り返したという。十一年十月には前編、後編に分けて松竹で映画化（主演・川崎弘子）されて、これもヒット。いよいよ小島政二郎の名は、全国津々浦々に知れ渡った。（戦後も二度松竹で映画化され、テレビの連続ドラマにも二回なった）。

ここで、その顔も赤らむようなストーリーを紹介しておくと、「主人公は二人の子を持つ人妻・矢野嘉子。会社員である彼女の夫・昭は、大恩のある社長が犯した殺人の罪を被って国外へ逃亡する。やがて庇護していてくれたその社長が急死すると、嘉子の運命は変転し、バーのマダムや芸者となって健気に子を守り育てるが、世の荒波に揉まれついに発狂。母子の暮らしも奈落へ、というところへ昭が帰国、曲折あってその身の潔白が証明されると、嘉子の病も全快。家族四人は元に戻って、めでたし、めでたし……」というものだ。

いやしくも小島研究家を名乗るなら、この『人妻椿』がなにゆえ世の婦女子の紅涙を絞り、超人気作となったのか、その作品内容を分析し、社会背景との関連などを探るのが本来果たすべき仕事かもしれない。いずれもし機会があったらやってみてもいいが、右のあらすじを書いてみて、その気持ちはほとんど萎えた。別に当時の女性読者を馬鹿にしているわけではない。ただ、大通俗小説というのは、そんな正面切っての研究などあっけらかんと笑殺一蹴する、強烈な空疎さをもっていることが右からも分かるのではないか。「あんなものは読まなくていいよ」と作者は生前私に言った。やっぱり恥ずかしかったのだろう。

一発の空気銃の弾丸で、両方の眼球が失明

小島政二郎の快進撃はまだまだ続く。気をよくした「主婦之友」は、『人妻椿』完結後も続投を要請。政二郎は引き続き石母田の提供する材料で次作『人肌観音』(十二年五月号～十三年七月号)を、さらにそれが終わると次々作をと、一ト月の休みもなくまる五年間「主婦之友」に書き継いだ。

その第三作目は、題して『新妻鏡』(昭和十三年七月号～十五年二月号)。ここではもう「あらすじ」を紹介することはしないが、今度のヒロインは物語の冒頭で、隣家の少年が誤って放った空気銃の弾によって失明する。この「盲目」が引き起こす波乱と男女の錯綜が読者を引っぱってゆくのだが、はたして前作、前々作を凌ぐ超人気作となった。

前述した雑誌の史上最高発行部数――百六十三万八千八百を記録するのはまだ数年先だが、ライバル「婦人倶楽部」との熱戦が頂点に達したのはこの頃だ。連載終了直後の同十五年五月、『人妻椿』同様に前編、後編の二本に分けて東宝で映画化(主演・山田五十鈴)され、古賀政男作曲の主題歌(『新妻鏡』、『目ン無い千鳥』)もコロムビアレコードから発売されて巷の流行歌となった。(戦後、新東宝が再び映画化し、その後テレビドラマ化が計三回)

当時女学校の生徒だった橋田壽賀子（脚本家　一九二五〜）は、授業中、夢中になって小島の小説を読んでいるところを教師に見つかり、それを知らされた母親は怒って彼女の小説本や雑誌を全部捨てた、と書いている。（『旅といっしょに生きてきた』）

こうして、『人妻椿』や『新妻鏡』は、雑誌「主婦之友」九十余年の歴史（一九一七〜二〇〇八）の中でも特筆すべき小説として、その名を残すことになった。同時に、作者小島政二郎にとっても、その存在はあまりにも大きく、重いものとなった。極論すれば、この二作によって、小説に縁の無い「大衆」にも遍くその名を知られ、旧知の文壇からは「通俗小説に転じた」との烙印を押されたのだ。

山本周五郎（一九〇三〜六七）は、「文学に純も大衆もない。いい小説と悪い小説があるだけだ」という考えの持ち主だったが、『大衆文学芸術論？』（「朝日新聞」昭和二十五年）という短文で、評判の大衆文学？（このように必ず「？」が付く）の、いい悪い以前のバカバカしさを列挙している。例えば〈自分の恋人と勘違いして別個の女性と二度もセップンする〉小説、〈剣豪の主人公がドンブリのうどんにたかったはえをハシでチョイチョイと摘んで捨てる〉小説などで、そこに「また別の大衆文学？では一発の空気銃の弾丸で、イチドキに両方の眼球が失明してしまうし」とある。『新妻鏡』に呆れているのである。こんな出鱈目を書く作家を私は認めるわけにはいかない――この小島評を、私の父は山本の口から直かに聞いてもいる。

それに引き換え、昭和三十（一九五五）年に山本が『ほたる放生（ほうじょう）』を発表した時、政二郎はこれを周五郎畢生の傑作と「東京新聞」で激賞し、さらに『眼中の人（その二）』の中でも「立派な芸術小説である」と褒め上げているのだから、何とも言いようがない。気の毒でさえある。

余計なことだが、『新妻鏡』連載時の政二郎の住居は、大森区新井宿（現大田区山王二丁目）にあり、近くの馬込町に山本周五郎や、その呑み友達の作家今井達夫（慶應での政二郎の教え子）がいた。十三年の暮れ、山本、今井、平松幹夫（同じく教え子）の三人が呑んでいた時、山本が「小島の所へ連れて行け」と言い出し、三人は酔った勢いで小島邸に押しかけたが、玄関でステッキを振り上げた政二郎に手ひどく追い返されたという。ちょうど美川きよに去られた直後で、政二郎は気が立っていたように今井には思えた。酒など介在させなければ、政二郎と山本には別種の交遊がひらけた可能性もある。

同じ作者の同じ机で書かれたものとも思われない

話を、時代の寵児になった政二郎に戻そう。当然だが、流行作家への原稿の注文は、今も昔も引きも切らない。すっかり小説界が退潮した現在であっても、売れると分かれば、メディアは喰らいついてきて、離れない。よほどの偏屈でない限り、書き手だって、持てはやされて嬉しくないはずがない。この勢いを殺いではならじと、懸命に依頼に応えようとする。

昭和六（一九三一）年から十五年までの足掛け十年間に、政二郎が新聞、雑誌に執筆した長編は、私が確認できたものだけで三十二、三作あるが、そのうち映画化されたものが十九作（前後編ものが三作あるので映画としては計二十二本）、舞台化もされたものが三作。そのほかに短編が原作の映画が二本、原作（の初出）が不明な映画が二本ある。映画の発展期であるから、他の人気作家の作品も軒並み映像化されたであろうが、有卦に入るというのはまさにこのことだろう。

無論、同時に数多の短編小説や、エッセイ、評論もこなし、芥川・直木賞の銓衡を年に二度、合間に文藝講演で国内各地、朝鮮、満州を行脚し、同十三年九〜十月には内閣情報部の要請でいわゆる

「ペン部隊」の一員として海軍の漢口攻略戦に従軍、さらに美川きよとの恋愛・同棲から破局まで……年齢的には三十代半ばから四十代半ば、気力も体力も漲った文字通りの充実した十年間と言いたいところだが、この間に「日の出」に長・短編を何作か書いてもらった和田芳恵は、こんな感慨を洩らしている。

当時、私は新潮社の編集部に勤め、先生は芥川賞、直木賞の選者を兼ね、「花咲く樹」「人妻椿」を書いて人気の頂上にあった。

私は編集者としては別な役割をはたしたが、こういう人気に支えられた先生を、ちっとも羨ましいとは思わなかった。そして、それは今も変らない。

私が敬慕してやまないのは、「わが古典鑑賞」「場末風流」「一枚看板」などを書かれた先生であり、そういう高さを見せる場合の先生の姿勢である。

これらに代表される業績が、同じ作者の同じ机で書かれたものとも思われない。

先生が努力して、好んで子女の紅涙をしぼり、そのため最大の人気を得たが身に降りつもる俗塵に埋没されてしまった感がある。（『場末風流』昭和三十五年青蛙房刊「あとがき」）

『花咲く樹』を『人妻椿』と同列に語ってよいものか、「別な役割」とはどういう意味か——など私にはいささかの疑問はあるが、大事なのは「ちっとも羨ましいとは思わなかった」「同じ作者の同じ机で書かれたものとも思われない」という一節である。

自分でもさんざん通俗ものを書かせながら随分勝手なことを言うもんだ、と思うかもしれないが、これが正直な実感であり、芯から政二郎を尊敬している和田ならではの直言であろう。しかし、和田は「そういう高さを見せる場合の先生の姿勢」を知っているからまだいい。「低さ」しか知らない大多数にしてみれば、小島政二郎はただの「俗塵に埋没」した人――通俗作家である。その和田にしても、小島邸に出入りする以前に、どれほどその「高さ」を知っていたかは分からない。担当するにあたって過去の小島作品を必死に読み、また当の先生と樋口一葉、徳田秋聲を語り合い、その文学観や学識を知るにおよんで、敬慕の念を深めていったのである。

煙たい小姑のような存在

一方、同じ編集者であっても、永井龍男は和田とは違う角度から政二郎を見ていたはずだが、そのあたりを語ったものは見当たらない。

文藝春秋社とはその設立当初から縁の深かった政二郎であるから、永井にしてみれば作家と編集者というより、社歴の古い先輩と後輩のようなもので、大いに煙たい小姑のような存在だったかもしれない。同じく菊池寛に恩顧を受けた者同士とはいっても、やはり当時は格が違う。また、兄事敬愛する久米や久保田と違って一滴も呑まないうえ無道楽の政二郎だから、同じ東京人ではあっても垣根はあったろう。共通の趣味は俳句と落語ぐらいだが、俳句なら久米、久保田がいるし、落語では明治の名人上手を聞いて育った政二郎が優越感をもって接しただろうから、永井が面白かろうはずがない。

こんな根拠のない推測ばかりならべて何になるのかと思うだろうが、永井が入社した昭和二（一九二七）年――まだ芥川が生きていた頃には新進作家に毛が生えた程度だった政二郎が、みるみる名を上げ、一気に通俗の大家になる様を、永井が近場からどう眺めていたかを探りたいのだ。政二郎に限らず、激動の時期であった。社業は発展し、菊池は文人の枠を超えて巨大な存在になった。友人の小林秀雄も頭角を現わし批評界の頂点へ駆け上る。世話になった横光も川端も、代表作を書いて文壇の輝星となった。こんな周囲を見るにつけ、やはり永井は、和田同様に、政二郎に羨ましさなど微塵も感じなかったろう。堕ちた、あるいは横道に逸れたと思ったのではないか。

昭和六、七年——永井が「オール讀物」編集長の頃には、政二郎は同誌にも連載をしているが、前述のように美川きよとの恋愛が佳境で、同棲していた二人はどこへでも連れ立って歩き、文壇関係の会合にも一緒に顔を出した。有頂天だったのだろう。一緒に食事中のところを毎日新聞の記者に目撃され、醜聞になりかけたことは『眼中の人（その二）』にも出てくる。政二郎は愛の巣で『海燕』を書く傍ら、美川に小説の指導もした。『海燕』の世界を裏側——愛人側から描いた美川の小説『恐しき幸福』が、「文藝春秋」同八年一月号に掲載され、話題になった。当然、永井も読んだだろう。

昭和九年、政二郎『花咲く樹』執筆の年に、永井は結婚し、鎌倉へと転居した。三十歳だった。翌十年から芥川・直木賞がスタートし、永井が裏方として事務一切を受け持ったが、その時代の永井の回想にも、銓衡内容を除けば、政二郎はほとんど登場しない。宇野浩二などには、せっかく届けた候補作が載っている同人誌を失くされて往生したようだが、銓衡委員としての政二郎に手こずったようなことはなかったらしい。十二年に始まった「文壇句会」にも二人は何度も同席しているが、どちらも互いのことは言及していない。

考えてみれば、永井が文筆生活に入ったのは戦後であるから、リアルタイムでこの時期を綴ったものはなくて当たり前だ。仮にこの時代からよくない感情を抱いていたとしても、後年あえて不愉快な回想をする必要もない。目立った諍(いさか)いでもあれば、第三者が語り伝えることもあろうが、要するにそれほどの接点も、交流もなかったということなのだろう。

ただ、老年期に入って昔から知っている人間を突如忌み嫌うというのも珍しいから、きっとどこかに伏線があるのではと探してみたが、ここまでは徒労に近かったようだ。

昭和初期における代表的流行作家の原稿料と収入

『新妻鏡』が完結した翌年の昭和十六(一九四一)年、言うまでもなく日米開戦に向けて時局は軍事一色に染められていくが、小島政二郎の生活もここで暗転する。正確に言えば、舞台の照明は落ちたままドラマはすすむのだが、そこへ行く前に、少しだけ後戻りして紹介しておきたいものがある。戦争前の絶頂期、政二郎はどれくらい筆一本で稼いでいたのか、という資料である。

私の手元に、本人から譲り受けた三冊の大学ノート(A5判)がある。内訳は、

①原稿執筆記録　昭和九年~十三年
②同　昭和二十年~二十三年　および〈芭蕉に関するノート〉
③検印帳　昭和二十一年~

①と②は本人自筆、③は表紙に「小島みつ子」と書かれ、あきらかに筆跡が違うから夫人によるものだろう。これを貰ったのは昭和五十三年八月、旺文社文庫『円朝』(上・下)が出版されたすぐあとだ。いきさつは忘れたが、私が小島年譜(今見るとお粗末なものだが)を作ったので、一応小島研究

家の端くれと認めてくれたのだろう。もし、何かの機会があれば役立ててくれ、という意味だったと思うが、とにかく私はありがたく戴いた。そして愚かにも、三十年以上放ったらかしにしていたわけである。

①、②には、執筆順に「作品名」「媒体名」「原稿料」「枚数」「原稿渡し日」「原稿料受取日」が記され、「感想」が付いているのもある。年末には「総収入額」「所得税査定額（当時の税法上の第三種所得額——課税対象所得）」「税額」がしっかり計算してある。「得たものは貯金せずにみんな使ってしまった」と言っていた政二郎だが、それは事実でも、基本的には几帳面で、家計を妻に任せてはいなかった様子が窺える。③は単行本等書籍の検印を押した冊数で、これで初版、重版の部数が分かる。戦後のいわゆるリバイバルブームで、戦争前に出た本が軒並み再版、再刊行された頃の記録だ。

これから推測するに、きっと他の年のノートもあっただろうが、この三冊を私にくれたのは、自分が最も書いて稼いだ時期の内実を見せてくれようとしたのだと解釈したい。前置きはこれくらいにして、ここで①を開いて中身を検べてみるが、小島政二郎に一片の関心ももたない者にとっても、これは興味深いものではなかろうか。昭和初期における代表的流行作家の原稿料、収入の実態を知ることが出来る、貴重な一次資料ではあるはずだ。

五年間の収入記録公開

［昭和九（一九三四）年分］（ノート原文は横書き、算用数字使用）

三月から始まった『花咲く樹』（「（東京・大阪）朝日新聞」）だが、三月二十八日に二十回分、四月六日に十回分として、それぞれ八百円、四百円を受け取っている。つまり一回四十円である。『眼中の人（その二）』では、「朝日」は一回五十円だったと書いているが記憶違いだったことが分かる。『花咲く樹』は全部で百五十回なので総原稿料は六千円だ。他に『花咲く樹』関連として、映画化原作料が千五百円。映画主題歌のうち『なみこの唄』作詞料として五十円。大阪南座上演原作料二百円。

同じく新聞連載の『七寶の柱』（新聞五社連盟。五月〜十月、百三十五回）が一回四十円。映画化原作料が千五百円。

同じく『戀愛人名簿』（読売新聞。十月〜翌年三月、百五十回）は一回三十円。

以下、詳細は略すが、この年に執筆したものを数えると、新聞連載三本、月刊誌連載小説一本、単発短編小説八本、エッセイ・評論・雑文類が計十八本。他に座談会出席一回、短い講演一回。それに『海燕』の新潮文庫化の印税が記入されている。

ここで分かった各媒体の原稿料（四百字一枚）は次の通り。


「（東京）朝日新聞」＝四円（エッセイ）。「読売新聞」＝三円（同）。

「週刊朝日」＝七円。「サンデー毎日」＝七円。

「中央公論」＝六円。「婦人公論」＝五円。「婦女界」＝三円（エッセイ）。

「日の出」＝六円（六、十二月号短編）、十円（翌年新年号からの連載）。

「幼年倶楽部」＝八円。「コンテンポラリー・ジャパン」（英文誌）＝五円。

「モダン日本」＝一円六十銭（五枚で八円。「馬鹿にしてやがる」とメモ）。

「沙翁復興」＝六円。「三田文学」（『直木三十五』二分載）＝タダ。「衆文」＝タダ。

「日本現代文章講座（厚生閣）」（『徳田秋聲の文章』）＝一円五十銭。

「普及版・芥川龍之介全集内容見本推薦文」＝十円。「新潮」座談会出席＝七円。
「文藝懇話会講演謝礼（五分間）」＝十円。
『改造社日本文学講座』（『永井荷風論』）＝約八十五銭（総額二十五円六十七銭）。

最後の『永井荷風論』は、第一章で紹介した荷風の逆鱗に触れた論文だが、この原稿料にはさすがに腹が立ったようで、次のような感想を加えている。

「三十枚書いて二十五円とは。一円八十銭の本の一割の印税（三千部）五百四十円の由。〈このうちより御貴殿に対しお支払すべき額、即ち総頁六百三十一枚のうち三十枚分印税二十五円六十七銭〉と来た。こんな原稿料は生まれて始めて也。そんならさうと、頼みに来た時ハッキリ云ふべきではないか。改造社と云ふところはヒドイところだ。『心の青空』『新選小島政二郎集』の食言と云ひ」

これはアンソロジーなどに適用する印税算出式だが、再録ならともかく、書き下ろしだから一枚一円にも満たない額に愕然としたわけだ。最後の「食言」はよく分からないが、この二冊とも改造社から出た形跡はないので、トラブルがあったのだろう。

●昭和九年総収入＝一万八千九百八十二円十七銭。
●所得税査定額＝八千二百円。
●所得税（本税＋臨時付加税）百三十八円五十四銭×四期＝計五百五十四円十六銭

［昭和十年分］
この年の目玉は、何といっても『人妻椿』（「主婦之友」）で、一回三十三〜四枚で六百円、一枚十八

円前後になる。菊池寛にはまだまだ及ばないが、政二郎にとってはそれまでで最高の原稿料である。「改造」二月号に発表した『眼中の人』は、後の長編『眼中の人（その一）』の最初の部分だが、二十八枚で百四十円。もっと書きたかったらしく、メモに「途中にて〆切となる、残念」とある。「一枚五円とは」というボヤキも付記。たしかに「改造」の五円は、大正末の標準額より安い。

概略は、新聞連載二本、週・月刊誌雑誌連載三本、短編小説九本、エッセイ・評論・雑文類が計二十一本（連載は前年から継続のものも含む。以下同）。

ここで分かった新たな媒体の原稿料は次の通り。


「オール讀物」＝七円。「富士」＝六円。「ホームライフ」＝三円。

「文藝」＝一円五十銭。「文学」（岩波）＝一円八十銭。


この頃、文藝春秋主催の愛読者大会&講演会で他の作家たちと頻々と全国各地を巡っているが、これは文春への協力で講演謝礼は貰わなかったと私は本人から聞いた。無論、アゴアシ——いい列車に、いい宿は文春持ちで、九年暮れから十年にかけての講演会では「一万五千円位かかった」と菊池寛は書いている（『話の屑籠』）。

同様に、この年スタートした芥川・直木賞でも、銓衡料などなかったそうだ。菊池と縁のある作家たちの、文春と小説界の興隆のための奉仕であり、それゆえ真剣な討論の場であったと私は聞いた。

現在では、この両賞に限らず文学賞の銓衡というものは、著名作家にとっては立派な営業品目——収入源になっており、いい作品に出会わず苦労した場合には、「選考料はある意味、この苦痛に対して支払われるものだと私は考えている」（髙樹のぶ子「第一三八回芥川賞選評」平成二十年）と堂々と書く人までいるくらいだから、賞の趣旨も作家の姿勢も変わってしまった。『日本文学振興会　小史』や永井龍男の回想を読んでも、銓衡料については分からない。読者の多くは、銓衡委員になることは作家の名誉であるから厚意で務めていると信じているかもしれない。ぜひ内情を知る関係者に、銓衡料の発生、変遷、現状を書き留めておいていただきたい（高橋一清『編集者魂』〈青志社、二〇〇八年〉には、両賞一回で委員の銓衡料に一千万円必要とだけ書かれている）。

●昭和十年総収入＝二万九千四百五十一円七十銭。
●所得税査定額＝一万七千円。
●所得税（本税＋臨時付加税）四百四十七円八十七銭×四期＝計千七百九十一円四十八銭。

［昭和十一年分］
新聞連載二本、週・月刊誌雑誌連載四本、短編小説五本、エッセイ・評論・雑文類が計十二本。ここで分かった新たな媒体の原稿料は、

「報知新聞」＝連載一回三十五円。「文藝春秋」＝四円。
「キング」＝十円。「週刊朝日」＝八円（一円値上げ）。「富士」＝八円（二円値上げ）。

特筆すべきは、十一月に受け取った『人妻椿』（「主婦之友」翌十二年一月号）の原稿料が、六百円から九百円に上がったこと。メモには「三百円は主婦之友専属の月給。向ふ三年間」とある。また、

『人妻椿』の次の第二作『人肌観音』（十二年五月号から）をすでに並行して書き始め、年内に三回分の原稿料（計二千七百円）が支払われている。「主婦之友」の椀飯振舞いである。

●昭和十一年総収入＝三万二千四百五十八円五十銭。
●所得税査定額＝一万八千円。
●所得税（本税＋臨時付加税）六百七十五円七十七銭×四期＝計二千七百三円八銭。

［昭和十二年分］
新聞連載五本、週・月刊誌雑誌連載七本、短編小説四本、エッセイ・評論・雑文類が計五本と、連載が飛躍的に増加している。ここで分かった新たな媒体の原稿料は、

「都新聞」＝連載一回三十五円。「東京日日新聞」＝同一回五十円（『半處女』）。
「講談倶楽部」＝八円。「家の光」＝一回（十四〜二十枚）二百五十円。

●昭和十二年総収入＝四万四千三百八十四円八十銭。
●所得税査定額＝二万五千円。
●所得税（本税＋臨時付加税）千二百十二円二十五銭×四期＝計四千八百四十九円。

［昭和十三年分］
新聞連載一本、週・月刊誌雑誌連載十本、短編小説十二本、エッセイ・評論・雑文類が計二十四本。

新たな媒体は特にないが、次のような報酬が書かれている。

「主婦之友」懸賞小説銓衡料＝百円。同選評料＝三十円。同添削加筆料＝三百円。

また、「主婦之友」七月号から『新妻鏡』が始まったが、ここで原稿料がまた百円上がり、ついに一回（三十枚弱）千円となった。一枚三十四、五円の計算である。次のようなメモあり。「何も要求しないのに百円増してくれた。これにて菊池寛と同じ原稿料となる。我望み遂に叶へり。嬉しとも嬉し」

もう一つ、私には発見があった。右の千円を貰った一か月半後、「改造」八月号のための小説『菊池寛』を書き上げている。これもメモが付いている。「九十五枚。但し、昭和十年二月号に載せた「眼中の人」三十枚（注・当時のメモでは二十八枚）を加へての計算。今度書いたのは六十五枚」

いろいろな感慨がよぎる。和田芳恵は、『小島政二郎全集第十二巻』（鶴書房、昭和四十二年）の巻末解説でこう書いている。

この全集に収められた「眼中の人」は、第一部と第二部にわかれていた。

第一部の最初の部分は、昭和十年二月号の「改造」に発表された。私は、このときの題名を「菊池寛」と覚えていたが調べてみると「眼中の人」であった。なぜこんな記憶違いをしたのであろうか。「改造」で読んだとき、菊池寛の印象があまりにも強烈で鮮明であったからであろう。

これは和田芳恵の記憶違いというより、記憶の混乱だった。つまり、後に加筆されて長編となって刊行された『眼中の人』（三田文学出版部、昭和十七年）の最初の部分は、「改造」に二回にわたって掲載されたのだ。和田の印象に残ったのはおそらくこの二回目（十三年八月号）で、それはまさしく『菊池寛』という題であった。確かに一回目のほうは短くて、もちろん菊池寛は登場するが、それほど「活躍」しないまま終わっている。

私は長らく和田の言葉を信じていたので、一回目の原本のコピーは手に入れていた。その末尾に筆者政二郎は、「食中りを起こして体力続かず、涙を呑んで一時擱筆するが来月か再来月に書き継いで完成させるのでご勘弁を」と記している。これは前記の執筆記録メモ「途中にて〆切となる、残念」とも符合しているが、多忙さゆえここで途絶したものと勝手に解釈していた。豈図らんや執念の人小島政二郎は、これを夢寐にも忘れず、まる三年経ってしまったが確かに書き継いだのだ。それとも、一回千円の原稿料で菊池寛と肩を並べた瞬間に、三年前の宿題を想い出したのか——それはどちらでもいい。

今回いちおうこの『菊池寛』の原文に当たってみたが、末尾には（前篇終わり）とあった。つまり、今後も「改造」で書き継いで完成させるつもりだったことが分かる。他にも、たとえば『眼中の人』→『菊池寛』→『眼中の人』と、書き足すたびに題名を変えていった理由など、検討したい点は多々あるが、あまりに本稿の趣旨から外れてしまうのでここでは割愛しよう。一言だけ述べれば、よくぞこの「通俗小説」に身をとっぷりと浸しきった時期に、原点の「芸術小説」への意欲を失わずにいたと称えたい。そして、彼を「通俗」へと引っ張り込んだのも、「芸術」を忘れさせなかったのも、ともに菊池寛という存在であったことを、忘れるべきでないと思った。

●昭和十三年総収入＝四万六千七百五十八円。

図版3　収入表・昭和9〜13年

	新聞連載	週・月刊誌連載	短編小説	随筆・評論・雑	総収入	所得税査定額	所得税年額
昭和 9年	3	1	8	18	18,982円17銭	8,200円	554円16銭
昭和10年	2	3	9	21	29,451円70銭	17,000円	1,791円48銭
昭和11年	2	4	5	12	32,458円50銭	18,000円	2,703円 8銭
昭和12年	5	7	4	5	44,384円80銭	25,000円	4,849円
昭和13年	1	10	12	24	46,758円	31,200円	6,709円64銭

●所得税査定額＝三万千二百円。
●所得税（本税＋臨時付加税）千六百七十七円四十一銭×四期＝計六千七百九円六十四銭。

戦前の執筆ノートの記録はここまでだが、要点をまとめた上の表を見れば、この五年間の人気急上昇ぶり、持てはやされぶりが分かるだろう。すでに昭和九年の時点でも高収入ではあるが、その後五年で総収入が二・五倍、所得税査定額（課税所得）が四倍弱、所得税額は十二倍以上になっている。

大成功も妬みか軽侮の対象でしかない

現在との比較は容易ではないが、例によって三千倍と計算すれば、昭和十一（一九三六）年の収入は現在のおよそ一億円、十二、十三年が一億三、四千万円ぐらいだろうか。戦後の大ベストセラーメーカーたちには及ばないにせよ、当時の文士の中では間違いなく超A級である。

正確な年月日は定かではないが、昭和十二年前後に政二郎は旧軽井沢に別荘を購入した。川端康成が探してきてくれたその建物は、大正時代に宣教師が建てたという二階建ての洋館で、当時の持ち主は神戸で薬屋を営むイギリス人。敷地は二百五十坪ほどだったが、石造りの暖炉あり、大きなガラスのサンルームありと、モダンでエキゾチックな雰囲気をもっていた。家具、食器類付きで六千数百円だった。

結局その別荘は、後であらためてふれるが、戦後、妻みつ子に死なれて経済的に困った折に売りに出し、昭和四十年、作家の北杜夫が買ってくれた。当時まだ幼かった北の娘由香は、おとぎ話に出てくるような愛らしいこの家が大好きだったが、ある時、訪ねてきた北の母――斎藤茂吉未亡人輝子は、一目見るなり「おやまあ、すごいボロ小屋だこと!」と言い放ったという(斎藤由香『猛女と呼ばれた淑女』)。また、北と親しかった遠藤周作は「ドラキュラ屋敷」と呼び、北はこの家の湿気に耐えかねてまもなく手放したと語っている(『新・家の履歴書』「週刊文春」)。

話を戻そう。

小島政二郎の華々しい活躍――世俗的な大成功は、読者はいざ知らず、文壇とその周縁にとっては、妬みか軽侮の対象でしかなかったろう。政二郎自身もそれは承知だった。

「ペン部隊」の一員として他の作家と共に中国大陸に従軍させられたのは、前述のように十三年の九〜十月――『新妻鏡』で菊池の原稿料に追いつき、同時に「改造」に『菊池寛』を書いた直後だが、八十トンの小艦船で敵弾飛び交う揚子江を遡行するうち、彼の髪は恐怖で真っ白になった。見るに見かねた菊池寛が「小島をうしろへ移してやって下さい」と司令官に頼んでくれたおかげで、後方のより安全な船に移乗でき、ようやく人心地ついた。

一方、その菊池は「僕は書きたいことはみんな書いてしまったし、未練はないね」と少しの動揺も見せなかった。またしても、菊池寛の偉容である。政二郎は羨ましいと同時に、自分の怯えぶり、度胸のなさがほとほと情けなくなった。

私は肝ッ玉が小さくて、度胸なんか微塵もないことは自分でもよく知っている。しかし、首の座に坐らされて死にたくないと足掻いたのは、それだけではなかった。自分がまだ力を出し切った仕事をしていないからだった。（中略）「金的にいい思いをしながら、お前は自分は芸術小説家だと思い込んでいた。そういう誇りを持っていた。が、世間ではとっくの昔に、お前を芸術小説家の籍から抹殺してしまっていた。だから、どこからもお前に芸術小説を頼みに来なくなったじゃないか」（中略）私はこのまま生きて日本に帰れたら、二度と通俗小説は書くまいと決心した。

（『眼中の人（その二）』）

この決意をもって無事に帰国したが、勿論、そうは問屋が卸さなかった。

美川きよ、ついに去る

『眼中の人（その二）』の前半には戦前戦後の回想が綴られているが、あまりに小島流の自在な書き方で進んでゆくため、心理の流れはともかく、事実の叙述には随所に時間的錯誤がある。右の引用の直後に出てくる「通俗小説は二度と書くまいと決心しながらも、執筆禁止の身には、何ンにも書く機会はなかった」というくだりなど、その最たるものだ。

「執筆禁止」は後述のように事実だが、従軍した昭和十三（一九三八）年は何度も書いたように『新妻鏡』がスタートしたばかり、人気は絶頂で、「主婦之友」は「婦人倶楽部」と熾烈な部数合戦を繰り広げていた。書きたくなかろうと催促と締切りの連続で、雑誌も新聞も執筆を休ませてくれるはずがなかった。従軍前と変わらぬ日常が待っていた。

唯一の変化といえば、その年の暮れ、美川きよが別れを切り出し、彼女が一歳年下の画家鳥海青児のもとへと走ったことだ。


その走り方も、私より立派だった。ちゃんと私の了解を得てから相手に嫁いだのだ。責任上——というと体裁はいいが、本当をいうと、勇気がなくて捨て切れなかった私と違って、彼女には勇気があった。女の勇気の見事さに私は惚れ惚れと見送らずにいられなかった。捨てられて却ってホッとしたことを恥辱感と共に忘れない。（『眼中の人（その二）』）

美川は鳥海と添い遂げ、彼を看取った後に書いた自伝的長編『夜のノートルダム』（中央公論社、昭和五十三年）の前半で、この別れの場面を描いている。冷徹な「女房リアリズム」で描出された政二郎の狼狽ぶり、男としての狭量さなど、読んでいて気の毒になるほどだが、美川の体質なのか、まったく陰湿な筆致ではないのが救いだ。

前に紹介した『恐しき幸福』、その後、恋愛末期を綴った『女流作家』（昭和十四年刊）、そして駄目押しとも言うべきこの『夜のノートルダム』と、自分が小説の指導をした女にここまで書かれれば、この恋、政二郎の「完敗」だろう。

〈まったくの余談だが、『「平凡」物語』〈茉莉花社、平成二十二年〉という本で、著者は美川きよを説明するために『ケペル先生のブログ』とかいう、どこの誰が書いたか分からぬWEB上の文を無批判に引用している。そこには「美川には小島との間に一人の男子がいる」『夜のノートルダム』は暴露本であるかもしれない」などと書いてあるのだ。ブログに匿名で何を書こうが自由ではあるが、こういった校閲も経ていない無根拠の感想を引用して活字にする時は、気をつけなければいけない。著者も出版界の人のようなので、そのあたりは承知だろう。）

同業作家を売った作家たち

「ペン部隊」でご奉公した後も、まだ三年間は政二郎の執筆の舞台がなくなることはなかった。「講談倶楽部」も「日の出」も「富士」も、連載を頼んできた。「主婦之友」では一年半あまり続いた『新妻鏡』が終わった後も、次作『結婚指輪(リング)』（昭和十五年七月号〜十六年九月号）の連載が始まった。大陸での戦闘——支那事変はいっこうに収まらず、軍靴の響きは徐々に高まってきたが、世間の安寧はまだ保たれていた。左翼運動家などにとっては疾(と)うに過酷な時代ではあったが、その重い空気が文藝界、出版界をも覆うようになったのは、十五年後半から十六年にかけてのことだ。

昭和十五（一九四〇）年十二月上旬、それまで総理大臣の監理下で各省の情報宣伝活動の連絡調整を行なっていた小規模の機関「内閣情報部」が改組され、五部十七課を擁する官庁「情報局」に変容した。内務省と陸軍が主導して行なった改革だったというが、これで総理との関係は断絶し、同時に陸海軍ほか各省から、多くの部課長が転出着任した。民間への統制強化の一環であり、帝国劇場をオフィスにして正式に業務がスタートしたのは同年末だった。

これにより、例えば出版界に対して各省が行なってきた様々な「指導」は、情報局によって一元化されるはずであった。だが、実際には各省の担当部署が従来どおり個別に介入を続けたので、受け手としては、煩わしさが一つ追加されただけだったともいう。

ちょうどこの頃のエピソードとして、文壇内に深く浸透した「ブラックリスト事件」がある。事件とは大袈裟で、一つの噂話に過ぎないが、簡単に言えば論壇・文壇の執筆者をその思想傾向から○、◐、●の三段階に分類した名簿を、ある作家が情報局に提出したという話である。それを見たというのが二人の文芸評論家——平野謙と中島健蔵で、平野は勤務していた情報局五部三課(文藝課)の上司の机の上で発見し、中島は編集者からその写しを見せられたという。それを提出した作家の名は明かしてはいないが、平野は名指し同様の表現をしているので、誰にも分かる。『天の夕顔』で知られた中河与一である。

詳細は省くが、その後の諸氏の調査研究から推測すると、この二人の証言は虚偽に近いと思う。共謀が言いすぎなら、阿吽の連携とでも言おうか。中河与一も、もしそういうものに関わっていたとしても、「単独犯」ではないと思う。

「ブラックリスト」はなかったというわけではない。多くの作家や編集者——後述するように和田芳恵もその存在を聞いているのは事実だから、それに類するものはあっただろう。もしかすると何種類も。ただ、それが中河によって作られ、情報局にもたらされ、それをもとに執筆統制が行なわれたという、平野・中島の筋書きは信じられない。

素朴に考えて、情報局にしろ、内務省にしろ、陸海軍にせよ、担当部署は日夜出版物に接しているのだから、大方の執筆者の思想や作品傾向などは、中河の手を借りなくとも熟知していたはずである。平野のような職員だっていたのだから、リストを作る気になればたやすく作れたろうし、現に作っただろう。その際に、協力的な作家たちと懇談し、そのアドバイスを参考にしたことは大いに考えられる。事実、小島政二郎が耳にした話は次のようなものだ。

軍人が天下を取って国を誤った。彼等は総動員だとか、一億一心だとか口では言いながら、それがニセモノであった証拠には、「を」だの、「と」だの、「な」だのという卑劣な小説家の口車に乗せられて、小説家のうち幾人かに執筆禁止という糧道を断つ世にもあるまじき挙に出た。私は文字通り一銭の収入もなかった。もし家内の臍繰りがなかったら、家族三人飢え死をしただろう。(『眼中の人(その二)』)

「大根足の女を書け」と言った中佐は同年同月生まれ

「を」は尾崎士郎、「な」は中河与一である。私の手元に政二郎の雑談のテープ(昭和五十三年録音)が残っているが、話題が戦争当時の思い出に及んだ時、はっきりこの二人の名を口にしている。「と」は不明だが、戸川貞雄ではなかろうか。

勿論、確証のある事実ではなく、作家仲間や編集者などから耳にした風聞にすぎまい。だが、戦時中の彼らの諸々の言動には、ここで詳述はしないが、その噂を信じさせるに足る力がある。殊に尾崎など、民族派の立場から、リベラル層などを徹底的に糾弾しながら、敗戦を迎えた時のあまりに無責任な発言と転身——これに不快を露わにしている作家は、私が知る限りでも高見順や大佛次郎など何人もいる。さらに、戦争末期に平野謙の仲介で情報局の文化部長にならないかと持ちかけられたが断わったなどと、あり得ない話を書き残している(『小説四十六年』)。精神分析の対象として、研究してみるに値する人格である。

昭和十五年十二月、創設された情報局の二部二課（雑誌課）に、陸軍情報部から一人の将校が転出してきた。戦時下の言論・出版統制が語られる際には、必ずその悪名とともに登場する鈴木庫三（くらぞう）少佐（翌年三月中佐に）である。陸軍時代から苛烈な指導ぶりで知られてはいたが、情報局在任中の一年四か月ほどが、その「活躍」のピークだった。各社の雑誌担当者を呼びつけては激越な口調で誌面を批判、時には軍刀を鳴らしての恫喝という光景を、多くの出版人が後に回想している。

茨城県の農家出身の鈴木は、明治二十七（一八九四）年一月十一日生まれというから、三十一日生まれの政二郎とは二十日違うだけの全くの同齢である。苦学して二十七歳で士官学校を出たあと、日大や東大（帝大陸軍派遣学生）で倫理学や教育学を学んだ彼は、軍隊教育学の専門家であり、その分野では注目すべき著作も残しているようだが、四十四歳の時（昭和十三年）に情報部に転じたために、昭和のメディア史上に言論弾圧の象徴のような存在としてその名を留めてしまった。雑誌界と関わりをもったのは、七十年の生涯の内わずかに三年半ばかりであったのに。

その生い立ちや経歴からか、プロレタリアを自認する鈴木は、貧しい農民にシンパシーを抱き、貧富による教育の格差に憤怒した。エリート、ブルジョアを敵視し、奢侈、享楽を嫌った。個人主義、自由主義、商業主義は、国策を乱す悪しき思想ゆえ、排除すべきと考えた……こういう人物が、小島政二郎の通俗小説をどう読んだだか。

……私が「主婦の友（ママ）」に「夫婦の鈴」を連載中、軍部に呼ばれて情報部（ママ）に行くと、鈴木という田舎者丸出しの陸軍少佐が、部下を引き連れて現われた。こいつが、

「なぜ君は大根のような太い足をした女を書かないのか」

そんなことを言って、私の小説に登場する女主人公の描写の与える印象が、華奢で美し過ぎて戦時的でないと言って攻撃した。掲載を中止するという重なる理由が、それだった。（『眼中の人（その二）』）

これでは呆れて、反論も出来ないだろう。

『大婦の鈴』は昭和十六（一九四一）年十月号から始まり、翌月号ですぐに打ち切られているから、この面会は十～十一月頃と推定される（鈴木はすでに中佐）。佐藤卓己著『言論統制　情報官・鈴木庫三と教育の国防国家』（中公新書、平成十六年）は、鈴木が四十年余り詳細に付けていた日記にめぐり合った著者が、それをもとに誤説の多い鈴木の実像に迫った労作だが、そのせっかくの日記も昭和十～十二、十六～十七、十九～二十年の七年分は本人が焼却したりして残っていないという。もしあれば、小島・鈴木面談の日時や鈴木の真意のみならず、昭和史の一断面を伝える貴重な資料になっただろう。戦後、鈴木はＮＨＫのテレビカメラの前で、戦時中の自分の行動に一切やましいものはないと語ったらしいが、それならば日記は焼いてほしくなかった。重大な国家機密が記されていたわけではあるまいに。

一出版社が抵抗して節を通せるような時勢ではない

『大婦の鈴』の連載中止で、戦前の小島政二郎の雑誌執筆が実質的に終了したのかどうかは、私の拙い調査では確認できない。だが、この直後に日米が戦争に突入し、当局の指導がさらに厳しくなったであろうことは容易に想像できる。もし「ブラックリスト」なるものが作られていたなら、いよいよその効力を発揮しただろう。昭和十七（一九四二）年に入ると、毎号企画届けを事前に提出することを義務付けられたから、雑誌側は自粛に及んだはずである。

もう一つ付け加えておけば、この時期の主婦之友社は、大日本雄弁会講談社などと並んで、統制の大波の中で逞しく社業を維持した俗に言う「勝ち組」であるということだ。雑誌の整理・統廃合の流れの中で生き残り、生命線ともいうべき用紙の配給を獲得することは、出版社にとっては容易なことではなかった。情報局と同時期に内閣によって設立された統制団体「日本出版文化協会」が、企画の事前審査によって用紙割当を決めていた。協会員は出版各社であったが、最終決定権は情報局に握られていた。

そんな中で、情報局は巨大部数の雑誌を国民教育の道具として利用しようとした。雑誌側も、生き抜くために誌面を提供した。ペンを持つ将校である鈴木庫三も様々な雑誌に登場して時局を語り、論文、訓話を執筆した。佐藤卓己の前掲書巻末の年譜によれば、「主婦之友」だけでも、十五〜十七年の間に八回（座談会一回、執筆七回）登場し、同社から『家庭国防国家問答』という本も一冊出している。

もちろん、政二郎の例のように、「主婦之友」も鈴木から各種注意・指導を受け、軋轢もあったろう。しかし、他社の多くと比べれば情報局との関係は良好な、覚えめでたい社である。戦後になって左翼勢力から戦争協力出版社と指弾されたのも、このあたりの事情によるのだろうが、少なくとも昭和十八年に百六十三万余という最大部数が刷れたのは、出版統制という背景があってのことであろう。主婦之友社の社主石川武美（たけよし）（一八八七〜一九六一は）日本出版文化協会では監事、それが同十八年に改組され日本出版会となると理事、配給部長に、さらに同年、取次の統合団体日本出版配給株式会社の社長となり、自社の取締役を退いた。

翻って小島政二郎だが、これほど力をもった雑誌社が、なぜこの「看板作家」を守れなかったのかと、かつて私は考えていたが、全く愚かだった。「主婦之友」だからこそ、こういったスタンスの雑誌だったからこそ、睨まれた執筆者は金輪際起用できなかったのだ。

これは非難しているのではない。一出版社が抵抗して節を通せるような時勢ではあり得なかったし、後述するように石川は筆者への恩を忘れぬ、情味あふれる経営者であった。

ブラックリストは確かにあった

昭和十七（一九四二）年、アジア各地での日本軍の快進撃に世間は沸いていたが、小島政二郎への原稿の注文はぷつりと途絶えた。この頃のことを、先にも引いた『小島全集第十二巻』の巻末解説で和田芳恵が書いている。


日本出版文化協会に羽仁信伍という人がいた。この人とは、私の書きおろした最初の単行本のときに、係として知りあったが、偶然なことに近藤忠義と親しいことがわかった。近藤忠義は東大教授藤村作の女婿だが、唯物論を信奉する国文学者として、私も、親しく出入りしていた。

羽仁信伍から、永井荷風、小島政二郎、丹羽文雄などが、ブラックリストにのっていることを知らされていた。編集者が前もって日本出版文化協会に意見を求めると、ブラックリストに名を連ねた作家には、原稿を頼んでも無駄だと、はっきり言った。

こんな状況におかれた作者は、「眼中の人」を、毎日、少しづつ書きためる仕事の外は、「芭蕉研究」の書きおろしのため、さかんに資料あさりをしていた。

この「無駄だ」というのは、雑誌への寄稿、発表のことだろう。事前の企画審査で、ブラックリストに載った作家の名があったら、当局は許可しない――すなわち事実上の「執筆禁止」である。これで、執筆不可作家のリストが協会の中枢に厳然とあり、編集者（出版社）も内容を知ることが出来たということが分かる。これでは注文が来るはずもない。

和田が言うように、政二郎は仕方なしに、発表する場のあてもない『眼中の人』を完成させるべく、日々こつこつと書き継いだ。かつて二回掲載した「改造」は当局に睨まれ、二年後には「中央公論」と共に狙い撃ちにされて、廃業に追い込まれることになる。ひどい時代になったと嘆きつつ、同時にこれを機に初心に還り、通俗小説から足を洗おうと肚を決めた。私小説『眼中の人』と古典研究で、もう一度芸術の世界に戻るのだ、と。この頃の政二郎を、和田は「世俗の垢が洗いおとされたような、清すがしい顔をしていた」と語っている。

ただ、政二郎の最大の不安は「生活」だった。あれほど派手に稼ぎながら、どこでどう散財したのか、貯えというものがほとんどなかった。原稿料という糧道が絶たれた以上、戦争が続く限り、待っているのは飢えだった。

ようやく『眼中の人』が書き上がり、その生原稿を見せられた和田は、この作品の刊行に尽力しようと決意した。窮地の師を少しでも助け、その恩に報いるにはそれしかないと思った。

文学史の資料的意義を強調

和田芳恵はその前年——昭和十六（一九四一）年の秋、十年勤めた新潮社を辞めていた。どれだけの目算があったのか分からないが、文筆で身を立てようとしたのは間違いない。その二年前に妻を病で亡くし、まだ小学生の二人の子を抱えていたのだから、私などには無謀だとしか思えないのだが、この人の生涯を眺めてみると、かなりの激情家で大胆な性格の持ち主であったことが察せられる。抑えた、暗い文章の奥にデーモンが棲んでいる。

新潮社在社中の昭和十五年、和田は政二郎の紹介で「三田文学」に畢生の研究の第一弾である『樋口一葉』を連載させてもらった。翌年それがまとまり、単行本となって刊行されたのとほぼ同時に退職したのだった。この時まさしく、小島政二郎と和田芳恵は、小説家と編集者という間柄を超え、「師弟」となった。

同十七年五月に、和田は「日の出」時代の経験を描いた連作短編集『作家達』を上梓しているが、その時羽仁と知り合ったのだろうか。

「眼中の人」が、昭和十七年十一月一日発行の奥付で、三田文学出版部から出版された。この経営者は和木清三郎であった。

私は、このとき、羽仁信伍氏の知恵を借りて、出版用紙の申請書に、「眼中の人」を出す目的を作者に代って書いた。

羽仁氏は、

「小説としては無理ですね。小島さんは、にらまれているから」

と言って、大正時代文学史の資料的意義を強調するようにとすすめられた。私は、「眼中の人」が学術書あつかいされることに不満ではあったが、書類審査では、こんな盲点があるということも知った。

「眼中の人」の許可がおりたとき、この小説が、やっと、陽の目を見ることができたと喜んだものであった。（「同」）

ところが、この統制の目をかい潜るために方便として用いた「資料的意義」が、戦後になって現実化してしまった。小説として扱われず、芥川研究、菊池研究の参考資料――文壇回想記として認識されてしまったことを、和田は嘆いている。

私が「改造」掲載の初出にあたって分かったことは、第一回目の『眼中の人』では、主人公、芥川、菊池の三人のみが仮名、あとはすべて実名という三人称小説であり、二回目の『菊池寛』からすべて実名の一人称小説に書き改められたということだ。もし、最初のままだったら扱いは変わっただろうか。残念ながら、やはり「モデル小説」と呼ばれ、文学史の参考資料にされてしまった可能性は大きい。芥川、菊池というビッグネームを、あまりに鮮やかに活きいきと描き出してしまったことが、この小説の不遇の因である。こんな皮肉な名作もないだろう。

ところで、芭蕉研究のほうは、戦後『私の好きな古典』などに結実して一般読者に歓迎されたが、この時期に少年向けの『芭蕉』（至文堂）が出版されている。これは「皇国民錬成と文化的遺産継承のため」という名分で刊行されていた「青少年日本文学」シリーズの一冊で、子ども向けといっても元々文章は平易な政二郎である、やや嚙み砕いた言い方をしているだけで、大人にも充分に訴えかける見事な評伝であり、鑑賞書になっている。

巻末ページには同シリーズの近刊予定リストがあり、小島政二郎の著書としてあと二冊『蕪村』『森鷗外』が挙げられている。奥付によれば『芭蕉』の発行は昭和十八年四月二十日付、あとの二冊は実現せず、これが政二郎の戦前に於ける最後の本となった。

銓衡委員更新の裏側

まさに逼塞していたという表現がふさわしい大東亜戦争下の政二郎に、さらに屈辱的な出来事があった。発足以来務めていた芥川・直木両賞の銓衡委員を、第十六回（昭和十七年下期）を最後に辞任させられたのだ。

この辞任に関して、私は旺文社文庫所載（昭和五十三年作成）の年譜で、芥川賞委員を十九年に辞任、直木賞委員は四十一年まで続けた、と誤りを記してしまった。何かの資料を基にしてそう記述した記憶があるのだが、とにかく調査の間違いである。

その後、武藤康史編の年譜（講談社文芸文庫『長編小説　芥川龍之介』巻末。平成二十年）で、「芥川賞は昭一七年の第一六回まで」と訂正されたが、「直木賞は昭和四〇年の第五四回（銓衡会は昭和四十一年一月）まで続けた」と、まだ私の誤りを踏襲してしまっている。

あらためてここに記しておくと、「小島政二郎は、第一回から兼務していた芥川・直木両賞の銓衡委員を、第十六回（昭和十七年下半期。銓衡・発表は十八年二月）まで務めて辞任。戦後、第二十一回（昭和二十四年上半期）より直木賞委員に復帰し、第五十四回（昭和四十年下半期。銓衡・発表は四十一年一月）まで務めた」――これが正しい。

では、この時の辞任の理由は何なのか。

私が小島本人から聞いたのは、「菊池さんから、『陸軍がうるさいので申し訳ないが銓衡委員を下りてくれ。僕や久米も辞めるから』と頼まれた」というものだ。この記憶は鮮明だったようで、私が見せた年譜の草稿に自ら「陸軍の圧迫干渉のため辞任」と赤字で書き加えたものが残っている。ちょうどそのすぐ後に書いた『佐々木茂索』(「文藝」昭和五十三年十一月号)にもこうある。

菊池に呼ばれて、軍部がやかましいから、芥川賞、直木賞の委員をやめてくれないかと云ふ話があつた。やめることに否やはなかつたが、これで世間中から縁が切れて一人ぼつちになつたと云ふ実感が胸にあつて、何とも云へない寂しさに襲はれた。

次の表を見れば分かる通り、この時辞任したのは政二郎だけではない。主に両賞の委員を兼任していた古手が中心だが、はたして本当に陸軍(これは情報局のことかもしれないが)が、銓衡委員の人事に容喙してきたのか、証拠はない。ただ、両賞の戦後復活第一回である第二十一回で、芥川賞に宇野浩二、直木賞に久米、小島が復帰していることを考えると、戦時下のこの改選は、何らかの緊急措置的な匂いも感じられる(尤も、菊池寛はこの賞の復活を見ずに死んだが)。

この機に直木賞から芥川賞へと移った片岡鐵兵の例も、然るべき理由があったに違いないが、これも分からない。また、当時岸田國士は大政翼賛会文化部長、河上徹太郎は日本文学報国会の審査部長という役職に就いていたが、これも芥川賞委員就任と何か関係があったのだろうか。

この間の事情を知っていておかしくないのは、銓衡の事務万端に当たっていたという本章の主役永井龍男だが、彼の回想を見る限り、特別な記憶は残っていないようだ。当時の永井は、満洲文藝春秋社創立のために頻繁に内地と大陸を往復しており、第十七回ではもう賞の事務から大分離れていた形跡がある。第十七回は、山本周五郎の受賞辞退というかなりのエポックがあった回だが、その記憶すら曖昧で、後に山本当人に、授賞の使者としてあなたが私のところへやって来たと言われて永井は戸惑っている。

図版4　芥川・直木賞銓衡委員

	第一六回までの委員	第一六回で辞任した委員	第一七回からの新委員
芥川賞	菊池寛、久米正雄、佐藤春夫、谷崎潤一郎、小島政二郎、川端康成、室生犀星、佐佐木茂索、山本有三、横光利一、瀧井孝作、宇野浩二。	菊池寛、久米正雄、小島政二郎、室生犀星、佐佐木茂索、山本有三、宇野浩二、（谷崎潤一郎）。	岸田國士、片岡鐵兵、河上徹太郎。第一八回から火野葦平が加わる。
直木賞	菊池寛、久米正雄、小島政二郎、佐佐木茂索、大佛次郎、吉川英治、白井喬二、三上於兎吉、片岡鐵兵。	菊池寛、久米正雄、小島政二郎、佐佐木茂索、白井喬二、三上於兎吉、片岡鐵兵。	濱本浩、中野實、井伏鱒二、岩田豊雄（獅子文六）。

この委員改選の理由について、永井はいちおう『回想の芥川・直木賞』でふれてはいるが、それは単に菊池寛の『話の屑籠』を引用するにとどまっている。孫引きしてみる。

芥川賞、直木賞委員の顔触を更新することにした。自分も、両方から隠退することにした。旧委員の文学観、鑑賞力が、古くなつたとも衰へたとも夢にも思はないが、しかし文学芸術の世界では、同一の人間がいつまでも銓衡に当つてゐることは、無意識の裡に、新機運の発展に邪魔になつてゐる場合も生ずるから、この際思ひ切つて更新することにしたのである。今後は、芥川賞・直木賞とも、芥川賞・直木賞受賞者の中から、適当な人に銓衡委員になつて貰ふつもりである。

菊池にしては珍しく、ありきたりで真情のこもらない、建前然とした文章である。裏に事情があった可能性はないとは言い切れまい

関連がありそうな事実がもう一つだけある。昭和十八（一九四三）年四月、文藝春秋社の役員改選で、専務取締役だった佐佐木茂索は新しく設けられた副社長に就任、経営実務から離れた。これは新たに専務となった古株の斎藤龍太郎らの画策であったようで、佐佐木は体よく実権を奪われたのである。斉藤はいわゆる社内ファッショ派に担がれ、これでますます軍部の意を汲む傾向は強まる。社長の菊池もこの流れに抗しきれなかったのではなかろうか。

佐佐木はその年の十一月、伊豆の温泉町伊東へ疎開・隠棲した。

小島さん、すわりなおしてボロボロっと涙をこぼされて

昭和十九（一九四四）年四月、永井龍男が満州新京で新規事業開拓に奮闘していた頃、小島政二郎は妻子と共に、鎌倉市大町比企ケ谷（現大町一丁目）の妙本寺裏山の借家に引っ越してきた。あくまで戦災を逃れるための疎開のつもりであったが、以後五十年この町に居を構え、鎌倉市民として天寿を全うした。

先述したように昭和五年から三年ほど鎌倉に住んだことはあったが、これは娘の療養のための転地

の趣が強く、また美川きよのいた東京の別宅とを行き来していた恋愛期間なので、「腰掛け」と言っていいだろう。ゆえに、昭和九年から住み続けている永井のほうが、鎌倉人としては先輩である。但し、細かいようだが、この時永井はまだプロの文士ではない。

ここからは、敗戦、戦後と駆け足で進もうと思うが、その前に一つだけ、政二郎のエピソードを書いておきたい。

収入の途を絶たれ、芥川・直木賞という「文壇」からも遠ざけられてしまった政二郎が、屈辱と不安に悶々としていたことは想像に難くない。終戦を迎えて、妻のみつ子から臍繰りが三千円あることを打ち明けられたが、それまでは飢え死にの恐怖に戦慄する日々であった。そんな彼に手を差しのべようとしてくれたのが、主婦之友社の石川武美だった。

その時、石川さんが

「これから何をしてお過ごしになりますか」

と聞かれた。

「仕方ありませんから、芭蕉の研究を纏めてみようかと思います」

「しかし、御本になさる機会は当分ございませんでしょうね」

「ええ」

「もし、御研究のために、費用が必要でしたら、いつでもおっしゃって下さいませんか」

聞いたとたんに、私は目の中が熱くなった。つまり、石川さんは、私が生活に行き詰まるのを予想して、生活費を出してやろうということを、私の面目を潰さずに「研究費」という名目で申し出てくれたのだ。

その頃はもう、暖かい気持とか、親切とかいうものを、誰も持ち合わせていなかった。そういう時だけに、石川さんの気持が、電流のように私の乾いた心を潤して来たのだった。こころの暗が、夜明けの空のように明るんで来たのを覚えている。

幸い、私は石川さんの厚意に甘んじずに済んだが、石川さんのこの一ト言が、長い苦しい戦争中どんなに私の力強い支えになってくれたか知れなかった。（『石川さんの一ト言』『主婦の友社の五十年』所載）

これに続く話がもう一つある。やはり主婦之友社の当時編集局長だった——『人妻椿』を書かせた本郷保雄（後に集英社へ）の回顧談を、元新潮社の江國滋が書きとめている。

「五年間無収入の状態が続いて、小島さん、ずいぶん生活が苦しかったようです。たまたま戯曲を一本お書きになったんですが、断じて使ってはいかんという軍の報道部の厳命なんですね。あんまりお気の毒なので、社としてお見舞金みたいなものをお出ししようということになって、原稿料一回分程度のお金を持って小島さんのお宅に伺ったんです。先生これを、っていったら、小島さん、すわりなおしてボロボロっと涙をこぼされて『これ、受け取るわけにいきませんッ』と叫ぶようにおっしゃった。こちらももらい泣きしましてね。それでいくらおすすめしても、絶対受け取らなかった。えらいもんですよ。江戸っ子だなあと思いました。私の編集者生活のなかでの、あれは一つのドラマだったなあ」（『語録・編集鬼たち』）

原稿料一回分といっても、先の記録ノートで見たように、六百～千円である。無収入の身には大金である。政二郎は石川の言葉を思い起こしていたに違いない。だが、この見舞金が「研究費」という名目であっても、おそらく受け取らなかっただろう。痩せ我慢である。江戸っ子というより、これが私の思う文士なのだが。

公職追放でやむなく文筆生活に

鎌倉在住の作家たちが蔵書を持ち寄って貸本屋「鎌倉文庫」を市内に開いたのは、敗戦三か月前の昭和二十（一九四五）年五月のことである。政二郎も永井もこの経営に参加しているが、旧知の久米正雄、大佛次郎、里見弴、川端康成、小林秀雄ら鎌倉の先達たちが、新参の政二郎をすぐに暖かく迎えてくれたことの証でもある。また、この時期に、「鎌倉文庫」にほど近い雪ノ下に美川きよが鳥海青児と共に疎開していたが、これも戦争が生んだ偶然の一つであろう。

この年の政二郎の執筆記録が残っていると前に記したが、それによれば、一月に「週刊朝日」（前年九月からの連載『鎌倉大草紙』。全十九回）、二月と五月に「朝日新聞南方版」に随筆や小説を書いて原稿料を得ているから、全くの無収入ということはなかった。「朝日」系のメディアとは細々と繋がっていたということか。但し、三月、四月はゼロ、六月～九月は「鎌倉文庫」からの上がりだけが唯一の収入であった。ちなみに、六月＝二百九十九円九十四銭、七月＝三百八十八円二十銭、八月＝七百六十八円五十銭、九月＝九百二十七円六十銭と、かなりの額を稼ぎ出している。これは参加した作家の中でも高ランクだったようで、やはり相当な蔵書家だったからだろうか。「鎌倉文庫」は、軍需で儲けた用紙提供会社（大同製紙）の出現で、終戦の翌月、出版社へと衣替えした。社長は久米正雄で、政二郎も一旦は役員に推されたが、すぐに辞退している。

一方、満州から帰り本社に復帰した専務取締役永井龍男は、用紙の配給が得られず、「文藝春秋」が四月号からついに休刊という憂き目に遭っていた。社屋も、関係印刷所や用紙倉庫なども空襲の被害を受け、社員も激減していった。

五月二十四日の空襲で、久保田万太郎は東京芝の家を焼け出された（十一月に鎌倉に転居、昭和三十年まで住む）。

そして八月、敗戦。連合軍の進駐。

未曾有の国の転覆は、多くの国民同様に、作家たちの運命をも弄んだ。

窮地にあった文藝春秋社は、十月から「文藝春秋」「オール讀物」「別冊・文藝春秋」（「別冊」とは永井が創案した用語）を断続的に出すが状況は好転せず、二十一年三月七日、菊池寛は役員会でついに社の解散を宣言した。それにともなって永井も退社し（『文藝春秋三十五年史稿』などの年誌では永井が辞表を出したのは二十年十二月となっているが、永井全集の年譜や回想では明記なし。いずれにせよ二十一年三月発行の「文藝春秋」四・五月合併号が最後の仕事だったようだ）、直後、小林秀雄に誘われて「新夕刊新聞」の創刊に参加、副社長となった。

一年半後の同二十二年十月、永井は文藝春秋社専務取締役、元「文藝春秋」編集長という経歴が災いして、占領軍から公職追放の指定を受けた（菊池寛や佐佐木茂索も該当）。やむを得ず「新夕刊新聞」を辞した彼の前に残されていた生業は、文筆の外になかった。満四十三歳になっていた。

若い時から小説めいたものを書き、同人雑誌に加わった一時期もあったが、文学がった中途半端な文章ばかりで、自分の書いたものが金になるとは思えない。文藝春秋社の編集者として、月給をもらっている方がはるかに楽と思って十数年暮らしてきた。その間一年に二作か三作、思い出したように短かいものを書いてみたりはしたが、自分の才能にはとうに見切りをつけていたので、月給生活を離れようなどとは考えもしなかった。（中略）そのような私が職場を追われて、売文生活に入ろうというのだから、当初はまったく寄りどころがなかった。ただ一つ、もし文章を金に換えることが出来ないときまったら、中華そばの車を引こうと覚悟した。（『自伝抄――運と不運と』）

中華そばの車云々は、大正末に次兄が開いた中華店で働いた経験から、焼売やそばぐらいなら自分で作れた、だからただのたわごとではないとも言っている。何とか苦境をしのいで、翌年公職追放が解除されると、旧文春の社員たちが設立した日比谷出版社の社長を務めたりもしたが（二十三～二十五年）、とにかく頼まれたものは何でも書いた。

才能、精進、恵まれた交遊関係の三つが、永井の小説家としての道を急速に切り拓いていった。

敗戦を境に新たな逆境が

敗戦を機に、小島政二郎の生活も一変した。

戦争で打撃を受けた出版界は、用紙配給をめぐって内紛状態にあった。既存の有力出版社の多くは、新興左翼勢力に戦争協力社と指弾され、監督のＧＨＱもその主張に理解を示したため、軒並み窮地に陥った。前述の文藝春秋社もそうだが、講談社、主婦之友社、旺文社、家の光協会などが「戦犯出版社」の代表的存在だった。これを機に日本出版会は分裂し、混乱はしばらく続くが、これぞ商機とばかり、各所で夥しい新規出版社が生まれ、粗末な紙で雑誌、書籍を刊行し出した。活字――娯楽に飢えていた大衆は、どんなものにでも飛びつき、貪り読んだ。

昭和二十(一九四五)年後半は比較的静穏だったが、年が明けると政二郎のもとに、名前も聞いたことのない雑誌社、出版社、あるいは地方新聞などからの注文が殺到し始めた。原稿の執筆依頼だけではない。戦前に出した数々の単行本の再刊行、さらに雑誌に発表した小説の再掲載、いわゆるアンコール物の要請も、見知らぬ出版社から陸続と押し寄せた。

今の人には信じられないだろうが、デパートの大丸さえ出版に乗り出そうとして、私のところへ原稿をもらいに来た。法律書専門の有斐閣も小説の出版を企てた。
嘘か本当か知らないが、この間まで大工さんだったという人が、社長の名刺を持って戦前の私の単行本を買いに来た。朝起きるとから夕方まで、こういう訪問客が絶えなかった。(『眼中の人(その二)』)

かつて時局――情報局に忌避弾圧された政二郎の作品世界こそ、恋愛や官能の欲求を抑えつけられていた読者が最も望むものでもあった。この攻勢に、ほんの数年前、わが身を悔いて二度と書くまいと誓った通俗小説を、政二郎は求めに応じてまた書き始めた。

正直の話、ずっと金に不自由して来た私は、焼けつくように喉が乾いている時に人が何よりも先に水を欲するようにただただ金が欲しかった。向こうから飛び込んで来るものなら、通俗小説だろうが、アンコール物だろうが、私は厭わずに喰らい付いた。（『同』）

執筆禁止という暗いトンネルをようやく脱けた喜び、再び書くことが出来る嬉しさ、そして飢えへの不安から一日も早く逃げ出したいという本能がそうさせたのだ。後から振り返れば、もし芸術小説の世界へ戻りたいならば、ここが正念場、我慢のしどころだったのは事実であり、これが彼の弱さだと指摘することはたやすい。だが、当時の状況では、芸術だの通俗だのという以前に、そもそも「作家」として世間に復帰できるかという恐怖さえ抱いていて不思議はない。そこに、望外の注文が来た。それを内容によって篩いにかけるような贅沢が、はたして出来ただろうか。そのうえ、この時小島家には、まだいくつもの経済的事情——金を稼がなくてはならない理由があった。

戦争中、好意で貸していてくれた家を明け渡さなければならなかったのが第一。その頃は貸家なんかありっこなかった。移転するとなれば、どうしても売家を買わなければならなかった。

それには大金がいった。（中略）そこへ持って来て、学徒動員で取られていた美籠が、腎臓結核に冒されて帰って来た。入院手術したが、食欲がバッタリとまってしまって、命旦夕に迫った。

これを助けるには、ストレプトマイシンの力を借りる外なかった。が、これがなかなか手には いらない。進駐軍から流れ出るのを気長に待って、闇で買わなければならなかった。しかも、一ト壜——一日に打ってしまう量が、一万円以上するのだ。それを少なくとも四十本注射しなければ効果が無いと専門医がいう。

その上、兄の遺族の面倒も見なければならなかった。

正直の話、私は幾ら金があってもこれでいいという時はなかった。原稿料、アンコールの金、印税、講演のお礼、何でも彼ンでも手にはいるものは、取ったか見たかに右から左へ使った。

（『同』）


終戦を境に新たな逆境が待っていたわけである。幸いなことに、「小島政二郎」への需要が世間にあった。著名作家でなかったら、路頭に迷い、娘を死なせたことは必定である。美籠の発病は終戦前後、いちおう完治したのは同二十三年の半ば頃だった。

破格の原稿料、手土産、豪奢な饗応

この頃、政二郎が執筆した雑誌社に、戦後出版界の風雲児と呼ばれた青山虎之助の新生社（創業昭和二十年九月）、同じく一時期娯楽読物雑誌界の覇者であったロマンス社（同二十一年五月）などがある。青山は、破格の原稿料、手土産、豪奢な饗応などで有名作家たちを取り込んだことでその名を馳せたが、政二郎は同社の「女性」（同二十一年三月創刊）に『六月雪（リウウエシユエ）』という小説や、イサドラ・ダンカンの自伝『わが生涯』（翻訳・匿名）を連載している。『眼中の人（その二）』には、「一枚百円くれたのでビックリした」と書いている。

手元の執筆記録ノートで確かめてみると、確かに『六月雪』は百円、翻訳は五十円、それに顧問料

というものを毎月五百円弱もらっており、「女性」一誌からだけで少ない月で二千円、多い月は四千五百円ほどを得ている。平均月収は一万円以上で、それも月ごとに急激に増えている。新円切換え後のハイパーインフレの時代だから、現在の価値への換算は難しいが、昭和二十一（一九四六）年の前半なら二〜三百倍と考えていいのではないか。昭和十年代のノートほど記述が詳細でないので不明な点も多いが、雑誌名の脇に（つぶれる）と添記してあるものも多く、稿料の金額が書いてないものは取りはぐれたのだろうと想像できる。まさに有象無象が押し寄せていたのだろう。また、偶然だが新生社には、政二郎がその少年時代をよく知る美川きよの息子英吾が勤務していた。

ちょうど政二郎が「女性」第二号のための原稿にかかっていた三月十二日、新聞は文藝春秋社の解散を報じた。それまでに、文春の窮状や菊池寛の意向は聞いて知ってはいたが、戦後の混乱の中、わが身のことで精一杯だった。それは、他の作家仲間も同様だった。それどころか、菊池の旧友久米正雄は文藝春秋の役員でもありながら、鎌倉文士たちと出版社鎌倉文庫を興し、文春を尻目に華々しい存在になりつつあった。

当の文藝春秋では、幹部だった永井龍男らは菊池と共に社を辞したが、残された後輩社員たちはただ手を拱いてはいなかった。菊池から「文藝春秋」継承の同意を取り付けると、三月十二日、池島信平、鷲尾洋三ら五名が急遽伊東の佐佐木茂索を訪ね、「文藝春秋」の復刊と会社の再建のために再び経営のヘッドに返り咲いてほしいと要請した。ひっそり隠棲を考えていた佐佐木も、彼らの熱意に押されて三月十六日に上京、菊池に会って新会社設立の了解を得た。そのまま佐佐木は、設立資金調達のため奔走することになった。

「文藝春秋」を編集部ごと買い取りたかった

先に少し引用した『佐々木茂索』で政二郎は、菊池の会社解散の意志を知った佐佐木から、「お前の持っている文春の株を全部くれないか」と言われたと、驚くべきことを書いている。社の財産をわが物にしようという野心だと察知した政二郎は、すぐにそれを菊池に知らせたとも。佐佐木の真意は知る由もないが、その後の役員会（三月七日）で佐佐木が解散反対を主張したことは、佐佐木自身が書いている（『私史稿』）事実である。もしこの逸話が本当なら、菊池はこの時期、久米にも佐佐木にも失望し、ますます解散の意志を固くしたのではあるまいか。

話は逸れたが、新会社の資金集めに腐心する佐佐木を見て、政二郎が思い立ったのは、今親しくしている出版界一羽振りのいい男、新生社社主青山虎之助（三十二歳）だった。青山の日記（メモ）によると、昭和二十一（一九四六）年の二月と三月だけで、政二郎は計十回鎌倉から上京し、内幸町大阪ビル旧館（隣の同ビル新館に文春が入っていた）の新生社を訪ねている。政二郎は、青山に「文藝春秋」への出資を打診した。青山は資金を出せば社長になれるか、と訊いた。政二郎は、それは無理だろう、著名雑誌「文藝春秋」を自分の金で再生存続させたという栄誉を以って満足すべきだろう、と応えた。青山は考えていたが、とりあえず佐佐木に会ってみようということになった。

政二郎が取り持った佐佐木・青山会談の日にちは、青山の日記から特定できる。三月二十日（水）である。場所は、新生社がよく使っていた木挽町の料理屋「小松」であった。

二人の間でどんな会話が交はされたか、私は覚えてゐない。今から思へば、不得要領な会話だつたやうに思ふ。あとで、

「青山君の意志が分らないが、結局、出してくれるのかどうかね?」
と佐々木に問ひ質されたが、その後青山から何もハッキリ聞いてゐなかつたので、返事のしやうがなかつた。さう聞かれて、早速聞いたところ、青山には積極的な気持はないらしかつた。
残念ながら、私のネラヒは成功せずにおはつた。(『佐々木茂索』)

もう一人、この両社を結びつけようとしたのが、政二郎と共に雑誌「女性」の顧問(相談役)を務めていた舟橋聖一である。おそらく同じ頃だろう、舟橋は、政二郎への援護射撃のつもりか、単独判断かは分からぬが、池島信平を自宅に呼ぶと、こう言ったという。

「菊池さんが辞めたあとの文芸春秋を、君たち編集者だけでやっても自信がないだろう。やはりいい経営者がいなければダメだ。それには新生社の青山君はぼくの友人だが有能だから、君たち全部、青山君のところへ行って、文芸春秋を新しく創ったらどうだ。君個人に対して青山君はひじょうに好意をもち、いま君がいくら月給を貰っているか知らないが、千円出すといっているよ」

と切に奨められた。スカウトである。(池島信平『雑誌記者』)

これが舟橋の独断専行でないとすれば、ここに青山の真意がはっきり見て取れる。政二郎には「経営権は無理だ」と出鼻を挫かれたので曖昧な態度で佐佐木と接したが、本当は編集部ごと買い取って、「文藝春秋」を思う存分操りたかったのだ。出資だけだというなら、「積極的な気持はない」のは、当然だった。

しかしわたくしや、社に残った同僚の気持は、他の社にもっていってまで文芸春秋を出したくない。なんといっても文芸春秋関係者の者だけで、どんな苦労をしても、この古いノレンを盛りたててゆきたいという気持だった。(『同』)

零細とはいえ、私も出版社の社員だったから、この気持ち、ただ同感である。生え抜きの池島には、会社にも雑誌にも菊池にも佐佐木にも、人一倍愛着があったろう。それを裏切って、まして同じビル内の、ポッと出の成り上がり社長に、身売りができるはずがない。

「もろ〳〵の手を介し」に込められた感情

青山による切り崩し――吸収工作が、文春再建を目指す者たちにある不快感を生じさせたことは、想像に難くない。青山の意を汲んで動いた二人の作家は、いわば手先である。

ここで永井龍男に登場してもらう。永井は直前に最後の雑誌編集を終えて社を去ったから、この一連の動きには関与してはいない。とはいえ、当然佐佐木や池島たちから事情を聞かされたことだろう。『文藝春秋三十五年史稿』(昭和三十四年刊)の前半を受け持った永井は、こう記している。

文藝春秋社の解散が発表されるや「文藝春秋」買収の動きが各方面にあり、特に当時新雑誌「新生」を発行して意気揚れる青山虎之助は、もろ〳〵の手を介し、残留社員をふくめて「文藝春秋」発行権の譲渡を申込んだこともあり、またある方面では、講談社へ身売りする動きのあったことも今日になって確認されている。しかし社員達は、あくまで佐佐木前副社長を中心として新会社を設立し、「文藝春秋」を発行しようという熱意をもって団結していた。

この「もろ〳〵の手を介し」に込められた愉快ならざる感情。永井が二人の作家――大村彦次郎言うところの蛇蝎のごとく嫌った小島政二郎と舟橋聖一の名を念頭にこれを書いたのは、間違いないことだ。両者への嫌悪の情が永井にいつ芽生えたのかは、不明である。おそらく共に戦前であろう。そう仮定しても、この新生社の一件でそれがさらに増幅したであろうことは、容易に想像できる。

ちなみに「講談社へ身売り」は、講談社とて余裕のある時期ではなかったことと、「文藝春秋」は文春が作ってこその雑誌で、講談社が作っても意味がないとの野間社長の判断で見送られたと言われている。

青山との会食の二日後の三月二十二日、佐佐木は伊東からの上京途上の車中で、旧知の大倉喜七郎に会った。佐佐木が現況を話すと、大倉は資金を提供しようと申し出た。出資額は二十万円。これで新会社設立の目途が立った。（佐佐木は同日「社を社員ぐるみ買いたいという人物と会見」と書いているが、前記の青山の日記に誤りがないとすれば、これは別人物だろう。）

翌三月二十三日、佐佐木は社員を集め新会社「文藝春秋新社」創立を宣言。社員十一名。

三月二十七日、凸版印刷が代金後払いで印刷を引き受けてくれる。復刊決定。

三月三十日、旧文藝春秋社、正式に解散。

解散決定からわずか三週間、なんという慌しい、緊迫した三月だったのだろう。

『三百六十五夜』で長者番付入り

同じ昭和二十一（一九四六）年五月、講談社出身者らが作ったロマンス社から娯楽読物誌「ロマンス」が創刊された。その第三号（八月号）から連載が始まった小島政二郎の『三百六十五夜』は、空前の大ヒット作となった（連載二十三年三月号まで）。

詳細は省くが、とにかく波瀾万丈の大通俗ラブ・ロマンである。昭和二十年代、世間を沸かせたメロドラマとしては、菊田一夫『君の名は』と双璧と言っていいかもしれない。戦前、小説の材料を提供してくれた石母田はすでに亡く、この作は海外小説をヒントにしたものだと政二郎は言っている。

原稿料は毎回二十枚前後でだいたい二千円（内千円は材料費という名目）、翌年にはそれが徐々に上がり、連載終了の頃には五千円になっている。もっとも、この時期には他の娯楽誌も同等の一枚二百五十円くらいを支払っている。つい一年ちょっと前に、「女性」から一枚百円もらってびっくりしたのが嘘のような、大インフレ時代である。

二十三年九月、『三百六十五夜』は前・後編で映画化されたが、その時新東宝が払った原作料は百万円だったという（残念ながらノートに記録はない）。主演は上原謙、山根寿子、高峰秀子（政二郎の娘美籠の文化学院の同級生でもある）、監督はメガホンを取って三作目の市川崑だった。西條八十作詞、古賀政男作曲の主題歌（日本コロムビア）も一世を風靡した。歌ったのは霧島昇、松原操であった（同作はその後映画化一回、テレビドラマ化三回）。

こうして小島政二郎は復活を遂げた。戦後、世情も国民の意識も大転換したとはいうものの、政二郎にとって読者は、戦争という闇の期間を飛び越えて、昭和十年代前半――『花咲く樹』『人妻椿』

時代と直結していた観があったのではないか。

当時の高額所得者番付によると、政二郎の収入は昭和二十三年＝百五十万円（作家部門二位）、二十四年＝三百五十万（同四位）、二十五年＝三百五十六万円（同六位）とある。再びの大流行作家である。もちろんそれは、和田芳惠の言う「ちっとも羨ましいとは思わない小島先生」の復活ではあったが、何はともあれ幸運だったと言うべきだろう。何より娘の命を救うことが出来た、そして念願の自分の家が持てたのだから。

家と土地合わせて八十五万円

正確な月日は分からないが、政二郎が鎌倉市大町比企ケ谷から雪ノ下六二六（現雪ノ下四丁目）に転居したのは、昭和二十二（一九四七）年の後半、秋頃だった。

鎌倉に不案内の方のために少し説明を加えると、鎌倉のシンボルとも言える鶴岡八幡宮、この近辺を雪ノ下と思えば間違いない。当時この地域にいたのは大佛次郎と今日出海だ。雪ノ下の西北側に隣接するのが鎌倉宮（大塔宮）のある二階堂で、ここに住んでいたのが久米正雄と永井龍男。川端康成もいたが前年（二十一年）秋に終生の地長谷へ転居している。鎌倉駅側から眺めると二階堂は雪ノ下よりやや奥になるが、もともと狭い都市であるから、十分も歩けば互いに行き来できるような位置関係である。また、駅を挟んで反対側、海に近い材木座に久保田万太郎がその頃住んでいた。

政二郎が引っ越してきた雪ノ下六二六は、鎌倉駅から若宮大路をまっすぐ北に歩けば八幡宮に突き当たる、そこを右に折れてバス通りをしばらく道なりに行った右側である。

雪の下の家は、彼女（注・妻のみつ子）が一ト目見て気に入っただけあって、いい家だった。大正十二年の震災後、芝の大仙という棟梁が建てた家だそうで、非の打ち所がなかった。（中略）この家は或実業家の夏の別荘だったそうだが、地坪が二千坪もあって、庭の先に滑川が流れていた。明治時代の実業家は、ちょいと別荘を持つにも、こんな広大もない庭を持ち、一流の普請をしたものかと久米正雄と二人で感嘆した。私達は無論そっくりそのまま買った訳ではない。ホンの一部分を譲ってもらったに過ぎなかった。

家は、ちょいと見には十何間もありそうに見えたが、根が別荘だからそんなには広くなく、使える間は三間しかなかった。その代り、十六畳、十四畳、十三畳と言った具合に、一ト間一ト間が広く、しかも京間だから余計ユッタリしていた。（『明治の人間』）

「ホンの一部分」とはいっても、八百坪ほどを購入した。家と土地合わせて八十五万円だったと、後に私は小島夫妻から聞いた。例によって現在の金額への換算は難しいが、百倍で八千五百万、二百倍でも一億七千万だから、とにかく不動産は安かったのだろう。今ならこの鎌倉の一等地、この何倍出しても入手できまい。翻って考えると、映画の原作料の百万円は、逆にべらぼうな金額である。

この家の所有者だった実業家とは、私の調べ得た範囲では日本タイプライターなどの社長から政治家へ転じた桜井兵五郎（一八八〇～一九五一）ではないかと考えているのだが、確たる証拠はない。今それを突き止めるゆとりはないが、なにやら波瀾に富んだ人物のようではある。

この頃の生活が一番苦しかった

政二郎がこの邸を買ったのとほぼ同じ頃、永井龍男は、「戦犯出版社」文藝春秋の経営陣だった廉で、菊池寛、佐佐木茂索らとともにGHQから公職追放の指令を受けた（昭和二十二年十月）。菊池は前年すでに大映の社長を辞していてフリーの身だったが、佐佐木はこれで文藝春秋新社から一旦離れた。永井が小林秀雄らと共に発行していた「新夕刊新聞」を辞めて、やむなく文筆生活に入ったことは前にも書いた。パージは結局、翌年五月には解除になるのだが、後に永井はこう振り返っている。

昭和二十二年から二十三年は、私の四十三四歳の頃だと思うが、戦中よりもこの頃の生活が一番苦しかった。月にせいぜい二十枚か三十枚書いていたのでは、生活に追っ付けない。小林秀雄に二千円の無心をして、急場をしのいだこともあった。一生返さないつもりである。たぶんこの日、小林家から一しょに駅前の喫茶店「りんどう」へ行くと、久保田万太郎に遭った。小林秀雄は近く伊豆の温泉へ仕事に出かけるが、同行してじっくり長いものを書かないかとすすめてくれた。聞いていた久保田万太郎は、戯曲をお書きなさい、私が演出して文学座で演らせますと、あの人独特の切り口上で脇から激励していただいた。若い時書いた戯曲が帝劇の懸賞募集に当選したのを、久保田さんは覚えておられたのである。（『運と不運と』）

仲人久保田の登場である。不安な生活の中でのこの励ましには、感激一入だったろう。そして、こんな境遇の永井の目に、戦後あれよあれよという間に花形作家に返り咲き、再び婦女子の紅涙を絞って近所に豪邸を構えた小島政二郎は、どう映っていたのだろうか。

昭和二十二(一九四七)年の暮れも押しつまった十二月三十日の宵、その小島邸に鎌倉の作家仲間が集い、忘年会が開かれた。おそらく、新居披露も兼ねてのことだったのではなかろうか。記録によれば、二十年代前半の鎌倉文士たちは、元旦には久米正雄邸、翌二日には川端康成邸に年賀に集まることが慣わしだったようだ。

当夜集まったのがどんな面々だったのか詳細は分からないが、川端夫人の回想によると、作家本人たちより、むしろその家族の親睦の場だったようだ。久米夫人艶子と息子昭二、川端夫人秀子と娘政子、そして小島みつ子と美籠——三家庭とも子どもは一人っ子だったが、彼らが愉しく談笑していたそのさなか、部屋のラジオが横光利一の訃を報じた。秀子はあわてて電話を借りると、自宅にいた康成にそれを伝えた。

菊池の声は、涙でふるえていた

横光利一の死は、盟友川端にとっても、横光に大恩のある永井龍男にとっても沈痛の極みであったが、それ以上に打撃を受けたのは、横光を愛してやまなかった菊池寛であった。

菊池が胸中に決めていた自分の後継者は、横光の外になかった。前年春、文藝春秋社員たちが新会社を作りたいと言ってきた時、新社長に推薦したのは横光だった。佐佐木の復帰など想定の外だった。その横光——自分より十歳も若い横光がまさか今死ぬとは。

敗戦、会社解散、公職追放で、国にも、出版界にも心底幻滅していた菊池にとって、横光の死は、失望のダメ押しだった。

一月三日の告別式で弔辞を読んだ菊池の声は、涙でふるえていた。焼香の後、控室で人目を避けて嗚咽した。「わが後事をも託すべき君を失ふ。余が晩年に於ける不幸の一なり」と菊池は日記に書いた。この「晩年」の文字は、もはや菊池の重い実感であったのだろう。そして、自らそれを証明するかのように、二か月後の三月六日の夜、菊池は自宅で急逝した。満五十九歳、心臓発作であった。

菊池は二週間ほど前から胃腸を悪くして静養していたが、ほぼ回復したのを機に自身の発案で家族、親類、知己を呼んで快気祝いを催した、その晩のことである。孫の菊池夏樹によれば（『菊池寛急逝の夜』）、この祝いの会は、実は半年前、菊池の女性関係に業を煮やした妻包子（かねこ）が石神井の別荘へ行ったきり帰って来ないので、なんとか呼び戻そうと菊池が思案した末の企画でもあったという。六十歳になったら浮気はやめて真面目になると、菊池は包子に誓っていたともいう。いずれにせよ、親しい人たちに囲まれての、菊池らしい見事にドラマチックな最期だったと言っていいだろう。

この報せが鎌倉にもたらされたのは、翌七日の朝だった。

こんな所で道草を食っていたくない

以下に紹介するのは、永井龍男がその日のことを綴った『三月七日』（「文藝読物」二十三年五月号。講談社文芸文庫『へっぽこ先生その他』所収）という文章である。これは前掲『菊池寛急逝の夜』や大村彦次郎『文壇栄華物語』などにも引用、要約がされているが、私があえて摘出するのは、小島政二郎に関する部分だけである。かなり歪んだ読み方であることは承知だが、作家たちの互いの距離感がはからずも出ているように思えるのだ。

永井の文はこう始まる。

子供が学校へ出掛けてから、また少し眠ったかも知れない。電話が鳴り、台所から妻の出てくるのに暫く間があった。眼が醒めた。

昨晩、晩かったので未だ臥っておりますが、――ええ？　と、それから息をつめた妻の応答が続き、引込まれて、妻のしている返事の通り、素早く自分の周囲を思い浮べたが、小島家の病人も今日明日には退院と聞いているし、心配になる知人は無い筈だ。妻の方のつきあいだなと感じた。


緊迫した、永井独特の鋭い文だが、ここで目を止めておきたいのは「小島家の病人」だ。

これは、政二郎の娘美籠のことであることは間違いない。ちょうど東京の荻窪病院で腎臓摘出手術を受け、予後を見守っていた頃だ。死の直前に菊池に会った倉島竹二郎（作家。慶應時代の政二郎の教え子）は、菊池が「今修理に出している車が三月九日には直るからそうしたら美籠の見舞いに行く」と言ったのを聞いている。つまり、美籠の入院手術は作家たちの間ではよく知られていた。特に美籠が生まれた時から知っている菊池や久米は、わが子同様に心配していたらしく、だから周囲にいる永井も知っていて当然である。

それだけの事実であるが、ただ言えるのは、菊池や久米だったら、あるいは佐佐木や川端でも、「小島家の病人」という字句は用いなかっただろうということだ。永井が悪いとかいいとか言っているのではない。まして小島への嫌悪の片鱗だなど言うつもりもない。単にこの距離感、親近感の違いを私が感じるだけだ。「心配になる知人」と言ってはいても、やはり隔たりはある。ちなみに高見順は日記に「小島政二郎令嬢」と書いている。

先へ進もう。

電話は毎日新聞の鎌倉通信員青島からで、菊池が昨夜死んだという。永井は「嘘をつけ！」と起き上がる。そんなはずはない、確かに菊池は病臥中だが、重篤ではないと聞いている、デマに違いないと永井は思う。そこへ吉屋信子から電話が来る。吉屋は、今朝大映の永田から電話があり、昨夜九時半に亡くなったと聞かされたと言う。さらに、久米の家の電話が故障でつながらないので伝言してくれとも吉屋は言った。続いて大佛次郎夫人からも問い合わせの電話が掛かる。

とにかく久米の所へ行こうと着替えていると、他家の電話を借りたという久米家の女中から事実確認の電話が来た。答えてしばらくすると久米本人から電話。東京へ同行することを決め、久米を家で待つことにする。同じ二階堂の久米宅（八四一番地）から永井宅（五三番地）までは、歩いて数分の距離だ。その間に、小林秀雄、今日出海、上森子鉄に電話。小林は旅行中だった。

久米が来た。永井は気が急いて苛々する。二人は鎌倉駅へ向かう。途中、雪ノ下を通る。


バスの停留所の「別れ道」に近い小島家へ、久米さんが寄る。癖のある久米さんの歩き方を、うしろから自分は見ている。シャツと股引の起きたばかりらしい政二郎氏が、玄関へ飛び出して来て久米さんと立話をする。気の急くまま自分は門の外に立ち、門から深い、玄関の小島氏に会釈する。

バスが駅に着くと同時に、上りの電車がホームを出て行くのが見える。

「別れ（岐れ）道」とは、大塔宮・瑞泉寺方面と浄明寺・十二所方面（金沢街道）との分岐点だが、そのバス停の少し駅寄りに小島邸の門があった。これを読めば歴然だが、小島と菊池の長年の関係を百も承知の永井ではあっても、やはり小島は久米の友人であって、永井としてはどうでもいいのである。共に玄関まで行く気はない。一刻も早く東京へ出たいのであって、こんな所で道草を食っていたくないという風情ですらある。おそらく久米が「小島君にも報せなければ」と言ったのを、さすがに制することも出来ず、苛々しながら待っていたのであろう。気の毒なのは政二郎である。事前に電話でも貰っていればいざ知らず、叩き起こされてあたふたと出てきた。立派な邸の門から深い玄関と、シャツに股引というミスマッチ。この無様な光景をさり気なく描写する永井の筆に、悪意とまでは言わないが、作家らしい意地の悪さを私は濃厚に感じる。最後の一行にも、おかげで乗る電車が一本遅れたという含みが覗けるのだが、いかがだろう。深読みが過ぎるだろうか。

ハプニングがもたらした新聞連載

大御所菊池の文壇、出版界の枠を超えた盛大な告別式については、『菊池寛急逝の夜』に詳しいし、私には書く資格もないので略す。その後、佐佐木茂索率いる文藝春秋新社（後に株式会社文藝春秋）が、大発展を遂げたことは言うまでもない。

菊池の死の翌年、芥川賞、直木賞が復活し（第二十一回。昭和二十四年上半期）、小島政二郎は久米正雄と共に直木賞銓衡委員に返り咲いた。他の委員は戦前から継続の大佛次郎、獅子文六、井伏鱒二、新たに加わった川口松太郎、木々高太郎を合わせて全七名である。（菊池は死の直前、「文藝讀物」〈日比谷出版社〉昭和二十三年一月号で直木賞の復活を宣言しているが、同年には銓衡の動きはあったものの、授賞は行なわれなかった。その経緯は大村彦次郎『文壇栄華物語』に詳しい。第二十一回の小島の選評にも「去年は直木賞の授與がなかつた。委員達にも熱がなかつた」とある。ちなみに第二十一〜二十二回は日比谷出版社がこの賞を運営。永井龍男はこの時同社の社長に就任していたと全集年譜にあるから、何らかのかたちで直木賞に関わっていたと思われるが、本人は何も言及していない)。

芥川賞委員も列記しておけば、戦前からの継続が佐藤春夫、瀧井孝作、川端康成、岸田國士、復活が宇野浩二、新参加が丹羽文雄、舟橋聖一、坂口安吾、石川達三で、計九名だ。石川達三は、前年直木賞委員に加わっていたが、芥川賞復活とともにちゃっかり自分から鞍替えしたという話である。そんなことが可能だったのか。

当時筆一本の生活に邁進していた永井龍男は、昭和二十四(一九四九)〜二十六年の三年間に佳作を次々に世に問い、作家としての地歩を固めた。同二十五年三月には、前年「文學界」に発表した『朝霧』が、新人作家を顕彰する第二回横光利一賞(改造社主催)を受賞した(第一回の受賞は大岡昇平『俘虜記』)。永井の新人らしからぬ経歴ゆえに賛否があったが、銓衡委員中、小林秀雄が強く推し、井伏鱒二、河上徹太郎らも賛成して授賞が決まったという。永井は勢いに乗ってその後も『青電車』、『風』、『狐』などの秀作を連発、その筆はいよいよ冴えを増してゆく。

同二十六年六月二十八日、「朝日新聞」に『めし』を連載していた林芙美子が心臓麻痺で急逝すると、仔細あって永井は急遽その代役に指名された。新聞社側は、連載小説に空白期間があってはならない、林が書き溜めてあったのは四日分なのでそのあとすぐにスタートしてくれという無茶な要請をした。再三固辞したが取り合ってもらえず、永井は新聞連載の骨法を教わるべく大急ぎで鎌倉の先輩作家——久米正雄、大佛次郎、さらに小島政二郎まで歴訪したというから、彼にとって前代未聞の事

態だった。覚悟をきめて上京すると、

港区三田の宿屋に泊まり、あれこれ構成を考えるが、なに一つこれを起点にという文えは浮かんで来ない。後二日だ、後一日だと追われるのみで、構図を考えるなどという時ではなかった。最後の日、切羽詰まって、そのうち短編にと思っていた材料と対決する腹をきめた。後は右へ往こうが左へ往こうが、俺の知ったことではない、机に対った。とにかく書き出すよりほかに手段はなかった。(『校正を終って』)

こうして書き始めたのが初めての新聞連載小説『風ふたたび』だったが、この後、こともあろうに連載終了日まで新聞社の一方的都合で決められた。日米講和条約調印、つまり占領終了を機に新聞紙面と発行体制を一新する、それが十月一日からだというのだ。おかげで七月七日開始の『風ふたたび』は九月三十日、八十六回で終了という異例に短いものになってしまった。まさに、ハプニングに翻弄され放題の永井だったが、幸い小説の評判はよく、これで文壇を超えて世間にその名がしっかりと認知され、作家としての足場はいよいよ固まった。「菊池、横光両氏には、私は不本意な告別をしたが、わずかに久米正雄には立ち直りを見てもらえた」(『同』)と永井は書いている。

重要なことを書き落とした

昭和二十七年上半期から、私は直木賞委員に加わった。終戦間近まで永年下働きを勤めた身が日向に出たのは、佐佐木茂索の配慮によるものと思う。二十二年、進駐軍による公職追放令に該当、止むなく売文業に転じたのが四十四歳、それから五年後のことであった。(この回、獅子文六辞任)

当時の同賞委員は、久米正雄、大佛次郎、小島政二郎、井伏鱒二、木々高太郎、川口松太郎、吉川英治の諸氏であった。

両賞の係員として末席に控えるのと、委員の一人として一席を占めるのとは、随分感じが異なっていた。係員としては議事の運行以外に責任はなく、授賞が決定するまで傍観していればよかったが、発言権を持つことになると、気骨が折れた。(『回想の芥川・直木賞』)

永井独特の表現で「気骨が折れた」と言っているが、この佐佐木による抜擢を光栄に感じなかったはずはない。永年下働きをしたからといって、その功労で就任できるような役職とはわけが違う。それも文筆専業になってわずか五年の満四十八歳——他の委員中最も若い川口よりさらに五歳も下の最年少委員である。選ぶより、選ばれる側であっても少しもおかしくない存在ではなかったか。否、逆に言えばこの五年間の活躍で、永井は居並ぶ大家連と伍すほどの風格をそなえた作家に成長したということなのだろう。さらにそこへ、この賞を長らく支えてきたという永井ならではの経歴が加味されれば、誰もこの就任に異を唱える者はなかったはずだ……ただし、ここで永井は重要なことを書き落としている。昭和二十七年二月二十九日(閏年だった)の夜、久米正雄が鎌倉の自宅で脳溢血で倒れ、そのまま死去した。すでに前年の半ばすぎから高血圧で体調が思わしくなかった久米は、この前の銓衡委員会を二回連続で欠席していた。

大村彦次郎は『文壇栄華物語』で、この委員改選について「亡くなった久米正雄と病身の獅子文六に代わって、吉川英治と永井龍男が就いた」と書いている。この通り二人が代役——補充だったとしても、永井に関する右の評価を取り消す必要はないと思うが、それならなぜ永井は事情を正確に記さなかったのだろうか。久米の死と獅子の辞任——どちらが先だったのかは分からないが、いずれにせよその穴埋めだとすれば、その事実が永井の記憶に強烈に残っていておかしくはないだろう。それを、あたかもこの回、久米とともに銓衡にあたったとも捉えられかねない書き方をしているのは、不思議ではある。

細かいことを言えば、吉川英治は戦前ずっと委員を務めていたから、これは復帰でもある。また獅子文六の「病身」については私はよく知らないが、戦後これまでに行なわれた六回の銓衡委員会のうち、出席したのは初めのたった一回（第二十一回。二十四年上半期）のみで、選評も三回しか提出していない。その間『自由学校』などの連載小説は執筆しているから、体調ばかりでなく、銓衡への熱意も早くから衰えていたのではなかろうか。

ミスター鎌倉文士の死

ここで、久米正雄の死がもたらしたものに、ふれておかなければいけない。

戦前戦後を通じ、いわゆる鎌倉文士を代表する存在であったのが久米である。鎌倉に居を構えたのは里見弴（三歳上）や大佛次郎（六歳下）よりも遅い大正十四（一九二五）年だったが、以来四半世紀余り、久米ほど鎌倉という町と縁を深めた作家はいなかった。

鎌倉ペンクラブ会長（昭和十一年発足から死去まで。以後、里見弴が会長を引継ぎ同三十六年解散）、鎌倉町議会議員（同七年より二期八年）、鎌倉カーニバル発案・実行委員（同九年〜二十六年。戦中戦後は一時中断、カーニバルは同三十七年まで）、鎌倉文庫社長（同二十創立〜同二十四年倒産まで）……派手好き、社交的で温厚な人柄は周囲に愛され、文壇・鎌倉組と呼ばれた市内在住の作家たちの束ね役でもあった。

盟友菊池寛とならんで大正半ばから通俗小説の花形作家となったため、毀誉褒貶を浴びて文壇人としては胸に屈託を抱えてはいたが、通俗の後輩小島政二郎にとっては理解し合える良き先輩であったろう。政二郎自身も、久米の晩年、一番親しく付き合ったのは私だろうと思うと書いている。また、一章の終わりでもふれたが、久米の『「私」小説と「心境」小説』（大正十四年）というエッセイには深く共鳴し、それが政二郎の文学観の支柱にもなっていたことは興味深い事実だ。

戦後数年のうちに、菊池が逝き、久米が逝き、政二郎の寂寥は深まる一方だった。若き日からの友で残っているのはもう佐佐木茂索だけだが、その佐佐木は疾うに作家ではなく経営者だ。その懸隔は埋まらない。やはり久米の存在は大きかった。文壇・鎌倉組の潤滑油であった。決して相性のよくない政二郎と永井の関係にしてみれば、久米はすぐれた触媒であり、緩衝材であった。それが取り払われれば、自ずと疎遠になるのは当然だろう。これを機に、鎌倉文壇地図は塗り替えられてゆく。

小島はエロ作家となってしまった

こうして、久米は「小説家永井龍男」をわずかに見届けて世を去ったが、小島政二郎は残った――とは変な言い方だが、この後、昭和三十三（一九五八）年に至るまでの六年間、永井と政二郎は直木賞銓衡会の卓を囲むことになる。第二十七回から第三十八回までの計十二回、その間それぞれ一回ずつ欠席しているから銓衡会で顔を合わせたのは十回である。

前述のように、永井は作家としての一本立ちは遅かったものの、めきめきと頭角を現わし、すでに同年代の戦前からの作家たちに追いつき、追い抜いた観すらある。一方、十歳上の政二郎は、いわゆる「大家」の域にあったが、その上には必ず「通俗小説の」という字句が冠せられる存在になっていた。戦時中に出版した『眼中の人（その一）』は、世間的にはもちろん、文壇内でもほとんど顧みられることはなく（角川文庫に収められるのは昭和三十一年）、人々の目に焼きついていたのは、やはり『三百六十五夜』の世俗的大成功であった。

昭和二十六年から二十八年にかけて、政二郎は一章で何度も引用した『永井荷風先生』や、『森鷗外先生』『菊池寛』（『眼中の人』では書けなかった菊池の女をめぐる逸話にふれている）などの回想を「文藝春秋」本誌や別冊に執筆しているが、特に注目されたという記録もない。

同二十六年八月には「食（グルメ）」随筆の白眉とも言える『食いしん坊』の連載（「あまカラ」誌上。連載時の表記は『食ひしん坊』）が始まり、これは間もなく文壇内外の評判を呼ぶが、あまりに闊達自在な語り口に、肝心の小説のほうが見劣りしてしまうという、本人としては手放しでは喜べない状況をも作り出してしまった。

大正時代からの知己であった江口渙（一八八七〜一九七五）の、当時の感慨である。

いまは一九五三年である。私たちが清凌亭（注・佐多稲子が十代の頃働いていた上野の料理屋）にあそびにいっていたのが一九二〇年だから、あれからもう三十三年になる。そのあいだに芥川も死に、久米も死に、菊池も死に、井上正夫も死んだ。そして、まだ生きのこっているものの中でも、佐々木茂索（ママ）は文芸春秋新社の社長となってすっかり実業家になり、いつか文学の道からはそれていった。小島政二郎はエロ作家大衆作家となってしまった。そして、まともな文学の仕事をつづけているのは佐多稲子と宇野浩二と私ぐらいのものである。(『わが文学半生記』)

通俗どころではない。「エロ作家」である。一九二〇(大正九)年には、女も知らなかったロリコンの大学講師が、幾星霜を経てついにこんな名声を得てしまった。

松本清張「芥川賞受賞」のいきさつ

政二郎と永井が共に直木賞の銓衡にあたっていた数年間に、いくつか印象的な出来事が起こる。ここでようやく話は、本章の主題と絡み合い始める。

芥川賞・直木賞の歴史の中で、かなり著名な一齣として「松本清張芥川賞受賞のいきさつ」の一話がある。多くの人に語られているが、とりあえずごく簡単にあらましを書いてみよう。

「三田文学」昭和二十七(一九五二)年九月号に掲載された松本清張『或る「小倉日記」伝』は、その年の下半期の直木賞(第二十八回)候補作に挙げられた。同二十八年一月に催された直木賞銓衡会の席上、委員の永井龍男は、この作は直木賞より芥川賞候補にふさわしいから芥川賞委員会のほうへ回したらどうかと発言、他の委員も賛成し、芥川賞候補作となった。三日後に行なわれた芥川賞銓衡会で『或る「小倉日記」伝』は委員たちの高評価を獲得、みごと芥川賞を受賞した(五味康祐『喪神』が同時受賞)。

一方、松本本人は直木賞候補となったことは通知されていたものの、その後の経緯は知らされていなかった。直木賞発表の当日、松本はラジオで自分の落選を知り落胆したが、数日後、勤務していた朝日新聞の記者から『或る「小倉日記」伝』が芥川賞を受賞したと伝えられた。松本は、そんなことはあり得ない、何かの間違いだろうと思った——。

以上が、「松本清張芥川賞受賞のいきさつ」である。

続いて、当事者たちの証言を並べよう。まず、永井龍男である。

昭和二十七年下半期の銓衡委員会は、私にとって二度目の直木賞委員会であった。席上私は、「或る『小倉日記』伝」という森鷗外に関連する作品について、これは直木賞というより芥川賞候補作として扱うべきものと思う、枠を外して芥川賞委員会へ廻してはどうかと提案した。幸い委員諸氏の同意を得て、その通りになったが、この松本清張の「或る『小倉日記』伝」は、五味康祐の「喪神」と共に、二十七年下半期の芥川賞受賞作となった。こういうこともあるかと、気持のよさを味わった。古い手柄話を吹聴するのではない。この場合芥川賞委員会が、直木賞候補作が廻ってきたということに、偏見を持ったならば、こういう明るい廻り合わせは成立しなかったに相違ない。芥川賞委員諸氏の素直さが生んだ手柄ということを記して置きたい。そうした機微が、思わぬ結果を呼んだ例を、下働き当時からいくつか私は見てきた。(『回想の芥川・直木賞』)

次に、その直木賞銓衡会に、勧進元の文藝春秋(文学振興会)の一員として同席していた鷲尾洋三の回想から。

昭和二十七年下期、第二八回の芥川賞は、五味康祐の「喪神」と松本清張の「或る『小倉日記』

伝」の二本建てだが、松本氏の「小倉日記」は、社内予選では直木賞の方に入れられていた。(中略)その時分は、詮衡(ママ)会議の日どりが異なるせいもあって、稀には一つの作品が両賞の予選通過作に跨がることがあったが、その折りの「小倉日記」は直木賞の方だけであった。

さて、直木賞の詮衡会議がはじまると間もなく、当時は芥川賞ではなしに直木賞の委員だった永井龍男氏が、

「松本清張の〝或る『小倉日記』伝〟というのは、なかなか立派な作品だが、これは直木賞の作品ではなく、むしろ芥川賞候補の作品だね」

と云った。わたしは、三、四日まえに「小倉日記」に目を通し、いくらか永井さんに同感めいた感じを抱いていたから、云われて少し慌てた。ところで、ほかの委員の方々もほとんど永井さんの意見に賛成したので、そして日本文学振興会理事長の資格で佐佐木茂索社長もそれに賛成したので、急遽、次なる芥川賞詮衡会議の方へ候補作として廻すことになり、そちらの詮衡委員の方々にも御迷惑をかけることになった。(中略)清張さんの運が好かったと云えば、「文藝春秋」の首脳陣が責任を回避するに似て、失礼に当るのは百も承知だが、永井さんの提唱がなければ、「小倉日記」の運命はどうなったか解らない。そういう意味では、確かに清張さんは好運だった。

(『回想の作家たち』)

当の幸運なる受賞者松本清張も何度も書いているが、以下二つだけ引いておく。

さて、拙作が直木賞から芥川賞へ化けた理由は、はじめ直木賞の委員会で拙作が審議される前、

委員の永井龍男氏（当事は直木賞委員だった）が、この作は直木賞むきのものではないと云って、芥川賞委員会のほうへ銓衡の横すべりをさせたからであった。（『賞と運』——「芥川・直木賞の三十年」所収。昭和三十九年三月）

そのころ両賞の選考委員会は日を違えて開かれていたが、「或る『小倉日記』伝」を「これは芥川賞むきだから」と芥川賞選考委員会へ回付したのは、あとで聞いたことだが、直木賞選考委員の永井龍男氏であった。永井氏の一言なくば、わたしは芥川賞はもらえずに終ったかもしれない。（『あのころのこと』「オール讀物」昭和五十五年八月号）

木々高太郎の証言

以上、当事者、関係者の話を読む限り、どれもぴたりと符合し、矛盾などどこにもない。付け加えておけば、この第二十八回の直木賞銓衡会は一月十九日、芥川賞銓衡会はその三日後の二十二日に開かれている。右の証言にもあるように、この頃両賞の銓衡会は、現在と違って別の日に催されてはいたが、それはこの回のように直木賞が先と決まっていたわけではない。逆のケースも何回もあった。したがって、『或る「小倉日記」伝』を芥川賞銓衡会へ回すことが出来たのはまったくの偶然であり、その意味でも松本清張はきわめて運が好かったと言わざるを得ない。

ちなみに両賞の銓衡が同日に行なわれるようになったのは第三十回からとのことで、そのあたりのいきさつや、候補作決定の権限の所在、その歴史的変遷など多くを、私はその主宰者（川口則弘氏）とわずかに交流のある『直木賞のすべて』というＷＥＢサイトから学んだ。自分が独自に掘り起こした事実だと思っていた事柄が、このサイトにあっさり常識のごとく書かれているのを発見し、うろたえ、敬服したこともある。この第二十八回に関して言えば、もともと戦前は銓衡委員が予選をして最終候補を決定していたものが、徐々に運営側（文学振興会）へその主導権が移行していった、その過渡期を象徴する出来事だったようだ。両賞を発足から熟知している永井龍男だから為しえたふるまい――芥川賞への回付だったのではとこのサイトは考察している。

と、これで「松本清張芥川賞受賞のいきさつ」は完了ということなら、わざわざこの有名な一件をなぞっただけで、なんの意義もない。ここにもう一人、両賞を発足から熟知している人物に登場してもらわねばならない。

『或る「小倉日記」伝』を掲載した「三田文学」の編集委員（実質の編集長格）にして直木賞銓衡委員でもあった木々高太郎が、こう書きとめている。

彼（注・松本）は〝サンデー毎日〟（注・「週刊朝日」の誤り）の懸賞に「西郷札」で当選し、歴史小説家としてやってゆく決心をしているうちに、当事〝三田文学〟をあずかっていた僕のところに、「探偵小説をかきたい。」と言ってきた。あたかも、探偵小説を文学としたいという気持を持っていた僕のところであるから、〝三田文学〟をそれに使うことをいささかも躊躇せず、二年間に二三編の小説をのせた。その最後の小説が「或る小倉日記伝」で森鷗外に関する一種の考証小説であった。

これは、文章もしっかりしていたし、十分推理小説としても受け入れられるもの、翌年の直木賞に推薦したいと思っていたところ、小島政二郎が芥川賞に推薦した。そして、当選したのであ

る。(『推理小説入門』光文社刊、昭和三十五年)

この「小島政二郎」の突然の出現をどう解釈したらいいだろうか。「週刊朝日」と「サンデー毎日」を取り違えるくらいだから、これも木々の軽率なミス——「永井龍男」の誤りであろうか。しかし、この三人はいずれも同じ直木賞銓衡委員であり、その場に同席していたはずである。いくら何でも、清張の一件に関して、木々の頭から永井の存在が消え去るはずはないだろう。ところが一切ふれずに、この断定的な叙述である。

松本清張も書いていた

ここで、私的事情というと大袈裟だが、私がこの問題を聞き知った発端を書いておこう。

昭和五十(一九七五)年前後の学生時代だったと思う。生前の父との雑談の中で「松本清張の候補作を読んだ小島先生が『これは芥川賞だ』と言ってそっちへ回したんだ」と聞かされた。例によって懶惰、無気力の私は聞き流してそれきりで、その後小島政二郎のものを読み漁ってもそんな話は欠けらも出てこないので、関心ももたなかった。

父がそれを誰から聞いたのか、先生からか、文壇関係者からか、あるいは何かで読み知ったのかどうかも分からない。師弟の交わりや出版関係との付き合いは昭和三十年代からだから、リアルタイムで聞いたわけではないだろう。やがて、父も死に、あらためてこの話を思い出して少し調べてみようと思い立ったのは、ほんのこの十年のことだ。

ところが、先にも引用したように出てくるのは皆永井龍男のエピソードばかりで、父の話はとんでもない錯誤か、あるいは幻だったのかもしれないとすら思い始めた。正直に言うと、当時永井龍男が直木賞委員だったことさえその過程で初めて知ったというていたらくだから、調べが捗るはずもないが。そんな中でようやく見つけたのが、右の木々高太郎の文と、次の松本清張のエッセイだ。

今まで、ほかで何度か云っているので繰り返さないが、直木賞候補とばかり思っていた拙作は、芥川賞委員会の方へ廻付されていたのである。これは読んで下さった小島政二郎氏と永井龍男氏とが主張されてその結果になったとあとで承った。(『作家殺しの賞』「文學界」昭和三十四年三月号)

この文は「松本清張全集」にも収められているし、先のWEBサイト『直木賞のすべて』にも引用されているから、清張研究者でなくても周知のものだろう。また、平成二十一(二〇〇九)年の清張生誕百年のミニブームの際、新たに出た研究書や評伝類で何度かこれが摘出されもした。しかし、それ以前の数十年は、私の知る限り「清張と芥川賞」が語られる時に取り沙汰される直木賞委員の名は永井龍男のみで、小島政二郎は見事に消えていたはずである。

それは永井自身の『回想の芥川・直木賞』に起因しているのは間違いないが、清張にしても昭和三十四年に右のように書きながら、その後になると前に引用した二件(同三十九年と五十五年)のごとく、いつのまにか小島の名を外してしまったのだから、それも要因である。

では、小島政二郎の存在がなぜ消えたのか、否、それよりまず政二郎はこの銓衡にどう関わっていたのか——。

それを知る鍵は、まずその回の選評であろう。本来なら第一に当たるべきものだが、銓衡の最初に候補から外されてしまった作品の選評が書かれるだろうか、と変に気を回したせいで、調べるのが後回しになってしまった。結論から言えば、そこに鍵はあった。明快な答えではないが、大きなヒントはあった。

ただ、勿体ぶるわけではないが、それを紹介する前に、少しだけ事実を補足しておく。

松本清張と木々高太郎の交流のきっかけは、「週刊朝日」の懸賞小説三等入選の『西郷札』（昭和二十六年上半期直木賞候補）である。これを読んだ木々が、九州に住んでいた清張に「三田文学」に執筆を奨め、清張はその後『記憶』（同二十七年三月号掲載。後に『火の記憶』と改題）、『或る「小倉日記」伝』（同九月号掲載）を書き送った。当時の「三田文学」の編集委員は木々と佐藤春夫、それに小島政二郎の三人だったが、政二郎はほとんど傍観者で、実態は木々が佐藤と対立しながら采配を揮っていた。その下で三田派の若手作家たちが下働きをしており、また政二郎との縁で和田芳恵も手伝っていた。送られてきた『記憶』を最初に読んだのは和田で、『或る「小倉日記」伝』は柴田錬三郎（昭和二十六年下半期直木賞）だったという。和田と清張の親交はこのように「三田文学」との関わりから始まるが、これは次章で改めてふれるつもりだ。

欠席していた政二郎の書面選評

では選評の検討に移ろう。銓衡委員は大佛次郎、川口松太郎、吉川英治、井伏鱒二と、木々、永井、小島の七名。候補作は『或る「小倉日記」伝』の他、『叛亂』（立野信之）、『獄門帳』（沙羅双樹）、『老残』（長谷川幸延）、『紋章家族』（中村八朗）、『白扇』（北条誠）の六作で、結果は立野が単独当選となった。

案の定、候補から外された清張についてはほとんど語られていない。言及しているのは吉川、永井、小島の三人だけで、うち吉川は、清張の今度の作品が「芥川賞の方でとりあげられたのは、『西郷札』の作家としてどう考へてゐるだらうか」と書いたのみ。芥川賞の結果をまだ知らない時点の執筆かもしれない。
永井龍男は、立野『叛亂』を称え、他の候補作にもふれた後、末尾にこう記している。

松本清張氏の「小倉日記」は芥川賞を授賞された。直木賞委員會席上で、かういふ作品は、何故芥川賞の方へ推選しないのか。直木賞候補に推すのは、畑違ひでひいきの引き倒しであると、私は蛇足を加へたので、後でこのことを知つて欣快に堪へない。

つまりこれは芥川賞決定後の執筆である。自分の発言がもたらした事態の結末がどうなるか、按じていたに違いない。安堵と得意が入り混じった無上の欣快であろう。
そして、残った小島政二郎であるが、実は彼は銓衡会を欠席していた（他に川口も欠席。永井の文によると三委員が欠席とあるので、はっきりした証拠はないが大佛も休んだ可能性がある。いずれにせよ、この二人は当日までに自分の「一押し候補」を委員会に伝えていたようで、立野への授賞が決まった後に選評を寄せている）。政二郎は書面を認め、当日までに委員会に提出、それが選評として掲載されており、他の委員とは違って当選作決定以後には何も書いていない。その冒頭から引用してみる。

餘儀ない事情で缺席します。一回も缺席したことがないだけに、誠に殘念です。止むなく、私の意見を手紙に書いて提出します。

全作品のうち、松本清張君の「或る小倉日記傳」に私は一番心を引かれました。「西郷札」の作者が、かういふ「文學」を書くに到ったことは、大變な成長だと思ひます。私はこの作品を押したいのですが、しかし、考へて見ると、どうも「直木賞」の作品ではなささうです。作品に關する感想略。枚數の關係で中略。

この後一転して、戦前から贔屓の長谷川幸延へどうか賞を授けてくれ、という委員会への懇請が続くのだが、それは別の「物語」なのでここでは略す。とにかく、これが政二郎の『或る「小倉日記」伝』に対する述懐のすべてだ。他の委員の選評から察するに、この書面が席上で読み上げられたか、あるいは回覧されたかして、その内容が伝えられたのは間違いない。手に入った材料は以上だから、あとは推論しかない。

初めから「芥川賞」に推薦した

こういうことではないだろうか。

直木賞委員の中で『或る「小倉日記」伝』を最も早く読んだのが、掲載誌の編集をしていた木々高太郎であることは疑う余地がない。その次が政二郎であることも間違いないだろう。二人の間でこの作品が話題に上った時、木々は「どうだ、いい小説だろう。直木賞に推そうと思うんだ」。対して政二郎は「確かに秀作だが、これは芥川賞だ。僕はそっちへ推すよ」――こんな展開ではなかったか。

今も行なわれているが、日本文学振興会は芥川・直木賞の予選にあたって、銓衡委員を初め文藝関係者たちに推薦作を募るアンケート（葉書）を送る。『或る「小倉日記」伝』を、木々は直木賞の欄に、政二郎は芥川賞の欄に書き入れて回答した。もし、政二郎が両賞の委員を兼ねていた戦前であったら、同作はすんなりと芥川賞候補に組み入れられたことだろう。ところが、鷲尾の言うように「社内予選では直木賞の方に入れられ」たのである（至文堂発行の『直木賞事典』〈昭和五十二年〉で荻久保泰幸は「『或る「小倉日記」伝』は芥川賞候補作でもあったのでそちらへ廻され（そして受賞した）」と書いているが、何が根拠なのか、そんな記録があったのか、不明である。事実なら鷲尾の言う「一つの作品が両賞の予選通過作に跨がる」ケースだが）。

一方、永井龍男がこの小説をいつ読んだのかは分からないが、直木賞候補作として自分のもとへ届けられた後と考えるのが妥当だろう。いずれにせよ読了して「これは芥川賞にふさわしい」と感じて銓衡会に出席、冒頭で一席弁じたわけである。もちろんこの時、政二郎の書面を読んで自分と同意見なのを知ったが、永井にとってそれは「芥川賞に回す」という自分の提案を補強してくれたにすぎない。あくまで、自分が会の席上で強く主張したからこそ「松本清張の芥川賞受賞」という結果を生んだのであり、政二郎は他の委員と同様の賛同者の一人である。後年、往時を回想する永井の頭に、小島政二郎の存在が浮かび上がるはずもない。忌み嫌っていたならなおさらである。

では、松本清張の方はどうだろうか。

おそらく受賞後、この一連の経緯を木々の口から聞いたに違いない。芥川賞ばかりでなく、直木賞の選評も読んだだろう。やがて親しくなった和田芳惠からも、何らかの情報を得ていたかもしれない。無論、永井のことは各方面から耳に入ってきたはずである。そこで「読んで下さった小島政二郎氏と永井龍男氏とが主張されてその結果になったとあとで承った」と昭和三十四年時点では書いた。ところが、それ以降のエッセイでは、小島政二郎が消える。何故か。政二郎が銓衡会を欠席していたことを、その後で聞いたのか。永井の名と併記するほどの役割は果たしていないと考え直したのか。

客観的事実だけを言えば、昭和三十年代に入って瞬く間に流行作家への道を駆け上った清張は、同三十五年には高額所得者ランキングで作家部門のトップへ躍り出る。三十六年には芥川賞ではなく直木賞の銓衡委員に就任して、以後五年間（十期）、政二郎と年に二度顔を合わせることになる。互いの印象はどうだったのか。とくに清張の目に政二郎はどう映ったのか。判然としない。ただ、清張はこの間、今東光の知己を得たり、和田芳恵と親交を深めたりして間接的にも様々な小島評を聞いたのではないか。これは次章でも再考したい。

和田の不運が生んだ清張の受賞

その和田は昭和三十九（一九六四）年一月、この二人が銓衡に当たっていた委員会から直木賞（同三十八年下半期）を授けられた。彼は幸運だった清張とは好対照で、芥川・直木賞の間で翻弄された挙句の受賞だった。どちらの候補に上がっても、これは向こう側の作品だ、どっちつかずの小説だと斥けられたいきさつは、大村彦次郎が詳説しているから略すが、ここでは『或る「小倉日記」伝』の伏線となったとも言えるその一期前――同二十七年上半期（第二十七回）の直木賞銓衡（受賞作は藤原審爾『罪な女』）の一部だけを覗いてみる。

和田にとって初めての直木賞候補作だった『露草』は、『或る「小倉日記」伝』の三か月前、同じ「三田文学」の六月号に載った。小島政二郎は選評にこう書いている。

私は、大家なら藤原審爾君、フレッシュマンなら和田芳恵君、さう云ふ腹で出席した。しかし、正直に云つて、和田君の「露草」は直木賞の作品ではないと思つた。だから往復ハガキの問ひ合わせが來た時、芥川賞の候補作品として推薦して置いた。ところが、その方に採用されず、直木賞の候補に這入つて廻つて來た。私はいぶかしく思つた。

しかし、直木賞の候補作品として廻つて來た以上、直木賞の作品として認める外はない。私自身芥川賞の候補に押した位だから、優れた作品だと思つてゐる。

第一、一生懸命さが全篇に行き渡つてゐる點、何より快い。

これで、次回の松本清張の時も、葉書で芥川賞に推したことが想像できる。

木々高太郎はこんなことを言っている。

第二席に入つた和田芳恵「露草」は小島政二郎も、佐佐木茂索も、純文學の作品で、直木賞ではないと言つたが、僕は自由廢業の初期のことをよく調べてかいたものとみ、立派に直木賞だと思つてゐるし、この作者には前に樋口一葉を主題としたいゝ作品があつた筈だ。

そして永井龍男は、「……和田芳恵氏の作風は、出來不出來は別として直木賞に適しいかどうか疑問を持つた」と書いている。木々はともかく、永井と政二郎（と佐佐木）のこの作品の評価・分類は等しく、共に振興会側の選別眼に苦言を呈していると言っていい。つまり、こうした仕分けによる作品の不運を目の当たりにしたからこそ、次回の銓衡会での永井の勇断が生まれたのではなかろうか。

そして、『或る「小倉日記」伝』が見事に功を奏したのを受けてか、和田の次作『塵の中』がすぐ次の二十九回芥川賞候補に上げられるが落選、それではと三十回では『老猿』が直木賞候補に戻されたが、木々以外の委員たちには「やはり直木賞のものではない」と敬遠された。和田は雑誌「日本小説」で創出しようとした分野を自作で体現したというべきか、その作風が芥川賞と直木賞のどちらとも相容れなかったのだろうし、こうした例は両賞の歴史の中にはいくらもあるが、当の作家にとっては、たまったものではない。自分の意思とは関わりなく無理矢理ジグザグ走行を強いられ、小突き回されたも同様である。ただ、それから十年を経てとにかく受賞できたことは、遅すぎたとはいえ救いではあった。

直木賞作家・田岡典夫の公開状

松本清張の芥川賞受賞と同じ昭和二十八（一九五三）年の後半（六月三十日〜十二月三十一日）、小島政二郎は「毎日新聞」朝刊に、小説『甘肌』を執筆した。連載中の十二月四日、同紙上に作家田岡典夫（一九〇八〜一九八二）が小島宛の公開質問状を発表した。題して『大衆小説は堕落文学か』。田岡は第十六回（同十七年下半期）直木賞作家である。小島からの回答・反論はなかった。

この一件を材料にして、永井龍男はその直後、『二つの賞の間—純文学と大衆文学の問題』という芥川・直木賞が第三十回迎えるにあたってのエッセイを認め、「別冊文藝春秋」に発表した。まだ『甘肌』は連載中であった。さらに二十余年後、永井は『回想の芥川・直木賞』（同五十四年刊）で再度この件を、かつての自分の一文と共に紹介した。——以上のあらましを、大村彦次郎は平成になって（七〜十七年）、『文壇うたかた物語』『文壇栄華物語』『時代小説盛衰史』などで再三にわたって解説している。

ということで、幾重にも重なった話から、本章の主題である政二郎と永井の関係を推察し、同時に純文学と大衆文学の問題に分け入ることは至難の業だ。大村流に手際よく明快に捌く手腕は私にない。一歩ずつ、鈍な方法ですすめてゆくしかない。

まずは長編小説『甘肌』である。連載は百八十四回だから五百五十枚ほど。作者政二郎は満五十九歳である。

主人公は作者と等身大の作家・砂村次郎。一応三人称で書かれてはいるが、砂村と周辺の女性や家族以外、作家仲間などは皆実名で登場するから、あきらかに『眼中の人㈠㈡』同様の自伝——私小説である。否、同様どころか、大正時代の回想部分では『眼中の人（その一）』をそのまま引き写してもいる。ただし、細かいことを言えば、それはかつて「改造」に執筆して原稿料をもらった部分ではなく、戦時中コツコツと書き下ろしていた部分である。昭和十七年刊の『眼中の人』が全く顧みられずに黙殺された悔しさを、多数の読者のいる新聞紙上で晴らしたかったのではないか。

永井は「一人の小説家を主人公に、数名の知名人をからませたこの小説は、当然主人公の、さまざまな文学的感想や文壇生活の表裏が、男女の人物と共に展開されて、たいそう風変わりな新聞小説である」（『二つの賞の間』）と書いているが、新聞連載に自伝小説というのは、確かにこの時代では異色であったろう。怪訝なのは、こんな紹介をしているところを見ると、永井は後に評伝『菊池寛』（一業一人伝）を書くが、この時はまだ『眼中の人』を読んでいなかったのだろうか。

ともあれ、これでわかるように『甘肌』の主題は、主人公の小説（芸術）家としての歩み、もう一つは「女」である。女への飽くなき情熱と悔恨は、十数年後の『眼中の人（その二）』、さらに最後の長編『砂金』へと引き継がれる生涯のテーマであった。

この『甘肌』こそが精魂こめた本来の小説

『甘肌』の展開を追ってみる。

砂村は、戦後久米正雄らと遊びに行った熱海で、知り合った芸者小君から、自分がなぜ女に惚れられないか——女が砂村に男の色気を感じない理由を聞かされる。「あなたは日向のロハ台（ベンチ）よ。優しくて暖かそうだから、女は安心して近寄って腰掛けるけど、ロハ台に惚れる人はいないわ」

ズバリ言われた砂村は自分の半生に思いを馳せる。妻の銀子との出会いから結婚まで。友人の妹銀子に一目惚れした砂村は、許婚同然だった幼馴染みの千代を忘れ、強引に銀子と結婚するが、気が利かず、愛想がなく、愛情を示そうとしない銀子に幻滅する。この妻との出会いや彼女の境遇は事実とは違う仮構だが、銀子のモデルはまちがいなくみつ子で、その性格や生活描写には、それまで政二郎が書いてきた小説や随筆の「悪妻」描写がふんだんに投入されている。

砂村は芥川、菊池らの薫陶で新進作家として名を成すが、やがて志とは違った大衆小説の大家となり、経済的には潤ったが、銀子にも軽蔑される存在になってしまった。早く足を洗って芸術小説の世界に戻りたいが、一度圧（お）された烙印を消すのは困難で、文壇からは見放された。戦争中の執筆禁止を乗り越えて、戦後は一応の復活を見たが、もはや時代についてゆけず、快々とした日が続く——このあたりは、後の『眼中の人（その二）』ではさらに強調され、小島の「持ちネタ」と揶揄されるまでになるが、これこそが後述の田岡典夫を刺激した部分だ。

そんな砂村は、ふとしたことで戦前一時気を惹かれたことのある芸者凪子に再会する。三十半ばの彼女は旦那に死なれて独り身で、小説好きな文学芸者でもあった。砂村はかつてどの女からも得た事のない心遣いと思いやりと甘い肌に接し、凪子と深みにはまる。その愛情と励ましでようやく作家としての自信を取り戻した砂村だが、銀子との生活に亀裂が入るのは必定だった。そこへ「毎日新聞」から連載の依頼が来た。書きたくてたまらない絶好のタイミングだった。読者に喜ばれることを目標にせず、いい小説を書こうと決めた――。これがラストである。つまりこの『甘肌』こそが、自分が精魂こめた本来の小説であるという小説内宣言である。変形メタ構造とも言っていいかもしれない。

いつになつたら、大衆小説家の足が洗えるのだろうか

続いて田岡の公開状――抗議文だが、その前に『甘肌』から田岡が頭に血を上らせた部分を抜き出しておこう。『人妻椿』で人気を得た後のくだりでは、

チヤホヤされると、人間と云うものはつい居心地がよくなつて、芸術小説の世界から見捨てられたのも悟らずに、彼は柄にない――もともとそつちの方の才能に恵まれていない大衆小説を、厭々、大努力の結果どうにかお茶を濁して行つた。思えば、馬鹿な人生行路へそれて行つたものだ。

＊

「金を溜めて、生活に追われないようにして、書きたいものを書くためだ」

彼は、書きたいものを一行も書かずに、書きたくないものばかりを書いて、大事な一生を無駄に過ごしている自分自身に対する憤りを、そんな風に宥めていた。

砂村だってズブの大衆小説家になる気はなかったのだ。大衆小説も書き、芸術小説も書くつもりだった。ところが大衆小説での成功が余り目ざましかったために、芸術小説家としての存在が掻き消されてしまったのだ。

＊

一度身を清めて出直さない限り、世間は彼を受け入れてくれないことを砂村は身を以って知らされた。身を清めて出直すには

「金を溜めなければ――」

砂村はそう思い、そう決心をした。が、金を取れば取るに従って、生活費は膨張して行くばかりだった。

「いつになったら、大衆小説家の足が洗えるのだろうか」

考えると、砂村は身一つを持て扱い兼ねた。自分で嵌まり込んで行ったのには違いないが、どうにもならない境遇の辛辣さに、彼は男泣きに泣くよりほかはない真夜中もあった。

この嘆きは、戦後になっても止むことはない。

砂村は敗戦後、「三百六十五夜」という大衆小説を書いて評判を取った。しかし、評判を取れば取る程、彼が志している「一生の仕事」から遠ざかることになった。

彼はその寂しさを凪子に訴えた。どうかして大衆小説から足を洗って、芸術小説や「わが古典

鑑賞」のようなものを書きたいと思っていた。それでなければ、最期が来た時、死んでも死に切れなかった。

さらに、凪子にこんな言葉を言わせている。

「本当ね、あなたが大衆小説を書いていらっしゃるなんて、勿体ないと思うわ。私、不断からおかしい、おかしいと思っていたんです。（中略）大衆小説家と云うのは、××さんや○○さんのような方よ。ああ云う方達は、生まれながらの大衆小説家と云うの？　あなたは違うわ、生まれ付きから云っても、教養から云っても――。（後略）」

「堕落した行為だ」といわれましては、黙っている訳には参りません

これを読み、田岡典夫は決然、筆を執った。前述のように田岡は戦中に直木賞（『強情いちご』『しばてん榎』）を受賞した。この『しばてん榎』を「オール讀物」に載せたのは当時編集局次長の永井龍男で、銓衡委員の中にはもちろん、小島政二郎がいた。

小島先生、

ごあいさつは抜きにさせて頂きまして、さっそく本文に取りかかります。

実は、今日は先生に抗議を申し上げるつもりなのであります。それはほかでもありません。『甘肌』の中でお使いになっている『大衆小説』という言葉について、大いに不服を感じたからなのであります。

『甘肌』の主人公の砂村は、ジャーナリズムの誘惑に抗しかねて、大衆作家となつたことをハンモンして『一日も早く足を洗いたい』と、焦つていますが、してみると、大衆作家というものは、金のため虚名のために堕落した文学者だということになるようであります。果して、そんなものでありましようか。作品中の人物の言行について、とやかくいうのはおかしな話でありますけれど、この『甘肌』では、砂村の意見、即ち先生の御意見と見なして差支えないと存じますので、おうかがい申し上げるのであります。

かりに、文学は『純』と『大衆』の区別があるものだ、と、致しましても、それはたとえば化学に実験と応用があるように、それぞれの分野において、それぞれの使命を持つているものでありますから、いずれを高しというべきではないと存じます。そして、金のために、なんの感動もなく、なんの野心もなく、間に合わせの作品を発表するものがあるならば、『純』と『大衆』の差別なく、文学者として堕落したものである、と、私は考えるのでありますが、いかがなものでございましょうか。

純文学作家は、大衆小説と称して、実は似て非なる通俗小説をなぐり書きしましても、『あれは小遣取りにやつた仕事さ』と、笑つてすませますが、私ども大衆作家は、通俗小説を書くことは致命傷と心得て、一心不乱に、すこしでもよい大衆小説を書こうと、つとめているのでございます。逃げこもる城がないから真剣なのであります。

従つて、『お前の作品は未熟だ』とか『お前は下手な作家だ』とののしられましても、それは勉強の足らぬところと甘受しまして、更に修行致しましょうが、『お前のやつていることは、文学者として堕落した行為だ』と、いわれましては、黙っている訳には参りません。早い話が、私と致しましても、十余年前、直木賞を受けまして（先生も御推薦下さつたのであります）以来、大衆作家の末席を汚しているものでございますから、もし、先生が、大衆小説＝堕落文学、とお考えになつていられるのでしたら、淵へ投げ込んで置いて、ジタバタしているのを、手をたたいてちよう笑していられるようなもの、バカにするな、と、先生のところへ尻をまくつて行きたくなるではございませんか。

恐らく先生は『通俗小説』とでもお書きになるおつもりで、『大衆小説』とお書きになつたことと推察致しますが、推察ばかりで安心してはいられません。ことに、このままで大衆作家が黙つていましては、毎日新聞の数十万数百万の読者に、『大衆小説作家とは、文学者の堕落したものなり』という観念を植えつけることになりかねませんので、非礼をも顧みずこの公開状を認めた次第であります。御返答賜らば幸じん、なぞとは申しません。ぜひぜひ、御高見を承わらせて頂きたいと存じます。

これが『大衆小説は堕落文学か』の全文である。

「通俗小説」は最下級の存在

一読して分かることは、田岡が言う「大衆小説」とは、この章の前段で見たように、大正末の白井喬二、長谷川伸らを淵源とする「大衆文藝（学）」の概念だということだ。ジャンルで言えば主として歴史・時代ものであり、そもそも既成文壇と並び立つ牙城を築かんという気概から発した勢力である。文壇作家が生活のために調子を落として書きなぐった「通俗小説」と同類に扱われるのは、言語道断である。田岡は長谷川伸主宰の新鷹会に属していたから、この由緒正しい用法と精神を受け継いでいたのではないか。

一方、小島政二郎にしてみれば、主人公を堕落へと導いた要因は『人妻椿』であり、『新妻鏡』であり、『三百六十五夜』だったのだから、田岡の言うとおり『甘肌』内の「大衆小説」を「通俗小説」と書き換えても何ら問題はなかったはずだ。「ご指摘どおり『通俗小説』と書くべきところ『大衆小説』と書き誤りました」とでも回答しておけば、田岡の溜飲は下がり、とりあえずこの一件は落着しただろう。政二郎がそうしなかった理由は後で推測するが、ここで分かるのは、「純」から見ても、「大衆」から見ても、「通俗小説」は最下級の存在であるということだ。

この田岡の記憶が残っていたからかどうか、『甘肌』から十四年後の『眼中の人（その二）』（「新潮」掲載）で、政二郎は「大衆小説」と「通俗小説」を微妙に使い分けて並存させている。ただし、今度は『甘肌』では「××さんや○○さんのような」（凪子の台詞）と伏せたところに実名を入れ「川口松太郎のような生まれながらの通俗小説家がいる」と書いてしまった。それも地の文で。川口の激怒は田岡の比ではなかったろう。すぐさま政二郎に抗議の手紙を書き、うらみ言を述べ、本にする時はこれを削ってくれと頼んだが、返事はなかったという。この作は鶴書房版小島全集以外では書籍化されていないが、川口の願いは叶えられていない。怒りのおさまらぬ川口は、この小説は「氏の過去の作品と大差ない」「芸術小説に憧れながら結局は読み物小説に終わっているようで掲載誌が新潮だから芸術小説とは限らない」と悪態をつき、さらに「江戸っ子はグチをいわぬものだが、氏はどうもグチっぽい」と斬り捨てた（『人生悔いばかり』）。

話を戻せば、かつては截然と区分けされていた「大衆小説」と「通俗小説」も、昭和になるかならぬうちにたちまち渾然となってしまったのは、本章の前半で述べたとおりだ。小林秀雄のような倒錯例も前述したが、結局は「大衆」という言葉の強大なパワーがすべてを包含した。いわゆる純文学を除いて、その他のすべてのジャンルは「大衆小説（文学）」に飲み込まれたと言っていい。歴史・時代（髷もの）は当然だが、通俗・家庭小説も、探偵（推理）小説も、科学（SF）小説も、あるいはエロ（官能）小説も。無論、「純」と「大衆」の別は、描かれる分野だけでなく作者の動機が関わってくるのは自明だが。

「大衆」「通俗」の区分などに関心はない

この図式は芥川・直木賞発足時には出来上がっていた。芥川賞規定には「純」の文字はないが、直木賞には「大衆文藝」という規定がある。その後、直木賞の銓衡で「随筆」や「ノンフィクション」までが俎上にのぼり様々な議論がなされたのは、この「大衆」という概念が魔物だったからではなかろうか。

だからと言ってよいか分からぬが、昭和二十八（一九五三）年の永井龍男（『二つの賞の間』）は、田岡の峻別する「大衆小説」と「通俗小説」の違いなどにまるで頓着していない。というより、田岡の力の入れ所を全く理解していない。言及するのは「純文学」と「大衆文学」の関係だけである。

永井の見解を要約しておく。

◎「純文学」と「大衆文学」は、田岡の言う化学における実験と応用との関係とは違い、その間に一線が引かれている。これがわが国文壇の常識であり、且つその一線にはある種の差別がある。それは芥川賞銓衡委員と直木賞銓衡委員の間にもあり、大正昭和を通じ、大衆文学は「ひけめ」を感じてきた。

◎「中間小説」という奇妙な呼び名も出現したが、これは決してよい意味で使われていないので、やはりわれわれの「純文学」崇拝は根深い。

◎ただし、「売文」という観点からみると、原稿料の高低の差はあれど、どちらも「売文」に変わりはない。「純文学」か「大衆文学」か――高級か低級かの判断は、読者に委ねる他はない。

◎元来、小説は気位の高い芸術ではない。読者の中へ降りて行き、読者を自分に引き寄せる才能と俗性がなければ筆を執る資格はない。

◎「純文学」もまた、多数の読者を持つ「大衆文学」に「ひがみ」を感じている。文芸雑誌の連載小説より新聞小説のほうが低級だと思いたがる。また、新聞の小説月評で取り上げられるのは皆「純文学雑誌」の小説で、「大衆雑誌」や「中間小説雑誌」のものを批評しないのは、これも「ひがみ」の一種だろう。

◎小説という芸術は元来大衆むきのもの。少数の人間だけに愛玩される小説など、結局存在し得ないのではないか。

◎すぐれた「純文学」はすぐれた「大衆文学」と同様、大衆に待ち望まれている。

◎「中間小説」はジャーナリズムの発明ではなく、「純文学」と「大衆文学」とに飽き足らぬ読者の意欲を示すものだ。「中間小説」の誕生は、「純文学」と「大衆文学」――芥川賞と直木賞の間を縮め、そこからほんとうの小説を生み出す可能性を、多くの読者が保証していることのように思える。

以上が大意である。この他、途中で宇野浩二の文（『続・回想の芥川賞』）を引用したりしてもっと多くを語っているが、それは略した。また、永井独特の言い回しを省き断定的な表現にしたため、文のニュアンスは削がれてしまったが、論旨を追うのが目的ゆえ、お赦しいただきたい。

ご覧のように、永井の状況把握は分かりやすい。純文学側に身を置いているからこその余裕のようにも見えるが、とりあえず客観的ではある。唯一、不明なのは最後の項の「ほんとうの小説」の意味で、どんな小説かは想像もつかない。もしそのような万能の小説が出現すれば、この論理に従うと「純文学」も「大衆文学」も不要となり消滅してしまいそうだが、そんなことはあり得まい。

結論として言えるのは、『二つの賞の間』という表題が示すように、永井は『甘肌』と田岡の公開状をきっかけに、単なる「純文学」と「大衆文学」の関係に対する観察・感想を記したにすぎず、二人の作家が提示した問題に何らコミットはしていないし、する気もなかったということだ。無論、田岡の質問相手は小島だから、永井が応ずる義務はないし、「大衆」「通俗」の区分などに関心はないので、「純文学」との間にただ「差別」はあると言えば事足りた。

『甘肌』に対しても、主人公の苦悩を理解するどころか、むしろ滑稽に映ったようだから、次に示すように、作品として論ずるそぶりで作者を揶揄し、一蹴している。そもそも、永井の書いた通りだとすれば、この小説をちゃんと読んでいなかったらしい。

一切読者に委せるのが、男らしい態度

永井はこの原稿を、田岡の公開状が出た十日後の十二月中旬、東京の宿で執筆していると書いてい

る。そして「残念なことに、私は『甘肌』という小説を、二回三回と、時折り拾ひ読みしている程度」であるとも。これが一種のポーズでなく事実なら、そのいい加減さを少々責めたくもなるが、ともあれ手元にある——家から持ってきたのは公開状（全文を引用している）の載った新聞と、宇野の記事だけのようだ。それでも『甘肌』の感想をしっかり書き記している。

「甘肌」の砂村先生は、その口を出る意見や批判が、甚だ自分勝手な処が、小説中の人物として面白いやうである。

自己にも周囲にも、厳しく批判を加へているやうで、その自分の言行に就ては、何等神経を用ひてゐない気儘な一人物の風貌が、巧みに表現されてゐる。

今日宿で、毎日新聞を借りてみると、「落ち目」といふ小見出しで、戦後の十二歳級の読者におもねる小説家の辛さを、砂村はじゅんじゅんと述べてゐる。

その勘定で行くと、今年は十三歳位になった筈の読者が、この小説を読んでゐることにもなるので、一層愉快さを味はつた。砂村先生の度胸は、まつたく大したものである。

底意地の悪い文章である。作中の人物への評言のような装いで、あきらかに作者を皮肉っている。自分は、田岡のように単純に砂村イコール小島とはとらえていないというポーズをとることで、心置きなく辛辣な批評ができる。まったく大したものだと思う。しかし、どう考えても作者が「意見や批判が、甚だ自分勝手な」「自分の言行に就ては、何等神経を用ひてゐない気儘な一人物の風貌」を「面白い」存在として「巧みに表現」しようとしているはずがないではないか。

また、ここで『甘肌』を引用して、書かれているのは「読者におもねる辛さ」ではないのだと永井に反論することも可能だが、今さら意味がないので止めておく。
永井は続けて次のように書いている。

私はふと、もしこの「甘肌」といふ小説に欠点があるとすれば、砂村の書いた純文学作品がどのやうなものか、具体的でないことで、(或ひは、読み落とした部分にあるのかも知れないが)例へば映画の「イヴのすべて」の手法のやうに、その作品が四五回分にでもわたつて、砂村がかつて発表した純文学作品という風に新聞小説中に出てくる純文学小説といふやうな二重の形式を取つたならば、砂村といふ人物に、さらに重みがつき、彼の苦悩も一段と人々を打つたらうし、新聞小説としても、新機軸になつたかと、あらぬことを思ひついた。

中ほどの文意が取りにくいが、要は劇中劇——入れ子のようにかつての作品を途中に挿入すればもっとよくなったということだろう。これは一転、極めて建設的な批評であり提言にも思えるが、私には永井が「純文学に戻りたいと悩むのはいいが、それでは砂村(すなわち小島)は以前どれほどいい作品を書いたというのか。ひとつ見せてほしい」と挑発しているかにも見える。また、映画『イヴの総て』(昭和二十六年日本公開の米国映画)について補足すれば、冒頭のシーンからカットバックして過去へと飛ぶが、その後は時間を追ってドラマが推移するだけで、永井の言うような重層構造にはなってはいない。
永井はこの後、宇野浩二の「芥川賞」へのやや古びた潔癖すぎる発想を窘めてから、このエッセイの締めくくりにこう書いた。

「純文学」の前髪はすでに古風すぎる。気位は腹の底に、余計な虚勢や自己宣伝は捨てて、その後のことは一切読者に委せるのが、男らしい態度といふべきであらうか。

自戒の言葉ともとれる。純文学を過度に尊ぶあらゆる作家への発言とも解釈できる。だがここに至る文脈をたどると、小島政二郎に向けて放った諫言だと受け取るのが最も妥当ではないか。この文の発表誌は前述のように「別冊文藝春秋」である。当然、政二郎が読むであろうことは充分意識している。永井が面と向かって小島批判を活字にした、初めてのケースと言っていいだろう。

明治の芸人たちが、これより下手なはずがない

ここまで書いて今あらためて思うのは、結局読み手にこのような反応を呼び起こさせてしまうところに、小島政二郎の小説の悲劇があるのではないかということだ。

田岡にしても、永井にしても、その後の川口も、読み進むうちに作者あるいは主人公の生活と意見が直かに耳に響き、作品を味わう余裕をいつの間にか失くしてしまうのだ。小説でなく長編随筆に接している心境と言っていいかもしれない。もちろん、川口の場合など、今の作家同士ならさしずめ名誉毀損ものだろうが、この作品との距離感の喪失は、人物が実名で登場する私小説であることだけが原因であろうか。

確かに表現は生々しく、あけすけである。しかし、作者は愚痴やボヤキを聞いてもらいたいのではない。それは偽らざる心情吐露であるが、少なくとも過去のものである。『甘肌』の梗概の最後に書いたように、挫折、開眼、苦悩、再度の開眼を繰り返した果てに新聞小説の注文が来た、今こそ力一杯の小説を書こう――これがラストシーンであるという構造は、すなわちここまで書いてきた、今あなたが読んでいるこの『甘肌』こそがその小説ですよ、いかがですかと訴えているわけである。主人公の精神発達史を読んでもらいたいのである。それが、区々たる細部と言っては言いすぎだが、連載中の主人公の述懐の片々に、日記を読むような反応を起こされては面食らわざるを得ないだろう。

この原因の一つは、至芸とも言うべき文章にある。直接作者の声が聞こえてくるような、その語り口にある。晦渋さは欠けらもない。快いリズムがある。苦もなく読まされる。読んでいることを忘れる。これが本当の読む醍醐味なのだが、この平易平談が仇となって、読み手が想定している小説という規矩からはみ出してしまうのではないか。そのうえ、苦悩を書いても筆致はあくまで陽性で、悲愴感はない。前向きである。人々がしばしば文学に求めたがる「重み」を感得できないかもしれない。しかし、ここが小島小説の肝であり、これを独自の境地、彼の真骨頂であると認めない限り、『眼中の人』も、『甘肌』も、一連の「作家・芸術家小説」も、すべて自伝的回想物語という範疇の文壇資料にされてしまうのである。

若き日から政二郎が得意としたのは、講演と随筆である。その講演を堪能した体験がある人は、今もまだ数多く健在だろう。私がたった一度聞いたのは確か大学三年だったから昭和五十一(一九七六)年、場所は埼玉県与野市(当時)の体育館だったが、何より驚いたのは満八十二歳の老体がそこで落語『鰍沢』の一席を演ってのけたことである。それが上手いのである。

さすがに歳で声に張りはなかったが、身振りや仕草の見事さには目を瞠った。身延山参りの旅人が雪に降り込められて一夜の宿を借りる場面で、雪をかぶった合羽を手で払い、それをひょいと柱に掛けた時、そこに雪が、合羽が、柱と壁が、ありありと見えた。最初はざわついていた聴衆が一斉に息を吞み、そのまま静まり返ってしまった。咳きひとつ聞こえない静寂が噺のサゲが終わってもまだ続いたので、演者は「そんなに静かにならないで下さいな。落語なんですから」と言ったほどである。そこでようやく会場のテンションがほぐれた。

『鰍沢』なら、当時の私だって現役だった円生、正蔵（彦六）、馬生らの口演を寄席やテレビで聞いたことがあった。だが、その日の一席の出来ばえは、彼らより数段上だった。「明治の名人上手に比べれば、今の落語家はみんな二流か三流」「橘家円喬は本当に上手かった」――それまで半信半疑だった小島政二郎の口癖を、私はその日を境に決して疑わなくなった。それは極めて論理的な判断ではなかろうか。明治の芸人たちが、この小説家より下手なはずがないからである。ちなみに当時の若手・中堅の中で政二郎が認めたのは七代目立川談志（立川流家元　一九三六～二〇一一）、上方では三代目桂米朝（一九二五～二〇一五）などだが、これはまたどこかで紹介しよう。

ものを書くという営為の不思議さ

もう一つ世評の高かったのが「随筆」。

戦後のいわゆるグルメエッセイの嚆矢となった『食いしん坊』についでは前に少しふれたが、その自在な筆使いをちょっとだけ紹介しておこう。どこを引用してもかまわないのだが、昔から好きな一節がある。北原白秋のスケッチだ。

白秋は、童顔と言おうか、色の白い、まン丸い大きな目をした、瞳の真黒な、青年のような明るい顔をしていた。忘れられないのは、その唇の色だ。真赤。あんな鮮やかな色をした唇を私は見たことがない。椿の花のような、少しも濁りのない色をしていた。いかにも南国生まれの詩人と言った感じだった。(『第4食いしん坊』)

この歯切れのよさ、途中にポンと放り込まれた「真赤」という一語の妙。この調子で美味、風物、文壇交遊、日常生活がよどみなく語られるのだから、一般読者から同業の作家たちまで、この連載を毎月愉しみにしていたのも頷けるだろう。半世紀近くを経ても、文の鮮度は落ちていない。

事情があって、この『食いしん坊』には、掲載誌「あまカラ」から原稿料が支払われなかった。初めからそれを承知で彼は書いた。昭和二十六(一九五二)年から十七年間、百九十三回にわたって書き継がれたが、タダの原稿が作家の代表作の一つになるというところに、ものを書くという営為の不思議さがある。

このように講演の達人、随筆の名手との評判を取った政二郎だったが、肝心の小説においては今ひとつ見劣りがすることを、人からも指摘され、本人も自覚していた。もともと文章には人一倍こだわった作家である。書き出しの第一行目で読者を摑む事に神経を使い、「小島の張り手」の異名を取ったこともある。同時に、格調や修飾を捨てた徳田秋聲の文章こそ、人生という捉えどころのないものの真を衝く上で最適な、理想の散文だと考えていた。それは信奉する文学観と不可分のものだった。

また、志賀直哉の『リズム』という一文に感服し、どんなにうまく出来たものでも、そこに作者のリズムが躍動していなければ芸術として心を打たないのだと、肝に銘じていた。ところが実際に創作の机に向かう段になると、構えてしまった。小説を書くのだという意識が、格調や気取りを忘れさせてくれなかった。

これが自分の小説をつまらなくしている一因だと悟った政二郎は、悩んだ末、自分の好いところ、つまり随筆を書くつもりで自分を晒し、自分を語る要領で小説を書いてみようと決意する。そしてまず手始めに、得意の講演でそれを試してみた。それまでは、テーマを決め、学問的知識をもとに語っていたものを、随筆風の四方山話に転換した。演壇で思いつくままを喋った。はたして、それは成功した。聴衆の受けは以前以上だった。自信をもった彼は、勇躍この手法を小説にも導入し、それが評判を呼んだ一連の中篇実名作家小説――『鈴木三重吉』『永井荷風』『芥川龍之介』『久保田万太郎』となっていったのだ。昭和三十年代から四十年代にかけてのことである。

また、同じ頃の『円朝』や『葛飾北斎』などの芸道客観小説にも、随筆風の作者の素(す)の語りが随所に顔を出す。落語の「まくら」と「噺」(本題)の関係と同様で、決して彼の創案ではないし、他の作家たちも応用している手法だが、そこは話芸に親しく接し、講演と随筆で鍛え上げた政二郎の語り口は、他を圧して絶妙だと言っておこう。

『甘肌』自体がぼくの意図する純文学を具体的に語っている

話がだいぶ先走ってしまった。翻って『甘肌』だが、田岡典夫の公開状に対し、政二郎が沈黙したままだったことは前述した。その理由を詮索することに今さら意味があるとは思えないが、田岡は、公開状という無礼千万な行ないにおそらく小島は腹を立てたことだろうが、怒るのも大人げないので見てみぬふりをした、「つまり、黙殺するのがお情けであったのだと思われる」(『ととまじり』)と推測している。いずれにせよ、田岡がこだわった「大衆小説」と「通俗小説」の区分けなど、政二郎は永井同様に問題視していなかったことは事実だ。

この件について小島政二郎がただ一度口にしたのは、それから三十年近く経ってからのことだった。「日本古書通信」(昭和五十六年一月号)誌上の『小島政二郎聞書抄』で、佐津川修二の質問に答え、こう語っている。


その公開状のことはよく覚えている。田岡氏はいい小説だったしぼくが強引に推して受賞させた人だ。永井さんは、公開状に応えなかったからぼくが返答に窮したとでも思ったのかしら。だって応えたって意味がないだろう。大衆小説だけを書いている人に、大衆小説と芸術小説の違いをいくら説いたってわかりっこないもの。

ぼくは直木賞の詮衡委員をやっていたから賞にふさわしい傑作を推したのであって、「大衆小説」を文学と認めているわけじゃない。


政二郎は満八十七になろうとしている時で、十四歳下の田岡もまだ存命だったが(翌年没)、おそらくこんなものは目にとまらなかっただろう。田岡には気の毒だが、最後まで論点はずれたままだった。問題の次元が違っていたのだ。そして、ついにこの断言である。「大衆小説を文学と認めているわけじゃない」——。

政二郎はさらに永井に向けてもこう言う。

ぼくの「意図する純文学が……具体的でない」と言うけれど、砂村先生の口を通して一々説明しなくても『甘肌』自体がぼくの意図する純文学を具体的に語っていると思うんだ。

言い換えれば、なぜ『甘肌』を純文学──私の芸術小説として認めてくれないのか、ということである。前言の繰り返しになるが、ここに小島小説の悲劇がある。

政二郎は続けて文学観を述べる。飛躍になるかもしれないが、おそらくこれが公の場面でのナマの発言としては最後のものだろうから、小島政二郎のある到達点として引き写しておく。

ぼくは若い頃『アンナ・カレーニナ』を読んで打ちのめされて、小説が書けなくなってしまったことがあった。それほどぼくには完全無欠な小説だった。だが今はそうじゃない。純粋な小説はフィクションを交じえない私小説だと思う。その意味で今のぼくは『アンナ・カレーニナ』も認めない。絶対に嘘を交じえない、しかも底に哲学がある小説、それが純粋な小説だと思う。

結局、小説の否定ではないか、と受け取る人もあろう。しかし、ここで正否を問うべき事柄ではない。七十年近く書き続け、絶えず芸術小説とは何を考えざるを得なかった、世間からは通俗小説家と呼ばれ続けたある作家の、偽りのない境地である。これを文学観と言うのではないのか。

「芸術小説」と「娯楽小説」でなぜいけないのか

この章の本題からはみ出してしまったついでに、純文学と大衆文学についての愚見を記しておこう。

できれば、文学や小説に特に関心も縁もないような人にも理解してもらえるように書いてみたいが、うまくいくかどうか。

このテーマは、小説好き同士が語り合えば合うほど、袋小路に入り込むような気がしてならない。ここは一歩引いて、外側からの素朴な視点を想定して検討したい。自分の頭を整理するつもりで取り組むので、おつきあい願いたい。

「純文学」と「大衆文学」――と聞いて小説など読まない人は何を思い浮べるのか。「高級」と「低級」、「難しい」と「分かりやすい」、「専門」と「一般」といったような、どんな分野にもある質や内容による区別だろうか。あるいは「クラシック音楽とポピュラー音楽のような関係?」という感想をもらす人もあるだろう。いくらか小説に関心のある人でやっと「芥川賞が純文学で、直木賞が大衆文学でしょう」といった反応が返ってくるかもしれない。だが、では実際にどう違うのかと尋ねれば、その人も返答に窮するのではないか。ずばり「読めば分かる」と言える人がどのくらいいるだろうか。

やはり、私なりに定義、というより言い換えをしておこうと思う。

昭和三十年代半ばに、いわゆる大衆小説批判を展開した大岡昇平(一九〇九～一九八八)は、『松本清張批判』(『常識的文学論』)の中でこう言っている。

純文学と大衆文学の区別は、私は芸術と娯楽という古典的区別で沢山だという考えである。これは文学者に関しては、制作の動機による区別である。

大岡の議論内容はさておき、この意見だけはほぼ賛成である。大岡によれば、小林秀雄などは昔から一貫してこの古典的概念でものを考えているというが、やはり「純」や「大衆」のような曖昧で混乱を重ねてきた用語は捨てて、それ以前からある、誰にでも分かる言葉を当てはめるべきだと思う。ついでに付け足せば、私は「文学」という言葉もやたらに使わないようにしたい。

つまり、「芸術小説」と「娯楽小説」である。

「芸術」と「娯楽」なら、中学生でもその雰囲気の違いは摑めるだろう。漠然とでも分かればいいのだ。尤も、私はさらに突き詰めて、死ぬまでの暇つぶしという意味では芸術も娯楽のうち、と考えることもあるが、それはまた別の話である。

このうち、政二郎流（大正文壇流）の「芸術小説」は復活しなかったが、「娯楽小説」のほうは昭和五十年前後に変形ながら実現した。今も盛んに使われている「エンターテインメント小説」である。誰の発案かは知らないが、この言葉の定着と共に、戦後生まれの「中間小説」はいつの間にか消えていったが、このへんは後述しよう。

「娯楽」のほうには、なぜか「小説」という文字が付く

では次に、なぜ「文学」という言葉をなるべく避けたいか——。

例えば、人名やジャンル名など、何も上に冠せずにただ「文学」あるいは「文藝」と言った場合、そこに「芸術」（純）や「学問」という意味合いが浮上してくるからだ。というより、むしろそれが「文学」の本義なのだ。

先に引用した小島政二郎の言葉「大衆小説を文学と認めているわけじゃない」がすんなり理解でき

るのは、「文学」＝「芸術」（純）だという感覚が我々の根本にあるからだ。

「（現代）文学全集」、「（近代）文学館」、「（昭和）文学史」――などは皆「芸術（純）小説」をメインに扱っているだろう。「文学者」と言えば研究者（学者）か芸術家である。「文学部」は昔とちがって娯楽作品も研究しているだろうが、とにかく学問をするところである。

ならば「純文学」は一種の同義反復か過剰修飾で、「大衆文学（文藝）」はそもそも矛盾かと言えば、おそらくそうである。「文学」の許容範囲が拡がってしまったから自己主張のために「純」を付けた。それは「大衆小説（読物）」が「文学」を僭称したからでもある。

雑誌にしても、かつては単に「文藝雑誌」と言ったら、それは純文藝誌を指した。法則は違うが、固有の雑誌名も「純」と「娯楽」には暗黙の区分がある。「純」のほうはさまざまで、ずばり「文學界」「文藝」「三田文学」から「群像」「新潮」「すばる」といろいろあるが、「娯楽」のほうは「オール讀物」は別としてなぜか必ず「小説」という文字が付く。「小説現代」「小説宝石」「小説新潮」「小説すばる」「小説推理」「問題小説」（「読楽」に改題）といったぐあいだ（休刊した旧「野性時代」「文芸ポスト」「Ｆｅｅｌ　Ｌｏｖｅ」、最近の「ｙｏｍ　ｙｏｍ」といった例外もあるが）。同じ社で出している「新潮」と「小説新潮」、「すばる」と「小説すばる」を見れば、「小説」がポイントであることがよく分かるだろう。

また、「純文学（文藝）誌」とは言うが、「中間文学誌」「大衆文学誌」とは呼ばずに、「中間小説誌」「大衆小説誌」と言うのは同様の心理ではないだろうか。いくら「文学」が広義になり、懐が深くなっても、まだ「娯楽」とは完全には馴染まないのである。

余談だが、この語感は「音楽」とはずいぶん違う。辞書では同じように芸術と書いてあるが、音楽には文学のようにイコール芸術・学問という感覚はない。だから「芸術音楽」も「大衆音楽」も違和感なく使用、並存できる。もっとも、「芸術」自体を「演芸」同様に捉え、流行歌手も「アーティスト」と呼ぶ感覚なら全く関係ないことだが。

以上の用語用法は、出版業界や「文学」関係者には常識に違いないが、一般には理解されていないかもしれないのであえて挙げてみた。私は何も大正以前の言葉に戻せなどと、無理なことを言っているのではない。一度、原義に立ち返ってみれば、何でもかんでも「文学」と呼んで混乱している現状が、少しは整理できるのではと思ったまでである。

「中間文学の金字塔」は存在したか

昭和五十年代半ば、私が娯楽小説の編集現場に入った頃は、もう「エンターテインメント」という呼称が大衆出版業界を覆っていたと思う。携わっていたのは新書判のいわゆるノベルスという、その中でも下層に属するものだったから、小説界全体を見渡していたなどとは到底言えないが、この「エンターテインメント」という外来カタカナ語は、まことに便利な用語だったと想像できる。今では定着しすぎて、「エンタメ」などと品のない響きをもつ四文字に略されているものの、当初は洒落た、大衆娯楽という身もふたもない実質を洗練された存在に見せるには、うってつけの表現だったと思う。

以下は何の根拠もない推論だが、もともと「純文学」に引け目を感じていた「大衆小説」にとって、「中間小説」の出現は愉快ではなかったろう。内実はともかく、単に上(じょう)と下(げ)の二階級であったところへ「中」が入り込んだことで、おなじ下でも三階級の最下層、ＡＢＣのＣランクに貶められてしまった心地がしたのではないか。

「中間小説」にしても、横光利一が夢想した「純文学にして通俗小説」といった存在にも、小島政二郎が直木賞の選評などで待望した「筋のある面白い芸術小説」にもなり得ず、結局Aランクの仲間入りはできなかった。もちろん、その間「純文学」に輝かしい達成が見られたわけでもなく、「中間小説」はかつての上や下の双方に飽きたらなかった広範な読者を獲得しはした。制作現場にいた松本清張は、「中間小説」を見下しながら自分はくだらない通俗読物を書いている文壇作家たちに多大な皮肉をこめて、小説に「中間」はない、本質的に純文学と通俗文学の二つしかないと言い切っている。大流行作家への道を駆け上がり始めた、昭和三十三(一九五八)年のことである。

識者や当時の関係者に一つだけ訊いてみたい。いわゆる「中間小説」を読者に向けてアピールする際、「中間小説」または「中間文学」という呼称を積極的に使っていたのだろうか。以前新潮社が刊行していたシリーズに「純文学書下ろし特別作品」というのがあったが、それに匹敵する矜持ある惹句は存在したのだろうか。例えば「中間文学の金字塔」「空前の中間小説の誕生」——ここまでいかなくとも、単に「中間小説」と「傑作」「話題作」「大作」「秀作」「問題作」などが合体したキャッチが存在し得たのだろうか。新聞宣伝などを調べれば分かることだろうし、もし使われていたのなら私は恥じ入るしかないが、どうしても「中間小説」は、業界内だけの符丁に近かったとしか思えない。

芸術性にも娯楽性にも徹しきれない存在が安住できるのは、やはり包容力のある娯楽の懐の中だろう。純度が低い芸術、あるいは芸術もどきと言われるよりは、「上質なエンターテインメント」と呼ばれるほうが快いし、経済的にも潤う。かくして「中間小説」の名は消え、もっと被差別意識を抱いていた「大衆小説」や「通俗小説」と共に「エンターテインメント」陣営に組み入れられた——というのが私が想像したストーリーである。そしてその陣営の作家の最高峰の栄誉が直木賞であることは言うまでもない。

異種の才能と精進が必要

そのエンターテインメントであるが、新書判ノベルスが得意としたものだけでもかなりの数の分野があった。

推理（ミステリー）、サスペンス、アクション、冒険、犯罪（クライム）、ピカレスク、バイオレンス、ホラー、伝奇、官能、架空（シミュレーション）戦記……これらが単独あるいは複合された形で小説の「肩書き」として使用される。さらに、その上に超（スーパー）、ハードなどの形容を付けたり、下に「小説」「ロマン」が加わることもある。純然たる時代・歴史ものはなぜかこの版型に馴染まなかったが、ミステリー仕立てなら「歴史推理」として編入可である。また「伝奇」の多くはSF系列の作品で、半村良なら「伝奇推理」「時代伝奇」、夢枕獏、菊地秀行なら「超伝奇」といった具合である。編集者は小説の特徴を読者に訴えるべく、さまざまな宣伝キャッチを考える。

「推理界の第一人者が満を持して放つ書下ろし長編旅情ミステリー！」

「サスペンスの名手が贈る瞠目のピカレスク・ロマン！」

「エンターテインメント界の新星が挑んだホラー・アクション。驚異の傑作誕生！」……

昭和五十年代なら最低でも初版は三万部、出せばほとんど版を重ねたから今は昔である。

ただし、並大抵の努力では作家稼業を維持することはできない。田岡典夫の公開状にあったように、純文学作家の余技とは違い「逃げ込む城がないから真剣」で「一心不乱」である。娯楽小説の作法──筋（プロット）、構成（コンストラクション）を練り、トリックを案出し、効果的に伏線を張り、魅力ある登場人物を造形し、新奇な知識・情報を盛り込み、それを平易でスピーディな文章で描き上げて読者を慰撫することは、純文学作家とは異種の才能と精進が必要なのは明白だ。これらの要素が芸術に不要だと言う気は毛頭ないが、あらゆる手を尽くして読む者を娯しませようという執筆におけるモチベーションの強烈さこそ、エンターテインメントの本領である。それは、「読者におもねる」というような生易しいものではない。大岡昇平の言う「制作の動機による区分」というのもここを指すのではないか。

いつの世でも存在意義——需要がある「エロ」

ところで、先に挙げたジャンルの一つ「官能」は、気の毒ではあるが世間からも、他分野からも最も蔑まれている領域だろう。ご存じのように、以前は「エロ」、「好色」、「ポルノ」あるいはずばり「セックス」小説などと呼んでいたのが、いつのまにかこの言葉に置き換えられてしまった。これも印象を和らげ美的に見せるための命名だが、おかげで官能という言葉の印象が逆に汚れたと感じるのも私だけではないだろう。

性欲が枢要な本能であることは古今を問わず認識されてきたし、ことに昭和戦後以降は性への羞恥心から大いに解放されたたに見える我々だが、今もって「劣情」や「猥褻」といった感覚は厳然とあるし、今後も簡単に消えはしまい。「芸術か、猥褻か」、「猥褻は犯罪か」といった議論は別問題として、小説に限らず専ら人を欲情させるための営為が低く見られるのは、やはりゆえなしとはしない。その代わり、いつの世でも存在意義——需要はあり、したがって金にはなる。

「エロ」が他ジャンルから突出している点は、享受者への直接作用の強さだろう。小説評でよく「臨場感あふれる」「主人公と共にさまざまな体験をできる醍醐味」などと言うが、エロのレベルはそんなものではない。例えば純然たる「グルメ小説」というのがあったとして、いくら巧みに美食・美飲シーンが描かれていても、読む者はせいぜい垂涎するか、腹を鳴らすかぐらいで、実際に満腹になることはあり得まい。ところがエロは違う。体内の血流を変え、快感を走らせ、僅かの自助努力（?）でエクスタシーに至らせることも可能なのだ。

学生時代のことなので記憶があやふやだが、高橋義孝（一九一三〜九五）が谷崎の『鍵』などを俎上に載せながら、この登場人物と読者の距離を一瞬にしてゼロにすることがエロ（猥褻）小説の最大の特質だと書いた文（『文學と猥褻』という題だけは憶えている）を読んで頷いたことがある。この距離感の喪失こそが、人がエロに複雑な感慨を抱かせるのだとも。逆に言えば、この距離感が埋まらぬような小説はエロとして愚作であり、ひょっとして芸術である可能性もないことはない。

純文学出身者が多かった「ポルノ作家」

「官能」のもう一つの特徴は、作家側にある。

当然ながらこの分野は戦前なら「地下」の存在である。「エロ、グロ」の時代風俗はあったにせよ、ずばり煽情的な「春本」の類は公に流通するはずもなく、もちろん天下周知の専門作家など存在しなかった。また、戦後は「解放」または「開放」されたといっても、性表現の規制は徐々に緩和されてきたのであって、この分野がいきなり市民権を得たわけではない。先に江口渙が昭和二十八（一九五三）年に「小島政二郎はエロ作家大衆作家となってしまった」と書いたものを紹介したが、この時点での「エロ作家」と四十年代以降の「ポルノ作家」とでは、大いに隔たりがある。政二郎の作品など「官能的な場面のある通俗小説」であって、「セックス小説」ではありはしない。それでも江口が「堕落した」と強く感じたのは事実だろうが。

そこで、昭和後半（四十年代半ば〜五十年代）の娯楽小説界で活躍した「ポルノ作家」たちであるが、それまで大手出版社が堂々と手を染めることのなかった分野ゆえ、専門の書き手が養成されていたわけではない。そもそもミステリーなど先行の人気分野と違い、文学好きの少年少女がエロ小説家を夢見て修業を積むはずもない。職業としていちおう成立している（だいぶ衰退してしまったが）現在ですら、最初から「官能」を志す者がどれほどいるだろうか。

昭和後期の「ポルノ作家」の先駆たちには、大正の文壇作家が通俗小説に靡いたごとく、純文学出身者が多かった。

御三家と呼ばれた川上宗薫（一九二四〜八五）、宇能鴻一郎（一九三四〜）、富島健夫（一九三一〜一九九八）や梶山季之（一九三〇〜七五）、あるいは彼らの先達とも言うべき北原武夫（一九〇七〜七三）なども、梶山（直木賞候補）を除けば皆、芥川賞の受賞者（宇能）か候補作家であった。その梶山も、同人誌の名門「新思潮」（十五次）の出身だから純文学志向ではあった。また少々時期はずれるが、川上と親しかった芥川賞作家菊村到（一九二五〜一九九九）も、晩年は専ら「官能小説」を執筆した。

彼らが「官能」へと足を踏み入れた経緯はさまざまであろうが、まず経済上の理由を外すことは出来ないだろう。川上は、昭和十年代の小島政二郎同様に「金の誘惑に負けたのだ」とはっきり書いている（『おれ、ガンだよ』）。この時期、エロは大金を稼ぐことが出来たのである。無論、他の分野と同様に才能と努力があって始めて可能な話ではあり、ここでは複雑なストーリーは要求されない代わりに、文章力が求められた。リズムを欠いた拙い文で男女の営みを書かれても、誰も興奮しないからだ。その点、大衆小説家より純文学出身者のほうがおしなべて文章は上手いから「官能」にはふさわしいと言われたものだが、今は分からない。

高額所得への羨望は、作品への軽侮で相殺

昭和四十年代から五十年代初頭にかけてが「ポルノ」の全盛時代だった。他のエンターテインメント作家と並んで、いわゆる文壇長者番付トップ10に梶山、川上、宇能らの名前が見られる。言わば「名を捨てて実を取った」作家たちの典型だろうが、はたして彼らは、金と引き換えに作家としての名誉を、本当にすっぱりと捨て去ることが出来ただろうか。

私の知る限りでは、菊村や宇能（共に芥川賞受賞）が未練めいた言葉を発したと聞いたことはないが、梶山、川上、富島らは最後まで「文学」への想いを胸中に抱いていたようだ。消耗の末、四十五歳で香港で客死した梶山は、韓国、原爆、移民をテーマにした「ライフワーク」構想をあたためていたというし、六十一歳で逝った川上も、「谷崎潤一郎のような作品を書いて純文学に戻りたい」と近親者には洩らしていたらしい。若者の性を描いて「余人の追随を許さ」ぬ「独創的な逸品」（谷沢永一『性愛文学』）を残した富島にも、やはり屈折を抱えた言動が見られたと仄聞する。

結局、彼らはエンターテインメント界の魔力に翻弄され、消費された。娯楽小説の編集者は商業ジャーナリズムの権化であるから、読者の要請という錦の御旗を掲げ、売れ筋以外のものは書かせてくれないばかりか、休ませてもくれない。売れっ子作家なら、なおさらである。「書きたいものを書きたい」などと言えば、「また元の貧乏に戻りたいのか」と脅しもするし、「せめてたっぷり稼いでからにしてくれ」と無茶を言う。受けなくなったら鼻もひっかけないくせに、である。

多くの人に自作が読まれることが最大の喜びだと作家も言うが、余技でない限り、それは収入を伴

ってこその話である。まして「エロ」である。実入りもないまま、自分の名と小説が全国津々浦々に知れ渡ったら、それは恐怖でしかないだろう。

一方、文壇の中心では、その作家が通俗に転じて儲けていると知れば、当然純文学雑誌が誌面を提供することはなくなるし、文学賞の対象者リストからもその名は消える。高額所得への羨望は、作品への軽侮で相殺し、顧みることはなくなる。そのアンビヴァレンツを精神に抱え込むのは、その作家自身である。その苦痛を感ぜずにいられるのは、生まれながらの「官能作家」か、すでに書きたいものは書き尽くしたという、菊池寛のごとき達観の境地に至った者だけである。純文学の途上からの転身者には無理なことである。

昭和五十年代、作家としての名誉回復に執念を燃やした一人に、胡桃沢耕史（一九二五〜九四）がいる。三十年代、清水正二郎（本名）名義でいわゆる性豪小説を書きまくって名を馳せた胡桃沢は、このままでは死に切れないと、五十歳を超えてから改名し、直木賞獲得を目指した。もともとが大衆小説の出身ゆえ、その「最高位」が直木賞作家だったわけで、直木が眠る横浜の寺の墓地の隣に自らの墓を建てるほどの執心ぶりだった。努力は実って受賞はしたが（第八十九回）、その猟官運動にも似た行動は、脇から眺めていた私などには、失礼ながら滑稽に映ってしかたなかった。仔細は省くが、執着の向かう先が、「文学」でなく「地位」だったからではないかと自分では分析している。

紛うかたなき「私小説」

こうした娯楽小説の第一線で活躍してきた「官能」作家の中で、稀有な文学的達成を果たした存在がある。平成十八（二〇〇六）年、『小説家』（講談社）を世に送った勝目梓（一九三二〜）である。

勝目は、川上らよりやや後、昭和五十〜六十年代の斯界の花形である。作風は「純官能」というより、性と暴力が織り成すサスペンスフルな復讐譚が特徴で、破滅へと追い詰められた男女の極限下での交わりはすこぶる扇情的である。また、官能というより「性愛」小説と呼ぶにふさわしい情趣漂う秀作も多い。「現代エンターテインメント界の旗手」「エロス&バイオレンスの鬼才が放つ情念のハード・ロマン」といった字句を、私も新書の著者プロフィールや内容紹介に幾度書き綴ったことだろう。

『小説家』は、勝目が六十七歳から七十四歳に至る七年間、自らが主宰する同人誌「スペッキヲ」に書き継いで成った長編である。したがって締切りはあっても原稿料はない。否、すすんで出費して活字化したものである。主人公は「彼」という三人称で綴られるが、これは勝目自身の半生を描いた紛うかたなき「私小説」である。

高校中退後、さまざまな職業に就きながら二十代で文学を志した勝目は、三十代後半から保高徳蔵主宰の「文藝首都」に参加し、若年の中上健次らと切磋鍛錬の日々を送った。まもなく芥川賞候補（昭和四十二年下半期）、直木賞候補（同四十四年上半期）に挙げられるが、受賞は果たせず、作家として立つことは叶わなかった。煩悶の末に、それまで読んだこともなかった娯楽小説の執筆を決意、新たな修業を開始する。四十九年に小説現代新人賞を受賞。中間小説誌から注文が入り、ようやく筆一本の生活が見えてきた頃、盟友中上は芥川賞を受賞、純文学界の寵児となってゆく。華々しい活躍を見せた中上はやがて早世するが、勝目も流行作家となり、以後三十年間に上梓した小説は優に三百冊を超えた。

こういった文学的軌跡と、数々の恋愛、結婚、別離という主人公の人間ドラマが絡み合った『小説家』は、十代の少年期から七十を過ぎた老境の終幕まで、一貫して静謐である。作品論が目的ではないので細部にはふれないが、あえて最後の数行をここに引いておこう。

後知恵ということばがある。思えば彼の人生はそれの連続だったと言える。航路を見失った漂流船さながらに波に流されつつ、行き当たりばったりに生きてきた彼だったのだから、あらかじめの知恵などうかぶはずは初めからないのだった。

それは七十歳を過ぎた現在も変わっていない。命が絶える日が目前に迫ってきても、彼の頭の中にあるのは息をしている現在ただいまのことだけで、過ぎた昨日のことも、くるかこないかわからない明日のこともおそらくは考えようとしないだろう。彼はそういう男なのだった。

勝目作品は概して暗い。だが『小説家』には、そこを突き抜けた澄明さがある。それは嘘は書かず、真実を書こうとしたからだろう。ふだんの読者を意識する必要がなかったからだろう。縁あって「スペッキヲ」掲載時から順を追って読むことが出来た私は、ある種の奇跡を見る思いでこれを眺めていた。勝目梓は娯楽小説に取り殺されなかった。かといって、純文学に恋々としていたわけでもない。ただ、かつて自分を虜にした「文学」に対して、初心を忘れてはいませんと身の証を立てようとしているのだ。この小説――「文学」によって。

一冊の本と成って、それまで付いていていなかった『小説家』という標題を見た時は少し意外な気がした。だが改めて読み返すと、この外連もなければ芸もないタイトルが、得もいわれぬ重みを持ってきたのは不思議だった。あれほど多くの作家に接しながら、ほとんど自分は「小説家」には出会わなかったのではないかと。

本質が見えたのは福田和也と小谷野敦だけ

『小説家』が刊行された当時（平成十八年）、私は小説の編集から外れていたので業界内での反響は詳らかではない。一般のメディアで逸早く採り上げたのは福田和也（一九六〇〜）で、刊行直後の十月、「週刊新潮」の連載コラム内で言及し、今年度の小説のベストであると絶賛した。さすがに分かる人間には分かるのだ、福田の言に文壇が耳を傾けないはずがないからこれは話題になるぞ、とわが事のように喜んだのを憶えている。ところが、それきりであった。

翌年、勝目は、年若い恋人との十数年にわたる交情を描いた『老醜の記』（文藝春秋）を上梓した。これとて近年の私小説の傑作と信じているが、一部の新聞と関係雑誌で僅かに報じられた程度で、黙殺に近いものだった。初出は「別冊文藝春秋」で、『小説家』とは違うペーソスが漂い、いわゆる官能シーンもある。小説としての優劣は別として、この微妙な差異は、やはり原稿料と読者の目にあると思うのは下司の勘繰りだろうか。

それからさらに二年経った平成二十一（二〇〇九）年、ようやく福田に続く評価が活字になった。小谷野敦（一九六二〜）が四月と七月に出した二冊の新書の中で、まさしく称揚している。順番に抜粋してみる。

さて、先般いたく感動したのは、勝目梓の自伝小説『小説家』（講談社、二〇〇六）で、私は刊行後一年ほどたってふと読んで仰天し、間違いなく年度ベストワンとも言うべき傑作で、本来なら諸家絶賛となるべきものなのに、世間の奴は分からんのか慨嘆していたら、福田和也も絶賛しているのを知り、やはり具眼の士だと思ったくらいで、不幸な少年時代から、純文学作家を目指しての苦難の日々をへて、四十過ぎてから、己れの天分にある見切りをつけ、エロティックヴァイオレンスの量産作家となるまでを描いて、巻措く能わず、読み耽った。全編に真実が詰まっていて、さすがに世間も次第にこの作の価値を認めつつあるようだが、もっと宣伝したいところである。（『「こころ」は本当に名作か』新潮新書）

……私小説としては近年最高の成果だった。だが、二つくらいの文学賞を受賞してもおかしくないほどのこの傑作が、福田和也が同年のベストワンに挙げているほかはさして注目を集めていないのは、現代の文学界の歪みを示していると言うほかはない。（『私小説のすすめ』平凡社新書）

長い間、自分の文学観は歪んでいると思い込まされてきた私のような者にとって、私小説を愛好する小谷野のような碩学が出現したことは、ここ十年ほどで最大の喜びだ。「私小説は日本だけの変種文学」といった誤った通念をきれいに払拭してくれただけでも、その功は大きい。だが、読者が真実を知ってもすぐに文学状況が変わるはずがない。

右の「さすがに世間も次第にこの作の価値を認めつつある」という様子は管見では見当たらないので、やはり「注目を集めていないのは、現代の文学界の歪みを示している」という見解に、現時点の結論として同感する。

小谷野の新書が出た後の同年十月、『小説家』は講談社文庫に収められたが、巻末の池上冬樹（一九五五〜）の解説を読んで目を覆った。池上は学生時代からの古い友だからあえて言うが、お粗末に過ぎる。いきなり、後から刊行された『老醜の記』を「勝目梓の〝初の純文学〟」と言うのにも驚いたが、では『小説家』は何なのかといえば、最後のほうで二つ並べて「『小説家』『老醜の記』などの純文学的作品」と書く。支離滅裂である。

おそらく、『小説家』という作品の真価も意義も、自分がそれに立会い解説を付すという栄誉も、熟く理解していなかったのだろう。おまけに、『小説家』をこれぞ「文学」だと断ずる見識も勇気もなかった。長年エンターテインメント界で処世してきたがための、悪く言えば「娯楽ずれ」か。花村萬月が芥川賞を獲る前には気の利いた解説をいくつも書いていたのに、いったいどうしたことか。いずれにしても、著者勝目梓と共に初心に還る格好の機会を、池上は逃した。至極、残念である。池上よ、怒る勿れ。

これは後になって仄聞したのだが、刊行当時『小説家』は吉川英治文学賞にノミネートされたという。真偽は不明だが、もし本当なら、講談社には失礼ながら、これは悪い冗談である。なぜ「野間文芸賞」ではないのか。事実とすれば、池上の解説とも併せて、これを贔屓の引き倒しと言う。斯くなるうえは、反省を込めて数年後に「文芸文庫」に入れるべし、と僭越ながら申し上げておく。

かつての堕落の舞台が芸術の場に

本筋から逸れて長々と述べてきたのは外でもない、純文学と大衆文学――芸術小説と娯楽小説の溝の深さである。福田和也や小谷野敦といった、いわば現代筆頭の具眼者が賞賛しようとも、聞く耳をもたない。真実誰が力を持っているのかは知らないが、文壇はかくも頑迷である。権威ある文学賞や芸術院賞などには、きっと順番待ちの作家が大勢いるはずだ。その列の先頭に、エロで大金を稼いできた者をひょいと立たせることは許されないのである。もちろん、勝目梓にはそんな野心があったわけでもないし、これで純文学に返り咲こうとは毫も思わなかっただろう。ただ、標題の通り、こういう「小説家」の存在を認めてくれとは言いたかったのではないか。

小谷野は「現代の文学界の歪み」と言ったが、こういった硬直さなら、はるか以前から存在していただろう。翻って小島政二郎だが、はたして現代の福田や小谷野が『眼中の人』をはじめとする作品群を文学としてどう評価するかは措き、政二郎が勝目と同様の立場であったことは想像できると思う。潔い勝目とは対照的に、「未練たっぷり」と揶揄された政二郎だったが、それが自分の真実だったから、真実が文学だと信じていたから、恥を承知で書き続けたのであろう。八十歳を過ぎての主たる舞台は、皮肉なことにかつて自分を堕落もさせた婦人雑誌――「マダム」や「ミセス」だった。ただ、戦前とは違い何でも好きなものを書かせてくれた。もはや、文壇の評価など念頭から去り、自在に「芸術小説」や「古典鑑賞」を書いた。そのうちの一つが死後十四年を経て講談社文芸文庫に入った『長編小説　芥川龍之介』だが、晩年の小島文学の充実ぶりの一端が窺える好著である。だが、本稿の序にも記したが、それでもなお「大衆作家だったからこその芥川論」であるとか、「通俗作家の余技」であるとかないとか言われてしまう。その大衆小説や通俗小説を読んだことのないであろう人にである。自分が今読んだものが「文学」であるかどうかを判断しない人間が多すぎやしまいか。

識者も信用できなければ、残念ながら読者も当てにはならない。感銘を受けた者が、こうして執拗に語り伝えていくしか手はないようである。

話は、小島政二郎が「毎日新聞」に『甘肌』を連載し、それを永井龍男が批判した昭和二十八（一九五三）年の十二月に戻る。

その暮れも押しつまった頃、永井は鎌倉市二階堂の借家から引越しをした。移転先は同市雪ノ下五八〇番地、そこに始めての自家を新築したのだった。『永井龍男全集』（講談社）の年譜や後年の永井の随筆などでは、「雪ノ下四の二の一二」としているが、雪ノ下の住居表示が「〇丁目〇番〇号」に改まったのは同四十一年一月からなので、それ以前は五八〇番地である。

瑣末なことのようだが、五年前の菊池寛の死去の際、永井が門の外で苛々しながら久米正雄を待っていた小島邸は雪ノ下六二六番地である。これを現住居表示にすると「雪ノ下四の二の一五」で、永井邸とはたった三号違い、はっきり言えば隣家なのである。

但し、狭小の新興住宅地の区画とは違い、大きな庭を隔てて数十メートルの距離はある。軒を連ねるお隣さんといった感覚とはほど遠い。鎌倉駅から二階堂・十二所方面に通ずるバス通りに面しているのが小島邸で、その南側の斜面の下、数メートル低くなった所に建つのが永井邸だった。先述のように、政二郎はその六年前、二千坪の敷地を持つ某実業家の元別荘の一部（八百坪）を買った。確証はないが、永井の家の敷地もその二千坪の一部だったと考えられる。小島家から永井家のほうを眺めるとこんなぐあいになる。

> この家（注・小島邸）は庭が広く、一段低くなっている大家さんの千坪に近い庭まで私の家の庭のように見え、その向うに、見えはしないが、滑川が流れてい、その向うに屏風山という山が背景になっていた。新芽の萌え立つ頃、青葉若葉の候は、この山肌が柔かく霞んで美しい眺めだっ

た。殊に、家からの眺めの距離が実に適当だった。(『峰の一本松』)

この小説は昭和二十七年の発表だから、まだ永井邸は出来ていない。「一段低くなっている大家さんの千坪に近い庭」の一角に建ったと考えればいいだろう。市内を貫流する滑川は川幅十メートルあるかないかの小川だが、それが永井邸の南側の庭先を流れていた。土地を手に入れてから家が完成するまで、四年を要したという。次の文は、右のまる三十年後の同五十七年に永井が書いたものだ。

北向きの風呂場の外は十米ほどの空地で、隣家の庭とは立木で遮られている。私の家は、滑川という鎌倉唯一の川に添った低地に建っているので、隣邸の松本幸四郎家は、十米ほど高い土地に建っている。松本家は、邸というに相応しい庭の広さと、豪壮な住いである。
例によって、私はぬるい湯に浸り、背中を湯舟に委せる。その姿勢に落着くと、北の高窓からおのずと松本家の立木を仰ぐ形になる。先代の幸四郎丈が越してきてから、早いもので十年余になるが、先代の高麗屋さんは、この一月物故された。(『湖水の色』)

この豪壮な松本邸こそ、その前に小島政二郎が住んでいた家である。昭和三十七年六月、政二郎は妻みつ子に癌で先立たれた。九歳も下の妻が先に逝くとは夢想もしていなかったから、家と土地はみつ子名義にしてあった。厖大な相続税が政二郎と娘の美籠に課税された。到底支払えない金額だった。政二郎は、当時鎌倉で物件を探していた松本幸四郎(八代目。のちの白鸚)に家と土地を売って納税し、三十九年、永井とは逆に二階堂に小体な家を建てて引っ越した。戦前からの軽井沢の別荘を手放したのも、そんな事情からである。

永井がこれを書いた時は、まだ政二郎は二階堂で健在だったが、もはや眼中になかったろう。本章の冒頭で紹介した、久米没後三十年の集いの発起人の件で「小島と一緒では嫌だ」と駄々をこね、里見に窘められた頃だ。前年の五十六年、永井はその隣家の白鸚と共に文化勲章を受章している。

水のそばに幸運がある

昭和三十九（一九六四）年から四十六年までの七年間、私は鶴岡八幡宮（雪ノ下）に隣接した小中学校に通っていたが、その頃、松本家はバス通りに面したあたりにフランス料理のレストランを開いていた。永井の言う「豪壮な住い」は奥の母屋だろうが、それが政二郎時代のものか、松本家が新築したものかは分からない。いずれにせよ、その松本邸も売り払われ、跡地には現在瀟洒なマンションが建っていて往時の面影はない。ただ、その脇の小道を数十メートル下っていった奥の永井邸付近の一帯は、今（平成二十七年現在）も木々が茂り、永井が四季を通じて愛でた静かなたたずまいのままである。

実を言えば、小島嫌いの永井が、なぜわざわざその目と鼻の先に自らすすんで引っ越して来たのかは、私の大いなる疑問だった。家主の都合で何度も移転を余儀なくされた借家住まいに疲れていた様子は、エッセイなどから窺える。作家生活も軌道に乗り、収入も安定してきたのを機に宿願を果たそうと思ったのだろう。でも、なぜよりによって……とあれこれ考えながら久しぶりに鎌倉の町を歩き回るうち、自分の拘泥が馬鹿げたものに思えてきた。

当時の鎌倉の宅地事情は分からない。他にも候補地があったかもしれない。しかし、所詮は同業者の多く住む狭い町の中である。少し歩けば誰かの家に行き当たるような場所だ。遠いも近いもさしたる差はない。隣といっても距離も高低差もある。湯船に浸って窓から隣人が見えたり、見られたりするわけでもない。結局、永井はこの自然に囲まれた滑川の河畔の地を一目見て気に入ったのだ。さらに二年後（昭和五十九年）、こんな文章も書いている。

……南を小山で囲まれ、川添いの窪地に家があるので、表通りよりは静かなのは確かである。ここに住んで三十年、鉄砲水の浸水に逢って狼狽したこともあるが、どうやら無事に過してきた。二十メートルほどか、小さな坂になった横丁を上ると、商店の並んだ表通りに出られて、こんな便利な所はないと妻は時折り自慢しているが、マンションやマーケットがやたらに出来たり、中華そばの店や喫茶店が軒を並べる中で、我が家がいまだに閑静さを保っていられることには、私も感謝している。

二十代の頃、銀座の路次の一杯呑み屋でみすぼらしい売卜者（ばいぼくしゃ）につかまり、お前さんは水のそばに住むと幸運を授かると云われたことがある。よほど不景気で、私のような独身者を相手にするのだろうと聞き流したものだが、奇妙にもこのでまかせの卦（け）が頭のどこかに残っていたのは、もともと私が川の流れが好きだったこともあって、後々時々思い出した。その点では売卜者はうまく云い当てたのかも知れない。そうして現在、私は小流れのかたわらに幸運とさしたる関係なく住んでいる。（『小川のほとり』）

満八十を迎える数か月前の随筆である。充分幸運だったとは思うが、「さしたる関係なく」と書いて嫌味を感じさせないのは永井の年季と風格だろう。終生この「小流れ」を愛していたことが伝わる名文でもある。

村上元三の胸中

久米正雄が生きていればいざ知らず、隣同士となったところで小島・永井の交わりはいよいよ疎遠になっていったのは間違いない。年に二度の直木賞銓衡会、仲間内の句会、あとは折々の文壇関係の集まりぐらいがせいぜいではなかったか。昭和三十七（一九六二）年まで続いた鎌倉カーニバルで、政二郎は大佛次郎、村松梢風、伊東深水らと「ミス・カーニバル」（美人コンテスト）の審査員を務めたりしたが、永井もこのお祭りに関わっていたのかは分からない。

この頃の直木賞銓衡会の模様は、両者とも特に書いてはいない。政二郎の死の直後、村上元三（一九一〇〜二〇〇六）がその訃に接してこんなエピソードを書き残している。村上は永井から遅れること二年半、二十九年下半期（第三十二回）から直木賞銓衡委員に加わっている。


わたしがはじめて選考委員になり、選考会場の新橋新喜楽へ行ったとき、小島さんが文春社長の佐佐木茂索さんへこう言った。

「なあ、佐佐木、これから新しい委員を作るときは、前以ておれたちに相談をしてくれよな」

それでは、わたしがここに出席したのは、ほかの委員がたの承諾を得ていなかった、ということになる。

吉川英治さんが、横から言葉を添えた。

「でも村上君なら、みんな知った仲だから」

「それもそうだが」

と言ったきり小島さんは黙ってしまったし、ほかの委員たちも文句をつけなかった。みんな知っている作家たちだから、今さらこっちが改めてあいさつをするまでもない。

その後も、小島さんと顔を合わせるのは一年に二度、直木賞選考の席だけであった。直木賞に選ばれた人の祝賀会があっても、小島さんは鎌倉から出てくることはなかった。わたしも出不精になってしまったので、あまり小島さんとお目にかかる機会はなかった。(『わたしの作品ノート』「オール讀物」平成六年六月号)

昭和三十年一月の逸話である。このあと村上は、小島は長命だったが後世に残すべき作品は多くはないなどと、まだまだ語っているが略す。右の話で分かることはいくつもある。

当時、銓衡委員の選定は文学振興会(佐佐木茂索)がほぼ独断でやっていたこと。政二郎が村上を評価していなかったこと。この時以来かどうか分からぬが、村上が「小島さん」にいい感情をもっていなかったこと、などだ。文句をつけなかった他の委員の中には、永井龍男もいただろう。どんな心境でこれを眺めていたことか。

芥川賞の銓衡なら疲れないのか

昭和三十三(一九五八)年一月、第三十八回(三十二年下半期)の銓衡を終えた後、永井龍男は直木賞委員を辞任した。

六年間の委員会で、いずれの委員も練達の士であることを知り、直木賞の受賞者を選ぶにはそのような練達力が是非必要なことを痛感したが、自分にはまったく欠けた才能と気づいたからである。たまたまある会合で逢った井伏鱒二に、あらましを伝えたところ、自分も疲れたのでこの辺で辞めたいという話であった。三十三年の春だったと思うが、連名で辞任を申出る結果になった。井伏鱒二は昭和十八年以来の委員である。（『回想の芥川・直木賞』）

永井と井伏は戦前から親しい間柄だった。純文学作家の井伏が直木賞（昭和十二年下半期）を快く受けてくれたことに、下働きをしていた永井は敬服の念を抱いていたし、戦後（同二十五年）の横光利一賞銓衡の際には、井伏は小林秀雄らと共に永井の『朝霧』を強く推して受賞に導いてくれた。だが、話はこれだけでは終わらない。

数日後、日本文学振興会から連絡があり、井伏鱒二と私の辞任を認め、新たに両名に芥川賞委員を委嘱するという通達があった。すべて日本文学振興会理事長佐佐木茂索の宰領で、細かく気を遣った上のことであった。そのように諒解すれば、井伏鱒二にしても無下には去り難かったに相違ない。とにもかくにも、私と共に転出を承諾することになった。

昭和三十三年上半期の芥川賞銓衡会に、初めて私は出席した。当時の委員は、佐藤春夫、宇野浩二、瀧井孝作、川端康成、丹羽文雄、舟橋聖一、石川達三、井上靖、中村光夫の諸氏に、井伏鱒二と私を加えて十一名であった。（『同』）

事実経過はこの通りとしても、この永井の説明で得心がいくだろうか。

第一に、直木賞の銓衡に「練達力」が必要なのは理解できるが、では芥川賞では、それが要らないというのか。疲れたから辞めると言った両者がすぐ次回から出席できるなら、芥川賞銓衡会は疲れないということか。

主催者の都合ではなく、自分から辞任を申し出た二人を「転出」させることが、なぜ理事長佐佐木の細かい気遣いなのか。「去り難かった」というのは、何処からなのか。

こんな疑問が湧くのは、おそらく永井が肝心なことを書いていないからだろう。あえて邪推すれば、永井と井伏は「やはり直木賞（大衆小説）は私たちの体質に合わないから疲れる。辞めたい」と佐佐木に申し出たのだろう。その時「芥川賞ならともかく」と付け加えたかどうかは分からない。そして、それを忖度したからこその佐佐木の気遣いなのである。直木賞はもうたくさんだが、芥川賞委員と言われれば「去り難かった」のである。

これは、事実上の「大衆小説への訣別宣言」とも言える行動だが、無論、両賞と深い関係をもち、佐佐木と気心を通わせていた永井と、その三十年来の友井伏だったから可能だった「転出」である。これ以上とやかく言ってもはじまらないが、一つだけ永井が直木賞委員に就任したばかりの二十七年に書いた文の一節を写しておく。小島と並んで永井が大嫌いだった舟橋聖一（一九〇四〜一九七六）の戦前の思い出である。

いつ頃のことか、銓衡委員の改選を行つた時、菊池氏の命で舟橋聖一君に直木賞委員を委嘱したことがあつたが、芥川賞の方ならば、と同君はこれを辞退した。そんなことも覚えている。舟橋君は、いうまでもなく、現在芥川賞委員の一人である。（『文藝春秋の頃』『酒徒交傳』）

さらりと流しているようだが、愉快な記憶でないことは行間から読める。こういうことを書くこと自体、意地が悪いとも言える。だがその六年後、経緯は違うが自分も「芥川賞の方ならば」とその委員に加わるのだから、作家の運命は分からない。永井と舟橋は同年生まれである。むしろ、なんとしても憎き舟橋君と同列の存在までにはなりたかったのかもしれない。いずれにせよ、芥川賞と直木賞を、いわゆる純文学作家たちがどう捉えていたかの一端がここに見える。

永井独特の婉曲表現

昭和三十六（一九六一）年二月、西御門（にしみかど）（雪ノ下の隣接地区）に住んでいた村松梢風（一八八九生まれ）が死ぬと、もう小島政二郎には親しい同世代の鎌倉文士は絶えた。年長の里見弴は小林・永井ら酒徒グループの総帥であったし、三つ下の大佛次郎とは和やかな交流はあったが、大佛が愛してやまない猫が、政二郎は大嫌いだった。

梢風もまた愛猫家であったが、同じ慶應文科の先輩で大正時代からの交誼であったから、それは妨げにはならなかったのだろう。政二郎は、梢風没後、彼をモデルにした『女のさいころ―小説・村松梢風をめぐる女たち』（「週刊新潮」三十六年五月～三十七年八月）を書いている。自分とは対極の「遊蕩児」であった梢風の生涯に、政二郎は興味が尽きなかったようだ。

ご近所だった永井も、梢風とは折にふれて言葉を交わし、そのエピソードをいくつか書いてはいる。

曰く、両家に出入りしている魚屋が活きのいい小魚を大量に盛っているのを永井夫人がほめると、その主人は「これは村松家のおネコちゃん用」と答えた。あるいは、梢風の死後、焼香に行ったある人が仏壇にあった立派な骨壺に向かって拝むと「それはネコちゃんの骨よ」と未亡人に言われた、などなどである。

梢風の孫で、傑作『鎌倉のおばさん』（梢風を看取った「鎌倉夫人」を描いた）を書いた村松友視（一九四〇〜）は、これらの話（永井の随筆とは微妙に違っているが）を永井から直かに聞き、永井が「祖父に好意をもって下さっていたからにちがいない」と言っている。

こんな話、もし嫌いな人だったら悪口の材料として申し分のないエピソードなのだ。実際、永井龍男さんは好き嫌いをはっきり言われた方で、私などにもきらいな作家の名を二人ほどあげて、はっきりと嫌悪感をあらわして話されたものだった。（『永井龍男さんのこと』「別冊かまくら春秋　最後の鎌倉文士　永井龍男　追悼号」）

村松の印象に間違いはないとは思う。ただ、その「嫌いな二人」――おそらく小島政二郎の名が挙げられたのではないかと思うが、そこまでの存在ではなかったにせよ、はたして梢風に好意まで抱いていたかどうか。水をさすわけではないが、永井はこんなふうにも書いている。昭和四十一年に、「朝日新聞」に発表したものだ。

若いころ、私は、中央公論の「説苑」欄に連載された「本朝画人伝」ほか、村松梢風のものをかなり読んでいたので、戦後再出発の「近世名勝負列伝」なぞを読んでも、この人は大人で、文学の青臭さを憎悪し、あえて反抗的に読物風な世界に入った作者と、ある意味で尊敬しているところがあった。

草双紙の遊び人風な風俗も、ストリッパーに入れ上げる無鉄砲さも、みんなそういう反骨精神のあらわれかも知れぬと想像していたが、ある雑誌で、この人には珍しくバルザックに触れた晩年の感想文を読んだところ、その中に「われわれ芸術家は」と自称している一節があり、村松梢風もついにそういうものであったかと思い、一時に興ざめした。

晩年に横須賀線で同車すると、このころ日をきめて毎週まむし料理を食べに行く。きょうもそれだということだった。

まむしが効くということと、長生きするということは別なものであったらしい。しかし、外遊後パリのよさをたたえて、なぜもっと若い時に遊びに行かなかったのかとしみじみ述懐するのを聞いた時は、私も心をうたれた。真情にあふれた言葉であった。(『村松梢風』『へっぽこ先生その他』講談社文芸文庫)

持ち上げたり、下げたりの忙しい文で、最後で救ってはいるが、結局は自分とは別種の人間だと、永井独特の婉曲表現で言っているのだ。

梢風の人間像はともかく、ここで注目したいのは「芸術家」を自称するような存在を嫌悪していることである。あるいは「芸術、芸術」と口にすること自体を青臭く、野暮ったいものと感じていると言ってもいい。ここに大正時代人たる梢風や政二郎と永井との、感覚の大きな差を感じざるを得ない。

芸術家たることを自覚し、あるいは真の芸術作品の完成を目指した大正作家にとって日常語だった「芸術」も、次世代の永井にとっては、羞恥なしでは口に出来ない旧時代の流行語と化していたのではないか。この語感は現在の文学界にも通ずるものだと思う。美術や音楽への劣等意識の残存かもしれないし、はたして文学は芸術か、という根本的な疑問から発する感覚なのかもしれない。いずれにせよ、小島政二郎が「芸術小説」の語を口にするたびに、永井の耳にはそれが事事（ことごと）しく無恥なものに響いたことは、充分に考えられる。

「芸術」という概念に引きまわされた

丸谷才一によれば、こういうことになる。

……大正時代は芸術という概念に支配された。谷崎潤一郎が小説家である自分を女の肌に刺青をほどこす名人刺青師になぞらえたとき、永井荷風が絶讃して「芸術の一方面を開拓した成功者」とたたえたのも、廣津和郎が小説を散文芸術と呼んだのも、島村抱月と松井須磨子の劇団が芸術座と名のったのも、その動向のあらわれと言えよう。

大正作家のなかで芸術という概念に最も引きまわされたのが小島政二郎である。大正中期に芥川龍之介や菊池寛の知遇を得て出発した小島は、彼らの影響を受けて、一方では濃密な芸術家意識をいだき、他方では通俗作家として成功した。このため自分を芸術に対する裏切り者と見なし、その結果、芸術という旗じるしをいっそう熱烈にあがめることになった。彼がいわゆる純文学を「芸術小説」と呼ぶことは、そういう事情を端的に示す。（『円朝』『長編小説　芥川龍之介』書評。

「毎日新聞」平成二十年九月十四日)

「裏切り者と見なし」「熱烈にあがめる」などに多少の異論はあるが、実に明快な解説で、大正が「芸術の時代」だったことはよく理解できる。ただ「芸術小説」は小島だけが使った呼称ではなく、「純文学」が後からできた言葉だということは、常識ながら付け加えておく。もう一つ、これは前述したが、多年にわたって「いわゆる純文学」という表現を繰り返して混乱する一方のこの世界を眺めていると、今一度一世紀前の「散文芸術」の精神に立ち返り、「芸術小説」を復活させてみたいと、私は思う。

問題の小説『久保田万太郎』までの前奏曲

ようやくこの章の最終地点——永井龍男を憤怒逆上させた小説『久保田万太郎』を紹介するところまで来たが、その前に昭和二十五(一九五〇)年から同四十年までの小島政二郎の仕事から、評判となった「作家実名小説・回想」「私小説」「芸術家小説」だけを抜き出してみる。

文壇からは顧みられなくなったと嘆きつつも、中間雑誌、新聞、週刊誌等では充実した、本人も手応えを感じたであろう作品を生み出している。この他にも多種雑多なものを休みなく書いているが、『久保田万太郎』の前奏曲となり、さらには晩年の力作長編に繋がると考えられるものを選んでみた。

昭和二十五年　五十六歳

『初対面—永井荷風先生』(「文藝春秋・冬の増刊」十二月)

昭和二十六年　五十七歳
『永井荷風先生―初対面』（「文藝春秋」三月号。右の続編）
『森鷗外先生―初対面』（「文藝春秋」五月号）
（この年から『食いしん坊』を「あまカラ」に連載。四十三年まで）
昭和二十七年　五十八歳
『菊池寛―初対面』（「文藝春秋」四月号）
『峰の一本松』（「別冊文藝春秋」四月号）
昭和二十八年　五十九歳
『菊池寛―初対面』（「文藝春秋」四月号。前年の続篇）
『甘肌』（「毎日新聞」六月～十二月）
昭和二十九年　六十歳
『颱風の目のやうな』（「小説新潮」十一月号。後に『鈴木三重吉』に改題）
昭和三十一年　六十二歳
『ささ』（「新潮」十月号）
昭和三十二年　六十三歳
『円朝』（「週刊朝日」三月～三十三年六月）
昭和三十四年　六十五歳
四月、永井荷風死去。
『小説永井荷風』（「小説新潮」八月号）

昭和三十五年　六十六歳
『芥川龍之介』（「小説新潮」十二月号）
昭和三十六年　六十七歳
二月、村松梢風死去。
『女のさいころ―小説・村松梢風をめぐる女たち』（「週刊新潮」五月～同三十七年八月）
『葛飾北斎』（「日本経済新聞」十月～同三十七年八月）
昭和三十七年　六十八歳
六月二十六日、妻みつ子死去。
昭和三十八年　六十九歳
『〈座談会〉近代日本文学史20　菊池寛と芥川龍之介』に出席（「文学」二月号）
五月、久保田万太郎死去。
昭和三十九年　七十歳
『妻税』（「小説新潮」八月号）
夏、鎌倉市二階堂一二番地に転居。
昭和四十年　七十一歳
『久保田万太郎』（「小説新潮」七月号）

万太郎の呆気ない「事故死」

昭和三十八（一九六三）年五月六日の夕刻、久保田万太郎が急逝したその場に小島政二郎が居合わせたという偶然が、そもそもの発端だった。たとえこんな巡り合わせがなかったとしても、やがて『久保田万太郎』は書かれただろう。万太郎は政二郎にとって、それだけの浅からぬ交渉のあった先輩作家ではあった。だが、そのあまりに呆気ない、誰も予想し得ない光景を目の当たりにしなかったら、政二郎の筆はもっと生彩を欠いていたかもしれない。

久保田万太郎の「事故死」は、昭和文壇史の中でもあまりに有名な出来事なので、詳述するには及ばないとは思ったが、ここはあえて当事者小島政二郎の文で再現してみる。これは記憶がまだ生々しい頃、「あまカラ」（六〜七月号）に書いた『食いしん坊』の一節だ。まず第一声「久保田万太郎が死んでしまった」と始まり、人の命の不思議さに感嘆した後、状況説明に入る。

> 芝公園に留園という中華料理の殿堂がある。ここの御主人盛毓度（せいいくど）という人は、奥野信太郎や死んだ村松梢風の親友で、そんな関係からだろう、私達を時々呼んで珍しい御馳走を食べさせてくれた。
>
> で、一度は我々の方でも夫婦を招待したいと思って、梅原龍三郎画伯の好意で、その日、握り寿司の御馳走をすることになっていた。
>
> 六日、梅原邸に集まったものは、主賓を始め、久保田万太郎、福島慶子、奥野信太郎、池田潔、美濃部亮吉、高峰秀子、松山善三、まあさんという中華の方、それに私。

市谷加賀町（新宿区）にある梅原邸の広い洋間が会場だった。奥半分に丸テーブルが置かれて寿司屋が店を開き、残りの半分にはさまざまな椅子が配置され、出席者はてんでに腰を下ろして会話を愉しんでいた。政二郎は久保田、奥野と長椅子に並んで坐っていた。半年前に最愛の女性三隅一子に死なれてから孤独で寂しそうな印象を深めた万太郎だったが、この日は元気で、機嫌も良く、あれこれさかんに話した。その中で、「永井荷風は精神分裂症だった」と主張するので政二郎が疑問を口にすると、「いや、たしかにそうです」と万太郎は断定的に言い放った。万太郎はウィスキーを一杯飲んでいた。

やがて支度がととのい、万太郎は寿司のテーブルに着く。美濃部の酌でビールを一杯、日本酒を三杯飲んだ。

注文の赤貝のお寿司が二つ、久保田さんの前に並べられた。この人は鮪(まぐろ)を食べない。赤貝の寿司を一つ取って口へ持って行ったかと思うと、突然噎(む)せた。慌(あわ)ててハンカチーフで口許を押さえて、椅子から立ち上がった。

はばかりへ行って、吐こうとしたのだろう。が、初めて訪問した悲しさ、はばかりの所在が分らない。廊下をウロウロしているところを、梅原夫人が気が付かれて案内に立たれた。梅原家のはばかりは、玄関のすぐ近くにあった。その前まで行った時、久保田さんは突然音を立てて倒れた。

随分激しい音がしたので、私達はビックリして駆けつけた。久保田さんはそこの狭い板の間に仰向けに倒れて人事不省になっていた。口から泡を吹いて――。

その後の詳細は省くが、結局万太郎はそこで息を引き取った。この文で政二郎は「久保田さんには糖尿病もあり、心臓が肥大していたし、ショックによる心筋梗塞か何かではなかったか」と書いているが、解剖の結果、後に発表された正式な死因は「食餌誤嚥による気管閉塞に原因する急性窒息死」。赤貝の身がロール状になって気管を完全に塞いでしまっていたという。死亡時刻は慶應病院に運ばれた後の、午後六時二十五分と公式発表されたが、それは梅原家を慮ってのことで、本当はその一時間前だったと奥野信太郎は書いている。享年七十三であった。

『久保田万太郎回想』の謎

この文壇・演劇界の重鎮の死後、諸家により夥しい追悼文、回想記が書かれたことは言うまでもない。一年半後の昭和三十九(一九六四)年十二月には、それらに年譜、書誌資料などを加えた『久保田万太郎回想』(佐藤朔・池田弥三郎・白井浩司編。中央公論社)が刊行されている。総勢七十九名の執筆者の中には、奥野も永井龍男も入っているが、なぜか小島政二郎の名前は見えない。これは謎である。

編者の「あとがき」(同年十月記)によれば、この企画は当時休刊中だった「三田文学」の復刊第一号——「久保田万太郎追悼号」のために進められていたものが、事情があって単行本化されたものだという。だとすれば尚のこと、三田と関係の深い政二郎に声が掛からないはずがない。

同書の資料編にはそれまでに書かれた追悼文のリストがあり、そこには先の『食いしん坊』の他に、政二郎が死の直後に「東京新聞」や「日本経済新聞」に執筆した文も挙げられている。もし新たな書き下ろしが不可能だったなら、それを再録する手もあったと思うのだが——現に同書には今日出海(後出)をはじめ他からの転載もかなりあり、追悼講演会での速記掲載という例(永井龍男、臼井吉見)も見られるのに、そうしなかったということは、本人が承諾しなかったということか。それにしても政二郎が結局何も載せず、自らすすんで除け者になるとは不可解ではある。

まったくの憶測で言えば、小説『久保田万太郎』が書かれるのは翌昭和四十年だが、政二郎にはすでに構想があり、それを新鮮な目で読んでもらいたかったのかもしれない。ここで小出しにしたくなかったのだ。また、死の直後に発表したものとは、万太郎に対する見方に変化が生じていたからとも考えられる。例えば『食いしん坊』では遠慮がちに批評していた万太郎の小説や戯曲を、『久保田万太郎』では「詩人の書いた小説、戯曲だった」「彼の詩心は散文精神からは遠かったのだ」などと断じている。小説の内容については後で詳しく立ち入って見るつもりだ。

以上は根拠に乏しい推測にすぎない。同三十九年頃は二階堂への引っ越しで大わらわだったから、単に執筆のゆとりがなかったのかもしれない。付け加えておけばもう一人、在(あ)って当然の川口松太郎の名も、同書にはない。

死ぬべくして死んだ立派な最期

先の昭和二十五〜四十年の作品表を見れば分かるが、永井荷風や村松梢風の場合は、いずれもその没後数か月で、政二郎は彼らが主人公の作品を書いている。それが万太郎の場合は二年を要し、三回忌に合わせたようなかたちになった。

政二郎は、死の直後の新聞への寄稿、『食いしん坊』での言及以外には、あと一つ、雑誌「俳句」(角川書店)七月号の追悼座談会『暮雨・久保田万太郎』(出席者は他に渋沢秀雄、富安風生、水原秋櫻子、安住敦)で発言しているが、以後二年、万太郎に関しては沈黙したのである。その理由はともかく、政二郎はその間に関係者たちが綴った思い出や万太郎論の類はあらかた目を通し、その上で自作の想を練っていたに違いない。それまで、荷風、梢風ばかりでなく、三重吉や芥川を描いた「実名作家小説」は悉く高い評価を得ていたから、万太郎に対してもどう立ち向かい、どう料理したらよいかを熟考したはずである。同時に、その方面の彼の卓越した技量を承知していた周囲の人々も、ある期待をもってその沈黙を眺めていたのではなかろうか。大正前半から万太郎と交流をもち、偶然にもその最期に立ち会った政二郎が、小説『久保田万太郎』を書かないはずはないと。

ところが一周忌が過ぎ、一年半が経ってもそれは出現しなかった。

先述したごとく、万太郎と親しかった人たちは、その間にメディアの求めに応じて、あるいは自らすすんでか知らないが、多くの回想を認めた。そのうちで出色なものをあえて挙げれば、永井龍男『止まっている時計』（「別冊文藝春秋」三十九年三月号）と、今日出海『久保田万太郎の女運』（初出「新潮」三十八年九月号。『久保田万太郎回想』所載）の二編かもしれない。

二人の筆は、万太郎が戦後鎌倉で過ごした十年間のあれこれを中心に、万太郎の二度目の結婚生活、その始まりから破綻までを、見たまま遠慮なく描いている。殊に、晩年は別居しながら最後まで籍を抜かなかった妻きみ子（君子）――旧知の彼女を戦後万太郎と再会させたのは今日出海だったようだが、その天真爛漫で、無知で、あけすけで、浪費家ぶりの描写は共に生彩がある。万太郎より二回り（二十四）も若い未亡人は当時五十そこそこで当然元気だったろうに、彼女がこれらの文を読む気遣いはなかったのだろうか。とにかく、その頃の作家たちは遠慮がない。今なら、人格誹謗、人権無視、あるいは女性蔑視だなどと責められそうなことを平然と書く。だから面白いのだが。

万太郎に対しても、尊敬と恩義は強調しつつも、その酒癖や吉原通いや隠し子に言及し、優柔不断な性格には両者とも辟易したようで、どちらかといえば今日出海のほうが辛辣ではある。両方から少しずつ引用してみる。まず、『久保田万太郎の女運』から。

永井龍男も神田の生まれで、東京の下町の風習に親しみ、生活感情や嗜好が久保田さんのそれとどこか似たところがあり、ウマも合い、それだけに「あの爺イ」と反撥したりもしていた。

永井の万太郎への親愛が「あの爺イ」によく現われている。恩人であり仲人であり酒友であり、なおかつ十五の歳の差があるからこその赦し合える関係ではなかったか。永井より一歳上の日出海にしても、万太郎との年齢的距離感は同じようなものだったろう。日出海はこの文の最後で、万太郎の生き方をこう締めくくっている。

その健康な先生が赤貝を咽喉にからませ倒れて死ぬとは、何とも奇怪だが、その場で吐けば息をつまらせることもなかったのだろうに、相変らず照れ性で恥ずかしがり弱気で、便所まで何食わぬ顔をして歩いて行って吐こうとしたから、その間に窒息する羽目に陥ったのだ。賢女（注・きみ子のこと）とだってうじうじせず別れていればさばさばしたろうに、それも出来ず、自分も苦しみ、賢女も浮かばれず、何ごともチグハグな形になってしまった。久保田さんには解決というものがなかった。誰にも解決なんかないかも知れないが、解決したような体裁を整えることもなかった。しかし、久保田さんのように、弱気、小心、照れ性で、何ごとも解決つかず、優柔不断に茫然とたたずんでいるのが、或は真っ当な姿なのかもしれない。（中略）私は死ぬべくして死んだ立派な最期だと思っている。

作家は告白するものじゃない、歌うものだ

永井の『止まっている時計』からは、万太郎の文学を論じている部分を抜き出してみる。

作者と登場人物と読者と、この三つのものが完全に一致しない限り、一致して酔わない限り、久保田さんの小説はない。小説は一つの舞台であって、それを鑑賞するには、劇場の外とは切離されなければならないし、余念を持ったりしてはならない。

久保田さんは、酒を味わうのではなく、性急に酔いを求めた。一座の者に杯を回す早さは一つ話になっているが、そのようにして得た酔いで、舞台と同様融け合った一座をかもし出さなければ満足しなかったのである。小説にも、まったく同じことが云えると、私は云いたいのだ。

しかし、戯曲になるとこの酔いの強制がはずされ、却って「小説的な感銘」を受けると永井は言う。

戯曲というものは、上演を予想して書かれるせいか、叙事に細かい制約がない。せりふによって、人物の性格を知り、事の成り行きを追えばよいだけに、読者の想像力は自由である。一言一言、心を細かく籠めた久保田さんの戯曲を読んでいると、せりふとせりふの行間に、久保田さんの小説以上に、小説を感じる。

この永井の万太郎文学に対する印象と分析は、表現こそ違うが、後でふれる政二郎の『久保田万太

郎』や死の直後の『食いしん坊』での感懐と、驚くほど似通っている。端的に言えば万太郎の言語表現は、小説より戯曲、戯曲より俳句のほうがより自由に、のびのびとしている。政二郎によれば、それは万太郎が詩人だからということになる。永井はさらに万太郎の本質らしきものに迫る。

この人の一生を振り返ると、幸せでなかったことが沢山ある。最初の夫人の死にせよ、令息の早世にせよ、君子夫人との不和にせよ、最後に三隅一子を失うまで、心を痛めることの多い一生であった。

しかし、この作家は、それらの「事実」に就いてほとんどまったく書かなかった。嘆きを詩に托することはあっても、決して事実を書きはしなかった。

死後にいたって、もう相当の年輩になる庶子が表面に出てきたほどである。「事実」は数え切れぬほどあったに違いないが、この作家は遂に口を開かなかった。借問する者があれば、小説とは詩とは、告白すべきものではない、歌うことだと、底に秘めてうたうことだと、昂然として久保田さんは応えるであろうか。それだからこそ、晩年の句境が冴えたのであろうか。

同じことを永井は、『久保田万太郎回想』所載の『素描』（昭和三十八年十二月五日「久保田万太郎追悼記念講演会」での講演筆記）でも喋っている。

鮟鱇もわが身の業(ごう)も煮ゆるかな

という句があります。これは私非常に好きなんです。（中略）作者の名のついた俳句でそれを積み重ねていくと初めてそこに俳句というものがほんとうの命を持つのでありまして、ああこの句は久保田さんか、久保田さんの句ならこれは実にいい句だな、そういうふうに思うのが俳句だと私は一人ぎめにしております。

つまり久保田さんの、作家は告白するものじゃない、歌うものだという気持ちが、晩年になるにしたがって俳句の上に出ているのじゃないか。久保田さんの俳句というものは、そのような一つの態度からますますわれわれの感動を呼ぶ、あんな短い十七字の表現で、あれだけわれわれの感銘を呼ぶ作品になっているのじゃないか。晩年になりますと、久保田さんのときどき書かれる随筆よりも、この短い俳句から受ける感銘のほうが数段強くて、実に見事だというふうに思われるのです。

「作家は歌うものだ」――だとすれば、久保田万太郎はまさしく「詩人」だったことにほかならないだろう。

いよいよ小説『久保田万太郎』に分け入らねばならないが、死後二年の間に右の二つに代表される様々な回想が語られ、その死の様子から生前の生活ぶりまでが、文壇内外に基礎知識として伝わっていたことは今一度記憶に留めておきたい。その下地の上に真打登場と相成ったのである。

挨拶をしようとするとソッポを向く

『久保田万太郎』は、四百字詰めでおよそ百枚の中編である。「小説新潮」昭和四十年七月号掲載作品の中では、丹羽文雄『四人の女』、藤原審爾『今日駄目人間』と共に最長の部類で、表紙や目次ではそれらを括って「特集・三大長編力作」と謳っているから、同号の目玉であったことは間違いない。
さて、中身をどう紹介してゆけばよいものか。『甘肌』の時はテーマが明瞭だったので、田岡典夫を刺激したであろう所を抜き出せたが、今度は永井龍男を怒らせた部分だけを忖度して摘出するのは難しい。やはり順を追って読み進んでいくしかないだろう。以下の引用は、断わりのない限りすべて同作からのものである。
話は「私」——政二郎の少年時代から始まる。
おそらく明治四十一、二年、京華中学時代のことであろう、政二郎は俳句をよくする小学校以来の同級生と共に、あちこちの句会に出入りしていた。

どこの句会へ行っても、よく抜ける（注・提出した句が出席者の票を獲得する）暮雨（ぼう）という俳人がいた。いつも紺絣（こんがすり）の着物を着て、形の崩れた黒のソフトを被（かぶ）って、セカセカと席へはいって来た。

これが久保田万太郎だった。明治四十二年なら歳は二十歳、慶應普通部から大学予科に進学した頃である。彼はいつも同級生の大場白水郎（惣太郎）と連れ立って運座へやって来た。当時から万太郎の俳句の才能は群を抜いていた、と政二郎は振り返る。写生句が多い中で、その抒情性が人の心を捉えたのだと。

句が抜ける度に、作者は「暮雨」と名告りを上げる。その上げ方に特徴があった。ちょっとはにかんだような、愛嬌のある、神経の細さを感じさせるような、それでいてそんなことは一切私の知ったことじゃないよと言ったような突ッぱねた冷淡さで掩った複雑な響を持っていた。
今思うと、これが久保田さんの一生を通じての基調音だったような気がする。ただ時代によって、どの部分かが強く表に現われたり、どの部分かが奥へ引っ込んだりしたに過ぎない。

政二郎はもうここで、万太郎の性格の特質を総括している。長年の観察からの実感であろう。この後、万太郎の句作の歴史、その出発と変遷を語り、古人では芭蕉や蕪村を崇めず、炭太祇（すみたいぎ）というマイナー・ポエットを好んだという万太郎の性向などを紹介している。そして、句会の場面へ戻り、こんな一面を描く。

いつともなく顔馴染（なじみ）が出来て、挨拶をし合うようになる。ところが、万太郎と目が合った時、笑顔を見せて挨拶をしようとすると、彼はソッポを向いた。そのくせ、仲間同志とは愛想よく談笑しているのだ。が、私達には実に無愛想だった。

さらに、後年、政二郎の新婚時代に市村座で出合った万太郎にみつ子が手を突いてお辞儀をすると、やはりソッポを向いた。みつ子は「何さまのつもりか」と後々まで万太郎を許さなかった、と政二郎は続ける。悪口と言うほどではないが、これがこの小説での万太郎への第一撃、軽いジャブである。尤も、政二郎は万太郎の傲然ぶりを表現したつもりかもしれないが、これは多くの関係者が語るところの「極度の人見知り」の為せるわざだろう。戸板康二（一九一五〜一九九三）は同じ部分を引用し、「これは、万太郎の損なところであったが、要するに、ソッポを向く以外の表現ができないシャイネスが、その性格にあったのだろう」(『久保田万太郎』文藝春秋)と言っている。

三田のセンシティーブ・プランツ

この後、政二郎は明治末の文学状況――自然主義凋落から「三田文学」発刊までを浚い、万太郎が永井荷風に接することが出来た幸運を綴る。万太郎は大学本科一年(明治四十四年)の時に発表された処女小説『朝顔』(「三田文学」)が小宮豊隆に賞賛されると、続けて戯曲『プロローグ』が雑誌「太陽」(博文館)の懸賞(小山内薫選)で当選、この二作で一躍新進作家として脚光を浴びた。翌明治四十五(大正元＝一九一二)年には小説戯曲集『浅草』(籾山書店)を早くも上梓する。政二郎が予科に入学した大正二年には、万太郎はすでに著書を持つ本科の三年生であった。運座の時と同様に挨拶もできず、この先輩が荷風や小山内、小宮、馬場孤蝶ら教授連と談笑するのを、遠くから羨望の目で見送る政二郎であった。

万太郎は、彼と同時期に『山の手の子』(「三田文学」)でデビューし評判となった二級上の水上瀧太郎と親しくなる。彼らは共に泉鏡花の崇拝者であった。政二郎は両者をこう対比する。

　水上は自己を信ずることの極めて厚い、男気の強い、間違ったことの大嫌いな、一本気の、男の中の男だった。気の弱い、女々しい、センチメンタルな、移り気な、自分より強い人に向かっては白を白と言い切れない万太郎にとっては、実に頼もしい兄貴だった。こんな強い人間に出合ったのは、これが初めてだったろう。彼は忽ち水上に傾倒した。(中略)何かというと、「水上君はこう言っていた」

そう言って自分の鎧にした。

こう言う政二郎だって、後でまたふれるが、気の弱いことにおいては人後に落ちない。芥川龍之介はこの二人を「君たちは三田のセンシティーブ・プランツ（注・おじぎ草）だね」と言ったと政二郎自身が別の箇所で書いている。

やがて万太郎は、普通部以来の親友大場白水郎と花柳界通いに精を出すようになった。浅草へ、あるいは芳町へ、吉原へ。万太郎の作風も変わり、赤木桁平の『遊蕩文学撲滅論』（大正五年）で吉井勇、長田幹彦、近松秋江らと一緒に槍玉に上げられた。

そのうち、万太郎にも好きな芸者が出来た。実際は知らないが、噂では、姉と妹がいて、姉は小股の切れ上がった美人だった。その姉の方に惚れたが、姉にはいい旦那がいて、万太郎と結婚する気がなく、うまく妹と擦りかえられたという話だ。そういう不思議な手腕を芸者は持っていた。

この噂が事実かどうか私は知らない。紏（ただ）したくとも、白水郎が死んでしまった（注・昭和三十七年死去）今は、紏しようがない。

「この噂は、まちがっていなかった。ぼくは白水郎から、おおよその話を聞いている」と戸板康二は書いている（『久保田万太郎』）。谷崎潤一郎の最初の結婚とやや似た話だ。とにかく万太郎はその妹京子と結婚するが（大正八年六月）、シッカリ者の姉はその前に万太郎に一つの条件——正業に就くことを約束させた。万太郎は三田の先輩澤木四方吉教授に相談を持ちかける。澤木はその年の四月から文科予科の講師に就任することになっていた政二郎を呼んで万太郎の事情を説明、結果、政二郎は自分の受持ち講座のうち「作文」の授業を万太郎先輩に譲ることになった。万太郎の慶應講師は大正十五年まで続き、その間に一人息子の耕一が生まれた（同十年八月）。

芸者に憧れを抱いていた政二郎たち後輩は、京子の下町娘と変わらぬ地味で物静かな風情に無責任な失望を感じたりもしたが、仲の好い二人が羨ましく、万太郎が彼女を呼ぶ「お京――お京――」という口調を真似しては、仲間内で笑い合っていた。

やがて政二郎も『一枚看板』（同十一年）で文壇に認められる。万太郎も小説家として、戯曲家として、その独自の存在感を大きくしていった。


それにつれて、茶屋酒を飲む機会がふえて行った。彼は人に向かって自己の考えを言い張ることが出来ず、その場を不愉快にしたくないばかりに、人に迎合することが多かった。（中略）それをいいことにして、彼の飲み仲間――例えば、吉井勇、長田秀雄、長田幹彦その他の手合は、彼のことを表向きには「万ちゃん」、陰に回っては「万公」と呼んで軽んじた。

弱い立場に立った者に対しては冷酷無慚

ここからの政二郎の筆は、辛辣を極める。

彼にすれば、口惜し涙に暮れたこともあったろう。そういう思いが彼に茶屋酒を呷（あお）らせたことも幾度かあったろう。酔っては、彼を崇拝して集まった若い作家達につらく当る結果になったのだろう。泥酔して、そういう弱い自分を忘れる喜びを彼は知ったのだろう。仲間にいじめられ、肴(さかな)にされた思いを、若い崇拝者につらく当ることによって復讐することを覚えたのであろう。後輩に対しては彼はひどく強権的だった。（中略）一面センチメンタルであるくせに、一度弱い立場に立った者に対しては、実に冷酷無慙(むざん)だった。彼が学生の時分陰になり日向(ひなた)になりしてかばってくれた妹のおふぢ以外の両親家族に対して、彼は親切とは言えなかった。不思議というより外ない。

続いて万太郎の女出入りが語られる。

　私の知っている限りで最も派手だったのは、バア春の何とかいう女給との情事だったろう。私達の会合に、よく連れてきた。

「今にこれと一緒になります」

　私達に手放しでそんなことを言っていた。この人も、前に浅草で左褄(ひだりづま)を取っていた。そのうち、万太郎の口利きで喜多村緑郎の弟子になり、松ヶ枝みどりという芸名で新派の舞台に出るようになった。が、才能がなかったのだろう。いつまで立っても、えらくならなかった。そのうち、万太郎の子供を——女の子を生んだ。

この女の子は万太郎の死後、裁判で実子と公認された。政二郎は万太郎と京子の間が冷え切っているのを感じた。酔った万太郎を家に送って行っても、昼間遊びに行っても、ほとんど夫人は顔を見せなかった。京子は陰気で、内向的な性格に見えた。

万太郎の泥酔ぶりには、政二郎もたびたび手を焼いた。酔い潰れて正体をなくした万太郎を深夜ハイヤーで送り届けるのは、一滴も呑まない政二郎にはやりきれなかった。次に会った時、「どうしました、あれから？」と尋ねると、「え？」と万太郎は空惚(そらとぼ)けた。


睡眠薬を多量に飲んで、そのまま醒めなかった

ここでは万太郎の生涯を描くのが目的ではないから詳細は省くが、大正の末年に慶應講師を辞し、日本放送協会（ＮＨＫ）の嘱託になった万太郎は、昭和六（一九三一）年になると正式に同協会の文芸課長に就任した。「松ヶ枝みどり（翠）」と親しくなったのは八年、彼女が万太郎の子を産んだのは十年末だったらしい。その直前の同年十一月十五日のことだった。

そういう夫の内顧的でない日夜が続いたあとで、松ヶ枝みどりのことを知った京子夫人は、夫に対しても、この世に対しても、いや気がさしたのだろう。ある晩、睡眠薬を多量に飲んで、そのまま醒めなかった。

このことが、新聞社の耳にはいらない筈がなかった。川口松太郎と花柳章太郎とが、それぞれ用意して各新聞社を記事にしないように一生懸命頼んで回った。

その晩遅く、朝日新聞から私のところへ電話が掛かって、

「事実はみんな手にはいっているのです。あなたが一ト言そうだと言って下されば、書けるの

ですが——」

そう言って迫られた。川口と花柳のお陰で、このことはどこの新聞にも書かれずに済んだ。

済まないのは、夫人の姉の胸中だった。万太郎の句集を見ると、「妻の初七日、妻の姉より申し出あり、受諾」とあって、

ふツつりと切つたる縁や石蕗の花

というのがある。事実は、そんなアッサリとしたものではなく、憤りを込めた痛烈な縁切りの文句を、列座の人々の前で叩き付けられたのだった。みんなは息を飲んだ。

京子夫人の死については、万太郎自身が『心残りの記』でもふれ、永井龍男も前出の『止まってゐる時計』でその一部を引いて林房雄の体験との共通性などを語っているが、いずれも曖昧で省略が利きすぎている。「睡眠薬の量をあやまった」「不慮の死」といったごとくである。すべての回想を見たわけではないから断定できないが、関係者の間で穏便に済ませていたその「自殺」の前後のあらましを、政二郎はここではっきりと書いた。内情を知らなかった者にも、知っていた者にも、これは刺戟的だったろう。

政二郎の舌鋒は鋭さを増してゆく。NHKへの就職をこう評す。

創作に行き詰まった逃げ道であったろう。物を書く代りに、芝居の演出に携わるようになった。これが、後に芝居道の大ボスになるキッカケを作ったのだろう。

この時代の万太郎は、役人風——というのもおかしいが、まあ、そう言った風を吹かせて鼻持

ちがならなかった。

交際の範囲が広くなり、同時に収入不定の原稿料生活でなく、一定の月給生活になった安心も手伝ってだろう、毎晩のようにどこかへ飲みに行き、最後は吉原へ繰り込む癖が付いた。


悪人の目で見た世間を書けば新しい世界が開ける

この調子で内容を追ってゆくと、百枚の小説を読むのに二百枚を費やしてしまいそうだ。政二郎のヴィヴィッドな文章を読んで貰いたいのは山々だが、極力引用を減らし、要約してゆくことにする。

酒色に溺れる万太郎は、水上瀧太郎（当時明治生命重役）が世話した日暮里の家の家賃を滞らせ、方々の花柳界や吉原の引手茶屋に借金の山を築いた。「三田文学」の会合で馴染みの小料理屋へ行くと、会費を握っていた万太郎の未払いのせいで断わられた。溜まった家賃は水上が全て立て替えて払った。その水上も、京子夫人の死でついに堪忍袋の緒を切った。

水上は万太郎を呼んで意見をした。「耕一を寄宿舎に入れ、君はアパート生活をして創作に立ち返り、妻の霊を慰めよ。このままでは君の人生の破綻は目に見えている。妻の姉にあれほど面罵されて、男子一代の恥と思わないのか」。返事をしない万太郎に堪りかねて、水上は絶交を宣言した。万太郎は蚊の鳴くような声で「でも、人前であった時はこれまで通りに遇してくれ」。水上には哀れな笑いがこみ上げた。

松ヶ枝みどりが子供を生んだ時、万太郎は「僕の子供じゃない」と突っぱね、悶着の末、彼女と別れた。その後、万太郎は日本橋裏の飲み屋の女将と親しみ、さらに吉原の幾代という年増芸者に結婚を申し込んだ。幾代が水上に相談すると「せっかくだが、よした方がいい」と水上は答えた。

ある日、水上は政二郎に言った。「今の久保田はかつての純粋な抒情詩人ではなく、悪人だ。過去の作品は忘れて、悪人の目で見た世間を書けば久保田の新しい世界が開ける。そう彼に伝えてくれたまえ」。感銘した政二郎はそれを万太郎に伝えると、「そんなことをしたら、今までの僕の読者が逃げてしまう」と聞き入れなかった。政二郎はこれで万太郎の文学も二度目の花は開かないだろうと感じた。案の定、その後の万太郎に優れた創作は乏しく、他の作家の小説の脚色や、新派の舞台監督、歌舞伎、新劇の演出が主な仕事になった。

水上瀧太郎は絶交のまま、昭和十五(一九四〇)年に病没した。

ある先輩は「素ッ町人——」と呼んだ

戦後となり、彼を軽んじていた手合が文壇からあらかた姿を消すと、万太郎の存在は見違えて華々しいものになった。万太郎は数々の「長」の付く役職に就き、その肩書きで文壇のみならず、芸術文化、演劇・芸能の分野でボスとして君臨した。「慶應義塾評議員」に始まり、「日本芸術院会員(文学部長)」「芸術祭執行委員」「文化勲章・文化功労者選考委員」「日本演劇協会会長」「文化財保護専門審議会委員」「国立劇場設立準備協議会副会長」「法務省中央更生保護審査会委員」……この小説に出てこないものでは「日本放送協会理事」「郵政省郵政審議会専門委員」「日本文芸家協会名誉委員」などもあり、安藤鶴夫には「紙芝居協会会長」までやっていると言ったという。さらに昭和三十二(一九五七)年には、万太郎自身も文化勲章受章者となった。

政二郎が同じ慶應義塾評議員になった時、万太郎は「これで君の社会的信用は非常に増すだろうよ」と語りかけ、政二郎は不思議な考え方をするものだと思った。

先輩、同輩、後輩の間（かん）に処して若いころに舐（な）めた苦い思い、人事の複雑なＮＨＫに勤めていた間に会得した人間関係の機微、そういうものが、彼に政治的な、人を威圧する呼吸を飲み込ませた。政府、役人、役者、興行家、芸術人に対して、芸術家——殊に気むずかしい芸能家ということが、どんなに最大の武器であるか、彼はそれを十分に知っていた。必要に応じて、彼は自分の持っている幾つかの面を被って見せた。

ある先輩は彼のことを、

「素ッ町人——」

と呼んだ。素ッ町人だから、「長」を欲しがり、「役」を欲しがるのだ、スノッブだから、強きを助け弱きを挫くのだ、とも言った。

ある先輩とは誰か分からない、小泉信三かもしれない。

「素ッ町人」といえば永井龍男が書き記した面白いエピソードが、前掲『止まっている時計』の中にある。死の前年、三隅一子と鎌倉へやってきた万太郎は、その直前に逝った吉川英治を話題にし、永井にこう耳打ちしたという。「ジャーナリズムの騒ぎようはなんです、まるで神さま扱いじゃありませんか。あなただけにいって置きますが、あの人は素町人です」。国民作家などと持てはやされる吉川が不愉快だったのだろう。そういえば、永井の結婚の折、「早くわれわれと一緒に仕事をしよう」と吉川がスピーチしたのに対し、仲人の万太郎が「永井の身柄はわれわれ純文学側が引き受ける」と応じたことを思い出す。

永井は政二郎の「万太郎素ッ町人」説を、どう読んだか。

政二郎の万太郎分析は続く。戦前、酒と女と借金で自滅寸前だった万太郎のこの大逆転を誰が予想できたか。ただ、川口松太郎という側近が終始付いて離れなかったことが大きな役割を果たしたことは間違いない。また、万太郎が「会魔」と呼ばれるほどあらゆる所に顔を出したのは、強面(こわもて)だけではボスになれないこと、顔を売ることがどれだけ大事かをよく知っていたからだ――。

政二郎の筆は、この小説の核心に近づいてゆく。ここは引用しないわけにはいかない。

私も同じ下町に生まれ、彼と同じ欠点を持っている

壮年期に及んで、若い頃の敵(かたき)を討った万太郎は、しばしば心地よげに偽らざる評価を彼等の上に下すのを幾度か私は聞いている。同じように酒色に溺れながらも、万太郎は彼等に比べて、東京の下町ッ子らしい忍耐心を持っていた。臆病で律儀だった。

この二つの属性が彼を救った。勤勉家であることは、一生変らなかった。これが彼の持っていた最上の宝物だったろう。それと、勘のよさと――

私は彼がヒタ隠しに隠していた性格的な病弊(びょうへい)を発(あば)き立てて快とするものではない。まして彼を責めようなどという気は毛頭ない。私も彼と同じ下町に生まれ、彼と同じ欠点を性格の中に持っている。最も血の近さを感じている先輩の一人だ。

彼は芥川龍之介と同じように小説の中で自己を語ることを嫌った。そのくせ、実生活の上では大胆に自己の弱点を暴露して憚(はばか)らなかった。で、私としては彼の日常生活を跡付けることによっ

て、自分のために何か発見したかったのだ。

ここが政二郎の小説——小島文学の要諦の一つである。「発き立てて快とするものではない」を単なる弁解と捉えれば、この小説など私怨に似たものを晴らす行為に過ぎない。「自分のために何か発見したかった」を偽らざる真摯な動機であると受け止めない限り、この小説家の本質を味わうことは出来ないのだ。彼が他の作家や芸人——芸術家たちの生活や精神の軌跡を執拗に追ったのは、単に人間への興味からではなく、そこで何かを発見し、何かを学び取りたかったからだ。その何か——創作の秘密や人生の真実に迫る過程を描くことが小島小説の肝と言ってもいい。

「血の近さ」と言っているように、万太郎同様、自分も「弱虫」だと重々承知していた。「忍耐心」「勤勉」「臆病」「律儀」もまた同じだ。食べ物の嗜好だってかなり近い。肉一辺倒の政二郎に対し、万太郎が豆腐を好んだことは大同小異のうちの小異で、共に脂っこいものが好き。好物はトンカツ、カレーに鰻で、魚はあまり好かない。特に万太郎は生(ナマ)ものは一切口にしない。仕事以外の趣味道楽の類も、互いにほとんどない。煙草も吸わない。唯一最大の違いは何といっても「酒」だろう。酒で鬱屈を晴らすことが万太郎は出来たが、下戸の政二郎にはそれが体感出来ない。だから、その精神構造を真面目冷静に考察する。言わば、酒呑みにとっては野暮で、イヤな奴だったろう。

勘のよさといやみ

小説に戻れば、政二郎は考える。小説上の万太郎はついに人情話の域を出なかったが、実生活では人情の柵を破って逞しく成長した。この二つの面の調和が万太郎の中のどこで成されているのか。あるいはこの不調和が、いかにして彼の中で窒息せずに共に生息できたのか。

しかし、結論は出なかった。というのは、この途方もなく矛盾撞着した性格に自己嫌悪を感じて、悪戦苦闘の末、何とか悪徳を征服して、矛盾のない統一された人格に鍛え上げようとする求道的な精神を、彼の書いたものの中にも、彼の言った言葉の中にも、彼の行動の中にも、私は見出すことが出来なかったからだ。

彼にはそういう生き死にを賭けた人間陶冶の欲求はなかったと見る外はない。そういう意味では、彼は俗人だった。

万太郎信奉者なら「お前にそんなことを言う資格があるか」という言葉を発しそうな一節だ。あるいは、このあまりに「求道的」な発想に青臭さや、いかにも大正時代的古めかしさを感じるかもしれない。しかし、芸術家なら抱えた矛盾と格闘し、それを統合して高い完成を目指すべきだという頑な信念を、私は否定できない。

このあたりから、政二郎は万太郎の文学を論じてゆく。万太郎が成功したのは、数々の幸運と、なかなか諦めない息の長さ、そして健康な体があってのことで、

もう一つ、忘れてはならないのは、彼の勘のよさだろう。芸術家としての勘のよさは無類に近かった。彼には批評の論理はなかったが、物のよし悪を嗅(か)ぎ分ける勘のよさは人に立ち優っていた。創作する時にも、この勘のよさが彼の唯一の羅針盤だった。

殊に、俳句の場合——。「名人は奇所に遊ぶ」と芭蕉は言っているが、万太郎は俳句に於いてしばしば奇所に遊んだ。彼の勘のよさがなせたわざだろう。

しかし、万太郎の書いたものには何とも言えないいやみがつきまとう、と政二郎は言う。それは万太郎が一時傾倒した島崎藤村にも似た、もったいぶった、もって回った表現であり、妙なところに文語や見慣れない言葉をわざと挟んだりする独特の言い回しである。このセンチメントあふれる作意は万太郎のふだんの座談にも、政二郎が一緒に演じた文士劇の本読みの時にも感じた。芸人の好みでも、このいやみを含んだ芸人のほうを万太郎は買った、と言う。

政二郎はその文例を示した後、万太郎の信者にはこの回りくどさ、いやみったらしさがたまらない魅力だったのだろう、このいやみがいやみと分からなかったところに、妙不思議があったのだと納得している。

どんな専門の俳人の俳句よりも、本物であり、優れていた

政二郎の万太郎論は佳境に入る。万太郎は小説家、戯曲家というより根が詩人だった。遅筆で鳴らした万太郎だが、この詩人には散文を書くことが苦痛だったのではないか。散文は、人生のすぐ隣にあると廣津和郎が言ったのは当たっている。結局、詩人の心に返って来たのは、俳句だった。散文に思いを託すのに脂汗を絞った万太郎も、俳句となると水を得た魚のごとく自由だった。散文では喉の筋肉が引きつって吃る彼が、規約と制限のある俳句では却って自由自在を極めるのだ——云々。

万太郎の句を味わう政二郎の筆はここで冴えを見せる。万太郎の秀句と政二郎の鑑賞が交響して生

まれた次の数行は、ひときわ心地よい。

膝関節捻挫で籠居（ろうきょ）

掻巻（かいまき）もまくらも秋の風の中

こんな素直な、しかも的確な表現が、彼の散文の中に一つでもあるだろうか。いや、いやみなんかどこにもない。

あたたかやさしかはしたる木々の枝

散文だと、どこにも吃りの万太郎がいて小うるさいが、ここには作者の影もない。作者が姿を消すのが芸術の至極（しごく）だと思うがどうだろうか。

ことし、おのれ、還暦とよ

年寒しうつる空よりうつす水

前書きのいやみ、俳句のよさ。

最後の一行が、小島政二郎の真骨頂である。至芸と言いたい。

彼は俳句によって初めて自分の生活を歌う楽しさを知った。一生の最後に於いてその楽しさを知り、表現の自由を楽しむことを知ったということは、芸術家として最上の幸福と言わねばなるまい。

万太郎が俳句は自分にとって余技だと言い通したのは、うるさい俳壇の吹き掛ける議論をあらかじめ封じた、「恫喝的な自己防衛」だと政二郎は言う。しかし、

彼は生まれながらの詩人だったから、余技だ余技だといいながらも、どんな専門の俳人の俳句よりも、彼の俳句の方が遥かに本物であり、優れていた。

ここまで久保田万太郎の俳句を称えた、否、正当に評価した文が、昭和四十年の時点で外にあったとは思えない。さらに、ここで語り尽くせなかった万太郎俳句への思いは、十五年後の『俳句の天才久保田万太郎』（彌生書房）に結実している。

「久保田はあれで毎晩なのよ」

小説『久保田万太郎』は、これで終わってはいない。

時は前後するが、敗戦直後から約十年に及んだ万太郎の鎌倉での暮らし、きみ子との結婚生活が語られる。万太郎が来る一年半ほど前から政二郎も鎌倉に疎開していたので、互いに行き来が始まった。結婚のいきさつと、きみ子の人となりをこんなふうに書いている。

東京泊りの日が多くなり、仕事を持って宿屋に籠ることも度々あった。そんなことで、品川の東禅寺の境内にあった「三田」という旅館に寝泊りしている間に、女将の姉と出来た。

いや、出来たなどと言っては申訳ない。司法大臣だか次官だかを勤めた三宅正太郎の媒酌で正

式に結婚したのだから――

万太郎はどうしてああ芸者が好きだったのだろう。一生、芸者以外の女と縁を結んだことはなかったのではあるまいか。

この君子という人は、底抜けのいい人だった。明るくって、どこから見ても、いい人だらけだった。

夫妻と一緒に旅をしても、「その間中、君子夫人は浮き浮きして、よく笑い、よく談じて楽しい連れだった」。

きみ子がどれくらい天真爛漫で、あけすけだったかというと、政二郎はあえて書いてはいないが、俵元昭『素顔の久保田万太郎』（学生社。内容は鎌倉で万太郎の面倒を見た旧友林彦三郎の回想）によれば、小島家できみ子は「久保田はあれで毎晩なのよ」と洩らし、それが回り回って万太郎の耳に入って彼は逆上したという。加えて、相当な浪費家だったようで、ほどなくして夫婦仲はこじれ、人前も憚らず大喧嘩をするようになった。

これは別れさせたほうがいいと、幾人もが間に入り離婚の斡旋をしたが、万太郎は態度をはっきりさせず、失敗に終わった。政二郎も周囲から万太郎の意中を聞き出してくれと頼まれたが、自信がないので断わった。万太郎は決着をつけるための金など一文もきみ子に払う気はなく、ついには著作権も母校慶應に寄付してしまった。

手切れ金は勿論のこと、印税さえ君子に渡さない計算を立てて、心中「ざまァ見ろ」と嘯いていたに違いない。それにつけても、彼に水上瀧太郎のいう「悪人小説」が書かしたかったと思う。

その前（昭和三十年）に、万太郎夫妻は東京に戻っていた。同三十二（一九五七）年二月には一人息子耕一に先立たれ、文化勲章を受章したのが同じ年の秋。きみ子と別居し、最後の愛人三隅一子と暮らすようになったのもこの頃である。

この人も芸者だった。若い頃は、吉原の芸者、（中略）戦後は赤坂から出ていた。いつ、どういうイキサツから二人が出来たのか、私は知らない。どっちも七十に近い爺婆（じじばば）だから、聴き糺（ただ）す興味もなかった。

もう、言いたい放題である。だが、一子はきみ子と打って変わって、口数の少ない、出しゃ張らないシッカリ者で、金銭管理も上手く、万太郎のさまざまな借金を密かに返し、蓄財までした。万太郎の身なりも変わった。趣味のいい和服を着るようになり、垢抜けた。政二郎は、万太郎は自分同様、女に惚れられたことがない男だと確信していたが、一子を得てついに惚れられる幸せを味わうことが出来たのだと思い、羨ましかった。

あんなに号泣したのは一生で初めて

しかし、万太郎に安寧は訪れなかった。妻の座にきみ子——決して諦めない、万太郎の忍従作戦が通用しない女がいる限り、ゴタゴタは繰り返された。小島家にきみ子が相談に来ると、自分も同じような体験をして男のわがままを憎んでいた妻みつ子は、「石にしがみついても万太郎夫人でいなさい」とアドバイスをした。今度ばかりは、万太郎は苦戦した。双六の賽を振り損ねた。

君子には彼も勝ちたかったろう。或いは勝てると思っていたかも知れない。しかし、さすがの彼も、この一戦だけには負けた。まず一子がある日突然脳溢血で倒れた。生まれて初めて恵まれた仕合せだっただけに、万太郎は茫然自失した。寂しさ、悲しさ、不仕合せのドン底に突き落とされた。彼があんなに号泣したのは、これが一生で初めてだったろう。

これが、昭和三十七（一九六二）年十二月のことだった。

絶唱「湯豆腐やいのちのはてのうすあかり」はこうして生まれる。

この後、一子のしていたエメラルドの指輪を万太郎がネクタイピンに作り直して身に着けていた話、万太郎が自動車を買いそれに乗って梅原邸にやって来たエピソードなどが語られてから、次のような数行をもって、この小説はやや唐突に終わる。

「いけないなあ、久保田さん、今死んじゃ、あなたの負けですよ。一生一度の、しかも最後の負け戦ですぜ」

「そういうがね小島君、家康だって、鯛の天麩羅に当って死んでいるじゃないか」（了）

最後の受け答えは、あの世からの万太郎の言葉のようである。

末尾の加筆が語るもの

この作品は、雑誌掲載のおよそ三か月後、小説集『鷗外荷風万太郎』（文藝春秋新社）に収められて刊行されるが、その際、末尾に改変――四百字にして五、六枚の加筆が見られる。その理由は後で考えるとして、どんな加筆かをまず見ておこう。

万太郎の自家用車の話に続けて、運命の梅原龍三郎邸での一幕が綴られる。その前に一言「もし仮にあれが菊池寛だったら、恐らく死なないで済んだだろうと思う」と政二郎は付け加えている。梅原邸での仔細は先述の『食いしん坊』とほぼ重なる。万太郎は息を引き取り、慶應病院での解剖の結果、赤貝の誤嚥という死因が発表された。そしてラストである。

なぜ万太郎は、無理をしてハンカチーフで口なんか掩わずに、とっさに寿司台一杯に赤貝の寿司を吐き散らさなかったのか。死には替えられない。どんな無作法も、死の前には許される。お通夜の晩、川口松太郎が

「万太郎の事大主義が、彼を殺したのだ」

そう言って泣いて怒ったのも、所が梅原の家だったから、しないでもいい遠慮をして、自然のままにふるまえなかった彼の弱さを泣いて鞭打ったのだろう。私が、菊池寛だったら死ななかったろうと言ったのも、同じことを言ったのだ。

かえすがえすも、つまらない死に方をしたものだ。入院をして、胃癌だと思われ、周囲の人が

危篤だと声をひそめて心配していた時には死にもしないで——

正直の話、私はこんなことで七十四や五で彼を死なせたくなかった。もっと長生きさせて、彼の人格が、付け焼刃でなく、本当の意味で、どんな形でもいい、彼なりに完成したところを見たかった。

「いけないなあ、久保田さん、今死んじゃ、あなたの負けですよ。一生一度の、しかも最後の負け戦ですよ」

私は彼の肩をゆすってそう言いたかった。生き返らせたかった。


これが加筆版『久保田万太郎』の最後である。後の『小島政二郎全集』(鶴書房)第三巻でもこの通りになっている。

手を加えた理由はいくつか考えられる。まず、雑誌の枚数制限、あるいは締切りなど時間的な制約で当初の意が尽くせなかったこと。これはよくあることである。初出時の幕切れの唐突感は、それを窺わせはする。だが、この加筆内容を見ると、クライマックスである梅原邸での光景が盛り込まれなかったことの不足感に、後になって気づいたのではないか。あるいは、書籍の編集者がそれを指摘したのかもしれない。

政二郎が万太郎終焉の場に居合わせたことは文壇では周知だったし、すでに随筆や新聞の追悼文でそれを書いている本人は、あえて繰り返すことを初めは避けたかったのではなかろうか。だが、事情を知らぬ一般の読者、単行本で初めて読む読者にしてみればどうだろう。このなまなましい体験談があるとないでは、大違いである。作品の完成度、読後の充実感から考えて、この加筆は大成功である。

もう一つ、雑誌での小説発表直後に巻き起こった毀誉褒貶（後述）、とくに「毀」と「貶」に対して作者は一言弁明、あるいは執筆動機の念押しをしたかったのではないか。決してこれは死者に鞭打つ所業ではない、と。右の「正直の話」以下の文からは、そんな叫びが聞こえる。

念のために書いておけば、初出の「小説新潮」七月号が出たのは五月下旬。単行本『鷗外荷風万太郎』の加筆、校正を終えて「あとがき」を書いたのが八月十一日。その間に、この小説は褒められたり、非難を浴びたりしたのである。

「赤貝のヒモなんぞ喰うから」という台詞は見つからない

一般読者はどう読んだか定かではないが、この作品は文壇、とくに万太郎関係者たちを刺激した。なかでも永井龍男をして忿恚（ふんい）激昂せしめ、その小島憎悪を決定的にしたと伝えられているわけである。

ここでやっとのことで本章の冒頭に立ち返れるわけだが、もう一度伊藤玄二郎による両者の確執の注釈を紹介すると、「久保田万太郎は永井の仲人である。久保田が急死した後、小島が久保田について書いたものは、永井には悪口に映った。とりわけ『赤貝のヒモなんぞ喰うから』の台詞は永井の怒りを買った」とある。永井の激怒は事実だが、政二郎の書いたもののどこにも「赤貝のヒモなんぞ喰うから」という台詞が見つからないのも事実である。あるいはどこかでそういうナマの発言をし、永井の耳にでも入ったのか。狭い文壇、狭い鎌倉だから大いに考えられるが、とりあえずは伝説の台詞ということにしておきたい。

永井の怒りの内奥を覗くためにも、ここで当時の『久保田万太郎』の反響をいくつか取り上げてみる。まずは好評のほうから二つ並べる。

……小島政二郎の「久保田万太郎」（小説新潮・七月）を読みだしたら、意外にこれがおもしろかった。意外に、などといっては作者に失礼だが、私の実感だからやむを得ない。久保田万太郎の評伝みたいなものとして、私はこれまで今日出海、永井龍男、安藤鶴夫らの筆にかかるものを読んだ記憶がある。それがみなそれぞれにおもしろかった。（中略）それらの作にくらべても、小島政二郎のそれはいささかも見劣りするものではない。むしろ文学者久保田万太郎の内面にふみこんで、その作家像を描いているところに、結婚や恋愛や処世のアネクドートを中心とした諸家の作よりたちまさっているくらいである。すくなくとも、そこにこの作の特色があることは明らかである。（平野謙『文芸時評』「毎日新聞」昭和四十年六月）

作家といっても死んでしまえば、研究対象の一素材であることにすぎなくなる。仮面も衣装もひンむかれて解剖台にのせられ、生活の秘密や恥部とするところも、容赦なくあばかれてしまう。そのよい例は近ごろ評判になった小島政二郎の「久保田万太郎」である。あれを読んで私もすくなからず感心した中のひとりだが、あのメスさばきの手ぎわよさは、長く作家としての習練をつみ、経験によって人生や人間をきわめ知った高齢の人でなければ、到底なしがたいと思われるほどのものである。

おなじ作家の手になるものでも、宇野浩二の「芥川龍之介」や佐藤春夫の「永井荷風」には、芥川や荷風の全貌が、みごとにとらえられているとは感じなかった。自分を投げ出していないからだと思われる。（中山義秀『私の文壇風月』「東京新聞」同年八月）

平野謙はこの五年前の『芥川龍之介』も同じ時評で取り上げ「感服した」と書いた、いわば小島贔屓の評論家ではあるが、万太郎との接点はほとんどなかったから一層興味深く読んだのだろう。新聞評には作家は皆注目していた時代だから、永井たちも読んだに違いない。自分のものより政二郎のほうが「たちまさっている」と書かれたぐらいで怒るほど永井は器量の小さな人物ではないが、けして愉快ではなかったろう。

中山義秀は永井や今とも相識る鎌倉文士で、酒徒で、万太郎を知らないではなかったが、いわゆる早稲田派で、永井のように親炙していたわけでもない。やはりその距離感が、この小説に「すくなからず感心」できた一つの理由だろう。ちなみに政二郎を「高齢の人」と言っているが、歳の差は六つで、この時中山は満六十五歳目前である。

せめて経帷子でも着せてやるべき

このように評論家や同業作家からもすこぶる好評だった『久保田万太郎』だが、思わぬ批判が「身内」ともいうべき慶應関係者から出た。筆を執ったのは三田の最長老格だった経済学者高橋誠一郎（一八八四〜一九八二）で、慶大名誉教授にして文化功労者（後に文化勲章受章）、当時は日本芸術院長などの要職に在った。万太郎より五歳、政二郎より十歳年長の高橋は、雑誌「三田評論」に連載していた随筆でこの小説を取り上げた。四十年の八月号（七月発売）の『久保田氏と小島氏』だった。

高橋は演劇評論家や有名小説家から『久保田万太郎』の評判――酷評と絶賛を聞かされ、遅ればせながら「小説新潮」を取り寄せて読んでみたと語り始める。

なるほど、小島氏近来の傑作にはちがいないが、あまりに辛辣過ぎて、後味（あとあじ）の悪いことも事実だ。死んでも、まだ、東宝劇場の追悼演芸会のような、華やかな晴れ着を纏っていた久保田氏は、今、友人小島氏の手で、その美しい衣装ばかりか、無残にも下着、下帯まで剝ぎ取られた観がある。せめて経帷子でも着せてやるべきではなかったか。（中略）もちろん、小島氏には故人を責めるつもりはあるまい。しかし、多年の交際のあいだに、じっと見つめて捕えることのできたこの先輩の真面目をありのままに読者に曝したことは事実だ。全裸を公衆の面前に晒されることは、笞や杖で打たれることよりも忍びがたいことであろう。事実は、まことに、つれないもの、冷淡なもの、無愛想なものである。

これが万太郎の周囲にいたシンパたちの代表的、典型的な読後感だったと思われる。殊に、高橋のような年長者にしてみれば、政二郎の所業に怒る以上に、愛していた後輩万太郎が気の毒でならなかったのだろう。同じく万太郎を敬愛していた年少の永井などは、反論できぬ死者を裸にした政二郎の行ないを卑劣とし、その人品を嫌悪する感情のほうが上回った観がある。前章で見た今東光も、本来なら最も面白がって読んでもよかったはずなのに、元々小島嫌いだったこともあって、その「死後にボロクソに言う」態度に憤激し、「俺が政公を同じ目に遭わせてやる」と息巻いたわけである。

無論、高橋の文からも政二郎への不快感は伝わるが、この後、しっかりと万太郎の文学を弁護してゆく。以下、大意を要約してみる。

◎小島氏は、久保田氏の小説が「人情話以上に出なかった」と言うが、人情話のどこが悪いのか。

私は人情話、殊に久保田氏の肌理の細かい名文で綴られたそれが好きである。以前、小島氏に「今の作家で誰が好きか」と訊ねられ、「久保田万太郎」と答えると、氏は「もっと思想のある人がお好きかと思った」と呟いた。小島氏はこれで私を見損なったようだ。

◎私は学生時代、小島氏も感激したという橘家円喬の人情話に夢中になったが、小島氏は円喬は認めても久保田氏の人情話は感心しないようだ。氏によれば久保田氏のものは回りくどい、いやみな文章で書かれ、それが万太郎の愛読者にはたまらない魅力なのだというが、私なども、その仲間の一人かもしれない。

こんな具合に、その筆はだんだん皮肉を帯びてきて、さらに共に三田にいた頃に見聞したさまざまな逸話が語られてゆく。高橋はデビュー以来の万太郎ファンで、ロンドン留学中の明治四十四（一九一一）年、処女作『朝顔』に接し感激したという。

ここでは語られていないが、昭和二十四（一九四九）年の暮れ、慶大の小ホールで野田宇太郎（詩人。「文学散歩」の草案者）が「鷗外と三田文学」についての講演をした際、酔った万太郎が野次を飛ばし、野田が怒って殴り合い寸前になった。この時、二人の間に体を投げ出して万太郎を守ったのが高橋だったというから、その敬愛ぶりが窺われる。この光景は、当の野田も、居合わせた丸岡明（一九〇七〜六八）も戸板康二も書いているが、もし政二郎が同席していたら、『久保田万太郎』のワンシーンになっていたことは疑いがない。

ついでに加えれば、これは高橋自身が別の文で記しているが、万太郎の死の二年前（昭和三十六年）の十月、丸の内サントリー美術館で、小島政二郎と幸田文による公開対談が行なわれた。テーマはよき時代だった「明治」を回顧するというもの。客席にいた高橋を政二郎は目ざとく見つけ、舞台へ引っ張り上げると「高橋さんも、ご同感でしょう」と水を向けた。面食らった高橋はとっさに「私は明治をあまりいい時代とは思っていません」と持論を開陳した。この後、「場」がどうなったかわからない。「対談に水を差すような結果になって、まことに恐縮だった」と高橋は書いているが、これには政二郎こそ面食らったのではないか。後日この話を高橋から聞いた万太郎は、「賭場荒しをやりましたね」と言ったという。笑みを浮かべていたような気がする。

久保田氏の実生活は人情本を地で行ったもの

高橋の『久保田氏と小島氏』をもう少し続けよう。時代がはっきりしているエピソードもあれば、いつ頃のことか分からないものもある。

◎久保田氏は小島氏の国文学への造詣を買い、しばしば慶應の先生に推薦しろと私に勧めたが、いつも「小説は下手じゃありませんか」と力強く付け加えた。大正十二年頃、水上瀧太郎君も、小島氏を人気のない小説家と呼んでいた。昭和二十四年、『小島政二郎全集』第一回配本の月報で、私は小島氏の短歌を褒めたが、これは久保田先輩のお気に入らなかったのかもしれない。

◎「三田文学」の宴会に私がゲストで出席した時、水上氏が「俳句は学問のない人間のほうがいいものを作る。その証拠に、久保田君の句がよくて、小島君のがわるい」と言って、一瞬久保田氏は水上氏を睨んだが、句を褒められたので本気では怒っていなかった。小島氏はその逆だが、これも悪い気はしなかっただろう。その時の小島氏の句はそれほど下手ではなかったと思う。

◎久保田氏の最初の奥さんの自殺の顚末を、今度の小島氏の文章で知った。一度も会ったことのない夫人の陰気な顔が眼前にちらつく。自殺の原因の一つになった松ヶ枝みどりのことは、一昨年林彦三郎氏から聞いたが、名前は今度初めて知った。久保田氏の死後、認知された婦人は、この人との間の娘さんだと聞いた。令息耕一さんが死んだ時の句「親一人あとにのこりし蛍かな」は事実ではなかった。

◎久保田氏が君子夫人と別居していたのは当初知らなかった。ある劇場で久保田氏からいきなり三隅一子さんを紹介されて面食らった。

◎別居後の君子夫人から二度ほど涙話を聞かされた。驚くほど饒舌多弁な人で、「久保田はまだ私を愛している」と言い、耕一の死水を取ってやった、二人の仲がいいので久保田が嫉妬したぐらいだとも言ったが、これは事実でなく、君子さんの幻想であろう。……

こんなふうに、この高橋の文も結構暴露的である。万太郎愛好者の共通点は、三隅一子を除いて、万太郎の女たちへの点が皆辛いことだが、これはどういう訳なのだろう。わが愛する万太郎を痛めつけた女ども、という認識なのか。太宰治の死後、心中相手の山崎富栄が、さまざまな誤解から太宰信奉者に悪者扱いされたのにも似た心理かもしれない。それにしても、正妻きみ子未亡人は健在なのに、こんなもの読みはしないだろうと天からバカにしているところが、当時の作家諸氏の凄いところだ。その点、あくまで万太郎という人間の内面を見つめようとした政二郎は、そのスタンスが若干違う。

高橋はさらに言う。

◎久保田氏は最後まで湯島(本宅)へ帰らなかったが、月々五万円ずつ送金していたようだから、この点では「冷酷無慚」とは言い難い。結婚生活の破綻について、久保田氏だけを責めるのは気の毒だ。

◎君子さんは「私は久保田を愛しています」と繰り返していたから、小島氏の言うように「一度も女に惚れられたことのない男」ではなかったようだ。

このあたりの理屈は随分子供っぽいが、高橋は最後に「万太郎悪人説」に反対して、こうまとめる。


私は水上君や小島氏ほど、若い頃の久保田氏を知らないが、長い生涯の間にはその性格も変化したろうと思われるが、しかし、悪人になったとは、どうしても考えられない。水上君の死後、ことに終戦後は、あまりに有名な社会人となり、時代の潮に乗って、いささかボスがかった嫌いがなくはないが、性はやっぱり善人で、最後まで小市民気質を失わなかったように考えられる。

小説の人情話と実生活の悪徳との矛盾が指摘されているが、決して褒めた話ではないまでも、私は久保田氏の実生活は悪徳に満ちたものというよりは、むしろ、人情本を地で行ったものといいたい。


そして、万太郎の生涯は、『梅暦』（為永春水）の登場人物である唐琴屋丹次郎と千葉藤兵衛を重ねたような、江戸町人の恋愛生活を見る感じがすると締め括っている。

強きを助け、弱きを挫く

この他にも「死者に鞭打つ」式の批判的反響はいくつも見られた。「東京新聞」の匿名コラム「大波小波」では、墓場にいる久保田を引きずりだした「戦りつにあたいする読みものである」としながら「読む角度によっては、あるいは小島の私怨がこめられているのではないか」とも評した。

また、後の『久保田万太郎全集』（中央公論社）第十二巻の月報で江藤淳が「小島氏の実名小説に反論するようなかたちで、丸岡明氏が『詩魂流寓』という、やはり久保田さんのことを書いた小説を発表した」と書いていたので読んではみたが、決して反論と呼ぶべき内容ではなかった。『詩魂流寓』（後に『詩魂流転』に改題）は、『久保田万太郎』から遅れること一か月半後に「群像」（八月号）に発表されたもので、これは『久保田万太郎』に触発されたというより、偶然発表時期が近接したと見たほうがよさそうだ。

高橋芸術院長には嫌われてしまった政二郎だが、後年になって小説『砂金』（昭和五十四年）でそれを回顧していることは前章（「今東光」）で紹介しておいた。繰り返しになるが、もう一度それをそっくり写しておく。

私は万太郎のことを書いて、万太郎ファンの憾みを買った。高橋誠一郎からは、死者に鞭を加えるのは卑怯ではないかと非難された。

しかし、あれは鞭ではないのだ。万太郎の真相を書いたのに過ぎない。万太郎を知っている者なら、誰でも感じていたに違いない彼の真相を――

水上瀧太郎は、勇気があったから、生前、万太郎の真相をありのままに書いた。それを、私は勇気がなかったから、万太郎の死後に書いたに過ぎない。高橋誠一郎には「弱者」の心理が分らなかったのだ。

弱者は悲しいよ、相手が死んでからでないと、相手の真相が書けないのだから――。邪魔なのは紳士面と、勇気のないことだ。

この時、高橋は九十四歳で健在であったばかりか、まだ三田で講義をしていたという驚異的人物だが、おそらくこれは読んでいないだろう。

時間を戻せば、高橋誠一郎の批判からおよそ半年後の昭和四十一（一九六六）年一月、この政二郎の心境を忖度、弁護してくれたもう一人の先輩がいた。それは元塾長の小泉信三（一八八八〜一九六六）である。小泉は前年の十月から週一回、連続九回の文芸講演を母校で行なったが、その最終回で久保田万太郎について語った。それが収録された『わが文芸談』（新潮社）によれば、これは万太郎の著作権寄付による資金で催された諸家による「久保田記念講座」の一部だったという。小泉は万太郎の生い立ち、水上との関係などを語った後、こう切り出す。

久保田が死んだ後で小島政二郎が「小説新潮」に「久保田万太郎」という小説を書きました。これは小島の作品としては近来の力作ですけれども、小島は久保田について、腹の中にいろいろたまっていたことを一挙に吐き出したわけです。小島やその他の人が見ている久保田と、水上やわたくしどもが見ている久保田と面が違うわけです。水上やわたくしどもにとっては、久保田はいわば後輩、水上は学校は同期だけれども、わたくしから見ると数年遅れて慶応義塾を出ている人です。いわば多少年長者であるわれわれに対するときと、年齢及び文壇の経歴における後輩の小島などに対する態度は非常に違ったらしいのです。小島は、久保田に目下者として取り扱われて、腹の中にたまっていたものを一挙に出したわけです。わたくしはその人が死んで弁解ができなくなってから批判するということは好みませんけれども、小島が書いていることが事実かどうかというと、事実が多いのです。簡単に言うと、強きを助け、弱きを挫くというわけです。いろいろ義理の悪いことをする、約束を守らない、弱いものいじめする。小島はいわば弱いもので、いじめられたものですから、それに対して随分思いきって詳しく書いた。これに対して高橋誠一郎が「三田評論」に久保田のために幾分弁ずる文章を書いたそうです。わたくしは読んでいないのですが、弁ずる理由もあったと思いますが、小島は久保田に対して生前言いたかったことを死後に言ったわけですね。

「芸術院会員久保田万太郎」という名刺

この講演の二か月ほど前、浅草神社境内に久保田万太郎の句碑「竹馬やいろはにほへとちり〴〵に」が建った。その背面の撰文――万太郎の略歴を小泉信三が書いた。

わたくしも碑文で「前に芸術院会員に選ばれ、後に文化勲章を授けられ、死去に際しては従三位勲一等に叙せられたのは、本人の大いに喜ぶところだろう」ということを書きましたが、そういうことが割合好きなのです。浅草の観音さま門前の、いわば町の人です。門構えの家に住んだ人でないのです。水上瀧太郎などは門のある家に住んでいた人です。だから、きわめて平民の間に成長したわけでありますが、その平民の間に成長したにもかかわらず、あるいは平民の間に成長したために、割合に役人だとか位階だとか、そういうものが好きです。

ここから察するに、万太郎を「素ッ町人」と呼んだ「ある先輩」とは、小泉だろう。ある時、小泉が万太郎に元大阪商工会議所会頭の杉道助を紹介すると、久保田が名刺を出すのを見ると、「芸術院会員久保田万太郎」という肩書の名刺を持っているのですね。そういうことはわれわれ友達の間で少ないことです。そういう意味で、小島の批判も、もっともだと思われる点があり、水上と久保田が仲違いしたとすれば、わたくしはどうしても水上のほうにつくわけです。これが人間関係における久保田に対するわたくしの見方です。

この後小泉は、そうは言っても久保田の作品はいい、作家としては初めから水上などよりはるかに完成された存在だったと語り、『朝顔』『遊戯』『雨空』などの内容にふれ、最後に「久保田は慶応義塾が誇っていい作家だ」として講演を終えている。

小泉は、水上と並んで若き日からの政二郎の理解者の一人であったが、これが最後の講演となり、四か月後の昭和四十一（一九六六）年五月、七十八歳で世を去った。

ちょうど苛めやすかった

小説『久保田万太郎』がある契機になったのかどうかは不明だが、この後、万太郎を描いた優れた長編評伝がいくつも出現する。代表的なものが戸板康二『久保田万太郎』（文藝春秋、昭和四十二年）と後藤杜三『わが久保田万太郎』（青蛙房、昭和四十八年）だろう。

後者には政二郎作品の後「踵を接するように万太郎攻撃の文章が発表され、人間久保田万太郎の醜い面を挙げつらう声が、雨後の筍のようにあちらからもこちらからもきこえ出す始末だった」という記述があるが、その詳細までは私は見ていない。いずれにせよ、この両書は雨後の筍とは一線を画す好著で、どちらも随所で小説『久保田万太郎』を援用しているところを見れば、この小説が人間万太郎に迫る上で欠くべからざる存在となっていたことは事実だろう。

それにしても、戸板康二の師万太郎への眼差しは、政二郎のそれとは違って温かい。師であるからと言ってしまえばそれまでだが、戸板は万太郎が社長を務めた日本演劇社の部下でもあり、長年万太郎に密接していたからいろいろな場面を目の当たりにしただろう。しかし、政二郎のようにつれない、理不尽な目には遭わなかった。

これについては、戸板の弟子矢野誠一（一九三五〜）の『戸板康二の歳月』（文藝春秋）に興味深い分析がある。一言で言えば、下町・万太郎と山の手・戸板という図式で、万太郎には山の手コンプレックス、戸板には下町への憧憬があり、それが二人の関係の絶妙なバランスを形成していたというものだ。これはかつての東京人を眺める上で見逃せない視点でもあろう。この万太郎のコンプレックスは、お屋敷の子水上に対してもあったろうし、逆に同じ下町の政二郎には、気安さを通り越して後輩ゆえの見下し、近親憎悪すら抱いていたかもしれない。

もう一つ加えておきたいのは年齢差である。小泉の話にあったように、万太郎が相手が年長か年少かによって態度を変えたとはいえ、年上はともかく下に対しては、その開き具合が重要だろう。万太郎と政二郎の年齢差は五つ、三田での学年差は四つであり、このぐらいの開きが目下者として見下すにはちょうど相応しかったのではなかろうか。

万太郎を「あの爺イ」と呼んだ永井龍男との差は前にも言ったが十五歳、戸板にいたっては二十六歳で、これはもう親子の差である（息子の耕一は戸板より六歳下だが）。こう離れれば喧嘩にもイジメにもならないだろうし、いかに「冷酷無慚」な万太郎でもそんな年少者を、まして自分を慕ってやって来た若者を、無下に踏み潰したりはしなかったろう。

愛の部分が憎をおさえてあまりある

矢野の本にはいろいろ教えられたが、どうしても書いておきたい嬉しいクダリがある。

それにしてもこの『鷗外荷風万太郎』の「久保田万太郎」は面白い。

久保田万太郎の死後、『久保田万太郎回想』(中央公論社)、戸板康二『久保田万太郎』、後藤杜三『わが久保田万太郎』(青蛙房)、川口松太郎『久保田万太郎と私』(講談社)、大江良太郎『家――久保田万太郎先生と私』(青蛙房)、龍岡晋『切山椒』(三田文学ライブラリー)、俵元昭『素顔の久保田万太郎』(学生社)といった著作以外にもじつに多くのひとが久保田万太郎について書いて、そのどれもが強烈な個性の持主の面影を活写して、「万太郎は誰が書いても面白い」などと言われたものだ。それらの文章のすべてに目を通したわけでは無論ないが、なかで小島政二郎のものが群を抜いて面白いというのが再読三読したあげくの私の結論である。

右に挙げられた諸作は、私も一通り読んでみて同様の感想をもったが、私のような者がそんなことを言っても説得力はまるでない。このような同志、否、目利きがいてくれるのは本当に心強い。矢野は、一滴も飲めない小島の筆は万太郎の「酒」に対してきびしすぎるとも言い、さらに高橋誠一郎の批判も紹介した上で、……こんど読みかえしてみて、そうしたことをふくめて「私も彼と同じ下町に生れ、彼と同じ欠点を性格の中に持っているとする」とする小島政二郎の久保田万太郎に対する愛憎の愛の部分が憎をおさえてあまりあると感じた。そんなことより小島政二郎の「久保田万太郎」は小説の名を借りた作家論として出色のものである。

矢野の『戸板康二の歳月』が世に出た平成八(一九九六)年は、小説『久保田万太郎』が発表されてから二十六年後、関係者はほとんど物故し、作者小島政二郎もその二年前に世を去っていた。かまびすしい雑音がすべて失せた後、改めて距離を置いてこの小説に接した矢野の実感は尊重されるべきだろう。実名小説とは、あるいはそのなまなましい暴露性に目を奪われているうちは、真の評価は下せないものなのかもしれない。時の流れがその話題性を洗い流した後に何も残らなければ、それは駄作である。四半世紀を経て作者の真意が霞の中から浮かび上がってきたとすれば、小説『久保田万太郎』は間違いなく傑作である。

小説『久保田万太郎』が他より格段に面白い理由を、もう一つだけ挙げたい。

それは、余技ではないからである。他の人のものは、無論それぞれに心血を注いで出来上がったものだろうが、本業を別にもつ人間が、自分と関係が深かった万太郎の横顔あるいは素顔を、余技として描いたものである。ここに文筆家はいても、評伝の専門家はいない。川口松太郎の本の「あとがき」を読むと、どうもこれは小説のつもりのようだが、対象との距離の取り方が不安定で、回想としても出来のいいものではない。そもそも『久保田万太郎と私』は小説の題ではないだろう。どのみち川口本来のものではないから、余技と分類したい。

それらに引きかえ、小説『久保田万太郎』は作家小島政二郎の正真正銘の本業である。「実名小説」と呼ぼうが「評伝小説」と呼ぼうが構わないが、これが政二郎の文業の大きな柱の一つであることは動かし難い。それゆえ、覚悟が違う。主人公と向き合う姿勢、その真剣さが違う。若い頃、批判のための批判のような文を書いて非難を浴びた経験から、愛情を感じない対象について書くことを自ら禁じた。この態度は一貫している。辛辣の中から、矢野はそれを読み取ったのである。これが余技の書物よりつまらなかったら、それこそ恥である。この真摯な執筆姿勢を、中山義秀はいみじくも「自分を投げ出し」ていると言ったのだろう。

その一行一行が、唾棄すべきものと映った

さて、永井龍男である。さすがの冷静な永井も、この小説の前では距離感を喪失した。高橋誠一郎同様、敬愛する仲人・久保田万太郎を貶めるのにも甚だしいと感じたのは疑う余地がない。

振り返ると、その永井が「あの爺イ」と言って以前に増して親愛の情を深めていったのは、万太郎の「鎌倉時代」ではなかったかと思う。万太郎は『私の履歴書』(「日本経済新聞」)の追記で振り返っている。耕一が死に、きみ子と完全別居する直前の時期だ。

終戦後における鎌倉の十年の生活は、鏑木清方、里見弴の二長老をはじめ、林房雄、今日出海、永井龍男、菅原通済その他の諸君の友情によって、支えられていたといっていい。……目を閉じると、波の音がきこえ、なつかしいおもいでばかりがわく。……ぼくは疑う、鎌倉というところ、いまにして、そんなにもいいところだったかと……

永井にしても、パージに遭い、やむを得ず筆一本の生活に入って将来に不安を抱えていた頃、励まし、支えてくれた——戯曲を書けば私が上演させますと勇気付けてくれたのは、外ならぬ万太郎だった。小島など、つきあいが古いだけで久保田さんの本質を少しも分かっていない、われわれこそ理解者だという自負もあっただろう。その死に立ち会ったという偶然はともかく、死んだのをいいことに古い話を掘り返し、積年の恨みを晴らすごとく罵声を浴びせるとはなにごとか、お前など文士の、否、男の風上にもおけない——といったところだろうか。おそらく、永井にとって『久保田万太郎』の全編が、その一行一行が、唾棄すべきものと映ったに違いない。万太郎文学に対する評価、小説より戯曲、戯曲より俳句を高く買うという感覚を政二郎と共有していることなど、目にも入らなかったに違いない。

小島なぞ、戦後も相変わらず通俗小説を書きまくって稼いで邸宅を構えた俗人中の俗人ではないか、それが久保田さんを俗人と言えた義理か。相続税に困り、その邸宅——隣家を去って二階堂に引っ込んだから清々していたのに、その矢先にまさかこんな酷いものを書くとは……無論すべて想像である。だが、永井の心中はもっと激烈だったかもしれない。

ようやく見つけた永井の呪詛

この章の初めに、かつて小島夫人から「永井さんが小島の人格を誹謗する文を書いている」ことを聞いたと私は書いた。それが載った雑誌名も月号も聞いたのにメモも取らず聞き流したために、今もって発見できないとも。それはまさしく事実だったのだが、本章を書き継いできた数か月のうちに、ようやく「これだろう」とほぼ特定できるものを探し当てた。見つけてみれば、まったく大したものではなく、全集にもちゃんと収録されているから、永井龍男に詳しい人なら誰でも目にしているはずだと思うと、勿体ぶった自分を恥じ入りたくなった。但し、私としては発見しにくい理由が二つほどあった。

一つはそれが「時間的」に変なところにあったこと。もう一つは、それが「俳句」だったことだ。載っているのは『文壇句会今昔—東門居句手帖』（文藝春秋。講談社版『永井龍男全集』第十二巻にも収録）で、標題が示す通り、この本は昭和十二（一九三七）年に始まった「文壇句会」の歴史と思い出を綴りつつ、その間の自作の句を制作年次にしたがって千句ほど並べたものだ。初出は月刊誌「潮」で、同四十六年一月号から十二月号までに連載された。問題の句はその九回目（九月号）にあり、三十九年十二月から四十年一月にかけて作られたものとして扱われている。

「時間的」に変だと言ったのは、政二郎『久保田万太郎』の発表は四十年五月なので、それへの反応なら少なくともあと半年ほど後でなくてはおかしい。だが、永井はこの千句からさらに三百句を選んで作った『永井龍男句集』（五月書房）の後書でこの本にふれ、「もともと乱雑な句手帖のことでここに収録した句もいつ作ったか不明のものも多いが、お許しを得たい。特に前書したほかは、すべて鎌倉の風物である」としている。察するにこの句は、その不明のうちの一句で、永井が「だいたいこの時期だろう」と考えて挿入したに違いない。

前置きが長くなった。とにかく実物を示そう。この句にはなんと前書も後書もある。

故人久保田万太郎の人及び作品をあげつらひて、その文言許し難き男あり、口を極めて罵るといへど心癒えず。敬友余の忿言を捉へて曰く、厚顔無恥とはいま少々ましなものにて、彼奴の如きは、底なしの馬鹿といふべしと。

鮟鱇と汝が愚魯と吊さんか

彼奴の面皮、彼奴の貪食、生来下賤なる性情は、醜鮟鱇といへどもおもてを避けむか。

凄まじい句である。小島政二郎を吊るし切りの刑に処している。怒りというより、もはや呪詛である。愚魯はそのままの字義とグロテスクを掛けているのだろう。前書と句だけでは思いを果たせず、後書でトドメを刺したか。「底なしの馬鹿」と言った敬友は、今日出海か林房雄か。そして確かにこれは「鎌倉の風物」ではない。

ここでどうしても思い起こすのは、永井が非常に好きだと言った万太郎晩年の句「鮟鱇もわが身の業も煮ゆるかな」だろう。永井がこれを踏まえているのは疑いがない。言葉を尽くして彼奴を屠るより、「作家は歌うものだ」という師にならって歌ってみたのか。しかし、怒りを「詩」に昇華させるのは難しい。忌々しさが解放されない、鬱屈の句になってしまった。だが、そんなことは永井自身承知だったろう。それでもなお、偽らざる真情の記録として、自らの句集の中にどうしても留(とど)め遺しておきたかった一句だったのではないだろうか。

近いようで決して近くない「美意識」

ここまで直截に書き表わしている永井の心理を、さらに分析しても得るものはほとんどないだろう。ただこの嫌悪が『久保田万太郎』よりずっと以前からのものであったことは、後書の「生来下賤なる」でもはっきり分かる。同じ東京の下町に生まれ育った三人の作家ではあるが、この曰く言い難い「絡み合い」を眺めると、それぞれの間に埋められない懸隔があったというわけだ。

前掲『戸板康二の歳月』の中で、矢野誠一は、戸板と福田恆存（一九一二〜九四）との、これも東京人同士の確執にふれ、戸板がある座談会で福田のことを「私はあのひとは嫌いです。品性が下劣です。これははっきりと速記に残しておいてください」と言い放ったものの、後で上がってきた速記のその箇所を削除したという裏話を披露している。戸板は、福田が演劇雑誌に書いた、俳優たちの演技にネチネチと難癖をつけた文章に激怒していたらしい。だが、戸板が嫌悪を露にしたのはその時限りで、福田について書き残した文にも遠回しの皮肉やイヤミが見られる程度だという。一方の福田には、戸板を「俗物」と評したエッセイが一つあるらしい。矢野は言う。

……戸板康二は自分の生まれ育ちが東京の、それも山の手であることに、ことさら固執しようとしなかった。東京人に特有の、なんの益にもならない含羞からくるものと思われるのだが、それだけに東京人としておのれがひそかにいだいている美意識をさかなでされるようなことに対しては、敏感にならざるを得ない。とりわけて、おなじ東京人でありながら、そのあたりの感性を無視した振舞に及ぶものには、ことさら神経をとがらせる。だからといって、そうしたことにまっこうから反発するのも、これまた東京人の趣味ではないときているから、いささか始末に悪いのである。

永井龍男の場合は、始終、政二郎への嫌悪を隠そうとはしなかったが、はっきり活字にして残したのは「鮟鱇」の一句のみである。問題は東京人がそれぞれ密かに抱いている「美意識」だろうが、矢野の表現を借りるとそこには「すこぶる近いようでその実決して近くない」差があるようだ。唯一、これら全員に共通するものを探せば、「真っ向から反発するのは趣味でない」ことかもしれない。デリケートで、厄介な人種ではある。

蛇足だが、福田恆存が生まれたのは本郷区東片町（戸籍上は下谷区御徒町）のようだが、その後神田区錦町に長く住み、通った小学校は永井と同じ錦華尋常小学校（夏目漱石も卒業。福田と同級に高橋義孝がいる）である。大正元（一九一二）年生まれだから世代は違うが、同じ下町っ子と言ってよいだろう。

最晩年まで陽は蔭らなかった

小説『久保田万太郎』が小島政二郎と永井龍男との間に決定的な溝を作った昭和四十（一九六五）年から、その決裂が起因となったかのように政二郎と文藝春秋新社との関係が疎遠になってゆく。前記のように同年『久保田万太郎』が収められた『鷗外荷風万太郎』が文藝春秋新社から刊行（奥付九月五日）されたが、その年の下半期をもって政二郎は長らく関わってきた直木賞銓衡委員を辞任する。これは事実上の解任で、その経緯は次章でふれる。最後の銓衡会出席は翌年の一月だった。

四十一年には、一人娘美籠との死別、熊田嘉壽子（視英子）との再婚という私生活上の大きな出来事が続いた。文藝春秋新社は三月に社名を株式会社文藝春秋に変更、十二月には社長佐佐木茂索が急逝した。これで政二郎の大正時代からの友は絶えたが、政二郎はその告別式に出席しなかった。これも次章で改めて言及しよう。

四十二年一月、シリーズ三巻目の『第3食いしん坊』が文藝春秋から発行されるが、これが同社から政二郎が出した最後の本となった。四巻目（四十六年刊）以降は版元が文化出版局に移されるので、正確な時期は不明だが、この数年の間に文藝春秋との縁はほぼ切れたと考えていい。四十二年は『眼中の人（その二）』（「新潮」七月号）が話題を呼び、さらに全十二巻の予定で『小島政二郎全集』（鶴書房）の刊行が始まった（結局九巻発行で途絶）という政二郎にとっては画期的な年ではあったが、文壇の中心からはますます遠くなり、鎌倉文士の間でも孤立感を深めていった。ただ、創作意欲に衰えはなく、その後も十五年余り旺盛な執筆活動は続いた。

一方、永井龍男の文藝界での存在は、政二郎と正反対にいよいよ大きなものとなってゆく。文藝春秋との関係だけを挙げても、その結びつきはこれまで以上に良好なものになっていった観がある。政二郎が直木賞の現場から去った後も、永井は芥川賞委員を十年以上、五十二年の上半期まで続けた。佐佐木茂索の後に社長になった池島信平は、言うまでもなく永井のかつての部下である。この時すでに還暦を過ぎていた永井だが、自分にとって時代がさらに好転してゆくのを感じていたのではないか。編集者から著名作家となっていった永井の道のりを、大村彦次郎は「友人に恵まれ、わりあい陽の当たる場所で、順調な歩みを辿った」（『文壇うたかた物語』）と書いているが、その後半生も、最晩年に至るまで陽が蔭ることはなかったように思う。

参考のため、昭和四十年以降の永井の主たる文学的業績を、年譜から拾って通観してみよう。

昭和四十（一九六五）年　六十一歳
短編『冬の日』（「新潮」五月号）、『青梅雨』（同九月号）を発表。
十一月、『一個その他』で野間文芸賞を受賞。
この年、読売文学賞銓衡委員となる。
昭和四十一年　六十二歳
四月、『一個その他』等これまでの業績により芸術院賞を受賞。
十二月、佐佐木茂索死去。
昭和四十二年　六十三歳
『石版東京図絵』（「毎日新聞」一月〜六月）を発表。
三月、吉川英治文学賞銓衡委員となる（四十五年まで）。
小林秀雄、文化勲章を受章。
昭和四十三年　六十四歳
十二月、芸術院会員となる。
昭和四十四年　六十五歳
二月、『雑文集　わが切抜帖より』で読売文学賞（随筆・紀行賞）を受賞。
昭和四十六年　六十七歳
『東門居句手帖』（「潮」一月号〜十二月号）を発表。
七月、電通創立七十周年を記念して『この人吉田秀雄』を電通より刊行。
昭和四十七年　六十八歳

十月、市民生活の哀歓をみごとに結晶させた多年の作家活動により菊池寛賞を受賞。
昭和四十八年　六十九歳
二月、『コチャバンバ行き』で読売文学賞（小説賞）を受賞。
同月、池島信平死去。
十一月、文化功労者に選ばれる。
昭和四十九年　七十歳
十一月、勲二等瑞宝章を受章。
この年、川端康成文学賞銓衡委員となる。
昭和五十年　七十一歳
四月、『秋』で川端康成文学賞を受賞。
十月、林房雄死去。
昭和五十二年　七十三歳
七月、芥川賞銓衡委員を辞任（この期の受賞作は池田満寿夫『エーゲ海に捧ぐ』、三田誠広『僕って何』）。
昭和五十三年　七十四歳
『回想の芥川・直木賞』（「文學界」一月号〜十二月号）を発表。
昭和五十六年　七十七歳
四月、『永井龍男全集』（講談社）刊行開始（五十七年五月完結）。
十一月、文化勲章を受章。
昭和五十八年　七十九歳

一月、里見弴死去。
三月、小林秀雄死去。
昭和五十九年　八十歳
七月、今日出海死去。
昭和六十年　八十一歳
八月、鎌倉文学館館長に就任。
平成二（一九九〇）年　八十六歳
十月十二日、心筋梗塞で横浜栄共済病院にて死去。

二人の「最後の鎌倉文士」

満四十三歳で文筆生活に入って四十年余り、決して派手な印象を与えることなく、これほど恵まれた道を歩んで生涯を終えた作家も稀ではないだろうか。

その訃を報じたメディアがこぞって「最後の鎌倉文士」という形容を用いたのも無理はない。明治生まれの作家がただ一人生き残ってはいたが、その存在は疾うに世間から消えていた。

死の四年前の昭和六十一（一九八六）年十一月、永井は『芥川賞・直木賞余談』という講演（鎌倉文学館主催。速記に加筆して『落葉の上を』に収録）を行なったが、その冒頭でこう言っている。

芥川・直木賞が第一回を選出したのは昭和十年、もう五十年も前のことになる。ずいぶん昔になり、芥川・直木両賞に従事した銓衡委員はじめ世話役その他もほとんど故人になってしまった。

委員の中では両賞を通じて鎌倉に住んでおられる小島政二郎氏一人になり、その小島さんもすでに数年間、病院生活を送っておられるはずで、その他には、私以外に恐らくあの頃の芥川賞、直木賞についてはこういうことがあった、ああいうことがあった、ということを記憶している人はいないことになった。そういうわけで、「芥川賞・直木賞余談」というような話を申上げる次第である。

まさに永井の言う通りで、この時小島政二郎は入院して約三年、年齢は永井より十年上の九十二歳であったから、作家としての復帰が無理なのはもちろん、もう長いことはあるまいと考えるのが自然である。万太郎の死去から二十余年、永井の心中にまだ政二郎への怨讐が宿っていたかは分からないが、とにかく、とうとう俺一人になってしまったなあという感慨が何を見るにつけ湧き起こってきたことだろう。

ところが、政二郎はこのあと八年、永井没後四年の平成六(一九九四)年まで、病院で長らえた。無論、それはあくまで生物学的な意味での生存に過ぎないと言えよう。その内実は看取った夫人の手記をもとに次章以降でふれてみたいが、何はともあれ政二郎は生きた。満百歳を超えてもさらに二か月弱生きた。

今手元に平成二十年五月二十日発行の鎌倉市老人クラブ連合会の会員広報紙「やまもも」(第六〇号)というものがある。タブロイド版十二ページの冊子で、巻頭には当時の鎌倉ペンクラブ(第2次)会長早乙女貢のインタビューがあり、中ほどに『多彩に花開いた鎌倉文士―鼻政(はなせい)こと小島政二郎(まさじろう)の生涯―』という記事が載っている。一ページ全面を使ったもので、四百字にして六、七枚、筆者の「二階

堂白寿会　門田京蔵」という人はどんな人物か知らないが、この広報紙の編集人の一人らしい。
内容は『大正文士颯爽』（小山文雄）などを参考にした政二郎の生涯のダイジェストで、随所に細かい事実の誤りがあるものの、よくこの紙幅の中にいろいろ詰め込んだものだと感心させられる。失礼ながら文章を味わうような記事ではないが、さすがに地元二階堂の住人のせいか、政二郎への愛情が滲み出ている。その末尾の十数行分を引用して、この章の終わりとしたい。

42年（注・昭和）32歳年の差のある視英子夫人（41年結婚）との12年の〝長すぎた春〟を書き「続・眼中の人」とした。不協和音連続の波瀾の多い結婚生活だったが、視英子夫人著の「天味無限の人」ではユニークな夫婦像が活写される。最晩年の臥床10年があったが夫人の手厚い看護によって政二郎は一世紀と52日を生き抜いたのだった。
政二郎の文学の多彩豊潤さは見事なものであり、彼こそいつも自分を見つめた最後の鎌倉文士だったのだと思う。

第四章　松本清張　師友の死角

「佐々木」と書かれるのを極端に嫌った

前もって言っておけば、この四章と次の五章は、羊頭狗肉の謗りを受けるかもしれない。松本清張も、次の立原正秋も、確かに小島政二郎を貶めてはいる。だが、前の三人のような迫力のある「罵倒」とは言い難い。片や陰湿、片や直入と、性質は異なるが、どちらも因果関係のよく分からない唐突な「難詰」の類いで、気合を込めた重い一撃ではないのだ。

考えてみれば、二人とも政二郎との直接的交流など無きに等しかったのだから、当然といえば当然である。前三者のように古い知己ではなし、政二郎から何か「実害」を被ったこともないはずだ。それでもしっかりと悪口を言っているところを見ると、気に食わない存在であったことだけは事実である。はたして、その真因を探れるかどうか心もとないが、とにかくその実例を紹介してゆこう。

松本清張に『形影　菊池寛と佐佐木茂索』という評伝がある。「文藝春秋」昭和五十七（一九八二）年二月号（創刊六十周年記念号）から五月号までに連載され、同年十月に文藝春秋から単行本化されている。標題の通り、同社を生み育てた二人の作家兼経営者の生涯を、残された資料と新たな取材をもとに描き出したノンフィクションである。

内容的には手堅くまとめたという観あるのみで、清張ならではの発見や新説が見られるような作品ではない。強いて挙げれば、本筋とはやや外れた文学論の部分で、志賀直哉の『暗夜行路』を酷評しているあたりに清張らしい勢いと生彩があるかもしれない。前半で菊池を語り、後半で佐佐木に目を転ずるが、佐佐木が昭和四年に文藝春秋に入社する前後のくだりで、清張はこう書いている。（ママ）は原文に付いているもので私の付加ではない。

小島政二郎に「佐々木茂索(ママ)」と題した回想風な読物がある。それによると、鎌倉に移り住んだ茂索は久米正雄など周囲の遊び好きの影響をうけて怠け癖が身について、《どんな遊びをしてゐたのか知らないが、多少の金を賭(は)つて勝負を争つてゐたのではないかと思ふ》とある。（なお、茂索は他から「佐々木」と書かれるのを極端に嫌っていた。これは菊池寛が「菊地」、芥川が「龍之助」と書かれるのを忌んだのと同様である）

さらに小島は「佐々木茂索」でつづける。（後略）

問題は（ ）の中である。ごく一般の読者なら気にも留めずに読み進めるだろうが、私は見過ごすわけにはいかない。筆者清張は、単に佐佐木が「佐々木」を忌み嫌っていたという事実を知識として示したわけではない。これは、「菊地」や「龍之助」にも比すべき重大な誤りである、すなわち小島政二郎は不見識だと暗に詰っているのだ。少なくともそういう意図を汲み取ってほしいという書き方である。そうでなければ、「どうしたことか、大変な誤植である」と書けば済むことである。まるで作者に責めを負わせるようなこの筆法は、したがって悪意であり、同時に言いがかりでもある。

略字や畳字を用いるのは作家の日常

政二郎の『佐々木茂索』は二章や三章でも何度か引用したが、ここで基本的な説明が必要だろう。この作品は昭和五十三（一九七八）年、雑誌「文藝」（河出書房新社）の十一月号に掲載された。四百字詰めでおよそ百枚、作者政二郎は八十四歳で、結果的にこれが最後の実名作家小説となった。なぜこの時期に佐佐木茂索を書いたのかは分からない。没後十年でもないし（佐佐木逝去は四十一年）、もし可能性があるとすれば、前年に刊行された『長編小説　芥川龍之介』との関連で注文があったのか、あるいはその副産物として自ら書きたくなったのか。小説の内容は展開の都合上ここで詳述はしないが、佐佐木にまつわる秘話を含めた数々のエピソードが綴られているのはもちろんのこと、他の実名小説とは一風違う、作者の異様な哀感が後半を覆っている。

私事を話せば、この年の春、私は『円朝』（旺文社文庫）の解説と年譜を書くと同時に大学を卒業し、就職した。直後、父が心筋梗塞で一か月余り入院療養し、退院するとすぐに今度は父が『場末風流』（同文庫）の解説を書いた。わが家は公私ともに多事だったが、鎌倉の師との交流はかえって密になった時期でもあった。その証拠と言ってはおかしいが、なぜかこの『佐々木茂索』の刷り出し（雑誌製本前の印刷見本）が私の手元にある。これは、版元から届けられたものを作者から分けてもらったのに違いない。ところが、情けないことに、例によってその間のことを私は何も覚えていないのである。父でも私でもいい、もし直接に手渡されたとすれば、これだけの大誤植がその時話題にならなかったはずがないのだが……。

この時の確かな記憶や記録が残っていれば、こんな清張の言いがかりなどそれを根拠に一蹴できるのだが、残念である。だが、その後の粗末な編集体験からでも断言できることはいくつかある。

　残されている松本清張の直筆生原稿やゲラ刷りを見る限り、彼が端正で読みやすい字で精密な原稿を書き、さらに時間さえあれば、印刷機にかける前のゲラを入念にチェック（著者校正）したことは間違いない。それは多くの編集者たちの証言からも裏付けられよう。だが、仕事への念の入れ方は別として、すべての作家が同様の原稿の書き方をするわけではない。いや、清張自身、書痙になって一時口述筆記を余儀なくされたように、パソコン（ワープロ）使用の現在とは違い、日々厖大な文字をペンや鉛筆で書く作家の、手や腕にかかる負担は並大抵ではない。疲労を軽減させるためにも、執筆速度を上げるためにも、略字や畳字（繰返し記号）等を用いるのは日常である。

　画数の多い漢字（正字）が頻出する場合、略字（新字）があればそれを使う。「學」は「学」、「藝」は「芸」、「應」は「応」など、一般でもよくあることだろう。畳字もまた同じで、「○○病院院長」、「○○小学校校長」を「○○病院々長」、「○○小学校々長」と、とりあえず書く。そして、欄外などに活字を組む時の注意として、「㊫→學（正字）」などと特記しておくのである。さらに組み上がったゲラを校閲者、編集者、作者が校正するという段取りを経て印刷機にかけられるわけだ。ただ、書籍は別として雑誌の場合、大きな問題や疑問がない限りゲラは見ない作者も多い。脱稿が遅く校了・印刷まで時間がないという場合もあれば、作者の多忙さ、居住地が遠いなどという理由もあるだろう。今のように瞬時に送れるメールやファックスなどないからである。いつも原稿が締切りギリギリだった清張も、著者校正を望んだが叶えられないことが多々あったと、担当編集者は回想している。

では、この『佐々木茂索』の場合はどうだったのか。

まず元の原稿だが、中に夥しく出てくるこの主人公の名を筆記するのに、作者はおそらく畳字（記号）を用いたはずである。ただし、それは「々」ではないかもしれない。手元に一つの傍証がある。

昭和五十三（一九七八）年の六〜七月、小田原市国府津の病院で臥していた父の許へ、鎌倉の師は何度も激励状や見舞金を送ってくれた。

七月十八日付の手紙にこう書いてある。


「佐〻木茂索」はやっと六十二枚まで書けた。百五十枚の予定だつたが、書いて見ると、そんなにはなりさうもない。百枚になるかどうかもあやしい。そんなら、それで仕方ないと思つてゐる。


ここから察するに、小説原稿にもやはり「佐佐木」とは書かなかっただろう。ついでに言っておけば、ちょうどこの時、政二郎も鎌倉駅前で転んで全身を怪我し、リハビリをしながら騙しだましペンを持っていたので、この手紙の字も弱々しい。また、この四か月ほど前の手紙でも「佐々木」と書いていて、この「々」は一画目がなく「ゝ」に近い。もう一つ、他の手紙から別の例を挙げると、「鷗外」は「鴎外」と略している。

明治生まれの政二郎は、当然旧漢字旧カナで育ってきたから、現存する草稿を見ると戦後の新漢字は使っていないが、このように従来の略字や記号は必ずしも避けていない。これは長年の習慣だろうし、この方法で――おそらく注記を付けて、印刷所は正しく「佐佐木」「鷗外」と組んできたのである。大正から昭和戦後まで、「鷗外」も「佐佐木」も、彼は何百回筆にし、印刷してきたことか。

したがって、この『佐々木茂索』のゲラを政二郎は見なかった。見ないまま印刷されたことは、疑うべくもない。松本清張に教わるまでもなく、「菊地」や「龍之助」と同様に「佐々木」が間違いであることなど、六十年前から知っていたし、実際に繰返し書いてきた名前だからである。

外にも重大な誤植がある

必然的に導き出されるのは、「文藝」（河出書房新社）の校閲の杜撰さである。

書き忘れていたが、この小説の表記は原稿通り――旧カナ遣いのママである（漢字は新字）。純文藝雑誌らしい作者尊重の姿勢はいいのだが、本文ばかりか、目次、表紙まで「佐々木茂索」となっているところを見ると、これは杜撰というより「佐々木」が正しいと信じて統一した確信犯だろう。当時、倒産・再生を繰り返していた会社の事情もあるのかもしれないが、伝統ある雑誌にしては「業界知識」がなさすぎる。

もう一つ指摘しておけば、この小説の終盤（昭和四十一年頃の記述）で登場する文藝春秋の鷲尾洋三（当時常務）が「洋二」になっている。これも不注意であると同時に、作者が目を通していない証拠でもある。仮に原稿が「二」になっていようと、編集者あるいは校閲者は、ここは黙って「三」に直さなければいけないところである。たまたまこの部分は、『形影　菊池寛と佐佐木茂索』にとって必要でなかったから清張は利用しなかったが、そうでなければどんな皮肉を書かれたか分からない。

以上が、私が清張の筆使いを「言いがかり」だと断ずる理由だが、一歩譲って、もしチェックを怠った、書きっぱなしの政二郎の仕事ぶりを批判するつもりだったとしても、もう少し率直な書きようがあったはずである。「誤植」である可能性にすらふれていない。清張が親しみを感じていた菊池寛なら、決してこんな書き方はしなかったろう。

菊池寛関連で言えば、もし清張が政二郎に好からぬ感情を抱いていなければ、『形影』の前半できっと『眼中の人（その一・二）』を援用しただろうと私は思う。これは小島曻〓のたわ言ではない。これと菊池寛の文学に対する評価に限れば、両者の感覚は極めて近しい。菊池に出会って「小説は技巧ではない。大事なのは人間であり、生活だ」と政二郎は悟ったが、その文学の要諦を、清張は菊池作品から感得していたことが『形影』からは窺える。

無論、菊池に関する資料や証言はふんだんにあったから、必ずしも『眼中の人』は必要なかっただろうが、あまり語られていない佐佐木茂索に関してはそうはいかなかった。その人間像を描き出すには、その時最新資料でもあった『佐々木茂索』を無視できなかったのである。

清張がこの評伝の終わりで提示したのは、「菊池は佐佐木の経営手腕は認めていたが、人間としてイヤなやつだと思っていたのではないか」という洞察である。その当否は別として、この結論に至るための重要な材料の一つとして『佐々木茂索』が存在するのだ。

昭和四（一九二九）年秋、それまで鎌倉にいた佐佐木が上京し、総編集長という肩書きで文藝春秋に入社した。それは、「文藝春秋」十月号が検閲当局から発売禁止処分を受けて菅忠雄編集長他四名が引責辞職した。そこで、その後任にと菊池が佐佐木を招聘した——これが同社の社史に載っている佐佐木入社の「公式」な経緯である。菊池もそう書いているし（「同誌」十一月号後記）、永井龍男もそれを踏襲している（『文藝春秋三十五年史稿』）。さらに佐佐木自身も『私史稿』で、最初は菊池の求めに応じる気はなかったが、「定収入のあるほうが作家生活も楽じゃないか」と直接間接に繰り返し勧められ、「遂に入社を承諾した」と記している。

松本清張は「この間の事情にやや不明なところがある」、すなわち額面どおり受け取るわけにはいかないと言ってさまざまに推理をめぐらし、その後で『佐々木茂索』という資料を引っ張ってくる。『佐々木茂索』には右のいきさつとはまったく別の、佐佐木側の実情が書かれていた。

友情とお節介による佐佐木救済

そこから本章冒頭の引用につながっていくのだが、実は佐佐木の鎌倉での生活は、彼の賭け事などが因で経済的に破綻していたというのだ。佐佐木の妻房子（随筆家ささきふさ）は、東京の小島家で窮状を訴えて涙をこぼした。「私、博奕打ちの女房に来たのではないのに——」。見兼ねた政二郎や旧知の山本有三（一八八七〜一九七四）は、菊池の手を借りて佐佐木を東京へ呼び戻し、文藝春秋に入社させようと画策を始める。

清張は『佐々木茂索』の記述を巧みに要約してゆくが、ここでは印象的な部分をそのまま引用してみる。

山本有三と私は、いろんな実績を示して菊池を説得しに掛かつたが、菊池は「佐々木君はいらない」と云ふ一ト言で断わつた。断わられたが、この「佐々木君はいらない」と云ふ一ト言が、私は気に入つた。

しかし、事実私達は困つた。外に理由はなく、「いらない」と云ふ拒絶には、取り付く島がなかつた。しかし、それではこつちは困るのだ。何か理由があるのなら、その理由を押し返して行くことも出来たが、「いらない」と云はれてしまへば、それでお仕舞だつた。

せう事なしに、私達は佐々木の生活の実情を訴へる外なかつた。房子の不平も云つた。佐々木が生活に行き詰まって、身動きの出来ない状態にゐることも云つた。本当を云ふと、八十五円の家賃が一年半も滞ってゐるのだつた。

「そんな佐々木君、なほ僕はいらないよ」

菊池は、私の哀訴に一顧もくれずに、同じ事を繰り返した。

結局菊池は山本・小島連合の懇願に折れ、溜まっていた家賃を肩代わりして佐佐木を東京に呼び戻した。つまり佐佐木の文春入社は、確かに菊池の要請に応じたという形ではあるが、実際は周囲の友情とお節介による佐佐木救済であった。当初佐佐木が渋ったのは、作家としての意地と面子のせいだろう。しかし家賃まで面倒を見てもらっては、もはや無下に断われなかったに違いない。

松本清張はこの菊池の行動を、佐佐木よりむしろ房子への同情だったろうと捉えている。それがフェミニスト菊池の面目であろうと。いずれにせよ、これは小島政二郎ならでは書き得なかったある秘話である。清張は「菊池とも茂索ともよく知っていた小島の書くところである」と、読みようによっては、真実かどうか訝るような書き方もしている。もちろん当事者、関係者が皆物故している以上、疑って疑えないことはないが、政二郎があえて嘘を書く理由もない。清張はこのエピソードを、菊池が佐佐木をどう見ていたかを探るための重要な材料の一つにしたのである。

佐佐木はその後、逼迫していた文藝春秋の財政を建て直し大成長させたことで、名経営者と謳われた。だが、この文士には珍しく計数に明るいと言われた人物も、その転身のきっかけが自分の家計の破綻だったと思うと、人生の玄妙さを感じざるを得ない。

戦後、菊池が文藝春秋解散を決意した頃、佐佐木が社の株を密かに自分の元に集めようとした話は三章でもふれた。その他、社長の椅子に坐ってからの変貌ぶりから、知られざる女性の好みまで、愛憎入り混じった政二郎の筆は『久保田万太郎』同様に辛辣である。菊池との対比も描かれているから、『形影』の趣旨からすればもっと活用できる部分はあったろうが、さすがの清張もためらったのか、嫌ったのか、ほとんど使用していない。

鎌倉ぐらいまでは出向いてもよかった

『佐々木茂索』には、まだまだ佐佐木という人間を物語る挿話が豊富にある。

あえて「言いがかり」をつけておけば、清張がこの稿の取材・執筆をしていた昭和五十六、五十七年、政二郎は八十七、八歳ではあったが、まだ入院もしておらず「健在」であった。清張は菊池未亡人包子を訪れて話を聞いたり、菊池の故郷高松を歩いたり、小豆島在住の菊池の中学時代の恋人――同性愛相手に会いに行ったりしている（この「恋人」は後に杉森久英の『小説菊池寛』で詳述される）。もし、菊池や佐佐木の人間像に迫るのが目的であったなら、数少ない生き証人の一人、「菊池とも茂索ともよく知っていた」小島政二郎に会うべく、鎌倉ぐらいまでは出向いてもよかったのではないか。

親しい交流はなかったにせよ、まだ佐佐木も生きていた昭和三十六（一九六一）年から四十一年までの五年間、共に直木賞銓衡会の卓を囲んだ間柄ではある。「菊池や佐佐木のことを聞きたい」という要望を、政二郎が拒否するはずもない。

結局、清張に鎌倉の長老と接触しようなどという気は、端からなかったに違いない。元々良い感情をもっていなかったのはもちろんだが、『佐々木茂索』を読んだ清張は、政二郎がすでに佐佐木や文藝春秋と心理的に訣別していることを悟った。仮に面談に及んだとしても、話が「創刊六十周年記念」原稿にふさわしからぬ展開になることは目に見えていたのではないか。それで『佐々木茂索』を部分的に利用することに留めたのだろう。

数少ない例外が鍵を握る

話を本筋に戻さねばいけない。そもそも、この清張の政二郎への悪意あるいは軽侮が、いったいどこから発したのかという疑問だ。

松本清張と小島政二郎の初対面がいつだったのかは、はっきりしない。

昭和二十六（一九五一）年の秋、清張は会社の出張で九州から上京したが、その時に会った文壇関係者は文藝春秋の上林吾郎、世界社の萱原宏一（元講談社）ら編集者たちと、前年の「週刊朝日」懸賞当選作『西郷札』を手紙で激賞してくれた大佛次郎である。後に親交を深めた、当時「三田文学」を手伝っていた和田芳恵とも、まだ繫がりは生じていなかった。

その和田や「三田文学」関係者と対面したのは、同二十八年一月の芥川賞受賞後であり、おそらく政二郎との初対面はその年の五月、三田文学会が主催した「芥川賞受賞記念会」の席上だったと思われる。そこでは木々高太郎初め、他の三田派の作家たちと共に政二郎も祝辞を述べたというから、直木賞候補から芥川賞へ回ったいきさつなども、清張は改めて関係者から聞かされたことだろう。

後述するように、その後和田と清張の交流は和田の死まで続くが、和田の師小島政二郎と清張が親しくなった形跡はない。三章で引用したように、昭和三十四年時点での清張の随筆（『作家殺しの賞』）

では、『或る「小倉日記」伝』を芥川賞へ推した委員として永井龍男と小島政二郎とを並べているが、それ以後は同様のことを書いても、そこに小島の名はない。政二郎は銓衡委員会を欠席していたのだから、清張の「訂正」はある意味で正しいとも言えるが、政二郎が「これは芥川賞向きだ」と断じていた事実を清張がよく知っていたことも事実である。政二郎に対する意識の変化が、どこかで起こったと考えるのは勘繰りだろうか。

前章の繰り返しになるが、昭和三十年代は清張の境遇が激変した時期である。一躍大流行作家となり、超多忙の中、直木賞の銓衡委員にも就任したが、同席の政二郎にどういう印象をもっただろうか。菊池寛の人生観・文学観に強い影響を受け、森鷗外にも大いに関心を抱いていた清張である。その両人に縁の深かった政二郎に何かを尋ねたり、共に語ろうとはしなかったのだろうか。その取り巻きがまだ数多く健在だった菊池はともかく、鷗外を直接知っている作家など、当時の文壇にはもはや政二郎の外にいなかったであろう。好奇心旺盛なる清張が、この先輩作家を通じて鷗外の香りを嗅ごうとしなかったのは、いまひとつ解せない。

清張が同業作家たちと親しく交わらなかったのは、多くの関係者が語るところである。その数少ない例外が、和田芳恵であり、二章の主役今東光である。この二人こそが、清張の小島観に決定的な影響を与えたのではないかと、私は推測する。

清張、東光の絶え間ない会話

まず今東光を、いま一度振り返ってみよう。

長らく文壇から遠ざかっていた東光が復帰を果したのは、『お吟さま』で直木賞を受賞した昭和三十二（一九五七）年一月、松本清張の芥川賞からまる四年後のことだが、東光の名も瞬く間に全国に知れ渡ったのは二章で見た通りである。

この二人の年長作家とトリオを組んで、何度も地方へ講演旅行に出かけたのが瀬戸内寂聴（一九二二〜。当時は晴美）だった。この三人組の結成がいつ頃のことだったかは、主催社文藝春秋の社史・年誌を見ても詳らかではないが、その活動は三十年代後半から四十年代にわたってのことと考えてよいだろう。

その前段階として同三十三年十一月に、東京宝塚劇場で催された「文春まつり・愛読者大会」で、桑原武夫と共に東光、清張が演壇に上がったという記録があるが、これあたりが両者の初対面に近いのかもしれない。

瀬戸内はこの講演旅行について各所で書いているが、いくつか拾ってみる。

どうしてそのメンバーが組まれるかといえば、松本清張さんは大へん人見知りをなさる方で余程気持が合わないと旅を出来ないという癖があり、清張氏が一番気を許せるのが今東光氏で、東光氏と私がまた、いい話し相手だということから、こんなメンバーになるのだと文春の係りの人が説明してくれた。

旅は道づれで、面白くも不愉快にもなる。清張氏との旅は、私は一度も不愉快だったことはない。

氏が大そう神経の細い、思いやりのある人で、礼節をわきまえた方であったからだ。

この点は今氏も同様で、豪放磊落、いいたい放題をいう人のように見えて、実に神経のこまかい行き届いた方なのである。清張氏が今氏を信頼し、心を許されるのも、二人が外見の怖い感じとはおよそちがったやさしい人だという点で何よりも共通点があるからだろうとうなずけた。

（「やさしい人」『松本清張全集19』月報）

同じ文の中で瀬戸内は、新潟地震の折に三人は隣県の宿にいたと書いているから、それは昭和三十九年六月のことだと分かる。

この三人組で行けば、どこでも会場のまわりは何重もの人の列がとぐろを巻く盛況であった。何しろ清張さんの人気絶頂の時だからだ。何回三人の旅をしたことだろう。私にはこの旅が予想以上に面白く愉（たの）しく、有意義であった。旅は地方廻りなので、私は「今東光一座ドサ廻り」と名づけた。

途上の列車や車の中で、清張、東光の絶え間ない会話は汲（く）めども尽きせぬ味わいがあった。私は二人の知識の深さにひたすら驚嘆していた。清張さんは学歴が小学までで、今先生も自称不良を任じていて、（中略）「授業料を払わずに東大まで卒業した」と威張っていたが、もちろん履歴書に学歴はない。

しかし、この二人の博学さは、文学、歴史、哲学、宗教、科学まで、幅広く深く、どの方面でも一流の知識を具（そな）えていた。私はどれほど耳学問の寿福を頂戴したかしれない。（「今東光」『奇縁まんだら』）

同書の「松本清張」の項では、

私は清張さんと今東光ドサ廻りの旅をご一緒してから、やはりこの人は天才だと思った。どの旅にも原稿は持ってきている筈だが、ある種の作家たちのように、いかにも仕事の多いのを誇るような態度や顔は見せたことがない。つきあうところは、ちゃんとつきあい、夜は今先生とストリップを観にもゆくし、その町に秘戯図の図案の骨董品があると聞くと、それを見に出かけたりしている。そんな場合は、いつでも私はさりげなくのけものにされるのであった。

この天才清張は怪物である

瀬戸内はまた、岡山で講演があった際、首に大きなキスマークをつけて現われた今東光に、清張が「大根おろしをつければすぐ消える」と冗談を言うと、東光が真に受けて実行したがいっこうに消えなかったという笑い話——清張の悪戯話を書いている。これは昭和四十（一九六五）年五月二十日に、岡山JC（青年商工会）創立十五周年の記念講演会で三人が登壇したという記録があるので、ひょっとするとその時かもしれない。

余談だが、この『奇縁まんだら』（日本経済新聞出版社）で瀬戸内は、清張の知られざる、というよりこれまで関係者によって内々に抑えていた女性関係を、アッケラカンと筆にしている。赤坂の芸妓を落籍して面倒を見ていた話、また別の女には執拗に結婚を迫られて苦労した話などだ。出家後四十余年の歳月が流れ、今や現役最長老作家となってなお意気盛んな瀬戸内だが、その言動は自在を極め、もはや何も怖いものはなしといった趣がある。師の東光を凌ぐ、平成の怪物に成長したと言っていいかもしれない。

その怪物東光が、清張を怪物と呼んでいる文章が『松本清張全集16』の月報にある。「松本清張という天才」という題がついている。

松本清張君の芥川賞作品を読んだ時、この地味だが能く調べた作品を択んだ審査員諸公の見識に感服したことを覚えている。

森鷗外先生は僕の伯父伊東重と大学予備門時代からの知人であり、その後も何かと交渉があったのは津軽藩儒医の研究の業績を見て解るだろう。それだけ親近感があっただけに清張君の取組み方が気に入り、必ずこの作家は擡頭するだろうと感じていた。

ところがその後の活躍振りは説明するまでもない。僕が敢えて天才呼ばわりするのは彼も亦、苦学力行で謂うところの大学卒などではない。厳しい文学の世界で名声を維持していく力量は他の追随を許さないものがある。近頃、彼が「芸術新潮」に連載している学究的な論文を見ると、この勉強家に拍手を送りたいのだ。（中略）この天才清張は怪物であることは事実だ。その容貌を見たって彼が異相を有った人物だということが解るだろう。まさにバルザック、それもロダン作のバルザックに似ているではないか。

この後、清張の体内に流れているのは純粋な大和民族の血ではなく、熊襲や朝鮮（新羅）の血も混じっていると東光は言い、最後はこう締める。

僕は屢々、彼と講演旅行を共にするが一度も不愉快なことはなかった。彼は僕にだけ多少、内心の扉を開いて接したのではなかったか。何故なら彼は僕を蝦夷だと思っているのではないかと思う。大和朝廷にまつろわぬ反骨の津軽蝦夷の末孫に相違ないからだ。

「あんな嘘っぱち野郎、信用しちゃいけねえ」

残念なことに清張が「ドサ廻り」のことを書いた文は見つからなかったが、瀬戸内と東光のものだけからでも、その雰囲気は想像できる。東光は清張の勉強ぶりに感心し、清張は東光の博識に心服した。独学者同士の連帯もあっただろう、十一年の歳の差はあっても互いに尊敬の絆を結んだことは疑いようがない。酒の呑めない二人は、時間が許す限り徹底的に語り合ったのではないか。

東光の文にもあるように、談がひとたび鷗外に及べば、少年時代に伯父の使いで団子坂観潮楼に行った話に始まり、東光は思い出を昨日のことのように滔々と語っただろう。ある時は大正文士たちの逸話の数々、東光が訣別した菊池寛について清張は聞きたがっただろうし、芥川のブリリアントな才能と素顔も話題にのぼったはずである。もちろん、まだ健在だった尊敬する谷崎（昭和四十年に死去）の凄さや、旧友川端との友情についても、東光は余すところなく話して聞かせたに違いない。

そんな時、何かの拍子に小島政二郎の名前が、どちらかの口の端にのぼらなかったとも限らない。いや、前章で記したように清張が共に直木賞委員に名を連ねていた昭和三十年代半ばから四十年代にかけて、政二郎は『永井荷風』、『芥川龍之介』、『女のさいころ—小説・村松梢風をめぐる女たち』、『久保田万太郎』、『眼中の人（その二）』と、評判になった長短編を発表し、現にそれらを読んだ東光が各所で批判しているのは前述した通りである。講演旅行の合間に、東光あるいは清張がそれにふれなかったはずはないと私は思う。

だとすれば、東光はこう言っただろう。

「小島の政公? あんな嘘っぱち野郎、信用しちゃいけねえ。芥川さんなんかバカにして相手にしなかったのに、友達付き合いしてたみたいなこと書きやがって。芥川さんが買ってたのは佐佐木だよ。あのボケ、才能なんてカケラもないし、みんなの嫌われ者でな、永井荷風にも破門された。だいたい、あの野郎は、相手が生きているあいだは何にも書かないで、死んでからボロクソに言う卑怯者よ。あんな大嘘つき、まともに相手にするんじゃない。あん畜生がくたばったら、俺が徹底的にこきおろして、おんなじ目に遭わせてやるんだ」

このぐらいで済めばいいが、はたしてどんな話が飛び出したか。無論、何の確証もないが、蓋然性は高いと私は思う。とりあえずこう考えることで、清張の芥川賞の回想から「小島」の名前が消えたことや、『形影』で『佐々木茂索』を不見識と詰ったことの理由の一端が窺えると思うのだが、どうだろうか。瀬戸内寂聴師に確かめる方法もあるが、四、五十年も前のこんな些細な事柄を問い合わせても、さぞかし迷惑だろう。

あなたをひそかに頼りにしていました

今東光に関しての推測はほぼこれで尽きるのだが、松本清張と親交のあったもう一人の人物——和田芳恵についてはもう少し事情が込み入ってくる。

偶然だが、今東光は昭和五十二(一九七七)年九月十九日、和田芳恵はその半月後の十月五日に相次いで世を去った。享年は東光が七十九、和田は七十一であった。

和田の葬儀は十月十一日、築地本願寺で営まれた。葬儀委員長は丹羽文雄（七十二歳）。野口冨士男（六十六歳）、山本健吉（七十歳）、井上靖（七十歳）らと共に、六十七歳の松本清張は弔辞を読んだ。「三田文学」を媒介として知り合った和田を、自分が作家として生きてゆく上でいかに頼りにしていたか——清張は切々と語った。抜粋してみる。

和田さん

こんなふうに、あなたにお話しする日が来ようとは思いませんでした。それも実に早く。

和田さん、あなたとわたしの縁は二十七、八年前にさかのぼります。まずそれは間接的なものでした。その頃わたしは九州小倉に居ましたが、雑誌「三田文学」に出たわたしの小説の批判が知りたくて、当時上京していた文学好きの友人にその手応えの蒐集を頼みました。というのは九州にずっと住んでいて中央の文壇を全く知らず、しかも伝統ある「三田文学」に作品を載せてもらったので不安でならなかったからです。その友人は何かの文学関係の会合に出てわたしの依頼を実行してくれましたが、そのとき彼に代って出席の人人から熱心に反響を聞いて回ってくれたのはあなただったということです。和田芳恵という人はとても親切な人だと友人は九州に帰ってきてから話しました。

和田さん、あなたのわたしへの親切は最近までつづきました。文学的出発では遥かに大先輩であるあなたにわたしはさまざまなことを教えてもらいました。読売新聞に連載されたあなたの自伝抄「七十にして新人」の中に「私は三田文学では外様」だったというくだりがあるが、わたし自身もその一人だったせいもあって、仲間意識というか妙に気が合い、小説家の友人をほとんど持たないわたしは、あなたをひそかに頼りにしていました。あなたの家に訪ねては話しこみ、或るときは夏の暑い日にわたしの取材先に同行してもらい、或るときは明治文学関係の座談会につき合ってもらったりしました。また、わたしが寂しくなると時間かまわずお宅に電話して長話をしました。（後略）

木々高太郎の勧めで清張が「三田文学」に初めて書いた『記憶』（昭和二十七年三月号掲載。後に『火の記憶』と改題）を最初に読んだのは、当時同誌の編集を手伝っていた和田だったことは前章でもふれた。翌年芥川賞を受賞した清張も、やはり木々によって編集委員に加えられ和田と親密になった。右の「夏の暑い日にわたしの取材先に同行」というのは、後年（昭和四十七年）、斎藤緑雨に材を取った『正太夫の舌』を書くにあたって、本所横網町の緑雨の旧居跡を和田の案内で訪れたことを指すようだ。和田の親切ぶりが窺われるが、この弔辞とぴったり呼応するような文を、和田は『松本清張全集36』（昭和四十八年）の月報に書いている。

兄弟分のような親近感

私も、そうだが、松本清張さんも、「三田文学」という、他人の軒の下を借りて、露店をひらかせてもらった一人である。松本さんは、九月号に寄せた二作目の『或る「小倉日記」伝』で、芥川賞を受賞したので、すぐ露店から足を洗ったが、私は兄弟分のような親近感を初めから持ってきた。『記憶』を原稿で読んだ感想を松本さんに書いて文通がはじまったが、そのあとで安田満さんを知った。安田さんは西部本社から東京朝日の史料室に移ったので、「三田文学」の紅茶の会に出席した。これは松本さんの作品に対する批評をメモして、松本さんに知らせるためであった。私は松本さんが安田満というよい友だちをもっていることを羨んだが、安田さんに頼まれて、東京の文壇の動きを松本さんに知らせたりもした。

書き落としたが、『記憶』を書く前、清張は和田の『暗い血』(「三田文学」昭和二十六年十二月号)を読んで感動し、激賞の手紙を木々に送った。木々からそれを見せられた和田は、清張の厚意が身に沁みた。和田の清張への親切が、この感謝の念に端を発していることは見逃せない。当たり前のことだが、作家同士の友情の出発点には、互いの「作品」への敬意がある。和田は右の文に続けて、清張へ最大級の讃辞を贈る。

松本さんは巨大な存在になってしまったが、変らない付きあいで、とかく、つまずきがちな私に厚意を寄せてくれるのは、一時期、苦労をともにしたからであろう。
私は編集者あがりのせいか、世のなかへ出るまでの多くの作家の苦しみに立ちあってきた。そこに人間の生き方の、ほとんどを賭けて、大きな勝負を挑むことに無上の価値をあたえるものだが、松本清張は、私がこれまで知った作家のうちで、幾本かの指にはいる稀な存在である。
天才は努力で自分の道を切りひらくことなら、この名に値するのは松本清張だと私は信じている。

全集の月報とはいえ、これほどの同業者からの絶賛も珍しいのではないか。往々にしてひと癖ある、屈曲した文章を綴る和田芳惠だが、ここには曇りない共感と真情が脈打っている。

告別式の老大家

松本清張は和田の死のひと月後に発売された「新潮」十二月号に、『近い眺め』と題した和田追悼の文を載せている。内容は弔辞で語られたこととほぼ重なるが、中ほどに見逃すことが出来ないくだりがある。築地本願寺の葬儀へ、小島政二郎が焼香に訪れた様子が僅かであるが書かれているのだ。鎌倉からやって来た政二郎は、当時八十三歳だった。

和田さんはよく武田麟太郎のことを話した。おそらく武麟らとの交遊が和田さんの青春であったと思われる。その話になると、あの細い三白眼を耀かした。その私小説の作風とはまったく反対の、どちらかというと通俗小説で知られる某大家に門下生（?）のような礼をとっていて、蔭でもかならず××先生と呼んでいた。その由来を一度も聞いたことはないが、和田さんの頑固なくらい礼儀正しい律儀な一面を知っていた。某大家は和田さんを遠い自宅に呼んではいろいろなことを頼んでいたと聞いている。告別式のときに見えたその老大家は焼香をすませるとさっさと遺族の列の前を素通りしてしまい、去ったあと、遺族が目を疑ったように顔を見合わせておられた。あれは、和田さんに別れを告げる一心のあまりだったかもしれない。

以上である。言いたいことは山ほどあるが、どこから斬り込んでいったらよいものか。この文は、発表当時リアルタイムで読んだ。父も私も、和田の告別式には行っていない。もし師に付き添っていたら、こんなことを書かれずに済んだのではと考えたこともあるが、やはり小島政二郎の行動に変わりはなかっただろう。これを読んだ父は、私のように怒ってはいなかったが、「やはり先生は理解されていない」と嘆いてはいた。その場に居合わせていなくとも、師の振舞いとその心境が想像出来たのだろう。あえて言えば、清張が皮肉を込めて補足（フォロー）した最後の一行——書いている本人が信じていなさそうな一行が、最も真実に近いのではないか。

そもそも小島政二郎は葬儀の類いが大嫌いだった。無論、そんなものを好む人間は稀だろうが、宗教とは無縁で、死ねばすべてはおしまいと思っていた彼にとって、儀式は無意味なばかりでなく、悲しみの淵にいる遺族への責め苦に思えた。昭和三十七（一九六二）年、最初の妻みつ子が死んだ時も、その四年後に一人娘の美籠に先立たれた時も、門を閉ざし、本当に身内だけの密葬で済ませた。美籠の時など、寺での法要、納骨にすら立ち会わず、親類縁者からも非難されたと自分で書いている。

みつ子死去の際、鎌倉雪ノ下の「小島邸の冠木門はぴったりと閉じられて、扉には墨黒々と文字の書かれた大きな和紙が貼ってあった」「いっさい面会謝絶、供花のたぐいも固辞という意味の、宣言ともいえる文章が書き出されて」いたと、当時「婦人公論」の編集者だった澤地久枝（一九三〇〜）は書いているが（『わが人生の案内人』文春新書）、この光景は弔問に行った父からも聞かされた。そして、二階堂に移ってからの美籠の場合も同様だったと。

もはや頼りになる人間は、周囲にも門下にもいない

もちろん、これは政二郎の身内の不幸の場合で、長生きした彼であるから数多（あまた）の他家の通夜、告別式に出席したことは事実である。文学関係者だけでも夥しい数だろうが、本稿関連では大正五（一九一六）年の鈴木三重吉の一人目の妻の葬儀で受付をしたのを初めとして、同十一年には森鷗外の死もあった。昭和二（一九二七）年の芥川の告別式では、後輩代表として弔辞を読んだという記録があるが、これは当初読むはずだった佐佐木茂索が悲嘆のあまり不能となったため代役を務めたのだと政二郎は述懐している。

昭和戦前には、世話になった澤木四方吉、水上瀧太郎らが逝き、和田芳恵が最初の妻照を亡くした時には、政二郎は和田の住む千葉県市川まで足を運んだ。戦後となると、先輩ばかりでなく、同年代の友人から後輩までが次々に世を去る。横光、菊池、久米らの後、妻も娘も失い、その間に久保田万太郎が目の前で息を引き取るのを見た。止めは、かつての盟友佐佐木茂索の急逝だったろう。それは、美籠の死から三か月余りが経った昭和四十一（一九六六）年十二月一日。二日が通夜、三日が告別式だった。前出『佐々木茂索』の終盤部分で、政二郎はこんなことを書いている。

佐々木が死んだ時、葬儀委員の中に私の名もあるものと思つてゐた。彼の長い一生の間、蔭日向の絡み合から云つて、一番切実なのは私との切磋琢磨だつたと思ふ。世間からも、佐々木と云へば小島、小島と云へば佐々木と云はれて来た。だから、当然、私の名もあると思つてゐた。ところが、なかつた。ないばかりか、川端康成と川口松太郎の二人の名前が書かれてゐた。

「……」

私はお通夜の席から帰つて来て、思はず深い溜息をついた。時代は変つたのだ。時代と共に、私と佐々木との関係なんか忘れられてしまつたのであらう。しかし、文藝春秋社には、二人のことをよく知つてゐる重役が少くともまだ十人はゐる筈だつた。

「……」

こんな事すべてを込めて、一生の競争相手だつた佐々木がこの世にゐなくなつたことは大きな寂しさだつた。

しかし、告別式には私は行かなかつた。


葬儀が嫌いどころか、ここでは葬儀委員になりたがっているではないか——と短絡的に捉えてはいけない。この文の要は「時代は変わった」「小島・佐佐木の関係は忘れられてしまった」という感慨にあるのだ。いや、二人の関係がというばかりでない。それ以前に小島の存在自体がである。次章でも改めて書くが、まだ佐佐木が健在だったこの年の初め、政二郎は文藝春秋（日本文学振興会）から、木々高太郎と共に直木賞銓衡委員を解任されていた。彼にとっては文藝春秋＝佐佐木茂索である。佐佐木のつれなさと同時に、時代から取り残された孤立感が政二郎の胸を塞いだ。自分は長生きしすぎたのかと。

先述のように、『佐々木茂索』が書かれたのは佐佐木の死の十二年後、和田芳恵の訃の翌年である。十二年の間に、佐佐木の弔辞を読んだ川端も自死し、和田は最後に光芒を放って事切れた。自分を最も理解してくれていると信じていた、一回りも下の和田に死なれた政二郎の心境はいかばかりであったか。もはや頼りになる人間は、周囲にも門下にもいない。その寂寥感は佐佐木の時の比ではなかっただろう。はっきり言えば、その悲しみは、親切だった先輩を失った松本清張の嘆きなど、深さにおいて遠く及ばなかったはずである。その政二郎の葬儀での振舞いを、清張は咎めた。

和田が尊敬しているはずがない

和田の告別式に、本当は行きたくなかったのだと思う。ならば、行かなければよかったではないかと言う人もあろう。だが、もし足を運ばなかったら、今度は薄情だ、非礼だ、和田が気の毒だと非難を浴びせられたのではないか。いや、それでも行かなかったほうがよかったかもしれない。ただ、行ってくれたおかげで、三十数年後、こんな文を私が書けるのだけは事実である。

和田の遺族も、葬儀の世話人の面々とも、勿論政二郎はかねてから面識はあった。しかし、佐佐木の死から十年余、時代がさらに変わってしまったことを実感していた彼にとって、築地本願寺はもはや場違いな空間ではなかったか。権威もなく、尊敬も得られない高齢者は、まさに清張が描くところの「通俗で知られた某老大家」に過ぎない。和田が死んだ悲しみとそんな周囲の雰囲気が相乗して、居たたまれなかったに違いない。だからといって、焼香の後、未亡人に挨拶もせず一目散に退散するのは、無礼、非常識の誹りを受けても仕方がないだろう。だが、式場を背に歩を進めながら、小島政二郎の心は泣いていたはずだ。和田芳恵を、たった独りで悼んでいたのは間違いない。

それにしても、松本清張ともあろうものが、何というイヤらしい書き方をしたのだろう。図らずも清張自身の小島観が露になっているおかげで、当時の文藝界が政二郎をどう捉えていたかが透けて見えてもいるが。和田の死の翌月、政二郎は「マダム」に連載していた『長編小説　芥川龍之介』（読売新聞社）を刊行するが、清張は読んだろうか。直前に逝った今東光がもし生きていたら、必ずや読んで罵倒したことだろうが。

つまるところ清張には、和田が小島門下にいる理由が理解できなかった。師弟の絆の根本が見えていなかった。作風も正反対の通俗作家を、和田が尊敬しているはずがないと思っていた。清張も言っているように、和田もそのあたりを詳しく語りはしなかったのだろうが、「遠い自宅に呼んではいろいろなことを頼んでいた」というようなことは話した。それは愚痴にも聞こえただろう。そのくせ、蔭でも必ず「先生」と読んでいた。ますます得心がいかぬ清張は、それを和田の礼儀正しさと律儀さの所以と解釈した。その「先生」の告別式での傍若無人ぶりを目の当たりにして、清張は和田がいっそう哀れに思えた。それで追悼文に書き留めた、といったところだろうか。

ここで連想するのは、前章の冒頭で紹介した永井龍男が和田を評した言葉「不器用なひとでしたよ」(『文壇うたかた物語』)である。和田の一途さ、律儀さ、頑固さ、不器用さが語られ、そこに一抹の哀感が伴う時、その裏に決まって「悪役」としての政二郎が存在するように見えるのは、私の僻みだろうか。

それならそれで立派ではある

ところで、松本清張のように文藝誌に追悼文を書く際、作家は誰を中心読者に想定して筆を執るのだろう。

まず未亡人や遺族たち。そして故人と親しかった、同じように追悼文を書く立場の作家をも含めた同業者たち。さらに編集者など出版関係者たち。無論、商業誌であるから一般読者——当時はまだ万単位で存在したはずだが、小説と違って殊更その目を意識することはなかっただろう。

こんなことを言うのは、清張が「××先生」をどういう存在と考えていたかを想像してみたいからである。ある種の誹謗であるから匿名にしたのだろうが、こんな書き方をすれば故人に近かった関係者には、誰であるかはすぐ分かる。もちろん、告別式に居合わせた人間は言うまでもない。まず根底にあるのは、これらの人々への見聞の報告であり、「××先生」に対する共通認識の確認であろう。故人をよく知らない作家、編集者や一般読者には勝手に推測してもらえばよい。匿名という配慮はしてあるから問題はない。

では、当の「××先生」の目を、松本清張はどう意識していたのだろう。まさか、この「新潮」という雑誌を読まない人間だと思っていたわけではあるまい。このまったく「部外者」を扱うような書きぶりからすると、ひょっとするとそう思っていた節もないではないが、それではただの愚か者である。だとするなら清張は、近しい人たちの共感を背景に、面と向かって「××先生」を非難する覚悟でこれを書いたはずである。見下した表現は不愉快だが、それならそれで立派ではある。

もう一歩踏み込めば、この「××先生」が自分と同様に和田の追悼文を書くべき存在であると、清張は想定していただろうか。常識的に考えれば、それはイエスである。

昔も今も、文藝誌数誌は毎月同日に一斉発売される。重要な作家が物故すれば、すぐさま各誌は関係者に追悼文の執筆を依頼する。場合によっては、それが対談、座談会の形をとることもある。どの雑誌が誰に頼むかは、その社と執筆者の付き合いの度合いもあれば、依頼順などいろいろな条件で変わる。たまには注文が重なり掛け持ちする作家もあるが、締切りは皆一緒であるから、各誌は連絡を取り、情報を交換し合って一応の棲み分けが成立するのが普通である。

それゆえ、もし清張が「新潮」の編集者に「他には誰が書くの?」と尋ねれば、「ウチでは水上勉。『文學界』は川口松太郎、『文藝』は野口冨士男に前田愛」といったような答えも聞けたはずである。だから、「××先生」が他誌に書くことを、清張は知っていたかもしれないし、知らなかったかもしれない。それは当時の編集者に確かめれば分かるだろうが、それ自体はたいしたことではない。大事なのは、「××先生」がどんなことを書くかは当然だが誰にも答えられなかった、清張もまったく想像ができなかったことである。

数々の発見をしたことだろう

松本清張の「新潮」と同じ十一月七日発売の「海」（中央公論社）十二月号に、小島政二郎の『和田芳恵君と私の一生』が載った。四百字詰で五十枚、十五ページにわたるその文は、当時和田を偲び、回顧したさまざまな追悼文の中で、最も長いものであった。

清張の文は四ページ弱、他の作家のものも似たり寄ったりだから、これが並外れた長文だったことが分かるだろうが、単に長いだけではない、中身も異彩を放っていた。それは、こんなふうに始まる。

和田君との付き合いはどのくらいになるだろう。殆んど一生の付き合いだった。
それとは口に出して云わなかったが、私が死んだら、私の一生を書いてくれるつもりでいたと思う。そのくらい私の生涯の心の楽しさ、苦しみ――いや、苦渋を、何くれとなく彼は知っていた。
だから、彼に書かれる私の心の中を、楽しみにしていた。と云うのは、彼が小説家の目を持っていたからである。

ここから和田と出会った昭和初期に遡り、政二郎の回想が始まる。

「日の出」勤務時代、和田がいかに熱心な勉強家で、作家の心を摑み、執筆へ誘導するのに長けた名記者であったか。それは術策などではなく、和田という人間が発する魅力だった。和田は政二郎の過去の小説や古典への造詣を高く評価した。「通俗作家」と「通俗雑誌記者」という間柄でありながら、話題はいつも「芸術小説」であった。共に尊敬する「徳田秋聲」のことを語り始めると、両者は倦むことを知らなかった……。

もし、清張が読んだならば、一度も聞いたことがなかった二人の「由来」など、数々の発見をしたことだろう。この文の後半は、一種の和田文学論にもなっているが、そこでは、作風は違えど、政二郎がいかに和田の小説を読み込んで理解していたかを確認したのではないか。清張は「新潮」での表現をちょっぴり悔いたかもしれない。だが、政二郎への認識を改めるまでには至らなかっただろう。なぜなら、これが師からの一方的な言い分でもあるからだ。清張が和田や周囲から漏れ聞いた門人としての苦労、裏を返せば師匠の我儘や意地悪など自分に都合のよくない話は、当然一行も出て来ないからである。その点は、次項で探ってみようと思う。

いずれにせよ、以後、五年後の『形影　菊池寛と佐佐木茂索』まで、清張が小島政二郎に言及することはなかった。

未亡人の凄絶な回想

ここで、書き残されたものを手掛かりに、小島政二郎と和田芳恵の「師弟関係」がどんなものであったかを想い描いてみたい。

結論的に言ってしまえば、周囲はあれこれその心中を忖度していたようだが、和田が終生、「小島先生」に恩義と敬意を抱き続けていたことは間違いない。政二郎もまた和田を信頼し、その作家・研究家としての才能を認めていた。だが、四十年にもわたる交流が絶えず平穏で、麗しい間柄が保たれていたわけでもない。思いの行き違いで波風が立ったこともあれば、恨みごとを言いたいような目に和田が遭ったのも事実である。

では、二人の関係を推測できる材料として何があるか。

政二郎が和田について書いた代表的なものは、先の追悼文『和田芳恵君と私の一生』と、その十年ほど前に「小説新潮」に掲載したエッセイ『和田芳恵』（約四十枚。『なつかしい顔』鶴書房に収録）の二つだ。どちらも両者の出会いに始まり、それまでの付き合いの変遷を語っているが、後者は和田が読むことを想定しているだけに、温かい思いやりもあれば、遠慮のない師ならではの直言もある。

一方、和田も政二郎については随所に書いているが、どれも断片的で、師の書いた二本に匹敵するような纏まったものはない。例えば小島作品や全集の解説やあとがき、あるいは『ひとつの文壇史』のような回想録の一部分といった類いである。

考えてみればそれは当然で、「解説」のような場を除けば、和田に対し、「小島政二郎の人と作品について書いてほしい」といった注文を、ジャーナリズムがあらためて出すはずもない。和田は雑誌に連載エッセイをもつような作家ではなかったし、その前に小島政二郎自体が、世間が関心を抱く対象ではすでになかった。だから、政二郎も書いたように、師が先に死ねば弟子はそれを偲び、忌憚のない筆を揮ったかもしれないが、それだって大きな舞台は与えられなかったのではなかろうか。和田の書いたもので、他に二人の関係を探るよすがになりそうなのは、絶筆となった『自伝抄』と自作の年譜ぐらいであろう。

では第三者が書き残したものはどうか。重要なものは二つある。

まず、和田の最期を看取った妻静子が死後十二年を経て上梓した『命の残り　夫 和田芳恵』（平成元年、河出書房新社）である。作家の未亡人が著した手記・回想は多数あるが、これほど凄みがあるものもめずらしい。これは和田と暮らした戦後の二十八年間、その生活そのものが凄絶だったからに外ならない。

「日本小説」の倒産で債鬼に追われた和田との文字通りの逃亡・潜伏生活は、それだけでも耐え難いものだったろうが、そんな中で繰り返される和田の数々の女出入りは、静子がなぜこの男に寄り添って離れなかったのか訝るほどの身勝手さ、厚かましさである。殊に、和田の子供を身籠った女の堕胎手術に静子が立ち会って、その手を握ってやるくだりなど、他に類例がないのではないか。小説家和田芳恵こそが、書いておかなければならなかった光景かもしれない。

全部で二百枚に満たない長さだが、淡々とした語りの行間に、愛憎などという言葉では表現し得ない人生の実相が刻まれている。恨みがましいところがまったくないのは、筆者の育ちというのか、家族の愛情を受けて育まれたおおらかな性格のせいだろう。そして、この中で数箇所、「小島先生」が顔を出す。和田の妻ならではの視線は、リアルで辛辣だが、それは後で紹介する。

和田の文学的節目には現われる

もう一つ、和田の後半生を眺めるうえで欠かせないものが、吉田時善（ときよし）（一九二二〜二〇〇六）著『こおろぎの神話　和田芳恵私抄』（新潮社、初出「新潮」平成七年年二月号）である。「新潮」の目次には三百枚とある。

吉田は「日本小説」創刊当初（昭和二十二年）の発行元大地書房で、和田やそこに入社してきた静子と知り合った。吉田にとって和田は、十六歳も年長の仰ぎ見るような大先輩であったが、その後和田の死までの三十年、不即不離の繋がりをもった。吉田はこの作品の冒頭で「わたしは、自分が接した限りでの記憶と、二十八年間ともに生きた静子の回想を重ね合わせ、意味を持って甦ってくるものを漆喰にして、和田芳恵という小さな塑像を作ってみたいと思うようになっていた」と書いているが、まさにその通りで、前掲の『命の残り』を含めた静子の思い出と吉田自身の記憶、その二つの視点を見事に配置構成して、人間和田芳恵を浮き彫りにしている。

最初にこれを読んだのは四十歳の時だったが、五十代の半ばになった今再読してみて、この小説の描く世界の深さと、技量の確かさにようやく気づいた思いがする。私のように無味乾燥な生活体験しかもたぬ者にも、生きていれば歳相応の鑑賞眼の成熟はあるのかと驚き、喜んだが、同時にこれが「大人の小説」を読む醍醐味なのだろうと悟った。いわゆる虚構物語について行けなくなる一方で、私にとって味わいが増すこういう作品もまだ無数にあるだろう。

この小説にも、小島政二郎は出没する。決して重要な役割を演じているわけではないが、和田の文学的節目には現われる。和田が生涯でふれ合った作家は数え切れない多さであろうが、種々交々の感情を込めて「先生」と呼び続けたのは、やはりこの人だけだったのではなかろうか。

昭和九年は画期的な年

前置きが長くなったが、これらの材料で師弟の関係を辿ってみる。

二人の初対面は、新潮社にいた和田が「日本文学大辞典」の編集部から大衆誌「日の出」に転属した昭和九（一九三四）年、場所は麻布区笄町一五五（現港区南青山）の小島邸だったと考えてほぼ間違いないだろう。

政二郎が「日の出」に初めて執筆したのは同年六月号掲載の短編『南方の瞳』（二十五枚）で、次が十二月号の『艶聞大石主税』（十枚）、原稿料は一枚六円だった。これらを担当したのが和田だったかどうかは分からないが、『ひとつの文壇史』によれば三月頃にはすでに編集部にいたようなので、可能性は充分ある。翌十年は新年号から一年間『戀の海峡』を連載しているが、この原稿を運んだのは間違いなく和田であろう。

この時、小島政二郎四十歳、和田芳恵二十八歳。

北海道に生まれ、苦学の末中央大学を出た和田の生い立ちは略すが、大学予科時代の大正末年に二十歳そこそこで従妹と結婚、新潮社入社の頃にはもう二児の父であったというから、女を知らぬまま二十八歳で所帯を持った政二郎とは大違いである。


初め何を書かされたか忘れたが、第一印象の方は忘れない。暖かな人柄がすぐこっちへ伝わって来た。

それよりももっと強烈に来たのは、私の書いたもののうち目ぼしいものはみんな読んで来ていることだった。（中略）和田君のように尋ねて行く作家の作品をあら方読んでいる記者も珍しかった。作者にとって、和田君のような記者に巡り合うことは、嬉しいことだった。

だから、和田君の出す注文は、私なら私の最も得意とするものをピタリと押さえて逃さなかった。（『なつかしい顔・和田芳恵』）

今も変わらぬ良きジャーナリストの鉄則だが、情熱と努力なしでは出来ることではない。昭和九年は、前章でも解説したが、小島政二郎にとって画期的な年であった。すでに文名高く引く手数多の存在ではあったが、「(東京・大阪)朝日新聞」連載(三〜八月)の『花咲く樹』がさらに人気を押し上げ、流行作家としての地位を決定的にしたのだ。和田が赴かなくとも、大衆誌「日の出」が執筆を依頼するのは必然の状況だっただろう。

初めて会う前、和田の政二郎に対する予備知識はどんなものであったろうか。昭和に入ってからの大衆作家としての活躍は当然目の当たりにしていただろうが、それ以前の「目ぼしいもの」は、訪問にあたって初めて読んで勉強したのではないか。出世作『一枚看板』など、和田がまだ郷里の長万部村訓縫(くんぬい)で小学校の代用教員をしていた十六歳の頃の発表だから、当時読んではいまい。三田の出身で、まず荷風に心酔し、その後芥川や菊池の薫陶を受けたという経歴なども、和田がどこまで把握していたかは分からない。いずれにせよ、実際に会って話してみると、その作風とは裏腹の、思いもかけない文学観を奉じている作家だということを知って和田は驚いた。それは、「自然主義」であった。

心を打ち開いて語り合った

「これは意外だ。それほど、先生は自然主義を高く買っていられるのですか」

和田君はビックリしたらしかった。

「で、自然派の作家の中では、誰がお好きですか」

「秋声さ」

「秋声？　秋声の何ですか」

その頃はまだ「のらもの」も「縮図」も書いていなかった。だから、挙げれば、

『黴』『足迹』『爛れ』『あらくれ』、『奔流』はうまいが、秋声のものとしてはやや通俗味があるね。傑作は『爛れ』と『あらくれ』だろう」

「先生のようないゝ境遇に生まれた方が、しかも『黴』や『足迹』が出た時は、先生はまだ青年だったでしょう。世間の苦労を知らない若い先生に、あの世間苦の小説が理解出来ても、好きになれるとは信じられませんが――」

「でも、分ったね。生きるのに苦しい人生と、男と女の息苦しい関係が実によく描かれているじゃないか」

「そこなんですが、よくあれに同感が持て、いゝ作品と思われたと不思議です。苦労も知らず、ああいう男と女の踏ん切りの付かない人生の蔭のような関係なんか覗いたこともない先生に――」

「そこが秋声の偉いところだろう」（『和田芳恵君と私の一生』）

和田はまだ納得がいかなかった。

「鷗外の文章に傾倒していた先生にとって、秋声の文章は、何の魅力もない、日常生活のような地味な文章ですのに――」

「秋声の小説の魅力は、文章になんかない。ああいう文章でなければ書けない人生だもの。『爛

れ』や『あらくれ』になると、誰があんな生きた女が書けるんだ？　鷗外の『雁』の中の女——何と云ったかな、お玉か、あの女は可愛らしく書かれているが、人生の中にいないよ。鷗外の訳した『諸国物語』の中の人間だ。そこへ行くと、秋声の女はお増にしても、お島にしても、みんな人生の中の女だ。そういう意味で、秋声こそ日本一の小説家だと思う」（『同』）

肝心要なところなので、もう少し続ける。

私も興奮して喋ったが、和田君も共に語るに足ると思ったらしく、私と交際して以来、初めて興奮した。二人で心を打ち開いて語り合った。和田君の心と、私の心が柔かく溶け合う楽しさを味わった。私の秋声賛美論が何の不足もなく受け入れられたのはこれが初めてだった。和田君も、私のような通俗小説家に、これほど秋声が買われているとは思いも寄らなかったのだろう。同感者を得た喜びに目を輝かしていた。（『同』）

はたしてこの通りだったかは、和田側が何も書き残していないので分からない。ただし、傍証になり得る事実はしっかりとある。右のやりとりが和田が小島邸に通い始めて間もなくの事だったと仮定すれば、少々平仄が合い過ぎるほどの物証である。

見事に符合する『徳田秋聲の文章』

『花咲く樹』の連載が始まった翌月の昭和九（一九三四）年四月、政二郎は二つの作家論を発表している。どちらも第一章で紹介したが、一つは永井荷風の逆鱗に触れた『永井荷風論』（改造社『日本文学講座』十二巻。三十枚）であり、もう一つが『徳田秋聲の文章』（厚生閣『日本現代文章講座』。十五枚）である。

繰り返しになるが、後者は全編徳田秋聲礼讃の文である。『たゞれ（爛）』の冒頭を引き、「二人の男女の生活のうちに我々を知らぬ間に引き入れる技巧の冴えなどと云ふものは、唯驚嘆の外はない。世界独歩である」「秋聲の文章は、優れた古典と共に、永遠に古くならないであらう」「永劫なれ、秋聲の名」とまで称えている。

担当作家の活動に目配りを怠らなかった和田芳恵なら、逸早くこれを読み、作者に感想を伝えたと考えるのが妥当ではないか。あるいは政二郎の方からそれを見せたのかもしれないが、どちらにせよ二人が秋聲を語るきっかけとして、タイミング的にもこれ以上の材料はない。この小論を前にして、両者が相好を崩してあれこれ愉しげに語らっている光景が私の目には浮かぶ。

時間は四半世紀後に飛ぶが、和田が編集に当たった政二郎の随筆集『場末風流』（青蛙房）にも、『徳田秋聲の文章』は収められている。同書の「あとがき」で和田が昭和十年前後を振り返り、人気通俗作家小島政二郎など「ちっとも羨ましいとは思わなかった」「私が敬慕してやまないのは、『わが古典鑑賞』『場末風流』（注・これは昭和四年中央公論社刊のものを指す）『一枚看板』などを書かれた先生」であると書いていたことを思い起こしてほしい（第三章で引用）。和田は、高い原稿料を取って華々しく活躍する通俗作家を師と仰いだのではない。徳田秋聲を最高の小説家と感得するその目の高さ、あくまで芸術を愛する姿勢に敬意を払ったのである。松本清張にはこれが見えていなかった。ただ、もし見えていても、清張は秋聲を理解しなかったかもしれない。

小島政二郎という作家の正体が分かってみると、和田はその理想と現実の矛盾にどうしても目が行った。真摯で勤勉な人間ならばこそ、内に抱える葛藤は激しいはずである。

「先生のように秋声の文学を尊敬しながら、通俗小説を書いているのはおかしいですよ」

遠慮が取れて来ると、和田君はそう云って私の一番痛いところを突いて来た。私自身毎日考えていることとだった。

「先生のことを云えた義理ではないのです。私自身、雑誌記者なんかやっていて、一生の望みに一筆も染めることが出来ないのを、どんなに悲しんでいることか」

そう云って暗い顔をした。

「しかし、先生と私とでは境遇が違う。先生はやろうと思えば、明日からでも出来る境遇じゃありませんか。貧乏を覚悟しさえすれば——」

「……」

私は羞かしさに答えが出来なかった。（『和田芳恵君と私の一生』）

結局、貧乏の覚悟が出来なかったことは言うまでもない。なにしろ、和田と出会った頃は、まだ麻布の家の外に美川きよとの愛の巣も維持していたから、稼ぐことを止めるわけにはいかなかった。熟く知っているはずの和田が小島・美川の関係については筆にしていないことは前章に書いたが、美川が鳥海青児と一緒になってから「日の出」に原稿を頼んだ話は、『ひとつの文壇史』の中の「ふたりの女流作家」という項に出て来る。分かる人には分かる、といった文壇知識を前提とした書き様ではである。

消えてしまった昭和十三年八月号

ここで脇道に逸れるが、『眼中の人（その一）』について少し書いておこう。（その一）（その二）というのは鶴書房版「小島政二郎全集」での呼称である。（その一）は昭和十七（一九四二）年に単行本として刊行された長編、（その二）は同四十二年に雑誌「新潮」に一挙掲載された長編であり、それぞれ初出が同名の『眼中の人』だったので、その区別のために番号を付したのだ。これからふれるのは（その一）についてである。

第三章で私のささやかな発見を報告したが、再説すれば（その一）の最初の部分は、雑誌「改造」に二回にわたって掲載された。整理すれば次のようになる。

①『眼中の人』（「改造」昭和十年二月号）二十八枚。主人公、芥川、菊池の三人のみが仮名、あとはすべて実名の三人称小説。

②『菊池寛』（「改造」同十三年八月号）九十五枚。①を改稿したもの（三十枚）に新たに六十五枚を加筆したもの。すべて実名の一人称小説。

③『眼中の人』（三田文学出版部　同十七年十一月刊）②に書き下ろし加筆をしたもの。すべて実名、一人称は②と同じ。

こういった流れで小島政二郎の代表作『眼中の人』（③）は出来上がるのだが、和田芳恵が出版実現のため日本出版文化協会に掛け合って尽力したことは、やはり三章で記した。和田とこの作品との縁はその後も切れず、戦後の昭和三十一年、角川文庫の一冊に加えられた時に巻末の解説を書いたが、そこで記憶の混乱からか誤記をしてしまった。和田は、『眼中の人』の最初の部分は「改造」(自著収録時に十年二月号と加筆)に発表され、その時の題は『菊池寛』だったと書いたのだ。さらにこの『菊池寛』を新潮社社長佐藤義亮に読ませたところ、佐藤は高く評価し、新潮社と小島は全集の契約を結ぶに至ったとも記している(結局、その後の状況の変化で全集は成就しなかったが)。

和田が①と②を混交させたのは間違いないが、同時にこれで二回あった「改造」への掲載が一回だったことになり、それが「定説」となったのは今考えると少々問題だった。その後、同作が文京書房から復刻された時(昭和五十年)も、作者の死後岩波文庫に入った時(平成七年)も、刊行に貢献した大河内昭爾が解説を書いているが、どちらも和田説をそのまま踏襲している。無論、こんな些細な事実誤認は解説の内容価値を損ねるものではないが、困ったことにここにもう一つの捩れが加わる。

実は大河内がこれらを書く前に、当の和田自身が自説を修正しているのだ。それも不完全なやり方で。それが三章で引用した『眼中の人(その一)(その二)』が収められている鶴書房の全集第十二巻(昭和四十二年)の解説なのだが、再度写せば、「私は、このとき(注・「改造」十年二月号)の題名を『菊池寛』と覚えていたが調べてみると『眼中の人』であった。」(この解説はそのまま四十八年刊筑摩書房「現代日本文學体系45」に流用されている。さらに和田は最初の角川文庫の解説を四十五年刊の自著『私の内なる作家たち』に収める際に改変し、辻褄が合わない文にしてしまった)。

この部分だけ取り出せば事実通りだが、これによって②『菊池寛』の存在が完全に消えてしまい、大河内の文とも矛盾を来たすことになったのである。

和田がどんな調べ方をしたかは分からないが、おそらく実物ではなく、年鑑とか記事目録などで十年二月号の項を見たのではないか。分量から考えても、内容から考えても、佐藤義亮が感心したのはこの『菊池寛』であることは疑いないが、この二人の小島理解者の讃辞が却って『菊池寛』を消去してしまったのは皮肉としか言いようがない。そして最大の不思議は、実際に①と②を書いた小島政二郎本人が、何の異議も唱えず承認したことだ。鷹揚と言ってしまえばそれまでだが。

和田がいなければこの時期に完成しなかった

こんなトリヴィアルな事柄を長々と書いたのは、今後現われないとも限らない小島研究家への一助になればということもあるが、『眼中の人』(③)は、ひょっとすると和田芳恵の存在なくしてはこの時期に完成しなかったのでは、と想像するからである。

①から②に至る頃は、両者ともこのように記憶があやふやになるほど、働きに働いた一時期だっただろう。政二郎は「主婦之友」誌上に『人妻椿』、『人肌観音』、『新妻鏡』と休みなく連載を続け、全国の婦女子の紅涙を絞った。和田は多数の作家の間を駆け回り、編集稼業にどっぷりと身を浸した。どちらも多忙さの中である充実感は味わっただろうが、内には忸怩たるものを抱えていた。大好きな秋聲を語り合うことで、大衆・通俗界で身過ぎ世過ぎする憂さを互いに晴らしていたのである。

そんな時、①『眼中の人』を読んだ和田は、その短編の中に作者の芸術家魂を見出したはずである。末尾には「食中りを起こして体力続かず、涙を呑んで一時擱筆するが来月か再来月に書き継いで完成させる」旨の筆者注記があった。

「先生、ああいうものを書くべきです。どんどん続けてください」と和田なら言っただろう。もとより筆者自身もそのつもりだったから、当然頷いた。ところが、新聞や他の雑誌の連載を抱える政二郎はその攻勢に追われ、書き継ぐこと叶わぬまま時は過ぎていった。和田はその間、「日の出」に原稿を貰う一方で、折にふれ続編執筆を慫慂したことだろう。そして、ようやく②『菊池寛』が日の目を見たのは①から三年半後、『新妻鏡』連載中のことだった。

期待を超えた傑作に感服した和田は、勇んで雑誌を手に社長の許を訪れ一読を奨めた。和田によれば佐藤義亮は「自分が認めた作品に対する傾倒がはげしく」「どこまでも追いかける癖のあった」人物だったそうだが、それにしてもこれを機に全集の契約まで結ぶとは、なまなかな入れ揚げようではない。政二郎もさぞ嬉しかっただろう。

『菊池寛』は、この時点でまだ完結していない。前章で書いたように末尾には（前篇終わり）としてあり、今後も「改造」に書き継いで長編にする意向だったことは明白だ。だが、再び筆をつけぬまま数年が経ち、日米開戦に突入すると、政二郎は小説の発表を禁じられる身となった。おそらく失意の政二郎を励まし、続きを書き足すように促したのは和田だったのではないか。昭和十七（一九四二）年秋、それは完成し、タイトルを元の『眼中の人』に戻すと、和田の助力で和木清三郎経営の三田文学出版部から刊行されたことは、何度も書いた通りである。

以上は、私の想像を織り込んだ『眼中の人（その一）』が世に出るまでの小さな歴史だが、書き始めてから足掛け八年、その節目節目には和田の働きかけがあったと私は確信している。

当時の小説家で一葉学者の第一人者

時間を少し戻すが、徳田秋聲と同じくこの二人が語り合って倦むことがなかったもう一つの対象が、樋口一葉である。

和田芳惠が初めて一葉に親しんだのは北海道の中学時代だった。新潮社入社後、一葉心酔者の佐藤社長の影響であらためて読み始めて魅了されたが、その想いが政二郎との交流によって一層深まっていったのは秋聲の場合と同様と考えていいと思う。政二郎が若き日から一葉を愛してやまなかったことは、諸々の随筆や『私の好きな古典　樋口一葉・芭蕉』のような著作からも窺える。和田が秋聲と一葉のどちらを研究しようかと思案していた時、

「一葉にしたまえ」と助言し、こう付け加えたという。


「僕は一葉を明治のたった一人の天才だと思っている。僕は尾崎紅葉も好きだが、公平にいって、何百年か立つうちには、小説家としての紅葉も露伴も消えてしまう時が来ると思う。その時になっても、一葉だけは亡びない。恐らく日本語の存続する限り、一葉の名は不朽だろう」

私はそう言わずにはいられなかった。

「でしょうね」

和田君も同意見だった。「そう思うなら、一つ彼女の天才のありかを突き留めてくれないか」

「はい」

和田君は頼もしい返事をした。（『なつかしい顔・和田芳惠』）

和田も『清遊』（昭和三十年執筆。『愛の歪み』所収）という小文で、「菊池寛の『真珠夫人』に一葉の『たけくらべ』が出てくるのも、小島先生の話をきいたためだといわれるほどで、当時の小説家で一

葉学者の第一人者であった」と書いている。生前の一葉を識る馬場孤蝶の教えを受けた政二郎は、文士の中では久保田万太郎に優る「一葉通」として知られた存在でもあったのだ。

和田自身の述懐によれば、真剣に一葉に取り組み始めたのは、最初の妻照を肺病で亡くした昭和十四（一九三九）年頃だったという。そもそもは、一葉が夭折したうえ作品数も少ないことから簡単にまとめられるだろうと考えて取りかかったらしいが、想像以上の難物であり、元来凝り性だった和田の性癖もあって、その後「一葉研究」が彼のライフワークに発展したのは周知の通りである。

政二郎は当時の「三田文学」主幹和木清三郎に和田を紹介し、『樋口一葉』の掲載が決まった。昭和十五年六月号から翌年八月号までそれは連載され、十月には一冊の単行本となって十字屋書店から刊行された。連載中はまだ「日の出」に在籍していた和田だが、この処女出版とほぼ同時に、十年勤めた新潮社を辞めた。

妻に死なれてみて、それまで没頭していた編集稼業に虚しさを感じた彼は、確たるものを求めて一本立ちすべく算段を始めたのだが、『樋口一葉』はその第一歩でもあった。それゆえ、「三田文学」への橋渡しをしてくれた小島政二郎は、人生の転機における忘れ得ぬ恩人である。和田の目標は無論小説家として立つことであったが、とにかく背中を押してくれた政二郎のおかげで一冊の本をものにすることが出来た。編集者と作家という立場から、こうして物書きの先輩後輩という関係になった時、二人は名実ともに師弟となったのだと思う。出会ってから七年、和田は三十五歳、政二郎は四十七歳になっていた。

妻に先立たれてから新潮社退社までの二年半余りの間、和田芳惠の精力は「日の出」と『樋口一葉』だけに注がれていたわけではない。

川口は忠告したが、和田は決行した

まずは女性関係。まだ小学生だった息子と娘は、妻に代わって和田の母が面倒を見てくれるようになって家内の心配がなくなると、和田は新たな女にのめり込んだ。

独り身になった和田を慰めようと、親しかった作家武田麟太郎（一九〇四～四六）が色町遊びを指南したところ、和田は吉原の娼妓の一人に夢中になった。それもただの執心ではなく、その女――とき子を足抜き（自由廃業）させて妻にしようとしたのだ。この時、思いつめた和田に相談を受けたことを、和田の死後、追悼文で川口松太郎が語っている。川口は思いとどまるよう忠告したが、和田は決行した。廓の恨みを買った和田は脅迫を受け、その揉め事はやがて佐藤社長の耳にも届いたらしい。

この二番目の妻（と言ってよいのかは分からないが）とき子との体験が、戦後の『露草』（昭和二十七年。直木賞候補）や『塵の中』（同二十八年。芥川賞候補）――後に両作が合体して『塵の中』（同三十八年。直木賞受賞）に――といった和田作品へと結実するのだが、この何事につけ一途になって情熱を燃やす性格が、和田の起伏ある人生を生み出したと言えよう。

一方、第一目標である創作方面でも、和田はこの間に活動を始めている。自作年譜によれば、昭和十六（一九四一）年四月に三島正六、正岡容（いるる）らと同人誌「山」を発刊し、そこに『格闘』（三十枚）を書いた。この短編は同年上半期の「芥川賞候補作品二十一編のリストにのった」とあるから、最終候補ではなくいわゆる一次予選通過作品だろう。次号の「山」にも『鮎』（後に『水葬』と改題）を執筆。また、『樋口一葉』刊行直後の十一月には「三田文学」に『祝煙』を発表している。

昭和十六年といえば、まだ小島政二郎は芥川・直木両賞の銓衡委員を務めていたから、この『格闘』の候補入りに一役買っていた可能性はある。無論、和田をよく知る作家は多数いたから断言は出来ないが。「三田文学」の『祝煙』の場合は、『樋口一葉』の前例があったにせよ、小説としては初掲載であるから、また政二郎の仲介・推薦があったと考えてもおかしくはないだろう。ちなみに、これらの短編は「日の出」時代の体験・見聞を小説化した連作もので、翌十七年五月に書き下ろし五作を加え『作家達』と題して泰光堂から出版された。登場人物も団体も皆仮名だが、一読して実録モデル小説と分かる、当時の小説界や雑誌界を知るうえで興味深い資料でもある。

こうして作家への道を歩み出した和田だが、もう少し「師弟の現場」がどんなものだったのかを想像してみたい。

「あなたなんて、いちばん甘やかされているんですよ」

第三章でも引用した『小島政二郎聞書抄』（「日本古書通信」昭和五十六年二月号）で、政二郎は和田芳恵について「自分ではぼくの門弟のように思っていたかもしれないけれど、ぼくの方では和田君に、文学の上で先生らしいことは何一つしてやっていない」とあっさりと語っているが、これは謙遜というより、丁寧な指導などしていないという意味だろう。同時に「和田君の小説は、秋声の影響を受けた質の高い小説だった。あと十年でも生きていてくれたら完成された和田文学が読まれただろうと思うと、まったく痛恨の念に堪えない」とも言っている。文学上の真の師は徳田秋聲だ、ということかもしれない。

ここで少し補足しておけば、和田が兄事していた武田麟太郎（タケリン）は秋聲の崇拝者であったし、同人仲間の三島正六は新潮社の後輩であったが、その父は秋聲の弟分ともいうべき三島霜川（そうせん）である。さらに和田が世話になった林芙美子や川端康成なども秋聲を敬慕していた人たちだから、政二郎を措いても和田の身辺は「秋聲色」が濃い。和田の弔辞を読んだ野口冨士男とは戦前は顔見知り程度だったが、戦後になってやはり秋聲が取り持つ縁で急速に親しくなった。類は友を呼ぶとはまさにこれだろうか。

話を戻そう。和田は師についてこんなことを言っている。

小島政二郎先生は、文字通り私の先生である。私の最初に書いた樋口一葉論を、その頃和木清三郎さんが編集していた「三田文学」へ推薦してくださった。（中略）私は弟子の末席をけがす者であったから、二十数年の間に、きびしい躾をうけた。多くの弟子の中で、ひとりとしてひそかに涙を流さぬものがなかったにちがいない。（「あとがき」『場末風流』青蛙房）

「末席」というのは、和田以前に政二郎の慶應教師時代の作家志望の教え子——今井達夫、平松幹夫、倉島竹二郎らを中心とした「兄弟子」が大勢いたからである。「山」の同人だった正岡容もその内に入るだろうが、これは後述しよう。だが、本当の末席といえば、彼らからも和田からも遥かに下の世代の、戦後十年以上経って師事したわが父津田信あたりが隔絶した末席であろう。

その津田が書いた旺文社文庫版『場末風流』の解説の中に、次のような部分がある。少々長いが、後で引く和田の文との比較も面白いと思うので抜き出してみる。

私が小島門の末席をけがすようになってから丸二十年たった。この二十年間に、特に前半の十年間に、先生に読んでいただいた私の生ま原稿はどれくらいになるだろう。おそらく千枚ではきくまい。

当時の先生は、新聞や週刊誌の連載小説を幾本もかかえて、しょっちゅう締切りに追われていた。そんな忙しいなかで、よくぞ読んでくださったものと、いまでも感謝せずにはいられない。

「書き上げたら、いつでも持っていらっしゃい」

お言葉に甘えて、私が最初に持って行ったのは六十枚ばかりの短編であった。私はその原稿を先生の膝の前におくと、急いで自分の席に戻った。

先生は老眼鏡をかけると、原稿を両手で目の高さまで持ち上げたが、次の瞬間、

「ダメだよ、こりゃー」

声といっしょに原稿は畳の上をすべってきて、私の膝の前に戻されていた。私はわけがわからなかった。先生はまだ一行も読んでいないはずである。一体、どうしてダメなんだろう。

「あなたは、人の生ま原稿を読んだことがあるの?」

「はい」

「じゃ、なぜ、こんな書き方をするの?」

「——?」

「最初からこうベッタリ改行なしでかかれちゃあ、読みたくても読めないじゃないか。まるで目の前に真ッ黒な塀を立てられたようで……。これじゃ、あなた、読むなと拒んでいるようなもんですよ。なぜもっと読み易いように書かないの? こんな書き方をしたら、だれも読んでくれ

ませんよ。書き直していらっしゃい」

　私は真ッ赤になって俯いた。赤くなったのは顔だけではなかった。はずかしくて、できたら、たった今、先生のまえから消えてなくなりたかった。いま思うと私はまったくバカバカしいほど愚かな思い違いを犯していた。私は六十枚の原稿用紙の桝目を、殆ど改行なしの文章で埋めていた。そうしたほうが、何か高級そうにみえるのではないかという、たったそれだけの理由で——。


当時この解説を読んだ先生は、弟子に向かって「ほう、あなたにそんな失礼なことしたかね」と言ったことは私も覚えている。こんな失敗を経て弟子はようやく持参した原稿を読んでもらえるようになったが、「先生は殆どの場合、その場で読んでくださった」という。さらにこの末席の弟子は、大先輩にもふれている。


　あれはもう十年以上前になるだろうか、だれかの出版記念会の帰りに、和田さんと二人きりで神楽坂の喫茶店に入り、おしゃべりしたことがある。そのとき私が、先生のきびしさをボヤいたら、呆れたように私の顔を眺め直してこう言った。

「何を言っているんです、あなたは。あなたなんて、いちばん甘やかされているんですよ。昔の先生はきびしくてきびしくて、涙を流さなかった弟子など一人もいませんよ」

　まさに先の「あとがき」通りの和田の言葉だったと私は父に聞かされた。怠け者の津田信など、もし戦前だったらたちどころに破門だったのではあるまいか。

途中で原稿を破って棄てた

生原稿については、和田芳恵にも強烈な思い出があった。

最初に、私の原稿を読んで戴いたのは、小島政二郎先生だが、いつまでも、読んでくださらないから、私は不安にもなり、あげくのはてには、かっかっと頭に血がのぼってきて、

「原稿を返してください」

と、言いに出掛け、どうしても引っこみがつかなくなった。

そのとき、小島政二郎先生の高い鼻筋のあたりに、さっと、殺気のようなものがはしった。私は、先生の、あんなこわい顔を、それから見たことがない。

「湯にはいるには湯加減というものがあるだろ。ちょうどいい状態で読んであげようと思っていたのに、それが、わからないのか」

と、私を叱責された。私は、いいえ、結構ですよと心のなかでつぶやきながら、返された原稿を持って、年の暮の町中を、当てもなく歩きながら、途中で原稿を破って棄ててしまった。(「出版機構の中で」『私の内なる作家たち』)

これがいつの「年の暮」だかは不明だが、「最初に」とあるから昭和十年代のことと考えていいだろう。もし編集者として原稿を依頼をする立場だったら、いくら待たされ痺れをきらしてもこういう行動には出られぬだろうから、新潮社を辞めた後だとは思うが。

和田も津田も初回から師の機嫌を損ねてしまったわけだが、この程度のことで怯んだり、自棄をおこしたりしていては、弟子などとても務まりはしまい。和田は「日の出」時代に小島邸（昭和十二年には麻布から大森新井宿に移っていたが）で、幾人もの「兄弟子」への指導現場を目撃していた。『ひとつの文壇史』でそれを活写している。

小島さんが慶応義塾で教鞭をとっていたころ、木曜日の面会日に集まっていた小説志望の教え子が、大森へ移って、また、集まるようになった。麻布笄町時代は、この会合が絶えていたが、平松幹夫さんや今井達夫さんが、この界隈に住んでいたので、自然に復活したのであった。（中略）

「小説をお書きなさい」

と、小島さんが叱るように言っても、私が会ったころ、平松さんは、あまり、強い反応も示さず、冴えない顔いろで、言いわけばかりしていた。勢いがよくて、いつも高笑いして、昂然とかまえていたのは、今井さんであった。（中略）

「私は、首飾りの真珠を、ひとつ、ひとつ、リアルに描きわけて書くことができる」

小島さんは、自分が苦労して手に入れた描写力を、真珠の首飾りを例にして、今井さんに言いながら、

「こんな書き方では、だめじゃないか」

と、持ってきた原稿へ手を入れて直したりした。

叱る小島先生が正座して、弟子の今井さんは、あぐらをかいていた。この不敵な面魂がなかっ

たら、弟子になったら最後、去勢されてしまうだろうと、私はながめていた。

この光景を見ながらやがて自分も師事したのだから、その動機はともかく、去勢されてなるものかという覚悟だけは和田ももっていただろう。古いつきあいの三田の師弟間にはそれでも和気があっただろうが、この次に出てくる正岡容など悲愴感が漂っている。

浪曲の作詞はやめるように

正岡容さんが、大森の小島邸へ顔を出すようになったのは、それまで教えを受けていた吉井勇さんに見切りをつけた直後であったろう。弟子の方から師匠に喧嘩をうったのであるから異例なことであった。

正岡さんは、京華中学で、小島さんの後輩にあたるから、その縁で弟子入りしたのである。

正岡は政二郎の十歳下（永井龍男と同齢）で、和田より二歳年長だったが、中学時代から創作を発表、刊行していた早熟の鬼才でもあった。戦後晩年は、小沢昭一、桂米朝、大西信行、永井啓夫ら若年の演芸青年らに慕われたが、好悪の激しさ、酒癖の悪さでも有名だった。

正岡さんは、このころ、浪曲の作詞で食べていた。『平手造酒（ひらてみき）』の「利根の川風袂に入れて」や、『高橋お伝』の「金がなくても夫婦の仲」にはじまる名ぜりふは、浪曲を好む人なら、誰でも知っているだろう。（中略）正岡さんは、小説を書く気なら、浪曲の作詞はやめるようにと小島さんに言われて、それを実行していた。糧道をたたれた正岡さんの生活は苦しくなっていった。

このへんが師匠小島の身勝手なところで、ものになりたいなら「貧乏を覚悟で小説に専念せよ」と指導する。背水の陣で臨まねばものは成し得ないという教訓はもっともだが、そのくせ、そう言う本人が当時生活の糧にしていたのは『新妻鏡』などの大通俗小説であったから、弟子の心境は複雑だったろう。後年和田芳恵にも、「大学教授や頼まれ仕事などやめたまえ」と言ったという。やはり、弟子としてまっとうするには、和田のように師のもう一つの面――深い学殖や根本の文学観に敬意共感を抱いていない限り難しかったのではないか。

正岡さんが、私たちと小島さんの応接間で、よく、落ちあうようになった。

先生が部屋へはいってくると、正岡さんは、敷いていた座ぶとんからおりて、ふたつ折にして、左脇におき、頭を畳にすりつけるように平伏した。正岡さんはどこか無理をしているように見えた。

「部屋の雰囲気をわるくする男だな」

正岡さんのことを、にがにがしげにいう人が多くなった。しかし、正岡さんは、とにかく、売れる小説を書くことに必死であった。

このお辞儀について政二郎は、あれは芸人式のお辞儀で「芸人の世界を知らない人には、正岡君のお辞儀はキザに見えたかも知れないな」（『小島政二郎聞書抄』）と語っている。もう少し、和田が書いた正岡の様子を続ける。

正岡さんが、ほとんど、先生の手がはいっている自分の原稿をささげ持って、

「先生、ありがとうございました」

と言いながら、涙をながしていたこともあった。先生の許しがなかったら、勝手に原稿を持ちあるくことができなかったから、これは複雑な感謝で、正岡さんのうらみが、かなり、こもったものであった。

正岡さんの『円太郎馬車』が「日の出」にのったのは、昭和十五年十二月号であった。正岡さんが、古川緑波と話をつけて、有楽座で上演されることを条件に、私のところへ直接持ってきたものである。

師の目が通っていない原稿を売り込んではならないというのは、どこの門下でもあった「掟」だったのだろうか。「徒弟制度」のケジメは今でも職人や芸人の世界にはあるだろうが、ここに戦前の小説界を見る思いがする。『円太郎馬車』はさしずめ奇策を弄した掟破りを和田が手助けしたという構図になるのだろうか。正岡についてあと少しだけ引用する。

死ぬ前ごろ、破門した小島先生に、しきりに会いたがったので、私がその趣きを伝えると、

「いや、破門したのは僕じゃない。正岡の方から破門されたのだ」

と、小島さんは笑っていた。

正岡の死去は昭和三十三（一九五八）年、満五十四歳直前だった。破門の状況は和田もよく知っているはずだが、これ以外何も書いていないので分からない。いつのことなのか。『円太郎馬車』が契機になったのか。吉井勇の例もあるから、自分から絶縁状でも送ったのか。

余計なことだが、和田の文は省略も屈曲も言外の含みも多く、それが独特の味でもあるが、分かる人には分かるだろうといった趣きが強い。和田は、今東光の絶筆『十二階崩壊』について「あれは今さんが、自分の書いていることは誰でも知っているというつもりで書いているのが惜しいところですね」と瀬戸内寂聴に語ったらしいが、それは和田自身のこういう文にも当てはまろう。東光の場合と違って登場人物の多くが健在だったから、さぞ書きにくかっただろうが。

ここに引用した『ひとつの文壇史』が「東京新聞」に連載されたのは昭和四十一（一九六六）年前半で、同時期に小島政二郎はこれを読みつつ、『和田芳恵』を含めた人物エッセイ『なつかしい顔』を書いていた。はたして正岡のくだりをどう読んだか。政二郎の方にはどんな記憶が刻まれていたのか知りたいところだが、先ほどの「お辞儀」以外には、述懐したものはほとんどない。

収入も多く、荒い生活を送った

ここまでは『樋口一葉』から『眼中の人』に至る、師の恩と、それへの報恩といった言わば麗しい物語である。

大東亜戦争突入の昭和十六（一九四一）年から十八年までの二年間に、和田芳恵は一葉関係の研究書を三冊（うち一冊は編著）、小説単行本三冊（長編二、短編連作集一）を上梓している。たいした収入にはならなかっただろうが、執筆禁止で逼塞していた師にくらべれば伸びのびと生きていたのではなかろうか。さすがに十九年以降は戦局悪化で出版もままならず、書き下ろした二作の長編小説が刊行不能となったと自作の年譜にある。そんな生活も、敗戦を機に混乱の中で変貌する。

昭和二十一年といえば、小島政二郎は新生社青山虎之助と関わり、また娯楽誌「ロマンス」連載の『三百六十五夜』の大ヒットで通俗の大家に返り咲いた年である。和田の年譜によるとその年は、

兄が神田で英語通信社を経営していたが、その編集を手伝うかたわら、兄の出資で筑波書房を創立する。一冊の出版ができないうちに仲間割れでつぶれた。この年、十にあまる嘱託で、収入も多く、荒い生活を送った。

疾風迅雷の時代らしく、和田の年譜の中でも異彩を放つ記述だ。「十にあまる嘱託」というのは、戦後乱立した素人出版社が和田のような編集経験者を頼りにして企画を立て、さらに戦前作品のアンコール出版の際、作家との交渉や、眠っている紙型を他の出版社から買い取る役を頼んだらしい。いわば出版ブローカーである。和田は常時大量の現金を身に着けていたという。

そんな中で、新興出版社であった角川書店が川端康成、武田麟太郎、廣津和郎を編集委員にして徳田秋聲作品集を企画し、和田も参画した。結局それは秋聲の息子一穂の反対で潰え、角川は手を引き、直後、武田は急死した（同二十一年三月）。和田の作品集への未練を知っていた川端は、次なる版元になりそうな大地書房を和田に紹介したという。

和田はこの大地書房に拠って翌二十二年五月、戦後の中間小説誌の嚆矢と言われる「日本小説」を発刊する。その後の経緯やこの雑誌の果たした役割などは、多くの人が書いているうえ、本題からどんどん逸れていきそうなので略す。

ひとつだけ、師弟問題にかかわるエピソードを吉田時善『こおろぎの神話　和田芳恵私抄』から拾い出しておきたい。

「先生、わたしを、弟子にしてください」

和田芳恵はわたし（吉田時善）を連れて、旧知の林芙美子邸を訪れた。昭和二十三（一九四八）年二月中旬のある晩のことだった。和田と林は、上梓されたばかりの『うず潮』が数冊積まれている脇で、「日本小説」の現状などあれこれ話した。林は、かつて和田が「十年編集者をやったら、次の十年は小説を書き、そのまた次の十年は出版社を経営する」という「十年節目説」を唱えていたことを引き合いに出し、こう言った。

「いまは、二番目の十年に入ってるのよ。」林は、和田を下からのぞくようにして、言った。「どうなっちゃっているんでしょうね。またぞろ、雑誌づくりなんかに、血道をあげて。」（中略）林が何を言っても、和田は、口をもぐもぐさせているだけであった。適当な台詞を探そうとしているようにも見えたし、しょせん言葉は役に立たないと、観念しているらしくもあった。

「ま、いいわ。」程の良さを知っている人らしい調子で林はつぶやき、『うず潮』を二冊、手許に引寄せ、握りの太い万年筆で、滑らかに署名した。「和田芳恵という名は、よくないわね。名前はね、わたしのように、縦割りにして左右対称になるのが、いいのよ。」

二冊目の見返しを開きながら、林は、わたしの名の読み方を尋ねた。そのとき、和田が、火をつけずに指に挟んでいた煙草を、猫板の上に、投げ出すように、置いた。そして、座布団を滑りおり、畳に両手を突いた。彼は、頭を下げたまま、くぐもった声で、言った。

「先生、わたしを、弟子にしてください。」

林芙美子は、眼鏡をはずして、和田芳恵を見据えた。わたしは、何が起きたかわからずに、ぼんやりしていた。

沈黙したままの時間がすこし流れた。

「そんなの、へんだわ。」林が、ぼそっと言ってから、一呼吸おいて、つづけた。「あなたは、書ける人なんだからさ。弟子になるとかならないとかじゃなくて、どんどん売り込んであげますよ。前から、そう言ってるじゃないの。」

和田は、ゆっくりと体を起こした。


この唐突な振舞いを何と考えたらよいのだろう。自分一人ならともかく、会社のはるか年下の後輩の前で、なかなか出来ることではない。書いているものからは窺うのが難しい和田の直情的性格が、ここに彷彿としてくる。林に思わぬところを突かれて、成り行きまかせの自分の言動に恥じ入ったのか。

吉田によれば、この後和田は林に向かって雑誌作りとの関わりをこう語ったという。

「一度入れあげたことのある女と、いまはもう切れているのに、道端で顔を合わせただけで、素気なくできなくなるのが、わたしのいけないところなんですね」

戦後の混乱の中で「荒い生活」を送るうち、今こそ思い通りの小説雑誌を作り上げて世に問うべしと、編集者的野心が再燃したのだろう。林は和田を「昔から日当たりの悪い道を歩く羽目になる」「気が小さいくせに、自分から、まともじゃない道を選んでしまう」男だと、吉田の前で評したという。

この時「日本小説」の発行元は大地書房から分離した日本小説社に移っていた。林は和田を後援し、株主の一人でもあった。だが翌二十四年十月、三百五十万円の負債を抱えて同社は倒産。和田は高利貸から逃れるため着の身着のままで逐電し、都内東玉川で潜行生活に入ったが、その時彼に付き添ったのが後に妻となった長島静子である。大地書房の経理部で働いていた彼女は、倒産の半年前に日本小説社に移ってきていた。

世間から身を隠した和田の逼塞生活は数年に及ぶが、静子は寄り添い、弁護士である父の事務所で働いて生計を助けた。離散状態だった和田の二人の子を呼び寄せることが出来たのは、潜伏してようやく一年半が経った頃だった。

厚意が災厄をもたらした

外へ出歩くこともままならない和田芳恵は、もはやものを書く以外に生きる道はなくなった。債権者の一人だった雑誌編集者が幾編か読物を書かしてくれたが、和田の弱みにつけ込んで原稿料をくれなかった。少女向けに百枚ほどの樋口一葉物語を書き上げたが、買ってくれるところはなかなか見つからなかった。そんな中でなにくれとなく世話を焼いてくれたのが、林芙美子だった。深夜密かに訪ねても、彼女は歓待してくれた。

「死んだ気になって、ほんとうのものを書いてごらんなさいよ。いいものだったら、どこへでも持っていってあげるから」

この励ましを心の糧に、和田は小説に本腰を入れるようになった。書き上がると、順次林の許へ書留郵便で送った。朗報を待った。

断わっておけば、和田はここで師匠を鞍替えしたわけではない。小島政二郎との交流は変わりなく続いていた。戦争末期には一時途絶えていた行き来も戦後復活し、「日本小説」発刊前も、刊行中も、倒産後も、折りにふれ連絡は取り合っていた。政二郎は和田の雑誌経営を心配しながらも、後述のように和田に頼みごとをし、面倒もかけた。

和田年譜（保正昌夫編）・昭和二十六（一九五一）年の項に、〈この年度の『文藝年鑑』の「文化人名簿」には「モダンロマンス社編集局長」とある。〉と書かれている。

吉田時善の前掲小説や和田静子の回想によれば、和田にこの職を世話したのは師の政二郎であったという。雑誌「モダンロマンス」を出していたこのロマンス本社は、『三百六十五夜』のロマンス社（二十五年六月倒産）の分派で、和田の窮状を知った政二郎が手を差しのべたのだろう。小説が売れず収入のない和田にとっては、まことに有難い話だったに違いない。

和田が勤めたのは二十五年の秋で、同誌十月号には『新編三百六十五夜』（新作か旧作の再掲載かは不明）が載ったという記録があるが、その後の雑誌の消息がつかめない。吉田や静子も書いている通り、間もなくつぶれたのである。

せっかくの師の気遣いもほとんど生計の助けにならなかったのは、仕方がない。だが、この和田の短い就職が、静子に災厄をもたらした。在社中に和田と関係が出来た編集部員——静子の回想ではE子、吉田の小説では増本伸子という女性が、雑誌廃刊後も和田から離れず、静子の生活と神経を痛めつけ始めるのだ。

大晦日でもお正月でも電報が

二人の仲が発覚しても、和田芳惠はわるびれるどころか、彼女は純粋だとまで言って伸子を庇い、口実をつくっては外泊を重ねた。挙句のはてに伸子は身籠り、和田は静子に堕胎の手助けを求めてきた。静子は費用を工面し、病院に布団を運び、さらに医師の前で伸子の姉役を演じさせられて、手術中の伸子の手を握ってやった。胎児は四か月を過ぎ、死産扱いだった。

その後も和田と伸子の関係は切れなかった。昭和二十七（一九五二）年六月、和田一家が東玉川から麻布森元町に移ることになった時、静子は和田に新しい家には彼女を来させないように頼み、約束させたが、はたして伸子は堂々と現われた。そして、それは繰り返された。ある時、和田を連れ出そうとする伸子に、とうとう辛抱できなくなった静子は「お帰りになって」と言い放った。

　その日以来さすがに彼女は現われなくなりましたが、今度は度々の電報で和田を呼び出すようになりました。それは大晦日でもお正月でも来るのでした。そして頻繁な外泊です。折り悪しく地方から用事の方が見えた時とか、私の父親が泊まりに来た時などとぶつかります。父は「和田は何処へ行った」と申しますから、鎌倉でしょうと好い加減な返事をしておりますと、「酒も飲まぬ者がたびたび泊まってしまうとはどういうことかね」と不安気な顔をしております。私達の間でその頃鎌倉と言えば小島政二郎先生のところということでした。それ程足繁く小島先生のお宅へ伺っていたのでした。先生にお目にかかる機会がありましてもお訪ねしたことはありませんでした。私は肉親には特に知らせたくないと思っていましたから、聞えぬ振りをして父を明るくもてなしていました。(『命の残り』)

実際に用事があって鎌倉へ行っていたのも事実だろうし、先生をダシにしての逢瀬も数多かったに違いない。おそらく女の勘ですべてはお見通しだったはずだから、この肉親への配慮といい、静子という人は稀に見る賢女である。

静子を悩ました和田の女性関係は、仲子ばかりではない。足抜きまでさせて一緒になったとき子とはその後こじれたまま引きずっていて、脈絡はわからないが、静子はとき子に殴られたこともあったという。また、新潮社時代に親密だった京子という女性の母が、その後和田の名が世間に知られると金を無心に来たこともあった。和田が親しんだ女性は他にもあったろうから速断はできないが、書き残されたものから察するに、いずれも気が強く、情が濃く、嫉妬深い。もし、静子もまた同類の女性であったら、和田はさらに「日当たりの悪い道を歩く羽目」になったことは疑いがない。静子に出会ったことは、和田の人生にとっても、文学にとっても僥倖であったと思う。

話を戻せば、和田の女出入りの中でも最も神経に堪えた仲子。その出現のきっかけとなった「小島先生」の厚意は、結局静子にとっては有難迷惑になったわけだ。無論、恨む筋合いではないが、もし「モダンロマンス」さえなかったら、と詮ないことを考えたこともあっただろう。静子と「先生」の初対面がいつだったかは分からないが、潜行生活も一段落してからではなかろうか。それゆえ、当時和田が都合よく利用した「鎌倉」は、あくまで和田を介した間接的な存在で、静子はあまり親しみを感じられなかったかもしれない。

『命の残り』の中で静子が描く小島政二郎は、和田に目を掛けてくれる恩人であり、静子の入籍（同居して十四年後）の折の保証人でもあるものの、反面身勝手で非情な師匠でもある。同じ作家でも、ある年の暮れに和田家へ毛布を送ってくれた吉川英治には、その心遣いにひたすら感謝の念を吐露している（和田も『自伝抄』でふれている）が、「小島先生」に対しては複雑である。その理由を紹介する前に、少しだけ時間を遡らせる。

一つとして封が切られたものはない

昭和二十六（一九五一）年六月二十八日、林芙美子が心臓麻痺で急死した。

三十五日の法要の席で、和田芳恵は林の夫から「芙美子の部屋を片づけていたら、あなたの原稿がいくつも出てきた」と言われた。渡されたものは、書き上げたそばから順次書留で林の許へ送った、あの原稿であった。見ると、一つとして封が切られたものはない。いちばん古いものは三年も前のもので、宛名のインクが変色していた。

原稿を入れた風呂敷包みを抱えて夜道を帰りながら、和田は深夜に歓待し、励ましてくれた林の言葉を思い出し、涙を流した。あれは、何だったのか……。

帰宅して愚痴をこぼした和田に、静子は「お忙しかったのよ。いろいろあったのよ、きっと」と言ったが、無論、慰めにもならなかった。裏切られた悔しさは拭えなかった。

やがて、和田は考え直した。もし、林が読んだうえでボツにしていたのなら、見込みのないダメ原稿だが、目も通してないのだからまだ可能性はある。

和田はそのうちの一編を読み直し、手を加えると、当時「三田文学」編集委員であった小島政二郎へ届けた。こうして、その年の同誌十二月号に載ったのが『暗い血』であった。九州にいた松本清張が読んで、賞賛の手紙を木々高太郎に送ったあの作品である。

『暗い血』は「文學界」の同人雑誌評で山本健吉が褒めてくれた。手応えをつかんだ和田は、その後も林芙美子未読の旧作に手を入れ、次々に「三田文学」に発表していった。『露草』(直木賞)、『塵の中』(芥川賞)、『老猿』(直木賞)と三作が交互に両賞の候補に挙げられ落選し、その間に松本清張が芥川賞を受けたことはすでに書いた。

結局、和田が直木賞を受賞するのは、それから十年後の昭和三十九年一月である。受賞対象となった小説集『塵の中』の中に新作と共に右の四作(『露草』と『塵の中』が合体したので実際は三作)が入っていたこと、賞を授けた銓衡委員の中に政二郎と共に松本清張が入っていたことなどを考えると、和田の作家人生がいかに屈曲したものであったかが分かる。受賞年齢も五十七という高齢だった。

第三章の永井龍男を思い起こせば、奇しくも永井の作家運に転機をもたらしたのは、和田と同じく林芙美子の急逝だった。林の後釜として急遽「朝日新聞」に連載小説を書かされることになったのだった。その小説『風ふたたび』は好評を得て、永井の飛躍のステップとなった。それに引き換え、和田の運の開け方はいかにも中途半端であった。

永井と比べればまだ作家とは呼べるような存在ではなかったが、それにしても二つの賞の間で翻弄されたのは痛い。無論、林芙美子が死ななかったらそれすらなかっただろうが、いずれにせよ小説の運から見放された和田は、それまでも並行して行なってきた樋口一葉の全集編纂や独自研究に全身を没入させてゆく。

鎌倉から、静子が担いで来た

和田芳恵の軌跡を追うのがこの稿の本旨ではないので、ここからは師の影が見える場面だけを追ってゆこう。特に先述した和田や静子が愉快でなかった側面を曳き出してみる。

和田が真剣に取り組んだ一葉研究が実を結んだのは、昭和三十一（一九五六）年だった。六月に出版された書き下ろしの『一葉の日記』（筑摩書房）が、その年度の芸術院賞を受賞した。政二郎はこう書いている。「長い間貧乏と戦いながら、人目に付かない仕事をして来た報いが、一時にパッとした気がして、私達は心から喜んだ。私の家でも、完成した彼の『一葉全集』と、この『一葉の日記』とを床の間に飾って祝った」（『なつかしい顔・和田芳恵』）

それだけではない。政二郎は記念の品を贈ることにした。その心遣いは結構なのだが、吉田時善『こおろぎの神話』には、こんな記述がある。和田の仕事部屋の描写だ。

和田が使っている紫檀の座り机は、芸術院賞を祝って、小島政二郎が贈ってくれたものであった。運送屋に払う金がなかったので、鎌倉の小島の家から、静子が担いで来た。

小さな紫檀の机の上に、和田は、二つの領域をつくっていた。一葉に関する領域と、小説に関する領域と。

これはどう考えたらいいのだろう。私は写真でしか見ていないが、小さいとはいえ横幅七、八十センチはある机である。たとえそれが、名工による逸品であろうとなかろうと、鎌倉から東京まで女独りで運ばせるとは、配慮の欠けらもないではないか。

師匠が「お祝いの品を用意したよ」と弟子を呼びつけるまではよしとしよう。だが、それなら、風呂敷か何かで持って帰れる大きさの品であってしかるべきだ。大きな物なら、見せるだけ見せて「後でお宅へ送らせるから」と言い添えれば、遠路やって来た弟子だって悪い気はしないだろう。こういう場合、どんな物でも貰った側が運送するのが礼儀だとしても、弟子の経済状態は百も承知のはずである。本当に師が意図したことなのだろうか。

この逸話は、和田か静子が、吉田に聞かせたのだろう。静子自身が書いておいてくれたら、その時の様子が分かってあれこれ想像しなくてすんだのだが、吉田の説明はこれだけである。和田は都合がつかず鎌倉へ出向けなかったに違いないが、政二郎も不在だった可能性はある。まあ、いろいろ考えても、意地の悪い話ではある。

それにしても、小柄な静子が机を担いでバスや電車に乗るのは骨が折れたろう。少なくとも愉しい想い出ではあるまい。またしても「小島先生」の厚意は、静子にとって有難迷惑なものとなった。但し、和田はこれから二十年、死ぬまでこの机を愛用したという。直木賞受賞の『道祖神幕』は神田の旅館で仕上げたようだが、和田晩年の奇跡の傑作群は、悉くこの紫檀の机上で生まれたことになる。

「芸術」と名の付く権威ある賞

小島政二郎が和田芳恵の「芸術院賞」にどんな感慨を抱いたか、ふと考えることがある。

あれほど「芸術」「芸術」と言い暮らした人である。また、学者的素質も備え持った人である。まだ作家としてものになっていないとはいえ、弟子が想定外の「芸術」と名の付く権威ある賞を受けたことに、心はざわめかなかっただろうか。祝福の中に毫ほどの羨望がありはしなかっただろうか。

その後の直木賞の場合は、自分が授ける側であったし、何とか和田に獲らせたかったのは疑いがない。銓衡会でも、他の委員に小島・和田の関係は知られていたから、最後まで褒めもクサしもせず黙っていたという。選評では感極まるような讃辞を綴っているし、授賞式では和田の隣で静子が泣くのを見て、政二郎も泣いた。手放しの喜びである。

一方、和田が最晩年に読売文学賞や日本文学大賞を受けた頃は、もう政二郎はある諦念の境地にいたように思える。まだ創作欲旺盛な現役ではあったから、和田に嫉妬がなかったとは言い切れないが、文学賞など、皆若い世代が運営している、自分とは遠い世界のものである。特に祝意も表わさなかった代わりに、むしろ、和田の肉体の衰弱を芯から心配していた形跡がある。

翻って「芸術院賞」の時は、まだ政二郎も六十代になったばかりである。再び純文藝界に返り咲き、「文学者」と呼ばれる存在になる可能性を信じていてもおかしくない。「芸術院賞」という響きは、まだ政二郎にとっても魅惑的なものではなかったろうか。

以上は、生涯「受賞」や「権威」とは無縁だった長寿作家の心理をどう捉えてよいかわからない私の、根拠のない妄想である。紫檀の机の「不人情」がここから生まれたと強弁するつもりはないが、なにか引っかかるエピソードではある。

誰一人知り合いのいない東京で放り出され

もう一つ、「小島先生」にまつわる快くない思い出を、静子自身が『命の残り』に書き留めている。

こんなことを見聞きすれば、「先生、先生」と崇めてばかりはいられないような、身勝手な話である。師より先に逝った和田芳恵には書けなかった、小島政二郎の秘話と言えよう。（『命の残り』の刊行時、まだ政二郎は存命だったがもう病院で臥していた）

それは和田と親しくなったばかりの頃でした。私から聞き出したわけでもありませんのに、「僕は二人きりで会うのが恐いという女性が二人いるんだ。一人はOさん、もう一人はFさん」とコーヒーを飲みながら申しました。どちらの方も、年配の女性でした。後になってそのお二人とも交際するようになりましたが、そのようなお話はついぞすることはなく、私は好意を持ってお付き合いしました。

このうち「Fさん」は、和田とどういう関係だったか不明だが、死の直前に彼女が訊ねて来ると、和田は無理に床から起き上がり、発作に襲われながらも自著『暗い流れ』に署名したという。「Fさん」は納骨や忌日の法事にも出席したというが、記述はそれだけだ。問題は「Oさん」の方である。

もう一人のOさんは東北の都市で看護婦をしながら小説を書いていた方でした。「日本小説」に「雪道」という短編が一つ載っておりますが、それに書かれているように未婚のままお子さんを持たれた方なのです。容姿も若い頃は美しかったそうで、或る時、小島政二郎先生が東北へ講演旅行に行かれた折、心を止められ、「東京へ出て来て小説の勉強をしなさい」とおっしゃったのだそうです。そして都内の板橋区でしたか借家を見つけて下さったのだそうです。Oさんはまだ幼かったお子さん（男子）を連れて上京なさり、小島先生から月々の仕送りを当てに生活なさったのでしたが、何か月もしないうちに先生からの仕送りが絶えて苦しい生活になってしまいましたとか。当時先生は他の方にお心を奪われていらしたそうで、この事は小島夫人からお聞きしたことがあります。また先生が和田に「彼女一人で出て来るのかと思ったら、子供なんか連れて来て、あんなことでは仕事は出来ないね」とおっしゃったそうです。そのうち「日本小説社」が倒産して和田が行方不明となったので、Oさんはいよいよお困りになり郷里へ帰られることになったのですが、大変辛抱強い方なので或る朝起きた時は親子共に栄養失調で膝がガクガクしてしまったのだそうです。鎌倉の小島家へ旅費を頂きに伺った時は先生は暫くお留守だった頃のようでした。みつ子夫人がとても気の毒そうに旅費を用意して下さったり、食パンを一本持たせて下さったそうです。そして寒い日だったので上等のコートを着せて下さったといいます。出立の朝にみつ子夫人から電報が届き「ゲンキデユケ」とあったそうです。それっきり小島先生はOさんに何の連絡もなさらなかったそうですが、誰一人知り合いのいない東京で放り出され、Oさん親子はどんなにか心細い思いをしたことでしょう。

これでは「小島先生」に好感がもてるはずはない。先生は人でなしに近い。政二郎がさんざん「気が回らぬ女だ」と書いて悪妻に仕立てたみつ子も、師の妻としての体面もあっただろうが、これで情けも、気遣いもある賢夫人だったことが分かる。その胸中は複雑だったろうに。静子の折り目正しい敬語表現が、女性たちへの深い同情を感じさせ、同時に先生のつれなさを鮮明にしている。だが、師の非情さ、エゴイストぶりは、これだけでは済まなかった。

お部屋にも上げて下さらなかった

それから七年ばかり経ちまして、和田が「一葉の日記」で芸術院賞を受けた時にやっと消息のわかったOさんが上京して来ました。

麻布森元町の陋屋にいた頃です。和田は何といってもOさんは小島先生の大切なお弟子だったのだから先生のお家へ連れて行くのが本当だと言って、Oさんを同道して鎌倉の小島家へ行きました。先生はお玄関先で立ち話をしただけで、「作品が出来たら届けなさい」とおっしゃったきり、お部屋にも上げて下さらなかったといいます。和田は憤懣やる方ない気持を抑えながらOさんを連れて帰って来ました。二人とも口に出せば嫌な話になるので、鎌倉の話はいたしませんでした。そしてOさんはわが家へ泊まられたのです。この時から、Oさんとわが家は親しくお付き合いをするようになりました。

酷(ひど)い話である。私としても到底弁護は出来ない。人間小島政二郎の、あまり上等とは言えない一側面であろう。この程度の人でなしは作家の中にはいくらもいるとはいえ、弱い立場の人間を苛むのはいただけない。

静子の案内に従って「日本小説」を調べてみると、昭和二十四（一九四九）年三月号（第三巻二・三合併号）に『雪道』が載っている。筆者は大森ミツ。これがOさんである。五十枚弱の短編で、挿絵をあの芥川の友だった小穴隆一が描いている。雪国の風物の中に男女の葛藤を描いた佳編だが、作者の情報といえるものは、最終ページの編集後記に「東北盛岡市に埋れてゐた無名の新人大森ミツさん」という記述があるのみである。

この『雪道』は、『戦後の出発と女性文学』（ゆまに書房）というシリーズの第四巻・昭和24年編に、他の女流作品二十九編と共に掲載原本複製（写）の形で収録されているが、巻末の解説は平林たい子、佐多稲子、林芙美子、大原富枝らの作にふれているだけで、他の諸作や作家には一行も言及していない。

結局材料は『命の残り』と「日本小説」だけだから、大森ミツの生（没）年も、経歴も、その後の和田夫妻との付き合いの様子も一切分からない。『雪道』の内容が事実に近いと仮定して強引に推測するなら、雪国の町に住む主人公の女性柴田むつみは、昭和十五年前後に同い年の女友達の叔父である素封家の紫桃房吉と出会い、敗戦の数か月前に房吉の子を産む。仮に出会いが二十歳、出産が二十五歳とすると、生まれは大正十年前後。静子が初めて会った昭和三十二年頃は三十七、八となるが、三十前後の静子から見て「年配の女性」という印象だったとすれば、もっと上だろうか。

小説と同じ年に大森ミツが男児を産んだなら、和田が行方不明となり途方にくれて帰郷した昭和二十五年初頭頃は、五歳になるかならない幼さだ。未婚で産んだそんな小さな子と母親が離れられるはずがないのに、「子供なんか連れて来て」と詰るほうがおかしい。

そもそも政二郎とミツの出会いはいつだったのか。東北盛岡を旅したことは戦後幾つかの随筆で書いている。おそらく講演絡みだろうが、時期ははっきりしない。現地で鈴木彦次郎夫妻に会った話が出てくるが、鈴木は戦争中の十九年に帰郷し、その頃政二郎は逼塞していたから、その旅は戦後だろう。それが二十年代初めなら、そこで美貌のミツを見初め、上京を勧めた可能性は充分ある。無論、子持ちであることは承知だったはずだ。

上京するも、すぐに仕送りが途絶え、「当時先生は他の方にお心を奪われていらした」という妻みつ子の証言は、前章で紹介した『甘肌』に登場する凪子のモデルとなった旧知の芸者と親密になった頃と考えれば符合する。まさに甘肌に溺れ、幼な子のいるミツを顧みなくなったのだろう。

政二郎は、ミツと『雪道』を和田芳恵に託した。和田は応諾して「日本小説」に掲載した。ところが、その時すでに「日本小説」は火の車だった。次の四月号を出したところで、もう続行は不可能となった。その後、別冊でアンコール小説特集を出すが振るわず、起死回生にとカストリ雑誌紛いのものを発行したが、今度は警察に猥褻の廉で摘発された。すべては悪あがきに終わり、ついに十月、資金繰りがつかず、和田は失踪するのである。ことの成行きからいって、『雪道』の原稿料が支払われたとは思えない。その上、姿をくらましてしまったのだから、和田は大森ミツに会わせる顔がなかったわけである。

作風は、和田と清張のほうが遥かに隔たっている

小島・和田の関係の中で、この大森ミツのような例――師の尻拭いに近い話が頻繁にあったとは思わないが、和田芳恵がその他にも諸々の奉仕や手伝いをしていたことは間違いないだろう。「某大家は和田さんを遠い自宅に呼んではいろいろなことを頼んでいたと聞いている」と書いた松本清張だが、どれほど具体的にそれを知っていたのだろうか。それを和田の口から直接聞いたのか、第三者の話を耳にしたのか。

『命の残り』の終わり近くで和田静子は書いている。

和田が逝ってしまった日の夕刻、お忙しい松本清張先生が早々といらして下さいました。柩にお別れをして下さって外にお出になった時、見送りに出た私を物蔭にお呼びになり、

「奥さん、いろいろあるでしょうけれど、なるべく好いことだけ思い出して暮していきなさいよ」

とおっしゃって下さいました。その時はただ頷くだけだったのでしたが、年を重ねるごとにその御言葉を噛みしめていくようになりました。松本先生が和田の情事を御存知だったとも思われませんが、物書き同士、男同士で何となく察しておいでになったのかも知れません。

清張がどういうつもりでこう言ったのかは分からないが、「好くない思い出」すなわち「夫の情事」と直結するところが、いかにも妻――女性らしい。静子にとって、生活の苦労などよりずっと大事（おおごと）だったのだろう。いずれにせよ、和田が「小島先生」のことや、自分の女性関係を、どれほど清張に語っていたのかは定かではない。「女」については、物書き同士、男同士の察しあいというより、清張のことだから和田の小説を通していろいろ推測してはいただろう。

言うまでもなく、和田の作品の多くは、身辺から材を取った私小説の系譜に連なるものであり、登場する男女の設定はさまざまでも、根本に自身の体験が投影されている。全く別種の作家であった松本清張とはいえ、その味わい方は熟く承知していたはずである。ついでに言えば、清張は政二郎を「その私小説の作風とはまったく反対の、どちらかというと通俗小説で知られる某大家」と書いているが、作風の違いで言えば、和田と清張のほうが遥かに隔たっている。清張には自分のことを語った

小説などほとんどない。但し、作品が醸し出す雰囲気ならば、政二郎が向日性の、言わば「晴天」の文学であるに対して、和田や清張には「曇天」の趣があり、似通っているかもしれないが。

とにかく、清張は和田を信頼し、慕った。その感情は驚くほど純である。共に「三田文学」で外様として下働きをしていた記憶、その時和田に世話になった恩を終生忘れなかった。自分は超流行作家になったが、それゆえ、出遅れて日の当たらない和田のことが気に掛かってならなかった。作風からしてライバルとなる可能性など皆無だったから、なおさらその思いやりの純度は高まった。

築地本願寺での和田の葬儀が終わる頃、校了作業のためやむなく遅れて駆けつけてきた文藝春秋の高橋一清に向かい、清張はこう言ったという。

「高橋君、和田さんのいいお世話をしてくれたようだね、ありがとう」

高橋は、晩年の和田にいくつもの傑作短編を書かせた担当者である。作家が、他の作家が世話になったお礼を編集者に述べる例など、そうあるものではない。この時の清張の心境は、もはや和田の家族・肉親同様である。いや、これぞ友情と言うべきか。

和田・松本の美しい間柄に比べれば、小島・和田の師弟関係には、曰く言い難い愛憎が並存していた。「小島先生」を語る和田の目が、武田麟太郎の想い出を話す時のように輝いていたわけがない。その表情には翳りも屈折も見えただろう。その胸底に厳然とある師への敬愛を察することが出来ない限り、和田の行動は不可思議に思えたかもしれない。何度も繰り返すが、清張にはそこが死角になっていたのだと思う。

考えてみれば、当初政二郎と清張は、「三田文学」や和田を媒介として極めて近い位置にいたのだから、場合によってはもっと親しくなっていてもおかしくはなかった。秋聲、一葉はともかく、前にも書いたが鷗外や菊池寛を語り合う仲にはなり得たかもしれない。

和田にとっての「奇蹟の期間」

次章であらためてふれるが、昭和四十二（一九六七）年に再婚した小島政二郎とその妻は、一時世間の好奇と揶揄の対象となった。それは夫人が娘より若い年齢だったこと、彼女のマスメディアへの派手な露出、彼女自身が起こした事件など、いずれも新しい妻視英子に関わる諸事情が惹起したことだった。視英子の存在が政二郎に傑作『眼中の人（その二）』を書かせたのは事実だが、反面この新たな結婚生活が、彼の更なる文壇的孤立を深めたことは、「序」にも引いた巌谷大四の「次第にアウトサイダー的になり、あまり人と交際せず、隠にこもっていった」からも窺える。武士の情けで、表立ってはあれこれ言わなかった作家たちも、陰では盛んに話題にしたことだろう。

この時期は、古くからの小島門下生たちも、師夫妻との交わりに戸惑いを感じていたようだ。亡きみつ子や美籠とは馴染んでいたが、視英子とは肌合いが合わず、自ずと距離を置くようになった者もいたらしい。

昭和四十一年に土浦短大の国文科教授になった和田芳恵は、四十二〜四十三年に『小島政二郎全集』（鶴書房）の編集に携わるが、このあたりが師への公的奉仕の最後と見ていいだろう。その後、和田自身の肉体の衰えもあり、鎌倉の小島邸を訪うことも少なくなっていった。追悼文『和田芳恵君と私の一生』の終盤近くにこうある。

大仏次郎の告別式の日、和田君と倉島竹二郎君とが帰りに寄ってくれた時、自分の持っている金のことなんか綺麗に意識にない彼を見て、私は惚れ惚れとした。

「もっと我儘になって、大学なんか止めてしまえよ。文芸家協会の歴史を書く仕事も断われよ」

別れる時、私はそう云った。一週間に一度ずつ土浦まで通うつらさを思いやったのだ。と云うのは、彼の書く小説が月々短くなって来ていることを心配してのことだった。


大佛次郎が逝ったのは昭和四十八年だが、ここには久しぶりの鎌倉訪問だったニュアンスが見える。政二郎の相変わらず勝手なご託宣に、和田は苦笑いしたのではないか。八十になろうというのに憎々しいほど元気な姿には、圧迫感さえ覚えたかもしれない。もちろん、和田は大学教授は辞めず、死ぬまで勤めた。だが、これ以降の和田の小説への精進と執心は、鬼気迫るものがあった。

和田は、樋口一葉晩年の『大つごもり』『にごりえ』『十三夜』『たけくらべ』『わかれ道』が書かれた十四か月間を「奇蹟の期間」と呼んだが、それになぞらえれば、『厄落し』『接木の台』から『暗い流れ』に至るおよそ三年間は、まさに和田にとっての「奇蹟の期間」だった。

政二郎はこの和田の活躍――かつてない耀きを放つ作品群を、四十数年前の直木三十五の姿と重ね合わせて眺めていた。直木は病身を押して死の間際に『相馬大作』などの傑作を書きまくって、逝った。


和田君も、直木と同じように、短い期間に一生の最後の仕事をしてのけつつあるのではないかと私は恐れを感じた。余りに評判がよすぎたし、和田君にトテモ書けようとは思えない多数の作を書き過ぎているという不安を感じた。余りにいゝ事が和田君に集まり過ぎている。そういう不安が私を脅やかした。(『同』)

その中核には「文学」があった

政二郎はここで、小さな和田論を展開する。

これは私だけの感想だが、「道祖神幕」以下の彼の小説は、彼が「日本小説」に書いて貫いたかったネライにピッタリの小説だったという驚きだった。つまり彼の小説は「中間小説」ではない。もっと芸術小説に近い小説だった。

しかし、純粋に芸術小説ではなかった。秋声を例にとれば、「奔流」程度の小説だった。これは長編だが——。短編で云えば「のらもの」には遠く及ばない。(『同』)

「私だけの」と政二郎は言うが、ほぼ同様の感想を抱いていた作家がいる。和田芳恵の親友であり、徳田秋聲の門弟であった野口冨士男である。

小島文が載った「海」と同月同日発売の「文藝」に掲載された追悼文『和田芳恵の文学』で野口は、和田の小説は「私小説仕立て」であるが、「明治末期以来の伝統的な私小説とは、どこか違っている」と述べている。伝統的小説は「あるがまま」の精神に貫かれているが、和田はそれを素朴に受け継いではおらず、「読者に面白く読ませるための技巧が加味されている」と言う。和田は戦前の「日の出」時代から純文学作家を起用して「いわゆる通俗小説に新鮮味を加えようと」した。

その一念が「日本小説」を舞台としてつらぬかれたわけだが、彼の理想とした中間小説は、いわば第三者である執筆者によっては実現をみるに至らなかった。自分が理想としている中間小説とは、そんなものではない。こういうものだと実践躬行してみせたのが、自伝的長編『暗い流れ』をもふくむ、『接木の台』と『厄落し』にはじまった和田芳恵の晩年の文学作品ではなかったのだろうか。(『和田芳恵の文学』)

野口は『暗い流れ』までを含めてこのように捉えているが、政二郎の評価は少々異なる。その見解を紹介してこの章を締めくくろうと思うが、それは和田への誄（るい）とも言うべき『和田芳恵君と私の一生』の最後の一節である。松本清張は和田の死を痛切に悼んだが、小島政二郎もまた心から哀悼し、かつ讃えた。その中核には、やはり師弟の一生を左右し翻弄した「文学」があった。

彼はもう長編を書くエネルギーを持っていようとは思わなかったのに、一念を込めて、最後の死力を尽くして、「暗い流れ」を一年半に渡って「文芸」に連載した。これは彼の純粋な芸術小説であった。彼が一生の最後に、芸術小説を書き上げたことは私の最大の喜びであり、彼の最後を飾る何よりの紀念であった。

誰も、最後の息を引き取るまで、云いようのない苦しみを舐めなければならないのが、人間の業（ごう）だろう。が、彼は「暗い流れ」を思い出して、微笑を浮かべてどこか遠くへ去って行ったことと思う。

こう書き終えてペンを擱いた時、八十三歳の小島政二郎は、和田芳恵が羨ましかったに違いない。

第五章　立原正秋　食通幻影

下戸で、偏食、鼻つまり

小島政二郎『第3食いしん坊』（昭和四十二年刊）の中にこんな場面がある。

　いつか新潮社のカクテル・パーティで久保田万太郎に会ったら、もう相当酒がはいっていて、そばに戸板康二さんが付き添っていた。私の顔をみるなり

「小島政二郎も哀れなものさ。近頃ではすっかり食通になったつもりで、いゝ気になって毎週くだらないことを書いていやがって、馬鹿だよ」

　そう言って酒の肴にされそうになった。「サンデー毎日」に「舌の散歩」を書いていた頃（注・昭和三十四年）の話だ。

　いやになってしまうなあ。私は一度だって食通を以って任じたこともなければ、食通になろうと思ったこともない。ハッキリ食いしん坊だと名告っているくらいだ。

　人にいわれるまでもなく、私は鼻ッ詰まりだから匂に対して語る資格がない。それに好き嫌いが激しく、酒は飲めず、痔が悪いから辛子とかワサビとかは努めて口にしないようにしている

し、魚は殆んど口にしないし、これだけでも、食通になる資格のないことを自分でよく知っている。

右より少し年代は下るが、『吟味手帖』（昭和四十六年刊）という本の冒頭は、「鼻っつまり」という小見出しの後にこう書き出されている。

まず最初にお断わりしておきたいのは、どう間違っても私を食通などと思わないでいただきたい。

食通というのは、有名な「美味求心」という本を書かれた木下謙次郎とか、「食」という本を書かれた大谷光瑞とか、子母沢寛の「味覚極楽」の中に出て来る人々とか、そういう人たちをいうのだ。

こういう人たちは、例えばグリーンピースを出された場合、一ト口口に入れるが否や

「あ、これはどこどこのだね」

と、産地をピタリと言い当てたそうだ。鴨を出せば、福井で取れた鴨か、琵琶湖の鴨か、ちゃんと味わい分けたと聞いている。

そういうのが食通だ。私如きは

「小島なんか、鼻ッつまりじゃないか。鼻ッつまりに、物のうまいまずいが分ってたまるものか」

久米正雄にそう言って軽蔑された男だ。

全くその通りで、久保田万太郎と同じように、いまだに書生のままの舌の持ち主、好物といえば、トンカツにカレーライスなのだから——

蕪村に

梅咲きぬどれがむめやらうめぢゃやら

という句があるが、正直の話、私の舌なんかこのたぐいである。

「食」の随筆で大いに名を馳せた小島政二郎の、これが基本姿勢というか体質である。その後、昭和の末に流行った「美食（グルメ）」とは程遠い。殊に「魚」に関しては、久保田万太郎のように生（なま）は一切受けつけないというわけではないが、次のように公言している。

「私など一度も東京の魚をうまいと思ったことはなく、第一、嫌いで、殆んど魚屋に用のない男だ」

「鼻が悪いくせに、いや、鼻が悪いからだろう、私は生の魚の匂がどうにも我慢ならない」

「イワシにしても、やはり生は駄目だ。ヒモノに限る」

土手がコロモを噛み砕く

食いしん坊の名の通り、小島政二郎がとにかく大喰らいだったのは事実で、それも一旦気に入ると黙々と同じものを食べ続ける傾向があった。『第2食いしん坊』にはサイマキ海老の天麩羅を一度に三十八匹食べた話が出てくるが、その類いのエピソードは数え切れない。また、どんな料理も、ご飯のおかずとして一緒に食べないと食べた気がしない。だからあっさりしたものは大嫌いで、その点では、豆腐好きの万太郎とは大違いだった。土佐のカツオのタタキには気味が悪いと悪態をつき「じたい、料理というものを、酒飲みを主にして考えているのが気にくわない」と憤慨してもいる。肉が好き、脂っこいものには目がなかった。

妻視英子が「二〇〇グラムのトンカツに御飯三膳、柿の大きいのを二個、つづけておまんじゅうとプリンを軽く平らげて、まだ不足そうな顔」（『不老書生』）と書いたのは、七十代前半の姿。おまんじゅうといっても、温泉まんじゅうのような小ぶりなものではない。私は一度、言い付かって日本橋の鶴屋吉信という菓子舗（本店は京都）の「光悦まんじゅう」というのを買って鎌倉へ届けたことがあったが、それなど普通の中華饅頭より大きいくらいだった。それを歯のほとんどない――おそらく三、四本しか残っていなかったのではないか、その口でむしゃむしゃぺろりと食べた。

歯といえば「菊池さんも久米さんも、入れ歯をしたとたんに物の味が分からなくなった」というのが口癖で、歯医者には決して行かなかった。食べることが唯一の趣味だから、うまいまずいが分からなくなることは、恐怖であった。だから、歯でなく歯茎――「土手」で器用に食べた。

私が何度か食席に随伴した頃は八十を過ぎていたから、さすがに食べる量は減っていたのだろうが、それでも二十歳（ハタチ）そこそこの私より食べたのではないか。三章で書いた埼玉での講演の帰途、名前は忘れたが上野のとある天麩羅屋に寄って、小島夫妻、父と私の四人で白木のカウンターに並んで食べた。昼食であった。店主が揚げる鍋の正面で、その手つきを見ながらじっと待つ顔を、私は横から眺めていた。やがてこんがり揚がった天麩羅が目の前に置かれるや否や、さっと摘まんで口へ放り込む。その速さ。とても八十翁の仕草ではなかった。瞬く間に食べ終えて、次を待つ。揚がる。食べる。揚がる。食べる。上体をやや前屈みにした不動の姿勢で、嬉しそうにひたすら食べた。

勿論、私たちも各々注文して揚げてもらってはいたが、私は間近に見る「食いしん坊」の食べっぷりに感動していた。どんなタネをどれくらい食べたかは覚えていないが、最後のほうで大ぶりの穴子に立ち向かった時の光景は忘れられない。歯のない土手がコロモを噛み砕く音が、誇張でなくバリバリと聞こえてきた。豪快であった。

なんの手柄にもなりはしない

とりあえず、これがご存じない方のための、大食漢小島政二郎の基礎知識である。本章の主役立原正秋も、「食」に並々ならぬ執着をもっていた作家の一人だが、とにかくこの先達が気に食わなかったらしい。

いつだったか小島政二郎氏が、相模湾で食べられるのは鰯だけで、あとはまずくなったというようなことを書いてあるのを読んだことがあるが、酒ものまずに肴を語るのは、これはもうはっきりインチキで、あの老人が食い物について書いたのを読んだことがあるが、どうもこれは味覚の発達していない人だな、という気がしてならない。相模湾にはまだおいしい魚がいっぱいある。
(『うまいものを求めて・鯵の刺身』)

この文は昭和四十六(一九七一)年七月二十四日の「神奈川新聞」に載った。当時立原が週一回の間隔で同紙に連載していた食べ物に関するエッセイの一部である。

わが家ではこの新聞を取っていなかったから、人伝てに聞いて手に入れたのだろうが、父が憤慨していた記憶が残っている。高校一年だった私はすでに『眼中の人』を読んでいたかもしれないが、

『食いしん坊』は未読だったろう。まだ小島政二郎の何たるかを知らず、父の師であるからといって格別の感情など抱いていなかった頃だが、それでもこの文中の「あの老人」という字句は不快だった。同時に、何か強い違和を感じた。

後に立原の書くものをいくつも読むようになって、この「老人」が立原にとっての常套語――勿論、いい意味で使ってはいない――であることを知って、ある納得をしたが、それでもこの言語感覚には今もって違和はある。ちょうど右の文と同じ頃に書いて物議を醸し、連載媒体を「諸君！」から「潮」に乗り換えた『男性的人生論』でも、槍玉に挙げた華道の家元や舟橋聖一などは「老人」「老作家」と呼び、敬愛する川端康成など文壇の先輩については「長老」と表現しているから、厳然と使い分けてはいる。

「食」に関しては、立原自身も「私は食通ではない。世に食通といわれる人種は多いが、たいがいはにせものである。食通を自称している人種ほど気障な人間はいない」（『天下一品の店』）と言っているから、本来なら他人の味覚をとやかく言わないのが嗜みのはずだが、彼の目には小島政二郎が「にせものの食通」に映じたのだろう。とかく白黒をつけたがる性格の発露が、この「インチキ」発言になったに違いない。

ただ、残念なことに立原が引き合いに出している「相模湾の鰯」云々の政二郎の文が、今も私には見つけ出せない。立原とて無根拠のことは言わないはずだから、どこかで読んだ随筆であろう。だが、前述のように「魚は好きでない」と公言している政二郎であるから、堂々と魚の味の比較吟味などしてはいないと思う。何度も書いたのは、東京（または関東）に比べて、魚は瀬戸内海のほうが格段にうまいという感想で、そういった指摘に相模湾への「郷土愛」が強い立原が反発したのなら、これは充分に考えられる。その点では、立原の主張は間違っていないとも思うが、鯵や鰯――「魚」を語ることが、イコール「肴」を語ることだと断ずるのは酒呑みの独善であろう。

「私は食通ではない」と言ったにもかかわらず、没後愛好家によって『立原正秋食通事典』（青弓社）という書まで発行され、長男がプロの料理人となって懐石料理店を開いたという事実は、立原の「食」への通暁ぶりが並みのものでなかった証しである。自ら食材を買い求め、包丁を振るったこと一つとっても、小島政二郎と別種の食いしん坊だったことは論を俟たない。立原夫人の回想でも、昭和二十年代前半の結婚当初、すでに立原はさまざまな料理や調理法に通じていたというから、その出自、生育環境から考えて、いったいいつどのように「和食」の知識を吸収したのかは、日本語習得や文学修業以上に謎である。相模湾の食材についても、おそらく驚くほど短期間に自家薬籠中のものにしたのだろうが、その点は天才と言ってよいと思う。

そのホームフィールドの「魚」である。魚嫌いの政二郎を俎上に載せて、その味覚を罵倒したところで、立原にとってなんの手柄にもなりはしなかったろう。

立原の食エッセイを集めた『美食の道』（グルメ文庫・角川春樹事務所）でも、解説者は右の立原の文を引き「味に鈍感な人間、たとえば年長の先輩作家でも容赦しない」と記す。また、ＷＥＢ事典「ウィキペディア」でも、誰が書いたのかは知らないが「美食家としても有名だったが、小島政二郎の美食随筆に対しては『味なんか何も分らない人だ』と徹底的にこきおろした」との記述がある。これだけ読めば、権威をものともせず言いたいことを言った文士との印象をもつかもしれないが、原典をよく読めば感情的な八つ当たりに近い印象を受けるはずだ。後述するように、当時小島政二郎はすでに権威でもなんでもなく、むしろある苦境に立たされていた。

権威云々でいえば、文藝春秋の雑誌「諸君！」で芥川・直木賞の旧弊を指摘し、銓衡委員舟橋聖一らを「廃馬」と罵って喧嘩を売った無鉄砲ぶりこそ、後世まで伝えられるべきものだろう。この後先を考えぬ振舞いこそ、良くも悪くも立原正秋の真骨頂である。流行作家の自信が言わせたのだとしても、臆病な常識人には真似の出来ることではない。

前績に比べて堕落した

翻って、立原正秋と小島政二郎の接点を考えてみる。

横須賀で新婚生活を営んでいた立原が、妻子と共に鎌倉に移り住んだのは昭和二十五（一九五〇）年のこと。以後、その死までの三十年、僅かな出入りの他はこの地で暮らしたが、同じ鎌倉に住む小島政二郎と個人的接触はなかった。

唯一の関わりといえば昭和四十一年一月の直木賞銓衡（第五十四回。四十年下半期）である。候補作家と銓衡委員という関係での、これが一期一会であった。立原の候補作は『漆の花』で、四十年九月に「別冊文藝春秋」に発表された。

立原作品はそれまで『薪能』（昭和三十九年上半期）、『剣ヶ崎』（同四十年上半期）の二作が芥川賞候補に挙がったが、落選した。銓衡経過の詳細は省くが、後に立原が悪態をついた舟橋は『薪能』を高評価しながら作中の心中場面を「あんな仰々しい、大時代な心中はウソが目立って、かなわない」と書いた。また立原が終生尊敬していた川端は『剣ヶ崎』を買ってはいたが「もう少し長く書いてもよく、人種問題にもう少し痛切な血が通うとよかった」と評した。またどちらの銓衡会にも出席しながら、立原作品にはただの一言も言及しなかった唯一の委員が丹羽文雄であった。

この後の立原作品が直木賞の対象へと回ったのは、その巧みなストーリー性からも必然であったろう。純文学にこだわりをもっていた立原には、決して喜ばしいことではなかったが、すでに四十年十一月からはそのエンターテインメント性に目をつけた「週刊新潮」の依頼で『鎌倉夫人』の連載を開始してもいた。そして『漆の花』である。

結局この回の受賞者は新橋遊吉（一九三三～『八百長』）と千葉治平（一九二一～九一。『虜愁記』）の二人で、共に初候補の、言わば無名の新人であった。下馬評では『漆の花』とベテラン青山光二（一九一三～二〇〇八）の『修羅の人』が有力視され、実際の銓衡でも『漆の花』を松本清張、川口松太郎（書面回答）が強く推し、『修羅の人』も源氏鶏太、村上元三、今日出海（書面回答）の三人が推したが、全体的に票が割れ、受賞は叶わなかった。

受賞作『八百長』を高く買ったのは小島政二郎、木々高太郎、大佛次郎の三名で、殊に小島と木々は積極的であり、これが後に波紋を呼ぶことになった。『虜愁記』のほうは強力に推したのは中山義秀ぐらいであったが、他の作品のように評価が分かれることなく、誰からも反感をもたれなかったところが、幸運を招いたようだ。

『漆の花』の選評を幾つか抜き出してみる。

「佳作だと思う。抑制のきいた文章は適度の感情を訴え、描写も的確である。構成もしっかりして緊密を感じる」（松本清張）

「ズバぬけていました。この人は前も芥川賞の候補に上っているし、大衆作家としてのびて行く力があります。私は是非推したい」（川口松太郎・書面）

「この作家のものとして推しては気の毒である」（大佛次郎）

そして小島政二郎はこう評した。

「私はこの作家の才能を買う。だから直言するが、前績に比べて堕落したと思う。堕落覚悟だと言われるなら、マンネリズムが気に掛かる」

松本、川口は分からないが、大佛、小島は立原の以前の作をも読み、且つそれを評価していたことが窺われる。近頃は絶えて見られなくなったが、昭和の半ばまでは、先述の和田芳恵の例を見るまでもなく、一人の作家が芥川・直木両賞にわたってノミネートされることも多かったから、銓衡委員たちも双方の動向に気を配っていた。そういう誠実さが委員には必要であったと言うべきかもしれない。

あくまで文学性——面白い芸術小説を求めた政二郎が選評で言う「堕落」とは、わが身に対してさんざん使ったのと同じく、通俗性に堕したという意味だろう。当時、純文学と大衆文学を使い分けて書くのだという気概で週刊誌連載に臨んでいた立原にとっては、そう軽々に断じられては堪らなかったと思う。「堕落」はその時最も耳にしたくなかった言葉だったはずだ。この一期一会の評言に立原の神経が敏感に反応したであろうことは、想像に難くない。

馬の骨は二人たしてもやっぱり馬の骨だ

この銓衡会が行なわれた当夜、立原、青山両候補の担当編集者だった講談社「小説現代」の大村彦次郎は、どちらか一人は当選するだろうと予想していたが、結果は案に相違した。

　頃合いを見はからって、小田急線和泉多摩川の青山さん宅へ顔を出し、テレビカメラの去ったあとの、虚脱したような雰囲気の部屋で、青山さんと気まずい酒を酌みかわした。（中略）その晩、青山さんのお宅から鎌倉の立原さんに電話を入れたのは、落選の知らせに立原さんは、さぞ荒れているだろうな、という予感がしたからだ。案の定、立原さんは怒りがおさまらず、電話口の向こうで、選考委員の悪口をまくしたてた。ついでに直木賞のふたりの受賞者にまで、

「どこの馬の骨かも分らない奴が、とりやがって」

と、悪態を吐いた。前回、自他ともに認めた「剣ヶ崎」が芥川賞で落ち、今回直木賞へまわされての落選である。立原さんのやるかたない気持は分るが、私は電話で、ひたすらなだめ役にまわり、自重を促すほかなかった。(『文壇うたかた物語』)

この光景を見ていた青山の回想はこうだ。

……そのとき、大村さんがふと立って、やはり選に洩れた立原正秋に電話した。先方の激昂しているらしい様子が、大村さんの受け答えから、わかった。

「……そんなこと云っちゃいけません。立原さん、それはまあ……」

さんざん宥める一方の会話を打ちきって、間もなく受話器を置いた大村さんの話によると、立原正秋は、「ぼくはともかくして、青山さんをさしおいて、どこの馬の骨とも知れぬ作家に授賞するなんて」けしからん、馬の骨は二人たしてもやっぱり馬の骨だ、とわめいていたというのである。(『わが文学放浪』)

この「ぼくはともかくして、青山さんをさしおいて」が大先輩への儀礼的なものか、実際に一目置

いていたのかはともかくとして、想定を超えた、理解し難い結果に立原が逆上していたことがよく分かる。無論、青山も劣らず憤懣をみなぎらせていただろうが、この『わが文学放浪』や、『文士風狂録 青山光二が語る昭和の作家たち』（大川渉著）によれば、青山は過去の直木賞候補体験から「今度もだめだ」と思っていたという。それは二人の銓衡委員——木々高太郎と小島政二郎の存在ゆえだというのだ。

ひとの小説をキタナイとはなにごとか！

以前に青山が候補に挙げられたのは九年半前の昭和三十一（一九五六）年上半期（第三十五回）で、作品は『法の外へ』。他の候補者は西口克己、小橋博、赤江行夫、島田一男、棟田博、今官一、南條範夫で、受賞は今（『壁の花』）と南條（『燈台鬼』）の二名だった。

委員たちの選評をながめると、この八名（編）のうち、青山、小橋、島田、棟田の四名は何らかの理由で最初に除外され、残り四名（編）のみを候補作として検討を加えている。したがって外された四名は選評にほとんど名前が出てこないのだが、青山の『法の外へ』は例外的に木々高太郎が取り上げて、その除外理由を述べている。

青山光二の「法の外へ」はとに角直木賞のものではない。すぐに交りのことに及んだりするキタナイもので、依然バクロされている戰争文學と同じように僕は直木賞から最初に除外する。
というのは直木賞は芥川賞と異なつて、やつぱり美のある文學、ハイカラなところのある文學、キタナイものゝうちにも美しさを見出す文學であると僕は信じているからである。

この木々の直木賞観は理解しかねるが、とにかくこんな感想をわざわざ披瀝しなければ禍根を残すこともなかった。青山は「これも思いだすたびにハラワタが煮えくり返る」と書いている。これでは『法の外へ』はセックス描写がキタナイ小説だと読者は誤解するではないか、読めば分かるが「性的行為を直接的に描写した場面さえなく、ドライで観念的な、どちらかといえば清潔な小説といってよいと思う。だいたい、ひとの小説をキタナイとはなにごとか！」（『わが文学放浪』）と怒り心頭である。

さらに青山の腹立ちは小島政二郎にも及ぶ。

木々高太郎氏は会議をリードするのが巧みだという評判で、さもあらんと思えたが、さらに厄介なことには、やはり選考委員の小島政二郎氏が、まず例外なしに木々委員に同調するらしいと推測される根拠があった。もう一つ困るのはこのお二人が、（直木賞選考の都度、『オール讀物』に掲載される委員選評によって推測するのだが）二タ言目には文学ブンガクと云うことだった。それも「直木賞文学」（木々）だとか、「文学を感じると嬉しくなる」（小島）といった類いの、年齢を疑いたくなるような云いまわしで——。（『同』）

青山はこの二人の文学観、鑑識眼を肯定できず、だから次の『修羅の人』がノミネートされた時、「あの二人の選考委員がいる限りは今度もだめだ」と思ったというのだ。

青山によれば、同様の理由で木々に恨みを抱いていた作家に笹沢左保がいた。笹沢は昭和三十年代に三度直木賞候補となり、いずれも選に洩れた。選評は略すが、木々は笹沢作品をある時は酷評し、ある時は一切論評せず黙殺した。三度目の落選（三十七年下半期。候補作『六本木心中』）の直後、新宿（銀座とも）の酒場で遭遇した笹沢は、青山に向かって「木々高太郎を殺す……」と呻くように言った。青山は「やるときは俺も一緒にやるよ」と応じたという。（ちなみに、ＷＥＢサイト『直木賞のすべて』の主宰者は、青山や笹沢のような目に遭った作家たちを「木々高太郎被害者同盟」と呼んでいる）

「木々高太郎という人は、どうかしていませんか」

青山のいやな予感が的中し、『修羅の人』が立原正秋の『漆の花』と共に落選したことは既述の通り。注目の選評では、木々は『漆の花』を黙殺、『修羅の人』についてはこう書いた。

　これはよんで実感がある。わざわざ、この物語にはモデルはいないと断ってあるが、よむとモデルにそって時代を書いていることが判る。然し、私はこれをとれない。よたもん、やくざの世界をよたもん、やくざとして書くのでは文学ではない。

確かに困った銓衡委員である。芥川賞のほうには、この数年前まで、何を読んでも決して褒めない宇野浩二という委員がいたが、それはそれで却って害は少ない。青山は「もう手に負えない」と思ったのではないか。

一方、木々の盟友と目されていた政二郎は立原を「堕落した」「マンネリズム」と評したが、『修羅の人』については、面白さの点では今回の候補中一、二を争うとしながらも、最後に「文学だろうか」と得意のフレーズを繰り出した。かくて青山は、『修羅の人』を源氏鶏太らが強力に推し、評価が高かったにもかかわらず落選したのは、やはり木々（や小島）が銓衡会を主導していたからであろうと推測するに至るのである。

〈余談だが、この『修羅の人』は翌四十二年、当時新潮社が主催していた小説新潮賞〈三十七～四十三年〉を受賞している。また青山は、十一年後〈五十二年上半期〉にも再度直木賞候補となり落選した。さらに彼は、戦前に二度〈十六年下半期、十七年上半期〉、芥川賞の予選を通過した経歴をもつ。三十五年余の長き間この両賞と関わり合った「候補作家」は、青山ただ一人だろう〉

直木賞を逃した数か月後のある晩、青山は銀座のバーで文藝春秋専務・池島信平に会った。同社は紀尾井町に新社屋が完成し、社名を文藝春秋新社から株式会社文藝春秋に改めたばかりの頃だった。

特に親密な間柄というのでもなかったが、そのときは向こうから直木賞に触れた話を切り出して、「惜しかったね」と、通りいっぺんの慰め言葉ではない口調だった。まだ、いわゆる頭にきている状態から脱していなかった私は、それで、心やすだてに、
「木々高太郎という人は、ちょっとどうかしていませんか」
と差し出がましいのを承知の上で云った。池島さんは「おれもそう思うよ」とは云わなかったが、大きくうなずき返す素振りは、そう答えたのとおなじだった。（『わが文学放浪』）

周囲に誰かいたのか、二人だけだったのかは不明だが、この話は青山だけしか語っていない。さらに、すぐ続けて青山は書く。

たしか第五十四回を限りに、木々高太郎、小島政二郎両氏の名前が直木賞選考委員のリストから消えたのを、まさか、私が池島さんに余計なことを口走った所為だなどとは思っていない。あの回の直木賞の選考について、文芸春秋の社内に不満の声があったともきいた気がする。あって当然である。両氏は、日本文学振興会の理事に格上げというかたちで、選考委員からはずされたようだ。（『同』）

「社内に不満の声」について、『文士風狂録』では、「オール讀物」編集部が今回の二人の受賞者はプロとして「使えない」と判断していたらしいという記述がある。また、「理事に格上げ」云々は、木々はともかく、昭和十三年の財団設立当初から政二郎は理事の一人だったと思うが、その後の変遷を知らぬので当否は分からない。いずれにせよ、振興会と文春社内でどんな動きがあったのかは不明だが、この五十四回を限りに二人は銓衡委員を降りた。『文藝春秋七十年史』には「辞任」と記され、それは用語として正しいのだろうが、実質は解任であった。それをはっきり書いているのが、これまで幾度も引用した小島政二郎の『佐々木茂索』である。

大好きな「文学」を求めてしまった

政二郎は、自分が文壇や出版界から徐々に相手にされなくなっていった過去を振り返り、例によって嘆く。その端的な表われが、かつて執筆したり関わったりしてきた雑誌が送られて来なくなったことで、その一番手が「週刊文春」だった。身のまわりを木枯らしが吹き抜けてゆくような「落ち目」を味わった。

続いて徳田一穂と鷲尾洋二(ママ)とを使ひに立てて、直木賞詮(ママ)衡委員の委員をやめてくれと云つて来た。直木賞の委員は第一回からの委員だつたし、私としては一生懸命勤めたつもりだつた。殊に、近頃は文学的要素の少い作品が選ばれる傾向が強かつた。

「これではイケない」

と思つて、極力社の意向に逆らつてその点を力説してきた。川端康成や瀧井孝作が芥川賞の予選に当つたやうに、私も好意で直木賞の予選をやつてゐた。これは骨の折れる仕事で、云はば縁の下の舞ひのやうな、間尺にも何にも合つた仕事ではなかつた。文藝春秋社——いや、日本文学振興会では、十分私達の無償の努力を買つてゐてくれるものと思つてゐた。

そのお礼が委員辞任の申し渡しとは——委員であることに未練はないが、しかし正直の話、私は明いた口が塞がらなかつた。

予選の話は戦前のことだが、本人が書いているように、現在とは違って予選にも本選にも銓衡の対価が支払われることはなかった。それも小島政二郎の多忙な大流行作家時代の努力である。無論、恩人菊池寛への奉仕の色合いもあったろうが、芥川賞と比べて今ひとつ性格の定まらぬ直木賞を支え、育てた、重要人物の一人であったことは間違いない。第十〜十二回では、怠慢な直木賞委員に業を煮やして芥川賞委員をも参加させて大銓衡会を催した。これなど、両陣営に通じた政二郎ならでは為し得ぬ大胆なアレンジではなかったかと思う。

いや、そんな過去のことはいい、すでに時代は変わり、もはや老害的存在——立原が言うところの

「廃馬」になっていたのではないかと思う人もあろう。昭和四十一（一九六六）年時点で、小島七十二歳、木々六十九歳。確かに委員の中では長老格であったが、現在の委員の中にだってもっと高齢者は散見されるのではないか。それより、今日に至るまで病気、死亡、本人からの辞退以外、つまり文学振興会側の意向で委員を辞任した例がどれくらいあっただろうか。これは極めて稀なケースと言わざるを得ない。

「社の意向に逆らって」という部分には感慨が湧く。「大衆小説を文学と認めてはいない」と言いつつ、直木賞の中に大好きな「文学」を求めてしまった。それが結局裏目に出たことを、本人はどこまで自覚していたか。それを思うと、一種、哀れさを覚える。

振興会と文春内部でどのような検討の末に「解任」が決まったのか、記憶している関係者もまだ健在のはずである。池島信平の存在は大きいが、振興会と文春の代表はあくまで理事長で社長である、政二郎の旧友佐佐木茂索である。佐佐木は同年十二月に急逝するが、それはこの時点で本人すら予想しなかったことであろう。すべては佐佐木の決断だと政二郎が受け取るのは無理もない。

大出版人佐佐木の葬儀委員にふさわしからぬ存在

以前紹介した『大正文士颯爽』の序章で、著者小山文雄は晩年の佐佐木と政二郎の確執にふれ、結局佐佐木の葬儀で政二郎が葬儀委員を委されなかった理由を、当時の状況や噂を元にさまざま推察している。

例えば政二郎の作家としての地位がすでに失墜しており、大出版人佐佐木の葬儀委員にふさわしからぬ存在――少なくとも委員となった川端康成とは名声において決定的な差が生じていたこと。

また、文春から刊行して好調な売行きを見せた『食いしん坊』に関して、政二郎が佐佐木に重版要請の直談判をしたが、佐佐木はそれを組織を無視する振舞いとして退けた。そこで二人の間に不信がひろがり、文春社内の空気も政二郎に冷たくなったという噂（これは、後に文春で出した三巻も含めた『食いしん坊』全六巻が文化出版局から刊行されたことや、作者自身のさまざまな「付記」からもある程度肯ける）。

もう一つは、この時の直木賞銓衡の波紋である。政二郎は受賞作『八百長』を「殆んど欠点がない」「描写もシッカリしている」「手に汗を握らせるクライマックスの成功を称賛したい」と手放しで褒めちぎった。

この選考に小島がかなり強引だったというささやきがあるのも、肯けないことではない。少くとも、小島への多少の遠慮が他の委員たちにあったのだろう。なにしろ小島は昭和十年の芥川賞・直木賞創設以来の、生き残りの選考委員なのだから。そうした小島に佐佐木は不快の念を抱き、批評眼の問題もかかわって、二人の仲は壊れ、社内にも小島を軽んじる傾向が増幅されたという話だ。（『大正文士颯爽』）

小山は噂は噂、伝聞と推量を重ねても何も明らかにはならず、結局政二郎が「葬儀委員にならなかった」「告別式には行かなかった」という事実があるのみだと言うが、どの噂も根も葉もないものではない。佐佐木への思いを耳にしたことはないが、文藝春秋という会社への不満らしきものは、実際に私は小島政二郎の口から聞いている。尤もそれは「一人ひとりの社員はいいんだがね……」という慨嘆に近いものであったが。

いずれにせよ昭和四十一（一九六六）年の初夏の頃、小島政二郎は戦前戦後にわたって約三十年間務めた直木賞銓衡委員を辞任した。

プレゼンターは政二郎

小島、木々が去って次の、第五十五回（昭和四十一年上半期）直木賞銓衡会は、委員のほぼ全員が賛同して立原正秋の『白い罌粟』に賞を授けた。

新たに委員に加わったのは水上勉と柴田錬三郎、念のため従来のメンバーも書き添えておけば、大佛次郎、川口松太郎、海音寺潮五郎、源氏鶏太、松本清張、中山義秀、村上元三、今日出海で、総勢十名である。

高井有一『立原正秋』によれば、この時、ノミネートされた立原が、自分を候補から外してほしいと日本文学振興会に申し出たらしい。一緒に候補になった作家の名を挙げ、あんな者と同列に扱われたくないと訴えたとのことだが、主宰者側に慰留されるとすぐに撤回したともいう。過去の落選経験で苦杯を舐め、あれこれ言われて懲りたこと、純文学へのこだわりから「直木賞」のレッテルを貼られるのを避けたかったことなど、さまざまな心理が介在したようだ。

少し先走れば、立原がその後書きまくって流行作家となり、受賞から五年経って「新潮」誌上に「いやだという直木賞を、もらってくれなくては困る、というかたちでもらわされた」（『一編集者との出逢い』）と誇張して書かざるを得なかったのは、予想以上に純文学との距離が開いてしまったという自覚と危惧の現われだろう。高井も再三引用しているこの文の裏には、「俺の根っ子は『純文学』だ。

忘れてくれるな」という悲痛な叫びがある。立原には大衆文学を量産する一方で、自分の核となる純文学にも取り組む——その双方を書き分けてみせる、それが出来なくては現代作家とは呼べぬとの気概と自負があった。だが「流行」というのは魔物だった。世間に持てはやされ収入が莫大となるのと引き換えに、芸術的評価は失われてゆく。理不尽なものである。それは他ならぬ小島政二郎——立原の『漆の花』を「堕落した」と寸評した政二郎が、身をもって味わった苦境に似ていないだろうか。

直木賞受賞時に話を戻そう。

記録によれば立原への直木賞授賞式（芥川賞は該当作なし）が行なわれたのは昭和四十一年八月二日、会場は新橋の第一ホテル（現第一ホテル東京）だった。この時「賞」（目録だろうか）を手渡される場面の写真が立原関係の本にはよく載っているが、それを見ると壇上に立って贈呈しているのは、何と小島政二郎である。これはどういうことだろうか。

前回限りで辞任し、この銓衡に関わっていない彼がなぜプレゼンターなのか。本人が申し出るはずがないし、形の上では佐佐木茂索の代理ということになるなら、佐佐木は不在だったのか。不在としても、他にふさわしい人物がいそうなものである。あるいは、三十年間の銓衡の慰労を兼ねたセレモニーでもあったのか、勘繰れば「円満退任」の演出か……本稿にまったく関係のない些事であるが、気にはなる。また、付け加えておけば、この三週間後の八月二十三日、政二郎の愛娘美籠が四十二歳の若さで急逝した。

この式で受賞の挨拶を述べた立原の様子を、高井有一が書いている。

受賞式の当日の彼は、明らかに昂奮し、固くなつてゐた。挨拶では途切れ勝ちに話し、途中で

「どうも挨拶になりません」と二度繰返した。一ところに集つてそれを聞いてゐた〈犀〉の同人のうちの一人が、「立原さん、こちこちだなあ」と呟いた。(『立原正秋』)

ここからは遡って、暫く同人誌「犀」の話をしなければならない。この雑誌こそが立原と、小島政二郎の門下にいた津田信とを結びつけたからだ。

異彩を放つ、実力者ぞろいの同人誌

幾人もの著名作家を輩出した同人誌「犀」の成立ちや変遷については、中心人物だった立原を初め多くの人が書き残しているうえ、その当事者たちも健在である。私のあやふやな認識で下手な解説を加える愚は犯したくない。ただ、「犀」に限らず、当時は同人雑誌が本当に「生きていた」時代だったとは言っておいていいかもしれない。

たいていの出版社が新人賞の一つや二つはもっている現在と違い、同人雑誌は新人作家の登竜門たる芥川・直木賞へと直結した存在でもあった。編集者もそこで鎬を削る無名の執筆者たちに目を配っていた。新しい雑誌を足掛かりにして文壇に出る、職業作家を目指す——編集主幹の立原正秋はその意識を鮮明に持ち、「野心がないなんて言うやつは嘘だ」と同人たちに言い放ったという。

「犀」の創刊は昭和三十九(一九六四)年十一月初旬。東京オリンピックの直後である。総ページ数百十二、定価は百五十円となっている。内容(目次)にはふれず、表紙裏に掲げられている同人全員の名前を列挙しておく。五十音順に並べられている。

飯倉良(注・津村秀介)、石井仁、岡松和夫、加賀正彦(ママ)(注・「乙」の誤植だろう)、金子昌夫、川端康

夫、神津拓夫、佐江衆一、白川正芳、鈴木一史、宗谷真爾、高井有一、高田邦男、立原正秋、津島青、辻邦生、津田信、遠丸立、浜野春保、藤一也、兵藤正之助、宮原隼人、森本修一。以上の二十三名である。

これらの人々の背景、来歴を記すだけの知識は私にない。「犀」の源流ともいうべき「近代文学」や名門「文藝首都」の参加者など、さまざまな人が集まったようだ。離合集散が常の同人誌の世界では、文学志望者同士、多種多様のネットワークがあったのだと思う。昭和四十年前後、「文藝年鑑」にその名が載っている全国の同人雑誌は三百内外だが、その中でも異彩を放つ、実力者ぞろいの雑誌だったと言ってよいのではないだろうか。ちょうど創刊準備中の同三十九年半ば、同年上半期の芥川賞候補に立原の『薪能』と佐江衆一の『素晴しい空』が挙げられたが、共に七月の銓衡会で柴田翔『されどわれらが日々――』の前に敗れた。

「犀」は結局その後三年間に十巻を出して終刊するが、その間に同人の出入りは結構あった。創刊当初、「女は参加させない」と立原が主張していたにもかかわらず、その後数人の女性同人が名を連ねている。後藤明生なども途中から加わった。また、立原が毛嫌いしていたという辻邦生は、創刊号のみで早々にその名が消えた。津田信も、高井有一の芥川賞受賞作『北の河』が載った第四号（四十年八月）を限りに脱退しているが、それは後述する。

敬称を外すわけにはいかない人々

実を言えば、この同人のうち何人かとは私も面識があり、それを語るには敬称を外すわけにはいかない。佐江衆一氏とはまだ小学生の頃――「犀」創刊の前後だったろうと思うが、父と共に鎌倉山で会い、私より幼かった氏の子息と遊んだことを覚えている。佐江宅は片瀬山（藤沢市）、わが家は腰越（鎌倉市）で、市は違っても近接の地であり、気軽に行き来をしていたのではなかろうか。

高井有一氏とは父の死の直後、文藝誌に父の追想を書いて下さる機会があり、その折にお会いした。資料に使う津田信の著書を受け取るために、わざわざ私の勤め先の近くの喫茶店まで足を運んでくれた。

浜野春保氏は金子昌夫氏などと共に、父の生前も死後もわが家――その頃は西湘二宮に移っていたが――へ何度も遊びに見えた。呑めぬ父に代わって私が脇で酒のおつき合いをしたこともある。その後も新たな同人誌が出るたびに送ってくれた浜野氏とは、先年亡くなるまで年賀状のやりとりが続いた。

飯倉良――津村秀介氏とは、短い年月だったが、売れっ子のトラベルミステリー作家と担当編集者という間柄だった。私が最初に接触したのではなく、別の編集者から引き継いだという関係だったが、原稿の受け渡しが済めば、ひたすら呑んだ。江ノ島を望む片瀬のマンションの高層階にあった仕事場で、嬉しそうに海を眺めていたことを想い出す。私にも懐かしい場所であったから、一緒に島へ渡り、栈橋近くの食堂で昼間からシタタカに呑んだ。その後担当が代わり、暫くして訃（平成十二年）を聞いた時はショックだった。陽気でおだやかな呑みっぷりだったが、やはりあの酒量が命を縮めたのかと思った。

父の死（昭和五十八年）の二年後だったか、確か浜野氏らが有志となって「津田信を偲ぶ会」を横浜で催してくれた時、旧知の方々から当然「犀」の話も出た。津田信より三年早く逝った立原正秋のことも話題に上った。今思えば二人の「確執」とか「訣別」とかにふれた話だったのだろうが、例によって私は真剣に聞いていなかった。当時二十代の私は、四半世紀年近く経ってこんなものを書く気になるとは思いもよらなかったし、共に早死にだったとはいえ、片や栄光を極めた流行作家、一方は作家にもなりきれなかった劣才である。「確執」だの「訣別」だのと言えば言うほど父が傷ましく思えたのかもしれない。詳しい話など聞く気にならなかった。

後悔すでに遅しだが、この時の出席者や同人の多くは他界した。佐江、高井の両氏は健在だが、もはや「犀」のことなど、わざわざ尋ねるには「些事」でありすぎる。いずれにせよ、誰に誘われたのか、どんな経緯があったのかは定かではないが、津田信は「犀」の創刊に参加し、立原正秋と知己になった。そしてほぼ一年の後、立原との関係に亀裂が入り、脱会した。その直後、立原の『漆の花』が直木賞に落ち、同じ日、高井の『北の河』が芥川賞を受賞した。それが事実である。

なんとはない話をし、お茶をのみ、海を眺めた

ＷＥＢ事典「ウィキペディア」の津田信の項を見ると、誰の記入か知らないがこんなふうに書かれている。

立原正秋と共に同人誌『犀』を創刊。立原には貸家を斡旋するなど互いに親密な関係だったが、ほどなく確執が生じ、立原から人前で暴力を振るわれるなどの事件を経て絶交に至った。

この記事の原典は、瞭かに『文壇うたかた物語』（大村彦次郎）の次の一節であろう。

高井有一さんの評伝「立原正秋」には、立原さんと津田さんの関係については言及していないが、立原主宰の同人誌「犀」は、当初このふたりが思いつかれたようだ。津田さんは立原さんに貸し家を斡旋したりしておたがいに親密のように見えたが、ほどなく両者の間に確執が生じ、気性のはげしい立原さんが、人前で津田さんに手をかけるようなことがあって、ふたりは気まずいままに袂をわかった。立原さんにいわせれば、津田は志がいやしい、といい、津田さんはこのことについては、終始沈黙した。

諸氏の回想を読むと、立原はともかく、津田信が「犀」の発案者の片割れだったとは思えないが(「犀」という雑誌名の発案者は佐江衆一)、当時二人が親しくしていたのは疑いがない。書き忘れていたが、立原の生まれは大正十五(一九二六)年一月(当時は昭和二年生まれと自称していたようだが)、津田は同十四年の九月だから一歳上だが、同学年である。おそらく初対面は「犀」を創刊した昭和三十九(一九六四)年の春頃だったのではなかろうか。創刊前後の思い出の一コマとして佐江衆一は書いている。

その立原正秋とは、たびたび落ち会って、海辺を散歩した。腰越に住んでいた津田信をさそうこともあった。私たちは文学論をたたかわすことはなく、なんとはない話をし、お茶をのみ、海を眺めた。鵠沼に住んでいる阿部昭と四人で江の島ヨットハーバーのレストランで会ったこともある。(『「犀」創刊のころ』「朱羅」第十三号)

東京オリンピックのヨット競技のために島の東側にハーバーが築港され、江ノ島がすっかり様変わりした頃である。当時立原一家は鎌倉市笛田——鎌倉山の北側、その昔は深沢村と呼ばれていたあたりに住んでいた。この笛田の家には私も父に連れて行かれた記憶がある。昭和三十九〜四十年とすれば小学校の三、四年の頃だ。父は日本経済新聞に勤めていたが、休日にはよく私を供にぶらりと散歩に出た。鵠沼にいた先輩作家宮内寒弥氏の家へも同道したことを覚えている。

立原も何度か腰越へやって来た。その頃の津田信宛のハガキが二枚残っている。

一枚は同四十年正月の年賀状で、「今年もまたよき作品がうまれるよう期待しております」という極くありきたりの文面だが、その直後（一月十八日付）に来たもう一枚は、いささか奇妙である。

あなたは純粋すぎて小説の世界に出られないような人、そんな気がします。家庭をみてそう感じました。いい友人になれる人かと思います。ともかく頑張って下さい。サケを飲めないのが残念ですが。

これには父も面食らったはずである。褒めているのか、バカにしているのか、真意が摑めない。「作家にはなれないだろうが、友達としてつきあうか」ということなのか。ここで何か蟠りが生じても不思議ではないが、とりあえず親交は続いた。

そうこうするうち、わが家から数十メートル離れた筋向かいと言ってもいい場所に一軒の貸家が出た。それまでその家には持主である老婦人と、その娘一家——夫婦と男児二人——の計五人が住んでいたが、主人（娘の夫）の転勤で家族四人は静岡県へ移ることになった。それを機に老婦人は同じ敷地内に小さな二階家を建ててそこに独りで住み、元いた家を貸家にすることにしたのだ。「誰かいい人はいないか」と相談を受けたわが家が紹介したのが、立原正秋だったというわけである。

関係が良好だったことが窺える「物証」

年譜等の資料によれば、立原一家の引越しは昭和四十（一九六五）年の九月二十八日、転居先は「鎌倉市腰越五七二番地」となっているが、私の記憶では腰越でなく「鎌倉市津」である。わが家が「津五一七番地」であった（細かいことを言えば、この一帯が「腰越四丁目」という住居表示に変わるのは一年後の四十一年九月からである）。とにかく歩いて一分の距離にわざわざ近づいたのだから、両者が今後も親しく交際をしていこうと考えていたことは間違いない。

引越しの前月発行（八月五日奥付）の立原の単行本『剣ヶ崎』（署名入り）を津田は寄贈されてもいる。この表題作は前述のように芥川賞には落ちたが、受賞作『玩具』（津村節子）と共に「文藝春秋」（四十年九月号）に転載されていたのを、小学生だった私も憶えている。この時ではなかったが、「立原は小説づくりが上手い」と感に堪えたように父が呟くのを耳にしたこともある。自分が持ち合わせていないストーリーメイクや構成の才能を、立原の上にはっきり認めていたのは事実である。

関係が良好だったことが窺える「物証」はまだある。

わが家に残っていた「犀」第四号（同四十年八月一日発行）に、ガリ版刷りの合評会の案内（九月十四日午後六時～九時。築地「つるよし」にて、等）と、原稿用紙四枚に書かれた同号掲載の小説七編に対する津田の感想が挟まっていた。はたしてその合評会に出席したのかどうかは分からないが、そのための準備メモであることは明白である。第一番目にある高井有一『北の河』の評だけを写してみる。

四号七編の小説のなかでこの作品に最も感銘した。「夏の日の翳」（注・二号掲載の高井の小説。正しくは「翳」でなく「影」）よりもすぐれた秀作である。いはゆる私小説、リアリズムで、古風だといふ人があるかもしれないが、今号では「元山沖」（注・浜野春保の作品）を除けば、この作品がいちばん論理的である。一行一行に作者の息吹きが通ひ、明確なイメージを与へてくれる。不分明なところは一つもない。文章は簡潔であり、用語假名遣ひはもっとも正確である。描かれてあることが、これほどきつちり、読者の胸に傳わってくる小説は、なかなか得難い。一切を失った「私の母」が入水自殺をする筋も、きはめて自然で、しかも作者は、その筆づかいに感傷をはさまず、実に抑制して書いてゐる。見事である。過去四号に掲載された作品のなかで随一の作品である。

心底感服したことがありありと分かる。この『北の河』には立原正秋も肩入れしており、これをいい作品だと認めない同人が何人もいることを彼は嘆いていた。結果として芥川賞に選ばれたことはともかく、この点において立原と津田の鑑識眼、感受性は合致しており、この時意見の交換があったとすれば、より共感を深めたであろう。そしてこの合評会の二週間後、立原は腰越に引越して来た。

同人の中に下衆な人間が何人もいる

ところが次の「犀」第五号の同人欄に、津田信の名前はない。五号の発行日は昭和四十一（一九六六）年一月十五日。通常はこの日付より早く完成させるから、製作期間を考えるとその前年末には校了作業を終えていただろう。だとすると、引越しから年末までの三か月の間に何かがあったことになる。

これは後ほど再述するつもりだが、立原逝去（五十五年）後、津田は何かを書こうと思ったのか、自分と立原の関係に関するメモを遺している。ただし、本人でないと意味がとれぬような極めて断片的な備忘録である。ゆえにあれこれ憶測するのは慎むべきだが、その中に立原の言葉らしき「引越の謝礼、五千円じゃ少ないというのか」という一行がある。断言は出来ないが、貸家の斡旋でお礼を貰おうなどと父が思うはずはないから、「こんなもの受け取れない」とでも言って、誤解が生じたのではなかろうか。いずれにせよ転居早々に、もう両者の感情は行き違い、拗れたらしい。

「犀」第五号の編集後記で立原は、「たった五号でも同人の出入りはあった。とめても去った者もいた。人間的に成長した同人も何人かはいる」と書いている。また、高井有一を評して「こんな男なら〈犀〉に何人いてもかまわない」とも。津田信に限らず、衝動的で振幅の激しい立原とそりが合わず、去ったり疎遠になったりした同人は幾人もいたようだ。

五号刊行直後の一月下旬、立原は名指しで「同人の中に下衆な人間が何人もいて、とても一緒にやっていけない。ここで〈犀〉を解散して出直すべきだ」と主張して周囲を慌てさせたという。この「下衆」の中に、すでに去った津田も入っていたかどうか分からない。その数日前の一月十七日の夜、高井の『北の河』は芥川賞に輝いたが、立原の『漆の花』は直木賞を獲れず、彼は銓衡委員と受賞者たちを呪った。また、二か月前から「週刊新潮」に連載中の『鎌倉夫人』には、立原は作家としてのある勝負を賭けてもいた。ただでさえ鋭敏なその神経は、この時期、一時も休まることはなかっただろう。

先に引用した『文壇うたかた物語』の「気性のはげしい立原さんが、人前で津田さんに手をかけるようなことがあって」という場面は、この延長線上にあった。それは二月八日、新橋の第一ホテルで催された第五十四回芥川・直木賞贈呈式の会場でのことだった。といっても、その詳細を私は知らない。先の津田の「立原メモ」でも「祝賀会席上でケンカ」とあるだけで、後年本人から何も聞いたことはない。

ケンカといっても大勢の前で派手な立ち回りを演じたわけでもあるまい。おそらく些細なひと言ふた言がきっかけの一瞬の悶着だったのだろう。立原ほどではないにしても、津田信という男も気短で、潔癖な性格であったから、何か刺激的な言葉でも吐いたのかもしれない。ただ、その一年前には「あなたは純粋すぎる」と言った人物に、他所では「志がいやしい」と言われていたのかと思うと、少し気の毒ではある。人気作家立原と違って、周囲を取り巻く関係者などほとんどいない。「終始沈黙した」のは当然であろう。

ところで、津田が立原と決裂し、「犀」を脱退したにもかかわらずこの授賞式に出席したのは、やはり傑作を書いた高井有一を純粋に祝福したかったからだと思うかもしれない。確かにそれもあっただろうが、実はそればかりではない。当日の主役の一人、直木賞を受賞した千葉治平――立原が「どこの馬の骨かも分からない奴」と罵ったこの無名作家と、津田信は深いつながりがあったのである。脇道に逸れるようだが、ここで津田信の履歴を少し辿ることをお赦し願いたい。

「小島先生」を選択した

津田信――本名・山田勝雄は大正十四（一九二五）年九月、東京芝愛宕下に生まれた。少年時代を通じて病弱だったが、十二、三歳から文学に親しみ、昭和十四（一九三九）年に中学（府立第三商業）に進むと級友と同人誌を出し、創作を始める。同級生に、武林無想庵を看取った最後の妻朝子の連れ子・市川廣康らがいた。

やがて投稿雑誌「若草」「文庫」などに小品を送り、「若草」の月例読者会の常連になって文学仲間が拡がった。十八年には友人と三鷹の太宰治を訪問、さらに野口冨士男を訪ね、徳田秋聲文学の手ほどきを受けた。以後、野口に師事するが、当時のことを『風の系譜』という作品にとにかく感銘し、会いに行ったんだ」と私には語っていた。

中学卒業後、十九年十二月に応召、大陸へ。満州で敗戦を迎え、中共軍下での捕虜・使役生活を経て二十一年十二月に復員。二十二年から新聞記者となり、二十五年に結婚、三十年までに男児二人を設け、三十年十一月に鎌倉市津（腰越）に転居した。

勤務の傍ら創作を再開したのは二十年代終わり頃で、三十一年二月に『復讐』（同人誌「文学生活」）を発表すると、山本周五郎から激賞の手紙が届いた。以後、横浜本牧の山本の仕事場「間門園」をしばしば訪れるようになるが、山本の激励と指導がこの無名の若者にどれだけの自信と希望を与えたかは計り知れない。例えば手紙の一部を覗くと「殆んど申分のない佳作です。細部まで神経と力がゆきわたって、少しのたるみもなく、構成も充分です」「この調子でゆけば、あなたの時代が来ることを確信致します」――これで舞い上がらぬ新米作家がいようか。

昭和三十一年（上半期）から三十九年（下半期）までの九年間に、津田の作品はまず芥川賞に二度、続いて直木賞に六度ノミネートされたが受賞は叶わなかった。最後の八度目の落選は、「犀」創刊直後の四十年一月だった。

満州での虜囚体験を綴った最初の直木賞候補作『日本工作人』（三十三年上半期）を強く推してくれたのが、銓衡委員の小島政二郎であった。これをきっかけに鎌倉雪ノ下の小島邸の門を出入りするようになるが、山本周五郎との関係も依然続いていた。二人の師を抱くわけにはいかないと悩んだあげく、彼は「小島先生」を選択した。理由の一つには酒があった。下戸の自分には酒豪の山本の対手が出来ないと判断したのである。

この決断が、その後の津田信の運命をどう左右したかは分からない。どのみち華は咲かなかっただろう。だが、自分が信じていた文学観を芯から共有できる師と邂逅したことは、誰に何と言われようと幸福だったに違いない

初対面の時、「どんな作家が好きなの？」と尋ねた政二郎に、津田は「徳田秋聲です」と答えた。師は「ほう、そりゃホンモノだ」と言って、まじまじと弟子の顔を見つめなおしたという。今の私には、この時の師の心境のほうがより理解できる。はたして津田信が、この時点でどこまで小島政二郎の作品や文学観に通じていたかを考えると、甚だ心もとない。勿論訪問に際し、可能な限り予備知識は詰め込んだだろう。その頃評判を呼んだ『円朝』ぐらいは目を通していたと思う。だが、『眼中の人』はどうだったか。確かめたことはないが、当時の津田の認識では、小島政二郎はあくまで大衆・通俗小説の大家だったはずである。

自分を取り巻く不思議な縁（えにし）

戦前の少年時代からその名は当然知っていた。小学生の頃、毎日新聞の社屋の壁面に巨大な「半處女　小島政二郎作」の懸垂幕が掛けられていたことを鮮明に記憶していた。昭和十二（一九三七）年

の話である。大人気の『人妻椿』『新妻鏡』も無論承知していた。大陸から復員した頃には『三百六十五夜』が一世を風靡していた。そのメロドラマの王者が、実は自分と同じ自然主義を信奉し、私小説に共感し、徳田秋聲を日本一の小説家だと尊敬していることなど、夢想もしていなかったのではないか。

やがて『眼中の人』を読み、同門の先輩和田芳恵が編んだ随筆集『場末風流』(三十五年)を読み、『わが古典鑑賞』(三十九年再刊)を読み、師の半生、文学観、学殖を知るにおよんで、その崇敬の念は決定的なものになっていった。また、和田はその頃「秋聲」を通じて少年時代の師である野口冨士男とも親交を結んでいたから、自分を取り巻く不思議な縁(えにし)が見えてきた。賞の銓衡委員と候補作家という関係から生じた偶然の出会いが、実は運命の必然だったように感じていたかもしれない。「犀」時代の津田信の印象を、高井有一は次のように書いている。先述した死の直後の追想である。

同人会での津田さんは、頑固そのものであった。私小説以外の小説は認めない。評論は興味がないから読まない、と言ひ放つて、周りの意見にはまるで耳を籍さなかつた。既に何回も芥川賞、直木賞の候補に挙げられてゐた津田さんにとつて、修業の足りない連中の意見なんぞ、青臭くて取るに足りなかつたのかも知れない。同時に、秘かな苛立ちがあつたのかも知れない、と今になつては思ふ。自分は自然主義文学で育ち、徳田秋声を日本一の小説家と信じてゐる、と津田さんの作品の中にある。しかし、さういふ信条が古めかしいと受取られる方向へ時勢が動いてゐるのを、察しられない津田さんでもなかつただらう。(『津田信　私小説家の死』)

津田とはその晩年まで「細々とながら途切れない付き合ひがあつた」という高井は、同じ文でその晩年――五十代後半の様子も書き加えている。

> 会ふ度に津田さんが話題にするのは、小島政二郎氏の事であつた。小島氏がいかに文章に厳しく、芸術小説についての理想を高く持つてゐるかを繰り返し聞かされた。津田さんは殆ど一滴も飲まないのに、機嫌よく早口で喋つて、私は飲みながら専ら聞き役であつた。

繰り返し聞かせたのは老化の現われだろうが、師事して二十余年、師への敬愛がますます深まっていたのは、奇妙かもしれないが、事実である。津田信と文学を語ったことのある者なら、そのキーワード「私小説」「徳田秋聲」と「小島政二郎」は必ず耳にしたことだろう。

あまりに地味で、直木賞には向かない

千葉治平との関係を書いておかねばならない。

直木賞候補に挙げられた津田の六作品のうち、最後の一編を除いた五作は、同人誌「秋田文学」に発表された。この雑誌は当時勤務していた日本経済新聞の秋田支局長小国（おぐに）敬二郎が主宰していた。小国の実家は秋田市の老舗菓子舗（当時は旅館も経営）「榮太楼」で、後に彼の娘芳子が横綱大鵬に嫁いだことでも話題になった。

昭和三十二（一九五七）年十一月、同人に加わるにあたって、すでに芥川賞候補の経験があったからか、津田は「同人費免除、枚数制限なし、何を書いてもよし」という破格の厚遇を小国から受けた。

この恩に報いるためにも執筆に励んだのだろう。やがて発表した小説が続けざまに直木賞候補に上り、努力は間もなく実を結ぶかに見えたが、力及ばず悉く落ちた。落ち続けた。五回目（三十七年上半期）に落選した時、もはや自分は賞に縁のない男だと悟った彼は、「秋田文学」を離れる決意をした。このままでは恩返しどころか、自分の優遇のために他の同人たちの作品が犠牲になると考えたのだ。

結局、慰留されて同人は続けたが、二年後に別の雑誌（「小説と詩と評論」）に書いた作品『破れ暦』が再び候補に挙げられた。一縷の望みが芽生えたが、またもむなしく落ちた。もうわが身の不運を嘆くという心境ではなかった。長い間悩まされ続けた「賞」というものから、これでやっと解放されたというのが実感だった。

それからさらに一年後、高井有一の『北の河』が芥川賞にノミネートされたという朗報と一緒に、直木賞候補の情報ももたらされた。その中には、近隣の住人となったものの仲違いした立原正秋と共に、旧知の「秋田文学」の同人の名があった。それが千葉治平であり、候補作は同誌掲載の『虜愁記』であった。

すでに『虜愁記』を読んでいた津田は、これは千葉が書いた小説の中で一番の秀作だとは認めていた。大陸（中支）での捕虜軍人の運命を描いた物語だが、自然描写も巧みで、そこに漂う独特の詩情が心を打った。これが千葉の実体験でないことを知っていただけに、逆にその念入りなディテイルに感心もした。だが、はっきり言って受賞はしないだろうと思った。叙述があまりに地味で、直木賞には向かないと感じたのである。

自分の経験から言って、それまで無縁だと思っていた賞も、一度落ちると今度は無性に欲しくなるものである。千葉もこの後がつらくなるだろうと、そんな心配までした。千葉は東北電力秋田支局に勤める、生粋の秋田人だった。

ところがである。四十一年一月十七日の晩、まさかの報せが飛び込んできた。千葉が新橋遊吉と共に受賞した。ただの一回目の候補で、直木賞を獲ったのである。

津田信はショックだった。呆っ気にとられた。してやられたと思った。銓衡前には多少気になっていた立原のことなど、すでに頭から消し飛んでいた。

実はこの時、翌月の二月いっぱいで、二十年近く勤めた新聞社を辞める決意を固めていた。長らくいた編集局から広告局への配転の内示を受けたのが直接のきっかけだが、四十歳を過ぎ、勝算はまったくないが、このへんで筆一本の生活に賭けてみたいという願望が以前から膨らんできていたのだ。できれば「受賞」して堂々と退社したかったが、それがもう無理なのは充分分かっていた。ただ、このタイミングでまさか千葉にそんな幸運が訪れるとは——。

こうして二月八日、高井と千葉を祝福するため、第一ホテルの会場へと足を運んだのである。そこに立原正秋がいることは、勿論、百も承知だった。

作家の明暗がはっきりし過ぎる

だいぶ入り組んだ書き方をしてしまったので、ここで立原や「犀」をめぐる諸々を時間的に整理してみる。

昭和三十九（一九六四）年
七月二十一日、芥川・直木賞（第五十一回）決定発表。芥川賞候補＝立原正秋『薪能』、佐江衆一

『素晴しい空』。

十一月四日、「犀」創刊号完成。同二十一日、横浜中華街で創刊を祝う会開催。

昭和四十（一九六五）年
一月十九日、芥川・直木賞（第五十二回）決定発表。直木賞候補＝津田信『破れ暦』。

七月十九日、芥川・直木賞（第五十三回）決定発表。芥川賞候補＝立原正秋『剣ヶ崎』。

八月上旬、「犀」四号発行。高井有一『北の河』掲載。同十日、「文藝春秋」九月号に『剣ヶ崎』転載。

九月十四日、築地「つるよし」で「犀」同人会。同二十八日、立原正秋、鎌倉市津五七二番地（現腰越四－四－一六）に転居（津田信の紹介）。

十～十二月頃、津田信、「犀」を脱退。

十一月、立原正秋、「週刊新潮」に『鎌倉夫人』を連載開始（四十一年四月まで）。

昭和四十一（一九六六）年
一月中旬、「犀」五号発行。同十七日、芥川・直木賞（第五十四回）決定発表。芥川賞＝高井有一『北の河』。直木賞＝千葉治平『虜愁記』、新橋遊吉『八百長』。直木賞候補＝立原正秋『漆の花』。

同二十八日、「犀」同人会で欠席の立原が書面で「犀」の解散を提案。暫し紛糾あるも継続を決定。

二月八日、第一ホテルで芥川・直木賞贈呈式。会場で立原と津田が悶着。同月末、津田信、日本経済新聞を退社。

五～六月頃、小島政二郎、木々高太郎が直木賞銓衡委員を辞任。

七月十八日、芥川・直木賞（第五十五回）決定発表。直木賞＝立原正秋『白い罌粟』。芥川賞は該当作なし。
八月二日、第一ホテルで直木賞贈呈式。贈呈者小島政二郎。

およそ、こんな流れになる。ここから立原とは対照的に、津田は表舞台から姿を消す。これ以上書くのは気が引けるが、『文壇うたかた物語』から少しだけ補足しておく。

　立原さんはそのご直木賞を受賞し、たちまち流行作家になったが、津田さんは鳴かず飛ばずのまま、週刊誌のライターになり、ルバング島から生還した小野田元少尉の手記を代筆したりして、暮しを立てた。
　津田さんは初志を遂げずに、まもなく亡くなったが、立原さんとの関係で思うと、作家の明暗がはっきりし過ぎる。

ここに誤りはひとつもないが、念のため書き添えれば「まもなく亡くなった」といっても、前述のように立原の死（昭和五十五年）の三年後まで生きた。五十年代になって三冊の長編小説とノンフィクションを一冊上梓したが、文壇主流から全く顧みられなかったのは事実である。

「これがいつかみんな金になるんだ」
直木賞受賞直後の立原正秋は、意気盛んであった。
創作に立ち向かう姿勢、文学観を明瞭に示し、自分は従来の私小説家に代表されるような地味で寡作な純文学作家とはわけが違う、読者の要望に応えて大衆小説だってどんどん量産してゆくのだと、勢いよく宣言している。かつて「犀」の仲間などに、それまでに書き溜めた数千枚の原稿を示し、「これがいつかみんな金になるんだ」と嘯いていたというが、いよいよその時が巡ってきたと実感していたのかもしれない。

新聞の求めに応じて書いた受賞直後の文を、幾つか要約・抜粋してみる。

まず、「サンケイ新聞」掲載の『純文学と大衆文学』。立原は前段でエドガー・ヴィントという美術史家の「芸術的達成（創造的行為）は一度だけで繰返しがきかないが、機械的事象は繰返しが可能だ」という説を引き、これが純文学と大衆文学の区別を適切に言い得ていると説く。日本の現代文学はもはやその区別がつかない状態になったと言われるが、そんなことはまったくなく、そんな状態になるとすればそれは遠い将来のことだと立原は言う。また、世間では、純文学作家が書くもの、あるいは純文学誌に載ったものは純文学であり、一方大衆作家が書くもの、中間雑誌に載ったものは大衆文学であるという先入観と暗黙の諒解があるため、作品に正当な評価が下されていないとも言い、後半でこう書く。

ところで、なぜ純文学と大衆文学を使い分けて書くのか、と私に質問する人がいる。彼は続けて、いったい使い分ける必要があるのか、事実そんなことが出来るのか、と質問する。

私はそれに対して次のように答えたい。一人の作家にとり、彼が是非書かなければならないのっぴきならない作品は、そうたくさんあるわけではない。そして一方、その作家は、読者の要求に応じて、かなりの作品を量産しなければならないこともあり得る、と。しかし、誤解のないように一言つけ加えるならば、のっぴきならないで生んだ作品が純文学で、量産した作品が大衆文学である、などのごとき安易な断定は禁物である。私の言わんとしていることは明瞭であろう。

どう「明瞭」なのかはよく分からない。執筆動機と作品の質は関係ないという単純な話なのか。「のっぴきならない作品は、そうたくさんない」という発想は、その昔の久米正雄の「純文学余技説」以来のものだ。いずれにせよ、読者の要求、すなわち人気というものを自分が手にするであろうという自負や、量産したからといって軽んずるなかれという予防線も見てとれる。ここから立原は次のように続けてこの一文を締めくくる。

私は、自分が作家である以上、年に数本、自分も気に入り、批評家からもほめられる作品をぼそぼそと発表する、そのような態度はとりたくない。ある程度の量産に耐えぬけるのが現代作家のあり方だと思う。私のこんな言い方はかなり誤解を受けそうだが、作家にとって誤解などというのは瑣末なことである。作家が量産できるのは、その作家の裡に幻影が宿っているからである。想像力という表現はどうもぴったりこない。幻影といった方が適切な気がする。

要は、その作家が、自分の幻影を支えることが出来るかどうか、ということである。支えられなかったら、年に一握りの私小説を書く感想家に堕落するしかないだろう。私小説というのは、純文学でもないし大衆文学でもない。それは感想文である。

右の二つの引用部分は高井有一『立原正秋』でもまるごと引かれているが、立原の発想を知るうえでは外せない箇所なので、あえて倣った。高井は、立原はこう書くことで「自分を煽り立てた形跡もある」というが、その通りだろう。

日本人の性に合っているからだろうか

もう一つ、同時期に「信濃毎日新聞」に書いた『私小説的発想を排す』という短文も、私には興味深い。新聞社の依頼は「文学信条を述べてくれ」というものだったようだ。
「私の作品の土台は中世文学である。したがって中世の歌論集や能楽論集をそばから離せない」と書き始めた立原は、鴨長明や世阿弥に言及したあと、「もし今後、私の作品に光芒が見えるときがきたとすれば、それはまさしく中世の歌論と能楽論から受けたものが現われた、ということになろう」と言う。そして話題は私小説へと転ずる。

しかし私は、中世から学んだ土台を、私小説的には発展させなかった。私小説の誘惑にかられたことは何度かあった。それを克服できたのは、若いころ西欧文学を乱読したせいではないかと思う。日本の近代文学には私小説の傑作が多い。虚構をいっさいぬきにして作者が自己の経験を語るから、やはりそこには読者を打つものがある。しかしそれはあくまでロマンとかノベルとか呼ばれるものとは性質を異にする。私小説がいかに傑作と称されても、それは感想文と変らない。

また「感想文」が出てきたが、ここで留意したいのは、虚構を排した「私小説の傑作」が「読者を打つ」という点は、はっきり認めていることである。立原は続ける。

戦後、日本の私小説は滅んだ、と一部で言われながら、いまだに私小説に根強い要望が残っているのは、私小説的な発想方法が日本人の性に合っているからだろうか。私小説即純文学、などのごとき迷信がいまだに横行している。彼ら私小説家は、血を絞るような態度で自分の経験を純文学として書きつづる。それも年に二作か三作だ。いずれにしても感想の域を出ない純文学である。いかなる理由があってそんなばかげたことを続けているのか。私には納得がいかない。私小説は書きやすい。書きやすいが、範囲はきまっている。なにもない場所から、なにかあるものを絞りだそうとするのだから、年に二作生れればまずまずと言うところだろう。純粋な私小説でなくとも、私小説的な発想にたよっている作家が多い。対象を客観化するだけの発想方法を身につけることができないからだろうか。

こういった「私小説（家）批判」は、無論以前からあって、立原は特段目新しいことを書いたわけではない。戦後なら中村光夫『風俗小説論』からこの方、中村が意図したことかどうかはともかく、私小説が世界でも類を見ない歪んだ小説形態であるという言説は、すでに広く浸透していた。さらにそこから飛躍した、諸外国には純文学と大衆文学という区別はないといった暴論すら広まり、今もってそれを信じている人も多いだろう。もちろん、この昭和四十年代初頭では、立原が言うように依然として私小説が「伝統としての力」を保持してはいた。だが、先の高井有一の言葉（『私小説家の死』）にあったように、「さういふ信条が古めかしいと受取られる方向へ時勢が動いて」いたのも事実である。

それを皆はカミングアウトと捉えた

ここで立原が言わんとしていることは明瞭だ。年に二、三作、身辺の感想を書いて作家然としている連中とは違い、西欧文学を吸収し、対象を客観化する発想法を身につけた自分にはロマン——世界基準の小説が書ける。これからその姿勢でバリバリ書く、と言っているのだ。現在なら鼻っ柱の強い娯楽小説作家がしてもおかしくない発言だが、あくまで自分は純文学作家であり、私の書くものこそ小説と呼ぶにふさわしいと言っている点が立原らしいし、時代を感じさせもする。

私が注目したいのは、「私小説の誘惑にかられたことはあったが、克服した」「私小説は書きやすい」という部分だ。立原の小説技量、文章力からすれば、他の作家に劣らぬ秀れた私小説を生み出し得たと考えてもおかしくないが、はたしてそうだろうか。実は、資質的にそれは難しかったのではなかろうか。

旧来の頑なな私小説家が、立原の言うロマンを書くことが出来ないように、私小説だけは決して書けない作家もいる。無論双方をこなす者もいるが、立原の場合は真正の私小説とは相容れぬ素質を蔵していたのではないか。あるいは、この時すでに私小説を書けない状況に、自らを追い込んでしまっていたと言うべきかもしれない。彼を追い込んだものこそ、一方で彼にロマンを量産させた「幻影」であったという気がする。

芥川賞候補作『剣ヶ崎』は私小説ではないが、立原と韓国との繋がりを知った「新潮」編集部がそれを作品で告白するように要請し、立原がそれに応えるかたちで成った小説である。立原は主人公に日韓混血という設定を与えた。それを編集者も、評論家も、他の作家も、そして一般読者も、作者の出自のカミングアウトと捉えた。そこに「血の問題」を読み取った。創作であるからこの時点で作者に何の罪もない。読む側が勝手にそう解釈したまでである。

実際の作者自身には、民族差別や偏見の問題はあっても、混血という「血の問題」など存在しなかった。それは、両親ともに純粋な朝鮮人だった立原が構築した、美しい嘘だった。これが「誘惑にかられたが、克服した」ということではあるまいが、ここまでは仕方ない。小説家に嘘を吐くなと言うほうが間違っている。むしろ、嘘の勝利である。

だが、『剣ヶ崎』が好評を博し、美しい嘘が一人歩きを始めると、立原は他の作にも日韓混血を盛り込み、やがて自筆の年譜にまで虚構を書き入れた。年譜には「混血」以外にも虚偽らしい記述が散見されたが、それを質そうとする者はなかった。

ここに至って、もはや私小説は立原にとって書きやすいものではなくなった。私小説といってもさまざまではあるが、主人公の出自や生い立ちは、重要な「核」の一つであると言って間違いはないだろう。ロマンの旗手立原とはいえ、「虚構をいっさいぬきにして作者が自己の経験を語るから、やはりそこには読者を打つものがある」ことを承知している以上、嘘は書けない。たとえそれが通用しても、真実でないことは作者自身が一番知っている。真実を書けば、『剣ヶ崎』以来のすべてを覆すことになる。二度目のカミングアウトの困難さは、一度目の比ではない。後年の、自伝的長編と言われた『冬のかたみに』が小説として破綻したのは、その点から必然とも言えようが、その周辺はあらためて後述しよう。

唐突だが、私としてはどうしても考えてしまうことがある。立原正秋は、目と鼻の先に住む一徹な私小説主義者津田信の存在を、どう感じていたのだろうか。直木賞受賞後はもはや眼中になかっただろうが、やはり自分のことしか書けぬ哀れな男に見えたのか。

純文藝誌「新潮」への長編一挙掲載

立原の直木賞受賞からおよそ一年後の昭和四十二（一九六七）年五月、七十三歳の小島政二郎は長編『眼中の人（その二）』を文藝誌「新潮」（六月号）に発表した。全四百枚の一挙掲載であった。

雑誌の巻頭約百二十ページにわたるこの小説は、末尾に（眼中の人・その二）という表記はあるが、目次にも冒頭の標題にも（その二）はなく、単に『眼中の人』となっていることは前述した。後にこの命名の理由を訊かれた時、「かつて力を入れて書いた『眼中の人』という小説を誰も顧みてくれないから」と、分かるようで分からない答えをした政二郎だが、確かに昭和十七年刊の『眼中の人』（その一）は、三十一年に角川文庫には入ったものの、その頃はもう知る人ぞ知る以下の存在だった。四十年代半ばに私が初めて読んだのは、『世界の人間像』（角川書店）という伝記・評伝シリーズの一巻に収められていた版である。

再三書いてきたように、通俗の大家小島政二郎の当時の主要舞台は中間雑誌（特に「小説新潮」が多かった）であったから、純文藝誌「新潮」への登場、それも長編一挙掲載は文壇の目を惹いた。そのうえ、（その一）が言わば文学修業物語だったのに対し、（その二）に描かれたのは老境作家のあからさまな恋愛だったから、世俗的な話題性にも事欠かなかった。

前年（四十一年）八月に一人娘美籠に先立たれた政二郎は、その僅か三か月後の十一月、美籠より二歳下の熊田嘉壽子（後に視英子と改称）を、鎌倉二階堂の自宅に妻として迎えた。前妻みつ子在世中からの、十二年余にわたる交際を経ての再婚だった。年齢差三十二、嘉壽子の実父と政二郎は同い年であった。

小説の内容にはこれまでも断片的にふれたが、再度かいつまんで紹介しよう。

前半は（その一）とも重なる大正時代から始まる。

トルストイ『アンナ・カレニナ』に圧倒されて小説が書けなくなった「私」は、芥川の薫陶を受けてロマン・ロラン『ジャンクリストフ』を読み、ようやく呪縛から解放されると再び執筆に取り組む。やがて、友人の講釈師神田伯龍をモデルにした『一枚看板』を発表するや好評を博し、これが文壇出世作となった。ここまでは（その一）の再説である。

昭和に入り、朝日新聞の連載依頼に応じ、当時恋愛中だった人妻（美川きよ）とのいきさつを材料に書いた『海燕』が評判を得る。続いて発表した同紙第二作の『花咲く樹』はさらに人気を呼び、これで「私」は流行作家になった。

それまで縁のなかった大衆娯楽誌からも次々に注文が押し寄せた。最初は躊躇っていた「私」も、尊敬する菊池寛の誘いもあってそれらに応じた。「妻子との家」と「人妻との家」の二軒を維持していた「私」には、娯楽誌の高い原稿料は魅力だった。

やがて、「主婦之友」が連載を頼みに来た。編集部の要求は書いた事もない大通俗小説だったのでさすがに固辞したが、莫大な原稿料の誘惑に負けて結局承諾した。話の筋書きは出入りしていたある娯楽雑誌の記者が提供・下書きしてくれた。こうして始まった『人妻椿』や続く『新妻鏡』は同誌空前のヒット作となり、「私」の通俗作家としての名声は決定的になってしまった。

その後、人妻は「私」を捨てて恋人のもとへ去り、戦争が激化してくると「私」の名は軍部により執筆禁止作家リストに載せられた。それまで高額な収入がありながらも無計算に散財していた「私」

の一家は、たちまち困窮した。仕方なく、初心に還って『眼中の人』や『わが古典鑑賞』を執筆発表したが、通俗で大当たりをとった罰で、文壇からは全く問題にされなかった。苦しい生活の中で、二度と通俗小説の筆は執るまいと「私」は誓った。

だが終戦を迎えると、そんな「私」の誓いも瞬く間に崩れ去った。戦時中の無収入で文字通り飢えに喘いでいた「私」は、本能的にどんな注文にも食らい付いた。学徒動員の工場労働で体を壊した美籠の病気治療に金が要るという事情もあった。

新興出版の雄青山虎之助からも法外な原稿料を得た。戦前に出した小説のアンコール出版でも稼いだ。そして新雑誌「ロマンス」に書いた『三百六十五夜』が、予想外の大喝采を浴びた。美籠の治療費を購ったうえ、家を買うことも出来た。「私」は再び流行作家になった。だが、それは通俗作家に返り咲いたことに他ならなかった。もはや誰も「私」を芸術小説家扱いはしてくれなかった。ついに、芸術小説を書きたいと願いながら、ひたすら通俗小説を書いているという、世にもおかしな人間に「私」はなってしまった。

三章(永井龍男)でふれた「川口松太郎のような生まれながらの通俗小説家がいる」「それはそれでいい」というフレーズは、このあたりで出てくる。川口が激怒して抗議したが返答もしなかったという一節だが、誰が何と言おうが「川口と自分は異質だ」という意識を、小島政二郎は捨てることはなかった。

ここから、政二郎の十八番ともいうべき「嘆き節」が続く。戦前は「新潮文庫」に入っていた三作品も今は省かれ、戦後の新作も、出版はしてくれても文庫には収めてくれない。最近はとうとう大衆小説の全集からも「私」の名は見られなくなった。そして、こうして落ちぶれてゆくなかで、「私」

は突然家内に死なれた……。

ここまでが『眼中の人（その二）』の前半で、全体の約四割に当たる部分である。この後一転して、「老いらくの」と言うにはいささかエネルギッシュな「恋」が始まる。

「先生」「あなた」がいつしか「マサ」に

芭蕉臨終の地を訪ねる旅に出た「私」は、墓所のある近江の義仲寺で三人連れの若い女性たちと出会い、その中の蠱惑的な目をした美女に魅了された。彼女は、「私」が『人妻椿』の作者であることを知っていた。ひとしきり愉しい会話をしてその地で別れたが、その時彼女は「私」の手帳に自分の大阪の住所を書いてくれた。

帰宅しても彼女――「ささ」を忘れられない「私」は、あれこれ想いをめぐらす。二十歳前後の生娘にしか見えなかったが、ひょっとすると人妻かもしれない。我慢しきれず「私」は手紙を出したが、ようやく返事が来たのはひと月後だった。こうして二人の間に文通が始まるが、「ささ」は肝心な身の上をなかなか明かさなかった。そのくせ「先生の笑い声、大好きです」「ああ、もう一度会いたいナ」などと思わせぶりな言葉をちりばめ、「私」の心を揺さぶった。

一、二年が過ぎる間に、「ささ」が裕福な事業家の妻であることが分かってきた。二十歳そこそこに思えた歳も、実際は二十七であった。やがて「ささ」は、経済的には恵まれていても、夫の無教養さと非人間的な仕事ぶりに耐えられないと訴えてくるようになり、ついに離婚を決意したのか「今すぐに大阪へ来て私に会ってください」と切迫した手紙を寄越した。

家の事情で大阪へ駆けつけられなかった「私」に、「ささ」は憤慨した様子で「今後一切手紙をくれるな」と絶縁状を突きつけ、消息を絶った。「私」はもはやこれまでかと諦めたが、半年後、鳥取の実家から旧姓に戻った「ささ」の手紙が届き、「私」は離婚成立を察した。

文通は復活し、「ささ」は「私」を「先生」ではなく「あなた」と呼ぶようになり、それがいつしか「マサ」に変わっていった。「私」は再び彼女のコケットの虜になった。間もなく「ささ」は大阪の「清風荘」というアパートに転居し、「私」は彼女が単身生活に入ったと推測した。

その後、痔の手術を受けるため「私」は名医のいる富山へ講演を兼ねて赴いた。「ささ」はそこへ予告もなしに現われ、術後の八日間、何くれとなく世話を焼いてくれた。同時に「マサは作り話が上手くないから小説が下手。その代わり随筆は日本一だからいっそ随筆家になったらどう。でなければ私小説でもいい」と堂々と直言してきた。素人の小娘が生意気を言うな、と「私」は激昂したが、その言葉が頭を離れなくなった。

鎌倉へ帰った「私」は以前に増して「ささ」に惹かれている自分に気づく。意を決して大嫌いな飛行機に乗り、単身大阪の「清風荘」を訪れた。「ささ」は不在だったが、「私」は近隣の婦人から「ささ」が土門という新しい男の妻になっていることを知らされた。「私」はその場にくず折れた。嘘つき女にうつつをぬかし、振り回された自分が情けなかった。

「とうとう書いたわね、私が待っていた小説を——」

「私」は「ささ」を忘れ、心を入れ換えて仕事に励んだ。やがて「私」の小説が明治座で上演されることになり、いつになく脚色まで引き受けた。上演初日、美籠と共に明治座へ行くと、そこになんと着物姿の「ささ」がいた。彼女は近づき「お話ししたいことがあるのですが」と囁いたが、「私」はキッパリと拒絶した。これ以上、虚仮にされたくなかった。

舞台の中日に再び明治座へ顔を出し帰宅すると、分厚い手紙が届いていた。「ささ」からのもので、五十八枚もある長文だった。そこには「何もかも隠さずに打ち明けるから最後まで読んでほしい」と書かれ、今に至るまでの経緯が延々と綴られていた。最初の離婚で揉めている最中に土門と出会ったこと、離婚成立後に土門と「清風荘」で所帯をもったこと、富山に行ったのは土門の許可をもらい自分たちの結婚を報告するためだった……。今度こそ騙されないぞと思いながらも、「私」は長い告白を読んだ。

驚くべきことに、「ささ」は新しい夫である土門にもすでに不満を抱いていた。読書家で、前夫よりはるかに教養人でありながら、何か物足りない。それは「マサ」と違って芸術家ではないからだろう――と。「私」はふざけるな、どこまでお前はエゴイストなんだと毒づきながら、「ささ」への未練が頭をもたげるのを感じた。それは切ない「片恋」だった。

やがて「私」が『芥川龍之介』を書くと「ささ」から「会いたし」と手紙が届き、二人は会った。「とうとう書いたわね、私が待っていた小説を――」と「ささ」は口を極めて褒めた。酷評を覚悟していた「私」は安堵したが、同時に「ささ」に不吉な陰を感じた。はたしてそれは、土門との生活に対して膨れ上がってきた不満と侘しさだった。「あなたとなら……」と「ささ」は言った。二人の間にこれから何かがきっと生まれる、と「私」は思った――。

これが『眼中の人（その二）』のあらましだ。

私の要約ではうまく味わいが伝わらないが、後半の「私」と「ささ」の駆け引きはなかなかスリリングである。謎の女のコケットリーに骨抜きにされる「私」は、結局は手玉に取られたという印象を抱かせながら、思いの外したたかである。女の狡猾さ、巧みな術策を、それに翻弄されながら、かなり冷静に剔抉している。

作者小島政二郎の事実に即して言えば、モデルとなった熊田嘉壽子との出会いは昭和二十九年、この小説に描かれる交際は三十年代のことであり、その頃前妻みつ子（三十七年没）は存命だった。和田芳恵はそこを指摘して、みつ子の『陰の舞』の処理が、ささと無関係におこなわれているので、心理的な葛藤がおこなわれないように、この小説は、なめらかに進行している」「妻の存在が完全に無視され、黙殺されているようである」（『小島政二郎全集』第十二巻解説）と評している。

確かにそれは私小説として捉えた場合のある弱点かもしれないが、そんな読み方が出来たのは、和田が政二郎の私生活の歴史を熟知していたからでもある。一章（今東光）でもふれ、右の要約でも分かるだろうが、政二郎に詳しくない読者には、みつ子の死後に旅に出て「ささ」に出会った、と読めるように構成されている。その点、作者は確信犯である。

もう一つだけ、小説に現われていない事実を書けば、嘉壽子はこれ以前、終戦直後に最初の結婚をしており、数年で破綻した。したがって、この小説で描かれているのは二度目と三度目のもので、その後の政二郎との婚姻は彼女にとって四回目であった。

小島政二郎は「一種の思想オンチ」

和田芳恵は右と同じ解説の中で、「これは、不思議な回春小説」であると言いつつ、「自分の娘よりも若い女性の手に導かれて、純文学の道に復帰することができた」「小島氏が望んでやまなかった純文学への復帰が『眼中の人』第二部の目的であるにちがいない。こういう見方をすれば、ささは、美しい犠牲者なのであろう」とも書いている。すなわち、作者は若い美女にめぐり合って眼がくらんだそぶりを見せながら、それで昂揚した精神を原動力に純文学作家としての復活を企んだというわけだ。無論、偶然の恋愛が先で、小説がその結果であることは明白であるが。

この解説が付された『小島全集』第十二巻の刊行は、「新潮」への小説掲載の僅か二か月後であるから、和田は読後すぐにこの文を認めたと想像される。つまり、評価がまだ定まらぬ時期であるからこそ、率先して、あるいは祈りをこめて、「純文学の道に復帰することができた」と断言したのであろう。

では、和田のような「身内」ではない他の文壇人たちは、発表直後、『眼中の人（その二）』をどう評価したのか。さまざまな反響はあったが、代表として平野謙（「毎日新聞・文芸時評」）のものを挙げておく。平野は「身内」ではないが、小島贔屓の評論家だったことは事実である。まずその回の冒頭で「今月の最大力作」として掲げ、相当な紙幅を割いて論じている。

私はこの力作をたいへん興味ふかく読んだ。しかし、急いで付け加えれば、それはこの作品が文学的にすぐれているためというより、むしろ節度をこえた一種アケスケな性格のためらしい。作品の出来ばえとしては、昭和十七年に出版されたおなじ題名の長編よりだいぶ落ちるといわざるを得ない。

これだけで、作者は落胆しただろう。平野はさらりとこう言った後、小説前半の「文学史的な事実に腑におちぬ個所」があると指摘をする。たとえば『海燕』（昭和七年）と同じ頃に芥川が『藪の中』（大正十一年）を書いたという誤った記述があると言い、さらには「この小さな思いちがいがある点でこの作品の一性格を象徴している」とまで発展させる。

はっきり言えばこれは平野の読み違えで、紛らわしい書き方ではあるが作者はそんなことは書いていない。ただし、多用する「この頃」といった表現は、小島流にかなり大雑把なところがあるし、他の部分で明らかに時間的な錯綜があるのは事実だから、厳密さを重んじるなら随所に穴はある。

平野は、大正期や戦時中の時代感覚については具体的に描かれているのに、その間の昭和初年代に関心が払われていないのが不満で、プロレタリア文学に無関心な小島政二郎は、「一種の思想オンチ」だと言う。菊池寛の影響で芸術派から人生派に転じたと見られる「小島政二郎が、人生派的問題の一発展にほかならぬプロレタリア文学の問題に全然無関心らしいのは解せない」とも。

また、純文学対大衆文学の問題については、「ひとりの実作者としてこの問題に体当たりして、数十年間悪戦苦闘した小島政二郎を尊敬こそすれ、軽蔑などするいわれはさらさらないのである」とは言っているが、それはこの作品自体の評価とは無縁の感想のようだ。

もう一つ、戦時中の執筆禁止の挿話に対し、作者はこの問題を軽く書きすぎており、これでは戦後のレッドパージに比すべき「執筆禁止という太平洋戦争中の刑罰そのものの重さが減るように感ぜられ」て「困るなア」とも平野は書く。彼の情報局勤務という経歴を踏まえて読むと、この他人事のような書き方は困るなアとこちらが思うが、それは別の問題なので追及しない。

では、平野は小説の後半をどう読んだのか。

……人妻との恋愛を中心とした後半の部分については、その驚くべき艶聞をすなおに羨んでおけばことたりるわけである。しかし、それだけでは手放しで聞かされた腹ふくるる思いがいやされない。

平野はこの後、女に耽溺した村松梢風が逝った時、小島が追悼の席で晩年の梢風の文学上のむなしさに痛憤したというエピソードを紹介し、こう続ける。

いま、新作「眼中の人」の後半を読みおわって、なんだ、小島さんは両手に花のご身分じゃないか、と思わずにいられなかったことである。男性としての生涯をつらぬくか、文学者としての一生をつらぬくかの二者択一に際して、小島政二郎は後者をこそえらんだのではなくて、前者を確保した上での後者への願望だったとは、いささか興ざめである。

それにしても、亡き娘と同年配の素性もよくわからぬ女性から「マサ」などと呼びすてにされ、これほど才色兼備の女性にめぐりあったことはなかったなどとヤニさがりながら、改めて芸術小説への修羅をもやす七十男のすがたを見ていると、つくづく男というものはスタリのないものだと、ひそかにわが同性の健在を祝福せずにいられなくなる。そんなこんなで、この作品は私にとって興味ふかくもあり、教訓的でもある今月随一の力作にほかならなかった。

平野謙らしいといえばらしい時評だが、このようにやっかみ半分からかい半分で読まれては、作者も立つ瀬がない。結局、おおかたの読者は、後半をヤニさがった老人の悋気話以上のものとは受け取らなかった。実名私小説の困難と不幸の見本のようなもので、描かれている事象がなまなましく響いてくればくるほど、読者は対象との距離を失う。それを失わせているものが作者の技量だなどとは思い至らない。「芸術小説への修羅をもやす七十男のすがた」がありありと見えてきても、この作品を「芸術小説」はおろか「小説」とすら思えなくなる。三章で見た『甘肌』もまた同様の反応だったことを思い出す。

ゲイジュツショウセツを書きそこなった作家の老醜ぶり

作中で「生まれながらの通俗小説家」と書かれた川口松太郎の憤慨をもう一度思い起こしてみる。

「氏の過去の作品と大差ない」

「芸術小説に憧れながら結局は読み物小説に終わっているようで掲載誌が新潮だから芸術小説とは限らない」

「江戸っ子はグチをいわぬものだが、氏はどうもグチっぽい」

川口は実名の被害当事者だったから、この酷評は当然だ。後半の悋気話など言及する気にもならなかっただろう。しかし、これでも旧知の先輩作家への僅かながらの敬意は窺える。「掲載誌が新潮だから芸術小説とは限らない」というのは、正否はともかく、きわめてまっとうな、分かりやすい表現である。ところが、利害の絡まない第三者ながら、屈曲した筆法による酷評、いや罵倒の見本のような表白を、『眼中の人(その二)』発表の五か月後に行なった作家がいる。それが立原正秋である。

もし、小説は衰弱した、ということが事実であれば、それは、小説家である大岡昇平氏が文芸時評をやりだし、批評家である中村光夫氏が小説を書きだした、というようなこともひとつの原因ではないか、と私はひそかに思っている。もちろんこれは大岡氏の時評と中村氏の作品の価値を減ずるものではない。だいたいこの二人や江藤淳氏あたりには、作家的資質と批評家的資質が共棲しており、小説家がろくな作品を書かなくなったから竟に批評家が小説を書きだした、と「批評家の小説」という呼称がどこかでうまれたそうだが、しかし批評家の書く小説などというものはない。もしまた小島政二郎氏が《新潮》に作品をのせ、石坂洋次郎氏が《群像》に作品を書いたのが、小説不毛の一因だ、という論があるとすれば、これははじめから論外である。これは《新潮》と《群像》を価値判断の基準にしている論である。純文学誌があのような作品をのせることは悪いことではない。それに記録文学よりはましであった。俺は川口松太郎とは違う、などとたわけたことを述べるゲイジュツショウセツを書きそこなった作家の老醜ぶりは、若い作家を自戒させただけでものせた価値はあった。(『一小説家の感想』「文學界」昭和四十二年十一月号)

小説(純文学)の衰退、不毛という今なお変わることのないテーマへの感想だが、たいした鼻息である。同じ文中で、小説の不毛になど興味はない、「私は書いて行かなければならない」とも言っている。多忙な流行作家となって、まさに気を吐いていた時期である。

この小島評にあえて言うべきことはないが、やはり「川口」のくだりは印象的だったのだろう。立原の言うように、大衆作家の小説が《新潮》や《群像》に載ることが、純文学が不毛である証しであるというような論評があったのだろうか。いずれにせよ、そんな掲載媒体の「越境」が話題になっただけで、小島政二郎が願った作品そのものの文学的評価など望むべくもなかったのは間違いない。立原ほどでなくとも、「老醜」または「色惚け」と斬って捨てた者も多かった。

想像と実感との間に隔たりがありすぎる人間

立原が、いわゆる「ケンカを売った」り、「斬った」りした対象は数多あるので、右のような突発的罵声に大きな意味を感じる必要はなかろうが、どうも小島政二郎という作家は、とりわけ立原と肌合いの合わない存在だったように思う。立原の小島に関する発言は、右の文と前掲の「味覚の発達していない」「老人」に尽きているから、これは私の無根拠な印象にすぎないが。

立原の文学的履歴を見ると、戦時中の少年時代に鷗外、三重吉、一葉、藤村、直哉の作品、あるいはトルストイなどのロシア文学に親しんだというから、その基本的嗜好は決して相反するものではなかったろう。だが、その後出会った中世の文化、芸術に、立原は終生こだわり続けることになる。例えば政二郎の背景に色濃くあった近世、明治という時代、あるいは江戸、東京という土地の文化、伝統には、立原はその生い立ちからして馴染めなかったはずである。忌避しないまでも、あえてふれたくはなかった、そんな気がする。同じ鎌倉の風物の中に住んではいたが、立原と違い、政二郎の神経は生涯「街っ子」のままだった。

いや、こんな裏付けに乏しい感想をいくら並べても意味がない。そもそも前章までの四人と違い、政二郎とはほとんど接点のなかった立原を、彼らと同列に論じること自体がおかしいのかもしれない。

前の四人との間には、直接の関係以外に、それぞれ森鷗外、芥川龍之介、久保田万太郎、和田芳恵といった人物が結節点として介在していた。立原との関係には、それに比すべき人間もいない。もし、津田信と立原の親交が続いていたら、別の展開が生まれたことだろうが、立原は津田と訣別し、結果この師弟をひとからげに嫌悪した。そう推測する。

結果論でしかないが、まだ交流のあった「犀」の初期の頃から、津田は立原にとって、ある種鬱陶しい存在ではなかったろうか。自分より若年の者が多かった同人たちに対しては面倒見のいい兄貴にはなり得ても、一歳年長の津田にはそうはいかない。年少者たちはいわゆる「法螺話」を、肚の中はどうあれ面白そうに聞いてくれるが、津田はさして関心を示さない。酒は呑まない。そのうえ、私小説しか認めぬ頑固者である。扱いにくい男だったに違いない。

作家といっても千差万別だからその心中は推し量り難いが、身近にいた一人の私小説家——そう呼ぶに値するかどうかは分からないが、その心情の一端なら垣間見て知っている。

自分の体験を書く、事実を書くのが私小説だとはいえ、ドキュメントではない。脚色、誇張、場面の変更、時間の入替えはつきものだし、会話の正確な再現など不可能であるうえ、意味もない。極論すれば、どうしてもゆるがせに出来ないのは自分の中の実感と、その実感を生んだ事実、体験だけである。

現実の人生で自ら味わった切実な感覚、それは苦悩、恥辱、羨望、憤怒かもしれないし、歓喜、悦楽かもしれない。そのわが身の実感のみに信をおき、そこにこそ真があり、語るに足るものはそれしかない、それが文学だと思っているのが私小説家である。

想像力が貧しいということなのだろうか。むしろ、想像と実感との間に隔たりがありすぎる人間と言うべきかもしれない。創り出した虚構の中では、人物の心理をシミュレート出来ない、たとえ出来ても、その結果に自信がもてないのである。物語――ロマンが書けない理由はそこにあり、その点では私小説が「感想文にすぎない」という評価は間違ってはいない。

「告白」は、見事な「創作」であった

そんな私小説家が他人の小説を読む際、その感想――実感に最も価値を置くのは当然だろう。事実に基づいた正直な告白、その真実さに最大の感銘を受けるのだ。

津田信が立原正秋に関するメモを残していたことは前述した。そこには立原の口にした「代々、日本橋のラシャ(羅紗)問屋」「鎌倉山に三千坪の土地」「蔵に家具がいっぱい」といった法螺話も書き留めてあるが、これらは端(はな)から信じていなかった節がある。このメモを書いた時期ははっきりしないが、おそらく立原の死(昭和五十五年八月)のすぐ後だったようだ。というのは、このメモの中に「月刊プレイボーイ」同年十二月号の記事の切抜きが挟まっていたからだ。記事のタイトルは『立原正秋の父』、筆者は越次倶子(えつぐともこ)。

これは立原と親しかった早大教授武田勝彦の依頼を受けた筆者が、昭和六(一九三一)年、立原が五歳の時に早世したという父親の実像を探ったレポートである。末期ガンで死の床にあった立原が、父のことをもう少し知りたいと武田に洩らしたことが、その依頼の発端だった。越次はジャーナリストであると同時に文芸評論家であり、三島由紀夫などを研究するグループを通じて津田信とも知己であった。

記事の詳細は省くが、越次の調査によって立原が常々語り、自筆年譜にも随筆にも記した幾つかの事柄――「父母共に日韓混血」「父は李朝末期の貴族李家の出」「禅僧になる前、父は軍人(大邱歩兵

八十連隊所属）」「父の死は自裁」などが、悉く事実に反するということが図らずも明らかになった。父母共に純粋な朝鮮（韓国）人だった立原正秋の旧戸籍上の本名は金胤奎（キムイユンキュ）であった。

この報告には、津田信も驚いたはずだ。生前の口吻では立原の発言にいろいろ疑いを抱いてはいたようだが、ここまではっきり裏付けられたことは衝撃だったと思う。かくて、『剣ヶ崎』に端を発した「告白」はカミングアウトでも何でもなく、見事な「創作」であったことが判明した。（余談だが、元「新潮」編集部の坂本忠雄は立原の死の翌年、『剣ヶ崎』執筆時を回想し、「告白」を書かせようとした時の編集部の知識として「立原さんが本名を米本といい、実は韓国人の血を承けているということを聞き知って」いたと書いている。つまり「米本」という姓〈実は夫人光代側の姓〉に韓国系のにおいを嗅ぎとったらしいのだが、結局これは根拠のないことだった。真実を追求しようと坂本は後に高井有一に評伝『立原正秋』を書かせるが、そこに作家たちの人生と格闘してきた編集者の執念を見る思いがする）。

高井有一や武田勝彦の調べで立原の生涯の全貌が見えてきたのは、さらに十年以上後のことだが、この越次レポートが立原研究の端緒となったことは見逃してはならないと思う。私も当時、この記事を父と一緒に読んだ記憶がある。ただ、十五年も前に絶縁した立原に、なぜ津田が深い関心を示し、記事を切り抜き、メモを書いたのか、その真意は分からない。順序からいえば、この記事がきっかけで何かを思い立ったとみるほうが正しいだろう。憶測すれば、やはり真実を書くことが小説であると信じていた男であるから、立原の粉飾、人生の捏造に強い違和を覚えた。容認し難かったのではなかろうか。かつてはその嘘を信じかけたにもかかわらず、いや、それだからなおさらに。

全く肌合いの異なる存在

結果論を繰り返せば、こんな疑り深い人間が身の周りにいることは、立原にとっては鬱陶しいことだったのではないか。腰越への引越し後、もう暫く近所づきあいが続いたとしても、立原の直木賞受賞を境に遠からず離反したに違いない。どのみち、両者は訣別すべき運命だったのだと思う。

さらに強引に言えば、その津田の師小島政二郎は、いわゆる私小説家では決してなかったが、時として『眼中の人（その二）』のような大私小説を書き、明け透けな告白を綴って恥じない作家である。老醜と言われようが、正直を旨とする愚直な人間である。立原にしてみれば、全く肌合いの異なる存在だったのだと私はあらためて言いたい。

これ以上、作家立原正秋のあれこれを探るのはとても私の任ではないが、もう少しだけ彼が文学について書いたものを覗いておく。自分では私小説を書かないと言いつつ、その価値はある程度認めていたことはすでに記した。他にもこんな叙述がある。

> 私は平野謙長老のような私小説擁護論者ではないが、といって日本の近代文学から私小説を見おとすわけにはいかない。というよりそれはもっとも聟固（きょうこ）な手法だとさえ言えないこともない。手法として私小説は鎧兜にひとしい。（『現代にとって文学とは何か』）

これは昭和四十六（一九七一）年執筆のもの。その二年前に書いた『川端康成氏覚え書』という文には次のようなくだりがある。

ひとびとは私小説作家に倫理的な姿勢を見ながら、川端氏にはそれを見出せない。私小説作家の倫理は告白にすぎず、川端氏の倫理は天稟が命じたものである。このちがいのためである。自己省察を終えた作家は告白をしないものである。告白のかわりに構築に全力を集中する。私はこれを小説とよぶ。

同文中、別の部分ではこう書く。

氏は初期に心境小説を土台にしながら、そこから離れていった。心境小説が人間生活の現象と道徳の本質をえがいたのに対し、川端氏は美を倫理に転換する作業をおこなった。転換がおこなわれたとき、氏は純粋の声だけをきき、むくろは容赦なく捨ててしまう。（中略）純粋の声をきいた者には、形骸はもはや無意味である。亡国の民にとり信じられるのはこれしかない。

虚構の内にも父と叔父の混交が

立原は、自分が川端に惹かれた理由として、川端が「孤児の目」を持ち、「漂泊者」であり、「亡国の民」であることを挙げ、それが自分との類似点だと述べる。そして自分の境遇を次のように説明する。

私の父方の祖父は朝鮮李朝末期の貴族であった。祖母は日本人であった。うまれたのが私の父である。父は姻戚の家をたらいまわしにされ、最後には禅宗の寺院にやられ僧侶になった。父の弟、つまり叔父は、軍人になり、後に自裁し果てた。私の母も父と同じ混血である。

父と母がなぜいっしょになったのか、私にはすでに探るてだてがなくなっている。父は私が満四歳のとき不慮の死にあい、母は私が九歳のときに再婚して日本に戻っている。父が孤児の哀しみをあじわったかどうか、私にはもう知るすべがないが、私は母の再婚後、父と同じく姻戚の家をたらいまわしにされた。

私が川端氏の作品に孤児の目を視たのは、このような私自身の出生と生いたちにかかわっていた。（中略）くる日もくる日も火の臭いが満ちていたたかぞらを見あげ、私は日本の滅亡をかたく信じていたが、それより以前、私は孤児としての自分の滅亡を視ていた。日本が滅び朝鮮が滅ぶのを、私はあのたたかいの日々に、どれほど冀願（きがん）したことか。


この生い立ちの大半は創り話と言っていい。越次、高井、武田らの調査で事実と確認されたのは、「父が禅宗の寺院にいたこと」、「父の不慮の死（ただし満五歳の時）」、「九歳の時、母が日本に行ったこと（戻ったのではない）」、「母の渡日後、母方の叔父に預けられ、その後孤独な日々を送ったこと（たらいまわしと言えば言える）」ことぐらいで、他は心情を除けば悉く虚構である。

出自などの記述は、『剣ヶ崎』で創り上げた設定が基になっていると言えよう。ちょうどこの文と同時期に、立原は自筆の『立原正秋略年譜』（「現代長編文学全集49」講談社）を発表しており、そこにもほぼ同様の記述が見えるが、『略年譜』では父は「はじめ軍人、のち禅僧になった」とある。また、この五〜六年後に書かれた「自伝的長編」と称される『冬のかたみに』では父が自裁したことになっているから、虚構の内にも父と叔父の混交というブレがある。

この中で偽りでないのは、川端の孤児の目に少年時代の立原が感銘を受けた、という一点である。川端への尋常でない共感が、立原の文章には溢れている。しかし、川端の天涯孤独に比べれば、自分の境遇が孤児と呼べるようなものではなかったことは、立原も承知していたはずだ。確かに、高井有一も洞察しているように、母が日本に渡った後の二年半余りは耐え難い孤独地獄を味わっただろう。だが再会後は、成人し結婚するまで共に暮らしたし、右の文を書いた時もまだ母は健在だった。父となぜいっしょになったのか、探るてだてがないはずはない。

この文章に限って言えば、立原は自分が川端の並みの理解者ではないことを強調、補強するために、自分の生い立ちを捏造した。川端が「孤児」「漂泊者」「亡国の民」であるなら、わが身にもそれに比すべき設定を与えねば、熱烈な共感者として均衡がとれなかったのである。「自己省察を終えた作家は告白せず、構築する。それが小説だ」と言った立原だが、ここでついに省察の対象である過去——実人生の構築に手を掛けてしまったのか。

川端は、すでに何かを視透していたかもしれない

高井有一は『立原正秋』の後に書いた『立原正秋と〈在日〉の人々』という短文で、立原の朝鮮時代の小学校の同級生など、幾人もの同世代の在日一世の人々から聞いたエピソードを紹介している。その中で「立原正秋の一生は、私にとって他人ごとではありません。その心情があまりによく解るんです」と語った沈載寅氏についてこう述べる。

一九二九年生れで、小学校六年生のとき日本へ来た沈氏は、かつては自分の出自を人に打ち明

けられなかつた。言葉の訛りがないやうだけど、どこの生れなの、と友人の母に訊かれて、咄嗟に朝鮮と言へず、北海道だと答へてしまつた苦い記憶がある。忠良な日本臣民にならうとして陸軍幼年学校を受験したが、合格はしなかつた。戦時中の徹底した皇民化教育に洗脳されながらも、差別に直面すれば感情は鬱屈して、中学四年生のころには、日本も朝鮮も滅びればいい、と真剣に思つた。この思ひは、「日本が滅び朝鮮が滅ぶのを、私はあのたたかいの日々に、どれほど冀願したことか」と書いた立原正秋に通じてゐる。

こういう痛切な話を聞くと、立原の嘘をあげつらうことがひどく心無い行ないに思えて辛いが、この通りだとすれば「日本も朝鮮も滅びればいい」という思いは、この世代の在日朝鮮人がある程度共有していた感情かもしれない。日本はともかく、祖国の滅亡まで願わざるを得ないところにこそ、統治国に呑み込まれ、アイデンティティを歪められた植民地の民の哀しみが滲んでいると私は解釈したい。それを立原は、日韓混血という「血の問題」を導入し、ある種分かりやすい、さもありなんと人が納得しやすい「物語」にしてしまった。罪とまでは言わない。だがこの構築は、真実を少しく遠ざけたのではないか。

ここで、以前僅かにふれた芥川賞銓衡における川端康成の選評を思い出す。『剣ヶ崎』について川端は、「もう少し長く書いてもよく、人種問題にもう少し痛切な血が通うとよかった」と書いた。「人種」は「民族」と言い換えるべきかもしれないが、「もう少し痛切な血が通うとよかった」を聞き流せないのは、私の考えすぎだろうか。もしかしたら、立原が敬愛してやまなかった川端は、すでに何かを視透していたかもしれない。本物の孤児の目は、端倪すべからざるものがあると私は思う。

自伝的信憑性を補強するための技法

昭和四十八（一九七三）〜五十年に立原が書き継いだ自伝的長編『冬のかたみに』は、小説として結局破綻したと前述した。この作については武田勝彦、高井有一らが詳細な分析を施しているから私の出る幕ではないが、ここまで書いてきたことだけでも、この作者にいわゆる「自伝」の執筆が困難であったことは、容易に想像出来るだろう。無論、それは没後さまざまな事実が判明したからこそ言えることではあるが。

「自伝的小説」と「私小説」との違いを端的に言うのは難しいが、「私小説」は概して短い。小説自体の長短もそうだが、そこに描かれる時間が人生の一断片であっても「私小説」と見なすことは可能だ。まだ若年の青年でも書けないことはない。だが「自伝的小説」はそうはいかない。何歳の時から筆を起こすかはともかく、ある程度の人生の変遷が語られなければならない。生い立ちは避けて通れない。いきおい作品も長くなる。もちろん、「自伝的短編」もないことはないが。

『冬のかたみに』は「幼年時代」「少年時代」「建覚寺山門前」の三つの章から成り、作者の跋文によれば、それぞれ百枚、百五十枚、百三十五枚で、全部で四百枚に満たない。主人公の年齢で言えば一章は満五歳、二章は七〜十一歳で、ここまでが故郷朝鮮での生活。三章では一気におよそ十年後の二十二歳へ飛び、舞台はすでに戦後の日本である。

各章のエポックは一章が父の死、二章が母との別れと孤独な日々、三章が結婚と長男の出生であり、この点は作者の人生とズレなく対応している。だが、すでに自分が創り上げた出自に関する虚構を、随筆や自筆年譜で「事実」としてしまった作者は、それを基本設定に「自伝」をやはり創り上げねばならなかった。

まず一章で、祖父は貴族、父母は日韓混血と規定した以上、当然全編そこから逸脱することは許されない。またそれを基にした枝葉を張り巡らす必要も生まれる。例えば、二章における、日本人師弟の通う小学校では「朝鮮人」と蔑まれ、転校した朝鮮人の普通学校では「猪足（チョクバリ）」と嘲られるといったような架空のエピソードを、夥しく案出せねばならない。三章でも、祖父の遺産で経済的には困らず、戦後も無頼な生活を送れたといった、現実とはかけ離れた記述がある。辻褄合わせである。それが作家の創作の醍醐味だと言えばそれまでだが、いかにロマンの達人立原でも、それを「自伝」的に構築するのは骨が折れたのではなかろうか。

この長編では、各所にこれを執筆している時点での作者らしき「私」が顔を出し、物語を俯瞰する。昭和初年の朝鮮の暮らしを語りながら、数十年を経てその地を再訪した折の挿話を書き込む。あるいは、戦後まもなくの時代を綴りつつ、突如昭和五十年の「私の母の死」の場面に切り替わったりもする。いずれもこの作の自伝的信憑性を補強するための技法と思えるが、それを以てしても補えぬほど、二章と三章との間の「空白の十年」は小説の均衡を欠いている。

時代的には昭和十年代、主人公の十代から二十代初頭までの、本来ならこれが「少年期」であるべき時期である。三章でこの期間への回想が随所に挟まってはいるが、それはあくまでアウトラインをなぞったものにすぎない。最も多感な年代であり、社会的にも戦時中という激動期を「自伝的」長編から省略するのは、どう見ても不自然であろう。この時代を描いた立原の作品に感化院を舞台とした『美しい城』があるが、この自伝的空白を埋めるに足る小説ではない。この本来の「少年時代」の脱落の理由は分からない。おそらく、基本設定に沿った造形が最も難しい時代だったのだろうと想像するしかない。虚構と事実の折り合いをつけることがついに出来なかったのか。

私が知っているのは、それが、立原の本名「金胤奎」が創氏改名で「金井正秋」となり、彼が猛然と日本語と文学を体内に吸収していた時期であったということだけである。

父が死ななければ作家立原正秋は誕生しなかった

高井有一は、昭和五十年代に津田信が自らの愛欲情痴をあからさまに描いた諸作について「筆を運ぶ作者の苦しげな表情が想像され、私は傷ましくてならなかつた。虚構を排し、文章の飾りを棄て、事実をありのままに書くといふ私小説の信条が、作者を追ひ詰めてかういふ作品を産み出させたのだつたか」（『津田信　私小説家の死』）と述べている。私は立原の『冬のかたみに』を読み返し、ある種正反対の傷ましさを感じざるを得なかった。

素っ裸になって事実そのままを告白せよとわが身に命ずるのも辛いだろうが、告白を封じ、虚構に虚構を繋いで告白のごとく自分の生涯を語ることも、また息苦しい行いに違いない。小説を書くということは、突きつめれば、おぞましい行為である。

作者死して早三十余年、諸々の知識を得た私はもう虚心に立原作品を味わえなくなってしまったが、あらためて『冬のかたみに』に接してなお心に残るのは、主人公のやみがたい父への思慕である。「血の問題」はもちろん、作中に頻出する禅の公案や、漢詩、偈などはうるさい意匠にしかすぎない。すべてを削ぎ落とした後で浮かんでくるのは、朝鮮の山河、風物と、幻のような父の存在である。小説では「三十四年の生涯」と書かれているが、現実の父は満三十九で病没したらしい。

考えるまでもなく、立原五歳の時の父・金敬文の死が、彼の人生と精神を決定した。父が死なければ、母も、立原も、日本の地を踏むことはなかった。ならば、作家立原正秋は誕生しなかった。もし、父が存命で朝鮮で育ちながらやはり文学を志したと仮定しても、書かれた作品は全く別種のものになっただろう。「日韓混血」とは名乗らなかっただろう。然るに「立原正秋」とは別人である。

五歳の幼児の記憶とはどんなものであろう。『冬のかたみに』（一章）には禅寺での父や老師との生活が克明に描かれているが、実際は極めて茫漠としたものであったに違いない。作中で重要な役割を果たす老師も、後に創作だったと判明した。さらに、父が禅僧であったことまで疑う説も出たが、これは事実だった。前出の越次レポートでも、寺——天燈山鳳停寺の修復に所持金を拠出し、喜捨を集めた仏心厚い僧だったとの報告があるし、鳳停寺を訪れた立原ファンによれば、「鳳停寺極楽殿重修記」という扁額に「有志」（寄進者）および「住持」として金敬文の名が幾つも記されているという。

勿論、立原自身はこういった父の事績は知らなかった。若くして不慮の死を遂げた禅僧という幽かな残像に、さまざまな幻影をからませ、ひたすら追慕して生きてきた。やがて、五十年が経ち、自分の死期が近づいたと悟った時、立原はその美しい幻影を突き壊してでも父の実像が知りたくなった。それで武田勝彦に調べてほしいと頼んだのである。

本名の金胤奎で発表した小説

平成二十（二〇〇八）年十月、立原正秋が「民族名」——旧戸籍上の本名金胤奎で雑誌に発表した小説が発見された、という新聞報道がなされた。これは、戦後の占領下でGHQが収集した出版物が収められた「ブランゲ文庫」（米メリーランド大）を研究、データベース化していた研究者が見つけたというもので、標題は『ある父子』、掲載誌は月刊「自由朝鮮」昭和二十四（一九四九）年二月号だった。
　同じ報道によると、他にも四編の立原作品が同文庫で確認されたという。それにしたがい、発表順に並べてみる。
　昭和二十一年　小説（未完）『木犀の匂ふ頃』（「たきつけ」八月創刊号）、随筆（断片）「たきつけ」（同誌十二月発行第二号）――以上、〈金井正秋〉名義。
　昭和二十三年　詩『売買』（「詩誌二十世代」十二月号）〈立原正秋〉。
　昭和二十四年　小説『ある父子』（「自由朝鮮」二月号）〈金胤奎〉。詩『扉』（「原始林」七月号）〈立原正秋〉。

　それまで、最初に〈立原正秋〉という筆名を使ったのは、「文学者」昭和二十六年十月号に発表された『晩夏――或は別れの曲』とされていたので、これも新発見だったようだ。〈金井正秋〉のほうは右と同じ二十一年、早大国文科聴講生だった頃、大学の創作研究会の懸賞小説に応募・入選した『麦秋』で用いたようで、これが幻の処女作とされてきたが、未完ながら右の『木犀の匂ふ頃』のほうが早いと思われる。これらの掲載誌は実際に見ていないので何とも言えないが、同人誌のようなものだろうか。
　これ以上のことは立原研究家に任せるべきだろうが、金胤奎『ある父子』だけは、ここまで関わって興味を覚えたので、私もコピーを入手して読んでみた（これは現在、岩波書店『占領期雑誌資料大系・文学編』に全文が収められているが、特に詳しい解説などは付されていない）。

「自由朝鮮」がどのような性質の雑誌かは、全体を見ていないのではっきり分からないが、奥付やＧＨＱの検閲文書（英文）から推測できることは以下である。この号が通巻十六号とあるから前々年の二十二年の創刊であろう。いつまで続いたかは不明だ。総ページ七十、定価三十五円。発行所は社団法人同友社（東京都文京区）、編集兼発行人・鄭哲、印刷所は白泉社（港区）、印刷人・李允求。関係者はやはり在日の人たちらしい。いちおう商業雑誌の体裁だが、原稿料は支払われたのだろうか。

執筆者は八名、うち名前から明らかに韓国（朝鮮）と分かるのは金胤奎を含めて四名で、残り四名は日本人の名前である。内容はどれも短い随筆や社会評論の類いで、創作は金胤奎のみ。その『ある父子』は巻末の四十〜六八ページに掲載されており、最も長い。四百字詰にして六十枚ほどだ。検閲文書の一枚には、「Father and Son (Original Work)」、もう一枚には「A Father and His Son」と訳されていて、特に検閲意見は書かれていない（他の論文の幾つかには violation として意見が付されているが）。

日本人に逆らう者はみな破滅する

『ある父子』のあらましを書いておく。

冒頭には、平仮名のみで書かれた「詩」が掲げられている。

にんげんのすむくにが
ひとむかしたのくにの
にんげんにあらされた

たべるものもちさられ
きるきものはぎとられ
すむところうばわれて

よむことをきんぜられ
かくこともとだえられ
まなぶことうばわれて

こんな具合にあと六ブロック（十八行）続く。一読して日本に虐げられた植民地朝鮮を詠ったものだと分かる。最後の三行はこうだ。

めしくれとさけぶもの
ほんくれとさけぶもの
このすべてころされた

かなり誇張のある「反日メルヘン」にも思えるが、とにかくここから物語が始まる。
舞台は日本統治時代の朝鮮大邱に近い山村。主人公は普通学校六年の李達浩、四人兄妹の長男で、父光植、母命玉と共にみすぼらしい八坪の小さな小屋に住んでいた。一家を支える光植（五十歳）は貧しい樵夫で、達浩が生まれてまもなく山から転落して左足を切断したが、その後も右足と二本の義足（松葉杖）を操って樵夫を続けていた。

　達浩は近所の子供から「ちんばの子」「片足の子」とはやしたてられ悲しかったが、父光植を慕い、四年生の頃から山へ出かけて父の仕事の手助けをするようになった。母命玉は一日中子供を叱りつけているような、口うるさい女だった。

　達浩は父が雇い主の日本人地主から理不尽に殴られたり、弟が日本人の子どもたちに酷く苛められたりするのを見るにつけ、社会全体に言い知れぬ疑問を感じる。そして、支配者日本人に逆らう者はみな破滅するという現実を悟った。

　そんなある冬の日、父光植が高熱を出して床に就いた。一日一晩経っても熱は下がらず、翌朝、達浩は駅近くの船岡という日本人が経営する医院へ走る。医師は前夜遅く帰宅したらしくまだ寝ていた。達浩はそこにいた船岡の中学生の息子に事情を話し、「なんとかお願いします」と頭をさげてむなしく帰宅した。

　昼を過ぎても船岡は来ない。父の熱は下がらない。

　達浩はかつて味わったことのない恐怖に襲われた。父の死――。そこで達浩は白昼夢を見た。彼はいつの間にか光植の死体を抱いていた。その死体には無いはずの左足が付いていた……。

　ようやくやって来た船岡医師は、光植を肺炎と診断し、「絶対安静を守ること。後で薬を出すから取りにくるように」と告げて帰った。薬代は達浩一家のその日の持ち金では払いきれぬほどの額だったが、翌日まで支払いを延期してもらい何とか収めた。

　母命玉は治療費がこんなに高くてはこの先続かないと言って、もっと安い公立病院へ入れようと提案した。達浩も頷き、翌朝二人は近所からリヤカーを借りて、寒風の中、光植を公立病院へ運んだ。病院での検査の結果は「進行性肺結核に肺炎の併発」であった。診察した老医師は「気長に養生すればば治る。最後は根気だ」と言う。偶然病院に往診に訪れた船岡は入院を知って「あれほど動かしてはならんと言ったのに」と母子を詰った。

永劫のものが失われる

先入患者が十五人いる大部屋に入れられた光植を眺めて、達浩は絶望に浸った。光植の顔は数日の間に病み衰え、変わり果てていた。達浩はそこに、手段を選ばない日本人の残虐性の下に亡びてゆく朝鮮人の縮図を見た。さらに、考えたくなかった最後の事柄が、再び彼の脳裏を支配し始めた。恐怖は払いよけるそばから何度も襲ってきた。

しかし、その恐怖は、白昼夢に現われた死体に対する恐怖ではなく、人間光植を失うという、彼にとっては耐えられない恐怖であった。彼における死の恐怖の条件とは、死体そのものにではなく、彼の心にある一つの永劫のものが消えるのにあったから。しかし彼はその最後の恐怖を考える。それは光植とのつながり全てを消滅するものではなかろうか。いったい、永劫のものとはなんだろう。光植の死後、自分の中にある光植の記憶だけが、また光植の骨だけが、唯一の残されたものであり、それが光植とのつながりを保つものだろうか。(中略)永劫のものとは人間の思考の中にのみ存在し、その相対的なものを抜きにして永劫のものは考えられない。達浩にとって光植を失うことは父を失うことではなく、人間を失うことだった。一人の人間が死ぬことは、彼にとつて永劫のものが失われることだつた。これは、達浩の人道に対する芽生えでもあつたのだ。

やがて光植の肺炎の症状は治まってきたが、結核の方は治るはずもない。入院が長引くにつれ、一家は困窮のどん底に落ちて行った。母命玉は面事務所（村役場）に救済を懇願し、さらに住んでいるボロ小屋を売ろうとしたが、思い通りにはならなかった。ある底冷えのする晩、達浩は地主の家の鶏小屋に忍び込み卵を盗もうとしたが、家の者に見つかり殴られて昏倒した。

この後、小説は次のような一文で唐突に終わる。

光植は、身寄りの者の居ない共同病室で、命玉が頼んだそばの患者の付添人が気づかぬうち、非道い衰弱の果て、眠っているうちに息を引きとつた。——一九四八、秋

はたして、この作品をどう捉えるべきだろうか。

立原にとっては稀有な、純粋に朝鮮人の視点から描かれた小説だが、主人公の境遇は作者のそれとはかけ離れている。おそらく、朝鮮時代の金胤奎少年の見聞も大いに反映されてはいるのだろうが、設定、筋立てともに、日本に虐げられし植民地の民の悲劇という、いわば類型的な反日小説である。

作者自身の被差別体験を否定する気は毛頭ないが、ではどこまでこの図式を切実なものとして感じていたのかと考えると疑問はある。むしろ、どんな繋がりがあったのかは知らないが、在日同胞が主宰する「自由朝鮮」という舞台にふさわしい、うまく嵌まる物語を、卓抜の技倆で創り上げたという観がある。作者が書きたかったのは日本と朝鮮という図式ではない。心底表現したかったのは、引用

にもある「父と子」、その永劫の別れである――というのが読後の私の実感だ。それはずばりタイトルが示してもいる。

「達浩にとつて光植を失うことは父を失うことではなく、人間を失うことだつた。一人の人間が死ぬことは、彼にとつて永劫のものが失われることだつた」

立原にとってこれが父の死だった。そして父――永劫の存在とは、彼にとって朝鮮そのものだった。朝鮮は母国ではなく、「父国」であった。

朝鮮との訣別を、朝鮮人として書き留めておきたかった

実際の立原の死別は五歳の時であったから、この主人公達浩のような思弁が可能であったとは思えない。だが、作者立原はちょうど達浩と同じ年頃――昭和十二（一九三七）年、満十一歳の時に、叔父に連れられ、母と弟のいる日本本土へ渡った。日本へ向かう船中で、遠ざかる祖国を眺めて金胤奎少年は何を思ったであろうか。日本行は留学や出稼ぎではない。生地に足場を失った彼にとって、往きて還らぬ旅路である。朝鮮の山河との別れは、その地に眠る父との永訣である。金胤奎はこの時、達浩同様に永劫のものを失った。この想いを、後年彼は漂白と呼んだのだろう。

それからおよそ十年を経て、彼はもう一度父の死を「体験」することになる。それがまさしくこの『ある父子』の執筆であるが、小説の末尾の「一九四八、秋」は重要な意味をもつのではないか。

立原年譜（武田勝彦編）によれば、昭和二十三年七月九日、当時「金井正秋」（日本敗戦後は外国人扱い）だった彼と、米本光代の間に長男潮が誕生、同三十一日に婚姻届と出生届を提出した。ここで、変則的な方法であるが彼は米本籍に入り、帰化が認められた。つまり、日本人「米本正秋」になったのである。

　折しも、この直後の同年八月には大韓民国が、九月には朝鮮民主主義人民共和国が建国されている。『ある父子』が書かれた「秋」とは、こんな「秋」だった。ただのありふれた「秋」ではなかったのだ。

　では、すでに歴とした日本人「米本正秋」になっていながら、あえて旧本名の「金胤奎」を用いたのはなぜだろう。本人は無論何も書き残していないし、すべては憶測になるが、単に舞台が「自由朝鮮」だったからというだけはあるまい。

　この雑誌の編集人とはどれほどの関係だったのだろう。注文原稿だったのだろうか、それとも持ち込みか。原稿料はあったのか。同胞の間では金胤奎は知られた存在だったのか。『冬のかたみに』の三章では主人公と朝鮮人学生との交遊は描かれているが、ジャーナリズムの影は見えないし、主人公は創作に手を染めてもいない。すべて分からないことだらけだが、これ以前にも、以後も「立原正秋」という筆名を使っている以上、望んで日本人になった彼が、在日作家のごとく「金胤奎」名で作家活動を展開していくつもりはなかっただろう。

　父を失って十七年、二十二歳の彼は自らが父となり、同時に日本人となった。名実ともに祖国――「父国」との別れである。日本人として歩み出すにあたって、この父なる朝鮮との訣別を、紛れもない朝鮮人金胤奎として今ここに書き留めておきたかった、それが『ある父子』である――というのが私の推論だ。まさにこの時機を逸しては生み出せなかった作品ではなかろうか。金胤奎という名を冠するのもこの一度だけ、と決めていたような気がするのだが。

作者は朝鮮人だが、作品は日本文学である

平成三（一九九一）年、発表直後の高井有一『立原正秋』を読んだ時の感慨はよく憶えている。さまざまな新事実はもちろん愕きだったが、それより立原が日本人になるための道のり、殊に日本語習得への努力は並大抵のものではなかっただろうと思った。それは、混血がはっきり否定され、純然たる「外国人」だったという認識から導かれた、単純な感想であった。

それから二十数年、多少の知識や体験が加わった今は、少しばかり認識が違う。立原が図抜けた言語能力と文学的素養の持ち主であったことは紛れもないが、純然たる「外国人」とはいっても、当時の朝鮮人は欧米人などとは違う。初等学校から日本語によってあらゆる教科を学んできた「日本人」でもあった。統治下教育の是非は措き、それが現実である。

同時に、矛盾するようだが当時の普通学校では「朝鮮語」も正課に取り入れられ、日本によって整備された漢字ハングル混じりの朝鮮語の「正書法」も教えた（昭和十五年まで。十二年までは必修）。まず漢字という共通文字をもち、ハングルと仮名という違いはあれど、このよく似た書法、文法（語順）には諸外国の言葉とは違う近縁性を感じたはずである。幼い頃から日本語に習熟した朝鮮人が生まれるのは何の不思議もない。文学の分野でも、立原以前の世代で両国語を駆使したという金史良や、戦後も活躍した金達寿など秀れた作家たちが出現している。反日を国是とする現在ではあまり表面に出ないが、戦前の教育を受けた韓国の高齢者には、台湾同様に今も日本語を読み、書く人たちが大勢いると聞く。

そんな時代に、立原が日本に渡ったのはわずか十一の歳である。後年の区分で言えば「在日一世」になるのかもしれないが、まだ子供である。それも日本語の下地が出来上がっている、感受性の鋭い

少年である。夥しい言葉、そして文学が体内に流れ込み、染み込んでいったに違いない。これが日本人になってゆくということだろう。

後に武田勝彦が、立原に少年時代の言語生活を質して「今でいうバイリンガルですね」と言うと、立原は苦笑して「二世と一緒だよ」と応じたという。この「二世」は日系二世の米国人などを念頭においたものだろうが、彼らは両国語が出来るといってもほとんど「英語人」である。立原に置き換えれば、日本語が日々朝鮮語を圧してゆく過程が彼の少年期だったと言えるだろう。

朝鮮語を忘れない一世とも、朝鮮語を知らない二世とも異なる、その狭間の存在。

翻って立原の「日韓混血」という幻影を考えると、それは彼の中のこの言語的拮抗の崩れが生み出したものかもしれない。体内に四分の一、あるいは八分の一流れていたのは、朝鮮の血ではなく、朝鮮語だったのではないか。そこには、単なる日本人願望とは違う、ある種の心理的実感が伴っていたのだと思う。

自分より一世代若い在日二世作家である李恢成が登場した時、立原は新聞でこう評した。

……この作者は日本の魯迅であり朝鮮の魯迅である。

日本の魯迅という私のことばに作者はあるいは当惑を感じるかも知れない。しかし、作者は朝鮮人だが、作者が書いた作品は日本文学である、という実になんでもない事実を、私は特にここに誌しておきたい。(『李恢成「またふたたびの道」』)

本来ならこう書いた立原正秋こそ、「作者は朝鮮人だが、作者が書いた作品は日本文学である」と評価されてしかるべき存在だった。その場合の作者が「金胤奎」だったかどうかは別である。いや、帰化したとはいえ、彼は終生「私は朝鮮人だが、私が書いた作品は日本文学である」との意識で筆を執っていたことと思う。だが、ついに「なんでもない事実」を告白することはなかった。仕方のないことである。

親しかった高井有一の次の言葉には真情がこもっている。

立原正秋がもう少し生きて、あからさまな事実を受け容れるだけの心の余裕を持てたならば、彼の文学は変り、もつと自在な境地を獲得出来た可能性がある。私が彼の早世を最も惜しむのは、そんな風に考へるときである。(『立原正秋』)

その通りには違いないが、立原が過去の事実を受け容れようという境地に至ったのは、病を得て生の終わりを予感したからだったと考えると、健常なまま永らえても文学的転換はなかったのではないか。唯一可能性があったとすれば、死の淵から奇跡的に生還したといった場合だったろう。それまでの人生を捨て、堂々と心境小説——感想文を書く覚悟をそこで得られたかもしれない。

愛読者の一群がゐて下さつた

立原正秋に関して付け加えることは、もうほとんどない。

本来なら章を改めるべきだろうが、ここからは小島政二郎の再婚から晩年までを急ぎ足で辿って、本稿を締め括りたい。

前述のように、熊田嘉壽子との再婚（正式な入籍は昭和四十二〈一九六七〉年四月）直後に発表したのが、和田芳恵が言うところの回春小説『眼中の人（その二）』であったが、この年七十三歳の小島政二郎はまさに若返った観があった。これより十年余り、すでに主流から外れた老兵ではあったが、その執筆活動は衰えなかった。

まず評伝・実名小説では、『佐藤春夫』（短編）、『聖体拝受』（谷崎潤一郎・長編）、『北落師門』（北大路魯山人・長編）、『小説永井荷風』（長編）、『長編小説　芥川龍之介』、『初代中村吉衛門』（長編）など。

私小説としては、『妻が娘になる時』（短編）、『美籠と共に私はあるの』（短編）、『小娘のくせに』（短編）、『砂金』（長編）など。

古典鑑賞分野では、『私の好きな古典―樋口一葉・芭蕉』、『詩人芭蕉』、『私の好きな川柳』、未刊行のものとして『源氏物語』、『日本霊異記』、『今昔物語』、『大鏡』など。

刊行された随筆集は、『なつかしい顔』、『下谷生れ』、『吟味手帳』、『百叩き』、『居心地のいゝ店』、『味見手帖』、『ぺケさらんぱん』、『天下一品　食いしん坊の記録』など。

この間、四十二年から四十五年にかけて鶴書房より『小島政二郎全集』を刊行（全十二巻の予定が残念ながら九巻で途絶）。さらに五十年には、『眼中の人』が文京書房から昭和十七年の初版どおりの体裁で復刻刊行された。

いかがだろう。平均寿命が延びた平成の現在とはいえ、七十代から八十半ばまで、このようにコンスタントに書き続けている作家はそう多くは見当たらない。作者の生命力、執筆欲の旺盛さもさることながら、それだけの需要があったという証でもある。殊に『眼中の人』の復刻などは、おそらく小部数ではあろうが、いわゆるコアな愛読者の存在なしには考えられない。

たびたび引用してきた『佐々木茂索』（「文藝」河出書房新社）には、他の作品には見られない、寂寞感の漂う独白がある。作者は満八十四歳である。

文壇やジャーナリズムは、私にこんなに冷眼だつたが、いつも暖かだつたのは、世間だつた。文壇やジャーナリズムが褒めようと貶（くさ）そうと、そんなことは関係なく、私の書いたものを逃さずお金を出して読んで下さる、いはゆる愛読者の一群がゐて下さつたことだ。（中略）正直の話、私が八十五年間、筆一本で食べて来られたのは、かういふ方々のおかげなのだ。命冥加なことだと思つてゐる。（中略）私の読者は新進作家の頃から、大家になつても、大関の地位から落ちても、いいものを書きさへすれば、必ずと云つてもいいくらゐ、随筆集なら三千部から一万部前後、小説なら一万部から二万部前後買つて下さるのだ。

自分に言い聞かせるような口調は、いつになく淋しげである。だが、流行作家時代のように浮薄ではない、作者とピタリと呼吸の合った熱烈ファンに支えられ、小島政二郎は豊熟の晩期を過ごしていた。幸福であったと思う。

「人殺し――」と叫んで逃げた

このように、「再婚」は政二郎の作家的寿命を延ばし、円熟をもたらしたかに見えるが、現実の結婚生活は、彼にとって落胆、苦痛、後悔の連続であった。いや、それは妻となった嘉壽子にとっても同様の日常だったらしい。

嘉壽子——新婚早々に視英子と改名したので以下視英子で通すことにする。改名の理由は、「小島政二郎」という姓名が妻殺し、子殺しの名前だと誰かに聞き、夫の名が変えられないなら、せめて自分の名前を改めてその難から逃れようとしたのだという。政二郎は姓名判断で付けたこの「視英子」が目障り耳障りで、わざと「嘉壽子——」と呼ぶと、彼女は血相を変えて「人殺し——」と叫んで逃げた。

視英子は、いわゆるジャジャ馬だった。政二郎はその性格をガルソンヌ（男おんな）、あるいは大人と子供の同居した「こどな」などと表現している。才気煥発で、芸術的感性も備えてはいたが、反面、物欲、世俗欲も旺盛で、短気でムラ気で気が強く、お山の大将でいなければ気が済まぬ性質だった。政二郎に言わせると「時々天才で、不断はたいていバカ」ということになる。

大正末年に福井に生まれ、鳥取で育った。一人娘だった彼女は厳格な父（政二郎と同い歳）に育てられたが、悉く反抗し、女学校卒業後、学徒動員で大阪に出て以来一人で人生を切り拓いてきた。政二郎好みの美貌——エキゾチックな少女人形のような顔立ちとボーイッシュな肢体の持ち主で、前述のように離婚暦は三回、元夫たちは皆政二郎とは正反対のスポーツマンだったという。三度目の離婚の経緯は『眼中の人（その二）』では省略されているが、政二郎が仲裁役になったようで、離婚成立は娘の美籠が死んだ直後の昭和四十一（一九六六）年八月末。その時点で二人の再婚への道筋がついていたのであろう。

結婚前の交際中にはコケティッシュと映った変幻自在な視英子の性格も、いざ同じ家で暮らすようになると、途端に政二郎の神経を逆撫でするようになった。元々ドメスティックな女だなどとは思ってはいなかったが、その我の強さ、奔放ぶりは想像以上だった。辛抱強い政二郎も声を荒げ、諍いを繰り返すようになった。視英子は始終外出して家には居つかず、家事はお手伝いの婦人にほとんど任されていた。

私が初めて夫妻に会ったのは結婚後六、七年が経った四十年代の終わり頃で、ひと波瀾ふた波瀾を経て夫婦に平穏は戻っていた。初対面の視英子夫人で印象的だったのは、その声と喋りである。とても五十近くには見えない美貌と肌の張り、だがその口から発せられたのははっきり言えばダミ声で、言葉には強い独特なイントネーション、つまりは鳥取訛りがあった。その容姿と会話のギャップはちょっとした驚きであった。

確か山本夏彦は、小津安二郎はよく笠智衆の熊本訛りを気にせず起用し続けたものだ、と訝る文を書いていたが、それと同じ疑問をわが小島先生に抱いたことは否めない。そこが男女であり、夫婦であるのだろうが、あの話芸をこよなく愛した江戸っ子小島政二郎がなぜ、と感じたのは事実である。

視英子の書いたものによれば、政二郎はやはり発音やアクセントには喧しく、テレビを見ていても、東京弁――標準語に反する用例が耳に飛び込んで来ると、すぐ反応して憤懣を洩らしたという。だが、視英子はそれが癪にさわって、

「東京生まれがなんだっていうのヨ。東京なんて日本のほんの一部じゃないの。日本中どこの土地だって方言ってのがあるのよ。生まれたクニのなまりでしゃべってどこが悪いのよ。あなたが東京に生まれて、東京弁がしゃべれるのは当たり前のことじゃないの。いちいち東京生まれって自慢しすぎるわよ、バカバカしい」

と猛烈に反抗して、ついに政二郎を降参させたともいう。

「テメエのために俺の人生はメチャメチャだ」

一方、視英子側もこの四度目の結婚には当初深い幻滅を感じたようだ。

いくら交際期間が長くとも、一緒に暮らしてみなければ分からないことは多々あった。

一つは食生活。『食いしん坊』を愛読していた視英子は、政二郎を食通であると思い込み、同じ食卓を囲むことに憧れを抱いていたが、ただの肉好き、洋食好きの大喰らいと知って呆気にとられた。視英子は和食党で、交際中の外食でよく二人で行ったのは「辻留」「大市」「新富ずし」といった和食系の店ばかりだったが、後から考えるとそれは政二郎が無理をして視英子の好みに合わせていたのだった。本当は毎日でもトンカツ、カレーライス、ビーフシチューの類いを食べていたい男だったのである。

しかし、こういった食べ物の嗜好の違いぐらいなら、呆れたり笑ったりですますことができたが、視英子にとってもう一つの見当外れは、かなりの痛手だった。

視英子の場合に限らないが、小島政二郎は惚れた相手には徹底的に優しく接し、トコトン尽くす。前妻のみつ子の時は、まだ十三歳だった彼女に学資を出して女学校を卒業させ、その妹まで同じように面倒を見た。慶應義塾の新米教師で、小説も売れず、たいして収入もなかった頃である。

視英子とつきあっていた昭和二十〜三十年代は、新聞、雑誌に多くの連載をもっていた売れっ子の大家であった。後（昭和四十七年）に視英子は、週刊誌の取材でこう言っている。

……あの人と知りあって、カネは全部しぼって、他の男にみついでしまったんですから。（中略）デートのたびごとに20万円使わせました。着物や指輪をやたらに買わせて、その上、原稿の清書をやっては、莫大な原稿料をせしめたんです。「パパは結局あたしに3000万ぐらい使ったかいね」ってこの前きいたら「バカ野郎！　1億だ。テメエのために俺の人生はメチャメチャだ」と恨みの目でジット私をみつめてました。

一億は言いすぎかもしれないが、交際相手には大甘なのだ。さらに「あなたが女房になってくれたら、何もさせない。傍にいてくれればそれでいい」とまで囁いたという。こういう扱いを受けた女が、この男と一緒になれば何不自由なく、思いのままの生活が出来ると考えるのは無理からぬことだ。ところが、ひとたび家の敷居を跨ぐや否や、柔和な老作家は、箸の上げ下ろしにもうるさい小言幸兵衛に豹変した。何かにつけて「バカ野郎！」とその老人は怒鳴り声を上げた。

貯金がたった四万円

同居して二年後に発表された『妻が娘になる時』という短編に、次のような場面がある。

嫁に来て一週間ばかり立った或る日、ふと気がつくと、貧乏揺すりというほどではないが、それに近い動作を彼女がしていた。

ビックリして

「コラ、よさないか」と叱って、

「君にそんなミゼラブルな癖があるとは知らなかった」

と強く窘（たしな）めた。自尊心の強い彼女は、とっさにキマリの悪い表情と不快な思いを目に浮かべたと思うと、サッとテーブルを離れた。そうしてイキナリ大きな声で思い掛けぬ唄を唄い出した。

惚れられて惚れられて
十三年間惚れられ抜いて
やっと女房に来て見れば
貯金がたった四万円
奥さんすっかり驚いて
貧乏揺すりが始まった

私は呆気にとられながら、この、皮肉を込めた即興詩に苦笑するより外なかった。

一億貢いでくれた男の蓄財は、蓋を開けてみたら僅か四万円だったのだ。そのうえ、銀行からの借金もあった。通帳を見て視英子は目を疑っただろう。言葉を失っただろう。はっきり言えば、贅沢をして、遊び暮らそうと思って結婚したのだから。

視英子はショックだったが、しかしそんなことでメゲるような性格でもなかった。お茶、料理、人形作りといったお稽古事に通い、友達と芝居だ、お呼ばれだと言っては出かけたきり深夜まで戻らなかった。そうして借金をさらに増やした。老作家はひたすら書いて、それを返済してゆくより手はなかった。

当然、夫婦喧嘩は頻繁に、派手に繰り返された。テーマは常に「離婚」だった。

好みの美貌に一目惚れ

「私の一生でついに埒があかなかったのは、禅と女だ」というのが、小島政二郎晩年の口癖であった。

禅では、立原正秋同様、『無門関』『碧巌録』『正法眼蔵』など多くのものを熟読したが、結局何も悟れなかったらしい。「読書から何かを得ようとした私の態度が間違いだったのだから、当然の報いであったろう」と書いている。仕方なしに、「思いを禅から捨てた」とも。

しかし、女だけは捨て切れなかった。そして、見事なまでに失敗を繰り返したのだというのだ。女において「埒があかない」とは、単に女運が悪かったというような受動的な結果論ではなく、常に積極的に理想を追い求めながら願いを叶えられなかったという意味だ。女というものがどんなものか、自分にとってふさわしいのはどんな女か——要は、女を見る目がついに養えなかったという嘆きである。

その失敗の原因は政二郎自身、充分に自覚していた。自分の育ちから考えて、下町の裏店の気立てのよい娘を嫁にもらえば、落ち着いた家庭を得られるだろうという実感は、少年時代から持っていた。ところが、慶應の学生の頃、阿部次郎教授が最終講義で述べたダイアレクチック（弁証法的）な勉強法というものにいたく感化されたのだという。弁証法——生、反、合のように自分の好み（正）ばかりでなく、好きでない（反）ものも学べば、思いもかけない充実した結果（合）が得られるといった教えだったらしい。政二郎は女選びにこの発想を取り入れたのだと、頻りに強調している。だから山の手の、西洋的容貌の娘——みつ子を妻にしたのだと。

いかにも真面目な学徒らしい姿勢とも言えそうだが、はたして好きでもない「反」にあえて挑んだのかと問えば、そんなことはなかった。むしろ、下町的和風の女は親しすぎて興味を抱けず、洋風の女にこそ強い魅力を感じていたのだ。特に執着したのは、その見目形であった。

　この洋風美人へのこだわりがそもそもの間違いだった、と後に大いに反省した政二郎だが、それでも性懲りなく過ちを重ねた。好みの美貌に接すると途端に一目惚れして、その性格にまで思案が及ばなくなる。相手の思惑など顧みず、押して、貢いで、手に入れるまで努力は惜しまない。結果、共に暮らすようになると、今度はその性格が神経に障って堪らなくなる。ドメスティックな望みなど捨てたはずなのに、結婚すればやはり「家庭婦人」を求めてしまう。そして落胆する。いわば自業自得の嘆きではあった。

　小島政二郎が生涯で深く関わった女性といえば、みつ子、美川きよ、視英子、そして『砂金』で描かれた芸者「菊枝」（『甘肌』では「凪子」）の四人である。「菊枝」は知らないが、他の三人はいずれも美人で、政二郎好みの西洋風といえば妻になった二人がその典型であろう。

　三田時代から傍らで眺めてきた門下の倉島竹二郎は、視英子との結婚を含めて、師の恋愛をこう評したという。


「先生のは得恋ではない。無理落しだ」

と言った。

「無理落し？」

「先生の力を借りなければ、離婚出来ないし、離婚後の生活も保障してもらえないし、先生の恋愛を受け入れるより外に仕方がないと言った感じですよ」

「そうかな」

「みつ子さんの場合でも、清子（注・きよ）さんの場合でも、そう言った感じだな。惚れてはいなかったな」

「……」

そう言われれば、私には一言もなかった。（『妻が娘になる時』）

かくて、「女に惚れられたことが一度もない」というボヤキが、小島政二郎の晩年を覆うことになったわけである。

ノーベル賞作家が序文を

視英子との生活に戻る。

老大家の若い後妻という無名の存在でしかなかった視英子が、世間の目を惹くようになったのは、結婚後二年を経た昭和四十四（一九六九）年頃からである。いきさつは不詳だが、さまざまなメディアに自らを露出するようになったのである。

まずは週・月刊誌に随筆を執筆し、それが『現代不作法教室』という一冊にまとまるとノーベル賞作家川端康成が序文を書いてくれた。彼女の少女的容貌や才気を川端も愛したらしい。その後テレビやラジオなど電波メディアにも進出、TBS系の『あなたは名探偵』という番組ではレギュラー解答者となって、その一風変わった発想が注目された。この段階で、作家小島政二郎を知らない一般層にもその名が浸透したと言えるだろう。

一方、この活躍を夫政二郎は苦々しく眺めていたかというと、そうでもない。所詮、家庭に納まりきれない女なら、好きなように遊ばせてやろうと思ったかどうかは分からぬが、むしろ協力的だった証拠の一つが、四十五年半ばから四十六年まで「サンデー毎日」に連載された『小島視英子・政二郎の不作法対談』だった。

これは、タイトルからすると夫婦対談とも受け取れるが、実は小島夫妻がホスト&ホステス役を務め、毎回各界の著名人を招いての座談記事だった。『小島視英子・政二郎の〜』とある通り、読者の興味はあくまで視英子のほうに比重があったことが窺える。ここで視英子は、老作家を「パパ公」と呼ぶ奔放でかわいい悪妻を演じ、ゲストを前にしての夫婦漫才のようなやりとりが人気を博した。

こうして視英子は一種の女流名士となり、自分でもバリバリ稼ぐようになると、何かと窮屈な鎌倉の家を飛び出した。都内青山にマンションを借り、自由気儘な別居生活に入った彼女だが、やがて思いもかけぬ事態を自ら招くことになる。

あらゆる仕事を失った

昭和四十六(一九七一)年六月十五日の午後四時過ぎ、銀座ソニービル地階のストア「プラザ」から外へ歩み出したところで、小島視英子は店の女性ガードマンに呼び止められた。

「お勘定をお忘れじゃありませんか」

「どういうことですか」

「その紙袋の中のストッキングのことです」

このガードマンの言葉に、視英子は観念した。店内での自分の振舞いを見られていたのだと悟った。

咄嗟に頭に浮かんだのは、夫政二郎のこと、対談を連載している週刊誌のこと、そしてつい二か月前に自分が応援して都知事に当選した美濃部亮吉のこと……。

　表沙汰にしないと言うガードマンに従って店奥の事務所に入ると、促されて紙袋の中の物をそこへ出した。ストッキング、シーツ、枕カバー、マスカラなど全部で十六点、合計一万五百円相当の品々だった。

　結局、視英子は数寄屋橋派出所から築地署へ送られ、簡単な取調べの後「微罪釈放」となって帰宅を許された。身元引受人は労働省に勤めるいとこであった。

　このまま外には洩れないはずだった「万引事件」は、目撃者の男の雑誌社へのタレ込みによって明るみに出た。その男は鎌倉の小島家にまで電話をし、強請(ゆすり)まがいの行ないをしたらしい。

　当然、ゴシップジャーナリズムが放っておくはずはなかった。週刊誌、夕刊紙は一斉に好奇に満ちた報道をした。六月末には広く世間に知れ渡ることになるが、その直前に小島夫妻は連載対談の降板を申し出た。テレビのレギュラー番組はすでに放送終了になっていたが、視英子はこの不始末でその他のあらゆる仕事を失った。政二郎はとりあえず視英子に身を隠すように命じ、彼女はその後半年間、都内で潜伏生活を送った。

　鎌倉の小島家は門を閉ざし、政二郎はひたすら沈黙したが、唯一取材に応じたらしい「週刊新潮」でのコメントを見ると、将来を失った視英子が自殺でもするのではないかとその身を按じている。無責任に考えれば、これを機に「離婚」という選択肢もあったと思うが、いくら悪妻とはいえ、仕事も生活力も喪失した彼女が不憫で、放り出すのは忍びなかったに違いない。夫婦間でも万引については一切ふれなかったらしい。

　翌四十七年四月、恩のあった川端康成が自死した直後、沈黙を破って「週刊文春」（五月八日号）誌上に登場した視英子は、事件についてこんなふうに語っている。

実をいうなら去年の6月15日の私の事件の背後には、たいへんな原因がひそんでいるの。その真相ブチマケたら、マスコミ全部と小島がひっくりかえる。小島は心臓マヒで行きますね。それとも脳イッ血か。長編小説を書くだけの事情があったんですよ。

何とも思わせぶりで、同じような話を津田信も直接聞いたと言っていたが、結局その真相は最後まで語らずじまいだった。彼女がたとえ重大な事実、あるいは世間を揺るがすようなスキャンダルに関わっていたとしても、「万引」は別次元の話だとは思うが。

師に代わって一太刀報いる

この事件が、文壇や鎌倉文士間での政二郎の孤立感をいっそう深めてしまったのは否めまい。古くからの門弟の中には、鎌倉から足が遠のいた者もいたと聞く。

では、政二郎の仕事上にも何か影響があったかといえば、分からない。一つだけ連想するのは、一章で紹介した長編『小説永井荷風』のことだ。「月刊ペン」連載の最終回に記された作者の言葉を、再度引用しておく。

「編集部の都合で、私の『永井荷風』が中断されることになりました。十分に書き足してこの秋あたりに新潮社から単行本として出版します。長い間御愛読有難う存じます。(小島)」

これが載った九月号は八月上旬の発売だから、執筆は七月中だろう。事件の翌月である。通常の雑誌社なら、作家の妻の不祥事で連載打ち切りなどという露骨なことはするまい。だからあくまで偶然であろうが、時期的な平仄は合っている。どちらにしても、政二郎にとって不愉快なことが連続したのは事実である。

もう一つ、本章の主役立原正秋にここで再登場してもらうと、章頭で引用した「あの老人が食い物について書いたのを読んだことがあるが、どうもこれは味覚の発達していない人だな、という気がしてならない」は、まさに視英子の事件が盛んに世間の口の端にのぼっていた頃の執筆——新聞掲載は七月二十四日である。

立原がこの一件を知らなかったとは考えられない。もちろん、執筆テーマは「食」で、小島の舌を貶す必然性があったのだろうが、実に見事なタイミングではある。水に落ちた犬とまでは言わないが、目下周囲からあれこれ揶揄されている先輩作家を俎上に載せ、弱みに乗じていたぶるのは、立原の売り物の「勁い男の美学」からちとは外れるのではないか。無根拠な八つ当たりと受け取られるのは承知だが、ここで師に代わって私が一太刀報いておく。

今度は留置所の房で一泊

半年の潜伏を終えて視英子が鎌倉へと戻ったのは、その年のクリスマス頃だった。すでに、それまでに得た収入は使い果たしていたという。

さすがの自由人小島視英子も、暫くは静穏な日常生活に戻った。やはり「パパ公」あっての自分であると、事件後身に染みた。「パパ公」は一度も事件のことを口にしたことはなかった。出会ってからおよそ二十年、これほど長い間別れずに来たのは、前世の縁のような気がした。

先ほどと同じ「週刊文春」の記事ではそんなことを語りつつも、同じ口で「パパ公」を徹底的にコキおろしている。どれもこれも爆笑を誘う逸話だらけだが、政二郎という人間を彼女ならではの表現でこう言い表わしている。

強いのか弱いのか、淡白なのかしつこいのか、鋭いのかニブいのか、得体の知れぬ、あれは不気味神秘の大老人で、あの美人だった前の奥さんは最後にはつかれはて、毎晩一升酒を飲んで亡くなりました。

三十二歳年下の人間から眺めても、その得体の知れぬ生命力は不気味に思えたようだ。

こうして事件からほぼ一年、週刊誌にも再登場し、これで小島視英子も復活かと思われたのだが、それも束の間だった。

直後、彼女は再び同じ過ちを犯したのである。

昭和四十七（一九七二）年七月十二日午後五時半頃、現場は彼女の郷里鳥取市の「県勤労者東部生協」二階の衣料品売場であった。今回紙袋に入れたのは、水着、ベビーパウダー、男物パジャマなど八点で、〆て九千九十円分（九千三百円という報道も）。視英子は病気で入院中の両親の見舞いのために帰郷中で、男物パジャマはその父親用だったらしい。

一年前の銀座「プラザ」の場合と違っていたのは、今回は「共犯」がいたことだ。それは彼女の随筆にも「実の娘以上の娘」として登場する前夫の連れ子で、十五歳年下の当時三十歳であった。「母娘」は鳥取署に連行され、時刻も遅く、自宅も遠いという理由で一晩を留置所の房で明かした。翌日の釈放時、早くも聞きつけた新聞記者やカメラマンが署に押しかけてきたというから、今回も内々に処理して済ますことは叶わなかった。
取り上げた週刊誌の見出しの一端を覗くと、
『今度は義娘を巻き込んだ小島政二郎夫人の「病気」再発の診断』（「週刊新潮」四ページ記事）
『万引女に狂わされた小島氏の余生』（「週刊サンケイ」半ページコラム）
二度もやってしまっては、もはや「ちょっとした出来心」という弁解は通用しない。世間は彼女の「持病」であるという判断を下さざるを得なかった。

残された情熱を文学だけに注ぎたい

この頃の小島政二郎の心中を推し量ることは難しい。唯一の手掛かりは、鳥取事件の直後、「小説新潮」十一月号（九月下旬発売）に発表した私小説『小娘のくせに』であるが、武士の情けか、万引事件には一切ふれていない。もし、離婚を決意していればまた別の書き方もあったろうが、この作から読み取れるのは、ある諦念である。
度重なる女に対する失敗にもめげず、「私」は理想を追い求めたが、またしても自分を愛さない、狭量で我儘な女――「ささ」（『眼中の人』に呼応している）を摑んでしまった。精神の高低を併せもつ「ささ」は、「私」を若返らせる魅惑の少女であると同時に、物欲の強い低俗な悪女でもある。諍いに疲れた「私」は女に対する俗情を捨て、残り少ない人生を小説と古典の鑑賞に専念する決意をした。汗水垂らして机に向かう「私」の姿に、「ささ」は何かを感じ始めたようだ。三日にあげず喧嘩をし、いがみ合っていた仲の悪さが、やがていつとはなしに跡を消していった……これが要約だ。

ここで小島政二郎は、今後も視英子と暮らしていく、あるいはいくしかないと宣言していると言ってもいいだろう。換言すれば、視英子にはホトホト手を焼いているが、これ以上、別れる別れないといった問題で時間とエネルギーを使いたくない、残された情熱を文学だけに注ぎたいのだ、という満七十八歳の老作家の叫びである。

私が父津田信に連れられ小島邸に出入りし始めたのは、それからさらに二年ほど経った頃だったと思う。それぞれに内心の屈託はあったのだろうが、私の目には平穏な夫妻に見えた。互いに言いたいことをぶつけ合い、口は悪い。殊に妻は明け透けで遠慮がないから、時折聞いていてハラハラすることもあったが、夫は泰然たるもので、もう相手の性格を呑み込んでいたのだろう、安定感があった。我々親子を交えた小島家での座談のテープが数時間分残っているが、そこに笑いが絶えないのは、夫婦共にあくまで陽性で楽天的であったからだ。

小島・津田の師弟関係は昭和三十三（一九五八）年からおよそ四半世紀にわたるが、その交流は時期によってかなりの疎密があった。「調子に乗って通いつめると、ある時ピシャッと戸を立てられる」と弟子は師の性格のせいにしていたが、そこは勝手な言い分で、怠け者の弟子は少しも小説を書かない自分が恥ずかしくて、すぐに手ぶらで小島邸の門を潜れなくなるのだ。その証拠に「そんなに堅苦しく考えず気楽に遊びにいらっしゃい」という師の手紙が幾つも残っている。殊に新聞社を辞めて週刊誌のライター稼業に入ってからの五、六年は、せっかく筆一本になったにもかかわらず、全く師と顔を合わせなかった。つまり、小説を書けなかった。そしてその間に、師の妻は世間に名を売った挙句、事件を起こしたのである。

後から考えると、ちょうどこの時期に疎遠だったことは、師弟双方にとって幸いだった。その後、交誼が滑らかに復活したのも、万引事件など初めからなかったかのごとく、互いにそれを話題にしないで済んだからである。

師としても付き合い甲斐があった

津田信が長らくの無音（ぶいん）を詫びて再び小島邸に足を運ぶようになったのは、昭和四十八（一九七三）年頃からである。四十九年には、フィリピン・ルバング島から帰還した小野田寛郎の手記代筆を引き受けるなど、まだ小説に取り組めなかったものの、師弟間の話題には事欠かなかった。

政二郎が津田の訪問を喜んだのは、編集者を除けば共に小説を語る者、特に高齢になった他の弟子たちの足が遠のいてしまったせいもあっただろう。四章で見たように、和田芳恵はちょうどこの頃「奇蹟の光芒」を放っていたが、鎌倉を訪れたのは大佛次郎の葬儀の時（四十八年）が最後だったと思われる。その点、親子ほど歳の離れた津田はまだ元気で、十年ぶりに小説を書こうという意欲に燃えていたから、師としても付き合い甲斐があったに違いない。その上、それまで会ったこともないその弟子の息子が、いつしか自分の信奉者となって父に連れられやって来たのだから、嬉しくなかろうはずがない——と言ったら言いすぎだろうか。

昭和五十年、津田一家は事情があって鎌倉から西湘二宮に転居したが、師との交流が途絶えることはなかった。翌五十一年、津田は放埒な生活をあからさまに晒した『夜々に掟を』（光文社）を書き下ろしたが、師は喜んで「序文」を書いてくれた。時代から取り残されたこんな取り合わせを文壇は黙殺したが、信じる「文学」を共有していた師弟はさして落胆もしなかった。二人が刺戟を受け合っていたのは間違いなく、この時期にどちらも力の籠もった作品を残している。特に八十過ぎという年齢を考えれば、小島政二郎のエネルギーには目を見張るものがある。津田のほうは不覚にも五十三年に病を患い、回復後も生活のため再び週刊誌の仕事に戻らざるを得なかったが、それでも師がいなかったら晩年の充実は得られなかっただろう。五十年代の二人の刊行物を簡単にまとめておく。

昭和五十年　小島八十一歳・津田五十歳
［小島］　二月『眼中の人』を文京書房より昭和十七年の初版どおり復刻刊行。十二月『居心地のいゝ店』（北洋社）

昭和五十一年　小島八十二歳・津田五十一歳
［津田］　七月『夜々に掟を』（光文社。書き下ろし。小島「序文」）

昭和五十二年　小島八十三歳・津田五十二歳
［小島］　五月『味見手帖』（KKロングセラーズ）。十一月『長編小説　芥川龍之介』（読売新聞社）
［津田］　六月『幻想の英雄―小野田少尉との三ヵ月』（図書出版社。書き下ろしノンフィクション）

昭和五十三年　小島八十四歳・津田五十三歳
［小島］　三月『ぺケさらんぱん』（北洋社）。四月『天下一品　食いしん坊の記録』（光文社）。五月『私の好きな短篇』（鎌倉書房）。同月、鎌倉駅前で転倒、一時心停止状態だったが応急処置で蘇生したという。七月『円朝（上・下）』（旺文社文庫。解説・山田幸伯）。十月『場末風流』（旺文社文庫。解説・津田信）
［津田］　六〜七月、心筋梗塞で入院。十月『日々に証しを』（光文社。書き下ろし）

昭和五十四年　小島八十五歳・津田五十四歳

［小島］　四月『葛飾北斎』（旺文社文庫。解説・保正昌夫）。五月『砂金』（読売新聞社）。七月『百叩き』（北洋社）

昭和五十五年　小島八十六歳・津田五十五歳

［小島］　六月『俳句の天才　久保田万太郎』（彌生書房）。十一月『詩人芭蕉』（彌生書房）。（八月、立原正秋死去）

昭和五十六年　小島八十七歳・津田五十六歳

［津田］　二月『結婚の構図』（主婦と生活社。「主婦と生活」連載の『哀しからずや』改題）

昭和五十七年　小島八十八歳・津田五十七歳

［小島］　二月『私の好きな川柳』（彌生書房）。十二月『初代中村吉衛門』（講談社）

昭和五十八年が運命の年

例によって確かな記録も記憶もないので断言はできないが、師弟の交わりは右の昭和五十七（一九八二）年頃で絶えていた。津田宛ての小島書簡は、間違って処分してしまったのか五十三年の分までしか残っていないが、まだその後数年は連絡を取り合っていたのを私は覚えている。だが、一冊だけ残っていた五十八年の父の手帳には、もう「小島先生」は出てこない。

五十三年までは旺文社文庫の手伝い（解説）をしたりして関係は密であったが、やはり父の病気と、鎌倉と二宮という物理的な距離が二人を徐々に引き離したのだろう。また、同じ年に、それまで暇だった私が就職をして東京で一人暮らしを始めたことも、多少関わりがあろうか。

そして昭和五十八年、師弟それぞれに決定的なことが起こった。

六月二十六日の夜、小島政二郎は書斎で転倒して右大腿骨を折り、二十八日の朝に救急車で運ばれ入院した。(この日付は後述する夫人の手記で初めて知った)。以後十年余り、大往生を遂げるまで政二郎は同じ病院で過ごすことになる。

一方、津田信は二月に心筋梗塞が再発、一か月の入院で小康を得て仕事に復帰したが、十一月になって再度発作に襲われ、二十二日、横浜市内の病院でそのまま逝った。満五十八歳だった。

今考えると重要な節目の年であったのに、私は私で十月創刊の男性月刊誌の編集作業に追いまくられ、断片的な記憶が無秩序に重なっているだけだ。当時の手帳を繰っても、仕事のメモしか書かれていない。おぼろげな断片を継ぎ合わせると次のような流れになる。

二月の心臓発作の時、津田はもう政二郎に報告をしなかった。五年前にも同じ病気で心配をかけ、たびたび見舞い金まで貰った。今はさすがに高齢でほとんど執筆もままならぬ様子と聞いていたので、余計な負担をかけたくなかったのだ。やがて回復して夏頃となり、久しぶりに鎌倉に電話をするが誰も出ない。そのうちに、どうやら先生はどこかに入院したらしいという話が飛び込んできた。だがその入院先が摑めない。つい先頃まで先生が連載をしていた雑誌「大法輪」に訊ねてみたが分からない。出版関係の知り合いに当たってみたが、やはり突き止められない。そうこうするうちに、先生どころではなくなってきた。この体の具合では、間もなく自分のほうが先に逝く。そして予想通り、発作に見舞われた……。

以上だが、もしかすると父は存命中に先生の入院先を聞いていたかもしれない。それを調べてくれたのは、旧知の光文社の編集者だったことははっきりしている。いずれにせよ、その入院先を訪ねることなく死んだ。その年の年末だったと思う、私は父の死を報告するために、母と共に初めて先生のいる病院――済生会横浜市南部病院（横浜市港南区。根岸線港南台駅そば）を訪れた。ベッドに横たわる先生は半睡半醒の面持ちだったが、夫人が、「パパ、コウハク（幸伯）さんよ、津田さんの息子、パパ、わかる？」と言うと、細めていた両眼を見開いて僅かに頷いた。その表情を見た私と母は、とても用件を直接先生に告げることは出来なくなり、病室を出て面会ロビーのような場所で視英子夫人に打ち明けた。後日、夫人曰く「『パパ、津田さん亡くなったんだって』って言ったらね、暫くしてポロッと涙をこぼしたわよ」――。

「本職の講釈師より、うめぇんだ」

些事をもう一つ思い出した。昭和五十九（一九八四）年の初めだったか、創刊間もない雑誌の取材で、私は東京練馬の立川流家元立川談志（当時四十八歳）宅を訪れた。初対面だったが、家元が小島夫妻と親しかったことを承知していた私は、取材後、自己紹介代わりに『円朝』（文庫本）を呈し、「小島先生」の話題を持ち出した。先生入院中と知った家元は、即座に目の前の電話器を取り上げ、視英子さんと話すから「鎌倉の番号を教えろ」と言う。その素早さに驚きながら私は「今は病院にいる時間だから不在のはず」と答えてそれをとどめた。

別れぎわ、文庫本を手にした家元が訊いた。「あなた、この『円朝』の解説、何歳（いくつ）のときに書いたの？」「二十二です」……暫く私の顔をながめていた家元は、最後にひとこと、こう言い放った。「ヘンな奴だね」

その時か、後日か、私は病院名と病室番号、最寄り駅を書いて家元に知らせた。数か月後、見舞いに行った旨の葉書が届き、先生はほとんど眠っており自分のことが分からなかったようだと書いてあったのを思い出す（残念ながらその葉書は紛失した）。その後、私は視英子夫人から家元来院の様子を聞いた。「病院中の人にね、『小島先生をよろしく、小島先生をよろしく』って言い置いて帰っていったわよ」と嬉しそうだったので、私も莞爾とした。

小島政二郎が早くから立川談志の芸を買っていたことはよく知られていた。テレビやラジオでの無礼な物言いは嫌いだがとことわりながらも、落語は高く評価した。昭和四十年代前半に「『芝浜』をあれほどこなせれば〆めたものだ。私は近い将来の彼に期待している」（『下谷生れ』）と書いているところなど、「芝浜」が間違いなく談志晩年の代表演目の筆頭になっていたのを考えると、感慨深い。さらには「落語家中頭がいい第一の人」「ほかに落語をこんなに退屈させずに聞かせ得る落語家は一人もいない」（同）とまで絶賛している。

落語ばかりではなかった。学生時代に私が小島邸で直かに聞いたエピソードはこうだ。ある時、小島政二郎が寄席（あるいはホール）へ行くと、高座の談志はそれを目ざとく見つけ、「小島先生がお見えだから落語はやめた」と言って講談を一席語り出したという。先生の感想はどうかというと、「うめェんだ、これが。本職の講釈師より……」。

悲鳴に近い孤独感と哀しみ

話を戻そう。

小島政二郎最晩年の入院生活を知る資料は、逝去直後に「新潮45」に小島視英子が発表した手記『天味無限の人』（平成六年　彌生書房刊）にとどめを刺す。以下はこの手記に拠って進めてゆく。

まず、小島家に妻として迎えられた日の回想から始まり、その後時間は行きつ戻りつしながら小島との日々が語られる。二人の馴れ初めや自らの青春時代にも筆は及ぶが、やはり興味深いのは夫婦になってからの生活と心理である。

家に入ったその日に「馬鹿ヤロウ！」と小島に怒鳴られて、視英子は度肝を抜かれる。交際中は一度だって怒ったこともない、世にも優しかった男がいきなりのこの変貌ぶり。彼女は心の中で「この嘘つき！」と叫んでいた。

最初の第一歩から私達の上を流れ始めた奇妙な月日は、世間が忖度する以上にさまざまな葛藤をくり返し、遂には二人ともお互いの異常さに悵然としてしまったのである。

やがて小島に反発し悪妻としてのあらゆる所業をおおっぴらに見せ始めた私に、彼の怒りは心頭に達した。ついには「出てゆけ」と怒鳴るようになり、三度目の「出てゆけ」を聞いてから、そうですかと出て行ったきり一年以上、家に戻らなかった時期さえあった。

一年以上とは驚きだが、いつ頃のことだろうか。メディアで活躍していた四十年代半ばの別居時代のことを指すのか、それとは別の家出か。「悪妻としてのあらゆる所業」とはいっても、あの二回の事件については一言もふれず、また「貯金がたった四万円」だったショックも語られてはいない。とにかく二人の関係には、外から想像する以上の危機が続いていたようで、「小島は実によく怒鳴った。なにかと言うとすぐに怒鳴るのであった」。それが、自分の出来の悪さや小島の愛情の濃さのせいだとは気づかなかった視英子は、「永い年月、隙さえあれば小島から遁げたいと、そればかり考えていた。事実よく遁げていた」「私自身、大悪妻のレッテルを貼られることに馴れて悪怯れた風も見せなかった」。

そんな夫婦に、思いもかけない転機が訪れる。

五十五年二月のある晩、友人とドライブに出かけ、いつものように深夜に足を忍ばせて帰宅した視英子は、台所のテーブルの上に一枚の紙を見つけた。小島はもう寝(やす)んでいた。

コーヒーのほしき二月の夜の底

それを読んだ時まず私を襲ったのは雷に打たれたような衝撃であった。その場に立ちすくんだままやがて私は静かに涙をこぼしていた。

軀中を絞り上げるほどの済まなさに泣かずにいられなかったのである。小島は私がいれたコーヒーしか飲まない。仕事中にコーヒーが欲しくなった。しかし女房は家にいない——。

百万言をもって叱られ、なじられるよりも痛切に感じたのは、その時の小島の悲鳴に近い孤独感と哀しみだった。

その夜以来、私は家をあけることをピタッと止めてしまったのである。

視英子はこの時初めて小島に「老い」を見たのだと言う。青年のように意気軒昂で、自分より長生きするだろうと思っていた夫の衰え、その孤独と哀しみが胸に沁みわたってきた時、彼女の中で何かが壊れ、何かが生まれた。生まれたものは母性かもしれないし、この人を失うのではないかという恐怖かもしれない。すべてを含めて、それは愛情と呼ぶにふさわしいものであったろう。

私は小島に惚れてしまった。なんの理屈もなく極く自然に小島から離れることが出来なくなってしまったのだ。

小島政二郎、満八十六歳。これが真実なら、生涯女に惚れられなかった男に最後に訪れた至福だが、その胸中はどうだったか。それを書いたものを私は見つけられていない。

最後に書きたかったのは「菊池寛」

「それから三年間、平穏で仲睦まじいという以上の夫婦生活が続いた」と視英子は言う。

そして五十八年六月の骨折入院となるのだが、かまくら春秋社の伊藤玄二郎は、その骨折の直前、小島邸で政二郎が「実は菊池寛を書いて死にたいんだ。手伝ってくれるかね」と切り出したと後に書いている。最後の大仕事を「菊池寛」と定めていたとすれば、意外なようで、やはり小島政二郎らしいと言うべきかもしれない。菊池の文学に対する世間の評価が不当に低いと常々言っていた政二郎であるから、これが実現すれば『芥川龍之介』や『永井荷風』を凌ぐ、余人には書き得ない菊池への情愛の溢れる作品となったことだろう。ただその前に気になるのは、この大怪我の頃の執筆生活である。

その前年の半ばまでは「大法輪」に連載（最後は『初代中村吉衛門』）をしていたことが記録にあるのだが、その後については調べがついてはいない。いったいその頃、どこに何を書き、どれくらいの収入があったのだろうか。私が知っている限りでは、五十年代に連載していた「マダム」など月刊誌の原稿料は、四百字一枚一万円である。月に三十枚書けば、かつてのような贅沢は無理でも、夫婦二人の最低限の生活は維持できただろう。だが、元気とはいえ九十歳目前の老体がどれほど働けたのか。『天味無限の人』は経済的なことには一切言及していないし、私も夫人から月々の入院費用を耳にしたこともあるが、どう捻出しているかなど訊けはしなかった。手記には小島が後事を託し、その遺言を守る存在として駿河（現スルガ）銀行の人々が登場するが、察するにあの二階堂の約二百坪の土地の価値が、その後の小島夫妻の生活を支えたのだろう。時代はちょうどバブル期に向かっていた。ちなみに同地は分割分譲され、現在は数軒の家が建っている。

話があらぬ方向に行ったが、手記は病院内の政二郎を活写している。済生会横浜市南部病院は、その入院の直前――六月十日にオープンしたばかりの真新しい病院だった。

七月十三日、骨折の手術が成功し、やがてリハビリが開始されたが、政二郎はそのあまりの痛さに音をあげる。周りが可哀相で見ていられないほどの絶叫を繰り返し、そのうちに骨折していない左脚のほうが四十五度に曲がってしまった。さらに原因不明の発熱で食事が摂れない日が続き、やむなく鼻からチューブで栄養を流し込もうとしたが、政二郎は即座にそれを引き抜いた。主治医は熟慮の末、本人に回復への意志なしと判断し、リハビリ中止を宣告した。視英子は胸を撫でおろした。

歩くことが出来なくなったのに、政二郎は車椅子も嫌った。その姿を人に見られることをさらに嫌がった。視英子は車椅子も諦めた。たとえ寝たきりになっても、夫が嫌がることは止めようと決めた。

毎日おかずを運ばなければならない

視英子は入院以来急速に弱さを露呈し始めた夫を眺めつつ、自分の心の変化に気づいた。

高熱がつづいたことも、それまで経験したことのない激痛に襲われたことにも因ろうが、小島は見る見るうちに気概というものを失っていった。そういう彼の姿に哀しみを覚えながら、私はその何十倍もの愛しさをそそられずにはいられなかった。

最初から私が一番怖れたのは小島に死なれることであった。こうなってしまったのなら寝たきりでも仕方がない。生きてさえいてくれればもうそれだけで充分幸福なのだと思おうとした。可能な限り小島がそのままで機嫌よくしていてくれればいい、その為に出来ることは何でもしようと思ったのだ。

視英子の毎日は、まさに献身そのものだった。病院に寝泊りすることはなかったが、毎朝病院へ通い、夜までを過ごした。病院までは鎌倉駅から横須賀線、根岸線を乗り継いで二〜三十分、家からでも一時間はかからなかったろうが、彼女には大事な仕事があった。

……彼は一切病院の食事を摂らなかったので、毎日おかずを運ばなければならない。それは私の一つの生甲斐でもあり、少しも苦になる仕事ではなかったが――。実際、小島が旨そうに食べてくれる様子を見ているだけで私は小踊りしたくなる位、嬉しかった。

食いしん坊・小島の舌は死ぬ間際まで衰えず、少しでも素材や味つけに手を抜くと見破って、叱ったという。私は一度ご指名で、資生堂パーラー(銀座)からローストビーフを運んだことがあるが、毎日、この舌に適った品を取り寄せるわけにもいかなかっただろう。このおかず作りばかりは、妻以外が出来ることではない。

正直に言えば、不遜ながらこの悪妻からの見事な変貌ぶりを、私は不思議に思っていた。無論、愛してくれた夫を倒れたからといって見捨てるわけにはいかないだろうが、内心厄介なことになったなと感じているに違いないとすら思った。それは、「コーヒーのほしき二月の夜の底」以来の心理の変遷を全く知らなかったゆえの邪推だったが、やがて、そんなことを知らなくとも、この献身が単に過去の贖罪や世間体に発したものだけではない、本物だと感得した。

こう偉そうなことを言っても、私が病院を見舞ったのは全部でも十回に満たない。それもほとんどが前半の五年の間である。先生の恩に報いようとも、すでに父は亡し、不規則な仕事の合間に思い出したように夫人と連絡を取るのがせいぜいだった。

ベッドの脇で『蜘蛛の糸』と対面

昭和六十一（一九八六）年の七月上旬、小島政二郎が大正時代から大切に保存していた芥川龍之介『蜘蛛の糸』の直筆原稿（「赤い鳥」掲載）が、神奈川近代文学館の所蔵品に加わることになり、その仲立ちを私がしたことがあった。小島作品『鈴木三重吉』にも出て来るその原稿は、芥川の文章に三重吉が朱筆を入れていることがはっきり分かる興味深いものであった。同文学館の館長は私の卒業論文（小島論のようなもの）の主査をしてくれた小田切進教授で、以前から小島家への口利きを頼まれ幾度か交渉したが果たせず、ここでようやく機が熟し、小島家（夫妻）の同意が得られたのである。（この間に鎌倉文学館からも申し出があったが、館長が永井龍男だったこともあって成就しなかった）
「幸伯さん、渡す前に一度見ておいて」と夫人に言われ、文学館の担当の方を外に待たせたまま、私は病室でその原稿を手にした。古ぼけた二百字詰の原稿用紙。傍らのベッドでは先生が寝息を立てていた。ほんの一分か二分だったろう。これが『蜘蛛の糸』との最初で最後の対面だった。

この件は新聞でも報じられたから、すでに忘れられていた小島政二郎の名を世間に示すことが出来たと私は一人悦に入っていた。無論、何の恩返しにもならないが。『蜘蛛の糸』は現在も文学館で常設展示され、その複製が館内のショップで売られているところを見ると、これが集客の一助にはなったのだと思う。小田切先生はその後数年で鬼籍に入られたが、一応面目を果たして私は安堵した。

同じ六十一年のちょうど同じ頃、同じ病院の同じフロアに作家徳岡孝夫は入院していたと自身が書いている（『お礼まいり』）。徳岡は脳神経外科で手術を受け百日ほどで退院したが、その七年後、病院最寄りのＪＲの駅前で旧友――小中学校の同級生今中祝雄にバッタリ出会った。何でここにいるのかと問うと、今中は「小島政二郎さんのお見舞いなんだ」と答えた。今中は『食いしん坊』を連載していた雑誌「あまカラ」のスポンサーであった大阪の菓子舗「鶴屋八幡」の御曹司であった。今中は、最後まで挨拶を欠かすなという父親からの命で、小島の見舞いを毎月続けているのだと言う。徳岡が小島の容態を訊くと、よく分からないが、もうあまり耳が聞こえないと今中は言った。

『眼中の人』を初め小島作品を愛読していた徳岡は、命あるうちにこの作家に一目会っておきたいと、小島家の電話番号を探した。電話に出た視英子夫人は面会を頑なに拒絶した。もう耳は聞こえないし、いまの姿を人様に見ていただきたくない、そしてこう付け加えた。「鶴屋八幡さん？　あの方だけです、いまだに恩を忘れず来て下さるのは」……。

以上が徳岡の書く奇縁物語だが、六十一年の七年後といえば平成五（一九九三）年、政二郎の死の前年である。恩を忘れた身としては慚じ入るばかりだが、鶴屋八幡にはただ敬服する。ちなみに、久世光彦に『眼中の人』や小島政二郎という存在を教えたのは、この徳岡と山本夏彦であり、久世は小島作品を読み込んで後に小説『蕭々館日録』を書いた。

「あの先生のそばで死なせてほしい」

病院生活が十年以上に及べば、波乱はいくつもある。入院四年目の夏、視英子は過労とストレスで倒れ、二週間近くも自宅で臥したままだった。「パパさんが大変だからすぐ来てほしい」と親しかった看護婦に言われて駆けつけると、視英子が訪れなくなってからものを一切食べなくなった夫は「骸骨になっていた」。小島は視英子が来なくなると「あの人は私を捨てていった。捨てられても仕方がない」と言ったきり口を利かなくなったという。

髭ぼうぼうの凄まじい形相だったが、澄んだ目の光は弱々しかった。名前を呼んで駈け寄った私を一と目見るなり小島は泣き出してしまった。捨てられたのではなく、来ることが出来なかったのだということをその瞬間に判ってくれたのだ。私もまた骨と皮になっていたのだ。

共倒れになっては元も子もないと、視英子はその後自分の躰を労わるようになった。それが小島のためでもあると悟ったのだ。

小島に「死なれることを最も怖れた」のは感情的事実としても、同時に、九十の老人がほとんど寝たきりで十年も命を保つとは理性の上では考えないのが普通だろう。事実、原因不明の高熱を発したり、肺炎に罹ったり、危機は頻繁に訪れた。私が見舞った折はたいてい静かに寝んでいたが、「〇日前は本当に危なかったのよ」と必ずといってよいほど夫人から聞かされた。もうダメだと覚悟を決めたことも多々あったに違いない。だが、よほど頑健な躰の持ち主だったのか、小島政二郎はその都度回復した。

そんな先の見えない日々を絶えず張りつめた姿勢で過ごしては、看護するほうの身が保たないのは当然である。いつまで続いても、あるいはいつ終わっても構わないと、彼女は心身共に開き直って暮らしていたのだと思う。

視英子の手記には、病院開院以来の入院患者である小島が院内の皆に愛され、小島もまたスタッフたちを心底気に入っていた様子が愉しげに描かれている。看護婦諸姉からは、「政二郎さん」とか「マサちゃん」、あるいは「マーサどん」と親しみこめて呼ばれ喜んでいたという。視英子のことを「ママ、ママ」と言うので、やがて「パパさん」が通り名になったとも。

看護婦以上に小島が信頼し、惚れ込んでいたのが主治医の中西忠行医師だったという。入院から一、二年後、付き添ってくれていた熱烈な愛読者の斡旋で、もっと費用のかからない老人専門病院への転院の話が持ち上がった時、小島は「生き遺言」だと言って視英子だけにこう伝えた。

「私を家に連れて帰ることも、よその病院に連れてゆくこともやめてくれ」

「この私を家に連れて帰ったらあなたの方が先にまいる。絶対に止めるべきだ」

「私が中西忠行という主治医にほれていることは知ってるネ」

「私をあの先生のそばで死なせてほしい。それから、看護婦さんがこんなに気持ちの良い人ばかり揃っている病院は、そうはないと思うよ、私を彼女達から引き離さないでくれないか――」

この願いを守り通すことを約束したのは言うまでもない、とだけ視英子は書いているが、実際は転院、あるいは退院を迫られていたのではないだろうか。

主治医の中西医師は整形外科が専門である。もうリハビリを断念してしまったからには、他に重大な疾患がない限り、病院としては治療を施さない患者をそのまま入れておくわけにはいかなかったはずである。「願いを守り通す」ということは、言葉は悪いが「居座る」ことである。視英子は何も書いていないが、「入院し続ける」ためのさまざまな努力を彼女はしたのではなかろうか。

済生会は政二郎の母校慶應義塾のいわば「系列」病院で、中西医師もその医学部出身である。結局、この老OBの切なる希望を病院を挙げて叶えたのだと思う。この手記の記述は、自分たちの我儘を許してくれた医師と病院への、視英子なりの感謝の表現だと私は受け取る。

最後の食事は角煮と刺身

『天味無限の人』には、まだ興味深い逸話がたくさんある。

次第に衰えながらも、パパさんは時折、異様に元気で饒舌な日を迎えることがある。突然「これから都新聞に出掛けて前借りを頼んで来よう」と言い出したり、「しばらく何処にも連れて行って上げていないネ。出掛ける仕度をしましょうよ」と着ているものを脱ぎ出し、お店の予約を命じたり……。私が当時夫人から直接聞いた話では「松竹の城戸君のところへ行って来る」というのもあった。脳内は若き日にタイムトリップしているのだ。

視英子が「チャンと立つことも出来ない癖に」と言うと、「ママは知らないだろうが、私はベッドから何回も抜け出しているんだよ」と言い張る。看護婦に確かめると、実は誰も現場は見ていないが、夜中に一人でベッドの柵をはずして床の上に降りていたことが何度もあるという。今夜は危ないなという気配がすると、看護婦はベッドごとパパさんをナースステーションに運んで、朝までお喋りの相手をしてあげたりするのだ、と。これを視英子は「小島のお祭り」と呼んだ。

月に三度ぐらいあったお祭りもやがて減っていって姿を消し、静謐な時——睡っている時間が異常に長くなってゆくと、耳もすっかり遠くなった。時々「家に帰りたい……」と呟くことがあったが、それは鎌倉の家ではなく、大森であり、根岸であり、下谷であった。どんどん昔に還ってゆく小島を眺め、視英子はもう長くないかもしれないという予感を抱き、「私を置いて行かないで」と心の中で叫んだ。

平成六（一九九四）年一月三十一日、小島政二郎は満百歳の誕生日を迎えた。お気に入りの看護婦から「祝　小島政二郎　百歳おめでとう」という色紙を贈られ笑みを浮かべた政二郎は、昼に鯛の煮付け、夜は鮪の中トロの刺身をたっぷりと食べた。

その前後から痰の量が急増して吸引機で除痰をするようになり、発熱も続いた。視英子は「冬を越えて欲しい」「あなたの好きな辛夷（こぶし）の花が咲くまで、もう少し待って！」と囁き続けた。

誤飲の怖れがあるから、と言うことで食事を止められたのは三月三日のことであった。

三月三日、彼は昼はトロトロの豚の角煮を、夜は平目のお刺身（たたいたもの）を食べた。しんから旨そうに食べてくれた。食後、鶴屋八幡のお汁粉もすすった。

百歳の食いしん坊のこれがこの世での最後の食事となった。

以後、小島は流動食だけで二十二日間を生きた。

恥を雪げたのは小島のお陰

最期の日、三月二十四日の様子を視英子はこう綴っている。

その日、六〇二号室に一歩踏みこんだ時、心電図のモニターは異常な数値を点滅させていた。白髪までなお白く染め上げたように小島は真っ白だった。すでに生きている人とは思えなかった。駆け寄って躰をゆすっても虚ろな目は動かなかった。

「アア……」

今日が最後になるのか、身内が震え出した。（中略）

我に還り、電話に走って親友の筆保きぬ子に告げたのはひとこと、

「すぐ来て」

だけだった。

東京の彼女が病室に駆けつけてくれてから五分後、小島は待っていたかのように静かに息を引き取った。

午後四時一分であった。

私は子供のように哭いた。

窓一杯にひろがる淡々（あわあわ）と夢のような春の空をながめてはいつまでも涙をこぼしつづけた。

その後の心境を吐露した部分を、手記から二つだけ抜き出しておく。

考えて見ればこの世で一番大切にしなければならない人に対して長い年月私は不実の限りをつくした。後の世までも引きずって行かねばならなかったその余りにも深い罪を、小島は生きつづけることによって少しずつ少しずつ拭ってくれたのではあるまいか。

＊　＊

あらためて振り返ってみると私の生涯は悔恨と慚愧そのものでしかない。

そんな私がわずかながら恥を雪ぐことが出来たと思える年月を生きられたのは小島のお陰であった。寝たきりになりながらも豊かに実を与えつづけ、訓えの葉を降らせて私を育んでくれた小島を思えば十年間の看取りがどれほどの重みがあったと言えよう。

視英子は夫の遺志を守り、一切の儀式は行なわなかった。それは小島がかつて、みつ子や美籠を見送った時と同様のありかたであった。戒名もなし。さらに、世間一般はもちろん、隣近所にもその死を伏せた。二十六日朝、棺は静かに鎌倉二階堂の家を出て斎場へ向かった。

「小島政二郎氏が死去　文壇の最長老　百歳」——新聞各紙が訃を報じたのは四月四日（月）の夕刊紙上でのことだった。その一端は「序」に記した通りである。十日の間、その死を決して周囲に洩らさなかった視英子だが、故あってやむなく教え子の平松幹夫（当時九十歳）と文芸家協会には伝えたと手記にはある。

新聞報道を見たのは勤務先であったに違いないが、私は定かに憶えていない。ただ、夕刊各紙や翌日のスポーツ紙などを手当たり次第買い集めたのは事実だ。何年も見舞いに行かず、百歳の誕生日にも病院に祝電を打ってお茶を濁しただけの私はうろたえた。また、何も知らなかったとはいえ、先生の出棺の頃、私は横浜の寺で行なわれた、同じ鎌倉二階堂の住人・胡桃沢耕史の盛大な葬儀に列席していたと後で分かった。

手帳のメモによれば、母と共に鎌倉の小島邸へ弔問に行ったのは訃報の五日後、四月九日土曜日の午後だった。門を潜るのは十何年ぶりだったろうか。ちょうど元実業之日本社編集者のO氏とお嬢さん（小島夫妻が名付け親だという）が来合わせたが、視英子夫人と我々四人は夜が更けるまで歓談した。夫人は窶れも見せず、相変わらず闊達で、話題も縦横無尽だった。確かこの時だったはずだ、

「約束通り、あなたが欲しいと言ってたもの、とっておいたわよ」

と言って手渡されたのが、一章（永井荷風）で紹介した、大正二（一九一三）年夏、慶應予科一年の小島政二郎が避暑先から父へ書き送った「文科入学」の赦しを乞う手紙である。

だいぶ晩くなって我々四人がタクシーで鎌倉駅まで向かうのを、夫人は門の前で見送ってくれた。これが小島視英子夫人と会い、言葉を交わした最後である。

その後何年ぐらい、年賀状のやりとりが続いたろうか。ある年から葉書は届かずに、「あて所に尋ねあたりません」という赤いスタンプを押されて、郵便局から返送されてくるようになった。

後記

本稿をひと通り書き上げたのは、東日本大震災直後の平成二十三（二〇一一）年三月下旬のことだった。脱稿から現在に至るまでの委細は省くが、その四年半の間に、本文中にご登場いただいた方々の何名かが鬼籍に入ったことだけは、記しておきたい。

物故順に挙げれば、北杜夫（二十三年十月）、立川談志（同年十一月）、永井永光（二十四年四月）、丸谷才一（同年十月）、小沢昭一（同年十二月）、大河内昭爾（二十五年八月）、わが母まさ子（二十六年一月）、小山文雄（二十七年四月）。母を除けば、このうち面識があったのは談志家元だけだが、少しでも小島政二郎と関わりのあった人なら、誰であろうと、こんな原稿が存在するという事実を識ってほしかった私は、その訃を聞くたびに無念さがこみあげてきた。

小島政二郎先生のことをどうにかして書き残しておこうと思ったのは、九年ほど前、満五十歳も終わりに近づいた頃だ。理由はいくつかあるが、何といってもわが身の年齢を俄かに意識し始めたのが根本である。もう自分にはあまり時間が残されていないのではないか――と。

本文中にも何度か書いたが、父は昭和五十三（一九七八）年、満五十三になる直前に心筋梗塞で倒れ、一時快癒したかに見えたが五年後に再発し、五十八で逝った。死期が迫っていることを悟っていたらしく、「欲を言えばあと一作、人生の集大成を書き上げてから死にたいが、恐らくその前に生を終えるだろう」という無念のメモが遺っている。怠け者の自業自得ではあるが、それでも五十代の前半に心底書きたかった長編を幾つか仕上げることが出来たのは、幸いであり、ある執念の結果ではあった。

そんな父の生涯を想いやるようになったのはやはり五十になった頃だが、翻ってわが身を省みて愕然とした。心臓を患って大好きな煙草を禁じられた父だが、私はそれ以上のヘヴィスモーカーである。そのうえ父が受けつけなかった酒を、毎日のように呑む。同じ遺伝子を引き継いでいるならば、遠からず同じ疾患が、あるいは癌が躰を襲うだろう。お前はそこで泰然と死ねるか。

親に劣らず怠惰で享楽的な私の神経も、急に踠(もが)き始めた。安心して死ぬための自問自答を繰り返した。お前は若い頃、ものを書きたがっていた。その後長い間、人の本ばかり何百と作ってきたが、まだ初一念は残っているか。もし、残っているなら何を書きたいのか。それは人が読む価値があるものか。お前にしか書けないものか……。

結局、「小島先生」しかないと思った。今の自分の人生を選択させたのは、元をただせば『眼中の人』ではないか。小島先生についてなら、書かずに死ねないことが幾つもあるではないか。些事でもいい。恩人への誤解、偏見、誤謬に一矢報いておくのが、お前の人生の、行き掛かり上の役割ではないのか。

こうして、かつて読んだものを読み返しながら、ポツポツと足りない資料を集め始めたものの、なかなか執筆には取りかかれず、ついに五十三歳を超えた。ある程度の時間を作り出し、集中的に取り組みたいという性癖のせいだが、それにこだわれば会社勤務を辞めるしかない。煩悶の末やっと発想を切り換えられたのには、二つの契機があった。
父と同齢の母は当時八十代後半で健在ではあったが、その頃から認知症がかなり進行し、短期記憶ばかりか、昔の話も全く語れなくなった。わが家の中で小島先生も、視英子夫人も、さらにみつ子夫人も知る唯一の存在を失うことは、私の執筆にとって大きな痛手だったが、もはや夫の面影さえあやふやな状況では時すでに遅しである。待っていれば治るような病気ではない。もう話を聞くことも、書いたものを読ませることも、母に対するすべての望みは絶ち、とにかく早く書き始めようと決意したのだ。
もう一つは、三十年前に貰った小島先生の手紙を、三十年ぶりに読んだことである。就職した翌年の昭和五十四（一九七九）年二月、一人暮らしをしていた東京のアパートに届いたもので、こんなことが書かれてあった。

忙がしくつてそんな暇は無理でせうが、小島政二郎論でも何論でも、私のやうに一日一枚でも二枚でも書く企畫はどうでせう、一日一枚主義もバカにならぬものですよ。一日一枚主義が、「芥川」になり、「砂金」になつたのですから……近頃は一日五枚——七、八枚になりましたけれど……近頃ではどうかして十枚にしたいと一生懸命です。

この尊い助言を聞き流して顧みなかったのだから、若さというのは度し難い。いや、若さのせいではない。人間が愚かだったのだ。三十年を無為に過ごし、五十を幾つも過ぎてようやくこの金言が身に沁みた。ものを為し得るということは、こういうことなのだ。同時に、八十五歳の老大家が、自分を同じものを書く人間として遇してくれていたのだと思うと、有難くて涙がこぼれた。今さら遅いが、お前のやるべきことはここに書いてある。小島政二郎論を、一日一枚ずつ書き続けるのだ。

迷わず執筆を開始したのは平成二十一（二〇〇九）年の十一月だった。毎日勤めから帰って寝るまでの一、二時間をそれに充てた。当時の私は頑なな手書き主義者だったから、初めはノートに鉛筆で書いた。やがて、こんなことでは清書するのに何倍もの時間がかかるぞと恐怖を抱き、パソコンに切り換えた。悔しいが正解であった。本当に一日一枚の遅々たる歩みだったが、毎日休まぬという習慣だけは身についてきた。

ただ、「敵」――各章の主役たる作家たちは想像以上に手強かった。それぞれが大を成した人物であるから当然であろう。当初は各章五十枚からせいぜい百枚、全部で三、四百枚と想定していたが、そんな目論見は第一章を書いている間に消し飛んだ。苦行でもあったが、それまでの知識と俄か勉強が融け合って、書きながら思いもかけぬ発見に出会う楽しさが、日々の励みになっていった。

それでも、時折ふと「こんなものお前以外に誰が読むのだ」という疑念に苛まれ、放擲したくなることがあった。その疑いは書き終えた今も消えないが、途中で挫けないために、ある時私は幾人かの方々にこれを書いていることを洩らした。宣言をすることで、もう出来上がるまで逃げられないぞと自分を追い込んだのだ。

執筆を伝えたうちの一人、「序」でも紹介した小島先生の甥にあたる稲積光夫氏には、その数年前から手紙でさまざまご教示をいただいていた。

一章に取りかかる半年前の平成二十一年初夏、氏から視英子夫人の逝去（四月六日）を伝え聞いた時は少なからず狼狽した。それまでは、第一に夫人が読んでくださることを願っていたからである。稲積氏によれば、伊豆修善寺のケア付高齢者施設で過ごしていた夫人は、その前年の夏クモ膜下出血で緊急入院、手術は成功したが、その際に発見された肝癌などが結局死因となったとのこと。夫を見送ってまる十五年、享年八十三であった。

私は気持ちを切り換えて書き進めたが、正直に言って、五章後半の夫人の記述などは、当初の構想よりあれこれ忌憚なく書くことが出来た。もしご存命だったら、あの顔が浮かび、表現も筆致もやや異なったものになったであろうことは否めない。これについては今もって複雑な心境である。

一日一枚主義は、結局一年半近くの時を要した。終幕近くには大震災が起こり動揺もあったが、目標であった先生の命日三月二十四日にはとりあえず脱稿した。その後、刊行にあたって所々に手は加えたが、九割九分は原型のままである。読み返せば、力不足で書き切れなかったことは多々あるが、仕方がない。ここで断言出来るのは、今の私には、これ以上のものも、これ以外のものも書けない、という事実だけである。

煙草と酒で傷んだ躰も、この夏、なんとか無事に還暦を迎えることが出来た。この本が仕上がったら、まずは真っ先に小島先生の墓前に報告し、その足で父母の墓所にも回りたい。

平成二十七年十月

山田幸伯

各章小見出し一覧

第一章　永井荷風　愛憎無惨

然主義文学観へ回帰／わたくしは趣味俗悪、人品低劣なる一介の無頼漢に過ぎない／問題の多い、罪の重い記述／「多額の慰藉料」の真相／耄碌か、確信犯か／憎しみの原点に「鷗外先生」がいる／「リテラ・スクリプタ・マネット（書かれた文字は残る）」とはこのこと／菊池一派の小島は、当時通俗小説の花形／あいつの書くことは全部嘘／「面従腹非」同士の応酬／日本のボードレールになれたものを……／私小説こそが小説／自分にとって永井荷風とは何だったのか

第二章　今東光　不良と蒲柳

嘘っぱち野郎／どこに接点があったのか／十七歳で「学校」と絶縁／「非常勤無給私設秘書」兼「用心棒」／東光がたとえドロボウをしても手伝う／大喧嘩の果てに出家得度／「へへへ、もう丸焼けで」／「丸焼け」になったのは初めての著書／「まあ、鬚でも剃りたまえ」芥川は落ち着いていた／角帯の腰に小田原提灯／焼け出された友人夫婦を尻目に「焼け跡見物」に行くか／朝おきてお化粧するのが仕事／あんなボケに、バルザック読めなんていうはずない／ありもしない話を書くはずがない／何がバレてしまったのか／こいつは小説家として見込みねえ／「君自身書いて見ろよ」が生んだ『わが古典鑑賞』／「小島君」の文章、表現をそのまま借用／谷崎も認めた古典鑑賞の力量／百五十円あれば生身を何人も買える／共同便所で私を撒いた／小島はすべての点で君より弱いかもしれない／問題の『文壇諸家価値調査表』／小島、南部など、揶揄どころか愚弄／なぜ読んでもいない『芥川龍之介』を批判したのか／あん畜生が死んだら、洗いざらい書いてやろう／記憶から消し飛んでいたわが行為／私に勇気がなかったからに過ぎない／想像を交えずして話はしない／鷹揚な編集姿勢に感謝したい／伯龍は八年前に鬼籍に／なんで小島に恨みがあるのかって？／そんな単純な事態ではなかった／どんなものを書こうが、直木賞候補になる資格なし／文学っていうのはそんな簡単なもんじゃない／鏡花、荷風、潤一郎／仲間に慕われ、輝いたまま死んだ

第三章　永井龍男　東京人の懸隔

原稿の二重売りをして、出版社から敬遠された／研究家と自称したことを反省／昭和末の文壇が小島をどう認識していたか／「不器用なひとでしたよ」／メモもとらずに聞き流した／「赤貝のヒモなんぞ喰うから」／江

戸っ子としての基準をどこに置くか／永井からすれば、はるかに裕福なお坊ちゃん／横光利一の取り持ちで文藝春秋社へ入社／永井の身柄はわれわれ純文学側が引き受ける／昭和五年のスキャンダル記事／ムーブメントのための新造語／大衆文学は文壇外の問題／小林秀雄『私小説論』でも錯綜／菊池寛の活躍は桁違い／あまりの荒唐無稽さに肚が立つ／一発の空気銃の弾丸で、両方の眼球が失明／同じ作者の同じ机で書かれたものとも思われない／煙たい小姑のような存在／昭和初期における代表的流行作家の原稿料と収入／五年間の収入記録公開／大成功も妬みか軽侮の対象でしかない／美川きよ、ついに去る／同業作家を売った作家たち／「大根足の女を書け」と言った中佐は同年同月生まれ／一出版社が抵抗して節を通せるような時勢ではない／ブラックリストは確かにあった／文学史の資料的意義を強調／銓衡委員更新の裏側／小島さん、すわりなおしてボロボロっと涙をこぼされて／公職追放でやむなく文筆生活に／敗戦を境に新たな逆境が／破格の原稿料、手土産、豪奢な饗応／「文藝春秋」を編集部ごと買い取りたかった／「もろ〳〵の手を介し」に込められた感情／『三百六十五夜』で長者番付入り／家と土地合わせて八十五万円／この頃の生活が一番苦しかった／菊池の声は、涙でふるえていた／こんな所で道草を食っていたくない／ハプニングがもたらした新聞連載／重要なことを書き落とした／ミスター鎌倉文士の死／小島はエロ作家となってしまった／松本清張「芥川賞受賞」のいきさつ／木々高太郎の証言／松本清張も書いていた／欠席していた政二郎の書面選評／初めから「芥川賞」に推薦した／和田の不運が生んだ清張の受賞／直木賞作家・田岡典夫の公開状／この『甘肌』こそが精魂こめた本来の小説／いつになったら、大衆小説家の足が洗えるのだろうか／「堕落した行為だ」といわれましては、黙っている訳には参りません／「通俗小説」は最下級の存在／「大衆」「通俗」の区分などに関心はない／一切読者に委せるのが、男らしい態度／明治の芸人たちが、これより下手なはずがない／ものを書くという営為の不思議さ／『甘肌』自体がぼくの意図する純文学を具体的に語っている／「芸術小説」と「娯楽小説」でなぜいけないのか／「娯楽」のほうには、なぜか「小説」という文字が付く／「中間文学の金字塔」は存在したか／異種の才能と精進が必要／いつの世でも存在意義——需要がある「エロ」／純文学出身者が多かった「ポルノ作家」／高額所得への羨望は、作品への軽侮で相殺／紛うかたなき「私小説」／本質が見えたのは福田和也と小谷野敦だけ／かつての堕落の舞台が芸術の場に／隣地に家を建てた永井／水のそばに幸運がある／村上元三の胸中／芥川賞の銓衡なら疲れないのか／永井独特の婉曲表現／「芸術」という概念に引きまわされた／問題の小説『久保田万太郎』までの前奏曲／万太郎の呆気ない「事故死」／『久保田万太郎回想』の謎／死ぬべくして死んだ立派な最期／作家は告白するものじゃない、歌うものだ／挨拶をしようとするとソッポを向く／三田のセンシティーブ・プランツ／弱い立場に立った者に対しては冷酷無慙／睡眠薬を多量に飲んで、そのまま醒めなかった／悪人の目で見た世間を書けば新しい世界が開ける／ある先輩は「素ッ町人――」と呼んだ／私も同じ下町に生まれ、彼と同じ欠点を持っている／勘のよさといやみ／どんな専門の俳人の俳句よりも、本物であり、優れていた／「久保田はあれで毎晩なのよ」／あんなに号泣したのは一生で初めて／末尾の加筆が語るもの／「赤貝のヒモなんぞ喰うから」という台詞は見つからない／せめて経帷子でも着せてやるべき／久保田氏の実生活は人情本を地で行ったもの／強きを助け、弱きを挫く／「芸術院会員久保田万太郎」という名刺／ちょうど苛めやすかった／愛の部分が憎をおさえてあまりある／その一行一行が、唾棄すべきものと映った／ようやく見つけた永井の呪詛／近いようで決して近くない「美意識」／最晩年まで陽は蔭らなかった／二人の「最後の鎌倉文士」

第四章　松本清張　師友の死角

「佐々木」と書かれるのを極端に嫌った／略字や畳字を用いるのは作家の日常／大正時代から何百回も書いてきた／外にも重大な誤植がある／友情とお節介による佐佐木救済／鎌倉ぐらいまでは出向いてもよかった／数少ない例外が鍵を握る／清張、東光の絶え間ない会話／この天才清張は怪物である／「あんな嘘っぱち野郎、信用しちゃいけねえ」／あなたをひそかに頼りにしていました／兄弟分のような親近感／告別式の老大家／もはや頼りになる人間は、周囲にも門下にもいない／和田が尊敬しているはずがない／それならそれで立派ではある／数々の発見をしたことだろう／未亡人の凄絶な回想／和田の文学的節目には現われる／昭和九年は画期的な年／心を打ち開いて語り合った／見事に符合する『徳田秋聲の文章』／消えてしまった昭和十三年八月号／和田がいなければこの時期に完成しなかった／当時の小説家で一葉学者の第一人者／川口は忠告したが、和田は決行した／「あなたなんて、いちばん甘やかされているんですよ」／途中で原稿を破って棄てた／浪曲の作詞はやめるように／収入も多く、荒い生活を送った／「先生、わたしを、弟子にしてください」／厚意が災厄をもたらした／大晦日でもお正月でも電報が／一つとして封が切られたものはない／鎌倉から、静子が担いで来た／「芸術」と名の付く権威ある賞／誰一人知り合いのいない東京で放り出され／お部屋にも上げて下さらなかった／作風は、和田と清張のほうが遥かに隔たっている／和田にとっての「奇蹟の期間」／その中核には「文学」があった

第五章　立原正秋　食通幻影

下戸で、偏食、鼻つまり／土手がコロモを噛み砕く／なんの手柄にもなりはしない／前績に比べて堕落した／馬の骨は二人たしてもやっぱり馬の骨だ／ひとの小説をキタナイとはなにごとか！／「木々高太郎という人は、どうかしていませんか」／大好きな「文学」を求めてしまった／大出版人佐佐木の葬儀委員にふさわしからぬ存在／プレゼンターは政二郎／異彩を放つ、実力者ぞろいの同人誌／敬称を外すわけにはいかない人々／なんとはない話をし、お茶をのみ、海を眺めた／関係が良好だったことが窺える「物証」／同人の中に下衆な人間が何人もいる／「小島先生」を選択した／自分を取り巻く不思議な縁／あまりに地味で、直木賞には向かない／作家の明暗がはっきりし過ぎる／「これがいつかみんな金になるんだ」／日本人の性に合っているからだろうか／それを皆はカミングアウトと捉えた／純文藝誌「新潮」への長編一挙掲載／「先生」「あなた」がいつしか「マサ」に／「とうとう書いたわね、私が待っていた小説を――」／小島政二郎は「一種の思想オンチ」／実名私小説の困難と不幸の見本／ゲイジュツショウセツを書きそこなった作家の老醜ぶり／想像と実感との間に隔たりがありすぎる人間／「告白」は、見事な「創作」であった／全く肌合いの異なる存在／虚構の内にも父と叔父の混交が／川端は、すでに何かを視透していたかもしれない／自伝的信憑性を補強するための技法／父が死ななければ作家立原正秋は誕生しなかった／本名の金胤奎で発表した小説／日本人に逆らう者はみな破滅する／永劫のものが失われる／朝鮮との訣別を、朝鮮人として書き留めておきたかった／作者は朝鮮人だが、作品は日本文学である／愛読者の一群がゐて下さつた／「人殺し――」と叫んで逃げた／「テメエのため

に俺の人生はメチャメチャだ」／貯金がたった四万円／好みの美貌に一目惚れ／ノーベル賞作家が序文を／あらゆる仕事を失った／師に代わって一太刀報いる／今度は留置所の房で一泊／残された情熱を文学だけに注ぎたい／師としても付き合い甲斐があった／昭和五十八年が運命の年／「本職の講釈師より、うめェんだ」／悲鳴に近い孤独感と哀しみ／最後に書きたかったのは「菊池寛」／毎日おかずを運ばなければならない／ベッドの脇で『蜘蛛の糸』と対面／「あの先生のそばで死なせてほしい」／最後の食事は角煮と刺身／恥を雪げたのは小島のお陰

小島政二郎略年譜

一八九四（明治二十七）年

一月三十一日、東京市下谷区下谷町一丁目五番地（現台東区上野六丁目）に生まれる。古賀鈔太郎（こがこたろう　一八六五年生まれ）、志満（しま　一八七一年生まれ）の二男。三人兄弟で兄利太郎（としたろう　一八八九年生まれ）と弟賢三郎（けんざぶろう　一八九九年生まれ）がいたが、政二郎は途絶えていた祖母方の姓・小島を継いだ。当時生家は「柳河屋」と号し、呉服商を営んでいた。古賀家は筑後柳川の出身で、正徳年間（一七一〇年代）から江戸下谷に定住、代々上野寛永寺出入りの宮大工を務めていたが、鈔太郎の父金治郎（きんじろう　一八三八年生まれ）の代に呉服商へと転業（維新前後）。金治郎は後の落語家・三遊亭圓朝（出淵次郎吉＝いずぶちじろきち。一八三九年生まれ）とは幼馴染で、同じ寺子屋で学んだという。生来病弱だった政二郎は、柳河屋の通い番頭であった小板橋善助に読書や俳句の手ほどきを受け、小学生の頃から明治文学を愛読するようになる。また芝居、落語、講談などに親しみ、江戸の香りが色濃く残る多くの名人芸に接した。

一九〇七（明治四十）年　十三歳

下谷小学校を経て京華中学校（本郷区東竹町）へ進学。乗物禁止の校則に従って下谷から徒歩で通学するうち徐々に丈夫になっていった政二郎は、学業成績も良好であった。本郷や神田の古本屋街を歩く楽しみを知り、小説好きの級友との交流で新たに江戸文学や外国文学に触れ、同時に当時隆盛だった自然主義文学の洗礼を受けた。中学二（一九〇八）年の七月、永井荷風が欧米遊学から帰国。以後、『あめりか物語』を皮切りに矢継ぎ早に発表された荷風の作品群に陶酔した政二郎は、初めて小説家を志す。一九一〇（明治四十三）年、荷風は慶應義塾大学部文学科の教授に就任すると、編集主幹となって「三田文学」を創刊、同誌の愛読者となった政二郎の文学熱・荷風熱はいよいよ高まった。同（明治四十三）年二月二日、祖母・志津死去。

一九一一（明治四十四）年　十七歳

中学四年の三学期、数学の成績低落により落第を通告され、再度四年次に編入。これにより、一期下であった井上猛一（後の新内太夫・四代目岡本文弥）らと同級生となる。父・鈊太郎は激怒し、政二郎の蔵書を廃棄。以後、数学の補習のため神田三崎町の研数学館に通いながら悲嘆の日々を送るが、文学への情熱は衰えなかった。落第前後の一年余り、毎月のように雑誌「文章世界」に自作を投稿し、幾編かの小品が入選・掲載される。翌一九一二年、再び落第を繰り返すことなく無事五年生へと進級。この頃、荷風への弟子入りを決意し、善助に付き添われて牛込の永井邸を訪ねるが、荷風は不在で面会は叶わなかった。

一九一三（大正二）年　十九歳

三月、京華中学校を卒業し、四月、慶應義塾大学部文学科予科に入学。理財科でなければ入学不可という父の意向に背き、無断で志願先を変更した結果であった。一学期の試験席次は同期十三名中の一位（但し受験者は六名）、その成績表を添えて避暑先から父宛に長文の詫び状を認め、入学の真相を打ち明けた。以後、父は黙認。文学科では同級に水木京太、三宅周太郎（厳密には本科から同級）、一年上に南部修太郎、井汲清治らがいた。入学の最大の目的は荷風の教えを受けることであったが、その受講は本科二年になる（大学部は予科二年、本科三年なので入学から三年後）まで待たねばならなかった。やがて、思いあまった政二郎は一人で再び永井邸を訪問、今度は荷風と対面し持参した自作の短編を直接手渡すことが出来たが、その原稿は二日後、一片の添え状もないまま返送されてきた。

この年の秋、「国民新聞」に『桑の実』を連載していた鈴木三重吉が、その第二十二回の掲載紙を紛失して困っていることを新聞紙上で知り、その切り抜きを届けたことから、以後鈴木家に出入りするようになる。初めて垣間見た小説家の生活であった。一九一五（大正四）年十二月二十二日、祖父・金治郎死去。

一九一六（大正五）年　二十二歳

本科二年に上がる直前の二月、永井荷風が慶應義塾の教授を辞す。ついに念願を果たせなかった政二郎は、落胆のあまりフランス語の学習を放擲。三月、文学科の卒業生で元普通部（中学）教師の澤木四方吉が欧州留学から帰国、六月に文学科教授に就任し、同時に荷風が去った「三田文学」の編集主幹となる。澤木に目をかけられた政二郎は以後「三田文学」誌上に自作を発表する道が拓けた。初掲載は八月号の『霧の聲』という短文。十一月号に、文壇諸家（十七名）の誤字、誤用を指摘した随筆『オオソグラフィイ』を発表すると、直後、その俎上に載った一人である森鷗外から書状が届いた。鷗外はそこで文字遣いに対する自説と方針を披瀝、政二郎はその真摯な学問的姿勢に感動すると共に、自分の軽はずみな一文を反省した。これを材に翌十二月号に『森先生の手紙』を執筆。

この頃、鈴木三重吉の二番目の妻・楽子の妹・河上光子（一九〇三年十一月三日生。当時十二、三歳）を知り、一目惚れをする。

一九一七（大正六）年　二十三歳

「三田文学」一〜三月号に『日本自然主義横暴史』、四月号に『田山花袋氏の近業』、五〜六月号に『睨み合』（小説処女作・約六十枚）、八月号に『沖の岩』、九月号に『顰（ひそみ）にならふ』（短歌三十六首）、十月号に『駈落』、十二月号に『人の心』を発表。

このうち『田山花袋氏の近業』について、永井荷風が主宰する雑誌「文明」の「毎月見聞録」欄で揶揄嘲弄し、政二郎は心を痛める。一方、処女小説『睨み合』はすこぶる好評で、澤木教授からは「大家の塁を摩す」と称えられた。

十月下旬から十一月七日まで、奈良、京都、大阪に遊ぶ。

一九一八（大正七）年　二十四歳

「三田文学」一月号に『うらおもて』。「秀才文壇」一月号に『一枚絵』を発表。

二月三日、鈴木三重吉の紹介状を持って田端の芥川龍之介（その前日に結婚したばかり）を訪ねる。以後、芥川を媒介として菊池寛、久米正雄など多くの作家たちと知り合う。この頃、三重吉は児童向け雑誌「赤い鳥」の創刊準備に入り、その編集助手を引き受けた政二郎は芥川を初めとする諸作家に執筆を依頼、文壇での知己が飛躍的に増えた。三月、慶應義塾大学を卒業。卒業論文は『奈良平安時代の藝術と支那文化の影響を論ず』。この時文学科の卒業生は他に三宅周太郎一人きりであった。卒業にあたり澤木教授の推輓によって予科講師への就任が認められたが、あいにく然るべき席が空かず、一年間待つように指示を受ける。六月十五日、弟・賢三郎病死（享年十九）。

七月、「赤い鳥」第一号発刊。その創刊号に芥川は『蜘蛛の糸』を書いてくれた。政二郎自身もその後同誌に多数の創作・翻案童話を執筆するが、同時に徳田秋聲、高浜虚子、森田草平ら八、九人の作家の童話代作を行なう。「赤い鳥」七月創刊号に『わるい狐』、八月号に『鳥の手柄』、九月号に『黒い小鳥』、十月号〜翌年一月号に『龍のほりもの』。「三田文学」八月号に『すゞみ台』。

一九一九（大正八）年　二十五歳

四月、慶應義塾大学部文学科予科講師に就任。後に本科との兼任（一九二五〜）を経て本科専任（一九二三〜）となり、一九三一（昭和六）年三月まで勤務、作文、国語、国文学、近代小説史などを講じた。教えを受けた学生に石坂洋次郎、奥野信太郎、青柳瑞穂、勝本清一郎、倉島竹二郎、今井達夫、平松幹夫らがいる。

「時事新報」（一・二八〜二九）に『「傀儡師」と「心の王国」』（書評）。「赤い鳥」二月号に『弥次郎兵衛』『武松の虎狩』、三月号に『贋金つかい』、四〜八月号に『源氏の旗あげ』、九月号に『京都だより』、十月号に『笛』、十二月号に『般沙羅王』。「三田文学」一月号に『官能描写の才』、七月号に『森の石松』。「新潮」九月号に『久米正雄論』。五月刊の『三田文選』（「三田文学」十周年記念出版）に『睨み合』が収録される。

一九二〇（大正九）年　二十六歳

「赤い鳥」二月号に『海賊船』、四月号に『大盗坊』、五月号に『若いコサック騎兵』、八〜十月号に『腰抜武士』。「三田文学」六月号に『永井荷風氏作「おかめ笹」』。「人間」六月号に『神田伯龍』。二月以降、「時事新報」文芸欄に創作月評などを頻々と執筆（十一・九〜十『芥川さんの「お律と子等」を評す』他）。

久保田万太郎、南部修太郎らとともに「三田文学」五月号から同誌の編輯会員（編集委員）となる。

一九二一（大正十）年　二十七歳

「三田文学」一月号に『車掌』、二月号に『万引』、三月号に『酔っぱらひと犬の舌』、四月号に『大風の夜』、五～六月号に『世話物』、七月号に『喉の筋肉』、九月号に『兄弟』、十月号に『耳袋』、十一月号に『堤中納言物語』。「赤い鳥」二～六月号に『リッキ・チッキ・テビー』。

三月九日、芥川龍之介の中国特派旅行送別会（上野精養軒）に出席。七月から一九二三（大正十二）年七月にかけて、春陽堂より創作・翻案童話を収めた『新しい童話』（シリーズ計十一巻）を刊行。これらは全巻久米正雄との共著という形をとったが、久米のネームヴァリューを借りるための営業上の方策であり、ほぼ全作品を政二郎が書いた。

一九二二（大正十一）年　二十八歳

一月下旬、芥川龍之介、菊池寛とともに名古屋の椙山女学校で講演。演題は「バーナードショーの恋愛観」。「表現」二月号に『一枚看板』を発表。親交のあった講釈師神田伯龍をモデルにしたこの中編が文壇の評判を呼び、いわゆる出世作となった。

七月九日、森鷗外死去。七月下旬、出版三社（春陽堂、新潮社、国民図書）共同参画による森鷗外全集の企画が始動。政二郎は永井荷風、与謝野寛、小山内薫、山田孝雄、平野万里らとともに編纂委員となる（その後、昭和になって三回刊行された岩波書店版『鷗外全集』でも、編纂者の一人として名を連ねる）。

九月、河上光子と結婚（仲人は芥川龍之介と澤木四方吉。戸籍上の入籍は大正十二年十二月二十七日）、芝区車町二〇番地（現・港区高輪二丁目）に新居を構える。十一月、下谷の実家が上野・神田間の高架鉄道敷設のために鉄道省から立退きを命ぜられたので、高輪の家を両親に譲り、政二郎夫妻は神田伯龍の世話で下谷区上根岸町一一一番地（伯龍の隣宅。現・台東区根岸二丁目）に移った。

「三田文学」六月号に『新聞広告』、八月号に『森林太郎先生略傳』。「時事新報」（八・十一～二十一）に『鷗外先生著作年表』、（十二・三）に『二袋の金貨』（童話）。「サンデー毎日」十月五日号に『親の瞳』（童話）、十一月二十六日号に『家がなくなる前後』（小説）。「新潮」十一月号に『家』（のちに『ちちははの紋』に改題）を発表すると、これを青野季吉が「読売新聞」の創作月評（十一・十）で酷評し、以後長く記憶に留まる。

一九二三（大正十二）年　二十九歳

「文藝春秋」一月創刊号に『耳袋』（随筆）。同誌の同人として名を連ねる。「三田文学」一月号に『住』、二月号に『恋の奉仕』。「新演藝」一月号に『錦城齋典山』、八月号に『神田伯山』。「サンデー毎日」二月十八日号に『二人旅』。「週刊朝日」七月五日号に『松蔵の一七歳』。

九月一日、関東大震災発生。上根岸の家は倒壊を免れたが、類焼火災を心配した政二郎は二日、身重だった光子を田端の芥川宅に預けた（五日まで）。地震当日に刊行を予定していた初めての短編小説集『含羞』の初版二千部が灰燼に帰す。

「婦人公論」十月号に『眞の意氣を感ずる』。

一九二四（大正十三）年　三十歳

三月十九日、長女（一人娘）美籠誕生。五月、短編小説集『含羞』（収録作品『睨み合』『世話物』『喉の筋肉』『兄弟』『一枚看板』『家』）を東光閣書店から刊行。

「新小説」一月号に『子にかへる頃』、三月号に『神に翼を授けられた人々』、十二月号に『江戸随筆選』。「苦楽」一月創刊号に『柳家小さん』。「文藝春秋」六月号に『母の答』、九月号に『門前の小家』、十一月号に『いぢめッ子』、十二月号に『泥で作れ』。「新潮」八月号に『生理的腫物』、九月号に『永井荷風先生』。「三田文学」十月号に『乍憚劇評』。「時事新報」（六・十八）に『梟の声を聞きつゝ』、（七・二十七）に『おはなし―云はせつこ』、（九・九～十三）に『講談は何処が面白い？』（『講談はどこが面白いか』に改題）。

一九二五（大正十四）年　三十一歳

「文藝春秋」一月号に『一式請負』、四月号に『渋面』、七月号に『女の睫毛』、八月号に『久米正雄に先んず』、九月号に『ハンチング』、十月号に『鼻のノートブック』。『文藝講座』（文藝春秋社。一月刊）に『童話について』。「新小説」一月号に『金千円也』。「新潮」三月号に『大道無門』。「婦人公論」五月号に『食しん坊』、十一月号に『新居』。「中央公論」十二月号（瀧田樗陰追悼号）に『リッキ・チッキ・テビー』。

「時事新報」（一・七～十三）に『美すたる』、（三・五～二十）に『つむじ風退治』、（五・二十六～三十）に

『白扇を持った淑女』（アナトール・フランス翻案）。「都新聞」（五・七〜十二）に『若葉の森の戀人』（五回）。同紙（十・二十一〜翌年五・十一）に初の長編新聞小説『緑の騎士』を連載。

一九二六（大正十五・昭和元）**年**　三十二歳

「新潮」一月号に『奥さんと妻の公約数』、八月号に『奈何となれば』。同誌五月号に諸家による『小島政二郎氏の印象』が掲載される。「婦人公論」一月号に『ベッドに横たはる論』、四月号に『戀の結晶状態』、七月号に『惡魔の作「美女」』、九月号に『「叡智女」を求む』、十月号に『白状すれば』。「新小説」四月号に『逍遥、四迷、美妙』。「文藝春秋」七月号に『血の遠さ』、八月号に『次郎長の合口』。「中央公論」九月号に『妹』。『文藝講座』（文藝春秋社。五月〜十二月刊）に『明治小説史』（七回）、『童話について』（一回）。「時事新報」（七・二十八）に『夏日一信』。「読売新聞」（十・二十五）に『賢人の座談』。

前年の三月号発行後休刊していた「三田文学」が水上瀧太郎の尽力によってこの年の四月号から復刊。水上、久保田万太郎、南部修太郎らとともに編輯委員となる。同誌五月号に『月二回づつ』。

八月、第二短編集『新居』（収録作品『子にかへる頃』『新居』『生理的腫物』『第一の幸福』〈『松蔵の一七歳』改題〉『母の答』『渋面』『まがらぬ自動車』『ハンチング』『月二回』〈『月二回づつ』改題〉『一枚看板』『家』『血の遠さ』『奥さんと妻の公約数』）を春陽堂より刊行。

一九二七（昭和二）**年**　三十三歳

「文藝春秋」一月号に『大阪へ行って』、四月号に『相見て』。「中央公論」一月号に『舌のパイ』、四月号に『鷺の踏切』。「婦人公論」一月号に『母颯爽』、四月号に『戀愛修業』、八月号に『女の手紙』。「キング」一月号に『穴のあいた王様』（童話）。「講談倶楽部」三月号に『ふしぎな耳』（童話）。「三田文学」二月号に『よく学ばれたよき教訓』、四月号に『あわただしく』、七〜九月号に『アナトールフランス』。「サンデー毎日」五月一日号に『大阪的風貌』、六月十五日号に『彼女の愛犬』。

七月二十四日、芥川龍之介自死。二十七日、谷中斎場で行なわれた葬儀で、後輩代表として弔辞を読む。当初読む予定だった佐佐木茂索が失意のあまり辞退したため、政二郎が代わったという。「読売新聞」（七・二十七）

に『覚悟の死』。「文藝春秋」九月号（芥川追悼号）に『七月二十四日』。「中央公論」九月号に『より関心事』。「若草」九月号に『崇高な死顔』。「三田文学」十月号に『芥川龍之介全集の事ども』。十月、各地で開催された澄江堂（芥川）追悼講演会に参加。「騒人」十月号に『カフェー断片』、「中央公論」十一月号に『東京人と情実』、「三田文学」十一～十二月号に『大鏡鑑賞』。
十一月、『緑の騎士』を文藝春秋社から刊行。

一九二八（昭和三）年　三十四歳

「三田文学」一月号に『随筆集と長篇小説』、四～七月号、十一月号に『山冷か』（未完）、七月号に『場末風流』。「文藝春秋」二月号に『土暖かに』。「太陽」二月号に『烏衣巷』。「創作月刊」二月号に『これは何か譯がなければならない』。「婦人公論」二月号に『男が泣いた話』（座談会）。「サンデー毎日」十月一日号に『彼女の四季』。「週刊朝日」三月十五日号に『山冷か』。「読売新聞」（七・二十四）に『芥川龍之介遺墨展覧会』。「婦人世界」六～十月号、十二～翌年九月号に『濡れた珊瑚』。「時事新報」（十一・十五～翌年六・三十）に『心の青空』。この年刊行の『日本文学講座』（新潮社）に『森鷗外研究』を執筆。

一九二九（昭和四）年　三十五歳

「講談雑誌」一～五月号に『怪譚月の笠森』、八月号に『忍岡義賊の隠れ家』。「婦人公論」一～十二月号に『木がくれの巣』。「文章倶楽部」二月号に『葛飾北斎』。「キング」一月号に『人を流す国』（お伽絵話）、四月号に『パルビゾンの天才』（成功美談）。「文藝春秋」八月号に『大正九年挿話』。「東京朝日新聞」（八・六～八）に『防暑地帯』。「北海タイムス」（五～七月）に『或る恋愛観・バーナードショウに就て』、（八月～翌年四月）に『遠い薔薇』。「九州日報」（九月～翌年四月）に『五月の花』。「台灣日日新報」（九月～翌年五月）に『悪魔の舌』。
九月、「新しき村」創立十年記念刊行『十年』（諸家執筆。発起人・編集代表佐藤春夫。改造社）に『鷺の踏切』収録。十二月、第一随筆集『場末風流』を中央公論社より刊行。

一九三〇（昭和五）**年**　三十六歳

「サンデー毎日」一月一日号に『駈落と検事』。「少年倶楽部」一～九月号に『乞食王子』（マーク・トウェイン作）。「演藝画報」四月号に『大正の役者―寿美蔵に寄す』。「三田文学」五月号に『「三田文学」第一号』。「キング」六～八月号に『あゝ忠犬よ、弁慶よ！』。「富士」六～昭和九年十二月号に『新版義士銘々伝』（十月号『讐の槍供養』、十一月号『勝田新左衛門』ほか）。「雄弁」十一月号に『想ひ出に添へて』。

四月、『小島政二郎集』（収録作品『濡れた珊瑚』『笠森お仙』『森の石松』）を『新進傑作小説全集』（平凡社刊）の一冊として刊行。これが初の大衆小説の単行本化といえる。

十月、娘・美籠の百日咳療養のため鎌倉町塔の辻一五六（現・鎌倉市笹目）に転居。この頃すでに政二郎は、大正末に知り合った三人の子を持つ人妻・小林きよ（美川きよ）と四谷区左門町（その後近隣の六番町に転居）に居を構え、本宅との二重生活を送っていたが、以後三年ほどは東京・鎌倉を行き来することになる。

一九三一（昭和六）**年**　三十七歳

三月、慶應義塾大学を退職。同月二十一日、父・鈔太郎死去。

「講談倶楽部」二、十一月号、翌年一～九月号に『清水次郎長』（初の映画化作品）。「富士」四月号に『かなたやお蘭』、五月号に『杉野十平次』、『花月風床第一課』、六月号に『不破数右衛門』、十一月号に『愛哀比翼塚』、『恋無情時雨しら菊』。「オール讀物」九～翌年四月号に『傾城やつはし』。「キング」十～十一月号に『長くなれ梯子になれ』（お伽噺）。「婦人公論」十月号に『枕草子鑑賞』。「週刊朝日」一月一日号に『艶麗風土記』、一月十一日号～二月八日号に『西洋武勇傳』、七月一日号に『陽の日、影の日』、十月一日号に『妻のかをり』、十一月一日号～翌年一月三十一日号に『白あざらし』（十四回）。「報知新聞・夕刊」（三・十三～九・十七）に『艶麗風土記』。

五月、『新版義士銘々伝（上）』を大日本雄弁会講談社より刊行。

一九三二（昭和七）**年**　三十八歳

「三田文学」一月号に『子を殺した話―バルザック遺聞』、三月号に『女を殺した話―バルザック遺聞』。「キング」一月号に『子育観音像由来』。「週刊朝日」八月一日号に『理想的いろ女』。「富士」一月号に『戀飛脚大和往来』。「中央公論」四月号に『八丁荒らしの伯山』。「東京朝日・大阪朝日新聞」(一・一〜五・十一)に『海燕』を連載。

七月、『海燕』を新潮社より、九月、『艶麗風土記』(前篇・後篇)を春陽堂より刊行。

一九三三(昭和八)年　三十九歳

「講談倶楽部」一月号に『お俊傳兵衛』、三月号に『雪の肌蜻蛉組』。「現代」一月号に『お豊ゆえ』。「雄弁」一月号に『湯気を吐く肌』。「富士」二月号に『天才の麗人一葉物語』、六月号に『心直助晴の一口』、七月号に『はぐれ鳥妻戀ふ歌』、八月号に『夜鷹そば魂の影繪』、十月号に『大石瀬左衛門』、十一月号に『大高源吾』、十二月号に『片岡源五右衛門』。「経済往来」二月号『幸田露伴氏に物を訊く座談会』に出席。「週刊朝日」四月一日号に『弱い次郎長』、『父のキッス』(二作掲載)。「鉄塔」五月号に『幸田露伴先生』。「文藝春秋」十月号に『佐渡新潟』。「婦人公論」十一月号に『見合結婚の神秘』。

九月、『西洋武勇傳』を采文閣より刊行。

六月、麻生区笄町一五五(現・港区南青山)に転居。

一九三四(昭和九)年　四十歳

「富士」一月号に『散る牡丹高尾繪巻』、二月号に『茅野和助』、三月号に『天野屋利兵衛』、六月号に『寺坂吉右衛門』、十二月号に『武林唯七』。「週刊朝日」一月一日号に『海の髑髏旗』、二月二十日号に『旗の出世』、四月一日号に『源氏物語』(落語)。「少女倶楽部」二月号に『夕空晴れて』。「婦人公論」四月号に『春色源氏物語』。「三田文学」四月号、六月号に『直木三十五(一)』『同(二)』。四月刊『日本文学講座』(改造社)に『永井荷風論』(「三田文学」同年九月号に再録)を発表、荷風の怒りを買う。五月刊『日本現代文章講座』(厚生閣)に『徳田秋聲の文章』(「三田文学」昭和十二年八月号に再録)。「日の出」六月号に『南方の瞳』、十二月号に『花咲く樹』(映画小説)。「中央公論」十二月号に『福澤諭吉』。「読売新聞」(九・十一〜十二)に『芥川龍之介のゐる「東京朝日新聞」(一・二十〜二十二)に『春夜清談』。

風景』。「東京朝日・大阪朝日新聞」（三・二十三〜八・二十）に『花咲く樹』、「読売新聞」（十・十八〜翌年三・十七）に『戀愛人名簿』を連載。新聞五社連盟・土曜会（五・十九〜）に『七寶の柱』（一三五回）。

一九三五（昭和十）年　四十一歳

「文藝春秋」一月号誌上で〈芥川龍之介賞〉〈直木三十五賞〉の制定が発表され、政二郎は両賞兼務の銓衡委員となる。以後、第十六回（昭和十七年下半期）まで務めて辞任。戦後、第二十一回（昭和二十四年上半期）より直木賞委員にのみ復帰し、第五十四回（昭和四十年下半期）まで務めた。

「日の出」一〜十二月号に『戀の海峡』。「サンデー毎日」一月一日号に『夕陽の中に』、三月十五日号に『女の日向』、六月十日号に『子故の啞』、九月十日号に『新婚旅行』。「改造」二月号に『眼中の人』（長編『眼中の人（その一）』の最初の部分。二十八枚）。「主婦之友」三〜昭和十二年四月号に『人妻椿』。「週刊朝日」四月一日号に『處女妻』。「経済往来」五月号に『武藏坊辨慶』。「婦人公論」五月号に『靜御前』。「中央公論」十月号に『彼の野獸時代』。「文藝」十月号に『面白い評論、評傳出でよ』。「婦人公論」十一月号に『味のある文章』。「オール讀物」十一月号に『霞む瞳』。「富士」十二月号に『今様小春物語』。

「東京朝日・大阪朝日新聞」（六・二十七〜十二・十）に『感情山脈』を連載。

一月、『花咲く樹』（昭和長編小説全集の一冊）、七月、『七寶の柱』をそれぞれ新潮社より刊行。十月、中央公論社五十周年記念刊『文壇出世作全集』に『一枚看板』が収録される。

一九三六（昭和十一）年　四十二歳

「文学」一月号に『ブファルマッコ』。「新装」一月号に『着物鬼門』。「週刊朝日」一月一日号に『初代中村吉右衛門』、五月三日号〜九月二十日号に『つばくろの唄』（二十一回）。「サンデー毎日」五月十六日号に『バッカラの戯れ』、十月一日号に『ベルクナー礼賛』。「オール讀物」三月号に『弾くや、西班牙狂想曲』、六〜翌年六月号に『花ひらく闇』。「富士」三月号に『三村次郎左衛門』、五〜昭和十三年六月号に『牡丹くづるゝ時』、十月臨時増刊号に『梶川与惣兵衛』。「日の出」十一〜十二月号に『形見の手袋』。「文藝春秋」十一月号に『鷗外滞独日記鈔』。「婦人公論」十一月号に『洗練された言葉を』。

「東京朝日新聞・夕刊」（七・十二）に『上方一千年の舌』。「報知新聞」（一・一〜六・二十一）に『薔薇ならば』。「京都日出新聞」（六・二〜十二・二十）に『牡丹月夜』。

一月、『感情山脈』を新潮社より、七月、『薔薇ならば』をサイレン社より、十一月、『つばくろの唄・戀愛人名簿』（『現代日本小説全集』の一冊）をアトリエ社より刊行。

一九三七（昭和十二）**年**　四十三歳

「相撲」一月号に『荒岩崇拝』。「改造」一月号に『淀君と家康』。「キング」一〜翌年五月号に『乳房祭』。「サンデー毎日」一月一日号に『コックの唾』、九月十日号に『美しき雷鳴』。「週刊朝日」五月一日号に『春の地震』。「主婦之友」五〜翌年七月号に『人肌観音』。「富士」七月臨時増刊号に『早水藤左衛門』、十月臨時増刊号に『木村岡右衛門』。「日の出」六〜九月号に『銀色の道』、十月号に『清水港は鬼より恐い』。「講談倶楽部」十〜昭和十四年九月号に『海棠の歌』。

「大阪朝日新聞」（一・二十六〜二十七）に『「仙台騒動」余話』。「東京朝日新聞」（三・三〜五）に『東京の町々』。「読売新聞」（一・四〜二・二十八）に『清水次郎長』。「都新聞」（二・十六〜七・十八）に『雌蕊雄蕊』（一四〇回）。「東京日日・大阪毎日新聞」（九・十三〜翌年二・二十一）に『半處女』。

六月、『人妻椿』を新潮社より、七月、『處女妻』を信正社より、十二月、『清水次郎長』を新潮社より刊行。

十一月、大森区新井宿一―二三二〇（現・大田区山王二丁目）に転居。この頃、旧軽井沢に別荘を購入（昭和四十年まで所有）。

一九三八（昭和十三）**年**　四十四歳

「婦人公論」一月号に『ああ、母なるかな』、二月号に『わが人肌観音』、三月号に『時には笑ひませ』、四月号に『令嬢達』、五月号に『巴里の熊』、六〜七月号に『アヴィニョンの狼』。「日の出」一〜八月号に『花の瞳』、九月号に『月夜のつばめ』、十一月号に『山ならば富士』。「家の光」一〜十二月号に『鴛鴦手絡』。「週刊朝日」三月増刊号に『髪の林』、七月三日号〜九月二十五日号に『處女航海』（十三回）。「あらくれ」三月号に『ノートから』。「改造」五月号に『スタンダールの脹ら脛』、八月号に『菊池寛』（長編『眼中の人（その一）』の最初の部分。同誌昭和十年二月号の『眼中の人』に六十五枚を加筆したもの。人称を変え、登場人物をすべて実名にした)。「サンデー毎日」六月十日号に『女の技巧』。「スタイル」六月号に『もし貯金があつたら』。「富士」七月増刊号に『櫻しぐれ』、七〜昭和十五年二月号に『岩に咲く花』、十月増刊号に『堀部弥兵衛』。「オール讀物」五月増刊号に『花を咲かす雨』。「講談倶楽部」九月増刊号に『御神火』。「主婦之友」七〜昭和十五年二月号に『新妻鏡』。

五月、『半處女』を新潮社より刊行。

「東京朝日新聞」(一・一〜四)に『軍国の春』、(二・二十一)に『事変下の一般女性に与へる言葉』。「読売新聞」(二・十五)に『非常時、作家報告書』(インタビュー)。「台灣日日新報」(五・一)に『四十悠然たり』。

九〜十月、内閣情報部の要請で「ペン部隊」の一員として菊池寛、吉川英治、吉屋信子らと共に海軍の漢口攻略戦に従軍、その間、『従軍日記抄』を「読売新聞」「東京日日新聞」「改造」「主婦之友」に寄稿・分載。帰国後は日本橋倶楽部、大阪毎日新聞、慶應連合三田会、工業倶楽部などで報告講演を行なった。

年末、美川きよとの関係が破局に至り、同棲を解消。美川は翌年一月、画家鳥海青児と結婚する。

一九三九(昭和十四)年　四十五歳

「三田文学」一〜四月号に『従軍日記』。「日の出」一月号に『世話丸髷』、三〜五月号に『女女物語』、八〜翌年七月号に『森の石松』。「週刊朝日」一月一日号〜三月二十六日号に『天晴大将』。「サンデー毎日」三月十日号に『マシモ島の奇談』、六月十五日号に『女鹿』、九月二十四日号に『鏡花先生の想ひ出』。「キング」六月号に『座右銘』。「富士」七月夏の増刊号に『一寸花粉染』、十月秋の増刊号に『武士の紋どころ』。「婦人公論」六〜昭和十六年二月号に『わが古典鑑賞』(「堤中納言物語」「大鏡」「落窪物語」「今昔物語」「かげろふの日記」)を連載。

「東京朝日新聞」(五・五〜七)に『春、味無し』、(十・十六〜十九)に『三田の思ひ出』。

九月刊の『日本諸学研究報告・第三篇・国語国文学』(文部省教学局編)に『堤中納言物語鑑賞』収録。この年、『海棠の歌・鴛鴦手絡』(新作大衆小説全集六)、『岩に咲く花』(同全集一八)を非凡閣より刊行。

一九四〇（昭和十五）**年**　四十六歳
「オール讀物」一月号に『蜜蜂』、四月号に『ならぬ柿の木』、十一月号に『一羽の燕』。「富士」四月号に『感涙記』。「三田文学」五月臨時号に『たつた一度介抱した話』（水上瀧太郎追悼）、八月号に『第一章』（翻訳）、九月号に『「明治」を感じた最後の一人（馬場孤蝶追悼）』、十月号に『芸術家水上瀧太郎』。「主婦之友」七〜昭和十六年九月号に『結婚指輪（リング）』。「名月」八月号に『これでも一等國の國民か』。「現代」十一月号に『柔弱處女の如し』。「博浪抄」九月号に『字書の話』。

「東京朝日新聞」（三・二十六）に『水上瀧太郎のことひとつ』、（五・十〜十一）に『五月の芝居』。「福岡日日新聞」（十・九〜十一）に『遊ぶといふこと』。

一月、『新妻鏡』を主婦之友社より刊行。

十二月、政二郎作詞による戦時歌謡『佛印だより』（作曲・飯田景応。唄・上原敏）が日本ポリドールより発売、上原の「便りシリーズ」最後のヒット作となった。

一九四一（昭和十六）**年**　四十七歳
「富士」三月号に『真只中の恋』。「三田文学」六月号に『朝鮮服礼賛』。七月刊の『國語文化講座・第一巻・國語問題篇』（朝日新聞社）に『國語問題について』を執筆。「主婦之友」十〜十一月号に『夫婦の鈴』（二回で中絶）。

一月、『春滴る』、九月、『女鹿』を輝文館より刊行。十月、『ちゝはゝの紋』（旧作を編んだ短編集。横光利一・跋）を學藝社より、十一月、『結婚指輪（リング）』を主婦之友社より、十二月、『わが古典鑑賞』を中央公論社より、刊行。

この頃、戦時体制進行にともない、言論教化を行なう情報局にその作風を忌避された政二郎は、執筆禁止作家の一人となり、以後、敗戦にいたるまで小説の注文は途絶えた。

一九四二（昭和十七）**年**　四十八歳
七月、随筆集『木曜座談』を小峰書店より、十月、『手品つかひ』（ともだち文庫）を中央公論社より、十一月、

『眼中の人』を三田文学出版部より刊行。

一九四三（昭和十八）年　四九歳

「三田文学」八月号に『江戸の安三』（戯曲）。

三月、『一羽の燕』（『新作大衆小説全集38』）を非凡閣より、四月、『芭蕉』（「青少年日本文学」シリーズ）を至文堂より刊行。

一九四四（昭和十九）年　五十歳

「三田文学」三月号に『武士道』（戯曲）。「週刊朝日」七月十六日号に『名前の替ツこ—海洋講談』、九月三日号〜昭和二十年二月四日号に『鎌倉大草紙』（十九回）。

四月頃、鎌倉市大町比企ケ谷一一三七（現・大町一丁目）に転居（疎開）。

一九四五（昭和二十）年　五十一歳

五月、久米正雄、大佛次郎、里見弴、川端康成、小林秀雄ら鎌倉在住の作家たちが開いた貸本屋「鎌倉文庫」に参加し蔵書を出品。この貸本料がこの年前半の主たる収入となる。

七月二十四日、母・志満死去。八月、日本敗戦。

九月、「鎌倉文庫」は久米正雄が社長となって出版社へと転身、政二郎も役員に推されるが辞退。敗戦を期に「執筆禁止」が解けると新旧の出版社から注文が殺到し、以後、新作執筆の他に数多の旧作再掲載・再刊（アンコール出版）が行なわれる。

一九四六（昭和二十一）年　五十二歳

「りべらる」一月号に『男ぎらひ』。「婦人画報」一月号に『或アメリカ人の話』。「演劇界」一月号に『銀座復興・昭和二十年十月九日見物』。「新農藝」二月号に『うまいものの話』。「スタイル」三〜五月号に『朱唇』。「女性」四〜十二月号に『六月雪（リウユエシュエ）』、四〜七月号に『わが生涯』（イサドラ・ダンカン自伝翻訳。匿名）。「雑談」五〜六月号に『或紹介』、七、九、十二月号に『バルザック傳』。「週刊少国民」七月七日号に『明治の先覚者・福澤諭吉の少年時代』。「紺青」七月号に『花のない梢』。「ロマンス」八〜昭和二十三年三月号に『三百六十五夜』。「つまり」八月号に『越の国に旅して』。「主婦と生活」九〜翌年五月号に『ろまんす』。「文化娯楽」九月号に『美しき海蛇』。「朝」十二月号に『芸者』。

「大阪日日新聞（夕刊紙）」および「九州タイムス」ほか（八・十三〜十・二十二）に『めしべ雄蕊』（六十回）。

九月、『處女航海』を和敬書店より、十一月、『春滴る』（上・下）を雄鶏社より刊行。

四月十八日、兄・（稲積）利太郎死去。

一九四七（昭和二十二）年　五十三歳

「こども朝日」一月一日号〜十一月一日号に『発明王エヂソン』（十一回）。「警友」一月号に『新しき警察に寄す・いしあたま』。「明星」三月号に『ころもがへ』。「近代読物」六月創刊号に『胸を射る矢』。「読物クラブ」七月緑陰号に『月二回』。「信濃青年」八月下旬号（「月刊佐賀」九月号）に『女の自伝』。「文芸サロン」八月号に『鎌倉随筆』、十月号、翌年三月号に『江戸の紋』。「トップライト」十月号に『一本の道』。「オール讀物」十一月号に『處女妻』。「パレス」十一月号に『戀愛古今東西』。「讀物と漫画」七月号に『玉の輿』。十一月号に『眉晴れ』。「スバル」十二月号に『星二つ三つ』。「婦人世界」十二〜翌年二月号に『弾くや西班牙狂想曲』。

新聞三社連合（二〜四月）に『接吻（キス）してもいゝ日』（六十回）。

一月、『濡れた珊瑚』（『七寶の柱』改題）を矢貴書店より、五月、『髪の林』を新紀元社より、『海の髑髏旗（どくろき）』を東西社より、六月、『牡丹くづるゝ時』を鷺ノ宮書房より、『つばくろの唄』を明朗社より、七月、『嘘の店』を月曜書房より、十月、『愛の文法（グラムマア）』を地明書院より、十二月、『世話丸髷』を矢貴書店より刊行。

この年の後半、鎌倉市雪ノ下六二六（現・雪ノ下四丁目）に転居。

一九四八（昭和二十三）年　五十四歳

「小説と讀物」一月号に『媛』、十月別冊号に『銀のやうな』、十一〜翌年二月号に『しどろもどろの細道』。

「かまくら」一月号、五月号に『フランスの女の話』、同五月号に『山田雨雷君追悼：雨雷さん』『山茶花』。

「花形」一月号、五月号に『夕陽の中に』。「朝日」三月号に『仙石騒動余話』、六月号、八月号、十二月号に

『月をさす指』。「富士」三月号に『鼠小僧』、五月号に『三千歳』。「文藝讀物」三月号に『女難』、七月号に『よく学ばれたよき教訓』。「現代讀物」三月号に『感涙記』。「サンデータイムス」三月七日号〜七月十八日号に『柔らかな年齢』。「ロマンス」四〜翌年八月号に『未開紅』。「男女」四〜五月号に『女といふ花』。「サタデーニュース」五月二十二日号〜六月二十六日号に『盈ちては缺ける月』、六月二十六日号〜七月十七日号に『ろまんす』。「讀物と漫画」五〜十月号に『落ち椿』、七月号に『清水港は鬼より恐い』。「春」五〜十月号に『山ならば富士』。「百万両」五月号に『女の技巧』。「クラブ」六月号に『江戸節おこん』。「面白倶楽部」七〜八月号に『美しき雷鳴』。「婦人世界」七〜翌年十月号に『静心なく』。「日光」九〜翌年五月号に『ああ無情』。「三田文学」十月号に『率直に云ふことを許せ』（水木京太追悼）。「サン」十月号に『博打』。「鏡」十月号に『エレオノラ・デューゼ』。「小説界」十〜十一月号に『芭蕉』。「少年世界」十一月号に『恐しき一夜』。「モダン小説」十一月号に『あぢさゐ』（旧作『髪の林』改題）。「娯楽倶楽部」十一月号、翌年一月号に『悲恋・高尾繪巻』。「講談倶楽部」十二月号に『をとこの雨』。「読切傑作小説」十二月号に『旗』。「小説文庫」十二月号に『鉄坊主』。

「佐世保時事新聞」（一・十〜五・六）に『柔らかな年齢』（一一七回）。

一月、『春宵荻江節』を青々堂出版、『女性の窓』を京北書房より、二月、『森の石松』を矢貴書店より、『接吻（キス）してもいゝ日』を葛城書店より、三月、『エヂソン』を大阪朝日新聞社より、六月、『恋の海峡』を松和書房より、八月、『乳房祭』を神田出版、『人肌観音』を矢貴書店より、九月、『朱唇帖』を和敬書店より、『三百六十五夜』をロマンス社より、十二月、『花の瞳』を東方社より刊行。

この年、新たに設立された水上瀧太郎賞の銓衡委員となる。

一九四九（昭和二十四）**年**　五十五歳

「近代ロマン」一月号に『瘧』。「小説界」一・二月合併号に『じれッた結び』、四月号に『一枚看板』。「講談倶楽部」一月号に『水に降る雪』。「婦人生活」一〜五月号に『朱唇帖』。「小説文庫」一〜四月号に『牡丹化粧』。「娯楽倶楽部」二月号に『堀川戀の達引・お俊伝兵衛』。「新家庭」二月号に『懐恨の詩』、三〜六月号に『戀の花馬車』。「文藝往来」三月号に『鷗外先生の印象』。「主婦之友」三〜翌年十二月号に『美貌』。「文藝讀物」四月号に『リッキ』。「家庭生活」四〜翌年八月号に『こゝろ妻』。「ふれっしゅ」四月別冊号に『純潔』。「面白倶楽部」六月号に『心澄まして唄にきけ』。「サロン」六月号に『洋服の秘密』。「ロマンス」七月臨時増刊号に『より良き半身』、九月号に『びろうどの眼』（翌年「モダンロマンス」で続載）。「読切小説集」八月号に『春の地震』。「苦楽」八月臨時増刊号で『伯龍の芸と人』（追悼鼎談。久保田万太郎、安藤鶴夫と）。「小説ファン」九月号に『一夜ちがひ』。「婦人世界」十一月号〜翌年九月号に『冬も緑なるもの』。

この年、『小島政二郎全集』（愛翠書房／地平社）が企画され芸術小説篇として『花咲く樹』（二月）、大衆小説篇として『薔薇ならば』（七月）、『官能図』（八月）、『静心なく』（十二月）などが刊行されたがそこで中絶した。

十月、『牧場の春』を東方社より、十二月、『ドンジヤン医者』を愛育社より刊行。

一九五〇（昭和二十五）年　五十六歳

「オール讀物」一月号に『ころもがへ』、七月号に『女たらし』。「小説と讀物」二月号に『仙石騒動余話』。「文藝讀物」別冊春号に『二つ名前の八百吉』。「面白倶楽部」三月号に『岡野金右衛門』、五〜翌年十二月号に『我が戀は水に燃え立つ』。「モダン・ロマンス」十月号〜『新編三百六十五夜』。「文藝春秋」十二月増刊号に『初対面—永井荷風先生』（前編）。

二月、『半處女・牡丹くづるゝ時』（『長篇小説名作全集七』日本文芸家協会編）を大日本雄弁会講談社より、十二月、『こゝろ妻』を東方社より刊行。

一九五一（昭和二十六）年　五十七歳

「改造」一月号に『芭蕉の耳』。「国文学　解釈と鑑賞」一月号に『古典の解釈・鑑賞』。「ホーム」一月号に『月の落穂』。「文藝春秋」三月号に『初対面—永井荷風先生』（後編）、五月号に『初対面—森鷗外先生』。「オール讀物」六月号に『繪具師利八』。「あまカラ」八月創刊号から随筆『食ひ（い）しん坊』の連載を開始（以後、昭和四十三年五月終刊号までに一九三回掲載）。「三田文学」七月号に『芭蕉・彼の精神発展史—わが古典鑑賞』、八月号に『鷗外・漱石・晶子』、九〜十月号に『源氏物語』（座談会）。「小説公園」別冊十月号に『山ノ手幽霊』。「サンデー毎日」十一月十日中秋号に『雀のおいらん』。「京都新聞」(三・十〜九・十六)に『女の發汗史』(一九一回)。「河北新報(他・共同配信)」(五・二十六〜十・二十七)に『第七天国』(一五五回)。「読売新聞」(十一・二十一〜翌年六・十九)に『女といふ城』(二一〇回)。

六月、『美貌・びろうどの眼』(『傑作長篇小説全集一〇』)を大日本雄弁会講談社より刊行。

一九五二(昭和二十七)**年**　五十八歳

「サンデー毎日」三月十日陽春号に『続・雀のおいらん』、九月十日新秋特別号に『吉田さんの和服姿が語っているもの』。「文藝春秋」四月号に『初対面―菊池寛』(前編)、五月号に『久米正雄の戀愛』(追悼)。「別冊文藝春秋」四月号に『峰の一本松』。「文藝」七月号に『カッフェ・料理屋・待合』。「オール讀物」十一月号に『八百蔵吉五郎』。

十月、『岩に咲く花』を東方社より、十一月、『女といふ城』(『傑作長篇小説全集一九』)を大日本雄弁会講談社より刊行。

一九五三(昭和二十八)**年**　五十九歳

「文藝春秋」四月号に『初対面―菊池寛』(後編)。「婦人公論」三月増刊号に『イサドラ・ダンカン』。「文藝」七月号に『奥の細道・芭蕉おぼえ書』。「小説公園」七月号に『大正十五年頃』、十二月号に『生涯無月』。「小説新潮」十一月号に『ふる里・東京』、十二月号に『新婚旅行から帰ったあと』。「京都新聞・夕刊」(二・二十三〜翌年六・十五)に『次郎長日向』(四七〇回)。「毎日新聞・朝刊」(六・三十〜一二・三十一)に『甘肌』(一八四回)。

一月、『第七天国』、九月、『我戀は水に燃え立つ』、十月、『夫婦の鈴』をそれぞれ東方社より刊行。

一九五四(昭和二十九)**年**　六十歳

「別冊小説新潮」一月刊に『小説家のノートブック』、四月刊に『藪原検校』、七月刊に『へんな親孝行』。「小説新潮」二〜三月号に『草いきれ』、七月増大号に『女中列傳』、十月号に『お八重』、十一月号に『颱風の目のやうな』（『鈴木三重吉』に改題）。「週刊サンケイ」四月四日号〜十一月に『おこま』（三三回）。「オール讀物」五月号に『女の砂漠』、十二月号に『玉椿』。「講談倶楽部」八月号に『左ゆがみの妻』。「婦人公論」九月号に『エレオノラ・デューゼ』。「小説公園」十二月号に『みめかたちよき人』。「別冊文藝春秋」十二月刊に『直木賞銓衡委員：受賞作家よ、伸びよ』。

博報堂の配信で地方新聞各紙（十二・二十六〜翌年六月）に『春の地図』（一八〇回）。

四月、『成熟前後』、五月『満月の胸』を東方社より、六月、『甘肌』を新潮社より、七月、『葛飾北斎』を北風社より、九月、『食いしん坊』を文藝春秋新社より刊行。『食いしん坊』はその後、文藝春秋より三巻まで、文化出版局より一〜六巻を刊行。

この頃、後に二番目の妻となる熊田嘉壽子（一九二六年生まれ）と知り合う。

一九五五（昭和三十）**年**　六十一歳

「小説新潮」一月号に『不女房・女中列傳』、四月号に『半死半生・女中列傳』、六月号に『ばらがき抄・女中列傳』、九月号に『女の中の極楽浄土・女中列傳』、十月号に『男の中の地獄』。「別冊小説新潮」一月刊に『一寸平（ちょっぺい）』、四月刊に『略奪結婚』、十月刊に『無戀愛小説』。「講談倶楽部」三月号に『大関荒岩』、十月号に『男を金（きん）にする女』。「小説公園」三月号に『心のきつね』、六〜九月号に『處女半處女』、十二〜翌年九月号に『女の汗』。「オール讀物」五月号に『三代目菊五郎』、八月号に『おんなごころ』、十一月号に『朱』。「別冊文藝春秋」八月刊に『「花屋日記」を懐にして』。「別冊週刊朝日」十月刊に『女中おわか』。

「新潮」十一月号に『俺傳』。「面白倶楽部」十二月号に『めしべ』。

五月、『おこま　ある女掏摸の良心』（上・下）を大日本雄弁会講談社より、『次郎長日向』（『大衆文学代表作全集一一』）を河出書房より、十月、『つめたい肩』を東方社（東方新書）より、『女中列傳』を新潮社より、十二月、『乳房祭』を同光社より刊行。

一九五六（昭和三十一）**年**　六十二歳

「新潮」一月号に『天才の顔』（『天才の芽』に改題）、二月号に『生活する村松梢風』、十月号に『ささ』、十二月号に『美人審査』。「小説新潮」一月号に『立てば、坐れば』、四月号に『鳥又のおしん』、七月号に『女の右と左』。「講談倶楽部」一月号に『一夜ちがい』、六月号に『三本の指』。八月号に『三次、新助、八蔵』。「文藝春秋」二月号に『女の背中』。「オール讀物」二月号に『末よければ』、五月号に『妻の遠さ』。「學鐙」三月号に『楽しいことの一つ』。「別冊小説新潮」四月刊に『水蜜ばなし』、七月刊に『旗』、十月刊に『藁・柑子・馬・女』。「小説倶楽部」五月号に『純潔』。「週刊新潮」七月三十日号に『どどいつ』。

三月、『眉の濃い女』を東方社より、同月、『うきよ小袖』、四月、『焼餅貧乏』(『大衆小説名作選』)、八月、『あっぱれ大将』(『大衆小説十二人選』)をそれぞれ同光社より、九月、『随筆 金曜日生れ』を大日本雄弁会講談社より刊行。八月、『木がくれの巣』、九月、『未開紅』、十二月、『なるほど』をそれぞれ東方社より刊行。

一九五七(昭和三十二)**年**　六十三歳

「講談倶楽部」二月初春特別増刊号に『顔には惚れませぬ』。「小説新潮」三月号に『満面の笑み』、五月号に『美人局』、九月号に『美人誕生』、十月号に『女のサイコロ』。「別冊小説新潮」七月刊に『このこと』。「週刊朝日」三月二十四日号～翌年六月十五日号に『円朝』。「面白倶楽部」八月号に『めしべ』。「サンデー毎日」十月特別号に『ママ信じてよ』。

「産経新聞・夕刊」(三・十二～十二・八)に『満面の笑み』(二七一回)。

三月、『女の地図』を東方社より、九月、『青空富士』を光風社より刊行。

一九五八(昭和三十三)**年**　六十四歳

「別冊小説新潮」一月刊に『青石(あおし)横町』、四月刊に『乞食の娘―一生懸命の頭に神宿る』、七月刊に『一度で沢山』、十月刊に『風かおる眉』。「小説新潮」三月号に『助六』、六～七月号に『空の青い国』、十二月号に『手を出せ』。「日本」五月号に『正直、無学、無鉄砲』。「国文学 解釈と鑑賞」八月号に『生と死の秘密』(座談会)。この年、「ダイヤモンド」に『家の興る時』を連載。

三月、『満面の笑み』を大日本雄弁会講談社より、六月、『男を金にする女』を清和書院より、十二月、『円朝』(上)、翌年二月、『円朝』(下)を新潮社より刊行。

一九五九（昭和三十四）**年**　六十五歳

「小説新潮」二月号に『親切だけよ』、四～六月号に『あれー』、八月号に『小説永井荷風』。「大法輪」三～昭和三十七年一月号に『足の裏の地図』。「別冊小説新潮」四月刊に『ゆかず後家』、十月刊に『嫉妬の効用』。「文藝春秋」六月号に『地獄極楽』。「サンデー毎日」六月二十一日号～十一月八日号に『舌の散歩』。「人間専科」七月創刊号に『永井荷風先生』。「週刊新潮」八月三日号～翌年一月二五日号に『女難』（二五回）。「日本経済新聞」（七・十八～八・八）に『私の履歴書』（改稿して『俺傳』に改題）。「東京新聞」（十二・二十三）に『ああ、魯山人先生』（追悼）。

一九六〇（昭和三十五）**年**　六十六歳

「別冊小説新潮」一月刊に『白い神様』、七月刊に『落ちる・落ない』、十月刊に『灯を消す指』。「小説新潮」二月号に『江戸へ十三里』、五月号に『美人はコワイよ』、十二月号に『芥川龍之介』。「別冊週刊朝日」五月刊に『女の肌』。「国文学　解釈と鑑賞」十～翌々（六十二）年三月号に『日本文学ざっくばらん（紫式部、和泉式部、実朝、芭蕉、白秋、近代歌人、俳人などの鑑賞）』。

「産経新聞」（一・六）に『女の肌三代』、（十二・六）に『「芥川龍之介」後日』。

二月、『場末風流』（和田芳恵が新編集）を青蛙房より、四月、『舌の散歩』を毎日新聞社より刊行。

一九六一（昭和三十六）**年**　六十七歳

「別冊小説新潮」一月刊に『女房にした五本目の指』、四月刊に『もっと根の深いものだ』。「三田文学」三月号に『村松梢風のこと一つ』（追悼）。「週刊新潮」五月十五日号～翌年八月十三日号に『女のさいころ—小説・村松梢風をめぐる女たち』。「酒」七月号に『酒が飲みたい』。「小説新潮」八月号に『豊竹呂昇』。「風景」一一～翌年三月号に『川柳について』。

「日本経済新聞・夕刊」（十・十一～翌年八・十二）に『葛飾北斎』（三〇〇回）。

八月、『乳房曼荼羅』を東方社より刊行。

一九六二（昭和三十七）**年**　六十八歳

六月二十六日、妻・光子死去。

「婦人公論」九月号に『亡き妻の陰の舞』(『陰の舞』に改題)。「文藝朝日」十一月号に『名人・三木助』。

「朝日新聞」(三・二十一)に『わが小説(『円朝』)』、(十・十五)に『即身成仏』、(十二・十一～十六)に『なつかしい顔(芥川龍之介・菊池寛・久米正雄・直木三十五・永井荷風)』(『名人面』に改題)。

一九六三(昭和三十八)年　六十九歳

「小説新潮」一月号に『一ト足逃げて口を吸わせろ』、五月号に『生月鯨太左衛門』、十二月号に『雪の来る前の空』。「文学」二月号『〈座談会〉近代日本文学史二〇　菊池寛と芥川龍之介』に出席。「別冊小説新潮」七月刊に『ひっぱたかれたいのよ』。「俳句」七月号『暮雨・久保田万太郎』(追悼座談会)に出席。「うえの」(上野のれん会発行)八月号より『下谷生れ』連載開始。以後、随時改題しながら二十年間執筆を続けた。「文藝朝日」九月号に『鎌倉不愉快記』。

「東京新聞・夕刊」(五・九～十二)に『久保田万太郎の最期』。「新聞三社連合(その他地方紙)」(六・十五～翌年)に『新珠』(三〇一回)。「東京新聞・夕刊」(十・二十四～翌年八・二十四)に『金の指』(二九〇回)。

一九六四(昭和三十九)年　七十歳

「文藝朝日」一～三月号に『悪妻二態』。「別冊小説新潮」一月刊に『内証話第一』。「小説新潮」五月号に『からすのあしあと』、八月号に『妻税』、十一月号に『揚子江遡江艦隊』。

「東京新聞」(四・二十六)に『佐々木邦さんのこと』、(十二・十四)に『頼朝像』。

三月、『わが古典鑑賞』が筑摩叢書(筑摩書房)の一冊に加えられる。五月、『悪妻二態』、七月、『小説葛飾北斎』、十一月、『金の指』をそれぞれ光風社より刊行。

この年の夏、鎌倉市二階堂一二に転居。

一九六五(昭和四十)年　七十一歳

「週刊朝日」二月十九日号に『関門海峡』。「別冊小説新潮」四月刊陽春号に『三界に家なし』。「小説新潮」七月号に『久保田万太郎』、九月号に『風清ク月白シ』、十一月号『秋風の鳴る鈴』、十二月号に『三美人』。「俳句」七〜十二月号に『芭蕉』。「文藝」九月号に『村松梢風』。「高砂」九月三十日刊に『鼻の話』。「風景」十〜十二月号に『隣の椅子（小波先生・菊池寛・もう一人）』。「展望」十〜翌年八月号に『わが古典鑑賞（西鶴）』（八回）。

九月、『鷗外荷風万太郎』を文藝春秋新社より、『新珠』を東方社より刊行。

一九六六（昭和四十一）年　七十二歳

「オール讀物」一〜五月号に『直木三十五』、六〜十一月号に『高田保』。「大法輪」二月号に『悟れない話』。「小説新潮」二〜翌年一月号に『なつかしい顔』、六〜八月号に『小説・魯山人』。「中央公論」四〜五月号に『久米正雄（書けない人々一）』、六〜七月号に『北大路魯山人（書けない人々二）』、十〜十二月号に『山崎富栄（書けない人々三）』。「歴史読本」六〜翌年五月号に『明治大帝』（『明治天皇』に改題）。「時」十月号に『母颯爽』。「文藝春秋」十一月号に『たったひとりの娘・美籠』。「主婦の友」十二月号に『美籠、君は今どこにいるの』。

「朝日新聞」（一・四〜十四）に『明治の人間』。「読売新聞」（十一・二十七）に『現世的でない宗教』（『娘に死なれて』に改題）。

六月、『俺傳』を南窓社より、九月、『明治の人間』を鶴書房より刊行。

八月二十三日、娘・美籠死去。十一月十日より、熊田嘉壽子と同居。（正式な婚姻届けは翌年四月三日付。これは嘉壽子の前夫との離婚成立がこの年の八月二十九日であったので、法律によりすぐに入籍できなかったためと思われる）嘉壽子は結婚後、姓名判断により視英子（みえこ）と名乗った。

一九六七（昭和四十二）年　七十三歳

「小説新潮」三月号に『佐藤春夫』。五月刊「谷崎潤一郎全集月報七」に『秘密の話』。「新潮」六月号に『眼中の人（その二）』。「短歌」十月号に『思い出二つ三つ―上村占魚さんに』。

「朝日新聞・夕刊」（一・六）に『新鮮な野心』。

六月、『明治天皇』を人物往来社より刊行。七月、鶴書房より『小島政二郎全集』（全十二巻予定）の刊行が始まり、昭和四十五年までに九巻が出版されたが、そこで中絶（没後の平成十四年、日本図書センターより既刊九巻（復刻）＋三巻追補の形で全十二巻刊行）。

一九六八（昭和四十三）年　七十四歳

「潮」二月号に『青年に贈る言葉』、四〜翌年八月号に『聖体拝受―小説・人及び芸術家としての谷崎潤一郎』。「學鐙」三月号に『失敗談』。「小説新潮」六月号に『妻が娘になる時』、十月号に『美籠と共に私はあるの』。「俳句」九月号に『愛する占魚よ』。「風景」十月号に『廓言葉日記』。「読売新聞・夕刊」（一・十七）に『奥野君をいたむ』（奥野信太郎追悼）、「同・朝刊」（十二・二十九）に『わが心の風土』。

一九六九（昭和四十四）年　七十五歳

「小説新潮」二月号に『美人には情がない』。『「赤い鳥」復刻版別冊解説』二月刊に『三重吉二面』。「ミセス」四月号に『私の好きな女性』、五月号に『誌と人と・菖蒲あや』。「月刊ペン」十一〜昭和四十六年九月号に『小説　永井荷風』（二〇回）。「朝日新聞」（九・七）に『金の出どころ』、（九・十四）に『堕落の極（きょく）』。「東京新聞（および新聞三社連合紙）」（十一・十八〜翌年十一・二十七）に『北落師門』（三二六回）。十一月、『聖体拝受』を新潮社より刊行。この年〜翌年、「日本経済新聞・夕刊」に『吟味手帳』連載。

一九七〇（昭和四十五）年　七十六歳

「ミセス」一〜五、八〜十二月号に『私の好きな古典・樋口一葉』。「學鐙」三月号に『花袋・荷風・龍之介・宇野浩二』。「三田文学」六月号の『「三田文学」今昔（座談会）』に出席。「東京新聞」（五・十八）に『若返りと長生きと―退院を前にして』。一月、『妻が娘になる時』を中央公論社より刊行。同月刊の『日本短編文学全集二三』（筑摩書房）に『鷺の踏切』『焼鳥屋』が収録される。四月、『下谷生れ』を上野のれん会より、同書の普及版『花ざかり』をロングランプレスより刊行。七月、『明治天皇』中国語版が台湾・水牛出版社より出版される。八月、『芭蕉』をロングランプレスより刊行。
五月、東京・飯田橋の逓信病院で前立腺肥大の手術を受ける（十四日退院）。

一九七一（昭和四十六）**年**　七十七歳

「ミセス」一～翌年十二月号に『私の好きな古典・源氏物語』。「風景」二月号に『日記』、十月号に『「鷗外」という号のいわれ』。
四月、『吟味手帳』を日本経済新聞社より、九月、『私の好きな古典―樋口一葉・芭蕉』を文化出版局より、十二月、『北落師門』を中央公論社より刊行。

一九七二（昭和四十七）**年**　七十八歳

「奥様手帳」一～九月号に『ほんもの』。「小説新潮」十月号に『小娘のくせに』。
十二月刊『大衆文学大系二〇』（講談社）に『人妻椿』が収録される。

一九七三（昭和四十八）**年**　七十九歳

「月刊寸鉄」一月号に『大地震』。「小説新潮」二月号に『岡田嘉子』。「週刊小説」二月二日号に『水に降る雪』、四月十三日号に『イテテー』、六月二十二日号に『二度目の新枕』、八月三十一日号に『七両二分』。「大法輪」十～翌年十月号に『私の古典覗き・日本霊異記』。
八月、『百叩き』を北洋社より刊行。同月刊『現代日本文学大系45』（筑摩書房）に『一枚看板』『眼中の人（その一）』が収録される。

一九七四（昭和四十九）**年**　八十歳

「週刊小説」五月十日号に『あすこ』。「太陽」六月刊（一三三号・夏目漱石と森鷗外）に『古武士の面影』。
「大法輪」一一～昭和五十二年八月号に『わが古典鑑賞・今昔物語』。

一九七五（昭和五十）**年**　八十一歳

「國學院雑誌」一月号『大正文学の世界（座談会）』に出席。「民主文学」四月号に『遠い昔の想い出』（江口渙追悼）。

二月、『眼中の人』を文京書房より昭和十七年の初版どおりに復刻刊行。十二月、『居心地のいゝ店』を北洋社より刊行。

一九七六（昭和五十一）年　八十二歳

「小説宝石」四月号に『凹み（リセックス）』、七〜七八年二月号に『食いしん坊の記録・天下一品』（二十回）。「心」七月武者小路実篤追悼号に『苺』。「マダム」九〜翌年九月号に『長編小説芥川龍之介』。「三田文学」十月第七次終刊号に『創刊号の思ひ出』。

一九七七（昭和五十二）年　八十三歳

「マダム」十〜翌年十月号に『砂金（しゃきん）』。「大法輪」一一〜翌年五月号に『平安朝の天才・大鏡』。「海」十二月号に『和田芳恵君と私の一生』（追悼　和田芳恵）。

「朝日新聞」（五・一〜二十九）に『詩になる瞬間』。

五月、『味見手帖』をKKロングセラーズより、十一月、『長編小説芥川龍之介』を読売新聞社より刊行。

一九七八（昭和五十三）年　八十四歳

「文藝」十一月号に『佐々木茂索』。

「毎日新聞・夕刊」（十二・十）に『このごろ』。

三月、『ぺケさらんぱん』を北洋社より、四月、『食いしん坊の記録―天下一品』を光文社より、五月、『私の好きな短篇』を鎌倉書房より刊行。七月、『円朝（上・下）』、十月、『場末風流』（津田信新編集・解説）をそれぞれ旺文社文庫より刊行。

五月に鎌倉駅前で転倒、一時人事不省となるが応急処置を受け回復。

一九七九（昭和五十四）年　八十五歳

「小説宝石」一月号に『仕立屋銀次』。「大法輪」一〜翌年七月号に『芭蕉』。「週刊新潮」四月二十六日号〜八月三十日号に『「俺伝」幕ひき』。

四月、『葛飾北斎』を旺文社文庫より、五月、『砂金』を読売新聞社より刊行。

一九八〇（昭和五十五）**年**　八十六歳
「小説宝石」一月号に『女のシャックリ』、六月号に『江戸節おこん』、十月号に『チョイ来りやのチョイ』。「大法輪」九～昭和五十七年六月号に『初代中村吉右衛門』。「日本古書通信」十～翌年七月号に『小島政二郎聞書抄（聞き手・佐津川修二）』（十回）。
一九八一（昭和五十六）**年**　八十七歳
六月、『俳句の天才　久保田万太郎』、十一月、『詩人芭蕉』を、それぞれ彌生書房より刊行。
「小説宝石」二月号に『肘女房』。
一九八二（昭和五十七）**年**　八十八歳
二月、『私の好きな川柳』を彌生書房より、十二月、『初代中村吉右衛門』を講談社より刊行。
一九八三（昭和五十八）**年**　八十九歳
六月二十六日夜、書斎で転倒し右大腿骨を骨折、二十八日、済生会横浜市南部病院に入院。以後十年余、同院を一歩も出ることはなかった。
一九八四（昭和五十九）**年**　九十歳
五月、『八枚前座　寄席の名人たち』を彌生書房より刊行。
一九九四（平成六）**年**　百歳
一月三十一日、満百歳となる。三月二十四日、午後四時一分、死去。
二〇〇七（平成十九）**年**
九月、『小説永井荷風』が鳥影社から刊行される。

書籍については原則として初刊（作品の初単行本化・全集等への初収録）時のみの記載とし、再刊以降は省略した。作成にあたり福島タマ編年譜（大衆文学大系20　講談社）、紅野敏郎編年譜（現代日本文学大系45　筑摩書房）、武藤康史編年譜および著書目録（講談社文芸文庫『長編小説芥川龍之介』巻末）を参照した。

引用および参考資料

●小島政二郎の著作は小島政二郎全集（鶴書房、日本図書センター版など）の他、単行本、雑誌、新聞など数多の媒体に所載のものを参照・使用したが詳細は略。引用の出典は極力本文中に記した。

●各章の標題の人物（永井荷風、今東光、永井龍男、松本清張、立原正秋）、および森鷗外、芥川龍之介、菊池寛、和田芳恵などの作品はそれぞれの全集・著作集を中心に使用したが、これも詳細は略。全集・著作集に未収録のものは極力以下に記した。

●新聞、雑誌、WEBなどの引用記事の出典は極力本文中に記した。

《著作者・編著五十音順》

青木正美『古本探偵覚え書』（東京堂出版　一九九五年）
青山光二『わが文学放浪』（有楽出版社　一九八八年）
秋庭太郎『考証　永井荷風』（岩波書店　一九六六年）
秋山征夫『荷風と市川』（慶應義塾大学出版会　二〇一二年）
秋山正美『昭和のお母さんを見なおす本』（大修館書店　一九九七年）
芥川文『追想　芥川龍之介』（筑摩書房　一九七五年）
芥川麻実子『芥川龍之介　あれこれ思う孫娘より』（サンケイ出版　一九七七年）
芥川龍之介・石割透編『芥川龍之介書簡集』（岩波書店〈文庫〉二〇〇九年）
芥川瑠璃子『双影　芥川龍之介と夫比呂志』（新潮社　一九八四年）

浅見淵・藤田三男編『新編　燈火頬杖』（ウェッジ〈文庫〉　二〇〇八年）
梓林太郎『回想・松本清張』（祥伝社〈文庫〉　二〇〇九年）
阿刀田高『松本清張を推理する』（朝日新聞出版〈新書〉　二〇〇九年）
新井巖『番町麹町「幻の文人町」を歩く』（言視舎　二〇一二年）
新井恵美子『腹いっぱい食うために』（近代文藝社　一九九四年）
新井恵美子『マガジンハウスを創った男　岩堀喜之助』（出版ニュース社　二〇〇八年）
五十嵐英壽『鎌倉行進曲』（かなしん出版　一九九七年）
池島信平『編集者の発言』（暮しの手帖社　一九五五年）
池島信平『雑誌記者』（中央公論社〈文庫〉　一九七七年）
伊藤玄二郎『風のかたみ　鎌倉文士の世界』（朝日新聞社〈文庫〉　一九九五年）
伊藤玄二郎『鎌倉編集日記　末座の幸福』（小学館　二〇〇三年）
伊藤玄二郎『風のかなたへ』（かまくら春秋社　二〇〇九年）
井上司朗『証言・戦時文壇史』（人間の科学社　一九八四年）
井上ひさし・こまつ座『菊池寛の仕事』（ネスコ　一九九九年）
猪瀬直樹『マガジン青春譜』（小学館　一九九八年）
猪瀬直樹『作家の誕生』（朝日新聞社〈新書〉　二〇〇七年）
猪瀬直樹『こころの王国』（文藝春秋〈文庫〉　二〇〇八年）
今井達夫『水上瀧太郎』（フジ出版社　一九六八年）
岩佐東一郎『書痴半代記』（ウェッジ〈文庫〉　二〇〇九年）
巖谷大四『私版昭和文壇史』（虎見書房　一九六八年）
巖谷大四『瓦板昭和文壇史』（時事通信社　一九七八年）
巖谷大四『文壇資料　鎌倉・逗子』（講談社　一九八〇年）

巖谷大四『かまくら文壇史』（かまくら春秋社　一九九〇年）
植田康夫『雑誌は見ていた。』（水曜社　二〇〇九年）
鵜飼哲夫『芥川賞の謎を解く』（文藝春秋〈新書〉二〇一五年）
臼井吉見『蛙のうた』（筑摩書房　一九六五年）
臼井吉見『肖像八つ』（筑摩書房　一九七六年）
江口渙『わが文学半生記』（青木書店〈文庫〉一九六八年）
江國滋『語録・編集鬼たち』（産業能率短期大学出版部　一九七三年）
大石進『弁護士布施辰治』（西田書店　二〇一〇年）
大江健三郎ほか『新人であるということ（座談会）』（「文芸春秋」一九九五年九月号）
大岡昇平『常識的文学論』（講談社〈文芸文庫〉二〇一〇年）
大川渉『文士風狂録』（筑摩書房　二〇〇五年）
大河内昭爾『本の旅』（紀伊國屋書店　一九九六年）
大河内昭爾『随筆　井伏家のうどん』（三月書房　二〇〇四年）
大河内昭爾『文壇人國記（東日本・西日本）』（おうふう　二〇〇五年）
大河内昭爾『かえらざるもの』（三月書房　二〇〇九年）
大野茂男『荷風日記研究』（笠間書院　一九七六年）
大村彦次郎『文壇うたかた物語』（筑摩書房　一九九五年）
大村彦次郎『文壇栄華物語』（筑摩書房　一九九八年）
大村彦次郎『文壇挽歌物語』（筑摩書房　二〇〇一年）
大村彦次郎『文士の生き方』（筑摩書房〈新書〉二〇〇三年）
大村彦次郎『時代小説盛衰史』（筑摩書房　二〇〇五年）
大村彦次郎『万太郎松太郎正太郎』（筑摩書房　二〇〇七年）

大村彦次郎『東京の文人たち』〈筑摩書房〈文庫〉二〇〇九年〉
大村彦次郎『荷風百閒夏彦がいた』〈筑摩書房　二〇一〇年〉
岡崎満義『人と出会う』〈岩波書店　二〇一〇年〉
岡田貞三郎述・真鍋元之編『大衆文学夜話』〈青蛙房　一九七一年〉
小川和也『大佛次郎の「大東亜戦争」』〈講談社〈新書〉二〇〇九年〉
荻原魚雷『古本暮らし』〈晶文社　二〇〇七年〉
奥野信太郎『奥野信太郎著作抄』〈文化総合出版　一九七一年〉
尾崎秀樹『大衆文学五十年』〈講談社　一九六九年〉
大佛次郎『大佛次郎　敗戦日記』〈草思社　一九九五年〉
小沢昭一『小沢昭一がめぐる寄席の世界』〈朝日新聞社　二〇〇四年〉
川久保剛『福田恆存』〈ミネルヴァ書房　二〇一二年〉
梶山季之資料室『梶山季之と月刊「噂」』〈松籟社　二〇〇七年〉
勝目梓『小説家』〈講談社　二〇〇六年〉
勝目梓『老醜の記』〈文藝春秋　二〇〇七年〉
加藤理『〈古都〉鎌倉案内』〈洋泉社〈新書〉二〇〇二年〉
加藤正彦『伯父　加藤武雄』〈私家版　二〇一〇年〉
門田京蔵「多彩に花開いた鎌倉文士」〈「やまもも」60号〈鎌倉市老人クラブ連合会〉二〇〇八年五月〉
神奈川文学振興会『〈赤い鳥〉の森』〈神奈川近代文学館　一九八六年〉
神奈川文学振興会『立原正秋展』〈神奈川近代文学館　一九九七年〉
加納重文『松本清張作品研究』〈和泉書院　二〇〇八年〉
かまくら春秋『最後の鎌倉文士　永井龍男　追悼号』〈かまくら春秋社　一九九一年〉
上笙一郎『文化学院児童文学史稿』〈社会思想社　二〇〇〇年〉

鷗出版編集室『鷗外全集』資料集（鷗出版　二〇〇九年）
萱原宏一『私の大衆文壇史』（青蛙房　一九七二年）
萱原宏一『昭和動乱期を語る』（経済往来社　一九八二年）
萱原宏一ほか『老記者の置土産』（経済往来社　一九八七年）
川合澄男『新聞小説の周辺で』（学芸通信社　一九九七年）
川口則弘『芥川賞物語』（バジリコ　二〇一三年）
川口則弘『直木賞物語』（バジリコ　二〇一四年）
川口松太郎『人生悔いばかり』（講談社　一九七三年）
川口松太郎『久保田万太郎と私』（講談社　一九八三年）
川口松太郎『忘れ得ぬ人忘れ得ぬこと』（講談社　一九八三年）
川西政明『新・日本文壇史　第一巻』他（岩波書店　二〇一〇年〜）
川端秀子『川端康成とともに』（新潮社　一九八三年）
川端康成『文芸時評』（講談社〈文芸文庫〉　二〇〇三年）
川端康成『小説の研究』（講談社〈学術文庫〉　一九七七年）
川本三郎・樋口進『小説家たちの休日』（文藝春秋　二〇一〇年）
川本三郎『荷風と東京（上・下）』（岩波書店〈現代文庫〉　二〇〇九年）
木々高太郎・有馬頼義『推理小説入門』（光文社〈文庫〉　二〇〇五年）
菊池寛・菊池夏樹『菊池寛のあそび心』（ぶんか社〈文庫〉　二〇〇九年）
菊池夏樹『菊池寛急逝の夜』（白水社　二〇〇九年）
北杜夫「新・家の履歴書」（「週刊文春」二〇一〇年八月二十六日号）
北村薫『いとま申して』（文藝春秋　二〇一一年）
北村薫『慶應本科と折口信夫』（文藝春秋　二〇一四年）

木下謙次郎『美味求真』（啓成社　一九二五年）
木村毅『明治文学を語る』（恒文社　一九八二年）
木村毅『座談集　明治の春秋』（講談社　一九七九年）
木村毅『私の文學回顧録』（青蛙房　一九七九年）
木村久邇典『研究・山本周五郎』（学藝書林　一九七三年）
木村徳三『文芸編集者その跫音』（ＴＢＳブリタニカ　一九八二年）
清田昌弘『かまくら今昔抄60話』（冬花社　二〇〇七年）
清田昌弘『かまくら今昔抄60話』第二集（冬花社　二〇〇九年）
久世光彦『美の死』（筑摩書房〈文庫〉　二〇〇六年）
久世光彦『蕭々館日録』（中央公論社　二〇〇一年）
久米正雄『「私」小説と「心境」小説』（「文芸講座８・９」文藝春秋　一九二五年一月五日号）
栗原裕一郎『〈盗作〉の文学史』（新曜社　二〇〇八年）
桑原三郎『「赤い鳥」の時代』（慶応通信　一九七五年）
月刊うえの編集部『うえの春秋』（上野のれん会　一九八〇年）
小泉信三『わが文芸談』（新潮社　一九六六年）
小泉信三『ペンは剣よりも強し』（恒文社　一九九七年）
紅野謙介『検閲と文学』（河出書房新社　二〇〇九年）
紅野敏郎『昭和文学の水脈』（講談社　一九八三年）
郷原宏『松本清張事典決定版』（角川学芸出版　二〇〇五年）
古河文学館『和田芳恵展』（古河文学館　一九九九年）
小島視英子『現代不作法教室』（二見書房　一九六九年）
小島視英子『天味無限の人』（彌生書房　一九九四年）

後藤杜三『わが久保田万太郎』（青蛙房　一九七三年）
小森隆吉『台東下谷町名散歩』（聚海書林　一九九一年）
小谷野敦『谷崎潤一郎伝』（中央公論新社　二〇〇六年）
小谷野敦『リアリズムの擁護』（新曜社　二〇〇八年）
小谷野敦『里見弴伝』（中央公論新社　二〇〇八年）
小谷野敦《『こころ』は本当に名作か》（新潮社〈新書〉　二〇〇九年）
小谷野敦『私小説のすすめ』（平凡社〈新書〉　二〇〇九年）
小谷野敦『現代文学論争』（筑摩書房　二〇一〇年）
小谷野敦『久米正雄伝』（中央公論新社　二〇一一年）
小谷野敦『文学賞の光と影』（青土社　二〇一二年）
小谷野敦『川端康成伝』（中央公論新社　二〇一三年）
小谷野敦『病む女はなぜ村上春樹を読むか』（ＫＫベストセラーズ〈新書〉　二〇一四年）
小谷野敦『江藤淳と大江健三郎』（筑摩書房　二〇一五年）
小谷野敦「谷崎潤一郎詳細年譜」（ｗｅｂサイト）
小山文雄『大正文士颯爽』（講談社　一九九五年）
今東光『東光辻説法』（文藝春秋新社　一九五九年）
今東光『みみずく説法』（中央公論社　一九五九年）
今東光『今昔物語入門』（光文社〈カッパビブリア〉　一九六八年）
今東光『青春の自画像』（サンケイ新聞社出版局　一九七五年）
今東光『おゝ反逆の青春』（平河出版社　一九七五年）
今東光『青春放浪』（光文社　一九七六年）
今東光『極道辻説法』（全三巻　集英社　一九七六〜七七年）

今東光『毒舌文壇史』（徳間書店　一九七三年）
今東光『十二階崩壊』（中央公論社　一九七八年）
今東光『東光金蘭帖』（中央公論社〈文庫〉　一九七八年）
今日出海『青春日々』（雷鳥社　一九七一年）
今日出海『私の人物案内』（中央公論新社〈文庫〉　二〇〇六年）
今まど子『人物書誌大系40　今日出海』（日外アソシエーツ　二〇〇九年）
近藤富枝『文壇資料　田端文士村』（講談社　一九七五年）
近藤富枝『文壇資料　馬込文学地図』（講談社　一九七六年）
斎藤由香『窓際ＯＬ　トホホな朝ウフフの夜』（新潮社〈文庫〉　二〇〇六年）
斎藤由香『猛女とよばれた淑女』（新潮社　二〇〇八年）
佐江衆一〈「犀」の同人たち〉（「神奈川近代文学館」一二九号　二〇一五年七月十五日）
榊山潤『馬込文士村』（東都書房　一九七〇年）
佐佐木茂索『佐佐木茂索作品集』（文藝春秋　一九六七年）
笹本寅『文壇人物誌』（冬樹社　一九八〇年）
佐津川修二「小島政二郎聞書抄1〜10」（「日本古書通信」一九八〇年十月号〜八一年七月号）
佐藤朔ほか『久保田万太郎回想』（中央公論社　一九六四年）
佐藤卓己《『キング』の時代》（岩波書店　二〇〇二年）
佐藤卓己『言論統制』（中央公論新社〈新書〉　二〇〇四年）
佐藤春夫『小説永井荷風傳』（新潮社　一九六〇年）
佐藤碧子『瀧の音』（恒文社　一九八六年）
澤木四方吉『美術の都』（岩波書店〈文庫〉　一九九八年）
澤地久枝『わが人生の案内人』（文藝春秋〈新書〉　二〇〇二年）

塩澤実信『雑誌記者池島信平』（文藝春秋　一九八四年）
塩澤実信『活字の奔流』（展望社　二〇〇四年）
塩澤実信『倶楽部雑誌探究』（論創社　二〇一四年）
塩澤幸登『「平凡」物語』（茉莉花社　二〇一〇年）
柴田錬三郎『地べたから物申す』（新潮社　一九七六年）
島地勝彦『甘い生活』（講談社　二〇〇九年）
清水昭三『芥川龍之介の夢』（原書房　二〇〇七年）
志村有弘『芥川龍之介周辺の作家』（笠間書院　一九七五年）
子母沢寛『味覚極楽』（龍星閣　一九五七年）
主婦の友社『主婦の友社の五十年』（主婦の友社　一九六七年）
湘南文学編集委員会『湘南文學10　特集　立原正秋と湘南』（神奈川歯科大学・湘南短期大学　一九九六年）
白井喬二・国民文学研究会『大衆文学の論業　此峰録』（河出書房　一九六七年）
白川正芳編『立原正秋　追悼』（創林社　一九八五年）
「新生」復刻編集委員会『回想の新生』（「新生」復刻編集委員会　一九七三年）
新潮社『新潮日本文学アルバム55　立原正秋』（新潮社　一九九四年）
杉野要吉『ある批評家の肖像　平野謙の〈戦中・戦後〉』（勉誠出版　二〇〇三年）
杉森久英『小説菊池寛』（中央公論社　一九八七年）
鈴木佐代子『立原正秋　風姿伝』（中央公論社〈文庫〉　一九九一年）
鈴木地藏『市井作家列伝』（右文書院　二〇〇五年）
鈴木地藏『文士の行藏』（右文書院　二〇〇八年）
鈴木三重吉『桑の実』（岩波書店〈文庫〉　一九九七年）
須田喜代次『位相　鷗外森林太郎』（双文社出版　二〇一〇年）

砂田弘ほか『編年体　大正文学全集』（15巻＋別巻　ゆまに書房　二〇〇〇〜〇三年）
関森勝夫『文人たちの句境』（中央公論社〈新書〉　一九九一年）
瀬戸内寂聴『奇縁まんだら』（日本経済新聞出版社　二〇〇八年）
瀬戸内寂聴「今春聴（東光）師との仏縁」（「関山」16号〈中尊寺〉　二〇一〇年三月号）
瀬戸内寂聴『つれなかりせばなかなかに』（中央公論社　一九九七年）
瀬戸内晴美『対談集　生きるということ』（皓星社　一九七八年）
太陽編集部「太陽　四二五号　特集　立原正秋」（平凡社　一九九六年）
田岡典夫『ととまじり』（平凡社　一九八一年）
高井有一『立原正秋』（新潮社　一九九一年）
高井有一『作家の生き死』（角川書店　一九九七年）
高田宏『「あまカラ」抄』（1〜3　冨山房　一九九五年）
高橋一清『編集者魂』（青志社　二〇〇八年）
高橋輝次『古本が古本を呼ぶ』（青弓社　二〇〇二年）
高橋輝次『著者と編集者の間』（武蔵野書房　一九九六年）
高橋誠一郎『随筆　慶應義塾』（三田文学ライブラリー　一九七〇年）
高橋義孝『森鷗外』（新潮社　一九八五年）
高見順『対談　現代文壇史』（中央公論社　一九五七年）
高見順『昭和文学盛衰史』（講談社　一九六五年）
高見順『高見順日記』（第7〜8巻　勁草書房　一九六五年）
高宮檀『芥川龍之介の愛した女性』（彩流社　二〇〇六年）
瀧田貞治『修訂　鷗外書志』（国書刊行会　一九七六年）
竹田篤司『明治人の教養』（文藝春秋〈新書〉　二〇〇二年）

武田勝彦『立原正秋伝』（創林社　一九八一年）
武田勝彦『立原文学への道』（創林社　一九八二年）
武田勝彦『身閑（しずか）ならんと欲すれど風熄（や）まず』（ＫＳＳ出版　一九九八年）
武田勝彦編解説『作家の自伝108　立原正秋』（日本図書センター　二〇〇〇年）
武野藤介『文壇餘白』（健文社　一九三五年）
竹山哲『現代日本文学「盗作疑惑」の研究』（ＰＨＰ研究所　二〇〇二年）
多田道太郎『転々私小説論』（講談社〈文芸文庫〉二〇一二年）
立原正秋文学研究会『立原正秋食通事典』（青弓社　一九九七年）
立原正秋『美食の道』（角川春樹事務所〈文庫〉二〇〇六年）
立原光代『追想　夫・立原正秋』（角川書店　一九八四年）
立川談志『酔人・田辺茂一伝』（講談社　一九九四年）
立川談志『立川談志自伝　狂気ありて』（亜紀書房　二〇一二年）
立川談志『談志が遺した落語論』（dZERO　二〇一四年）
立川談志ほか『談志　名跡問答』（扶桑社　二〇一二年）
谷崎終平『懐しき人々』（文藝春秋　一九八九年）
谷沢永一『閻魔さんの休日』（文藝春秋　一九八三年）
谷沢永一『性愛（セックス）文学』（ＫＫロングセラーズ〈新書〉二〇〇七年）
俵元昭『素顔の久保田万太郎』（学生社　一九九五年）
柘植光彦『永井荷風　仮面と実像』（ぎょうせい　二〇〇九年）
土浦短期大学「白梅」（10号　和田芳恵教授追悼号　土浦短期大学　一九七七年）
坪内祐三〈「非凡の人」菊池寛の新しさ〉（「文藝春秋」二〇〇七年二月号）
坪内祐三「文春を救った佐佐木茂索という人」（「文藝春秋」二〇〇八年一月号）

坪田譲治ほか『赤い鳥代表作集』（全三巻　小峰書店　一九七〇年）
寺田博『文芸誌編集実記』（河出書房新社　二〇一四年）
戸板康二『久保田万太郎』（文藝春秋〈文庫〉　一九八三年）
戸板康二『回想の戦中戦後』（青蛙房　一九七九年）
戸板康二『万太郎俳句評釈』（富士見書房　一九九二年）
戸板康二『思い出す顔』（講談社　一九八四年）
東奥逸人『私學の天下　三田生活』（研文社　一九一五年）
徳岡孝夫『お礼まいり』（清流出版　二〇一〇年）
徳川夢声『話術』（白揚社　一九九六年）
直木三十五『直木三十五作品集』（文藝春秋　一九八九年）
永井龍男『酒徒交傳』（四季社〈新書〉　一九五六年）
永井龍男『へっぽこ先生その他』（講談社〈文芸文庫〉　一九九〇年）
永井永光『父荷風』（白水社　二〇〇五年）
永井永光『荷風と私の銀座百年』（白水社　二〇〇八年）
永井啓夫『三遊亭圓朝』（青蛙房　一九七一年）
長尾和郎『戦争屋』（妙義出版　一九五五年）
中河与一『私家版　森林公園』（雪華社　一九七二年）
永田眞理『大作家は盗作家《?》』（こう書房　一九八一年）
永田守弘『教養としての官能小説案内』（筑摩書房〈新書〉　二〇一〇年）
中西隆紀『幻の東京赤煉瓦駅』（平凡社〈新書〉　二〇〇六年）
長野嘗一『今昔物語評論　驚きの文学』（至文堂　一九四九年）
仲正昌樹『松本清張の現実と虚構』（ビジネス社　二〇〇六年）

中村建治『山手線誕生』（イカロス出版　二〇〇五年）
中村哮夫『久保田万太郎―その戯曲、俳句、小説』（慶應義塾大学出版会　二〇一五年）
中山和子『昭和文学の陥穽』（武蔵野書房　一九八八年）
中山義秀『花園の思索』（朝日新聞社　一九五四年）
中山義秀『私の文壇風月』（講談社　一九六六年）
楢崎勤『作家の舞台裏』（読売新聞社　一九七〇年）
新延修三『朝日新聞の作家たち』（波書房　一九七三年）
苫木虎雄『鷗外研究年表』（鷗出版　二〇〇六年）
日本ペンクラブ『文学夜話　作家が語る作家』（講談社　二〇〇〇年）
根本正義『鈴木三重吉と「赤い鳥」』（鳩の森書房　一九七三年）
野口冨士男『わが荷風』（集英社　一九七五年）
野口冨士男『作家の椅子』（作品社　一九八一年）
橋田壽賀子『旅といっしょに生きてきた』（祥伝社　二〇一五年）
橋爪健『文壇残酷物語』（講談社　一九六四年）
花田清輝『花田清輝』（『ちくま日本文学全集60』筑摩書房　一九九三年）
花田清輝『随筆三国志』（講談社〈文芸文庫〉二〇〇七年）
林伊勢『兄潤一郎と谷崎家』（九藝出版　一九七八年）
半藤一利『荷風さんの戦後』（筑摩書房　二〇〇六年）
半藤一利ほか「座談会　いま、なぜ松本清張か」（「有鄰」四六三号〈有隣堂〉二〇〇六年）
日垣隆『売文生活』（筑摩書房〈新書〉二〇〇五年）
樋口進『輝ける文士たち』（文藝春秋　二〇〇七年）
日沼倫太郎『純文学と大衆文学の間』（弘文堂　一九六七年）

平井一麥『人物書誌大系42　野口冨士男』（日外アソシエーツ　二〇一〇年）
平井一麥『六十一歳の大学生、父野口冨士男の遺した一万枚の日記に挑む』（文藝春秋〈新書〉　二〇〇八年）
平野謙『平野謙作家論集』（新潮社　一九七一年）
平野謙『わが文学的回想』（構想社　一九八一年）
福島鑄郎『戦後雑誌の周辺』（筑摩書房　一九八七年）
福田和也『南部の慰安』（文藝春秋　一九九八年）
福田和也『病気と日本文学』（洋泉社〈新書〉　二〇一二年）
藤浦敦『三遊亭円朝の遺言』（新人物往来社　一九九六年）
藤浦富太郎『明治の宵』（光風社書店　一九七八年）
布施柑治『ある弁護士の生涯』（岩波書店〈新書〉　一九六三年）
文京区教育委員会『文京ゆかりの文人たち』（文京区教育委員会　一九八七年）
文芸散策の会『文士の愛した鎌倉』（ＪＴＢ　一九九七年）
文藝春秋新社『文藝春秋三十五年史稿』（文藝春秋新社　一九五九年）
文藝春秋『文藝春秋七十年史』（文藝春秋　一九九一年）
文藝春秋『長寿の食卓』（「文藝春秋 SPECIAL」文藝春秋　二〇〇八年）
文藝春秋『作家の対話』（文藝春秋　一九六八年）
文藝春秋『松本清張の世界』（文藝春秋〈文庫〉　二〇〇三年）
文藝春秋『天才・菊池寛』（文春学藝ライブラリー　二〇一三年）
保昌正夫『13人の作家』（帖面舎　一九九〇年）
前田愛『近代読者の成立』（有精堂出版　一九七三年）
牧野信一「浪漫的月評」（「早稲田文学」一九三五年三月号）
桝田るみ子『ＳＨＯＮＡＮ逍遥』（神奈川新聞社　二〇一二年）

松浦総三『原稿料の研究』（みき書房　一九七八年）
松本清張研究会『松本清張研究第2号』（北九州市松本清張記念館　二〇〇一年）
間宮茂輔『三百人の作家』（五月書房　一九五九年）
丸岡明『ひともと公孫樹』（筑摩書房　一九六七年）
丸岡明『赤いベレー帽』（講談社　一九六九年）
美川きよ『恐しき幸福』（版画荘　一九三八年）
美川きよ『女流作家』（中央公論社　一九三九年）
美川きよ『夜のノートルダム』（中央公論社　一九七八年）
三田文学会『創刊九十年　三田文学名作選』（三田文学会　二〇〇〇年）
「三田の文人展」実行委員会『三田の文人』（丸善　一九九〇年）
道又力『芝居を愛した作家たち』（文藝春秋　二〇一三年）
三ツ木照夫『晩年の志賀直哉』（新生社　一九七五年）
三宅正太郎『作家の裏窓』（北辰堂　一九五五年）
宮坂覚『芥川龍之介全集総索引　付年譜』（岩波書店　一九九三年）
宮守正雄『ひとつの出版・文化界史話』（中央大学出版部　一九七〇年）
武藤康史『文学鶴亀』（国書刊行会　二〇〇八年）
村上元三『思い出の時代作家たち』（文藝春秋　一九九五年）
村松梢風『近代作家傳（上・下）』（創元社　一九五一年）
村松梢風『芥川と菊池　近世名勝負物語』（文藝春秋新社　一九五六年）
村松友視『鎌倉のおばさん』（新潮社　一九九七年）
森下節『ひとりぽっちの戦い』（金剛出版　一九八一年）
森史朗『松本清張への召集令状』（文藝春秋〈新書〉二〇〇八年）

森富・阿部武彦・渡辺善雄《『鷗外全集』の誕生》（鷗出版　二〇〇八年）
森まゆみ『長生きも芸のうち　岡本文弥百歳』（毎日新聞社　一九九三年）
八木昇『大衆文芸館』（白川書院　一九七八年）
柳田泉ほか『座談会　大正文学史』（岩波書店　一九六五年）
柳原一日『文人の素顔』（講談社　二〇〇四年）
矢野誠一『落語』（三一書房〈新書〉一九七〇年）
矢野誠一『三遊亭円朝の明治』（文藝春秋〈新書〉一九九九年）
矢野誠一『戸板康二の歳月』（筑摩書房〈文庫〉二〇〇八年）
矢野誠一『昭和の東京　記憶のかげから』（日本経済新聞出版社　二〇一二年）
矢野隆司「今東光　関西学院と東光の生涯」（「関西学院史紀要」11　二〇〇五年三月号）
矢野隆司「今東光研究補遺」（「日本近代文学」74　二〇〇六年五月号）
矢野隆司・漢幸雄「今東光年譜（抄）・書誌（稿）」（「慧相」4〜7号　二〇一一年九月号〜二〇一三年三月号）
山崎光夫『藪の中の家』（文藝春秋　一九九七年）
山崎一穎「大衆文学成立史に関する一考察」（「跡見学園女子大学紀要」一九七九年三月）
山田和『知られざる魯山人』（文藝春秋　二〇〇七年）
山田和『魯山人の美食』（平凡社〈新書〉二〇〇八年）
山内静夫『八十年の散歩』（冬花社　二〇〇七年）
山本武利ほか編『占領期雑誌資料大系　文学編』（全5巻　岩波書店　二〇〇九年〜一〇年）
山本初太郎『実録　文藝春秋時代1・2』（原書房　一九六七年）
山本周五郎『随筆　小説の効用』（新潮社　一九六三年）
山谷一郎『今東光網走刑務所での説法』（はたもと出版　一九九二年）
吉川文子編『吉川英治対話集』（講談社　一九六七年）

吉川登編『近代大阪の出版』(創元社　二〇一〇年)
吉田健一『ロンドンの味』(講談社〈文芸文庫〉　二〇〇七年)
吉田精一『近代名作モデル事典』(至文堂　一九六〇年)
吉田時善『こおろぎの神話』(新潮社　一九九五年)
吉野孝雄『文学報国会の時代』(河出書房新社　二〇〇八年)
吉野俊彦『鷗外・啄木・荷風　隠された闘い』(ネスコ　一九九四年)
ラフカディオ・ヘルン『文學入門』(今東光訳　金星堂　一九二五年)
鷲尾洋三『回想の作家たち』(青蛙房　一九七〇年)
鷲尾洋三『忘れ得ぬ人々』(青蛙房　一九七二年)
私小説研究会『私小説ハンドブック』(勉誠出版　二〇一四年)
和田静子『命の残り　夫 和田芳恵』(河出書房新社　一九八九年)
和田利夫『昭和文芸院瑣末記』(筑摩書房　一九九四年)
和田芳恵『ひとすじの心』(毎日新聞社　一九七九年)
和田芳恵『私の内なる作家たち』(中央大学出版部　一九七〇年)
和田芳恵『愛の歪み』(中央大学出版部　一九六九年)
和田芳恵『順番が来るまで』(北洋社　一九七八年)
和田芳恵『作家のうしろ姿』(毎日新聞社　一九七八年)
渡部誠一郎『俊秀・沢木四方吉』(秋田魁新報社　一九八五年)

著者略歴
一九五五年八月、横浜市生まれ。立教大学文学部日本文学科卒業。
一九七八年、㈱祥伝社入社。月刊誌、隔週誌、書籍、新書等の各編集部、広告部、デジタル&ライツ推進室に勤務。
二〇一五年八月、定年。神奈川県中郡二宮町在住。

敵中の人　評伝・小島政二郎

二〇一五年一一月一〇日　印刷
二〇一五年一二月　五日　発行

著　者　© 山田幸伯（やまだゆきのり）
発行者　及川直志
印刷所　株式会社　三秀舎
発行所　株式会社　白水社
東京都千代田区神田小川町三の二四
電話　営業部〇三（三二九一）七八一一
　　　編集部〇三（三二九一）七八二一
振替　〇〇一九〇―五―三三二二八
郵便番号一〇一―〇〇五二
http://www.hakusuisha.co.jp
乱丁・落丁本は、送料小社負担にてお取り替えいたします。

株式会社 松岳社

ISBN978-4-560-08470-0
Printed in Japan

人名索引

《か行》

〈か〉

《さ行》

〈さ〉

〈し〉

《な行》

《は行》

《ま行》

《や行》

《ら行》

《わ行》

事項索引

《か行》

《さ行》

〈さ〉

〈し〉

《な行》

《ま行》

《や行》

《ら行》

《わ行》